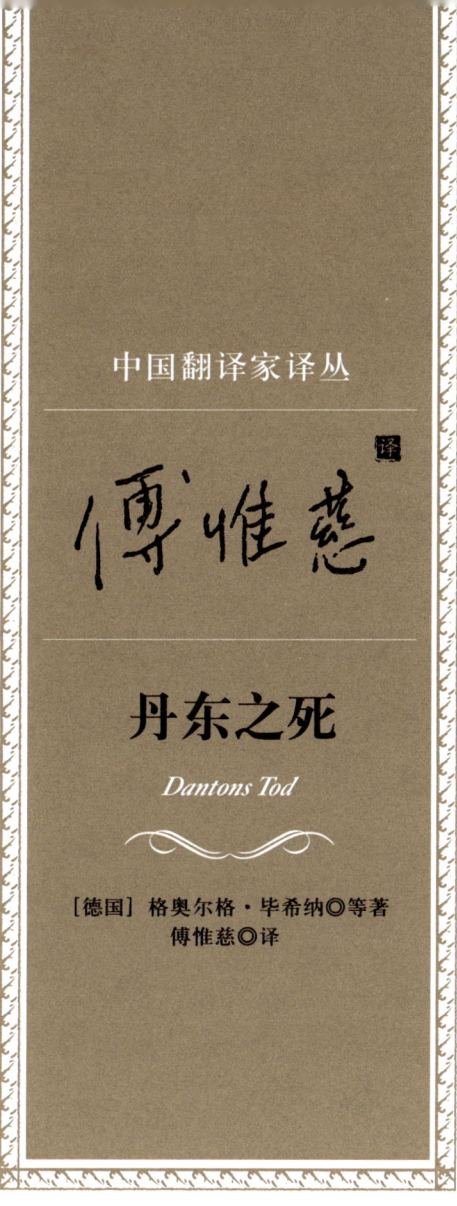

中国翻译家译丛

傅惟慈 译

丹东之死

Dantons Tod

［德国］格奥尔格·毕希纳◎等著
傅惟慈◎译

人民文学出版社

图书在版编目(CIP)数据

傅惟慈译丹东之死/(德)格奥尔格·毕希纳等著;傅惟慈译. --北京:人民文学出版社,2024
(中国翻译家译丛)
ISBN 978-7-02-018448-4

Ⅰ.①傅… Ⅱ.①格…②傅… Ⅲ.①世界文学-作品综合集 Ⅳ.①I11

中国国家版本馆 CIP 数据核字(2024)第 015174 号

选题策划　欧阳韬
责任编辑　欧阳韬
责任印制　苏文强

出版发行　人民文学出版社
社　　址　北京市朝内大街 166 号
邮政编码　100705

印　　刷　北京盛通印刷股份有限公司
经　　销　全国新华书店等

字　　数　379 千字
开　　本　710 毫米×1000 毫米　1/16
印　　张　25　插页 1
印　　数　1—3000
版　　次　2024 年 8 月北京第 1 版
印　　次　2024 年 8 月第 1 次印刷

书　　号　978-7-02-018448-4
定　　价　118.00 元

如有印装质量问题,请与本社图书销售中心调换。电话:010-65233595

出版说明

人民文学出版社自一九五一年建社以来，出版了很多著名翻译家的优秀译作。这些翻译家学贯中西，才气纵横。他们苦心孤诣，以不倦的译笔为几代读者提供了丰厚的精神食粮，堪当后学楷模。然时下，译界译者、译作之多虽前所未有，却难觅精品、大家。为缅怀名家们对中华文化所做出的巨大贡献，展示他们的严谨学风和卓越成就，更为激浊扬清，在文学翻译领域树一面正色之旗，人民文学出版社决定携手中国翻译协会出版"中国翻译家译丛"，精选杰出文学翻译家的代表译作，每人一种，分辑出版。

人民文学出版社编辑部

二〇一六年十月

"中国翻译家译丛"顾问委员会

主　任

李肇星

顾　问

（按姓氏笔画排序）

于友先　卢永福　孙绳武　任吉生　刘习良
李肇星　陈众议　肖丽媛　桂晓风　黄友义

目　录

走上翻译之路(代序) …………………………………………… 1

爱德华·巴纳尔德的堕落 ……………… ［英］萨默塞特·毛姆 5
梯罗逊的纪念宴 ………………………… ［英］阿道斯·赫胥黎 39
爱狗的人 ………………………………… ［美］雷蒙德·钱德勒 65
六人 ………………………………… ［德］鲁多尔夫·洛克尔 109
　　第一条路 …………………………………………………… 110
　　第二条路 …………………………………………………… 125
　　第三条路 …………………………………………………… 143
　　第四条路 …………………………………………………… 159
　　第五条路 …………………………………………………… 178
　　第六条路 …………………………………………………… 195
　　觉醒 ………………………………………………………… 212
特利斯坦 ………………………………………… ［德］托马斯·曼 231
犹太人的山毛榉 ……………………… ［德］德罗斯特-许尔斯霍夫 271
丹东之死 ……………………………… ［德］格奥尔格·毕希纳 313

走上翻译之路(代序)

我出生于二十世纪二十年代初叶,青少年时期是在国内大动乱、大变革中度过的。小学毕业正值卢沟桥事变,八年抗战,半壁江山沦陷,社会动荡失序。胜利后又逢解放战争,国共逐鹿,硝烟遍地。由于我本来就不是做学问的材料,再加上读书期间过于热衷政治活动,岁月蹉跎,虽然勉强读完大学,在学业上却没有多少受益。甚堪告慰的是,经过阅读和老师的熏陶,我对中外文学产生了浓厚兴趣,从而养成了离不开书本的习惯。另外,受环境影响,我自幼喜欢外语。长大以后,先后学习英、德等两三门语言,逐渐掌握看原文书的能力,开阔了眼界。这两种习性可以说是我大半生孜孜矻矻从事文学翻译的基础。一九五〇年我从北京大学毕业,有幸跻身高等学府,读书多而且杂。偶然看一本书、一篇作品,受到触动,引起共鸣,就动念把它介绍过来与人共享。这或者就是促使我执笔翻译的原始动力。另一个原因是,中华人民共和国成立后政治运动频仍,对知识分子的思想改造要求日趋严格。每日作息时间,都被毫无实际效益的活动填满——听报告、开会、政治学习、体力劳动……人人像机器一样不停转动,几乎没有私人活动空间,对我这种性格自由散漫,最恼恨时间被浪费的人来说,实在难以忍受。我采取了一些逃避对策,白天抓紧各种零碎余暇,不论下乡劳动时坐在田边地头休憩,还是上下班挤公共汽车,总是手不释卷,得空就翻看几页闲书,或凭记忆背诵一些外语单词。就是在大礼堂听传达报告,笔记本下面也总掖着一件私货——一本外语书。晚上的时间更可以由我支配了,别人都已入睡,我会在一盏荧荧孤灯下,同一本外文原著较劲儿,为如何译一个词、一句话、一段文章绞脑筋。我喜欢两种语言这样博弈,它使我的心智受到锻炼,主观能动性得以发挥。我依稀觉得,这时自己已经不再受制于人,而成为完整的自我了。如果我译的是一本令我心驰的作品,作者鲜活、机智的语言同深邃的思想更令我心旷神怡,有时甚至让我悚然一惊,诧异作者竟有这样高度的智慧,文字竟有这般魅力。译书不仅使我获得一定程度的自由,而且给我快乐,比单纯阅读带来更大的快感,因为这是经过一番揣摩、深刻体味原文精粹而获得的。就这样,从二十世纪五十年代中期直到"文革"前,我日日偷食禁果。环境虽然日趋严峻,甚至变得险恶,我却为自己的精神寻找到一个乐园。我译的两部德国长篇小说——托马斯·曼的《布登勃洛克一家》和亨利希·曼的《臣仆》,就是在十余年波澜跌宕、风云诡谲的岁月中茹苦含辛产生的。

谈到我从事翻译的历史,或者应该从最初我如何投入这支大军当一名小兵说起。一九五四年上海出版了一本匈牙利剧本《战斗的洗礼》,可以算作我译的第一本文学书,这本书是我从俄文译本重译的。而我从德语译的第一本书是同一位年轻友人合作的产物:德国一位伟大女性写的《狱中书简》。作者罗莎·卢森堡是国际共产主义运动的先驱者之一,因为反对德国军国主义和第一次世界大战,曾连续被反动政府投入监狱。一九一九年大战虽然结束,她却仍遭杀害。卢森堡在监狱里写信给好友卡尔·李卜克内西夫人的二十二封信表现了她高尚、纯洁的心灵,对生活的热爱和对美的追求。她的这些书信文字自然、淳美,荡漾着诗意。全书译完后,由我对两人的译文作了精心润色,务期对得起优美的原文。译稿后来送交冯至老师,并蒙他推荐给作家出版社于一九五五年出版。一九五五年也是德国大诗人席勒逝世一百五十周年,为纪念这位世界名人,各国都出版了文集或选集。我得到一本东德编纂的《席勒文选》,把文选的长序译成中文,交给作家出版社,通过编辑部门审议也在这一年获得出版。

在翻译了两三本单薄的小书以后,我逐渐同几家出版社取得联系。特别是作家出版社两三位老编辑给了我不少指导,他们陆续给我一些翻译任务。这些东欧国家译成德文的当代文学作品多属宣传、应景性质,文学价值并不高。比较值得一提的,是一本匈牙利的轻歌剧《小花牛》,宣传农业合作化运动开展后匈牙利农村对小农思想的斗争。这出歌剧由中央实验歌剧院排练后曾在北京天桥剧场上演,时间大约在一九五六年春季。为增加效果,剧院决定上演时弄一头真牛上台。后来找不到花牛,就用一头小黄牛代替,剧名也改为《小牛》。演员的歌唱和乐队效果都不错,受到欢迎。另一本书是我花费了一年多工夫翻译的一部波兰长篇小说,原名《赛璐珞工厂回忆录》,国内出版时改为《一个人的道路》。小说写波兰工人的运动历史和一名工人如何为生活奋斗。据出版社说,这本小说是当年波兰驻华使馆文化部门推荐的,在他们国家很走红。我在翻译的时候,并未感觉艺术水平有多高,但是与这本书有关的一件趣事倒值得一记。两三年前,我偶然在北京前门大街一家咖啡馆邂逅一对波兰老夫妇,同他们闲谈后得知老头当过波兰驻华大使馆武官,是位退伍将军。妻子当年也同时来华,对中国产生了感情。退休后两人每年都要来华访问,重温旧梦。我告诉他们我在五十多年前教过波兰留学生汉语,还译过一本波兰小说《赛璐珞工厂回忆录》,武官高兴地说,《赛璐珞工厂回忆录》他知道,当年小学语文课本里就有这部书的选段。真没有想到,五十年前我译过的一本书在当时社会主义国家的波兰小学课本中竟有选段。这部小说长达四十万字,波兰拍过电影,在国内也配音上演过,改名《战斗的道路》。时过境迁,今天无论国内国外都不会有人再阅读这部小说了。

我开始走上文学翻译之路时译的都是这类过眼烟云、转瞬即沉寂在书海中的文字。事后回顾,这对我的时间与精力倒也不算浪费。我在入门阶段几十万字的翻译实践实际上是我走向成熟的必经过程。一方面,我毫不松懈地提高自己对外文的理解和中文的运用,另一方面,又通过实践锻炼自己,摸索两种语言转换的技巧。我阅读了不少国内名家译本,尽可能找到原文进行对照,从不同译者的语言、风格、直译与意译的不同处理中,学习到很多东西,逐渐形成了自己的一套翻译模式。夸大一些说,也可以叫作风格。我知道自己根基不深,所以不论译什么,总是兢兢业业,争取不犯或少犯错误。对于我的译文,不求多么典雅,只希望顺达通畅,能叫读者享受到一定的阅读乐趣。如果在尽量保持原著的独特风格中,再使自己的译文添些文采,我就非常满意了。

译完那部波兰长篇小说以后,我就作出决定,以后不再从德文翻译其他国家的原作了。一本文学书在翻译以后原文的精彩文字已受到一定程度的损失,如果再经过一次重译,除了原来的故事情节,还有多少文采可言?更何况我几年来翻译的东西本身文学价值就不高。德国文学的崛起较之西欧国家虽然略晚,但也出现了一些文学大师,现当代文学中更不乏优秀作品。我有没有可能译一两本真正的德语文学作品呢?事有凑巧,一九五六年"百花齐放、百家争鸣"方针的提出促使我国对翻译外国文学进行了一次规划,中宣部召集专家开会,拟定了一份"世界各国文学名著二百部"书目,我从人民文学出版社得到这份书目的复印件。读过之后,发现德语文学部分(包括德国、奥地利、瑞士三国)列有十二部作品。其中歌德、席勒、海涅等大作家各有一部或两部,国内早有译本。现代文学只有托马斯·曼的《布登勃洛克一家》同亨利希·曼的《臣仆》尚未翻译。(瑞士作家戈特弗里德·凯勒的长篇名作《绿衣亨利》也在十二部德语文学名著之列,几年以后为田德望老师译出。)我向人民文学出版社编辑部申请,要求试译长篇小说《布登勃洛克一家》,试稿经过出版社审议获得通过,即同我签订了翻译合同。《布登勃洛克一家》是德国杰出作家托马斯·曼二十一岁时的成名作,描述一家富商祖孙五代的兴衰过程,真实生动地写出德国从自由资本主义走向垄断资本主义的历程,因其挽歌笔调,有人称赞其为"德国的《红楼梦》"。作者托马斯·曼一九二九年荣获诺贝尔文学奖桂冠。我翻译这部著作时正值"大跃进"时期,为超英赶美,全国大炼钢铁,亩产超万斤,人人日夜苦战。我经营的自留地也经常一连几个月无暇耕作。

在最繁忙的日子里,我曾几次动念,想中断与出版社签订的合同,放弃翻译,但最终还是奋力坚持下来。这部书拖拖拉拉译了将近三年,于一九五九年脱稿。"大饥饿"年代,书稿在出版社又压了很长一段时间,一九六二年终于付梓。进入二十一世纪,我对旧稿又做了一次修订,由南京一家出版社再版发行。

继《布登勃洛克一家》后,我又动手翻译德国著名作家亨利希·曼的长篇杰作《臣仆》。这部小说写于第一次世界大战前,因无情揭露普鲁士军国主义统治下尔虞我诈的社会和资本家的丑恶嘴脸,受当时出版检查机构限制,直到一九一八年德国十一月革命后才获问世。我译这部书时,国内刚熬过"大饥饿"时代,人民生活本已有所好转,举国上下又开始紧绷政治弦。在这种环境下,翻译一部语言风格比较独特近四十万字的长篇,其艰辛无奈,毋庸细说。译稿完成时,已是"山雨欲来风满楼"的一九六五年底。这部书稿后来一直压在出版社,直到那场延续十年的大风暴过去,才获出版。

除了两部德国长篇小说外,我还译了一些中短篇和一个剧本——德国十九世纪初革命作家格奥尔格·毕希纳写的历史剧《丹东之死》。毕希纳是一位民主主义革命家,也是一位天才作家。他只活了不到二十四岁就短命逝世,像一颗彗星划过天空,留下的寥寥四部作品却永远放射着灿烂光辉。我第一次读的《丹东之死》是苏俄作家阿·托尔斯泰于一九一七年为莫斯科大剧院准备演出的改编本。托尔斯泰对原著做了不少改动,读后留给我的印象不深。几年前我为《世界文学》写一篇回忆文章,因为记忆错误,把该书中文译者误为焦菊隐。实际上这一改编本是巴金早年的翻译,上海开明书店在一九三〇年出版。上述失误我一直没有机会更正,在此谨向读者致歉。五十年代中期我在北大旁听德国专家讲授德国文学,听他介绍毕希纳,赞誉备至,称之为莎士比亚和歌德剧作的后继者。我找到德文版毕希纳文集一篇篇读过。引起我兴趣的不是被欺凌、被侮辱,最后沦为杀人犯的小人物沃伊采克[①],而是法国大革命中的一段历史,罗伯斯庇尔同丹东的斗争。这两人都是真诚、热情的革命者,但在大革命发展到一定阶段,该如何继续下去,两人在思想同策略上却发生差异。罗伯斯庇尔主张继续采取恐怖镇压手段,丹东却转为温和派,认为人民群众最需要的是面包而不是染满鲜血的断头台。罗伯斯庇尔和丹东各有自己的支持者,两派人物在不同场合宣讲自己的理论,激烈争论,各有令人信服的精彩发言。读《丹东之死》让我思考有关革命的许多问题。当革命取得胜利,大动乱过去以后,人民需要的是什么?是休养生息、安居乐业,还是接连不断日趋严酷的阶级斗争?知识分子需要什么?是一点点做人的尊严,让自己的才能与个性能够自由发展,还是所谓的思想改造,像一个丹东派人物所说,人人都要用"剪裁成同一式样的袍子"把自己包裹上?一九六二年,通过政策调整,国民经济刚刚恢复正轨,领导人马上提出"千万不要忘记阶级斗争"的号召,形势又开始紧张起来。一九六四年文艺界遭受大批判,近百名优秀作家被点名登上黑榜,《舞台姐妹》《北国江南》等多部电影被宣布为大毒草。这一年春天,我也运交华盖,调离了原来的教学岗位,感受到沉重的政治压力。我仍然像过去那样,从文学翻译中寻找解脱,利用一切空闲时间,争分夺秒,把《丹东之死》译了出来。我知道这个剧本在当时的氛围中是绝无出版可能的,但不管怎么说,我发现了一本杰作,字斟句酌地把它译过来,也算尽了作为一个文学翻译者的责任。我的译稿直到"文革"尘埃落定后的一九八一年,人民文学出版社才把它编入"文学小丛书"中出版。这些年来,国内一位知名的毕希纳研究者李士勋先生,研读了大量国外文献,翻译了毕希纳全部著作,编为《文集》出版。我的《丹东之死》译文也蒙他收入集内。他在二〇〇八年出版的《毕希纳全集》中,对我的译文进行了一些修改。我感谢他订正了我

[①] 剧本《沃伊采克》以剧中主角为名。

译稿中几处失误,但这次编入本书,我用的仍是未经李先生修改的文稿。我总认为每个译者的译文都有自己的风格,我的译文有一些地方也许别人会认为犯了"自由化"毛病,但这已是我翻译了多年形成的规范:为求顺畅和一点文采,个别词句可不受原文拘泥,但不能违背作者原意。

  一场大动乱过去,经过拨乱反正,各行各业都逐渐走上正轨。改革开放政策不仅使文学翻译浴火重生,而且开放出比过去更加绚烂多彩的花朵。西方现代派文学不再是禁区,科幻、惊险类通俗小说也可以自由传播。我开始大量阅读英美现当代作品。读外国原著既满足了我个人的兴趣,也可以遴选一些优秀作品,推荐给出版社供他们考虑是否可作选题。一九七八至一九七九年,上海文艺出版社约我主编一部《外国现代惊险小说选集》。在我的几位译界好友协助下,我选定西方知名作家写的这类作品约二十余部(篇),分为三集,最后一集还包括社科院日本文学专家高慧勤女士主持编译的几篇日本推理小说。不料就在我编的第一集已经交稿,出版社正准备付梓前,社里一位思想保守的领导竟出面阻挠,下令毁约。我一方面又联系其他地方出版,一方面给文艺部门领导写申诉信,还把为编选这部集子写的一篇长序附在信内。序言除介绍西方惊险小说的发展、现状、流派外,也论述这类通俗读物在西方广泛流传,是应社会所需。国内出版这样一个集子有助于我们了解西方国家的社会面貌和人民心理。另外我的选材着重作品的文艺性,决无一味宣扬血腥、暴力的低俗作品。我的申诉信和选集序言后来为周扬同志看到,他写了封短信,认为此书可出,请上海方面考虑。周扬的意见叫我的译本起死回生,最后这部三卷集惊险小说在上海文艺出版社和广东人民出版社各自发行了一套,每套印数都高达数十万。

  "文革"后我翻译的书比较杂乱。如从原作语言划分,这一阶段我从德语译的作品不多,主要是从英语译介的英美现当代小说,其中包括一定数量的惊险、科幻作品。我的阅读兴趣是多方面的,看书多从自己的趣味、爱好出发。因为我是学语言、教语言的,所以作者的文笔是否吸引我常常是我选择读物的坐标。我虽然同意文学有严肃与通俗之分,但其间的界限却很难划定。哪个国家的经典著作都有不少源自民间,对口头文学的整理、加工与提高。许多大作家也写通俗作品,英国作家格雷厄姆·格林就写了好几部消遣小说。较格林更早一些,另一位生前会见过罗斯福和斯大林的英国作家H.G.威尔斯,作品涉及范围极广,却以写科幻小说驰名。这类例子实在多不胜举。这个问题还可以从另外一方面看,那就是在众多侦探小说家中,也有人写出了文学价值很高的作品。我编辑上述《外国现代惊险小说集》时,选了美国硬汉派小说家雷蒙德·钱德勒的一部名作《长眠不醒》。钱德勒以侦探小说步入经典文学殿堂,在西方文坛有"犯罪小说的桂冠诗人"美称。我曾听北京大学已故著名翻译家赵萝蕤女士在闲谈中说,早年她在美国求学,当代文学教本中就既有福克纳、海明威等人的名篇,也有钱德勒的小说。二〇〇八年新星出版社已经出版了钱德勒全部作品八册,内有我译的《长眠不醒》和《高窗》两部。

话是这样说,阅读、翻译侦探和科幻作品还只能算是我的偏好。我读得更多,投入更大精力译介的当然还是严肃文学,经典的或半经典的作品。值得一说的是两位极负盛名的英国当代作家。先说活了九十二岁才去世的长寿和多产作家萨默塞特·毛姆。他创作戏剧、写小说,也写随笔、游记。毛姆以善讲故事出名,一生写了一百多篇短篇小说,最为人知。他早年学过医,人们说,毛姆剖析人性的笔锋有如手术刀一样锋利。二十世纪八十年代初,我和文坛老将冯亦代先生联手编选了一本《毛姆短篇小说集》。我和冯先生各译了一两篇,其余的十几篇分给一些年轻译者,译好以后由冯先生和我定稿。冯先生当年正在培养一批年轻的文学翻译工作者。此书一九八三年交作家出版社,早已出版。毛姆写的长篇小说也深受欢迎,我只译过一部《月亮和六便士》,虽然是我三十几年前的旧译,至今却不断再版。《月亮和六便士》和我译的短篇《爱德华·巴纳尔德的堕落》两个故事的题材、人物完全不同,情节却放在同一背景上开展与结束,那就是阳光灿烂、风景旖旎的塔希提岛。南太平洋烟波浩渺的大海中这座人间乐园不仅叫一个为追求艺术半生坎坷的画家找到创作灵感,也叫一个本为赢得爱情才来冒险的有为青年变成懒散的出世者。毛姆用两个吸引人的故事表达他对生活意义的探索:我们活在世上,劳劳碌碌,究竟何求?

另一位我喜爱并尊崇的英国作家是格雷厄姆·格林。我从英语译的第一本书就是格林的一部探索宗教问题的小说《问题的核心》。小说写的是英属西非某殖民地一名高级警官,因不堪"怜悯与责任感"的重压,走投无路,甘受天谴自寻解脱的故事。我并无宗教信仰,更不相信自杀会遭天谴,但是小说主人公的悲惨处境不仅叫我同情,而且我也深有同感。第一次读这本书是在一九六四年，我的处境同样满布危机，几乎看不到任何出路。格林的语言也深合我的口味，明快、自然，譬喻精辟、新鲜，不落俗套。

格林自称年轻时也搞文体试验，但开始写作以后笔法却转为简明质朴，更多关注故事的布局和情节，而不是语言和技巧的翻新。格林的作品描绘一个充满矛盾、危机四伏的世界，并揭露个人内心在道德和精神上的斗争。他虽然悲观厌世，但在他创造的人物中却不乏绽放人性光彩的角色。我在二十世纪八十年代客居伦敦时有幸两次会晤这位大师。第二次会面在一九八七年，当时曾计划归国后约几位译者合作，出版一部二十卷《格林文集》。经我请求，已蒙格林为文集圈定若干篇目，可惜我从欧洲回国不久，适逢国内一段不平静的日子，我的宏伟规划未能实现，只能自己单独继续译了格林的几部书。弹指间又过了二十年，不久前上海文艺出版社出版了八卷本《格林文集》，内有我译的严肃小说、消遣小说各两本。另外还有一本是他人翻译由我修订的。格林的两部自传出版社也在翻译中。

进入二十一世纪，我已步入老境，精力不足，除应人之约译了几本无足轻重的小书外，逐渐搁笔。回顾大半生笔耕，虽然有三四十本译文书出版，经得起时间考验的实不足半数。反观国内卓有建树的译家很多。有人锲而不舍、几十年如一日专门钻研一位国际文学大师，译出莎士比亚、托尔斯泰、巴尔扎克、契诃夫等人的全集或多卷本文集。也有人不畏险阻、焚膏继晷把一本内容深奥、语言艰涩的文学巨制译成汉语，叫国人也能欣赏到《神曲》《尤利西斯》《堂吉诃德》《浮士德博士》（托马斯·曼名作）和许许多多大部头世界名著。我的翻译杂乱无章，颇难同这些大家相比。二十世纪五十年代我投身文学翻译队伍当一名新兵，服役六十年后，从年纪和经历说，已是老兵，但从业绩看，在这支浩荡大军中我始终是个卒子。

傅惟慈
二〇一二年五月

萨默塞特·毛姆

1874—1965

萨默塞特·毛姆

萨默塞特·毛姆(Somerset Maugham,1874—1965),英国著名小说家和戏剧家。他出生于巴黎,父母早丧,寄居叔父家,并在英国受教育。大学时攻读医学,却对文学兴趣颇浓。第一部长篇小说《兰贝斯的丽莎》(1897)就是根据他做见习医生时在伦敦贫民区的所见所闻写成,并从此走上文学道路,赴各地旅行、搜集素材。毛姆最初以戏剧家闻名,自二十世纪初起约三十年间共创作了近三十部剧作,但他的主要文学成就却在小说上。享誉世界的作品主要有《人性的枷锁》(1915)、《寻欢作乐》(1930)、《月亮和六便士》(1919)等,还有在他七十高龄之时问世的畅销小说《刀锋》(1944),毛姆是英国现代文学史上一位创作力旺盛的多产作家。

毛姆具有敏锐的观察力,善于剖析人的内心世界。他的小说多以异国为背景,富于异乡情调,故事叙述引人入胜,情节发展总是出人意料却又在情理之中,给人以惊奇而又回味无穷的感觉。选篇《爱德华·巴纳尔德的堕落》就是一个代表。

爱德华·巴纳尔德的堕落

贝特曼·汉特睡得很不好。从塔希提到旧金山的两个星期航程中,他一直在考虑他不得不讲的故事;在三天火车的旅程中他反复推敲叙说这个故事该用的词句。但现在,当他过不了几个小时就要到芝加哥的时候,他又开始疑虑重重了。他那永远敏感的良心感到忐忑不安。他不敢肯定自己是否已经尽了最大的努力。从道义上讲,他有责任比可能做到的还要做得多,但情况是,在这件同自己利益攸关的事上,他竟让自己的切身利害占了侠义精神的上风,每逢想到这里,他就感到一阵心神不宁。自我牺牲精神对他的想象力有着说不出的诱惑,以致他未能作出任何牺牲的事竟使他产生了一种幻灭的感觉。他就像一位毫无利己动机为穷人盖起一批模范住宅的慈善家,到头来竟发现自己做了一笔颇能获利的投资生意。他就是想控制也控制不住自己的得意心情——撒到水里的粮食①居然获得一成的报酬;但是另一方面这未免使他的一桩美德黯然失色,让他觉得很不是滋味。贝特曼·汉特知道自己的良心是清白的,但他又没有把握,当他把自己的故事讲给伊萨贝尔·朗斯塔夫听的时候,他是否能够坚强得经得住她那冷静的灰眼睛的审视。这双眼睛既深邃又冷静。她总是以自己的明察秋毫的正直作为衡量别人的标准,对于不符合她严苛准则的行为,她就用冷漠和沉默来表示不满,再没有比这种谴责更厉害的了。她的决断毫无调和的余地,因为她一旦下了决心就决不更改。但是贝特曼却决不愿意她是另外一种人。他不仅爱她外表的美,身段苗条,亭亭玉立,头部带有一些骄傲的仪态,他更爱的是她灵魂的美。在贝特曼眼里,她的诚实、她的一丝不苟的荣誉感和她的无所畏惧的精神,似乎把美国妇女的最令人赞佩的美德凝集到一起了。但是他在她身上看到的优点比一个美国女孩子的完美典型还要多。他觉得从某个方面来讲,她的优雅可以说是她的生活环境

---

① 见《圣经·旧约·传道书》,"将你的粮食撒在水面,因为日久必能得着"。

所特有的,他相信世界上除了芝加哥外,再没有哪个城市能够造就出她这样一个人来。当他想到他不得不这样严重地伤害了她的自尊心,不由得被一阵痛苦攫住,可是一想到爱德华·巴纳尔德,心中又燃起一股无名的怒火。

火车终于呼哧呼哧地驶进了芝加哥,看到灰色房屋构成的一条条长街,他的心兴奋得扑扑地跳起来。他的脑子里映现出斯台特和华巴士两条街熙攘的行人,繁忙的车辆,和一片喧闹的声音,恨不得一下子也置身其间。到家了!他非常高兴他能出生在美国这一最重要的城市。旧金山有些闭塞,纽约已经衰老了,美国的前途全仗着它的经济能力的发展,只有芝加哥,由于它的重要的地位和它的公民的精力,注定要成为这个国家的真正首都。

"我想我一定能活到那么一天,亲眼见到它成为世界上最大的城市。"贝特曼迈步走上月台的时候自言自语道。

他的父亲到车站来接他,亲切地握过手后,身材颀长、体形匀称,同样生着禁欲主义者的面容和薄薄的嘴唇的父子俩走出了车站。汉特先生的汽车正等着他们,他们坐了进去。汉特先生一眼就注意到儿子扫视大街的快乐而骄傲的目光。

"回家了。高兴吧,孩子?"他问。

"我正这样想呢。"贝特曼说。

他的目光贪婪地注视着街头繁忙的景象。

"我猜想这里的车辆要比你们南海群岛热闹一些吧?"汉特先生笑着说,"你喜欢那地方吗?"

"我还是要芝加哥,爸爸。"贝特曼回答。

"你没把爱德华·巴纳尔德带回来。"

"没有。"

"他怎么样?"

贝特曼半晌儿没言语,他英俊、敏感的面孔黯然下来。

"还是别谈他吧,爸爸。"最后他说。

"没什么,我的孩子。我想你妈妈今天要高兴死了。"

他们穿过路普区拥挤的街道,沿着湖滨一直驶到一所富丽堂皇的房子前面,这是汉特先生前几年盖的,式样同伫立在法国罗亚尔河畔的大别墅一模一样。最后贝特曼一个人回到自己的房间。他马上拨了一个电话号码。当他听到对方回话的声音,他的心不禁扑扑地跳起来。

"早上好,伊萨贝尔。"他高兴地说。

"早上好,贝特曼。"

"你怎么听出来是我的声音?"

"从上次听到它到现在没过多久啊!再说,我一直等着你呢。"

"我什么时候能和你见面?"

"你要是没有什么别的事,今天晚上来我家一起吃晚饭吧。"

"你很清楚我不可能有什么别的事。"

"我想你一定带回不少新闻吧?"

他觉得自己从她的声音里已经听出她有所预感了。

"是的。"他回答。

"那好吧,你今天晚上一定要讲给我听,再见。"

她挂断了电话。这也正是她的性格——居然能够等那么多没必要再等的时间去了解一件与她休戚相关的事。在贝特曼看来,她的自我克制蕴涵着一股不由你不敬佩的坚忍不拔的精神。

晚饭桌上,除了他同伊萨贝尔外就只有她的父母。他注意到她有意把话题引向礼貌性的闲谈,这给他一种印象:一个侯爵夫人在断头台的暗影下尽管有今天没明天,也正是像伊萨贝尔这样以游戏态度处理当天事务的。她那娇细的面容,流露着贵族气息的短短的上唇,浓密的淡黄色头发,也的确能使人想到一位侯爵夫人;显而易见,她的血管里流的是芝加哥最高贵的血液,尽管人们没有把这件事谈论开。饭厅和她的娇柔的美丽再相配不过了,因为是伊萨贝尔本人叫一位英国专家把这所房子——一所威尼斯大运河畔的豪华宫殿的复制品——用路易十五时期风格的家具布置起来的;与这位风流君主的名字相关的优雅布置增添了她的妩媚多姿,同时她的美丽又赋予房屋的装潢以深长的意味。因为伊萨贝尔的心灵非常丰富,无论她的谈话多么随便,也从不显得浮浅。她这时正在谈她和她母亲下午参加的一场音乐会,谈一位英国诗人在礼堂的讲演,谈政治形势,谈她父亲最近在纽约以五万美元的重金所购买的一位古代大师的名画。听她这样谈话使贝特曼心情非常舒适。他感到他又一次回到了文明世界,回到了文化中心和高贵典雅的人们中来。这使他烦乱的心绪和心中一直无法抑制的嘈杂喧嚣终于平静下来了。

"谢天谢地,又回到芝加哥来了。"他说。

晚饭结束。他们走出餐厅,这时伊萨贝尔对她母亲说:

"我要把贝特曼带到我的房间去了。我们有好些事要谈谈。"

"好的,我亲爱的,"朗斯塔夫太太说,"你们谈完了,可以到杜·巴丽夫人房间来找我和你爸爸。"

伊萨贝尔领着这位年轻人上了楼,走进一间他留有多少美妙记忆的房间。虽然他对这间屋子那么熟悉,但是一走进去,还是禁不住像以往一样发出一声愉快的叫喊。她微笑着回过头来看了他一眼。

"我觉得房间布置得还不错,"她说,"重要的是样样都要合规矩,就连一只烟灰缸也一定得是那一时期的不可。"

"我想这间屋子所以能这么奇妙也正是因为这个。你无论做什么,总是一点儿错也没有。"

他们坐在燃烧着木桦子的壁炉前面,伊萨贝尔用她那沉静的灰眼睛盯着他。

"说说,你有什么要讲给我听的?"她问。

"我真不知道从何说起。"

"爱德华·巴纳尔德回来吗?"

"不回来。"

沉寂了好一会儿贝特曼才又重新开口讲话,他说的每句话都是经过深思熟虑的。他的故事非常难讲,有很多情节是伊萨贝尔那敏感的耳朵难以忍受的,他实在不忍心把这些事讲出来,但是另一方面,无论是对她还是对自己,他又绝不能做任何违心之谈,他还是要把真实情况和盘托出的。

事情发生在很久之前了,那时他和爱德华·巴纳尔德都还在大学读书,他们一起在为伊萨贝尔·朗斯塔夫进入社交界举办的一次茶会上和她会面了。伊萨贝尔还在孩提时期他们就都认识她,他俩那时也还都是细胳臂瘦腿的小男孩儿。后来她到欧洲去待了两年,在那里完成学业,他们无法抑制住又惊又喜的心情同这位刚刚回国来的可爱姑娘恢复了旧交。两个人都没头没脑地爱上了她,但贝特曼很快就看出来她的心目中只有爱德华一个人。为了忠实于自己的好友,贝特曼退居到知心朋友的地位上。他度过了一段很长的痛苦时期,但他无法否认,爱德华交了这个好运是当之无愧的。他决计不使自己这么珍惜的友谊受到任何损伤,小心谨慎绝不让自己对伊萨贝尔的感情外露。六个月后这对年轻人订了婚,但是他俩年纪都还太轻,伊萨贝尔的父亲决定至少要等爱德华毕业后再让他们结婚。他们只好等上一年。贝特曼清楚地记得他们婚期前的那个冬天——冬天一过他们就举行婚礼,接连不断的舞会、戏剧欣赏会和非正式的欢宴,所有这些集会,贝特曼作为第三者,很少漏过一次。他对伊萨贝尔的眷恋并不因为她即将成为自己朋友的妻子而有所减少;她的笑容,她偶然对他说上一句开心话,她把他当作知心朋友而向他吐诉的衷情,永远使他说不出来地高兴。他带着些自得心情暗自庆幸,他对他们的幸福并没存有任何妒心。就在这个时候一件出乎意料的事发生了。一家大银行倒闭了,交易所掀起一场风波,爱德华·巴纳尔德的父亲发现自己破产了。一天晚上他回到家中,告诉他妻子他已经不名分文。晚饭后,他走进书房,开枪自杀了。

一个星期以后,爱德华·巴纳尔德面色苍白、疲惫不堪地来到伊萨贝尔跟前,请求她解除他们的婚约。她唯一的回答是用两臂搂住他的脖子,眼睛里迸出了泪珠。

"别让我更难过了,亲爱的!"他说。

"你觉得我现在会让你离开我吗?我爱你。"

"我怎么还能请求你嫁给我呢。什么希望都没有了。你父亲绝不会允许的。我连一个铜板都没有了。"

"我不在乎。我爱你。"

他把自己的计划告诉了她。他必须马上出去挣钱。他家的一位老友,乔治·布劳恩施密特愿意在自己的公司里给他个职位。布劳恩·施密特在南海经营商业,在太平洋的很多岛屿上都有代办处。他建议爱德华到塔希提去,先干上一两年,在当地他最好的经理手下学会经营不同货品的贸易门径,之后他可以在芝加哥给他一个职位。这是个千载难逢的机会,当他把这一切解释清楚以后,伊萨贝尔又重新露出了笑容。

"你这个傻孩子,为什么不早说,故意叫我难受呢?"

她的话使他脸上泛上一层光彩,眼睛也亮了起来。

"伊萨贝尔,你的意思是不是准备等着我?"

"你不觉得你值得我等吗?"她笑着说道。

"噢,别笑话我。我求你认真考虑一下。可能要等上两年呢。"

"别担心。我爱你,爱德华。你一回来我就和你结婚。"

爱德华的东家是个办事干净利索的人,他告诉爱德华,如果愿意接受他的安排,过一个星期就必须离开旧金山启程远航。爱德华和伊萨贝尔一起度过最后一个夜晚。一直到吃过晚饭,朗斯塔夫先生才说他要和爱德华说几句话,把他领到吸烟室。事先,朗斯塔夫先生已经同意他女儿告诉他的这一决定,并没有任何不满的表示,爱德华想象不出他还有什么秘事要同他谈。看到主人神情有些尴尬,爱德华自己也非常慌乱。朗斯塔夫说话有些前言不搭后语,开始时只是谈论一些无关紧要的琐事,最后才把憋在心里的话说出来。

"我想你大概听说过阿诺尔德·杰克逊这个名字吧?"他说,皱着眉头扫了爱德华一眼。

爱德华犹豫了一会儿。他的诚实性格使他不得不承认一件他宁愿讳莫如深的事。

"是的,听说过。不过那是很久以前的事了。我想当时我也没太注意这件事。"

"住在芝加哥的人很少有不知道阿诺尔德·杰克逊的,"朗斯塔夫尖刻地说,"就是有人不知道,也不难找到乐意谈论这个故事的人。你知道他是朗斯塔夫太太的兄弟吗?"

"我知道。"

"当然了,我们已经和他多年没有联系了。他一找到脱身的机会马上就离开这个国家了,我想这个国家也没有因为失去他而感到有什么遗憾。据我们了解,这个人现在在塔希提。我劝你到那里以后,别同他接近。但是你如果听见有关他什么消息的话,朗斯塔夫太太和我还是很希望你能把知道的告诉我们一下。"

"那是一定的。"

"我就想和你说这些。我敢说你一定愿意回到太太、小姐那边去了。"

几乎随便哪个家庭都有这么一个成员,如果邻居不提起的话,他们是很愿意把他忘掉的;随着一两代新人的出生和成长,这个人的怪诞行为会笼罩上一层浪漫色彩,这时他们的家庭日子就好过多了。但如果这个人一直还活着,再假如他的怪癖不是那种用一句"他心眼不坏,就是同自己过不去"就能宽恕的话——就是说,这个罪人没有干过什么大坏事,只不过爱喝喝酒,或者拈个花惹个草,可以用这么一句无关痛痒的话就遮饰过去的话,那么唯一的办法就是对这个人闭口不谈。朗斯塔夫一家人对阿诺尔德·杰克逊采取的就是这个对策。他们从来不提他,甚至他过去住过的那条街他们也从不涉足。他们心肠慈善,不忍看到他的妻子儿女为他做过的事受罪,多少年来一直在经济上扶持着这一家人,但是却有个默契,这家人一定得住在欧洲。他们做了一切能做的事,尽量把阿诺尔德·杰克逊从所有人的记忆中抹掉,但是他们心里却非常明白,人们对这个人记忆犹新,正像他的丑闻最初暴露在目瞪口呆的人们面前那时一样。阿诺尔德·杰克逊是个十足的败家子,只要哪个家庭出了这么个人,全家就都要跟着倒霉。一个阔绰的银行家,一个在自己的教会里尽人皆知的虔诚教徒,一个慈善家,一个大家都尊重的人物,这不只是由于他的社会关系(他的血管里流动着芝加哥名门贵族的蓝色血液),而且也因为他本人的诚实品格。但是就是这么一个人,却突然有一天因为犯了欺诈罪被逮捕了。经过审判揭露出的不法行为并不是那种可以解释为一时不检而误入歧途,而是精心策划、蓄谋已久的罪行。一句话,阿诺尔德·杰克逊是个恶棍。最后,当他被判七年徒刑送进教养所后,几乎没有人不说太便宜他了。

这最后一天晚上,当一对情侣分手时,两人少不得海誓山盟一番。伊萨贝尔虽然泪眼盈盈,但相信爱德华对自己一片深情,心中还不无些许宽慰。她的感情非常复杂:一方面因为分离在即,伤心欲碎,一方面又因为他对自己的倾倒,又感到自己是幸福的。

这已是两年多以前的事了。

分别以后,每班邮件他总有信寄给她;因为一个月只走一批邮件,所以前后一共只有二十四封信,这些信同任何一封情书没有什么两样,充满亲昵、迷人的词句,有时,特别是后来,很富于幽默,通篇情意缠绵。最初从信中可以看出,他很思念故乡,一再表示他想回到芝加哥,回到伊萨贝尔身边。伊萨贝尔有些担忧,急忙回信恳求他千万忍耐一个时期。她害怕他会抛弃这次良机,贸然跑了回来。她不希望她的爱人缺乏毅力,她引用了下面这两行诗劝诫他:

> 如果我不更爱荣誉,
> 就不能这么一往情深地爱你。

但是没过多久他似乎就习惯下来了。伊萨贝尔发现他热情越来越高,一心想把美国的工作方式介绍到那个被遗忘的角落,她感到非常高兴。但是她是了解他的,到了一年年终——这是他必须在塔希提停留的最短期限——她料到自己不得不施展全部影响力劝阻他回来。如果他能够彻底熟悉了他的业务,情况就大不一样了,再说,既然他们已经等了一年,她看不出有什么理由不能再等一年。这件事她同贝特曼·汉特谈过,贝特曼一直是最乐于助人的朋友(在爱德华走后最初一段日子里,如果没有他,她真不知道怎么打发日子),他们探讨的结果是,一切都应以爱德华的前途为前提。随着时间的推移,他已不再提及回国的事了,这使她大大地松了一口气。

"他简直是块美玉,对吗?"她对贝特曼说。

"洁白无瑕。"

"从他来信的字里行间可以看出来,他很不喜欢那个地方,但他还是忍受下来,这是因为……"

她脸上泛起一层淡淡的红晕,贝特曼十分庄重地笑了一下——这是他非常迷人的一种表情——把她的话接下去。

"因为他爱你。"

"这使我感到自己配不上他。"她说。

"你太好了,伊萨贝尔,你真的太好了。"

第二年也过去了,伊萨贝尔仍然每个月接到爱德华一封信,但是不久她就发现事情有些蹊跷,他对回国的事竟闭口不谈了。看他来信,倒仿佛他已在塔希提定居下来。更甚的是,给人的感觉是他不但定了居,而且竟然安居乐业了。她感到有些吃惊。之后,她又把他的来信,全部来信,反复重读了几遍。这次她着实迷惑不解了:她注意到字里行间有一种变化,以前她竟忽略了。后来的几封虽然在充满柔情蜜意和欢快情调这方面同最初的信没有什么两样,但那语气却大不相同了。她对这些信里的幽默词句隐隐约约有些怀疑,出于女性的本能,她对信中那些叫她捉摸不透的东西感到疑虑重重,她发觉信中颇有一些使她困惑不解的轻佻和浮躁。她不敢确定,现在给她写信的爱德华还是不是她以前熟识的那个爱德华了。一天下午,刚好是从塔希提来的邮件到达的第二天,她和贝特曼驾驶着汽车走在路上,他对她说:

"爱德华没告诉你他什么时候启程回来吗?"

"没有,他没提这个。我想也许他同你谈过这件事。"

"只字未提。"

"你知道爱德华是怎样一个人,"她笑着答道,"他是没有时间概念的。下次写信,你如果想到的话,不妨问问他准备什么时候回来。"

她说话的语调是那么随随便便,只有贝特曼的敏锐的心灵才感觉得到她提出的是一个多么急切的请求。他默默地一笑。

"好吧,我问问他。我真不知道他在想什么。"

几天以后,又同他见面的时候,她注意到他有一件什么心事。自从爱德华离开芝加哥以后,他俩经常在一起。两个人都十分惦念爱德华,只要一个人想谈谈这位不在身边的老友,另一个一定是热心的听众。结果是,伊萨贝尔了解贝特曼脸上的任何一种表情,想否认也没有用,她的敏锐的天性一眼就把他看穿了。她心里有一个声音告诉她,贝特曼心烦意乱的神色是同爱德华有关的,直到她逼着他承认这一点她才略略平静了一些。

"情况是这样的,"他终于吐露了真情,"我间接听人说,爱德华已经不在布劳恩施密特公司干事了。昨天我找了个机会问了问布劳恩施密特本人。"

"是吗?"

"爱德华离开他们公司差不多快一年了。"

"真不知道是怎么回事。他居然连一个字也没提过!"

贝特曼沉吟了一会儿,但是他的话已经说了这么多,只好把余下的也和盘托出了。这使他感到非常为难。

"他是被解雇的。"

"天哪,是为了什么?"

"好像他们早就对他提出过一两次警告,最后让他离开了。他们的意思是他既懒惰又不称职。"

"爱德华吗?"

有那么一会儿,两人谁也没再开口。后来他看到伊萨贝尔在掉眼泪。他本能地握住她的手。

"啊,亲爱的,别这样,别哭,"他说,"我受不了。"

她在一阵心慌意乱中一直没把手抽回来。他想尽力安慰她。

"简直不可理解,是不是?爱德华不可能这样。我想肯定是个误会。"

她什么也没说,过了一会儿,才吞吞吐吐地开了口。

"他后来写的那些信,你看没看出有些奇怪?"她问,头扭向一边,眼睛里闪着晶莹的泪珠。

他真不知道如何回答才好。

"我从信里也看出他变了,"他坦言道,"好像把以前我非常敬佩的那种严肃认真的劲头给丢了,简直让你觉得一切对他——嘻,都没什么了不起。"

伊萨贝尔没有回答。不知什么原因,她神色非常不安。

"可能下次他给你写回信的时候会告诉你他什么时候回来。我们除了等待没有别的法子。"

爱德华又寄给他俩一人一封信,信里仍然没提到回来的事;但是他写信的时候,他还没接到贝特曼那封询问的信。下次邮件也许会给这个问题带来答案。下一班邮件又到了,贝特曼把他刚接到的信带来给伊萨贝尔,但是用不着读信,只要看一眼他的窘相就全明白了。她仔细把信读了一遍,然后抿紧了嘴巴,又重新读了起来。

"太奇怪了,"她说,"我看不太明白。"

"别人会想他是在和我开玩笑。"贝特曼说,脸唰的一下变得通红。

"读起来会给人这种印象,可这一定不是他有意这样写的。这太不像爱德华了。"

"他根本没说回来的事。"

"要不是我对他的爱情一点也不怀疑,我会想……我不知道我会怎么想。"

直到这个时刻贝特曼才把他下午在脑子里酝酿成形的计划讲出来。他现在是他父亲创建的公司的一个合股人,公司生产各式各样装配内燃机的车辆。他们准备在火奴鲁鲁、悉尼、惠灵顿等地设立经销处,贝特曼自告奋勇代替本来打算派去的经理到这些地方走一趟。从惠灵顿回来的路上,途经塔希提,实际上塔希提也是必经之路,他可以去看看爱德华。

"事情有些莫名其妙,我打算把它弄清楚,也仅此一着了。"

"噢,贝特曼,你真是太好了,心地太善良了。"她叫道。

"你知道,世上没有什么比你的幸福对我更重要的了,伊萨贝尔。"

她注视着他,把手伸给他。

"你真好,贝特曼。我不知道世界上还有像你这样的人。我怎么才能报答你呢?"

"我不要你的感谢,我只要你允许我帮助你。"

她垂下了眼皮,颊上泛起一层淡淡的红色。她和他太熟了,已经忘记他是多么英俊了。他和爱德华一样高大,体形匀称,他皮肤黝黑,脸色有些苍白,而爱德华却面色红润。她当然非常清楚他很爱她。她心里很感动,对他有一种爱怜的感情。

现在贝特曼·汉特就是从这次旅行回来的。

公事占用的时间比他预料的要长一些,他有的是时间思索两位朋友的事。

他得出的结论是,爱德华不想回来绝不会是因为什么大不了的事,说不定是一种骄傲心理,立志要出人头地以后再要求他崇拜的姑娘同自己结婚,但这种骄傲必须用说理的方法叫他戒除。伊萨贝尔情绪低落。爱德华一定要同他一起回芝加哥,马上同她结婚。可以在汉特内燃机和汽车公司给他找个工作。虽然内心隐隐作痛,但当他想到自己作出这样牺牲拼命为他最爱的两位朋友争到幸福,又不禁有些自豪。他这一辈子都不结婚了。等爱德华和伊萨贝尔有了孩子,他就当孩子的教父。再过多少年,等那两个人都去世以后,他会讲给伊萨贝尔的女儿听,在很久、很久以前他曾如何爱过她的母亲。贝特曼脑子里幻想着这样一幅场景,眼睛不觉变得泪水模糊了。

为了要使爱德华感到意外,他事前并没有打电报来。在塔希提登岸以后,他跟随在一个自称是鲜花旅馆老板儿子的年轻人后边,向这家旅馆走去。当他想到他的朋友看到自己——一个最意想不到的客人——走进办公室那种目瞪口呆的样子,不禁咯咯地笑出声来。

"顺便问一下,"在路上走的时候他问那个年轻人,"你能不能告诉我在什么地方能找到爱德华·巴纳尔德先生?"

"巴纳尔德?"年轻人说,"这个名字我好像听说过。"

"一个美国人。浅棕色的头发,蓝眼珠。他来这儿已经两年多了。"

"当然了。我知道你说的是谁了。你是说杰克逊先生的侄子。"

"谁的侄子?"

"阿诺尔德·杰克逊先生的侄子。"

"我想咱俩说的不是一个人。"贝特曼冷冷地回答。

他吓了一跳。太奇怪了,这位声名狼藉的阿诺尔德·杰克逊在这地方居然还沿用他被判罪时的那个不光彩的名字!但是这个以他的侄儿身份出现的人又是谁呢?贝特曼一点儿也捉摸不透。他只有朗斯塔夫太太一个妹妹,并没有兄弟啊。现在贝特曼旁边的年轻人操着一口流利的英语,但听起来还是掺杂着些外国腔调。贝特曼瞟了他一眼,发现他身上有许多自己开始没有注意到的土著血统的特征。虽然不是有意如此,他的态度却立刻变得矜持了。他们走进旅馆。贝特曼把房间安置好,就叫人指点去布劳恩施密特公司的路。这家公司的办事处在岸边,面对与大海相连的咸水湖。八天的海上旅程使贝特曼非常高兴又踏上坚实的土地,他在洒满阳光的马路上悠闲地向湖滨踱去。找到他要寻找的地址以后,他把一张名片递进去。他被领着穿过一间高大的像是谷仓似的房子(这间房子兼作仓库和店面),走进经理的办公室,办公室里面坐着一位大腹便便、戴着一副眼镜的秃顶男人。

"你能不能告诉我在哪儿可以找到爱德华·巴纳尔德先生?我知道他在你们这儿干过一段日子。"

"你是找他呀。我可不知道他现在在什么地方。"

"可是我知道他到这儿来工作是经过布劳恩施密特先生特别介绍的。我同布劳恩施密特先生很熟。"

这个胖男人向贝特曼投过一道怀疑的、灼灼逼人的目光。他向在仓库里干活的那些男孩子中的一个喊道:

"我说,亨利,你知道巴纳尔德现在在哪儿吗?"

"他大概在卡麦隆商店干活吧。"那个人回答说,并没有走出来。

胖子点了点头。

"你出了这个地方向左拐,走三分钟的路就到卡麦隆商店了。"

贝特曼犹豫了一下。

"我觉得我应该告诉你爱德华·巴纳尔德是我最要好的朋友。我得知他离开布劳恩施密特公司真是太吃惊了。"

那个胖男人把眼睛眯缝起来,一直眯缝成一条线,死死地盯着贝特曼。贝特曼被他看得很不自在,甚至觉得脸都有些发烧了。

"我猜想布劳恩施密特公司和爱德华·巴纳尔德在某些问题上一定没能取得一致的意见。"他回答说。

贝特曼不大喜欢那家伙的态度,于是他就站起身来,保持着自己应有的体面,说了两句多谢打扰的客套话告辞了。他离开这个地方时带着一种奇怪的感觉:他刚才会晤的这个人有不少事可以告诉他,只是不想说罢了。他按照那人指点的方向走去,没走多少路果然找到了卡麦隆商店。这是一家杂货店,和他路上经过的半打左右小店铺没有什么两样。走进店门,他看到的第一个人就是爱德华。爱德华连外衣也没穿,只穿着一件衬衫,正在量一块棉布。贝特曼看到他正在做这样一件卑微的工作大吃了一惊。但这时爱德华已经抬起头来看到他,又惊又喜地喊起来了。

"贝特曼!真没想到你到这里来了。"

他从柜台后面伸出胳膊紧紧握住贝特曼的手。他的神色坦然自若,感到尴尬不堪的反而是贝特曼。

"等一下,我这就把这块布包好。"

他非常老练地剪开手里的一块料子,折起来包好,递给一个黑皮肤的顾客。

"请到交款处去付钱吧。"

他的眼睛闪闪发亮,满面笑容地转向贝特曼。

"你怎么到这地方来了?哎呀,看见你我太高兴了。快坐下,老朋友,在这儿别拘束。"

"我们不能在这儿谈话啊。到我旅馆去吧。我想你脱得开身吧?"

最后一句话他是怀着某些顾虑说的。

"当然脱得开身。我们在塔希提做买卖不需要那么规规矩矩。"他向对面柜台后边的一个中国人喊道,"阿林,老板来的时候,告诉他我有一个朋友刚从美国来,我出去和他喝一杯。"

"没问题。"中国人满面笑容地说。

爱德华穿上一件上装,把帽子戴上,随着贝特曼走出铺子,贝特曼想把他要办的正经事用轻松、诙谐的语调谈出来。

"没想到你在这儿干这个营生,给一个脏兮兮的黑人扯三码半烂布头儿。"他笑着说。

"布劳恩施密特把我辞了,你知道,我想不拘干什么都一样。"

爱德华的坦白叫贝特曼听了非常吃惊,但是他觉得自己还是应该拘谨一些,暂时不追问这个话题为妙。

"我想你干现在这事是发不了大财的。"他说,语气有些干巴巴。

"我也这么想。可是我挣的钱喂饱肚子还是绰绰有余的,我倒也知足了。"

"两年以前你不会这样的。"

"我们总是越活越聪明嘛。"爱德华回答,心情显然非常高兴。

贝特曼瞟了他一眼。爱德华穿着一身寒酸的白帆布衣服,一点也不干净,头上戴的是当地制作的草帽。他比以前消瘦了,皮肤晒得黝黑,但肯定比过去任何时候都显得更洒脱了。可是在他的表情里却有一种说不出来的劲头儿叫贝特曼觉得心里不安。他走起路来带着一股贝特曼没见过的意兴勃勃的劲儿,他的举止有些漫不经心。仿佛对什么事——说不上到底是对什么——非常高兴。贝特曼对他的这种表现无法指责,心里却感到惶惑莫解。

"天知道,他为什么这么洋洋得意。"他暗自问自己道。

他们回到旅馆,在阳台上坐定。一个当侍者的中国人给他们拿来了鸡尾酒。爱德华迫不及待地想知道芝加哥方面的新闻,劈头盖脸地问了他朋友一大堆问题。他表现出的兴趣又真挚又自然。但奇怪的是他的兴趣并不专一,对许多不同的事情抱有同样程度的关切。他热切地打听贝特曼的父亲怎么样,正像他急于想知道伊萨贝尔在做什么一样。谈起伊萨贝尔来,他丝毫也不尴尬,让你弄不清她是他的亲姐妹还是他的未婚妻。在贝特曼还没有来得及品味爱德华谈话的真正含义以前,他发现话题已经转到他自己的工作和他父亲最近新建的大楼上来了。他决心把话题再拉回到伊萨贝尔身上,正当他寻找这样一个时机的时候,他看到爱德华亲热地对一个人挥了挥手。一个男人从阳台上向他们走来,但是贝特曼是背冲着他的,所以他看不到来的是什么人。

"来,这边坐。"爱德华快活地说。

新来的人走近了。这人身材高大、瘦削,穿着白帆布衣服,一头整齐的卷曲白发。他的脸也是又瘦又长,一只大勾鼻子,嘴巴却生得很美,富于表情。

"这位是我的老朋友贝特曼·汉特。我告诉过你他的事。"爱德华说,嘴角上又一次浮现出笑容来。

"非常高兴见到你,汉特先生,我过去同令尊很熟。"

这位陌生人伸出手来,亲切、有力地握住年轻人的手,直到这时爱德华才通报他的姓名。

"阿诺尔德·杰克逊先生。"

贝特曼脸变得煞白,感到自己两手冰冷。这就是那个开假支票被判过刑的人,这就是伊萨贝尔的舅父。他不知道该说些什么。他努力不使自己的慌乱窘劲儿流露出来。阿诺尔德·杰克逊眼光一闪一闪地打量着他。

"我敢说我的名字对你并不生疏。"

贝特曼不知道应该承认呢还是否认,他更为狼狈的是杰克逊和爱德华两个人对他这种窘态好像都觉得很有趣儿。违拗他的本意,硬叫他认识一个他宁愿在这个岛上远远避开的人已经够背气的了,更让他受不了的是他看得出来这两人明明是在拿他打趣。也可能他这个结论下得太早了一点儿,因为杰克逊紧接着就加了一句:

"我知道你同朗斯塔夫一家人很有交情。玛丽·朗斯塔夫是我妹妹。"

现在贝特曼开始思忖,是否阿诺尔德·杰克逊居然以为他对芝加哥有史以来最大的一件丑事真的一无所知?杰克逊这时却把一只手搭在爱德华的肩膀上。

"我不坐了,台迪①,"他说,"我还有点事。你们两个小伙子还是晚上到我那儿去吃晚饭吧。"

"太好了。"爱德华说。

"谢谢你的好意,杰克逊先生,"贝特曼不冷不热地说,"但是你知道我在这里只能停留很短的时间,我坐的那艘船明天就起航。我想要是你能见谅,我今天晚上就不去了。"

"噢,别胡说了。我来招待你一顿地方风味。我妻子做饭的手艺很不错,台迪会领你去的。早点儿来,可以看看落日。要是你们愿意的话,你们两个人都可以在我那里过夜。"

"我们当然去,"爱德华说,"一来轮船,旅馆晚上准吵翻了天;住在你家里我们可以好好聊一聊。"

"我不会放过你的,汉特先生,"杰克逊态度非常亲切地继续说,"我想听听芝加哥都有什么新闻,还有玛丽的事。"

贝特曼还没来得及说什么,他已点了点头走了。

"我们在塔希提这地方要是想请客,你是辞不脱的,"爱德华笑着说,"此外,你还可以吃一顿这个岛上的最丰盛的晚餐。"

"他刚才说他妻子的手艺很不错,是什么意思?我凑巧知道他的妻子在日内瓦。"

"作为妻子来说,日内瓦路太远了点儿,不是吗?"爱德华说,"再说,他也好长时间没见到她了。我想他刚才谈到的是另外一个妻子吧!"

贝特曼半晌儿没说话,他的脸相显得很严肃,线条重重。但是在他抬起头来,发现爱德华的眼睛里流露着一种感觉好笑的神色时,他的脸一下子涨得通红。

"阿诺尔德·杰克逊是个没人看得起的家伙。"

"我怕让你说着了。"爱德华笑了笑说。

"我不懂正经人怎么能同他有来往。"

---

① 爱德华的昵称。

"也可能我不是个正经人。"

"你是不是常同他在一起,爱德华?"

"经常在一起。我过继给他做他的侄子了。"

贝特曼向前倾了倾身子,直勾勾地盯住了爱德华。

"你喜欢他?"

"很喜欢。"

"你难道不知道,这里的人难道都不知道,他造假支票,被判过刑吗?他是应该从文明社会里被赶出来的啊。"

爱德华两眼盯着从雪茄烟上升起的袅袅烟圈,烟圈一直飘到静止的、弥漫着烟草香的空气里。

"我想他可以说是个不折不扣的流氓,"沉吟了一会儿,他终于开口说,"即使他对自己的过错有所忏悔我看也不能取得人们的宽恕。他曾经是一个诈骗犯,欺骗过别人;这种印象永远也抹不掉。可是我还从来没有碰见过哪个人和我更处得来。我现在知道的这些事都是他教会的。"

"他教会了你什么?"贝特曼大为吃惊地喊起来。

"如何生活。"

贝特曼忍不住笑出声来。

"真是位高师。是不是因为他的谆谆教导你才丢掉大好前途而在一家不值十个小钱的杂货铺里站柜台?"

"他的性格太了不起了,"爱德华一点也没有发火,仍然笑着说,"也许你今天晚上就可以知道我说这话是什么意思了。"

"如果你的意思是要我去和他共进晚餐,你可以死了这条心吧。说什么我也不会踏进那个人的门槛。"

"去吧,看在我的面子上,贝特曼。我们两人是这么多年的朋友了,如果我求你一件事,你总不会拒绝吧。"

爱德华说话的语调里有一种贝特曼所不熟悉的东西。他那柔声细气的调子有一种奇特的说服力量。

"你要这么说的话,爱德华,看样子我是非去不可了。"他笑了一下。

贝特曼另外还有考虑,这样做也可以尽量了解一下阿诺尔德·杰克逊是怎样一个人。事情非常清楚,这个人对爱德华有很大的影响,如果要把爱德华从他的手里夺回来,首先就要弄清楚,他为什么能左右着爱德华。贝特曼越同爱德华谈下去,越觉得爱德华发生了很大的变化。他本能地感到自己的脚步应该谨慎一些,他下决心一定要把道路看清楚再宣布他此行的真正目的。贝特曼开始天南地北地随便闲谈起来,旅途中的见闻啊,办成的几笔交易啊,芝加哥政界的新闻啊,以及他们的这位、那位朋友和大学生活等等。

最后爱德华说他得回去再干一会儿活儿,他提议五点钟来接贝特曼,一起乘车去阿诺尔德·杰克逊家。

"顺便说一下,我本来一直觉得你该住在这家旅馆,"当贝特曼同爱德华慢慢踱出旅馆花园的时候,他开口说,"我知道这地方唯一高级一点儿的旅馆就是这家了。"

"我可不住在这儿,"爱德华笑起来,"对我来说太奢华了。我在城边上租了一间房子,又便宜又干净。"

"如果我的记忆力不错的话,在芝加哥的时候,你似乎对这些事不太看重啊。"

"哼,芝加哥!"

"你这是什么意思,爱德华?芝加哥是世界上最伟大的城市啊!"

"我知道。"爱德华说。

贝特曼很快地扫了他一眼,可是从爱德华的面孔上一点也看不出他的内心思想。

"你什么时候回去?"

"我自己也常常琢磨这件事。"

他的这个回答和他所使用的口吻把贝特曼吓了一跳,但是还没容他叫爱德华解释以前,爱德华已经对着一个驾着小汽车从他们身边经过的欧亚混血儿招了招手。

"搭搭你的车,查理。"他说。

他朝着贝特曼点点头就向停在前面几步远的汽车跑去,留给贝特曼一堆纷乱、困惑不解的印象要他慢慢地去清理。

爱德华再去找他时坐的是一辆一匹老母马拉着的东摇西晃的破马车,他们沿着海边的马路向前驶去。路两边都是种植园,种着椰子树或是香子兰;时不时地他们会看见一株硕大无朋的芒果树,果实从浓密的绿叶里露出来,黄的、红的、紫的。另外他们还不时瞥到一眼远处的大海,一片平静、蔚蓝,还有一两个为高大的棕榈树装点得美丽非凡的玲珑的小岛。阿诺尔德·杰克逊的房子伫立在一座小山上,只有一条小路通上去。他们把马卸下来,拴在一棵树上,把马车扔在路旁边。对贝特曼来讲,这种做事的方法太有点儿马马虎虎了。在他们向房子走去的路上,一个高高的、相貌端正的但年纪已不很轻的本地女人迎着他们走过来。爱德华热情地同她握了握手,并把贝特曼介绍给她。

"这位是我的朋友汉特先生。我们到你家吃饭来了,拉薇娜。"

"太好了,"她说,脸上掠过一丝笑容,"阿诺尔德还没有回来。"

"我们先下去洗个澡。给我们拿两条'帕瑞欧'来吧。"

那个女人点点头,走回屋子去。

"这人是谁?"贝特曼问道。

"噢,她是拉薇娜,阿诺尔德的妻子。"

贝特曼使劲抿住嘴,什么也没说。不一会儿那个女人拿着一捆东西走回来交给了爱德华。他们俩顺着一条陡峭的小路向海滩上一丛椰子树走去。脱掉衣服以后,爱德华教他的朋友如何把这块叫作"帕瑞欧"的红棉布当作浴裤围在腰上。没过一会儿这两人已经在暖洋洋的、并不很深的海水里泼弄得水花四溅了。爱德华的兴致非常高。他笑着、喊着、唱着,活脱儿是个十五岁的孩子。贝特曼过去从来没有看见他这样快活过。后来他们躺在沙滩上,在清澈纯净的空气里抽着烟,爱德华兴高采烈的劲儿和欢乐的情绪简直叫人无法抗拒,由不得你看着不心动;贝特曼简直有点害怕了。

"你好像觉得生活是一片欢乐。"他说。

"就是这样么。"

他们听到一阵窸窸窣窣的声音,回头一看,原来是阿诺尔德·杰克逊走来了。

"我知道我非得来接你们这两个孩子不可,"他说,"洗得痛快吧,汉特先生?"

"太好了。"贝特曼说。

阿诺尔德·杰克逊这时已经脱去了他那身整洁的帆布服,只在胯下缠着一条"帕瑞欧",赤着脚。他的身体被阳光晒得黝黑,长长的卷曲的白头发和一张苦行僧似的面庞配着这种当地服装使他看起来又古怪又有趣,但是他自己却一点儿也不理会,举止非常自然。

"你们要是收拾好了,我们就上去吧。"杰克逊说。

"我这就穿上衣服。"贝特曼说。

"怎么,台迪,你没有给你朋友拿一条'帕瑞欧'来吗?"

"我想他还是愿意把衣服穿上。"爱德华笑着说。

"我当然得穿上衣服。"贝特曼的口吻很严峻。在他还没把衬衫穿好之前,他看见爱德华已经把腰部缠好,站在那里准备走了。

他又问爱德华:"你不穿鞋不嫌走路扎脚吗?我下来的时候就发现路上石头可不少啊!"

"哦,我已经习惯了。"

"从城里回来换上'帕瑞欧'真是太舒服了,"杰克逊说,"你要是在这里待下去的话,我一定推荐你学会穿这种玩意儿。这是我所看到的最合理的服装了。既凉快,又方便,还非常经济。"

他们回到上面的房子,杰克逊把他们领进一间大屋子,墙壁粉刷得雪白,天花板是露天的。屋子里饭桌已经摆好,贝特曼发现摆的是五个人的餐具。

"夏娃,过来让台迪的朋友看看你,然后给我们兑点鸡尾酒。"杰克逊喊道。

这以后,他把贝特曼领到一个比较低的长窗子前面,"往外边儿看看,"他说,做了个戏剧性的手势,"好好看一下。"

房子外面,椰树林顺着陡峭的山坡迤逦而下,一直延伸到海滨,海水在夕阳余晖映照下呈现出鸽子胸脯一样变幻莫测的柔和色彩。稍远一点是一个小港湾,两旁伫立着一簇簇土著居民的茅屋;靠近一块礁石的地方有一只独木舟,轮廓鲜明,几个土著正在船上捕鱼。再远一些,可以看到太平洋巨大、平静的水面。二十英里以外,则是那个名叫莫里亚的仙境般的岛屿,虚无缥缈,宛如诗人驰骋的幻想编织的一块锦缎。太美了,贝特曼看得简直出神了。

"我从来没领略过这样美丽的景色。"他终于说了一句话。

阿诺尔德·杰克逊站在那里,注视着前方,他的眼睛里流露出一股梦幻的柔情。他的瘦削的、沉思的面孔显得非常庄严。贝特曼看了一眼这张脸,再一次注意到它是那样强烈地给人以超脱的感觉。

"美,"阿诺尔德·杰克逊低声说,"一个人很少面对面地看到美。好好看看吧,汉特先生,你现在所看到的以后再也看不到了,因为这一时刻转瞬即逝,但是它在你心里将留下一个不可磨灭的印象。你接触到了永恒。"

他的声音深沉,好像发着回响。他吐露的言词似乎是最纯洁的理想主义,贝特曼不得不一再提醒自己:现在和自己说话的这人是个罪犯,是个没人心的骗子。爱德华这时却好像听见有什么声音,一下子扭转了身子。

"这是我女儿,汉特先生。"

贝特曼和她握了握手。她生着一对晶莹的黑眼睛,绯红的嘴唇带着盈盈笑意;但是她的皮肤是棕色的,卷曲的长发波浪般地披在肩上,像石墨一般乌黑。她只穿了一件红棉布的宽松的长衫,光着脚,头上戴着一个香气袭人的白花编的花冠。她的样子非常可爱,好像波利尼西亚传说中的泉边女神。

她稍有些羞涩,但是更加扭捏不安的却是贝特曼。对他说来,整个环境叫他困窘不堪,就是看着这个空气精灵般的窈窕姑娘拿着一个调酒器熟练地一杯又一杯地调制鸡尾酒时,心情也没有好多少。

"让咱们的酒劲头大一点,孩子。"杰克逊说。

她把酒倒好后,甜甜地笑了一下,递给三个人每人一杯。平日贝特曼对自己掺和鸡尾酒的技巧不无自豪之感,可是在他尝了一口手里的酒以后,发现味道那么精美,也着实有些吃惊。杰克逊发现客人不自觉地流露出赞赏神情,骄傲地呵呵大笑起来。

"还不坏吧?我亲自教会这孩子的,过去在芝加哥的时候,我曾经想,论调酒的本领全城没有一个酒侍配给我打下手。我在教养所里没事可做,常常琢磨鸡尾酒的新配法解闷儿,可是讲到真正的好酒,再也没什么比得上不带甜味的马提尼的了。"

贝特曼觉得仿佛有人在他的胳臂肘的麻筋上狠狠打了一拳,他清清楚楚地知道自己的脸红一阵白一阵。但是在他还没能想起该说句什么话的时候,一个土著小男孩已经端进一大碗汤来。大家围着桌子坐下来开始吃饭。阿诺尔德·杰克逊的这番话好像在他自己心里引起了一连串往事,因为他滔滔不绝地讲起他在狱中的日子来。他谈得那么自然,没有一点儿怨意,就好像在讲自己在国外上大学的经历。他总是朝着贝特曼讲话,贝特曼开始觉得不知所措,后来简直狼狈不堪。他看到爱德华的眼睛始终盯着自己,目光里闪耀着感到好笑的光亮。他突然感到杰克逊是在耍弄他,脸不由涨得通红,之后他又觉得事情如此荒诞——想不出杰克逊这一举动有什么理由——他又冒起火来。阿诺尔德·杰克逊的脸皮太厚了——没有别的什么词可以形容他了——而且麻木不仁,不管是假装的还是真实的,真是太没廉耻了。菜肴不断地递上来。贝特曼被逼让着品尝各种奇怪的食品,生鱼,和他叫不出名字的一些东西;只是由于教养他才不得不吞下去。可是他发现这些东西非常可口,不觉大为吃惊。之后又发生了一件事,贝特曼认为这是整个这天晚上最叫他尴尬的了。他面前摆着一个小花环,纯粹为了找话说,他随口评论了一句。

"这是夏娃给你编的花冠,"杰克逊说,"我想她太害羞了,不好意思亲自给你。"

贝特曼把花环拿到手里,对那姑娘说了几句客气的感谢话。

"你得把它戴上。"她笑着说,脸微微一红。

"戴上?这可不成。"

"这是我们这里的一个非常迷人的习俗。"阿诺尔德·杰克逊说。

他前边也放着一个,他把它戴在头上。爱德华也把自己前面的花冠戴上。

"我想我这身衣服不适宜于戴这个。"贝特曼有些不安地说。

"你要不要一条'帕瑞欧'?"夏娃马上接口说,"我马上就给你取一条来。"

"不,不,谢谢你。我这样蛮好。"

"教给他怎样戴,夏娃。"爱德华说。

一瞬间贝特曼恨起他这位最要好的朋友来了。夏娃从桌子旁站起来,笑得前仰后合,把花冠戴在他的黑头发上。

"你戴着真漂亮,"杰克逊太太说,"你看漂亮不漂亮,阿诺尔德?"

"漂亮极了。"

贝特曼的每一个汗毛孔都在往外冒汗。

"真可惜天已经黑了,"夏娃说,"不然我们可以给你们三个人拍一张合影。"

贝特曼感谢自己的星宿,幸亏天已经黑了。他想他穿着这套蓝色哔叽西装,系着高领——一副绅士派头——可头上顶着一个出洋相的花环,看起来一定是个十足的傻瓜。他心里简直火冒三丈,他一辈子从来没有像现在这样需要这么大的克制力,因为他需要始终保持着一副乐呵呵的笑脸。看见那个坐在桌子尽头上的老头儿,半裸着身子,漂亮的白发上戴着一顶花冠,一副圣徒般的脸相,贝特曼的气不打一处来。他现在这个处境简直叫他急也不是恼也不是。

晚餐结束了。夏娃和她母亲留下来收拾桌子,三个男人坐在外面露台上。天气很暖,空气里弥漫着夜间开放的一群白花的香气。晴朗无云的空中一轮满月缓缓移动,在广阔的海面上映出一条通路,直通向永恒的浩瀚无垠的国土。阿诺尔德·杰克逊开口谈起来。他的嗓音浑厚,像音乐一样。他谈的是这里的土著人民和他们古老的传说。他给他们讲过去的传奇,讲探索未知的冒险,讲爱情和死亡、仇恨和复仇。他谈到发现那些遥远的岛屿的冒险家,谈到在那些岛上落户定居的水手,这些人和一些酋长的女儿结了婚,也谈到那些在银色海岸边过着各式各样生活的流浪汉。贝特曼开始时强忍着自己满肚子的不高兴阴沉着脸听着,但是不大一会儿,他就被杰克逊话语中的一种魔力吸引住,着了迷似的连身体都不动了。传奇的幻影使平凡庸俗的日常生活黯淡无光。难道他忘记了杰克逊的伶嘴俐舌了吗?难道他忘记了杰克逊就是凭这张巧嘴骗取了轻信他的公众大笔钱财?就是凭这张巧嘴使自己几乎逃脱了法网吗?再没有谁比他更能说会道了,也再没有谁比他懂得怎样讲话更能引人入胜了。但是突然间他站起身来。

"好了,你们两个孩子很久没有见面了。我得让你们好好聊聊。什么时候你想睡觉,台迪会领你去你的房间。"

"啊,可是我没有想到在这里过夜啊,杰克逊先生。"贝特曼说。

"你会发现这里更舒服些,我们到时候会早一点叫醒你。"

非常礼貌地握了握手后,阿诺尔德·杰克逊神态庄严,像身披法衣的大主教似的离开了他的客人。

"当然了,你要是实在不想住在这里,我就驾车送你回巴比特镇,"爱德华说,"但是我还是劝你住下。清晨走这条路那才叫妙呢。"

有好几分钟两个人谁也没说话,贝特曼在盘算该怎样开始这场谈话。这一天的经历使他觉得这场谈话更有必要进行了。

"你什么时候回芝加哥?"他突然问道。

爱德华片刻没有回答。之后他懒洋洋地转过身来看着他的朋友,笑着说:"我不知道,也许永远也不回去了。"

"我可真不明白,你这是什么意思?"贝特曼喊了起来。

"我在这里很幸福。再改变生活不是太蠢了吗?"

"天哪,你不能在这里住一辈子啊?这不是正经人过的生活。这种生活跟死也没有什么两样。哎呀,爱德华,趁现在还不太晚,你立刻就走吧。我已经觉得有些事不对头了。这个地方把你迷住了,你已经被邪恶的势力抓到掌心里,但是只需要你狠一下心,还是可以挣脱的。一旦你摆脱了这个环境,你就会感谢一切神明的。你会像一个吸鸦片的人把烟戒掉一样。你会明白这两年来你一直在呼吸着有毒的空气。当你的肺叶再重新呼吸到故乡的新鲜、洁净的空气,你想象不到那会使你多么舒畅。"

他说得很快,因为激动,一句话紧跟着另一句话脱口而出,他的声音充满了真挚和热情。爱德华被感动了。

"你这么关心我,老朋友,太感谢你了。"

"爱德华,明天跟我走吧。你从一开始到这地方来,就是个错误。你不该过这种生活。"

"你跟我说这种生活、那种生活,可是你认为一个人怎样才能享受到生活中最美好的东西呢?"

"那还用问?我认为这个问题只能有一个答案。要取得生活中最美好的东西,只有恪尽职守,辛勤工作,不辜负地位职分对一个人的期许。"

"那么什么是他的酬报呢?"

"酬报是,他感觉到自己已经达到起初立志从事的事业。"

"这对我说来简直有点高不可攀了。"爱德华说,贝特曼借着夜晚的微光看到他正在微笑,"我怕你会认为我已经堕落到可悲的地步了。现在有些事情,三年以前我敢说对我来讲也是无法容忍的。"

"你是从阿诺尔德·杰克逊那里学来的吗?"贝特曼带着些鄙夷的神情问。

"你不喜欢他?或许根本就不能希望你会喜欢他。我刚到这儿也和你似的,和你一样对他怀着偏见。他不是一个一般的人。你自己也看到了,他并不隐瞒他坐过牢的事。我看不出他对坐牢,或者对让他坐了牢的那些罪恶感到悔恨。我听到他唯一抱怨过的事就是出狱以后健康受到损害。我想他这个人是不知道什么叫懊悔的。他完完全全没有道德观念。他把一切事都看作理所当然,对他自己的所作所为也毫不例外。他为人慷慨大方,心肠慈善。"

"他一直如此,"贝特曼打断了他的话,"对待别人的钱财很慷慨。"

"我发现他是一个很好的朋友。我根据自己对一个人的印象来评判他,不是一件很自然的事吗?"

"结果是你分不清是非善恶的界限了。"

"不是的,在我心里头,这种界限同过去一样划得很清楚,我感到有些混乱的只不过是好人和坏人的界限罢了。阿诺尔德·杰克逊是一个做好事的坏人呢,还是一个做坏事的好人呢?这是个很难回答的问题。也许我们把人同人之间的界限区分得太清楚了。也许我们当中那些最大的好人实际上却是罪人,而那些最坏的人倒是圣徒。谁能知道?"

"你永远也不能说服我,叫我把白的看成黑的,把黑的看成白的。"贝特曼说。

"我肯定做不到,贝特曼。"

贝特曼不明白,为什么爱德华在附和他的看法时嘴角上掠过一丝笑容。爱德华沉默了一分钟。

"我今天早上见到你的时候,贝特曼,"他又开口说,"我好像看到了两年以前的我。同样的假领,同样的皮鞋,同样的蓝色西装,同样的精力充沛。一点不错,同样也是立下了壮志。天哪,我那时候劲头儿多么足啊!这地方那种半死不活的办事方式叫我的血液都沸腾起来了。我各处走了走,不管走到哪儿都看到前途大有可为,可以大干一场。这里是能够狠做大笔买卖的。这里的椰子干为什么要用麻袋装到美国再榨油呢?我觉得太荒唐了。如果在当地提炼,利用廉价的劳动力,又省了运费,不是合算得多吗?我好像已经看到巨大的工厂在岛上巍然耸立起来。还有这里加工椰子的方法我也觉得笨得要死;我发明了一种裂壳剥肉的机器,每小时可以加工二百四十只椰果。这里的港口也不够大。我做了扩建港口的计划,再组织一个辛迪加购置土地,为到这里来的旅客兴建两三个大旅馆,带露台的住房。我还有一个为从加利福尼亚州招揽游客改善轮船服务行业的方案。二十年之后,这里再不是这个半法兰西式的懒洋洋的巴比特小镇了,我看到的是一个美国式的繁华城市,十层高的大厦、电车、剧场、歌剧院,还有股票交易所和一位市长。"

"你要干啊,爱德华,"贝特曼喊了一声,一下子兴奋得从椅子上跳起来,"你既有策略又有本领。我说,你可以成为澳大利亚和美国之间最富有的人了。"

爱德华咯咯地笑了。

"可我不想。"他说。

"你的意思是说你不想要钱,不想发财,发几百万的大财?你知道你可以拿这笔钱做什么吗?你知道它能带给你什么权力吗?如果你自己不把钱放在眼里,想想你能用它做什么,为人类的繁荣开辟新渠道,给成千上万的人创造就业的机会。你刚才那番话在我脑子里唤起一幅幅的图景,弄得我都发晕了。"

"那么你就坐下吧,我亲爱的贝特曼,"爱德华笑起来,"我的椰果破碎机永远也不会有人使用,据我看来,巴比特懒散的街市上也永远不会行驶电车。"

贝特曼咕咚一声坐回到自己的椅子上。

"我不明白你的意思。"他说。

"我也是一点点才明白的。我逐渐喜欢起这里的生活来,喜欢这里的安闲懒散,喜欢这里的人们,他们个个性格温顺,永远带着欢乐的笑脸。我开始思索起来。我以前从来没有时间考虑到这些事。我也开始读起书来了。"

"你从来就没有停止读书啊。"

"我那时读书是为了应付考试,为了在谈话的时候能够卖弄自己。我为了学问而读书。在这里我学会了为兴趣而读书。我学会了聊天。你知道吗?聊天是生活的一个很大的乐趣,但是聊天需要闲暇,过去我一直太忙碌了。逐渐地,过去对我非常重要的那种生活开始变得毫无所谓了,庸俗不堪了。那种没时没晌的挣扎奋斗、忙忙碌碌有什么用呀?现在我一想起芝加哥就看到一座灰暗的城市——到处是石头砌的房屋,就像一座监狱——还有无尽无休的喧嚣吵闹。而所有那一切活动到底是为什么呢?在那里人们能够享受到生活中最美好的事物吗?我们到这个世界上来难道就是为了这个——匆匆忙忙地赶着上班,一小时也不停地从早忙到晚,然后急着回家,吃晚饭,再上剧场?难道我就必须这样虚掷我的青春?要知道,青春是转瞬即逝的,贝特曼。当我年老的时候,我还能盼望什么呢?还是那一套——早上匆匆忙忙地上班,一小时也不停地工作到天黑,然后赶回家去吃晚饭,上剧场吗?如果想赚钱的话,这倒也值得一做;我不知道,这要看一个人的天性了。但是如果你不想赚钱的话,还值得这样做吗?我自己的生活想过得比这个更有意义一些,贝特曼。"

"你在生活中最珍贵的是什么呢?"

"我恐怕你会笑我的。真、善、美。"

"你认为这些你在芝加哥得不到吗?"

"或许有人能得到,我可不成。"现在轮到爱德华跳起来了,"我告诉你,每当我想起过去那种生活的时候,我就感到毛骨悚然,"他激动地喊起来,"想到我幸而逃避掉的危险,我简直吓得发抖。我以前从不知道我还有灵魂,直到在这里我才找到。如果我一直是有钱的人,我就可能永远失去灵魂了。"

"我不明白你怎么能这么说,"贝特曼气愤地喊道,"这个问题是我们过去常常讨论的。"

"是的,我知道。那简直和聋哑人讨论和弦一样,毫无意义。我永远也不回芝加哥了,贝特曼。"

"那伊萨贝尔怎么办?"

爱德华走到凉台边上,向外倾着身子,专心致志地凝视着迷人的蓝色夜空。当他又一次转过身的时候,脸上挂着微笑。

"对我来讲,伊萨贝尔实在太好了。我崇拜她胜过我见过的任何一位女性。她非常聪明,内心的善良也不亚于外表的美丽。我敬佩她充沛的精力,她的雄心壮志。她生到世界上来就是为了享受成功的。我一点也配不上她。"

"她可不这样想。"

"但是你必须把我的话告诉她。"

"我?"贝特曼喊道,"你找谁做这件事都可以,就是别找我。"

爱德华背对着皎洁的月光,看不见他的脸。他会不会又在窃笑呢?

"贝特曼,你想把什么事瞒着不告诉她是没有用的。她的脑子非常快,不出五分钟就把你心里的事都摸透了。你最好还是一和她见面就把实情全部告诉她吧。"

"我不知道你是什么意思。当然我要告诉她我见到你了。"贝特曼有些困惑地说,"老实讲,我真不知道该怎样对她讲。"

"告诉她我一事无成。告诉她我不但很贫穷而且我还安于贫穷。告诉她我因为懒散、干活不专心被解雇了。告诉她今天晚上你见到的一切,我同你讲的一切。"

突然闪现在贝特曼脑海里的一个念头逼着他跳了起来,使他带着无法控制的焦灼站到爱德华面前。

"老天啊,你不想同她结婚吗?"

爱德华神情严肃地看着他。

"我绝不能要求她废除婚约,给我自由。如果她希望我恪守誓言,我将尽力做一个好丈夫,爱她的丈夫。"

"你想叫我把这个消息告诉她吗,爱德华?天啊,我不能。这太可怕了。她做梦也没想到过你不想同她结婚了。她爱你。我怎么能让她蒙受这样一个打击?"

爱德华又笑了。

"你自己为什么不同她结婚,贝特曼?你已经爱了她那么长时间了。你们俩太合适了。你会带给她幸福的。"

"别和我说这个话,我受不了。"

"我自己甘愿退让,贝特曼。你是一个更好的人。"

爱德华的语调使贝特曼很快抬起头来,但是爱德华的眼睛非常严肃,脸上也没有笑容。贝特曼不知道说什么好。他感到困窘不堪,他怀疑爱德华会不会猜疑他来塔希提是怀着一个特殊的任务。但是尽管他知道这个想法很可怕,却又掩盖不住心头的狂喜。

"如果伊萨贝尔写信来解除了同你的婚约,你预备怎么办?"他一个字一个字地慢吞吞地说。

"活下去。"爱德华说。

贝特曼非常激动,竟没有听清他的回答。

"我希望你穿的是通常的衣服,"他有些气恼地说,"你做出的是一件命运攸关的决定,而你穿的这件怪里怪气的衣服却让人觉得你是在信口开河。"

"我向你保证,我穿着'帕瑞欧',戴着玫瑰花花冠可以和戴着高顶帽、穿着长礼服一样严肃认真。"

贝特曼这时又想到另外一件事。

"爱德华,你不是为了我的缘故才这样做的吧?我自己也说不清,但是这件事可能使我的将来发生重大的变化。你不是为了我在牺牲自己吧?你知道,这是我不能忍受的。"

"不,贝特曼。我在这儿已经学会不再犯傻,也不再多情善感了。我希望你和伊萨贝尔幸福,但是我一点儿也不希望自己不幸福。"

这个回答多少有些使贝特曼感到心寒。这里面有点嘲讽的味道。如果叫爱德华表现出高尚的风度他就不会感到歉疚了。

"你的意思是不是准备安心在这里浪费掉自己的生命?这简直等于自杀。我想到咱们刚出学校大门时你那番理想抱负,而现在你却甘心在一家小杂货店站柜台,简直太可怕了!"

"啊,我只是暂时凑合一下,我正在积攒很多极宝贵的人生经验。我脑子里还有一个计划。阿诺尔德·杰克逊在玻毛塔斯群岛有一座小岛,离这里大概有一千英里远,一座环形岛屿,环抱着一个咸水湖。他在那里种了椰子树林,他已经答应把它送给我了。"

"他为什么要这样做?"贝特曼问道。

"因为如果伊萨贝尔解除了我们的婚约,我就和他的女儿结婚。"

"你?"贝特曼简直被这个消息震骇住了,"你不能同一个混血儿结婚,你还不至于这么发疯吧?"

"她是个好姑娘,这么温顺、讨人爱。我想她会使我幸福的。"

"你爱上她了吗?"

"我不知道,"爱德华沉思着回答,"我现在爱她同我以前爱伊萨贝尔不一样。我崇拜伊萨贝尔,我认为她是我遇见过的最了不起的姑娘,我连她的一半也不如。我对夏娃的感情就不同了。她就像一朵异乡的花朵,需要你来保护不受寒风吹袭。我想保护她。而伊萨贝尔是用不着谁来保护的。我想夏娃爱我是爱我这个人,不是为了我以后会如何如何。不管今后我怎么样,我都不会使她失望。她对我非常合适。"

贝特曼什么也没有说。

"明天咱们还得早起,"爱德华最后说,"我们实在该睡觉了。"

这时贝特曼才开始讲话,他的声音中流露出真实的痛苦。

"现在我的脑子全乱了,我不知道该说什么好。我到这儿来是因为我觉得这里一定出了点儿什么事。我想你没有达到最初的目的,因为失败没有脸回去。我绝没想到会遇到这种情况。我感到太遗憾了,爱德华。我太失望了。我本来希望你会做出一番事业来。看到你这样可悲地浪费你的才华、青春,错过良机,我难过极了。"

"别忧伤,老朋友,"爱德华说,"我并没有失败。我成功了。你想象不出我多么热切地想投入生活,生活对我来说多么充实、多么有意义。当你同伊萨贝尔结婚以后,有时你会想起我来的。我将在珊瑚岛上盖一所房子,我要住在那儿,照看我的椰子树——用他们干了无数年的老法子取出椰壳里的果肉——我将在我的花园里种植各式各样的花草树木,我还要捕鱼。有的是工作让我不得停闲,我不会感到厌烦无聊。我会有我的书籍、夏娃,也有孩子——更重要的是,我希望,我会有千变万化的海洋和天空,清新的黎明、灿烂的落日和壮丽辉煌的夜晚。我会在不久以前还是一片荒野的土地上开垦出一个花园。我将会创造出一些东西来。岁月不知不觉地流逝,当我年纪老了,回首一生,我希望我过的是朴实、宁静、幸福的生活。尽管没有什么大作为,我将也是在'美'中过此一生。你是不是认为我满足于这一些东西太没有志气了?

我们知道,假如一个人得到了整个世界却丢失了自己的灵魂,那他是没有什么意义的。我认为我已经获得了我的灵魂了。"

爱德华把他领到一间安放着两张床铺的屋子里,自己倒头躺在一张床上。十分钟以后,贝特曼从他那像孩子似的平静、均匀的呼吸中,知道他已经入了梦乡。但是贝特曼自己却平静不下来。他心里一直乱糟糟的,直到晨曦像幽灵似的静静爬进屋子,他才入睡。

贝特曼把他的这个长故事给伊萨贝尔讲完了。除去他觉得可能伤害她感情或者使自己显得太可笑的部分外,他什么也没有隐瞒。他没告诉她自己曾被逼着戴上花环坐在餐桌旁,也没告诉她一旦爱德华和她解除婚约就准备同她舅舅的女儿结婚的事。或许伊萨贝尔的直觉力比他了解的更为敏锐,因为他越往下讲这个故事,她的目光越冷静,嘴唇也抿得越紧。时不时地她仔细盯他两眼,如果他不是这么专心致志地叙述故事,他会琢磨一下她的这些表情的。

"那个姑娘长得什么样?"当他结束以后她问道,"我是说阿诺尔德舅舅的女儿。你觉得我和她的长相有相似的地方吗?"

贝特曼对这个问题感到有些吃惊。

"我没看出来。你知道,除了你我从来不仔细看别人的长相,我也从来不想有谁长得像你。"

"她漂亮吗?"伊萨贝尔说,因为他说的话露出了笑容。

"我想挺漂亮。我敢说有些男人会说她长得很美。"

"好,这没什么要紧。我想我们没有必要议论她了。"

"你预备怎么办,伊萨贝尔?"他接着问。

伊萨贝尔低下头看了看自己的手,手上仍然戴着爱德华在订婚的时候送给她的戒指。

"我当时没有让爱德华解除婚约是因为我觉得这件事可以鼓起他的劲儿来。我想用这个激励他。我当时想,如果还有什么事能够鼓励他干出一番事业来,那就是让他想到我是爱他的。我已经尽了我的力量了。没有希望了。如果我今天不面对现实,我就太软弱了。可怜的爱德华,他没有害人的心意,只不过同自己过不去。他是个很好的人,只不过缺少点儿什么,可能缺乏的是骨气吧!我希望他幸福。"

她褪下手上的戒指,把它放在桌上,贝特曼注视着她,心急促地跳动着,几乎喘不上气来。

"你太好了,伊萨贝尔,你真的太好了。"

她笑了,站起身来,把手伸向他。

"你为了我做了这么多事,叫我怎样感谢你呢?"她说,"你为了我出了大力,我早就知道我可以信赖你。"

他抓住她的手,握在自己的手里。她从没有像现在这样美丽过。

"啊,伊萨贝尔,为了你我可以做比这个多得多的事。你知道我对你的唯一请求就是允许我爱你,为你做事。"

"你是个坚强的人,贝特曼,"她叹了口气说,"你给我一种很舒服的感觉,让我觉得可以信赖你。"

"伊萨贝尔,我非常爱你。"

他自己也不了解怎么会灵机一动,突然把她抱在怀里。她一点也没有推拒,只是笑盈盈地看着他的眼睛。

"伊萨贝尔,你知道从我第一天看见你,我就想娶你做我的妻子。"他深情地说。

"那你为什么不向我求婚呢?"她说。

她也是爱他的。他几乎不敢相信这是事实。她把可爱的嘴唇送过去让他亲吻。当他这样把她抱在怀里的时候,眼前浮现出一幅图景:汉特内燃机和汽车公司声望越来越高,规模越来越大,占地一百英亩,生产出几百万台内燃机。另外他还看到他收集了大量名画,整个纽约城的收藏家都为之瞠目。他将戴上一副玳瑁眼镜。而伊萨贝尔,在贝特曼的双臂那甜丝丝的环抱下,则幸福地嘘着气,她想到的是她将有一座富丽堂皇的房子,摆满了古老的家具,她将在这里举办音乐会、舞会,和只有最最上流的客人才有资格参加的宴会。贝特曼应该戴一副玳瑁镜框的眼镜。

"可怜的爱德华。"她哀叹道。

阿道斯·赫胥黎

1894—1963

阿道斯·赫胥黎

阿道斯·赫胥黎(Aldous Huxley,1894—1963),英国作家。赫胥黎系出名门,祖父即赫赫有名的生物学家,《天演论》的作者托马斯·亨利·赫胥黎。父亲是一位有名的编辑和诗人,母亲是著名学者马修·阿诺德的侄女。

阿道斯·赫胥黎少时就读于伊顿公学,本想学医,后因眼疾转学牛津,攻读文学。一九一五年毕业后翌年即有第一部诗集问世,其后又不断写小说和文学评论。他学识渊博,思想敏锐,具有鲜明的自由主义倾向。一九二一年发表第一部长篇小说《克鲁姆庄园》。二十世纪二三十年代正值法西斯主义崛起,受到他的激烈抨击。赫胥黎在欧洲长期漫游,结识了英国著名作家D. H. 劳伦斯,与之终生保持友谊,并深受其影响。赫胥黎一生著作极丰,计有长篇小说十一部,短篇小说集五部,诗集八部和大量文学、艺术、宗教、哲学等评论文章,但最受人们称道的是他在一九三二年写的反乌托邦小说《美丽新世界》。

他的作品大多描述上层社会,描写文学家、艺术家等人的生活,注重阐述思想观念,较少关注故事情节,书中人物也常常就是赫胥黎观点的传达者。《梯罗逊的纪念宴》讲述了一位老年艺术家的故事,读来简单兴许可笑,读后细细回想却让人心酸不已。

梯罗逊的纪念宴

一

年轻的斯波德不是个势利小人。他的脑子很聪明,为人也很正派,做不出趋炎附势的事来。不势利是不势利,但是当他想到自己正单独一人、像个知交似的同拜杰瑞勋爵共进晚餐,心头还是有些飘飘然。这在他的生活中肯定是件大事,在他奔求社会、物质和文学上的声名地位中,这是向最后胜利迈进的一大步。斯波德到伦敦来,一心向往的也就是要在这些方面出人头地,征服并俘虏拜杰瑞勋爵几乎可以说是这场战争中必不可少的一个战略性步骤。

艾德蒙,第四十七代拜杰瑞男爵,是那个随着征服者威廉在英国登陆、原姓勒·布莱柔的艾德蒙的嫡系后裔。自从受威廉·芦福斯①封为贵族后,拜杰瑞一姓人是历经红白玫瑰战争和英国历史上其他风云变幻而始终保持着封号的少数几家男爵之一。这一姓人明达事理,人丁也很兴旺,没有哪一个拜杰瑞姓的人参加过任何一次战争,也没有哪一个拜杰瑞姓的人卷进任何一次政治纠纷。他们怡然自得地生活在一座为三重壕堑环绕、开着堞眼的巨大的诺曼底式碉堡里,与世无争地繁衍着自己这一族,有时必须到碉堡外边去,也是为了经营产业和收租。到了十八世纪,当生活相对地变得比较安全的时候,拜杰瑞一家人才冒险走到外面的文明社会中去。一身土气的乡绅变身为雍容华贵的世家,成为文艺的保护人和艺术品收藏家,这一家人拥有大片产业,家资万贯,而且随着工业化的发展,家当也越来越大。采地上的一座座村庄变成了工业城镇,贫瘠的荒地下无意中发现了煤矿,到了十九世纪中叶,拜杰瑞一姓

---

① 即英王威廉二世(1056—1100)。"芦福斯"系拉丁语,意思是火红色。"威廉·芦福斯"即火红色的威廉,是因其皮肤颜色而得的绰号。

人已经是英国少数最富有的贵族之一,这位第四十七代男爵每年进款至少有二十万英镑。他恪守本族人的伟大传统,既不过问政治,又不参与战争,专以收集名画为消遣,另外,对上演戏剧也抱有兴趣。他是文人、画家和音乐家的保护人。一句话,在年轻的斯波德选中的要一显身手的这一特殊世界中,他是一个极有影响势力的人物。

讲到斯波德,他是一个初出大学校门不久的人。《世界评论报》(在各种以"世界"为名的报刊中这是一份最好的报纸)的主编西蒙·高拉米知道了这个年轻人——高拉米总是在挖掘年轻的天才——看到他很有发展前途,便委派他当自己这份报纸的艺术评论员。高拉米喜欢有一帮接受他教导的年轻人簇拥在自己身边。拥有一批门徒满足了他的虚荣心,他发现,同一批听自己管教的人共事,比起那些头脑僵化、刚愎自用的老家伙来,报纸还要好办得多。斯波德在自己的新岗位上干得挺不错。不管怎么说,他写了几篇很有见地的文章,博得了拜杰瑞勋爵的青睐。斯波德这一天晚上能够成为拜杰瑞府邸里的座上客,归根结底也要归功于这些文章。

好几种名酒和一杯陈年白兰地把胆子壮起来以后,斯波德感到在整个这一晚上以前从来没有像现在这样胸有成竹,从容自得。拜杰瑞不是一个能够让你应付裕如的主人。他有一种令人吃惊的习惯,任何一件事一谈过两分钟就要转换话题。比如说,正当斯波德非常自豪地对巴罗克艺术发表一番特别精辟、特别有见解的议论时,这位主人一下子就把你的话头打断,游移不定的目光在屋子里一扫,突然问起你是不是喜欢鹦鹉来。斯波德满脸通红,满腹狐疑地看了这位主人一眼,心里想这人是否在故意给自己难堪。不是的,拜杰瑞的一张汉诺威型的、肥胖苍白的大脸流露出的是真挚坦白的神情,在他的一对发绿的小眼睛里也丝毫没有恶意的闪亮。显然他真的想了解一下斯波德喜欢不喜欢鹦鹉。年轻人把一口怒气咽下去,回答说他喜欢。于是拜杰瑞给他说了一个关于鹦鹉的有趣故事。斯波德正打算说一个比拜杰瑞说的更有意思的故事时,这位主人又把话头一转,开始谈起贝多芬来。这场游戏就这样不断继续下去,为了迎合主人,斯波德不得不把自己的话说得极其简练。在十分钟内,他对本维努托·切利尼①,维多利亚女王,运动,上帝,斯蒂芬·菲利浦斯②

---

① 本维努托·切利尼(1500—1571),意大利雕刻家。
② 斯蒂芬·菲利浦斯(1868—1915),英国戏剧家。

和摩尔人的建筑风格分别都讲了一句颇有些风趣的精辟语。结果是,拜杰瑞勋爵认为他是一个最讨人喜欢的年轻人,头脑这么机敏。

"如果你的咖啡喝得差不多了,"他边说边站起身来,"咱们就去看看那些画吧。"

斯波德马上从椅子上跳起来,这时他才觉出来,刚才喝得有些过量。他行动一定要十分小心,说话必须经过斟酌,走路应该稳稳当当,一定要等一只脚落定后再迈另一只脚。

"这所房子都叫画堆满了,"拜杰瑞勋爵抱怨说,"上星期我让人拉走了一车,但是留下的还是太多了,我的老祖宗们总是叫罗姆尼①给他们画像。这样一个拙劣的画家,你说是不是?为什么他们不能找庚斯博罗②,甚至找雷诺兹③呢?我已经让人把所有罗姆尼的画都挂到下房里去了。再也别让人的眼睛碰到这些东西,这真是一件痛快事。我想你对古代赫梯人④的艺术很有研究吧?"

"嗯。"年轻人以应有的谦虚回答。

"看看这个,"他指着靠近餐厅门边摆在罩子里的一尊很大的石雕头像说,"不是希腊雕刻,也不是埃及或波斯的雕刻,都不是。如果不是赫梯人的艺术,我真不知道是什么了。说到这个,我倒想起乔治·桑格尔勋爵⑤,那个马戏国王的一件轶事⋯⋯"说着,没有给斯波德观察那件赫梯人文化遗产的时间,就带着他走上宽敞的楼梯。他时不时地把故事打断,指点给斯波德这一件、那一件珍奇或者优美的艺术品。

"我想你一定听说过德比劳⑥的哑剧?"拜杰瑞的故事刚一说完,斯波德再也憋不住了。他急于把自己知道的一件德比劳的轶事说出来。拜杰瑞说的那个可笑的故事给他一个再好不过的讲德比劳的机会。"一个完美无缺的人,不是吗?他常常⋯⋯"

"这是我的主要画廊,"拜杰瑞勋爵把一扇很高的折叠门打开说,"我要请你原谅,这间屋子有点像带轮冰鞋的室内滑冰场。"他摸到了电灯开关,室内

---

① 乔治·罗姆尼(1734—1802),英国画家。
② 托马斯·庚斯博罗(1727—1788),英国画家。
③ 尤叔亚·雷诺兹(1723—1793),英国肖像画家。
④ 赫梯人,古代小亚细亚东部和叙利亚北部的一个部族。
⑤ 乔治·桑格尔(1825—1911)与其兄约翰(1816—1889),英国人,以经营马戏闻名。
⑥ 让·嘉斯帕德·德比劳(1796—1846),法国哑剧作者。

马上一片通明——在灯光下,斯波德看到的果然是一间宽大无比的图画展览厅;仿佛在看一幅显示透视法的图画,大厅一直延伸到很远的地方。"你一定听说过我那位可怜的父亲的事,"拜杰瑞勋爵接着说,"他的神经不是很正常,他在机械学方面可以说是个天才,只是脑子有点毛病。活着的时候,他总爱在这间大厅里玩玩具火车,在地板上跟着玩具到处乱爬,简直其乐无穷。所有这些画那时都堆在地窖里。我无法给你形容,在我找到这些画的时候它们糟蹋成什么样子。波提切利[①]的画长满了霉菌。我很为这张普桑[②]的画骄傲,这是他给斯卡龙[③]画的。"

"神妙极了。"斯波德喊起来,一只手挥动了一下,仿佛在半空中描画一个完美的形式,"这些作势飞奔的树木,这些倾斜的人形,画得多么栩栩如生!再看这位天神般的人,一个人迎面过来就好像把所有狂奔的人物都拦住了,都阻塞在那里了! 还有这些衣饰……"

但是拜杰瑞勋爵又已往前走了。这时他正站在一尊十五世纪的圣处女木雕像前面。

"莱姆派的作品。"他解释说。

他们走马观花地把画廊飞快地看了一遍,无论在哪件艺术品前面拜杰瑞都不让他的客人停留四十秒钟以上,斯波德很想在一些极其可爱的杰作前面静静地、沉思地多待一会儿。但是主人不允许他这样做。

看完了画廊,他们从出口走进一间小屋子,灯光显现出的景象使斯波德吃惊得嘴都闭不拢了。

"这简直像走进了巴尔扎克的小说,"他喊道,"真是一间摆满了奇珍异宝的金碧辉煌的沙龙[④],是吧!"

"我的十九世纪风格的小房间,"拜杰瑞解释说,"我可以自豪地说,除了温德莎的寝宫以外,这类陈设布置的房间哪个也比不上我的。"

斯波德踮着脚在屋子里巡视了一周,惊奇地审视着所有的摆设,琉璃器皿、镀金的铜器、瓷器、羽毛艺术品、刺绣的和彩绘的丝绸、珠串、蜡制品……光怪陆离,奇形怪状,整个屋子摆的都是这种颓废派的艺术品。此外,墙上还挂

---

① 桑德罗·波提切利(1445?—1510),意大利文艺复兴时期画家。
② 尼可拉斯·普桑(1594—1665),法国画家。
③ 保尔·斯卡龙(1610—1660),法国诗人和戏剧家。
④ 原文为法语。

着不少名画——一张马丁的,一张威尔基的,一张兰德西尔早期的作品,几张艾梯的,海东的一张巨幅画,那个布莱克的弟子,曾用砒霜毒死过人的温瑞特的一张细腻、柔美的水彩画,一幅少女像①。

此外还有十来幅别的作品,但是吸引住斯波德注意力的是一张不大不小的油画——特洛伊罗斯凯旋的故事。② 特洛伊罗斯骑着骏马进入特洛伊城,四周是鲜花和向他欢呼的人群,但是他却视若无睹(这从他脸上的表情可以看出来),而是直勾勾地望着从窗口俯视着他的克莉西达的眼睛。潘达洛斯在她身后也微笑着。

"这真是一张又奇特又迷人的画!"斯波德大声说。

"啊,你发现了我的特洛伊罗斯了。"拜杰瑞非常高兴。

"色彩多么明快多么和谐!有点像艾梯的风格,只是更刚劲一些,第一眼看去,没有那么美,有那么一股力量,使我联想到海东的作品,但是海东的画是不会这么无懈可击的。这是谁的作品?"斯波德询问主人说。

"你很有眼力,发现这幅画有海东的风格,"拜杰瑞勋爵回答,"这是他的一个学生画的,梯罗逊。我真希望能够再弄到几张这个人的画,但是似乎没有人知道这个人的任何情况。这个画家看来没有创作出很多东西来。"

这一次轮到年轻人打断对方的话了。

"梯罗逊,梯罗逊……"他把一只手放在额头上,紧皱的眉头使他的一张五官端正的圆脸扭曲起来,"不……啊,我知道了。"他胜利地抬起头来,脑门又恢复了孩子似的光润、宁静,"梯罗逊,瓦尔特·梯罗逊——这个人还活着。"

拜杰瑞笑了,"这张画是一八四六年画的,你要知道。"

"这解释得通。假定说他生在一八二〇年,在二十六岁的时候创造出这幅杰作,今年是一九一三年,也就是说他今年不过九十三岁。还没有活到提香③的年纪。"

---

① 约翰·马丁(1789—1854),英国历史题材画家;大卫·威尔基(1785—1841),苏格兰画家;爱德温·亨利·兰德西尔(1802—1873),英国画家;威尔海因·艾梯(1787—1848),英国画家;本杰明·罗伯特·海东(1786—1849),英国历史题材画家,自杀而死;威廉·布莱克(1757—1827),英国诗人及艺术家;托马斯·温瑞特(1794—1847),英国画家,作家。
② 特洛伊罗斯是希腊神话中守卫特洛伊城的英雄,和祭司的女儿克莉西达相爱,潘达洛斯曾帮助特洛伊罗斯获得克莉西达的爱情。
③ 提香(1477—1576),意大利著名画家。

"可是自从一八六〇年以后就再没有人听说过这个人了。"拜杰瑞勋爵不同意对方的看法。

"一点儿不错。你提到这个人的名字,使我想起有一天我在翻看《世界评论报》准备的讣告资料时发现的一份材料。(每隔一年半载就得把这些传略补充一下,防备这些老古董有哪个突然归了天会弄得你措手不及。)就在这些档案材料里——我记得当时我是多么吃惊——我发现了瓦尔特·梯罗逊的小传。一八六〇年以前的材料非常详尽,后面却是一片空白,只是到了二十世纪初才有人又用铅笔简单地记了一笔,说他已经从东方回来了。这份预先准备好的讣闻一直没有发表,也没有加添什么新东西。结论再清楚不过了:这个老家伙还没有死,只不过再也没有人注意他罢了。"

"真是没想到的事,"拜杰瑞勋爵喊道,"你一定得找到他,斯波德——一定得找到这个人。我要委托他给这间屋子画壁画。我早就抱着这么一个奢望——要找一位真正十九世纪的艺术家把这间屋子装饰起来。噢,咱们一定得马上找到这个人——一点儿别耽误。"

拜杰瑞勋爵在屋子里踱来踱去,兴奋得不得了。

"我知道怎样把这间屋子布置得十全十美,"他接着说,"我要把所有这里边的柜子搬走,在那边整张墙上画一幅大壁画,或者是赫克托耳和安德洛玛刻①,或者是《抵偿租金的扣押》,再不然就画范尼·肯伯尔扮演《劫余的威尼斯》里的贝维戴拉②——类似这样的题材,但是一定得是三四十年代的那种豪迈的大手笔。这一边我要一幅风景,要非常细腻地逐层显出深远的景致来,或者也可以是一幅像《贝尔沙扎宴会》③那种风格的巨画,气魄宏伟,有如庄严的大建筑。以后我还要把这个亚当式样的壁炉拆掉,换上一个莫罗—哥特式的什么东西。在这两面墙壁上我要装上大镜子,不!让我想一下……"

他一语不发地沉思了一会儿,最后重新振作起来,大声喊道:"那个老头,那个老头!斯波德,咱们一定得找到那个奇迹般的老头。这件事一个字也不要同外人讲。梯罗逊将是咱们的秘密。噢,太好了,简直难以置信!想想看,

---

① 赫克托耳是荷马史诗《伊利亚特》中的英雄人物,安德洛玛刻原是赫克托耳的妻子,赫克托耳被阿喀琉斯杀死后,安德洛玛刻改嫁赫克托耳之兄海伦努斯。
② 英国中世纪作家托马斯·奥特威(1612—1685)曾撰写剧本《劫余的威尼斯》,贝维戴拉是该剧的女主角。英国著名女演员范尼·肯伯尔(1809—1893)以扮演贝维戴拉见长。
③ 《贝尔沙扎宴会》是英国画家约翰·马丁的名作。根据《圣经》,贝尔沙扎是古代巴比伦帝国最后一位国王。

这些壁画。"

拜杰瑞勋爵的一张脸显出无限兴奋的神色。这次他对一个题目竟谈论了将近一刻钟之久。

二

三个星期以后,一封电报惊扰了拜杰瑞勋爵惯常的午憩,电报文非常简短:"寻获。——斯波德。"喜悦和颖悟使得拜杰瑞勋爵的一张由于狂饮大嚼而面色灰暗的脸又有了人形,"不必回电报了。"他说。仆人踮着脚悄悄地走开。

拜杰瑞勋爵闭上了眼睛,开始沉思起来。找到了!他将要有一间多么奇妙的屋子啊!全世界再也找不到另外这样一间。壁画、壁炉、大镜子、天花板……一个干瘪的小老头在脚手架上爬上爬下,手脚灵活,简直像动物园里一只长着胡须的小猴子,他一刻不停地挥舞着画笔……扮演贝维戴拉的范尼·肯伯尔呀,赫克托耳和安德洛玛刻呀,对了,为什么不画大酒桶里的克拉伦斯公爵呢?要画这位被葡萄酒淹死的公爵,这位克拉伦斯死在里面的大酒桶①……拜杰瑞勋爵又打起瞌睡来。

电报拍来不久,斯波德就露面了。他在当天下午六点钟来到拜杰瑞府邸。勋爵本人正在那间十九世纪的小房间里亲手清理东西。斯波德见到他的时候,发现他气喘吁吁,汗流满面。

"啊,你来了。"拜杰瑞勋爵说,"你看,我已经着手准备迎接咱们的伟人了,你快说说他的事。"

"他比我想象的还要老,"斯波德说,"他今年九十七岁了。生在一八一六年,简直难以置信,是不是?可是,我不该先告诉你这个。"

"先告诉我什么都可以。"拜杰瑞非常和气地说。

"我就不说如何找到他的一些详情了。你想象不到我费了多大的劲。简直是一篇福尔摩斯探案故事,非常曲折,曲折极了。将来有一天我会把这件事写成一本书的。不管怎么说,最后我算把他找到了。"

"在什么地方?"

---

① 克拉伦斯公爵,约克公爵理查之子,传说于1478年被其兄爱德华四世下令置于葡萄酒酒桶中淹死。

"在哈罗威区的一处还保留着几分体面的贫民窟里,又老,又穷,孤苦伶仃,简直没法让人相信。我了解到人们为什么会把他遗忘,他怎么会这样与世隔绝的。大概在六十年代,他不知怎么一阵心血来潮,决定到巴勒斯坦去,为他的宗教画增添一些地方色彩——替罪羊啊什么的,你知道。就这样,他到了耶路撒冷,以后又到了雷巴农山,又继续往前走,最后,在小亚细亚中部的一个地方搁浅了。一待就待了四十年。"

"这么长时间,他都做什么了?"

"噢,他画画,传教,使三个土耳其人皈依了基督教,教帕夏地方官员英语、拉丁文和透视学的启蒙课,天知道还干了些什么事。后来,大约在一九〇四年前后,他似乎突然想到自己年纪已经很大了,离家的日子太久了,这才动身回国,回到英国以后,他发现所有他认识的人都已经离开人世,画商们谁也没有听说过他的名字,没有人肯买他的画,他成了一个供人嬉笑打趣的老怪物了。后来他在哈罗威区一所女子学校里找了个图画教员的位置,一直待在那里。慢慢地岁数越来越大,身体越来越坏,眼睛也花了,耳朵也聋了,变得昏聩老朽,最后学校也不要他了。我找到他的时候,他手里只有十镑钱,这就是他的全部财产了。他住在一间到处是硬壳虫的黑洞洞的地下室里。等他的十镑钱花完以后,我想他只有无声无息地死在那儿了。"

拜杰瑞举起一只皮肤白白的手来,"别说了,别说了。文学作品已经够让人难过的了,实际生活无论如何也得让人高兴一点儿才对。你告诉他我要请他来给我画画的事了吗?"

"可是他已经不能画画了。他的目力已经不行了,手也颤得厉害。"

"不能画画了?"拜杰瑞大惊失色地喊道,"那这个老家伙活着还有什么用?"

"啊,如果你这么看这个问题的话……"斯波德说。

"这么一说,我的壁画算吹了。你替我按一下铃好吗?"

斯波德按了一下铃。

"如果梯罗逊已经画不了画,他还有什么权利活下去?"拜杰瑞勋爵气冲冲地说,"归根结底,他在阳光下面能够占据个位子还不是因为他能画画儿?"

"他那间地下室实在见不到什么阳光。"

这时候,用人出现在门口。

"找个人把这些东西都放回原来的地方去。"拜杰瑞勋爵对着摆在地板上的烂盒子、乱糟糟地堆放着的瓷器和玻璃器皿以及摘下来的油画挥了一下手,吩咐说,"咱们到图书室去吧,斯波德,那里舒服一些。"

他在前面引路,穿过长长的画廊,走下楼梯。

"真是遗憾,梯罗逊使您大失所望。"斯波德同情地说。

"咱们谈点儿别的吧,我对他已经不感兴趣了。"

"但是您不认为咱们该替他做点什么吗?他只剩下十镑钱,下一步就是救济院了。要是您也看见了他那间地下室的硬壳虫的话……"

"别说了,别说了。你觉得该怎么办,我都听你的。"

"我想我们可以在艺术爱好者中间替他捐一点钱。"

"根本就没有什么所谓艺术爱好者。"

"没有。但是有不少假内行是会捐一些钱的。"

"那除非你给他们点儿什么,叫他们觉得钱花得不冤枉。"

"您说得对。我没有想到这个。"斯波德沉思了一会儿,"我们不妨为他举办一次纪念宴,一次盛大的梯罗逊纪念宴会。英国艺术界的老前辈。硕果仅存的老画家。您大概可以想象报纸上怎样报道这类的事。我要在《世界评论报》上登一篇耸人听闻的报道,我想这会把那些假内行引出来的。"

"我们要邀请一大堆艺术家和艺术评论家来,把那些互不相容的人都邀到一起。看着这些人彼此打架倒是一件逗乐的事。"拜杰瑞笑起来,但是他的脸马上又沉了下来,"这当然不是什么上策。然而既然画不了壁画,看来也只好这样了。你在我这里吃晚饭,当然了。"

"好吧,既然您这么说了。非常感谢。"

三

梯罗逊纪念宴决定在三个星期以后举行。斯波德负责筹备工作,证明了他是一个出色的组织者。他把邦巴餐厅的大宴会厅租借到手,又软硬兼施,成功地叫餐厅主人答应准备五十个客人的饮食,每人十二先令,包括饮料在内。他寄发请柬,收集捐款,在《世界评论报》上发表了一篇报道,文章写得又感人又俏皮,既表示出对老画家的饶有趣味的关怀,又流露出对一八四〇年一代的大艺术家的轻蔑不屑。另外,斯波德也没有忽略梯罗逊本人,他几乎每天都到哈罗威区走一遭,听这个老人滔滔不绝地讲述小亚细亚的故事,一八五一年的一次盛况空前的画展,和本杰明·罗伯特·海东的轶事。斯波德对这位上世纪的老古董从心坎里感到同情。

梯罗逊先生的住屋大约比南哈罗威区的地面低十米。一小道灰蒙蒙的光线透过屋外的栅栏,费力地照进蒙着灰土的窗玻璃,像落进墨水瓶里的一滴牛奶似的失落在永远盘踞在地窖里的幢幢阴影里。这间屋子总是飘着一股潮湿的泥灰和烂木头的霉烂气味。这气味已经开始秘密地腐蚀着人的心灵,几件东拼西凑的家具——一张床,一个兼作洗脸架的柜橱,一张桌子,两三把椅子,或者埋伏在黑洞洞的旮旯里,或者羞羞答答地露在明处。斯波德现在差不多每天都要到这里来一趟,把筹办宴会的进展情况向老人汇报一次。每次来他都发现梯罗逊坐在窗户下面同一个地方,仿佛正在那一小潭阳光里晒太阳似的。"这是还长着花白头发的年纪最老的人了。"斯波德望着这个老人,心里思忖着。只不过花白头发在这位老人的从不梳理的秃头上实在没有剩下几根。一听到敲门的声音,梯罗逊先生就把身躯转过来,眨着两只昏花的眼睛向门口凝望着,他需要看半天才能认出进来的人是谁。他总是为这个一再表示歉意。

"显得我太没有礼貌了,"在寒暄以后他一定这么说,"不是我记不起你是谁,只是屋子太黑,我的目力也比从前差了。"

在这以后,他总是要呵呵地笑一阵,指着窗户外边的栏杆说:"啊,这是为眼力好的人准备的地方。专门为看女人的脚脖子的,这里是最好的看台。"

这一天是举行宴席的前一天,斯波德像往常一样,来到梯罗逊的地下室,梯罗逊按时开过欣赏脚脖子的玩笑,斯波德也毫不迟疑地陪着笑了一阵。

"啊,梯罗逊先生,"当笑声的余音消逝以后,他开口说,"明天你就要重新回到艺术和时髦的社会里去了。你会发现有一些变化的。"

"我的运气总是这样好。"梯罗逊先生说。斯波德从他脸上的表情可以看出来,他真的相信这一点。他已经忘了阴森黑暗的地下室、硬壳虫和不致使他马上就沦落到救济院去的那将要花光的十镑钱了,"比方说吧,你一开始找我马上就把我找到了,我的这种好运道实在令人感到吃惊,这次宴会就要使我恢复我应有的地位了。我又要有钱了,过不了多久,说不定我的目力就会好起来,我就能重新画画了。我相信我的眼睛正在好起来,你知道。啊,未来真是玫瑰色的。"

梯罗逊先生抬起头来,因为满脸笑容皱纹更增多了。他不断点着头,表示自己的话说得很有道理。

"你相信来世吗?"斯波德问。话刚出口,他马上感到自己的话问得太残酷,脸都羞红了。

但是梯罗逊先生这时心情非常好,一点儿也没有体会到这句话的含义。

"来世,"他重复了一遍,"不,我不相信这些东西——自从一八五九年以后就不再相信了。《物种起源》改变了我的看法,你知道。对我来说,没有什么来世,谢谢你吧!你当然不会记得当时人们的兴奋心情。你太年轻了,斯波德先生。"

"啊,我现在比过去更年轻一些。"斯波德回答道,"您知道,一个人在学生时代,在大学还没毕业的时候,思想多么像中年人。现在我年岁大了,反而知道自己年轻了。"

斯波德正想发挥一下自己的这个谬论,却发现梯罗逊先生的注意力根本没有在他身上。于是他把准备发挥的这一套话记在心里,准备将来在一些更能欣赏他的妙语的人们面前再拿出来。

"您刚才在谈《物种起源》。"他说。

"是吗?"梯罗逊先生从白日梦里惊醒过来。

"您在说这本书对您的信仰发生的影响,梯罗逊先生。"

"是的,可不是吗。它把我的信仰打破了。但是我记得桂冠诗人的一首非常妙的诗,诗里说,在真挚的怀疑中有更多的信仰,一点不错,更多的信仰,比所有的……所有的……我记不清是什么了,但是我想你会了解这种想法的。噢,当时宗教可遭劫了。我很高兴我的老师海东没赶上看到这些。他是一个热诚极高的人。我记得他在'里松园林'那所房子的画室里踱来踱去,又是唱、又是叫、又是祷告,每次看到他这样,我都有些害怕。噢,但是他是个了不起的人,是一个伟人。这样的人,总的说来,我们今天再也看不到了。还是诗人说得对。但是这都是很久以前的事了,你没有赶上,斯波德先生。"

"啊,我过去老,现在反而年轻了。"斯波德说,希望对方这次能够欣赏自己这一乖僻的议论,但是梯罗逊只顾自己滔滔地讲下去,根本没有理会他的插话。

"这是很久、很久以前的事了,可是当我回想起来的时候,就好像发生在一两天以前似的。真奇怪,一天的时间过得那么慢,很多天加在一起,反而比一小时还要短。海东老师在屋子踱步那情景,我看得多么清楚啊!比我现在看你,斯波德先生,还要清楚。记忆的眼睛永远也不昏花。说真的,我的目力确实好起来了,一天比一天好,过不了多久,我就能欣赏窗户外边的脚脖子了。"他笑了起来,像是一阵暗哑的铃声。斯波德想到的是古老宅邸远处下房里呼唤仆人的拉铃,需要拼命拽绳子才能发出低哑的丁零声,"过不了多久,"梯罗逊先生接着说,"我就可以画画了。啊,斯波德先生,我的运气太好了,我是相信命运的,我信任它。但是,归根结底,命运是什么?不过是天意的另一个名字而已,随便你《物种起源》和别的书怎么说都好,桂冠诗人说的多有道理:在真挚的怀疑中有更多的信仰,比所有的……哦,所有的……哦,我想你是知道的。我就把你当作天意派来的使者,斯波德先生。你到我这里来,标志着我生命中的一个转折,对我来说,标志着幸福日子的开始。你知道,如果我有了钱,第一件我要做的事是买一只刺猬。"

"买一只刺猬,梯罗逊先生?"

"买刺猬来消灭甲虫。没有什么能像刺猬那样消灭硬壳虫的了,刺猬专门吃硬壳虫,一直吃到肚子发胀,吃到撑死为止。谈到这里,我倒想起有一次我告诉海东老师的话——当然了,我是在开玩笑,我叫他画一张约翰王①因为吃多了鳗鱼快要撑死的讽刺画,送到新修建的议院去当壁画。我对他讲,这是英国争取自由运动的历史上一件极其重大的事件——既是天意地,又带有惩戒性地去掉一个暴君。"

梯罗逊先生又笑了起来——没人居住的老房子里暗哑的铃声,一只没有血色的手扯动会客室的绳子。一个幽灵似的仆人应着暗弱、嘶哑的信号出现在门边。

"我记得他听见我的话笑起来,瓮声瓮气地呵呵大笑起来,像一头公牛。可是后来他们拒绝采用他的设计,这对他真是一个沉重的打击。这是他后来自杀的根本原因。"

梯罗逊先生停下来,沉默了好一晌儿。斯波德觉得有些奇怪,他竟被这个老人感动了。他自己也不明白是怎么回事,在这个衰弱、老朽、肉体四分之三已经死掉而精力却这么旺盛,充满了耐心和希望的老人面前,他竟感到有些自惭。他的青春和智慧算得了什么?他忽然觉得自己仿佛是个小孩子摇晃着一个吓唬小鸟的拨浪鼓——喧闹聒噪地耍弄着自己的小聪明,一个劲儿挥动胳

---

① 约翰王,即英王约翰(1167—1219),曾被迫签署同意《大宪章》(1215)。

臂,费尽力气要把正落在自己心灵上的一只小鸟赶走!可是,那是些多么美丽的、羽翼挺展的小鸟啊!这是那些只愿栖息到已经变得宁静、淡泊的心灵上的一切恬静的思念、信念和感情。他一直用尽力气要把这些高雅的来客驱走。可是这位老人,不管他发表些什么刺猬啊、真挚的怀疑啊等等谬论,心田上却一任成群的洁白的、羽翼挺展的小鸟自由地飞翔、栖息。他的心灵是多么美啊!斯波德感到非常羞愧。可是话又说回来了,一个人能够改变自己的生活吗?冒险皈依另一种信念是不是有些荒唐呢?斯波德耸了耸肩膀。

"我马上就给您搞一只刺猬来,梯罗逊先生。惠特利禽鸟店肯定卖这种小动物。"

这天晚上临行以前,斯波德突然发现自己的一个疏忽,着实吃了一惊。梯罗逊先生还没有赴宴穿的礼服。马上就要用,现做绝对来不及了。再说,把钱用在做衣服上太不值得了。

"咱们得借一套,梯罗逊先生。我该想到这件事的。"

"哎呀,哎呀。"这件不幸的发现使梯罗逊先生非常悲哀,"借一套?"

斯波德匆匆赶到拜杰瑞宅邸里去打听主意。没有想到,拜杰瑞好像胸有成竹似的马上提出了解决的办法:"叫包瑞姆到我这里来一下。"他对一个听到拉铃应声走来的仆人说。

在很多豪门大家里都有一些伺候过好几代人的老管家,包瑞姆就是这样一个老古董,他已经年过八十,驼着背,身体又干又瘦。

"老年人身量都差不多。"拜杰瑞勋爵说。他的这个理论很让人心安,"啊,包瑞姆来了。你有没有一套多余的晚礼服啊,包瑞姆?"

"我有一套旧的,老爷,我已经不穿了,让我想想,这是一九〇七年还是一九〇八年的事了?"

"我需要的正是这个。如果你能让我替斯波德先生借用一天,我就太感谢了。"

老头儿走了出去,不一会儿就回来了,胳臂上搭着一套非常老旧的黑色衣服。他把上衣和裤子一件件地举起来,给拜杰瑞和斯波德看了一遍。在阳光下看得很清楚,这套衣服已经旧得不成样子了。

"你想象不到,先生,"包瑞姆对斯波德抱怨说,"你想象不到,衣服多么容易弄得油渍斑斑。不论你多么小心,先生——不论多么小心。"

"这倒是真的。"斯波德同情地说。

"不论多么小心,先生。"

"但是在灯光下面大概还看得过去。"

"在灯光下一点问题也没有,"拜杰瑞勋爵同意说,"谢谢你,包瑞姆,星期四就还给你。"

"您尽管用吧,老爷。"老头鞠了一躬,转身出去。

到了举办宴会的这一天下午,斯波德拿着一个包裹又来到了哈罗威区,包里是包瑞姆的这身已经告老退休的晚礼服和衬衫、领子等必需的衣物。一则由于室内光线太暗,再则梯罗逊先生的视力太弱,他一点也没发现衣服上的斑斑点点。他又兴奋、又紧张,虽然才刚刚三点钟,马上就要梳洗打扮。斯波德费了不少口舌才把他拦住。

"别着慌,梯罗逊先生,别着慌。咱们七点半再出发也不晚,您知道。"

过了一个钟头,斯波德离开了这里。当梯罗逊先生知道斯波德确实已经走掉以后,立刻就开始进行赴宴的准备。他点上了煤气灯和几支蜡烛,眨巴着昏花的老眼,对着柜橱上的一面小镜子,开始装扮自己,热忱不减如一位初次参加舞会的少女,下午六点钟,当化装的最后一个项目做完以后,梯罗逊感到很得意。

他在地窖里大步地从一头走到另一头,嘴里哼着他中年时代一首非常流行的快活的小调:

噢,噢,安娜·玛丽亚·琼斯!
铃鼓、铙钹和响板的皇后!

又过了一个钟头,斯波德乘着拜杰瑞勋爵的第二辆罗尔斯-罗伊斯牌小轿车来了。打开老头地下室的房门以后,他在门口站了好大一会儿,吃惊得眼睛都睁圆了。梯罗逊老先生正站在没有生火的壁炉旁边,一只胳臂靠在炉台架上,一条腿搭在另一条腿上,摆着一副风流潇洒的绅士架势。在闪闪的烛光下,他脸上的纹道显得比往常更深,皱褶儿的暗影更浓。他的样子老得不能再老,他的头叫人看起来既高贵又使人心酸。另一方面,包瑞姆那件快要穿烂的晚礼服简直又把他打扮成了一个小丑。袖子和后摆过长,裤脚在踝骨上鼓鼓囊囊地堆成两个大包。就是在蜡烛光下,有些油渍也看得一清二楚。梯罗逊先生虽然在他的白领结上下了莫大功夫,在他那双昏花老眼中已经尽善尽美了,实际上却斜垂到一侧。此外,他的背心上的扣子也错了位置,一个扣眼空着,一个扣子没扣到扣眼里去。在他的衬衫前襟上斜挂着一条不知什么勋章的宽大的绿绶带。

"铃鼓、铙钹和响板的皇后。"梯罗逊先生在迎接来客之前先用蚊子般的声音把这支小曲哼完。

"啊,斯波德,你来了。你看,我已经穿好衣服了。这身衣服很合身,好像专门给我做的,我真是高兴。我非常感谢那位好心肠借我衣服的人。我一定非常当心,借人衣服是件危险的事。借人东西往往既损失了东西又丢了朋友①。诗人说得永远有道理。"

"只有一件事,"斯波德说,"您的背心还要整理一下。"说罢,他走上前去把梯罗逊先生歪斜的衣服扣子解开,重新扣整齐了。

梯罗逊先生被指出犯了这样一个荒唐的错误,有些下不来台。"谢谢,谢谢。"他不耐烦地说,一边极力把身体从这位照管衣服的仆人手里挣脱开,"这没什么,让我自己来吧。刚才太不小心了。这套衣服正合身,我真高兴。"

"也许您的领带……"斯波德试探着说,但是老头儿却不想听。

"不用,不用,领带挺好的,我会系领带,斯波德先生。领带挺好的,就让它这样吧,求求你。"

"我很喜欢您的绶带。"

梯罗逊先生得意洋洋地低头看了看衬衫前襟。"啊,您注意到我的勋章了。我很久没有戴了。您知道,这还是土耳其政府奖给我的,因为我在土俄战争中立过功。这是二级贞洁勋章,一级勋章只颁给戴皇冠的人,您知道,只颁给皇亲和大使,二级的也只有地位最高的帕夏才能得到。我的勋章就是二级的。一级勋章只颁给戴皇冠的人……"

"当然了,当然了。"斯波德说。

"您看我的样子还可以吗,斯波德先生?"梯罗逊先生有些不放心地问。

"好极了,梯罗逊先生,好极了。您的勋章太神气了。"

老头的脸又一次焕发出光彩来。"我真高兴,"他说,"这套借来的衣服正合身,但是我是不喜欢借人家衣服的。借人东西往往既损坏了东西又丢掉了朋友,您知道诗人说得永远有道理。"

"喔,又是一只,那些可恶的甲虫!"斯波德喊道。

---

① 出自莎士比亚的《哈姆雷特》。

梯罗逊先生俯下身去，凝视着地板。"我看见了。"他说，接着就用力往一块小煤渣上一踏，煤渣被踏成了粉末，"我一定要买一只刺猬。"

到了出发的时间了。拜杰瑞勋爵的特大号小轿车周围聚集了一大群男女孩子。司机为了维护自己的光荣和尊严，假装没有看到这一群顽童，像个雕像似的坐在驾驶室里，茫然望着远方。斯波德同梯罗逊先生从房子里刚一露头，街头立刻响起了一片敬畏和嘲笑交织的叫喊声。当这两个人上了汽车以后，叫喊声又由于惊奇而平静下来。"邦巴餐厅。"斯波德吩咐司机。罗尔斯-罗伊斯轻轻地呼噜了一声，立刻开动了。孩子们又大声吼叫起来，一边跟着汽车跑，一边兴奋若狂地摇动胳臂。这时候梯罗逊先生做出一副极其高贵的姿态——他把身子向前一倚，把自己的最后三枚铜币扔给了车外奔跑呼叫的一群孩子。

四

客人们陆续走进邦巴的大餐厅。镶在金框子里的大镜子映现出形形色色的宾客。年过中年的皇家学会会员把猜疑的目光投向青年人；他们猜得很对，这些人都是传统艺术的反对派，后期印象派画展的组织者。一向是死对头的艺术评论家在这里碰了头，因为强自克抑着内心的嫉恨而瑟瑟发抖。诺贝斯太太，凯伊曼太太和曼德拉果尔太太先后走了进来。这几位太太都是追捕艺术界大猎物的不知疲倦的猎手。参加宴会以前，她们满以为只有自己一个人被邀请到这一猎物充斥的动物园来，没想到却和冤家对头会了面，因此个个气愤填膺。拜杰瑞勋爵雍容娴雅地穿行在这一群傲气凌人、势不两立的人们中间，似乎根本没有觉察这些人的满腔嫉恨。他对这个阵势高兴得不得了。在他那宛如蜡制假面的一张大脸后面，在他的汉诺威型鼻子、没有光泽的猪一般的小眼睛和没有血色的厚嘴唇后面，暗藏着一个幸灾乐祸、心花怒放的小魔鬼。

"您也来为英国艺术界的老前辈表示敬意，实在太感谢了，曼德拉果尔太太。而且您还把亲爱的凯伊曼太太带来，我非常高兴。啊，那不是诺贝斯太太吗？一点不错。我刚才没有注意到，实在太好了！我知道您对艺术非常喜爱，不会不赏光的。"

话没说完，他就匆匆走开，抓住机会把杰出的雕塑家亥伯尔特·亥尔恩爵士介绍给一位富有才华的青年评论家。这个年轻人曾在公开发行的刊物上称亥尔恩爵士为纪念碑般的石匠。

过了一会儿,餐厅侍者的总管走到金碧辉煌的客厅门口,用隆重的语调大声宣布:"瓦尔特·梯罗逊先生到。"由年轻的斯波德在背后指点着,梯罗逊先生有些踟蹰地、慢悠悠地走了进来。在耀眼的灯光下,他的眼睛好像蒙了一层东西,眼皮沉重地、痛苦地抽搐着,像是一只被捕的飞蛾颤抖的翅膀。走进屋门以后,他马上站定,挺直身躯,有意摆起架子来。拜杰瑞勋爵连忙赶上前去,握住他的手。

"欢迎您,梯罗逊先生——让我以英国艺术界的名义向您表示欢迎。"

梯罗逊先生没有答话,只把头弯了一下。因为感情冲动,他说不出话来了。

"我想给您介绍几个您的年轻一代的同行,他们到这里来都是为了向您表示敬意的。"

拜杰瑞勋爵把屋子里的人一一给这个老画家介绍过。梯罗逊先生躬身和每一个握手,嗓子里发出含混不清的声音,他仍然说不出话来。诺贝斯太太、凯伊曼太太和曼德拉果尔太太都说了一些很动听的话。

菜摆了上来,宾主都落了座。拜杰瑞勋爵坐在首席,梯罗逊先生坐在他右边,亥伯尔特·亥尔恩爵士坐在左边。在邦巴餐厅的佳肴美酒前面,梯罗逊先生放开肚量狂饮大嚼起来。十年来,在甲虫的包围中,他每天只以青菜果腹,此时的胃口可想而知。在第二杯酒下肚以后,他开口讲起话来。他的话滔滔不绝,好像突然开了闸口似的。

"小亚细亚有一个习惯,"他开始说,"为了表示饭菜吃得很合口,吃得很饱,就要打几声嗝。我的心作呕①,正像《诗篇》作者大卫王说的那样。他本人就是东方人。"

斯波德有意把自己的座位安排在凯伊曼太太旁边,他准备在她身上略施计谋。当然了,这个女人很难对付,但是她很有钱,可以大大利用一下。斯波德想把她说动了心,买几张自己刚结识的这位朋友的画。

"住在地窖里?"只听凯伊曼太太喊道,"一屋子硬壳虫?噢,太可怕了!可怜的老家伙!你是说他已经九十七岁了吗?简直骇人听闻,不是吗?我真

---

① 原文为拉丁文。

希望能多替他募到些钱。当然了,我也希望我自己多捐助一些。可是,你知道,我的开销太大了,现在什么都那么困难。"

"我知道,我知道。"斯波德附和地说。

"都是工党闹的,"凯伊曼太太解释说,"当然了,我非常高兴有时候请他到家里吃一顿饭。可是我觉得他年岁太大了,太不会交际①,太老朽②。请吃饭对他也许不是什么好事,是不是?这么一说你现在同高拉米一起工作吗?这个人非常可爱,很有才华,很会讲话……"

"我的心作呕。"这是梯罗逊先生第三次用这个词。拜杰瑞想把他的话头引开,不让他再谈什么土耳其礼仪的问题,可是没有成功。

到了九点半钟,因为大家都酒意醺然,和缓的气氛代替了饭前的猜疑和嫉恨。亥伯尔特·亥尔恩爵士发现坐在自己身旁的年轻的立体派艺术家神经并未失常,对传统艺术大师的知识非常渊博。而出席这次宴会的青年人则发现,年长一代的心地也并不恶毒,只不过非常愚蠢,令人可悲而已。只有在诺贝斯、凯伊曼和曼德拉果尔三位太太的胸中,仇恨仍然没有减退,因为她们三个都是老派人物,差不多都是滴酒不沾。

轮到发表讲话的时候了。拜杰瑞勋爵站起来,说了几句大家早已料到他要讲的话,接着就请亥伯尔特爵士为当晚的宴席致祝酒词。亥伯尔特爵士清了清喉咙,脸上堆起笑容,开始发言。在他的这篇二十分钟的祝酒词里,他提到了格莱斯顿先生③、李顿爵士④、阿尔玛-塔迭玛爵士⑤和前任孟买主教的轶事,他说了三个双关语的笑话,引用了莎士比亚和威提尔⑥的名言。他口若悬河,时而诙谐,时而严肃……在讲话结尾时,亥尔恩爵士把一个装着五十八镑十先令的全部捐款的丝绸钱包递给了梯罗逊先生。赴宴的人热烈鼓掌,并为这位老人的健康干了杯。

梯罗逊先生艰辛地站起身来,脸上干瘪的、像蛇皮一样的抽皱的皮肤泛起一层红润,领带比刚才更加歪斜,二级贞洁勋章的绿色绶带不知怎的已经耷到他的油渍斑斑、皱成一团的衬衫前襟上了。

---

① ② 原文为法文。
③ 威廉·尤尔特·格莱斯顿(1809—1898),英国政治家,曾几任英政府首相。
④ 弗瑞德利克·李顿(1830—1896),英国画家。
⑤ 劳伦斯·阿尔玛-塔迭玛(1836—1912),出生于荷兰的英国画家。
⑥ 约翰·格林利夫·威提尔(1807—1892),美国诗人。

"爵士阁下,女士们,先生们。"他抽抽噎噎地说,话还刚开了头就说不下去了。他的样子让人看着又痛苦、又心酸。大家望着这位哆哆嗦嗦的老古董站在那里呜呜咽咽、结结巴巴地说不出话来,心里都非常不舒服。仿佛是一股死亡的气息突然吹过屋子,揭开了迷漫的烟雾,把喧哗笑语和灿烂的烛光一扫而光。人们的眼神变得游移不定,不知该落到什么地方。还是拜杰瑞勋爵非常镇定,连忙把一杯酒递到老人手里。梯罗逊先生逐渐平静下来,开始前言不搭后语地咕噜起来:

"这种伟大的光荣……让我受不住……盛大的筵席……不习惯于这种……在小亚细亚……我的心作呕。"

就这个当口,拜杰瑞勋爵使劲拉了一下他的礼服后摆。梯罗逊先生把话打住,又喝了一口酒,他的话终于说得有条理又有气力了:

"艺术家的生活是艰辛的。他的工作不同于别的工作。别的工作都很机械,不用费脑筋,可以说,在睡梦中也能完成,但是艺术家进行创造却必须呕心沥血。艺术家需要把自己一生中最好的时光不停歇地贡献出来,作为酬报的是,他在工作中感到其乐陶陶。他也可能得到荣誉,但是物质的报酬,却极为微薄。自从我最初献身于艺术,已经过了八十个年头了;八十年,几乎每一年都对我刚才的一段话提供了新鲜的、痛苦的证明:艺术家的生活是艰辛的。"

梯罗逊先生突然这样条理分明地讲起话来,反而弄得大家不知所措了。看来还是需要用严肃的态度看待这位老人,要把他当作一个正常人。在这以前他只是一件稀罕物,一个穿着怪模怪样的晚礼服、前襟上挎着绿色绶带的木乃伊。这时候人们不禁都有些后悔,给他的捐款应该再多一些。五十八镑十先令,未免太少了一些。幸而这时他又忘记了自己应有的身份,开始说起一些不着边际的话来,人们才又重新安下心来。

"每次我想到那位伟人的时候,想到本杰明·罗伯特·海东,英国曾经诞生过的最伟大的人物之一的时候……"听众长呼了一口气,事情本应该是这样的。屋子里爆发了一阵热烈的掌声和喝彩的声音。梯罗逊先生的一双昏花的眼睛在屋子里巡视了一周,对他看到的迷迷蒙蒙的人影心怀感激地笑了笑。"这位伟大的人物,本杰明·罗伯特·海东,"他接着说下去,"我感到很骄傲能称他为我的老师,这位伟大人物——我非常高兴地看到——仍然活在你们的记忆里,仍然受到你们的尊敬。这位伟大的人物,英国曾经诞生的伟大人物之一,生前过的生活那么可怜,每当我想到这件事都禁不住掉下眼泪来。"

于是他开始讲起本·罗·海东的生平来——他如何因负债身系囹圄,他同皇家艺术学院如何进行斗争,他的胜利和失败,他的绝望和自杀。梯罗逊先生的讲话颠三倒四,不知多少次讲离了题,不知多少话重复来重复去。时钟已经敲过十点半钟,梯罗逊先生还在滔滔不绝地谴责那些愚蠢的、怀有偏见的评判人。他们拒绝采纳海东为新建的议院设计的室内装饰,而选中了德国人的一文不值的破烂货。

"这位伟大人物,英国曾经诞生的最伟大的人物之一,这位伟大的本杰明·罗伯特·海东,我感到很骄傲能称他为我的老师。这位伟人——我很高兴看到——仍然活在你们的记忆里,仍然受到你们的尊敬,因为受到这个屈辱伤透了心。这对他是一次最残酷的打击。他工作了一辈子就是为了让国家承认他的艺术地位;一直有三十年之久,他给每一位首相,包括威灵顿公爵在内,呈递申请书,请求他们让艺术家为公共建筑装潢设计,他完全有权利为新议院进行装饰……"梯罗逊先生的思路混乱起来,他的长句子没有说完便又另开了个头儿,"这对他是最残酷的一次打击。这是使他倒下来的最后的打击。艺术家的生活是艰辛的。"

十一点钟的时候,梯罗逊先生正在对前拉斐尔派的绘画发表议论。从十一点一刻起他又开始把本·罗·海东的生平重新说了一遍。十一点三十五分,他筋疲力尽地垮倒在自己的椅子里。大多数客人早已退席了,剩下的不多几个人这时也连忙走掉。拜杰瑞勋爵领着老人走到门口,把他安置在自己的第二辆罗尔斯-罗伊斯轿车里。梯罗逊纪念宴结束了。这是一次很有意思的晚会,可惜太长了一点儿。

斯波德向布鲁姆贝里自己的住房走去,一边走一边吹着口哨。牛津街光滑的路面映照山头顶的弧光灯,运河呈现出一片深浊的青铜色。有一天他要把这个写进一篇文章里的。他非常成功地让那个凯伊曼太太上了个小圈套。"你们知道这件事①。"他吹着口哨——他吹得有一些走调,但是自己却根本没有觉察到。

当梯罗逊先生的女房东第二天早晨进来喊他起床的时候,她发现这个老头仍然穿着头天赴宴的礼服在床上躺着,他看上去像生了重病,非常、非常苍老,包瑞姆的衣服已经一塌糊涂,贞洁勋章的绶带也已完全糟蹋了。梯罗逊先

---

① 莫扎特歌剧《费加罗的婚礼》中的一段咏叹调。原文为意大利语。

生一动不动地躺在那里,但是并没有睡着。听到脚步声,他的眼睛睁开了一条缝,低声呻吟了一下。他的女房东恶狠狠地俯身望着他。

"简直让人作呕!"她说,"我管这个叫让人作呕。这么大年纪了。"

梯罗逊先生又呻吟了一声。他费尽力气从裤子口袋里取出一只很大的丝绸钱包,把它打开,取出一枚一英镑的金币。

"艺术家的生活是艰辛的,格林太太,"他一面把金币递给她,一面说,"麻烦你去把医生请来,可以吗?我不太舒服。噢,我这身衣服可怎么办?我怎么向那位好心肠借我衣服的人交代呢?借人东西不但收不回来东西,而且把朋友也丢掉了。诗人说得太有道理了。"

雷蒙德·钱德勒

1888—1959

雷蒙德·钱德勒

雷蒙德·钱德勒（Raymond Chandler, 1888—1959），美国著名侦探小说家。他年轻时曾在英国受教育，回国后当过教士、会计师、一家小石油公司经理，还在加拿大步兵团做过士兵，四十五岁时才开始决心从事写作。

一九三三年发表第一篇短篇故事《敲诈犯不开枪》，自此连续创作一系列短篇侦探故事。一九三九至一九五三年期间的九部长篇(《长眠不醒》《湖上女郎》《小妹妹》《永别》等)让钱德勒名声大振。他抛弃传统侦探小说侦查笔法，创作了一种新的风格，即以快速推进的画面、机智幽默的对话，使得故事情节曲折起伏，吸引住读者。笔下的人物，从警察到匪徒，都写得真实可信。

选篇《爱狗的人》(*The man who liked dogs*)译自钱德勒的中篇小说集《雨中的枪手》(*Killer in the Rain*)，小说通过一个私人侦探为雇主寻找丢失了的女孩的故事，揭露了美国一个小城市的黑暗面——警察接受盗匪贿赂、官匪勾结、精神病院窝藏犯人、轮船上开设豪华赌窟……故事充满悬念，其中也不乏凶杀和殴打场面，却不同于一般专写凶杀、暴力的小说。

爱狗的人

一

门前停着一辆崭新的德·索托牌小轿车。我绕过这辆车,踏上三层白色的台阶,穿过一扇玻璃门,又上了三层铺着地毯的台阶,按了一下电铃。

马上有十来条狗狂吠起来,声音之大,差点儿把房顶掀掉。在一片汪汪、嗷嗷的狗叫声中,我往室内瞧了一眼:一间做办公室用的小套间,摆着一张有折叠式盖子的办公桌;一间候诊室,摆着几张式样古朴的皮椅子,墙上挂着三张开业特许证,一张同样古朴的桌子上面散乱地摆着几本《爱狗者》杂志。

房子后边有人把狗喝住,接着里边的一扇门打开,一个身材瘦小、面目清秀的人走了出来。这人穿着一件棕色工作衫,胶底儿皮鞋,像铅笔似的一撇小胡子下面露着殷勤的笑容。他前后左右看了看,又在我腿下搜寻了一遍,他没有看见我带着狗来,他脸上的笑容不那么殷勤了。

他开口说:"我也讨厌它们这么叫。我很想戒掉它们的这种恶习,可是没有办法。每次一听见电铃响,它们就来劲儿了。这些狗闷得发慌,它们知道电铃响意味着有生人来。"

我说"是啊",随即把我的名片递了过去。他看了一遍,翻过来看了看背面,又翻到正面重新看起来。

"您是私人侦探,"他一边舐着潮湿的嘴唇,一边低声细气地说,"嗯——我是沙尔普医生。您到这儿来有何贵干?"

"我在寻找一条丢失的狗。"

他向我眨巴了眨巴眼睛,柔嫩的小嘴闭紧了,一张脸慢慢地涨成红色。我说:

"我的意思并不是说您偷了狗,大夫。别人偷了狗,您这里是窝藏赃物最方便的地方。您绝对不会怀疑狗是偷来的,您说是不是?"

"我不喜欢您这种想法,"他板着脸说,"您在找什么样的狗?"

"一条警犬。"

他用鞋尖在薄地毯上蹭了一下,仰头望着天花板的一角。他脸上的红晕退下去了,脸色变得非常苍白,还带着些闪光。过了好一会儿,他说:

"我这里只有一条警犬。我知道犬主人是谁。所以我想……"

"要是这样,您让我看看大概没有什么关系吧。"我打断了他的话,没等他许可,迈腿就往里走。

沙尔普医生站在那儿不动,继续在地毯上蹭鞋尖。"我怕这不太方便,"他低声说,"过一会儿您再来一趟吧。"

"对我来说,最好是现在。"我一边说,一边伸手拉门把手。

他三步两步地从候诊室跑到那张带折叠盖的办公桌前面。一只小手摸索着去拿电话机听筒。

"你要是硬来,我可要……我可要叫警察了。"他急急忙忙地说。

"太好了,"我说,"找警察局局长富尔维德接电话吧。告诉他卡尔麦迪在您这里。我刚从他的办公室来。"

沙尔普医生把手从电话机上挪开。我对他笑了笑,用手指头捻着一根纸烟。

"好了吧,医生,"我说,"摇摇脑袋,别让头发遮住您的眼睛,陪我进去吧。您要是对我客气点儿,说不定我会把我知道的这档子事说给您听听。"

他轮流咬着上下两片嘴唇,盯着桌上的棕色吸墨纸看了一会儿,又用手摆弄了一下吸墨纸的一角。半天他才站起来,穿着一双白皮鞋走到屋子另一边,打开通向内室的一扇门。我们走过一条窄窄的灰色过道,从一张开着的门外面可以看到一间屋子里的手术台。我们又穿过一扇门,走进一间光秃秃的屋子。这间屋子水泥抹地,墙角放着一个煤气炉子,炉子旁边摆着一盆水。靠着一面墙排着一列厚铁丝网做门的双层兽栏。

铁丝网后面,各种各样的小猫、小狗瞪着眼睛看我们,好像期待着什么似的。一只墨西哥种的小狗蜷缩在一条棕红色的大波斯狗脖子底下,波斯狗脖子上套着一条羊皮颈圈。一条苏格兰种的狗带着一脸不高兴的样子瞪着我们。一条杂种小狗一条腿的皮完全擦掉了。此外,畜栏里还有一只皮毛闪光的灰色安哥拉猫、一只威尔斯种的短腿狗、另外两条杂种小狗。一条大嘴巴的猎狐狗,嘴巴向下弯着,非常神气。

所有这些小动物的鼻子都是湿漉漉的,眼睛都闪闪发光;它们都想知道我是谁的客人。

我把它们一一看了一遭,"这些都是小玩意儿,大夫,"我气哼哼地说,"我说的是警犬,灰黑色的,一点杂毛也没有。一条公狗,九岁。全身哪儿都长得挺好,只有尾巴短了一点儿。我是不是使您厌烦了?"

他盯着我看了一会儿,做了个无可奈何的手势,"是的,可是……"他嘟嘟囔囔地说,"好吧,跟我来。"

我们从这间屋子走出去。小动物非常失望,特别是那只墨西哥种小狗,拼命想从铁丝网后面往外钻,而且差一点儿就真的钻了出来。我们从房子后门走到水泥抹地的后院里,对着院子是两间汽车房。一间是空的;另一间房门只开着一条缝,屋子里黑咕隆咚。在屋子尽里面拴着一条大狗。铁锁链哗啷啷地响,狗嘴平放在一条当被褥用的旧毛围巾上。

"小心点儿,"沙尔普说,"这条狗有时候凶得很。我原来把它放在那间屋子里,它把别的狗都吓坏了。"

我走进这间汽车房。这条大狗马上对我汪汪地叫起来。我又往前走了两步,它往前一挣,抻得铁链哗啷啷地直响。我对它说:

"哈啰,乌欧斯。来,握握手。"

它把头缩回去,伏在毛围巾上。它的耳朵向前竖了一点儿,不再吼叫了。这只狗长着一对狼似的眼睛,眼眶是黑的。接着,它弯曲的小短尾巴噼噼啪啪地慢慢敲打起地板来。我又说:

"握握手,孩子。"我伸出一只手去,小个子兽医在门口再一次要我小心。这只狗用大爪子拄着地慢腾腾地站起来,耳朵抿到后边去,完全恢复了常态。它把左爪子抬起来,我摇晃了它的爪子几下。

兽医抱怨道:"这可真是怪事,卡尔……卡尔……"

"卡尔麦迪,"我说,"是一件怪事。"

我拍了拍大狗的脑袋,从汽车房里走出去。

我们又进了屋子,走进候诊室里。我把杂志胡噜到一边儿,一屁股坐在桌角上,上下打量着这位漂亮的兽医。

"好了,"我说,"说吧。狗主人是什么人?住在哪儿?"

他愁眉苦脸地想了一会儿,"狗主人姓乌欧斯。他们搬到东部去了,等他们一安置好,就派人来接这条狗。"

"太妙啦,"我说,"这条狗叫乌欧斯,是根据德国一个飞行员的姓起的。这家人又根据这条狗都姓起乌欧斯来了。"

"你认为我在说瞎话?"小个子兽医气哼哼地说。

"嗯……哼。您胆子太小了,干不了坏事儿。我猜想这条狗是谁窝藏在这儿的。我现在给您说说我的故事。两个星期以前,桑·安杰罗有一个叫伊索贝尔·斯耐尔的姑娘从家里走出去,失踪了。她跟她的姑婆住在一起,一位老爱穿灰绸子衣服的挺可爱的老太太,脑子很聪明。失踪之前,这个姑娘常常跟一些不三不四的人在一起混,到夜总会、赌场这些地方去逛游。老太太知道,事情要是声张出去会引起人们风言风语,很不好听,所以没有报告警察。直到斯耐尔的一个女朋友在您这里偶然看到这条狗,老太太一直没打听出任何线索来。这个女朋友把她看到狗的事同老太太说了。老太太雇用我调查这件事,因为她侄孙女开着汽车离开家的那天,是带着这狗一起走的。"

我在鞋底上捻灭了烟头,又重新点了一支。沙尔普医生的一张脸白得像发面团一样,一滴滴的汗珠流进他那漂亮的小胡子里。

我不紧不慢地继续说:"现在这事警察还没有插手,刚才我提到富尔维德警察局局长是故意骗您的。这件事咱们两人谁也别往外声张,如何?"

"你……你要我做什么呢?"小个子医生结结巴巴地说。

"我想您对这条狗准还知道些什么。"

"是的,"他很快地说,"把狗带来的那个人好像挺喜欢它。一个真正爱狗的人。这条狗在他手里也很驯顺。"

"这么说,这个人肯定还会露面,"我说,"什么时候他到这儿来,您一定让我知道。这个人什么样子?"

"又高又瘦,黑眼睛非常有神。他老婆也是个瘦高挑,同他一样。穿的衣服很讲究,不怎么说话。"

"那个斯耐尔姑娘是个小矬个儿,"我说,"为什么您对这件事这么鬼鬼祟祟的?"

他盯着自己的脚,什么也没说。

"好吧,"我说,"谈谈正经事吧。只要您同我合作,我保证不让您的名誉受损失。这笔买卖您做不做?"我把手伸了出去。

"我跟您合作。"他低声细气地说,把一只又湿又黏的小爪子放在我的手里。我轻轻地摇了摇,生怕把他的骨头折断。

我告诉他我住的地方,便走到外面阳光灿烂的街头。我走了一个街段,到我停放克莱斯勒牌汽车的地方。我坐进汽车里,把它从拐角里开出一段路来。从停车的地方我可以远远地看到德·索托牌汽车同沙尔普兽医院的正门。

我在车里一直坐了半个钟头。半个钟头以后,沙尔普医生穿着外出服装从他诊所里走出来,上了汽车。他把车开到一个街角,拐进一条通到房子后门的横巷里去。

我把克莱斯勒汽车发动,从另外一边开到他那个街段上,我在横巷的另一端等着他。

我听见前面街段三分之一左右的地方传出一阵狗的咆哮、吠叫的声音。叫声延续了相当长的时间。以后,沙尔普医生的那辆德·索托牌小汽车从水泥地院子倒出来,向我停车的方向驶过来。我把车开到另一个街角上。

德·索托小轿车向南边阿尔圭洛林荫大道驶去,以后又顺着这条大道向东开。轿车后座上用铁链拴着一条很大的警犬,嘴上罩着一个套子。从我的汽车里,我只能看到它的脑袋来回甩动,拼命想挣脱锁链。

我在后面追踪着这辆轿车。

二

卡洛林纳街在这座滨海小城的尽边上。街的一头接着一条已经废弃不用的铁路线,铁路线那一边是日本人经营的专门种植蔬菜的农场。卡洛林纳街最后的一个街段只有两幢房子,所以我就把车藏在街角上第一幢房子后面。这房子旁边有一座长满杂草的院子,房前面长着一棵高大的、灰尘扑扑的拉坦纳花和一棵忍冬藤。

过了这幢房子是两三块空地,地上的野草用火燎过,如今只有不多的几根草茎在一片烧焦的地上支棱着。再过去是铁丝网圈着的一幢东倒西歪的泥土色平房。德·索托轿车就停在这幢房子前面。

汽车车门"砰"的一声打开,沙尔普医生从汽车后座上把那只戴着口套的大狗拉出来,费了不少气力才把它拽进街门,走上房子前面的甬路。一株形状像大桶似的棕榈树挡住了我的视线,我看不见他在房子前面做了些什么。我把自己的汽车向后倒了几步,借着第一幢房屋的遮掩掉了个头。我开过三四个街段,转到同卡洛林纳街平行的另一条街上。这条街的一端同样通到前面提到的那条铁路线。铁轨在密密匝匝的荒草里已经生锈。我的汽车在铁轨那边的土路上转了个弯,回头向卡洛林纳街方向驶去。

土路越走越低,路边的土堤挡住了我的视线。在我估计已经驶出三个街区的距离后,我把车停住,走了下来。我走到土堤上,偷偷向对面瞭望。

那座铁丝篱笆圈住的房子离我只有半个街段远。德·索托轿车仍旧停在门外面。警犬低沉的咆哮声在下午宁静的空气里听得逼真。我在草丛里趴下来,紧紧盯着那幢平房,等待着。

一刻钟过去了,什么事也没有发生,只有那条狗叫个不停。突然间,狗的叫声越来越急、越来越凶狠。接着有人喊了一声。紧接着一个人可着嗓子尖叫起来。

我从草丛里爬起来,三步两步地跳过铁道,跑到对面卡洛林纳街上。当我跑近那幢平房时,我听见那只大狗正狺狺地朝着什么咆哮,一个女人断断续续地呵斥着,那声音与其说是出于恐惧,不如说是因为愤怒。

走进铁丝网大门是一块草地,草地上长满了蒲公英和荨麻。桶状的棕榈树上挂着一角硬纸片,当初想是一块什么牌子。棕榈树根把甬路都破坏了;路面裂开许多大缝,镶边的砖块被顶到路面上来。

我走进街门,跑上几级木头台阶,走到歪歪斜斜的门廊上。我砰砰地敲打房门。

室内的狗叫声仍然没有停,但是那个女人已经不再呵斥了。没有人出来给我开门。

我转动了一下门把手,门开了,我走进去。扑鼻而来的是一股当麻醉剂使用的三氯甲烷的气味。

屋子正中,沙尔普仰面朝天躺在一块歪扭的地毯上,手脚挺伸着,脖子的一边咕嘟嘟地往外冒血。血已经在他的脑袋四周聚了一大摊。那条狗伏在两只前爪上,头向一边侧着,耳朵抿在头上,脖子上仍然挂着嚼碎了的口套。它脖子上的毛支棱着,脊背上的毛也都竖立着,喉咙里不断发出呜呜的咆哮声。

在这条狗后面,一间小套间的门歪歪斜斜着向后开着,套间的地上扔着一大团棉花,散发着一阵阵叫人恶心的三氯甲烷味儿。

一个穿着印花布便装的高大、漂亮、皮肤黑黑的女人拿着一支大号自动手枪,瞄准了这条狗,但是并没有开枪。

她从肩膀上瞟了我一眼,开始把身子转过来。狗眯缝着一对黑眼圈的眼睛盯着她。我把身上的鲁格手枪掏出来,提在身边。

屋子后面的一扇转门吱扭扭地响了一下,从那后面走出来一个身穿褪色的蓝工作服和蓝衬衫的黑眼睛汉子,手里拿着一杆把儿锯短了的双筒猎枪。他把枪对准了我。

"咳,你这个人!把手里的家伙撂下!"他气呼呼地喊。

我的嘴巴动了一下,想要回答他一句什么。这人的指头在扳机上扣紧了。我的枪"砰"的一声响了——我自己也没有想要对他开枪。枪弹打在对方的枪柄上,干净利落地把枪从他手里打飞了。双筒猎枪"咚"的一声掉在地上,大狗吓得往旁边一跳,跳了足有七尺远,又趴在地上。

那人的脸上显出一副无法置信的样子,把手举了起来。

我不能失掉这一良机。我对那个女的说:"把您的也放下,太太。"

她嘟囔了一句什么,把自动枪放在身边,从躺在地板上的那个死人身旁走开。

那个汉子说:"他妈的,别开枪打它。我管得住它。"

我眨巴了两下眼睛,我开始明白了。刚才他是怕我把狗打死。他并没有为自己担心。

我把鲁格枪放低了一点儿,"出了什么事?"

"那个人……想用三氯甲烷麻醉……它,这么好的一条狗!"

我说:"不错。要是你这儿有电话,最好赶快叫辆救护车来。沙尔普脖子上撕了那么大一个口子,寿命不长了。"

那个女人用平板的语气说:"我还以为你是警察局的呢。"

我没有说什么。她顺着墙根走到一扇窗户前边。窗台上堆满了破烂的报纸。她从窗框上摘下电话耳机来。

我低头看了看小个子兽医。他脖子上的血已经不往外流了,那张脸白得像张纸。

"别管什么救护车了,"我对那女人说,"您就直接给警察局挂电话吧。"

那个穿工作服的男人把手放下来,屈起一条腿跪在地上。他用手拍打着地板,柔声细气地同狗讲起话来:

"别着慌,老朋友,别着慌。我们这儿的人都是你的好朋友——好朋友。别着慌,乌欧斯。"

狗呜呜地叫了一声,摇了摇尾巴。那汉子不住嘴地同它唠叨着。乌欧斯不再叫唤了,它脊背上的毛也都顺溜起来。那个汉子仍然哄逗着它。

坐在窗台上的那个女人把电话机往旁边一推,说道:

"他们来了。你管得住它吗,杰里?"

"当然了。"那个汉子说,眼睛并没有离开那条狗。

现在狗已经把肚皮贴在地上,张开嘴,吐出舌头来。口水从舌头上滴下来,粉红色的,里面还掺杂着血。狗嘴的毛上凝着血块。

三

被女人叫作杰里的人说:"咳,乌欧斯。咳,乌欧斯老家伙。你现在好了,你好了。"

狗呼哧呼哧地喘气,趴在地上一动也不动。杰里站起来,走到它跟前,揪了揪它的一只耳朵。狗歪着头,听凭他揪弄自己的耳朵。那人又摸摸它的头,把嚼碎的口套解开,从它嘴上取下来。

他站起身来,拿着挣断的半截铁链子;狗跟着他站起来,老老实实地叫他牵着,从转门走到后面的屋子里去。

我往旁边挪了两步,躲开正对着转门的地方。杰里在后面屋子里可能还有几支短筒猎枪。他的神色叫我不能放心。我仿佛看见过这张脸,也许是很久以前的事了,也许报纸上见过他的照片。

我看了看那个女人。这人生得皮肤黑黑的,相当漂亮,也就三十岁刚出头。她的一身印花布的朴素衣服同她那弯弯的眉毛和纤巧、柔软的手似乎很不相称。

"这是怎么搞的?"我用非常随便的语气问,仿佛这里出的事没什么大不了似的。

她回答我的声音又干又倔,倒好像讲出这件事来叫她非常心痛,"我们在这所房子住了大概有一个星期,连家具一起租赁下来。我正在厨房,杰里在后院干着什么。一辆汽车开到我们门口,那个小个子大大咧咧地走进来,倒仿佛他是这里的主人。我们的房门当时没有关,我想。我把转门推开,往外看了看。我看见那个人正把狗拉进小套间去。我闻见一股三氯甲烷的气味。接着,一下子就闹出乱子来了。我去拿了一支枪,从窗户里把杰里叫进来。你闯进来的时候我也是刚刚走进这间屋子……你是什么人？"

"您进来的时候，事情就已经发生了？"我说，"它已经把沙尔普咬在地上了？"

"是啊——如果这个人是叫沙尔普的话。"

"您和杰里都不认识他？"

"从来没见过这个人，也没见过这条狗。可是杰里是喜欢狗的。"

"还是把您编的这套话改一改吧，"我说，"杰里明明知道狗的名字叫乌欧斯。"

她的眼睛瞪起来，嘴也在和我赌气似的绷紧了，"我想你是听错了，"她非常不高兴地说，"我刚才问你了，先生，你是什么人？"

"杰里是什么人？"我反问道，"我在什么地方看见过他。也许是在缉捕逃犯的通告上。那支短把儿枪他是从哪儿弄来的？您想叫警察看见吗？"

她咬了咬嘴唇，腾的一下儿站起来，走过去把枪捡起来。我注意到她的手指离扳机远远的。她走到窗台前边，把枪塞在一堆旧报纸底下。

她转过身来，对着我，"好了，你到底有什么鬼打算？"她厉声厉色地说。

我慢吞吞地说："这条狗是偷来的。狗主人，一个姑娘，恰好失踪了。我是被雇来寻找她的。沙尔普告诉过我是什么人把狗带到他那儿去的，听起来那两个人很像您同杰里。这两人姓乌欧斯，搬到东部去了。您听说过一个叫伊索贝尔·斯耐尔的女人吗？"

那个女人说没有，她说话时语气非常平板，眼睛盯着我的下巴。

穿工作服的男人从转门里走进来，用蓝衬衫的袖子抹了抹脸，他没有端出另外一支枪来。他好像毫无所谓地打量着我。

我说："如果你们能告诉我点儿那个斯耐尔姑娘的事，我可以在警察面前替你们说几句好话，把这件事遮饰过去。"

女人看着我，撇了一下嘴。男人笑了笑，笑得挺得意，仿佛王牌都拿在他手里似的。远处传来一声汽车轮胎摩擦路面的尖啸。一辆汽车正在急转弯。

"快点儿说吧，"我很快地说，"沙尔普吓坏了。他把狗带回到原主人住的地方。他一定认为这所房子里没有人。用三氯甲烷把狗麻醉不是个好主意，但是这位小娃子已经吓得魂不附体了。"

他们两人谁也没言语，只是直勾勾地盯着我。

"好吧，"我说，走到房子的一个角落里，"你们俩大概是一对儿逃犯。告

73

诉你们,如果来的人不是警察,我可就开枪了。别认为我这是吓唬你们。"

女人不动声色地说:"随你的便,你这个多事佬儿。"

这时一辆汽车飞快地开到这个街段上,在门前嘎的一声急刹车停住了。我偷偷往外面看了一眼。我看到挡风玻璃上的红灯,车身上写着"警察"。两个穿便衣的家伙跌跌撞撞地从车里走出来,走进大门,上了台阶。

一只拳头砰砰地敲着门,"门开着呢。"我向外喊了一句。

门砰的一声被推开了,两名便衣警察冲进屋子来,手里举着枪。

看到地上躺着一个人,两个警察一下子愣住了,手里的枪一支对着杰里,一支对着我。拿枪对着我的是一个红脸膛的高大汉子,穿一身像口袋似的灰西服。

"举起手来——把手里的枪扔掉,举起来!"他粗声粗气地喊道。

我举起手来,但是并没有把枪撂下,"别那么紧张,"我说,"这人是叫狗咬死的,不是谁开枪打的。我是从桑·安杰洛来的私人侦探。我到这儿来办理一件案子。"

"是吗?"他咚咚两步走到我前头,枪口顶在我的肚子上,"也许你说的是实话,伙计。待会儿我们就知道了。"

他抬起一只胳膊,把枪从我手里夺过去,用鼻子闻了闻,马上又用自己的枪抵住我。

"开过枪了,啊?真不错,转过身去。"

"听我说……"

"转过身去,伙计。"

我慢慢转过身去。就在我转身的时候他把自己的手枪放进侧兜里,在后胯上摸索着一件东西。

我本来是应该防备到这一手的,可是我却失去了警觉。或许我没有听见包着橡皮的铅头棒抡下来的风声,但是那棒子打在头上的滋味我可感受到了。我的脚底下突然出现了一潭黑水,我头朝下栽了进去。我往下沉啊……沉啊……好像没有底儿似的一个劲儿往下沉。

四

我醒来后,屋子里好像布满了浓烟。烟像一条条细柱似的直上直下地悬在空中,构成一个大网幕。在尽靠外边的一堵墙上,两扇窗户似乎开着,可是屋子里的浓烟却一点儿也不移动。这间屋子我过去从来没有待过。

我躺着想了一会儿,然后坐起来,使尽力气喊道:"着火了!"

我扑通一声往床上一躺,大声笑起来。我不喜欢自己的笑声,我的笑声连自己听着也觉得疯疯癫癫的。

外面响起了一阵脚步声,一把钥匙在锁眼里转动了一下,门开了。

我把头侧过一点儿,说道:

"我说的话不算数,杰克。火已经溜到别处去了。"

他使劲瞪着我。这人生着一张小脸,横眉竖目,眼珠努努着。我不认识他。

"你是不是想叫我把你的胳臂拴上皮带?"他讽刺我说。

"我这样挺好,杰克,"我说,"好得很。我现在要睡个小觉了。"

"最好是那样。"他向我吼了一句。

门关上了,钥匙转了一圈,脚步声走远了。

我一动不动地躺着,望着空中的黑烟。我现在知道屋子里实在并没有什么烟。这时候天一定黑了,因为三条链子从天花板上吊着一个瓷罩,里面亮着灯。瓷罩四边围着一圈各种颜色的凸块,有的是蓝色,有的是橘红色。在我盯着这些凸块的时候,它们像小舱口似的一个一个地打开了,从每一个舱口里探出一个小脑袋来,像洋娃娃似的小脑袋,但都是活的。一个男人戴着一顶乘游艇的小帽,一个头发蓬松的金黄头发的女人,一个瘦小枯干的男人,系着歪七扭八的蝴蝶领结。系蝴蝶领结的人不住嘴地说:"您的牛排要嫩一点儿的还是不老不嫩的,先生?"

我拉起粗布被单的一角,擦了擦脸上的汗。我坐起来,把两只脚放在地板上。我的脚既没穿鞋也没穿袜子。我身上穿的是绒布睡衣。我的脚挨着地面的时候一点儿知觉也没有。过了一会儿我渐渐觉得两脚有一点刺痛的感觉,最后脚上好像扎满了缝衣针和大头针。

后来我能感觉到脚在地板上了。我扶着床沿站起来,走了两步。

一个声音——也许就是我自己的声音——正在对我说:"你挨了麻药针了……你挨了麻药针了……你挨了麻药针了……"

我在两个窗户中间的一张小白桌上看到一瓶威士忌酒,我走了过去。这是个"琼尼·瓦克"牌的瓶子,里面还剩下半瓶酒。我拿起瓶子,对着瓶口喝了一大口。喝完了,我又把瓶子放下。

威士忌有一股怪味儿。就在我尝出这个怪味儿的时候,我看到屋子墙角里有一个带龙头的洗面盆。我刚刚走到洗面盆前边就哇哇地吐起来。

我走到床前,重新躺下。呕吐弄得我一点儿力气也没有,但是这间屋子似乎比刚才真实一点儿,没有那么多荒诞的怪影了。我看到两个窗户都安着铁栏杆,屋里有一把笨重的木头椅子,除了摆着掺了麻醉药的威士忌酒瓶的白桌子外,再也没有其他家具了。一个柜橱门关得紧紧的,说不定还上着锁。

我睡的床是医院的那种病床,床两边都安着皮带,一个人躺在床上正好可以把手腕拴住。我知道我是被关在一所监狱的病房里。

我忽然觉得左胳臂上一阵胀痛。我把袖子捋上去,看到胳臂上有六七个针孔,每个针孔四边都有一个又青又紫的小圈。

为了叫我老老实实地听话,我身上被注射了好几筒麻醉剂;正因为这样我才产生了那种幻觉。屋子里的浓烟也好,灯上的小人头也好,都是麻药产生的副作用。那一瓶掺了麻药的威士忌酒也许是给另外什么人准备的。

我又从床上爬起来,在地面上走来走去,不停地来回走步。过了一会儿,我从水龙头里喝了点儿冷水,我咽下几口,又接着喝。大约半小时之后,我觉得自己可以同谁开始谈判了。

柜橱的门果然是锁住的,椅子太重,我搬不起来。我把床上的被褥掀开,把床垫推到一边。褥子下面是个弹簧网屉子,上下都用九寸左右的粗钢丝弹簧同四框连接着。我用了半个小时才把一只大弹簧拆下来,差点儿把手指头都折断了。

我歇了一会儿,又喝了几口冷水,然后走到门后边上着合页的一边。

我扯直了嗓门大喊:"着火了!着火了!"我连着喊了好几声。

我在门后边等着,等的时间并不长。过道里嗵嗵嗵地响起一阵脚步声,一把钥匙捅进锁眼里,门锁咔嗒地一响。刚才那个穿白色短衫、横眉竖眼的小个子怒气冲冲地走进来,两只眼睛直勾勾地望着床上。

我用弹簧圈卡住他的下巴,当他的身体溜到地上的时候,我又用弹簧压住他的后颈。我掐住了他的脖子。他拼命地挣扎。我把一个膝盖顶在他的脸上。我的膝盖硌得生疼。

他没有告诉我他的脸痛不痛。我从他右边的裤子后兜里拉出一个橡皮头铅棒来。我把钥匙从门外取出,从里面把房门锁上。他的钥匙圈子上还有另外几把钥匙。其中有一把正好可以打开柜橱。我看见我的衣服都在里面挂着。

我不慌不忙地把衣服穿好,我的手指头哆哆嗦嗦地一点儿也不听使唤。我不断地打呵欠。地板上的那个人一直也没有动。

我把他锁在屋子里,转身走去。

五

过道非常宽敞,也非常寂静,地面是碎木镶嵌的地板,铺着一条窄窄的长地毯。一道带白色橡木扶手的弧形楼梯通到楼下大厅。楼道旁边的几扇又厚又大的老式房门都关得紧紧的。几个房间都寂静无声。我蹑手蹑脚地顺着长条地毯走到楼下。

几扇彩色玻璃门把楼下大客厅同前厅分开,再从前厅出去,便是通到院子的房门了。当我已经走到玻璃门的时候,突然听到从身后传来一阵电话铃声。接着一个男人的声音在接电话。声音是从一扇半开着的房门后边传来的,一道亮光从这个房间里照射到幽暗的客厅里。我转身走回去,从门外向里望了一眼,一个男人正坐在写字台后面对着电话机说话。我在门外边等着,直到他最后把话筒挂上。我走进门去。

这人皮肤白皙,额头很大,稀薄、卷曲的棕色头发紧贴在头骨上,一张长白脸膛一点儿喜容也没有。我刚一进门,他的眼睛就跳到我身上,一只手忙着去按桌上的电铃按钮。

我对他咧嘴一笑,厉声吃喝道:"不要动。我可是个被逼得走投无路的人,院长,我什么事都干得出来。"我把手里的橡皮头铅棒给他看了看。

他脸上的笑容僵在那里,像一条冰冻的死鱼,一只瘦长、苍白的手在办公桌上颤抖着,好像生了病的蝴蝶。但是我看到他另外一只手又开始慢慢地往一只抽屉伸过去。

他结结巴巴地说:"您病得挺厉害,先生。得了重病。我可不同意……"

我对着他那只想伸到抽屉里去的手挥了一下橡皮棒。他的手马上缩了回去,好像鼻涕虫被放在发烫的石头上一样。我说:

"我没有病,院长,只不过被你们打了无数麻药针,差点儿把我打疯了。我现在就是要出去,此外还要喝一口不掺麻药的威士忌。拿来吧。"

他的手指头毫无目的地动了动,"我是逊德斯特兰医生,"他说,"这是一家私人开的医院——不是监狱。"

"威士忌,"我嗓音嘶哑地说,"我已经休息够了。你这里是私人开的游戏场。一个可爱的魔窟。拿威士忌来。"

"在那边药柜子里。"他有气无力地说。

"把你的手举起来,放在脑袋后边。"

"你这样做要后悔的。"但是他还是照我的话做了。

我绕到办公桌那面,把他的手想伸进去的那只抽屉打开。从里面拿出一支自动手枪来,然后把橡皮头铅棒揣起来。我从桌子后面走出来,到墙边的一个药柜前面。药柜里面有一瓶一品特装的烈性威士忌酒,三只酒杯。我拿出来两个酒杯。

我斟了两杯,"你先喝,院长。"

"我……我不喝。我是个戒酒主义者。"他嘟嘟囔囔地说,两只手仍然擎在脑袋后面。

我又把铅棒掏出来。他很快地放下一只手,端起一只酒杯,喝了一大口。我在旁边看着。喝了酒以后他好像没出毛病。我闻了闻另外一杯,然后一饮而尽。酒在我肚子里发生了作用。我又喝了一杯,然后把瓶子装在上衣口袋里。

"好了,"我说,"是谁把我送来的?快说。我还有别的事要办呢。"

"警……警察,当然了。"

"哪个警察?"

他的肩膀缩了回去,看起来好像生了病,"一个叫嘉尔布瑞滋的作为证人签的字,说你犯有精神病。完全合乎法律手续,我敢向你保证。嘉尔布瑞滋是个警官。"

我说:"从什么时候起,警察有资格签署精神病例的证明了?"

他没有回答我的问题。

"谁给我打的麻药针,我倒想知道一下。"

"我不知道。我想早就有人给你打了。"

我摸了摸下巴,"就在这两天时间里头?"我说,"我看他们还是干脆把我枪毙的好,免得到头来自己还得倒霉。我走了。后会有期,院长。"

"你要是离开这儿,"他细着嗓子说,"马上就会被逮捕。"

"不会只因为我到外边去就把我逮捕的。"我的回答相当和气。

当我从房间里走出去的时候,他的手仍然在脑后背着。

前门除了上着锁以外,还插着门闩、系着铁链子。但是在我开门的时候,并没有人阻拦我。我穿过一个老式的门廊,走到院中一条很宽的甬路。甬路两边种着不少花,一只知更鸟在幽暗的树荫里啼叫着。沿街是一道白漆尖桩栅栏。这所房子坐落在第二十九街和迭斯堪索街的拐角上。

我向东走了四个街段,走到一个公共汽车站,站在那里等汽车。没有警笛声,也没有追捕我的巡逻警车。公共汽车来了,我坐车到了市内闹区。我在一家土耳其浴室洗了个蒸汽浴,又冲了淋浴,叫人把身体按摩一遍,刮了脸,然后把剩下的威士忌喝光。

我觉得可以吃饭了。吃了饭以后我另外找了家旅馆,登记了一个假名,这时已经十一点半了。我在餐馆喝威士忌酒和苏打水的时候,看到当地报纸报道了一名叫理查德·沙尔普的医生惨死的消息。有人发现他的身体弃置在卡洛林纳街的一座空房子里。警察为这件惨案伤透了脑筋:死因不明,至今未发现任何线索。

从报纸上的日期看,我知道自己已经被人凭空扣除了48小时的寿命,事先没有人同我商量,更没有人征求我的同意。

我上床去睡觉,做了一夜噩梦,醒来时出了一身冷汗。这倒是药劲消退的最后一个征象。第二天早上我已经健康如初了。

六

富尔维德警察局局长身体肥壮、肌肉坚实,是个重量级拳击手类型的汉子。他的目光有些游移不定,淡红色的头发剪得很短,粉红色的头皮在头发缝里闪着亮。他穿着一身带贴兜儿和镶边的淡黄色法兰绒西装,手工非常讲究。

他同我握了握手,把椅子往旁边一转,便跷起一条腿来。这就使我看到他脚上穿的是价值三四美元一双的法国莱尔线短袜,手工做的英国半高筒皮靴;尽管当时商业萧条,这种鞋少说也要卖十六七美元一双。

我猜想这位警察局局长一定娶了个阔老婆。

"啊,卡尔麦迪,"他说,把我的名片在办公桌的玻璃板上一丢,"是两个A吗?到我们这地方来办点儿事?"

"碰到一件麻烦事,得求您帮个忙。如果您肯的话。"

他把胸脯一脡,挥了一下粉红的大手,把声音降低了几个音调。

"麻烦?"他说,"我们这个小城市可很少麻烦。这个城市很小、很干净。从西边的窗户望出去,我看到的是太平洋;再没有什么比太平洋更干净的了。北面是阿尔奎洛大街和小山丘。东面是你无论在什么城市也见不到的规规矩矩的小商业区,商业区再过去就是住宅区,花园住房修饰得又干净又整齐,简直是人间天堂。南面……如果我有南窗户的话,可是这间屋子南墙没开窗户——我会看到全世界最好的游艇码头,小型游艇码头。"

"你们这个城市没有麻烦,"我说,"麻烦是我带来的。我是说,我带来了一部分,到了这里以后又招惹出一些新的来。一个名字叫伊索贝尔·斯耐尔的女孩子从家里跑出去了,她家住在那个大城市里。有人在你们这里看见她养的一条大狗。这条狗我也发现了,但是偷狗的人却费了不少手脚想把我的嘴封住。"

"有这样的事?"警察局局长心不在焉地说。他的两条眉毛在脑门上一上一下地挑动,弄得我自己也怀疑起来:是我在骗他呢,还是他在骗我?

"把门上的钥匙拧一下,可以吗?"他说,"您比我年轻几岁,劳驾了。"

我站起来,把门锁上,又重新坐在椅子上,掏出一根纸烟来。这时候警察局局长已经把一瓶样子很不错的酒和两只小酒杯放在办公桌上,另外还有一捧小豆蔻。

我俩一人喝了一杯。他咬开了三四粒豆蔻。我俩一边嚼着豆蔻仁儿一边你瞪着我、我瞪着你地互相打量着。

"您再给我说说,"最后他开口说,"我现在听得进去了。"

"您听说过一个叫圣徒法墨尔①的家伙没有?"

"我听说过没有?"他用手拍了一下桌子,震得豆蔻都跳起来,"这是个悬赏一千美金缉拿的抢劫犯,我怎么没听说过?抢了银行,不是他吗?"

我点了点头,拼命想看到他眼睛后面的东西,但是却装作对他深信不疑的样子,"他和他妹妹两个人一起作案。妹妹叫迪亚娜。两个人都打扮得像乡下人的样,小镇的银行也罢,州立银行也罢,他俩抢了不止一家。他外号叫法墨尔就是这个缘故。他妹妹也有一千美元赏金。"

---

① farmer,英文是农民的意思。

"我真想把这一对兄妹弄到局子里来。"局长的语气很坚决。

"那您为什么不把他们请来呢?"我问道。

我这么挖苦了他一句他倒没有立刻火冒三丈,但是一张嘴却张得比碗口还大,我生怕他的下巴颏会掉到裤裆上。他的眼睛努努着,像两个剥了皮的鸡蛋,口水从嘴角上滴落下来。过了半天他才像关掉蒸汽挖土机似的小心翼翼地把嘴合上。

如果他这是表演给我看的,我不能不佩服他的演技。

"再说一遍。"他哑着嗓子说。

我把带来的一份报纸打开,指给他看一条新闻。

"您瞧瞧关于沙尔普医生这个报道。你们本地的报纸撒谎的技巧太不高明了。这里说一个不知姓名的人按了这所屋子的门铃,一群男孩从里面跑出来,他们在空屋子里面发现了一具尸体。这纯粹是胡说八道。我当时在场。圣徒法墨尔和他妹妹也都在那儿。我们都在那儿的时候,您手下的警察也去了。"

"这简直是背叛,"他突然喊叫起来,"我的局子出了叛徒。"他的脸变得像砒霜捕蝇纸一样灰白。他抬起一只哆哆嗦嗦的手,又往肚子里灌了两杯酒。

现在该轮到我嗑豆蔻了。

他啪的一声把酒杯放下,伸手拿起桌上的一只通话机。我听见他说了一个名字——嘉尔布瑞滋。我走到门前把锁打开。

我们等的时间并不长,但是局长还是充分利用了这段时间;他又喝了两杯酒,气色比刚才好了一些。

这时候门开了,用包橡皮铅棒把我打晕的那个红脸警察从外面走进来。他嘴上叼着一支特大号的烟斗,两手揣在裤兜里。他用肩膀一撞,把门关上,大大咧咧地靠着门一站。

"哈啰,警官。"我招呼他说。

他的表情就像想在我脸上踹一脚而又不急着这么做的样子。

"把证章交上来,"胖子局长吼道,"证!放在桌上。你被解职了。"

嘉尔布瑞滋慢腾腾地走到桌子前边,一只胳臂肘拄在上面,把脸对着警察局局长。他的脸离警察局局长的鼻子只有一尺远。

"你发什么火儿啊?"他浊声浊气地问。

"圣徒法墨尔已经落在你掌心里又被他溜掉了,"局长扯着喉咙喊叫着,

"你同你那个蠢货邓肯,你们俩让他拿猎枪顶着肚子,从你们眼皮底下溜走了。你的差事算完了,我把你开除了。以后你就像牡蛎罐头那样待在那里吧。你没工作了,把证章交出来吧!"

"圣徒法墨尔是谁?"嘉尔布瑞滋问道。局长这番话对他一点儿也没起作用,他甚至还往局长脸上喷了一口烟。

"您瞧,他不知道,"局长话带哭音地对我说,"他会不知道。给我办事儿的人都是这类货。"

"什么叫办事儿?"嘉尔布瑞滋大大咧咧地问道。

胖子局长一下子跳了起来,好像鼻子尖儿突然被蜜蜂蜇了一下似的。他用一只又肥又大的拳头在嘉尔布瑞滋的下巴上揍了一下,看起来他用的力气一点儿也不小。嘉尔布瑞滋的脑袋被打得一歪,大概移动了半寸左右。

"别这样。"他说,"留神把你的肠子扯断了。你扯断了肠子,咱们的局子就没人管事儿了。"他瞟了我一眼,又回过头来看了看富尔维德,"要不要我告诉他?"

富尔维德看了看我,想知道这场戏在我身上是不是发生了作用。我张着嘴,脸上带着茫然莫解的表情,好像一个乡下孩子在上拉丁文课。

"好吧,告诉他吧。"局长吼叫着说,一边还摇晃着拳头。

嘉尔布瑞滋把一条胖腿搭在桌角上,磕了磕烟斗,伸手拿过威士忌酒,用局长的酒杯喝了一杯。他抹了抹嘴,脸上露出了笑容。他笑的时候嘴张得很大,他的嘴本来就生得很大,牙医可以把两只手都伸进去,一直伸到胳臂肘。

他不慌不忙地说:"我同邓肯进屋的时候,你已经倒在地上,昏迷不醒了,那个瘦长的汉子正举着一根棍子,对你比画着。另外还有一个女人坐在窗台上,身边堆着很多旧报纸。就是这么回事。瘦子正向我们编造谎话的时候,屋子后边有一条狗叫起来。那个女人趁我们眼睛往屋子后边看的时候,从报纸底下抽出一支短把猎枪来,比着我们。好了,我们还能怎么样?只好乖乖地听她摆布吧!要是她开枪,一打一个准儿,我们开枪可就没有把握了。趁这个工夫那个男的也把枪从裤袋里亮出来。这两个人把我们绑了个结结实实,然后塞在一个小套间里。套间里三氯甲烷的气味直钻鼻子,就是不用绳子绑着,我们也软成一摊泥了。过了一会儿我们听见这两个人坐着两辆小汽车离开了这里。等我们挣扎出来的时候,屋子里就剩下一具尸体了。我们为了应付报纸的记者,只好编了点儿瞎话。直到现在,我们对这件事还没有找到新线索。怎么样？我说的同你知道的配得上吗？"

"你说得不错，"我告诉他，"只是我记得，警察是那个女的自己打电话叫来的。当然了，我也可能记错了。我脑袋上挨了一棒子，躺在地上不省人事，这些事你都说对了。"

嘉尔布瑞滋狠狠地瞪了我一眼。局长眼皮也不抬地盯着自己的大拇指。

"我恢复知觉的时候，"我说，"发现自己躺在第二十九街把角的一家用麻醉剂治病的私人医院里。开医院的是个叫逊德斯特兰的医生。我，被人打了很多麻药，天旋地转，简直成了洛克菲勒喜欢玩的一只银角子，不用他捻我自己就能转个没完没了。"

"啊，逊德斯特兰！"嘉尔布瑞滋闷声闷气地说，"这个家伙早就是我们裤子里的一只跳蚤。要不要到他那儿跑一趟，教训教训他，局长？"

"我琢磨卡尔麦迪是圣徒法墨尔送到那儿去的，"富尔维德正儿八经地说，"所以法墨尔可能同逊德斯特兰有勾结。我同意去一趟。把卡尔麦迪也带去。你去不去？"他问我说。

"这还用问？"我欣然表示同意。

嘉尔布瑞滋看了看桌上的威士忌酒，慢条斯理地说："圣徒和他妹妹都有一千块钱的悬赏。如果我们逮住这两个人，这笔钱怎么分？"

"我不要我那份儿，"我说，"我的薪水和开销都有人付。"

嘉尔布瑞滋脸上又有了笑容。他晃动着身子，笑容越来越大，简直要跟我做好朋友了。

"好极了。我们已经把你的汽车弄回来了，就在楼底下汽车房里。有个日本人给我们打电话，说他发现了你的那辆车。咱们就坐你的车去吧——就咱们两个人去。"

"你是不是再多带两个人，嘉尔？"局长有些怀疑地说。

"唔。我们两个就足够了。这个人挺有两下子，要不然他现在也不能到处转悠了。"

"好吧，就这么办吧，"警察局局长高兴地说，"来，咱们再干一杯，庆祝一下。"

但是他还有些心慌意乱。他忘记嗑豆蔻了。

七

白天看,这地方一点儿也没有阴郁之感。窗根底下秋海棠花长得郁郁葱葱,三色堇在一株洋槐底下铺成一块圆地毯。房前一侧搭着一个花架,一棵爬蔓的玫瑰开满了鲜红花朵,一只铜绿色的小蜂鸟正在贴着汽车房种的香豌豆丛里蹦蹦跳跳。

这所房子应该住着一对阔绰的老夫妻,一对到太平洋边上来进行日光浴的老头老太太。

嘉尔布瑞滋在我汽车的脚踏板上吐了口唾沫,拿出烟斗把街门拨开,从甬路上走到房门前边,用大拇指按了按一个小巧的铜门铃。

我们等了一会儿,门后面的一道铁栅栏打开了。一张蜡黄的脸向外张望了一下,这是个戴着白色护士帽的女护士。

"开门吧,我们是警察。"大块头警察吼道。

门上的锁链当啷啷地响了一阵,门闩推到一边。门打开了。护士身材足有一米八高,长胳臂,大手掌,是医生整治病人时一个理想的帮凶。她脸上的神情有些奇特。我看见她在窃笑。

"噢,原来是嘉尔布瑞滋警长,"她叽叽喳喳地说,声音既有些发尖又带着些喉音,"您好么,嘉尔布瑞滋警长?来找医生吗?"

"是来找他,而且马上就得见到。"嘉尔布瑞滋没好气儿地说,一点儿也不客气地从护士身边挤了过去。

我们走进了大厅。办公室的门这次没有开着。嘉尔布瑞滋一脚把门踢开,我跟着他的脚后跟,大个子护士又叽叽喳喳地跟着我的脚后跟。

禁酒主义者逊德斯特兰医生正在喝他的晨酒,面前摆着一瓶新开封的一夸脱装的威士忌。他稀疏的头发被汗浸透,一绺绺地贴在头皮上,一张满是棱角的大脸好像一夜之间平添了许多皱纹。

他赶快把一只手从酒瓶上撤回来,对我们摆出一副冻鱼似的笑脸。他没话找话地说:

"这是怎么回事?这是怎么回事?我记得我吩咐过了……"

"少说废话吧,"嘉尔布瑞滋说,把一张椅子拖到他的办公桌前面,"去你的吧,护士小姐。"

护士又像小鸟似的叫了几声,就从房门里走出去了。门从外面关上了。逊德斯特兰医生的两只眼睛上上下下地打量着我的脸,样子很不高兴。

嘉尔布瑞滋把两只胳臂肘摆在写字台上,双拳支住自己翘翘着的大下巴。他目不转睛地盯着医生看,眼睛里闪着凶光。医生被他看得坐立不安。

好像过了好长好长一段时间,嘉尔布瑞滋才开口说:"圣徒法墨尔在什么地方?"他的语调几乎可以说是温柔的。

医生的眼睛睁圆了。他的喉结在工作衫衣领上鼓起来。他的绿色眼睛里闪着怒火。

"别装聋作哑!"嘉尔布瑞滋吼道,"你这所私立医院干的都是什么鬼名堂,我们是一清二楚的。你这里不只窝藏盗匪,还兼做贩卖毒品和拉皮条的生意。你把这位大城市来的侦探囚禁在这儿可做得太过火了。这回你有多大势力的后台也不成了。快说吧,圣徒藏在哪儿?还有那个女孩子?"

我突然想起来:我在嘉尔布瑞滋面前根本没提过伊索贝尔·斯耐尔的事……如果他说的女孩子是指斯耐尔的话。

逊德斯特兰医生的一只手在桌子上翻腾着。他本来就因为惊恐不安连话也说不出来,现在嘉尔布瑞滋又突如其来地提到法墨尔,更把他吓得泥塑木雕似的。

"他们都在什么地方?"嘉尔布瑞滋又喊了一声。

这时候门从外面打开了,大个子护士走了进来,"嘉尔布瑞滋警官,请您小声点儿,这里有病人。请您想到这里的病人。"

"玩儿你的去。"嘉尔布瑞滋回过头来吼了她一句。

护士退到门口去。最后逊德斯特兰终于鼓起劲儿来开口了。他的声音非常微弱,几乎听不出话音来:

"倒好像你不知道似的。"

接着他的手往自己的工作衫里面一摸,再伸出来的时候,擎着一支亮晶晶的手枪。嘉尔布瑞滋的身体往旁边一闪,整个歪到椅子外面去。医生向他开了两枪,两枪都没有打中。我的手也按到自己的枪上,但是没有掏出来。嘉尔布瑞滋趴在地板上冷笑了一声,右手往左边胳肢窝底下一摸,亮出一支鲁格枪来。这支枪我看着像是他从我那里缴去的那把。枪砰地一响,只响了一次。

医生的一张长脸一点儿也没有变样儿。我根本没看到子弹打进他身体什么地方。他的脑袋耷拉下来,砰的一声磕在桌子上,手里的枪跌落在地上。他就这样脑袋搁在桌面上一命呜呼了。

嘉尔布瑞滋把枪对准了我,从地上站起来。这次我看清楚了,这把枪确实是我的。

"这真是个打探情报的好办法。"我语气很随便地说。

"放下手来,小探子。你别跟我耍花招。"

我把手放了下来,"妙极了,"我说,"我想演这出戏就是为了把医生杀了灭口吧!"

"他先开枪的,你没看见吗?"

"是的,"我勉强答道,"是他先开的枪。"

护士贴着墙朝我走过来。从逊德斯特兰一命呜呼以后,她还没有说一句话。她已经走到我身边了。突然间,我看到她的右手指上卡着打人用的铜箍,我也看见了她手背上长着浓密的汗毛——可惜我发现得太晚了一点儿。

我的身子往旁边一躲,但是没有躲过去。戴铜箍的拳头打在我下巴上,差点儿把我的脑袋劈成两半。我扶住身后的墙没有倒下去,可是膝盖里却像是灌满了水。我尽量保持着脑筋清醒,不叫右手把枪抻出来。

我挺直了身体。嘉尔布瑞滋对我咧着嘴笑。

"还不够聪明,"我说,"你手里拿着的还是我那支鲁格。这就把这出戏演砸了,对不对?"

"我知道你看出来了,小探子。"

一阵寂静后,那个像小鸟叫唤似的护士说:"老天爷,这家伙的下巴好像大象脚一样结实。我手指上的铜箍要是没有打裂才怪呢。"

嘉尔布瑞滋的小眼睛露出了杀气,"楼上那两个呢?"他问护士说。

"昨天晚上都出去了。我再给他一下子怎么样?"

"那干什么?他也没掏枪。他太结实了,你的拳头伤不了他。应该请他吃两颗枪子儿。"

我说:"你干这营生一天得刮两次脸。"

护士笑了笑,把头上的护士帽和金黄色假发推到一边,露出一个弹头似的尖脑袋来。她——或者更正确些说,他,从护士的白罩衫下掏出一支手枪来。

嘉尔布瑞滋说:"这是自卫,懂吗?你同医生打起来,他先开了枪。你老实着点,我同邓肯不会忘记的。"

我用左手揉了揉下巴,"听我说,警察老爷,你们同我开个玩笑,我并不在乎。在卡洛林纳大街那座房子里,你把我打晕过去,你没告诉你们局长,我也没有讲。我猜想,你这样做有你的道理,到一定的时候你也许会让我知道。也许我也能猜到你为什么这样做。我估计你是知道圣徒在什么地方的,或者你能够找到他。圣徒知道那个叫斯耐尔的姑娘在哪儿,因为她的狗就在他手里。咱们不妨把这件事详细谈谈,这样对咱们俩都有好处。"

"我们谈得已经够多的了,探子。我答应医生把你弄回来,让他开开心。我叫邓肯打扮成护士待在这儿,是为了叫他帮助医生对付你。没想到我们真要对付的倒是医生自己。"

"不错,"我说,"可是我从中又能得到什么呢?"

"也许能多活两天。"

我说:"好吧。别认为我这是愚弄你,回头看看你背后墙上的小窗户。"

嘉尔布瑞滋还认为我在愚弄他,他的眼睛一直没离开我。他的嘴角上挂着一副讥嘲的笑容。

男扮女装的邓肯抬头看了一眼——马上惊叫了一声。后墙犄角上离开地面很高的地方有一扇花玻璃的小方窗户。窗户一点儿声音也没有地推开了,我从嘉尔布瑞滋的耳朵上边正好看见这扇窗户。我看到的是搁在窗台上的一挺冲锋枪的黑色枪口,枪后面有两只瞪着的黑眼睛。

上次我听到那个哄狗的声音对屋子里说:"把家伙扔掉怎么样,护士小姐?还有,桌子旁边站着的那个——举起手来!"

八

嘉尔布瑞滋倒吸了一口冷气,接着脸上的肌肉全都绷紧了。他嗖的一下转过身去,手里的鲁格枪发出一声巨大、尖锐的响声。

当冲锋枪咯咯咯地响起来的时候,我马上卧倒在地板上。嘉尔布瑞滋一下子歪倒在办公桌旁边,仰面朝天地倒下来。他的两条腿蜷曲着,鲜血从鼻子和嘴里淌了出来。

打扮成护士的那个警察脸变得煞白,简直同他那顶护士帽成了一个颜色了。他手里的枪弹跳出去。他抬着胳臂,仿佛要抓天花板似的。

霎时间,屋子里出现了一种奇怪的宁静。只有弹药的硝烟一缕缕地在半空中飘浮着。圣徒法墨尔在窗外高处向下边什么人说了几句话。

可以清晰地听到外边一扇门一关一合的声音,接着一阵脚步声跑过大厅来。我们这间屋子的门一下子从外面推开了。迪亚娜拿着两支自动手枪走过来。迪亚娜是一个高身段的漂亮姑娘,皮肤黝黑,戴着顶时髦的黑帽子。她戴着手套,每只手里握着一把枪。

我从地板上爬起来,叫她看到我的两只手老老实实没有乱动。她眼睛盯住屋里的人,向窗户外边喊:

"好了,杰里,我可以看住他们。"

圣徒的脑袋、肩膀和他的冲锋枪离开了窗框,窗户外面露出一角天空和远处一棵大树的细枝。

窗外咕咚咚响了一下,听到一个人从梯子上跳到木头门廊上。在屋子里面的人像是五个雕像,其中有两个已经倒下来了。

总得有个人动弹动弹。从当前这个形势看,肯定还要有两条人命。就是以圣徒的角度看,这也是免不了的。这件事远远还没有完。

我刚才警告嘉尔布瑞滋的时候,因为说的是真话,所以并未见效。现在我又试了一回,不过这次我的喊话是假的。我的眼睛从对面那个女人的肩膀望过去,脸上露出又惊又喜的样子,我嗓音粗哑地说:

"哈啰,麦克,你来得正是时候。"

当然了,这没有骗过她;不过我使的这个诡计却把她惹翻儿了。她的身子一挺,右手的枪啪的一声射出一发子弹来。她手里的枪对女人来说太重了一些,枪在她手里跳了一下。另外一杆枪也跟着抖动了一下。我没有看见枪弹打在什么地方。我猛地向她腿底下扑过去。

我的肩膀撞在她的大腿上,她的身体向后一仰,脑袋磕在门边的墙棱上。

我把枪从她的手里敲掉,动作十分野蛮。接着我把门踢上,又抬起一只手把钥匙拧了一下。迪亚娜一个劲儿地用高跟鞋踹我的鼻子,我来回躲闪。

邓肯喊了一声"干得好",一头扑在地上,捡起他那把手枪。

"留神那个小窗户,如果你还要命的话。"我对他喊了一句。

接着我跑到办公桌前头,从逊德斯特兰医生的尸体下面拖出电话机来。我尽量躲开房门,不叫自己的身体和房门成为一条直线。我抱着电话机趴在地上,急急忙忙地拨号码。

迪亚娜的眼睛一看到电话机,又活了过来。她尖声喊道:

"他们把我的枪缴了,杰里,他们把我缴械了!"

在我吼叫着同警察局一个办事员讲话的时候。冲锋枪在门外面嘟嘟嘟地响起来,把门板打得七穿八洞。

木板碎屑和灰泥到处乱溅,子弹打得逊德斯特兰的尸体索索乱抖,倒好像一阵颤抖又使他有了活气儿似的。我把电话一推,抄起迪亚娜的两支枪,便向门外射击起来。从一个大裂缝里我看到外面衣服的一角,我对准那衣服猛烈开火。

从我趴着的地方,我看不见邓肯在做什么。但是没过一会儿,我就知道了。一颗显然不是从门外射来的子弹打在迪亚娜的下巴上。她跌倒在地上,再也没站起来。

又飞来一颗子弹——也不是从门外射进来的——打飞了我的帽子。我翻滚着身子,对邓肯破口大骂。邓肯的枪划了一个僵直的弧线,紧紧比着我。他大张开嘴,像动物一样咆哮着。我又骂了一句。

突然,在他的胸脯上面,四块血渍从护士服上印出来。四个血洞排成一条直线。在邓肯倒下来以前,这四块血渍以同等速度向四周扩展。

远处传来了警笛的声音。这是我叫来的警车。警车向这个方向开过来,警笛声音越来越大。

冲锋枪声停止了,一只脚踢了几下门。门颤抖了几下,但是仍旧锁着没开。我又对着门外开了四枪。我小心避开门锁。

警笛声比刚才更响了。圣徒不得不逃命了。我听见他的脚步声离开了大厅。一辆汽车从横巷里开出去。随着警笛声变得尖锐刺耳,这辆汽车开得越来越远,最后连马达声也听不见了。

我爬到那个女人前边,看了看她脸上、头发上的血和她衣服前襟上的血块。我摸了摸她的脸。她慢慢地睁开眼睛,好像眼皮非常沉重似的。

"杰里——"她低声喊了一句。

"死了,"我哄骗她说,"伊索贝尔·斯耐尔在什么地方,迪亚娜?"

她的眼睛又闭上了。眼角上闪着两滴泪珠,一个垂死的人流出的眼泪。

"伊索贝尔在什么地方,迪亚娜?"我哀求她说,"做件好事,告诉我吧。我不是警察,我是她的朋友。告诉我,迪亚娜。"

我尽量把话说得温柔动听,用尽一切办法央求她。

眼睛又睁开了一条缝。她又低声念叨着"杰里……"声音越来越弱,眼睛闭上了。最后,她的嘴唇又动了一下,模模糊糊地说了两个字,听来像是"蒙蒂"的声音。

这是她说的最后两个字。迪亚娜死了。

我慢慢地站起来,倾听着街上的警笛声。

九

天已经晚了,街对面一座大办公楼亮起了灯火。我在富尔维德的办公室待了整整一个下午,把我经历的这件事说了足有二十遍。我说的都是真话。

各个部门的警察走出走进,研究枪支、弹道的,管指纹的,记录员……此外还有新闻记者,五六个市政府官员,甚至还来了一位美联社记者。这位记者不喜欢我对他发表的谈话,他直言不讳地把自己的意见告诉了我。

肥胖的警察局局长汗流满面、对我疑虑重重。他没穿上衣,胳肢窝底下的汗水浸湿了两个黑块,短短的红头发卷曲起来,好像被火燎了似的。他不知道我已知道多少内情,所以不敢拿话套我。他只能一时对我大吼大叫,一时又对我唉声叹气;在吼叫与叹气之间,他一直想把我灌醉。

我已经有八成醉意了,我很愿意喝个酩酊大醉。

"难道这些人就都没有说什么?"这已经是他第一百次带着哭音央求我了。

我又喝了一杯,对他摆了摆手。我的样子很滑稽。

"一句话也没有说,局长,"我正正经经地说,"要是我听见什么,一定会告诉您的。他们死得都太快了。"

他揪着自己的下巴,拧了一下,"太奇怪了,"他冷笑着说,"四个人都断了气儿,只有您连肉皮都没碰破。"

"我是在枪响起来的时候唯一先趴在地上的人。"我说。

他又开始揪弄起自己的右耳朵,"您到我们这个地方已经三天了。在这三天里我们这儿发生的人命案比您以前三年发生的还多,简直不像人世间的事儿。我一定是在做噩梦了。"

"这不能怪我,局长,"我抱怨道,"我到这儿来是为了寻找一个女孩子。我现在仍然在寻找她。圣徒和他妹妹藏在你们这个城市里不是我出的主意。我一发现这两个人马上告诉了您。可是您手下的人却把这件事瞒着您。逊德斯特兰还没有提供任何线索就被打死了。这也不是我干的。还有一件我至今不明白的事,为什么医院里要安插一名伪装成护士的警察?"

"我也不明白,"富尔维德喊道,"可是这么一来我的饭碗就难保了。这件事我能不能平安度过真是难说,我还不如现在就辞职不干,到海边钓鱼去呢。"

我又喝了一杯,心满意足地打了个嗝,"别这么想,局长。过去您曾经把你们这个小城市打扫得干干净净,现在不妨再清理一遍。只不过这叫您这棒子打歪了,把球儿打出了界而已。"

他在办公室里兜了个圈子,想用拳头在墙上打几个窟窿,后来又咕咚一声坐在椅子上。他恶狠狠地看着我,伸手去取威士忌酒瓶子,可是半截儿又缩了回来。看起来他更希望酒都灌在我的肚子里。

"咱俩儿做一笔买卖吧,"他对我吼叫着,"你立刻回桑·安杰洛去,我也不追究逊德斯特兰被你的手枪打死的事。"

"我是个靠工作挣钱吃饭的人,局长,我的事还没办完您就叫我回去,您说,这公平吗?再说,您也知道我那把枪是怎么跑到别人手里去的。"

一时间他的脸变得阴沉、灰暗。他打量了我一会儿,好像准备给我做一口棺材。但是过了一会儿,他的脾气又过去了。他把桌子一拍,高高兴兴地说:

"你说得对,卡尔麦迪。我不能这么做,真的不能。你还得找那个姑娘,是不是?好吧,你回旅馆去休息一会儿吧。今天晚上,我把这件事再好好儿研究一下,明天早上同你见面。"

我又喝了一小杯,酒瓶里就剩下这一点儿了。我的情绪非常好。我同他握了两次手,东倒西歪地走出了他的办公室。当我从过道里走出去的时候,有好几盏镁光灯对着我闪起来。

我走下市政府大厅的台阶,绕到这座建筑物旁边、汽车库前头。我探头看了看,我那辆蓝色克莱斯勒小轿车已经回来了。我不再装成喝醉酒的样子。我穿过几条小街,一直走到海滨,沿着海边的一条宽阔的水泥便道向两个游乐码头和一家大旅馆走去。

已经暮色苍茫了,码头上的灯火都亮了起来。停泊在防波堤后面的一艘艘小游艇,桅杆上的灯都闪烁起来。一个卖热狗的人站在一个铁烧烤架子旁边,一边用一把长叉子扒拉着小肠子一边喊:"买热狗了!又热又香的热狗!"

我点了一支烟,站在那里眺望着大海。突然间,远处一艘大船上的灯光都亮起来,一下子变得灯火通明。我看着这艘船,它停在那里并不移动。我走到卖热狗的人前边。

"那只船停泊在海里吗?"我指着船问他。

他往摊子的另一头看了一眼,满脸不屑地耸了耸鼻子。

"您不知道?那艘船是个赌博场。这里的人都叫它'原地不动客轮',因为它从来不开到什么地方去。如果您在'探戈舞厅'还嫌赌得不过瘾,不妨到那个地方去试试。就是这么回事,先生。蒙蒂乞托可是一艘非常豪华的轮船。您来份又香又热的热狗吧,先生。"

我在他的柜台上放下一枚两角五分的银币,"你自己吃吧,"我客气地说,"到那艘船去的摆渡在什么地方?"

我身上没有带枪,便回到旅馆去取一把备用的手枪。

迪亚娜临死的时候说过两个字——"蒙蒂"。

也许她要是活得长一些,就会说"蒙蒂乞托"了。

回到旅馆我倒头就睡着了,就像被打了麻药针似的。醒来的时候,已是晚上八点了,我觉得肚子饿得很。

走出旅馆,有人跟在我后面,但没多久就被我甩掉了。当然了,这个干净的小城市案件并不多,侦探跟踪人的本领并没学到家。

十

按四角票价来算,路程可真够长的。摆渡船是一只没有任何装饰的快艇。从停泊的游艇中穿过去,绕到防波堤外面以后,快艇就驶入汹涌的浪涛里。船上除了站在舵轮后面的一个样子彪悍的水手外,只有两对儿谈情说爱的男女;船刚驶到暗处,这两对儿就像小鸡儿似的互相啄起对方的脸来。

我回头眺望着城市的灯火,想叫自己闲散一会儿,消化消化肚子里的食儿。开始的时候,灯光还像小钻石似的东一点西一点,过了一会儿就连成了一片,像是珠宝店橱窗里陈列着的一只珠子手镯。再过一会儿,手镯变成了在波涛上的一块光色柔和的橘黄条带。摆渡船在看不见的波涛上颠簸着,像一条破浪艇。空气中笼罩着蒙蒙的冷雾。

蒙蒂乞托的舷窗越来越大了,摆渡船划了个大弧线,船身倾斜了四十五度角,干净利落地靠在一座灯火通明的浮台边上。马达空转了一会儿,噼噼啪啪地往雾里排了一阵废气。

一个身穿蓝色晚餐礼服、生着大黑眼睛、嘴脸有些匪气的小伙子把船上的两个姑娘扶上浮台,眼光锐利地扫了一眼两个姑娘的男伴,也让他们上了船。从他盯着我看的样子叫我看出一点儿他的身份来。他往我身上挂枪套的地方一撞,我就更清楚他是什么人了。

"不成,"他很客气地说,"不成。"

他向开摆渡的人翘了翘下巴颏。开摆渡的把一个套索扔到缆柱上,把舵轮转了转,然后爬到浮台上。他走到我身后边。

"不成,"穿蓝色晚餐礼服的人又咕噜了一句,"带着枪不能上船,先生,对不起。"

"这是我装束的一部分,"我对他说,"我是私人侦探,可以把枪存起来。"

"对不起,伙计。船上没有存枪处。开路吧。"

开摆渡的用一只手腕挎住我的胳臂,"回去不用您再买船票了,先生。走吧。"

我跟着他回到摆渡船上。

"好吧,"我对着那个穿蓝色晚餐礼服的人喊道,"你们要是不想要我的钱,我也就不给你们进贡了。可是你们这么对待顾客可太不像话了。"

当摆渡重新开动,向回去的路驶去的时候,我最后看到的是那个小伙子一脸得意的笑容。

回去的路似乎比来时长了许多。一路上我没有同开摆渡的讲话,他也没有对我开口。当我登上浮船码头的时候,他在我背后挖苦地说:

"等我们哪天不那么忙的时候吧,侦探先生。"

六七个等着上摆渡的人好奇地瞪着我。我从他们身边走过去,我从浮船码头候船室的门穿过去,向岸边的台阶走去。

一个红头发的大汉子懒洋洋地从岸边栏杆上挺起身子,漫不经心地撞了我一下。这人穿着一双脏兮兮的胶底鞋,裤子上粘了许多柏油,蓝色的运动衫破了好几个洞。

我站住了,摆了个架势。他柔声细气地对我说:

"有什么事儿啊,侦探?那艘混蛋船不欢迎您吗?"

"我干吗要告诉你?"

"我是个爱打听闲事儿的人。"

"你是谁?"

"就叫我红头发吧!"

"别挡着我的路,红头发。我忙着呢。"

他凄苦地笑了笑,摸了一下我身体的左侧,"您穿这么薄的衣服,家伙都鼓出来了,"他说,"想到船上去吗？如果您有十足的理由,事情是能办到的。"

"理由得用多少钱买?"我问他道。

"五十块钱。要是您死在我的船上,还得多给十块。"

我迈脚走开,"单程二十五块,"他很快地添了一句,"也许您回来的时候有朋友送您。"

我向前走了四步,才转过头来说:"就这么办。"我继续往前走。

在灯火通明的游乐码头边上有一家灯光耀眼的"探戈舞厅"。尽管天气还早,这里都已拥挤不堪了。我走了进去,往一面墙上一靠,看着电动指示器显出几个数字。我瞧着一个伪装成赌客的人在计数器下面用膝盖给了一个暗号。

我身边出现了一个穿蓝运动衫的大块头,我鼻子里闻到一股柏油味。一个柔和的、低沉的、带着些凄凉的声音说:

"到了那边要人帮忙吗?"

"我在寻找一个女孩子,我一个人去找就够了。你是干什么的?"我的眼睛没有看着他。

"东边挣八角、西边挣一块。我喜欢吃。过去在警察局里,叫他们把我挤兑出来了。"

我喜欢他对我讲的这件事,"你这人心眼儿一定太直了。"我说。我瞧着伪装成赌客的人把他的牌递过去,大拇指按着一个假数码。管计数器的人自己的大拇指也放在同一个地方,把牌举起来。

我感觉到红头发脸上露出笑容,"我早就看见您在我们这个小城市里头转悠了。我告诉您咱们怎么过去。我有一条小船,可以把您送到那艘船上,我知道船上有个上货的小舱口。我有时候给船上的一个人送点儿东西去,甲板下头没有几个人。您觉得这个办法怎么样?"

我把钱包掏出来,拿出一张二十元、一张五元的钞票,卷成一个团儿递了过去。他把钱装在粘满柏油的口袋里。

红头发轻轻地说了声谢谢,便走开了。我叫他先走几步,自己才开始往外走。他的块头很大,在人丛里很容易认出来。

我们一前一后走过游艇码头，又走到第二个游乐码头，在那以后，灯光越来越少，人群也逐渐稀少起来。一条不长的漆黑的栈桥向海里伸过去，两旁停着不少小船。红头发向栈桥走去。

快走到头儿的时候，他才站住；桥头有一个木头梯子。

"我把船弄到这个地方来，"他说，"开动马达的时候声音太响了。"

"听我说，"我显得很着急的样子说，"我得给一个人打个电话，刚才我忘了。"

"成，跟我来。"

他又往栈桥头上走了一段路，摇晃了一下拴在一根链子上的几把钥匙。他打开一个挂锁，端出一只小盒子，从里面取出电话机的听筒，放在耳朵上听了听。

"电线没有掐断，"他说，声音里带着笑意，"不知道是什么人为了干坏事安在这里的。用完了以后，别忘了锁回去。"

他一点儿声音也没有地消失在黑暗里。大概有十分钟，我一直听着海水拍击着栈桥桥柱的声音，偶尔有一只海鸥拍打着翅膀在幽暗里飞过去。十分钟以后，远处一具马达嘟嘟嘟地响起来，响了几分钟，马达突然不响了。又过了好几分钟，梯子下面被什么东西撞击了一下，一个低低的声音在下面喊我。

"都齐了。"

我赶快回到电话机前边，拨了个号码，找警察局局长富尔维德接电话，警察局局长回家去了。我又拨了另外一个号码，接电话的是个女人，我叫她去找局长，我说我是警察局。

我等了一会儿。后来听见胖局长的声音。他说话的时候嘴里好像塞满了烤土豆片。

"喂？连人家吃饭的工夫都不给？你是谁？"

"我是卡尔麦迪，局长。圣徒在蒙蒂乞托船上呢。很遗憾，这在您的界外。"

他像个疯子似的吼叫起来，我没等他吼完就把话筒挂上。我把话筒放回到罩着锌网的小匣子里，把挂锁锁上。我顺着梯子下到红头发的船上。

他的快艇从海面上滑过去。除了船壳外侧不停地发出剥剥的声音外，废气排出船体一点儿声响也没有。

城市的灯火在漆黑的海水上面又连成一条模糊的黄光；蒙蒂乞托号上的

95

船窗越来越大、越来越亮,成为一个个亮洞。

十一

蒙蒂乞托面向海的一边没有安泛光灯。红头发把马达控制到最小的转速,在船艉下面转了一个弯,贴紧船壳油腻腻的铁板。

我们头顶上面出现了两扇铁门,就在系着船锚的黏湿的粗铁索前面不远的地方。快艇嘎嘎地摩擦着蒙蒂乞托的钢壳,海水在我们脚底下拍打着船底。红头发从船上站起来,一盘卷着的绳子从他手里飞出去,挂着了轮船上一件什么东西,下边的一头又落回到快艇上,红头发把绳子拉紧,系牢在发动机整流罩上。

他轻声对我说:"这艘船有好几层楼高,咱们得爬上去。"

我掌住舵轮,叫快艇的船头对着轮船的屁股,红头发抬起胳臂,抓住平贴在船身外面的一架铁梯,把身体往上一悠,哼了一声,便上了梯子。他踩着又湿又滑的梯磴儿,一级一级地往上爬。

过了一会儿,上面吱扭响了一下,一道昏黄的灯光射到外面的雾气里,船上出现了一个笨重的铁门,红头发的脑袋让门里射出的灯光照得清清楚楚。

我也按照红头发的样子上了梯子,一磴一磴地往上爬。爬到梯子顶儿,累得我呼哧呼哧直喘气;我一头钻进一间装满了木箱和铁桶的舱房里。这个地方发着一股酸臭味,耗子在黑暗的角落里窜来窜去。红头发大汉咬着我的耳朵说:

"从这儿可以通到锅炉房旁边的过道。他们现在只烧着一个辅助锅炉,为了供应热水,开动发电机。这就是说,锅炉房里只有一个人值班,这个人由我来对付,甲板上的水手就不那么老实了。到了锅炉房,我可以指给您一个通风管,管道里面没有用铁丝网拦着,您从这个管道可以一直爬到甲板上。以后就是您的事了。"

"船上的事你知道得真清楚,这里有你相好的吧?"我说。

"这您就别问了,一个人闲着没事干什么事都传到耳朵里来。我还可能认识一帮想捅掉这个马蜂窝的人呢。您很快就回来吗?"

"我在甲板上且得闹腾一气呢,"我说,"把这个拿去。"

我又从钱包里掏出几张钞票递过去。

他摇了摇红脑袋,"唔,这是回来的路费?"

"我先把钱付了,"我说,"即使我不回来也没关系,把钱接过去吧,趁着我这口气儿还在的时候。"

"好吧——那就谢谢您了,朋友。您这人很够意思。"

我们穿过木箱和铁桶,昏黄的灯光从前边的一个过道里传过来。我们沿着这个过道走到一个很窄的铁门,过了铁门就是锅炉房边上的一条通道。我们蹑手蹑脚地走过去,走下几级油腻腻的铁梯子,耳边传来了燃烧原油的炉子发出的嗞嗞声。我们穿过一座座庞大的机器,朝着那嗞嗞的声音走去。

拐过一个转角,一个邋里邋遢的矮个子意大利人正坐在一把用铁丝捆起来的快要散了的椅子上看报。这人穿着一件紫色的绸子短衫,戴着一副金属框眼镜,借着头顶上一盏没有灯伞的电灯泡,用黑手指头一行行地缕着报纸,看得非常入神。

红头发柔声细气地对他说:"哈啰,矮子,孩子们身体都好吗?"

意大利人吓得把嘴一张,一下子从椅子上跳起来。红头发一拳把他打倒在椅子上。我们把他撂在地上,把他身上的绸子衬衫扯成碎条儿,捆住他的手脚,又把他的嘴堵住。

"按道理讲是不应该打一个戴眼镜的人的,"红头发说,"问题是,要是在底下同这个人厮打,声音从通风管传上去,就像开了扩大器似的,难保不被人听到。"

我告诉他,我觉得也应该这样对付这个人。我们叫这个意大利人在地上躺着,找到了通到上面甲板的通风管道。我同红头发握了握手,告诉他我希望还能同他见面,然后就从通风管道里面的铁梯爬上去。

管子里又黑又冷,潮湿的雾气迎头灌下来,我好像总也爬不到头儿,其实也不过三分钟,但是我却觉得爬了足有一个钟头。最后我终于到了管道的出口,我小心翼翼地把头探出去。近处,甲板上吊艇架上黑乎乎的挂着几只救生艇,用帆布罩遮着。在两只救生艇中间有人在低声说话,甲板下面一阵阵传出嗡嗡的音乐声。头顶上,桅杆顶上亮着一盏灯,几颗寒星透过高空上的薄雾凄冷地向下凝视着。

我倾听了一会儿,没有听到警察摩托艇的警笛声。我从通风管里爬出来,一纵身跳到甲板上。

谈话声是救生艇下面一对情人在喁喁私语。这两人一点儿也没有注意到我。我在甲板上往前走,经过三四个关着房门的舱房,两间房舱窗帘后面亮着灯。我又侧着耳朵听了一会儿:除了甲板下面赌客寻欢作乐的声音我没听到别的什么。

我躲到一处幽暗的地方,深吸了一口气,然后发出一声号叫——一声野狼的哀号,孤寂、凄凉、饥肠辘辘,叫人听着毛骨悚然。

一条警犬马上发出了回响,汪汪地咆哮起来。一个女孩儿尖叫了一声,接着是一个男人的声音:"那些酒鬼大概都醉死了。"

我直起身子,掏出枪,向着狗叫的地方跑过去,那声音是从甲板另一头儿传过来的。

我把耳朵贴在门上,听见一个男人正在哄那只警犬。那只狗不再叫了,只在嗓子眼里呜呜了两声,就安静下来。一把钥匙在门里转动了一下。

我从门前往边上一跳,屈下一条腿。门打开了一条缝,从里面探出一个脑袋来。屋里一盏桌灯的亮光照着脑袋上的黑头发。

我站起来,用枪柄在这颗脑袋上敲了一下。房里的人身体往外一栽,一声也没有出,正好瘫在我的胳臂里,我把他拖到房舱里,放在一张床位上。

我把门关上,锁好。另外一张床上趴着一个大眼睛、小个子的姑娘。我说:

"哈啰,斯耐尔小姐。为了找您,我可真费了劲。要回家去吗?"

圣徒法墨尔翻了个身,坐了起来,两手捂着头。他的神情非常安静,只是用一双锐利的黑眼睛目不转睛地盯着我。他的嘴上露出一丝苦笑,但并没有什么恶意。

我扫了这个房舱一眼,没有看见狗在什么地方,但却看见一个套间,狗多半就关在套间里面。我又回过头来看着斯耐尔。

这个女人的相貌普普通通,正像大多数爱惹麻烦的人相貌并不一定怎么惊人似的。她在床上蹲着,头发遮着一只眼睛,身上穿一件毛衣,脚上穿着一双高尔夫球短袜、运动鞋,大宽鞋舌耷拉到外面来。短裙下面露出光着的膝头,膝盖骨在肉皮底下支棱着。斯耐尔的样子像是一个中学生。

我走到圣徒身边,摸了摸他的枪。他没有带着枪。他对我笑了笑。

女孩子举起一只手来,把头发掠到脑后。她愣愣地看着我,好像我离她有几个街段似的。过了一会儿,她的声音哽咽起来,眼泪扑簌簌地落下来。

"我同她结婚了,"圣徒语气温和地说,"她还以为你要在我身上穿几个窟窿呢。你刚才学狼叫的那一手可真高明。"

我什么也没说。我听了听外面有什么动静,外面什么声音也没有。

"你怎么会知道到这个地方?"圣徒问我。

"迪亚娜告诉我的——在她临死以前。"我忍着心把这个消息告诉他。

他的脸上显出一副被伤害的神情,"我不相信你的话。"

"你溜掉了,把她扔在那里。你想她会怎样?"

"我以为警察不会对一个女人下毒手,我在外面可以同他们进行谈判。是谁把她打死的?"

"富尔维德手下的一个警察,你把这个人打死了。"

他的头往后一仰,脸上显出一副凶相,但是马上他的脸色就缓和下来。他侧着头,对着那个啼哭的女孩子笑了笑。

"嗨,亲爱的。我不会连累你的。"他转过头来看着我,"如果我不叫你们费事,乖乖地跟你们走,有没有办法放她回去?"

"你是什么意思?什么叫'费事'?"我带着讥嘲的神情问。

"船上有我不少朋友,侦探。事情到现在也不过刚开头。"

"是你把她牵扯进来的,"我说,"你现在要把她择清楚可不那么容易。这也可以说是报应吧。"

十二

他点了点头,眼睛注视着两脚中间的一块地板。女孩子的哭声停了一会儿,抹了一下眼泪,接着又哭起来。

"富尔维德知道我在这儿吗?"圣徒慢吞吞地问我。

"知道。"

"你告诉他的?"

"我告诉的。"

他耸了耸肩膀,"从你那方面讲,这样做也有道理,当然了,不过要是富尔维德抓住我,我是什么话也不会说的。要是我有机会同一个地方检察官谈谈嘛,也许我能说服他,叫他相信我干的事没有她的份儿。"

"这一点你应该早一些想到,"我厉声对他说,"你不该回到逊德斯特兰那里,叫你的机关枪嘟嘟地响。"

他把头一扬,大声笑起来,"不该回去?如果你拿出一万块钱买了顶保护伞,可是到头来却发现这个混蛋把你骗了。他把你的老婆抓走,藏在一个给病人打麻药的医院,他威胁你叫你远远走开,不然就把你老婆扔在海里;如果你遇到这种事,你怎么办?对他满脸赔笑,还是拿把家伙同他算算账?"

"斯耐尔那时已经不在医院里了,"我说,"只不过你的手痒痒了,想要杀几个人。再说,你要不是那么喜欢那条狗,弄得最后又叫一个人送了命,你的保护伞也不会吓破了胆,要把你出卖。"

"我喜欢狗,"圣徒心平气和地说,"除非在我做那种买卖的时候,我还是很有人性的。但是我不能这么受人欺侮。"

我听了听。甲板上还没有动静。

"听我说,"我很快地说,"如果你肯同我合作,我可以把这个女孩儿平安送回家去。我在这艘轮船后边有一条小船,我可以在他们到来以前把她弄走。至于你会遇到什么事,我就管不了那么许多了。即使你喜欢狗,我也不能帮你什么忙。"

女孩子突然尖声喊起来,像个小女孩儿撒娇似的大喊:

"我不回家!我不回家!"

"一年之后你就会感谢我了。"我呵斥了她一句。

"他说得对,亲爱的,"圣徒说,"你还是同他一起走吧。"

"我不,"女孩子气呼呼地喊道,"我就是不回去。"

甲板上突然有人砰砰地敲起门来。一个声音厉声喝道:

"开门!我们是警察!"

我眼睛盯着圣徒,很快地退到门后边。我转过头来对门外边喊:

"是富尔维德吗?"

"是我,"富尔维德的肥腻腻的声音回答道,"是卡尔麦迪吗?"

"听我说,局长。圣徒在房舱里面,他准备投降。同他在一起还有一个女孩子,就是我跟您谈到的那个人。你们进来的时候别太莽撞,成不成?"

"可以,"局长说,"快开门。"

我拧了一下钥匙,跳到房舱的尽里头,身体紧靠着套间的墙。我身后就是套间门。那条狗正在里面走来走去,偶尔也咆哮一声。

房舱的门咚的一声从外面打开。两个我从来没见过面的人举着枪冲进来。胖子警察局局长跟在他们后边,在他还没有关上房门的一瞬间,我瞥见船外晃动着船员的工作制服。

两个警察跳到圣徒前面,狠狠地打了他几下,把手铐给他戴上。这以后,两名警察退到局长旁边。圣徒对他俩笑了笑,血珠从下嘴唇上滴下来。

富尔维德满脸不高兴地看着我,一根雪茄在嘴里动来动去。好像谁对那个女孩子都不感兴趣。

"你这人可真有两下子,卡尔麦迪。你事先一点儿也没有让我知道这个地方。"他粗声粗气地对我说。

"我当时也不知道,"我说,"我还以为这在您的管区之外呢。"

"真是可恶。我们已经通知联邦调查局了,他们也要来。"

他的一个警察笑起来,"但是不会很快就到,"他毫不客气地说,"把你手里的家伙放下,侦探。"

"你过来试试。"我说。

他迈步往前走,但是警察局局长对他挥了一下手,叫他不要过来。另外一个警察眼睛紧紧盯住圣徒。

"你是怎么知道他在这儿的?"富尔维德想从我嘴里打听出这件事。

"我可没有拿人家的钱,把他藏起来。"我说。

富尔维德脸上的表情一点也没有变;他的声音毋宁说有些懒洋洋的:"噢,噢,你可真会打探啊。"

我厌恶地说:"你和你手下的这伙人把我当成什么人了?你们的这个干净的小城简直臭气熏天!尽管表面刷得雪白,实际上是个墓穴!一家窝藏罪犯的医院,强盗匪徒可以在那儿避风——只要他们出得起钱,不在本地作案。他们还可以从你这地方乘快艇逃到墨西哥去,如果风声太紧的话。"

警察局局长慢条斯理地说:"还有吗?"

"有,"我喊道,"我这一肚子话早就憋着要对你说呢。是你给我浑身打了麻醉剂,差点儿把我弄成个疯子;是你把我藏在那家跟监狱没有什么两样的医院里。在你发现我没被关注的时候,又是你和嘉尔布瑞滋和邓肯,设置了新圈套。你叫我的枪把逊德斯特兰、把你的助手打死,然后再把我打死,给我安上开枪拒捕的罪名。可惜圣徒把你们这个如意算盘破坏了,他把我的命给救了。也许他不是有意这样做,但是他却这样做了。你从一开始就知道这个斯耐尔姑娘在什么地方。她是圣徒的老婆,你挟持着她,为了叫圣徒听你的话。你凭良心说,是我告诉了你,你才知道他在这条船上吗?你真的不知道他在哪儿?"

想要缴我枪的那个警察这时插话说：

"好了,局长。咱们还是快点儿吧。联邦调查局的人……"

富尔维德的下巴动了动,一张脸变成灰色,耳朵向后贴着,一根雪茄在他的胖嘴里索索地跳动。

"等一会儿。"他气呼呼地对他旁边的这个人说。他转过头来问我,"那好……你为什么又要告诉我呢?"

"我告诉你,是为了让你到这条船上来,到一个你不能以警察局局长身份为非作歹的地方来,"我说,"我要看看,你在大海上有没有胆量随便杀人。"

圣徒哈哈大笑起来。他从牙缝里低声打了个哨,套间里一只大狗咆哮起来,回答他的嘘声。我身旁的门咔嚓一声被撞开了,好像被一头骡子从里面踢了一脚。一条大警犬一下子从门缝里蹿出来,在空中划了一条弧线。它的灰色躯体在半空一扭,一下落到房舱的另一头。一杆枪砰地响了一下,但似乎没有伤着它。

"咬死他们,乌欧斯!"圣徒大声喊,"把他们活活儿咬死,宝贝!"

房舱里枪声响成一片。警犬的猞猁声夹杂着像窒息似的尖叫。富尔维德和一个警察摔倒在地上,大狗正在咬富尔维德的脖子。

女孩子尖声大叫,把脑袋藏在枕头底下。圣徒声息毫无地从床上溜到地板上,鲜血从脖子上流下来,积成一摊。

没有摔倒的那个警察往旁边一跳,差点儿一头跌在女孩子的床上。但是他马上站稳了脚步,一枪接着一枪地把子弹打进大狗灰色的长长的躯体里——他像疯了似的连瞄准也不瞄准。

倒在地上的警察想用手把狗推开,结果手腕差点儿被狗咬断,他痛得拼命喊叫。甲板上人语嘈杂、脚步声响成一片。我感到脸上有什么东西在流,皮肤有些刺痒。我的头有一种奇怪的感觉,但是我不知道被什么东西击中了。

我觉得手里的枪非常重、非常热。尽管我很难过,还是朝着狗开了枪。狗从富尔维德身上滚下来,我看到一颗流弹射进警察局局长的前额,正好打在两只眼睛中间。事情就是这样:偶然的巧合有时会比精心安排做出的事更加精确。

站着的警察手枪的撞针打在一只空弹壳上,他的子弹已经打完了。他骂了一句,忙着往枪里装子弹。

我摸了摸脸上的血，举起手来看了一下，血好像是黑色的。屋里的灯光好像暗淡下来。

一条雪亮的斧刃从房舱的门上劈进来，警察局局长同旁边一个呻吟不断的警察躺在地上，正好把房门卡得死死的。我看着门上的斧刃，看着它一进一出地劈着房门。

这以后屋内的灯光慢慢地熄灭了，就像剧场里幕布升起后灯火逐渐暗淡下去一样。当屋子里变成漆黑一团的时候，我突然感到头部一阵剧痛，但是直到那个时候我还不知道我已经被一粒子弹打伤了头骨。

两天以后，我才在一家医院里苏醒过来。我在医院里一共住了三个星期。圣徒没有活到被处绞刑的日子，但他在没死以前，还是把事情都说清楚了。他一定说得很令人信服，因为他们把杰里（法墨尔）圣徒的妻子放走了，允许她回家同她的姑婆一起过日子。

在我出院的时候，这一地区的大陪审团已经对这个城镇的半数警察提出公诉。有人告诉我，市政厅警察局里出现了许多新面孔，其中有一个是红头发的大块头。这人当了侦缉队长，名叫诺尔嘉德。诺尔嘉德说他欠着我二十五块钱，但是因为他重新上任，他得用这笔钱买一套新衣服，他还说他一发饷就把钱还我。我说没关系，我可以等。

鲁多尔夫·洛克尔

1873—1958

鲁多尔夫·洛克尔

鲁多尔夫·洛克尔(Rudolf Rocker,1873—1958),德国思想家,理论家,作家,工团主义运动的领导者和精神领袖,出身于德国美因茨一个信仰天主教的工人家庭。他父母早亡,在孤儿院成长,曾在印刷厂当过学徒,后参加工人运动,又被迫逃亡英国,第一次世界大战后被驱逐回国。回国后洛克尔积极投身于反纳粹势力活动,希特勒上台后又被迫再次逃离祖国,最后定居美国,直至逝世。

洛克尔一生用德语和意第绪语写了大量文章,主要是论述、介绍工运思潮的政论作品。《六人》是洛克尔一生写的唯一一本文学书。

六　人

　　天空是灰暗的,大漠苍茫。

　　棕色的沙碛上匍匐着一座黝黑的大理石斯芬克司,眼睛凝视着荒寂的远方国土。

　　它的目光里既没有恨,也没有爱,幽深迷离,仿佛正浸沉在酣梦中。冷傲的嘴唇缄默无言,唇边浮现着一丝永恒沉默的微笑。

　　六条路通向这座斯芬克司巨像。六条从异国来的路,汇聚在这里,为了同一目标。

　　每一条路上都有一个流浪者彳亍前进,背负着命运的严酷诅咒,额头为某一奇异力量的巨掌刻画上印记。他们一步步走向这一隐约浮现在天边的遥远世界。这个世界在空间上远隔万里,但在他们心灵上却近在咫尺。

第一条路

这座城市静静地憩息在坡度平缓的群山中。古老的雉堞被落日的金色光辉映得通红。大街小巷深锁在塔楼高耸的宽厚城墙里。这些街道纵横交错、杂乱无章,有如迷宫。每一条小巷仿佛都暗藏着某种秘密。对于陌生的来客来说,想要破解这种秘密是极其困难的。在幽暗的角落里,在尖顶山墙的老宅的灰色悬楼下,隐伏着早已被时间遗忘的陈年往事。

市场上古老的井泉仍如既往,低声鸣溅着。寂静的广场——如今它似乎已经被人们遗弃了——笼罩在一座古老教堂投掷下的巨大阴影里。只有一个枯槁、瘦小的母亲正孤独地站在井泉旁边;她在追思那一去不复返的消逝岁月。

春天突然降临大地,漫长冬日的严酷专政一下子被推翻了。阳光灿烂的天空和乍放新绿的草地、河谷,在复活节最初降临的日子里,把人们吸引到郊外去。欢乐的人群自由自在地在明媚的、暖洋洋的春光里跳跃、游荡;春日的艳阳把所有那些使人们心灵冻结住的东西融化了。年轻的和年老的,大人和孩子,所有的人今天都走到野外来,他们要把蒙住自己灵魂的灰尘抖掉,要让别人看到,灰暗、单调的阴郁冬日并没有使他们受到丝毫损害。

暮色逐渐降临,温暖的空气里响起庄严肃穆的钟声,提醒城市中的居民应该回家了。于是欢乐的人群带着花朵和绿叶编织的花束涌进城门,空中回荡着他们欢乐的歌声。转瞬间,古老的街巷中充满人群喧笑和话语声。人人舒适、安详,心情愉快,悠闲地向各自家中走去。等到暮色越来越深的时候,街头巷尾的喧闹声也逐渐安静下来。

落日的余晖早已消失,温暖的春夜用它的羽翼无声地覆盖上寂无人迹的街道,只有月亮照耀着这座城市,发出奇异的闪光。

一扇扇小窗户里的灯光渐次熄灭了。在这寂静的暗夜里,只有个别人家还闪烁着孤寂的光亮。也许那一家人正有人生病,在痛苦中挣扎;也说不定人已垂死,正把自己疲倦的灵魂交付给上帝。

一幢幢沉睡的房屋笼罩在深沉、肃穆的宁静里,只有大教堂古钟的庄严钟声和守夜人警觉的号角时而打破了夜空的寂静。

在这座沉睡的城市中心有一块稍微隆起一些的高地,高地上伫立着一座壮丽的老屋,同四周的房子比起来,它显得更加奇特,更加古老。这座房子的顶层是一间塔楼似的屋子,在屋子的哥特式窄窗前坐着一个白发苍苍、长须飘拂的老人。他正神情呆滞地望着窗外远处,目光越过了在月光下闪烁着绿辉的一幢幢老房的屋脊。

屋子正中摆着一张笨重的橡木书案,书案上凌乱地堆集着书籍、文稿。沿着色彩褪尽的四壁是长长的条案,案子上摆着稀奇古怪的标本和形状奇特的仪器。一盏极富艺术性的油灯射出的光线非常微弱,无法照亮室内幽暗的角落。

老人姿态疲惫地用手拂了拂遮住前额的头发,沉思地喃喃自语:

"现在一切又像坟墓似的静寂了。在进入梦乡的人们的头顶上亘古至今仍然覆盖无边无际的穹苍,数不尽的星球按照自己的轨道不停地运转。——心境平和、不被噩梦惊扰的睡眠是多么幸福啊!有谁能享受这种酣睡呢?生活中只关注眼前的一些小小需求,从不想搭建通往永恒的桥梁,这样的人真有福气!造物主没有赋予他们争强斗胜的性格,要使他们失去心理平衡并不容易。因此他们也不会受到难忍难熬的折磨,免遭欲求难达之苦。只有个别人才备受煎熬,欲望像只小虫始终咬着他们心灵不放。

"如今又到了这样一个时节:深奥莫测的大自然正处于'再生'的阵痛中,新生命正从千百万源泉中以纷繁的新形体迸发出来,我的欲求像是蕴积在血液中的慢性毒药,也开始蠢动了。直待春季缓缓过去,夏秋两季也悄然消逝,严寒凛冽的冬日重又把万物裹在它的尸衣里。那时这一陈旧的游戏才又重新开始。但是谁能探知这一永恒的成长与消逝的奥妙意义呢?生与死这样奇怪地彼此交织着,每一次终结永远孕育着新生?

"在事物衍化的大循环中,死亡真的是终结呢,还是仅仅是一个新的开端?抑或同时是终结和开始?已经过去的和即将产生的,二者的分界线究竟在哪里?宇宙万物从何而生?终极根源又是什么?

"我越是研究这一幽暗的奥秘,越感觉自己不了解自己。我对自身存在有一种神秘的恐惧感;它形体俱存,却有如一个谜,正像无限空间的沉默无言的永恒一样,使我望而生畏。

"我们从何处来,我们将走向何处?当我母亲因为准备诞生一个新生命而身怀六甲之前,难道我就已经存在了吗?有一天,当我存在的最后的火花像熄灭的火焰一样最终暗淡下去以后,我继续存在吗?

"我们身上带着那么多奥秘、莫解的东西,深藏在我们灵魂深处,从来不浮现到表面显露出来。我们彼此述说一些日常琐事、微不足道的烦心事和极其偶然享受到的一点喜悦,但是我们谈得都不深,几乎像是无意识摆出来的一个机械性姿势,深藏在心坎里的东西是不肯表露出来的,它们喑哑地、神秘地埋在灵魂深处,那里,幽暗的原始力量默默地反复循环,从不暴露到光天化日之下。

"是的,沉睡在心灵最深处的是那些沉重的、陌生的东西。每一次,当一个半吞半吐的声音无意中从肺腑里冒出来,当紧闭的双唇奋力想说出话语时,那深藏不露的思想总是被卡在喉咙里。另外,在我们心灵深处还有一堵根深蒂固的高墙,那是我们在彼此之间、在人与人之间树立起来的。我们自身的无比孤独和无名渴望只能在高墙的阴影里彳亍独行。最隐秘的、埋藏最深的东西从来不向我们显示;它们对外部也是躲躲闪闪,避之惟恐不及。即使在两性炽燃的烈火中,肉体同肉体颤抖着彼此依偎,两个灵魂在眩晕的激情中似乎已经融化到一起,也总是有某一陌生的东西隐伏在感情背后,默默地窥伺着,以防把每一句话说出口,叫最深的、最令人畏惧的欲念得到满足。甚至在爱情浸沉在最高潮的时候,思想深处仍然有一个带威胁性的谜样的东西在半睡半醒地监视着。谁知道那是什么呢?

"确实如此。如果有这样一个机会,能够去看看造物主的作坊,了解一下万物的开始和终结,我们就会明白,在环绕着我头脑的那道墙壁后面究竟藏着什么了。不然的话,我们迟钝的思想只是在墙壁中狭小的空间里东突西撞,总有一个我们从未意识到的东西躲藏在暗处。如果有这种机会,生命的意义就不再是一本未开启的书本了。——咳!这种苦思苦想有什么用?我们只不过是些渺小可怜的人,思想只能盯住事物的外相。当我们自以为明白了事物真相的时候,实际上仍然是最愚昧无知的。

"多少这样令人忐忑不安的漫漫长夜中,我坐在凄冷的屋子里,困顿的脑子里反复思考有关宇宙万物的各种问题,一直希望把事情搞出个头绪,叫自己从痛苦折磨中解脱出来。

"我能获得解脱吗?啊,仁慈的圣处女啊,你是圣洁的,万人为你祝福,你在天上上帝宝座左右翱翔。救世主从你的圣体中诞生,把世人从罪孽中解救出来。但是拯救我的救世主却好像并未诞生,因为没有人救助我,熄灭我胸中燃烧着的热切渴望的烈火。

"啊！把一个人从微小的罪恶中解救出来倒是易事，困难的是解除他的杂乱无章的思想。这些错乱的思想蜷伏在黑暗的深渊边上，不停地呼喊着要求认知宇宙。这一渴望得到启示的巨大索求，一直在隐暗的痛苦中束手无策地煎熬自己，难道我真有一天获得解救吗？

"渴望得到满足的念头曾一度在我头脑中萦绕，像一颗明亮的星星。但后来，随着岁月流逝，我的负荷日益加重，这颗明星也飞向远方，离我越来越远，留下的只是一些残屑碎片了。

"在我年富力强的时候，我曾用清晰的目光观察生活。当时我曾梦到过一个崇高时刻：命运用以束缚我的绳结一个个都在我手上解开了。热切的求知欲中，我的精神全部投在人类智慧的成果上，企图从古旧典籍和往昔的规章制度中寻求到智慧的最终结晶。但是每次在地平线上瞥见到终结目的时，就总是发现那还是一个开端，晦涩且令人生畏，有如鬼火，在墓地上怀着讥嘲闪闪烁烁。

"岁月无声流逝，我的思想逐渐成熟。这时我才确认我们的全部才智都不足以理解事物的最深层意义。我们像是盲人，永远在一处兜圈子。我们朝着最后目标大步前进，到头来却只是回到原来的地方。

"在包罗一切的永恒空间中奇妙地浮沉、盘旋的亿万星球中，是否也有一个星球，同地球一样，上面居住着有灵性的生物？他们是否也渴望认知宇宙，狂热地追求知识，在地狱的痛苦和天堂的幸福中间吞噬着自己？

"我常常地，好像听到从极其遥远地方传来那些星球在无限深邃中依据轨道运行时发出的宁静节拍声。它们像是轰鸣的和弦落进我的灵魂。我相信确实听到了天体运转的和谐声，于是整个生存意义对我豁然开朗。但我刚刚想用手指把我这一内心体验写下来的时候，短暂的魔力立刻就像肥皂泡一样破灭了。我仍然为一片空虚包围着。

"但是靠我心血哺育起来的巨大渴求，我的追求知识的炽燃热情却从来没有消失过，尽管我总是从一次失望走向另一次失望，就是在今天，当墓门已经给我这个行将就木的老人打开的时候，我的热切追求仍然没有离开我，不仅如此，我甚至感到，它对我的折磨更比以前加强了。这是为什么？这是为什么？

"我一直是非常虔诚的，我是传播你的光荣的一名不屈不折的信徒！"

这时候老人的耳朵听到从黑暗的屋角传来一声沙哑的狞笑声。一个声音说：

"你这傻子，你这老傻瓜！你的糟朽的肢体已经感觉到死亡的冰冷气息，却还不能放弃你的痴心妄想。难道你还不能认识你的本质吗？你认为自己一生都很虔诚，但实际上却从来不是个虔诚的人。你知道真正虔诚是怎么回事吗？真正虔诚来自一个人内心的要求，必须无条件地遵从神圣的戒律。他没有心计，不为自己打算，不为暗藏在内心深处的私欲所苦恼，也不为实现这些私欲备受折磨。

"而你呢？你只是把虔诚当作达到某种目的的手段。虽然你也赞颂造物主光荣伟大，忠实遵守他给你规定的戒条，但是心坎里却痴心妄想，希求有一天终能得到回报，认清事物真相，希图上帝终将取走蒙住你双目的面纱，叫你看明白他创造万物的意义。

"老头儿，你这是白费心机！你的妄想永远也不可能实现，你只不过在愚弄自己而已。你的热切的目光盯住了一幅幻影，它闪烁发光，色彩千变万化，但那都是骗人的假象，最终只能把你越陷越深地引到荒漠里去。

"你的上帝像一个回教徒，妒忌成性；从他那里你绝不会得到你想要的知识。他在自己创造出的生物面前索索发抖，早已预见到他的创造物——人，有一天会起来反抗他的统治。那时候他的神圣和伟大也就完蛋了。

"因为这个缘故，上帝就迷惑人的心智，拿一个终极目标在他们眼前摇来晃去，勾起他们的渴望，但是人们越是努力捕捉它，它就离得越远。这就像一个古老寓言中讲的，一个人饥渴的眼睛望到清凉的水果，可是干枯的嘴唇却永远够不到它。几千年来，人总是这样被拴在一条牵领幼儿走路的襻带上，但是他从来没有注意到，自己如何受人愚弄。

"你的路走错了，老头儿！要是你愿意认识人生真谛的话，你就应该敲我的门。"

声音停止了，屋子里响起了衣服的轻微窸窣声。

"是谁在跟我说话？"老人打了个寒战，问道。只听见从墙角里发出刺耳的声音，回答说：

"谁在跟你说话吗？人们称我为'黑暗的势力'，只因为我从天上盗取了火种,给世人带来了光明。他们又称我为'谎话精',因为是我第一个把真话悄悄告诉了他们。

"我忍不住要说出一个简单的词'为什么',一个平凡至极的问话。当你的远祖最早跨出人与兽之界的门槛时,我就是用这个词迎接他们的。这个词钻进他们迟钝的头脑里,极其沉重地落进他们灵魂深处。

"古往今来,数不尽的人群为了赎罪跪在尘埃里向一千位大神顶礼膜拜,痛苦呻吟,不惜伤残自己的躯体。我眼睁睁地看着他们心灵的痛苦,不禁问他们:为什么?

"沦为奴隶的卑贱者汗流浃背地做苦役,建造金字塔和宫堡,以使他们的主人名传千古。我看到这些奴隶的迷乱行为,也不禁问:为什么?

"但也有这样的时间,藏在他们心底的那个词突然烈烈燃烧起来,冒起红彤彤的火焰。他们被魔鬼附了体。于是大神们都从圣殿中滚落,宝座被抛掷到沟渠里,为万年使用而锻铸的锁链也断裂开了。但是这种情况并没有继续多久。人们的血液里潜伏着受鞭挞的渴望,肩头希望再套上枷锁。

"你是想知道谁在跟你说话吗?我就是那个在伊甸园里出现在你母亲面前的魔鬼。我叫她伸出手,摘下知识树上的果子。我在她耳边轻声说:'上帝知道,你吃掉这个果子以后,眼睛就睁开了。你们也将同上帝一样,知道什么是善,什么是恶。'

"你的远祖像两条狗似的双双被他从伊甸园里赶走,他又诅咒哺养他们的大地,叫它把他们交到死亡和奴役手里。难道这是我的过错吗?我说出来的那个词难道因此而减少了真实性吗?"

话语声又停止了。老人衰朽的身体颤抖了一下,嘴里发出沉闷、浊重的声音:

"撒旦,跟我说话的是你啊!你是想把我的灵魂引入魔界,叫我去遭受天谴吗?你那敏锐的逻辑叫我感到可怕,但是我全部身心都在听你的召唤。你不是答应给我知识和理解吗?我身上的那些旧伤口又开始流血,心又一次受到痛苦煎熬。早已埋葬起来的愿望重又在灵魂深处蠢动,奋力挣扎想露出头来,像烈火似的点燃,它要把我吞噬。我的灵魂正在承受一千种酷刑。是不是我的渴求得到满足的日子终于到来了？

"然而人们总是说,魔鬼是不能相信的,它无论做什么事都不是出自纯正的爱心。那么你就明明白白、毫无保留地对我说吧,你替我做这件事想得到什么报酬。"

"报酬不多,"墙角里又发出声音说,"极其微小,不值一提。只要你活着一天,你提出任何愿望都可以实现。不论你的奇思怪想是什么,你脑子里想到什么,只要向我提出,我都不会叫你失望。时间、空间、死亡和永恒都将揭示给你,像水晶一样透明。任何一个难解之谜都将为你解开。你也会了解整个存在的理由和一切过程的周密计划。直到现在一直束缚着你精神的最后界线将从眼前消失。不论你有什么想法,哪怕微不足道的小事,对我也是一道命令。如果将来某一时刻,我没能满足你的一个愿望,约束着你我的关系也就中断了。

"但是,当你的最后的时辰有一天到来的时刻,你生命的精力即将耗尽,精神准备长眠,那以后再发生什么,就掌握在我手里,你就无权过问了。"

房梁嘎吱嘎吱地轻轻响了一阵,油灯的光焰中闪动了两下暗影。老人的灵魂中,天国和地狱团团旋转,正为战胜对方奋力搏斗。——这时,他的眼睛射出凌厉的光芒,斩钉截铁地说:

"好吧,我准备同你做成这笔交易了。知识！理解！哪怕一个暂短时期也好。我想要事物的纷繁变化都清清楚楚显示在眼底下,每一物体的存在理由在我都了如指掌。这正是我长久以来一直追求的目标。如今转瞬间,我久已渴望的时刻一下子到来,一切困惑都能迎刃而解了！——咳,我本来就认为那在许多人心目中已经死去的救世主是无力拯救我的。

"只要我还不断为渴望了解宇宙奥秘痛苦地折磨着自己,尽管我气喘吁吁,呼吸不绝如缕。我并不关心什么死亡与再生,天谴和地狱,时间和永恒……它们同我有什么关系？由于我的追求得不到满足,我的心被啮咬得疼痛不堪,我受的痛苦真不亚于地狱的折磨！两者相比,与其蹲守在紧闭的门外,永远无法窥视到谜底,倒真不如决心接受永世的惩罚更好一些。

"撒旦,我已经准备好了！只要能让我看一眼永恒奥秘的就里,地狱受难再怎么严酷也就都抵消了！"

从屋子的阴暗处一个消瘦细长的人走到暗淡的灯影里。这人身上裹着红色长袍,帽子上插着一支公鸡翎毛,面色苍白,五官线条像是刀削似的见棱见角,瘦削的双唇边挂着傲慢、讥嘲的笑容。他对老人尖声说:

"好啊,老头儿,我倒挺喜欢你的。我早就知道,早晚有一天你会来找我,你在你那个圈子里格格不入。一个心坎里藏着这样深沉思想的人是不适合信奉上帝、受他制定的规约束缚的。

"现在你就从这狭窄的四壁之间走出来吧!住在一幢腐朽的老屋里,你的精神也要发霉了。如果你想了解生命的最深意义,就必须在辽阔的土地上到处走走,不能叫你的灵魂在尘封的窗户后面和发黄的羊皮纸书卷堆里锁在镣铐上。外面笑迎你的是另一个广阔世界,你的焦灼不安的心灵在那里会得到你企盼已久的宁静。

"不过,在我们离开这间对你有如拷问室的屋子以前,你必须改变一下你的外貌,老龄是压迫人的最重的负担。在衰老的躯干里心智同样也会变得衰老。真理在一个老朽的脑子里刚刚孕育成形,内部就带来腐朽。它还没有出世就受到虫蛀,为坟墓的浊气掩盖。

"来,把这点粉末拿去,放在水里叫它溶化,用它的水液浸湿你的头和四肢。很快你就会感到它的效力的。"

老人按照他的话做了。用返老还童的药水擦洗了一遍自己的病弱的肢体,在他自己还没有发觉前,神水已经产生了奇迹。岁月在额头上刻画的皱纹一下子被魔法熨平了。一分钟以前,老人还是银须白发,现在都不见了,还有那不断提醒他生命已逐渐走向尽头的衰朽也消失了。

站在窗前的是一个年轻人,金发披拂,体格强健,双目流露着青春活力。一股热流淌过他的四肢,神奇的力量使他的筋骨变得非常非常强壮。他觉得世界这时已经变了样子,感觉得到血管里生命的脉搏在怦怦跳动,胸膛中涌起一股巨人的力量。

东方天际已经显露出曙光,两个人开始跨出老屋的糟朽门槛。沉重的街门在他们背后哐啷一声关紧。他们急匆匆地走过城中仍然沉睡着的寂静街巷,向古老的城门走去。年老的守门人睡眼惺忪地替他们打开城楼下的窄门,放他们走到开阔的田野里去。

城市如今已经被他们抛在脑后,两人迈开健步,走进群山里。当他们走上山顶的时候,纵目远眺,展现在眼前的是辽阔原野的壮丽景色。年轻人目光陶醉地望着下面的山谷,而他那消瘦的旅伴表情则是淡漠和厌倦。

树林和田野沐浴在朝阳灿烂的光辉里。云雀颤声鸣啭,飞上云霄,用尽力气歌唱,欢迎硕大无朋、光芒四射的太阳。枝头上、树篱边鸟声啁啾。蝴蝶在带着露珠的花朵上翩跹飞舞。从近处一片树林里布谷鸟声声向人召唤。一条小河在峡谷中潺潺流淌;山谷上有一座古旧城堡,笼罩在薄雾里,仍然在魔法世界里酣睡。

大自然从来没有这样美丽地在他眼前显现过。他也从来没有感觉过,自己跟世界万物这样和谐地合为一体。多少年一直压在他灵魂上的重担完全消失了;他的精神在碧空中浮游,像是一只小船在平静的湖面上荡漾。

他的眼睛如饥似渴地尽量吸取四周美景,每一个进入耳鼓的声响都叫他心房颤抖,有如一个少女给他的蜜吻。

两个流浪者悠闲地从山岭的另一边走到下面的峡谷。小河蜿蜒流向远方,他们沿着河岸缓步前行,直到走到一座窄窄的小桥前。

河对岸站着一个身穿单薄衣服的少女,金黄的头发上戴着几朵鲜花,年纪不过十七八岁,姿态闲适。少女的一对目光深邃的眼睛天真无邪地望着走过来的两位来客。年轻人贪婪地盯着少女从明眸中射出的热情目光。一种他从来没有体会过的感情温柔地攫住他悸动的心房。

这就是爱情吗?过去他从来不懂得爱。对他来说,爱情是那些意志薄弱、胸无大志的人易犯的小小罪恶。女人在他眼里是并不高尚的享乐和犯罪的化身,只能把人引入歧途,偏离他的责任和严肃思想,浪费他的精力,叫他的生活失去目标。

正是出于这种想法,他总是避免同异性接触,以免邪恶的爱欲扰乱他的规律性生活,使他的精神羽翼受到伤害,无法腾飞。从来没有一个女性走进他那有异于常人的屋子;他的大半生都是在这里度过的,伴随他的只有他的骚乱的思想,它们隐伏在屋子的每一个角落,仿佛来自陌生星球中的一些使者。他的住房从来也不是耽沉于安乐和纵欲的场地。

但是现在这个少女射进他心中的目光却在身体里燃烧起来,叫他产生了一种全新的感情,这同他感觉自身与周边万物和谐一致的心情息息相通。渴望得到这一陌生少女的爱情,对她温柔体贴,这一幸福感觉在他全身血脉中流淌,他的灵魂仿佛包覆在火热的激情里。他放慢了脚步,不知所措地望了一眼身边那个体格颀长的同伴。他的这位同伴在整个这段时间里一直望着他,毫不掩饰对他的轻蔑和讥嘲。

"看来这个女孩子娇嫩的面孔让你动心了,"他说,"说实话,真是个可爱的小东西。像露水一样新鲜,叫人大动胃口。你就不要约束你的感情了。机不可失!大胆地往前走吧,我的高贵的年轻人,不要迟疑。这个年轻姑娘不会给你钉子碰。我要暂时走开一会儿,如果你需要我,我随时听你召唤。"

年轻人决心已定,快步走到河对岸,爱抚的目光紧紧盯着少女优美的身姿。他说了几句赞美的话,赢得了对方欢心。少女羞涩地垂下眼皮,面颊涨得通红。——这以后他们坐在一棵老榆树阴凉里一块长满青苔的石头上,像相识已久的老友似的亲密地交谈起来。说着说着,两人的手不觉紧紧相握,嘴唇无言地贴在一起。

但是当这对爱侣站起来,互相搂抱着向近处一个树林走去的时候,那个瘦长的伙伴却一直用幸灾乐祸的目光追随着他们。他交叉着双臂,站在河对岸,充满讥诮地说:

"人啊,这个可怜的精神与泥土的混合物!他的精神总想向最高处奋飞,但是泥土那部分却把他拖到地上来,所以他永远被胶结着,永远怀着渴望。人真是个可笑的动物。他一直想找到点金石,但是当知识近在身边的时候,他又做出生活中最大的蠢事来。他的精神渴望升空,梦想摘取星星,却不知道新酿的烈酒已经把他醉倒,自己正躺在阴沟里。

"就拿眼前这个人说吧,七十年来他一直闷坐在自己的房间里,梦想建造一座通向永恒的桥梁。他自己折磨着自己,耗尽精力,因为他的上帝不肯拿掉他的遮眼罩,他看不到一切谜团的真相,差不多就要失去理智了。他的脑子里装满了有关浩瀚宇宙的大问题,总以为自己听到了遥远星球运行的节拍。他如饥似渴地等待着这样一个时刻到来,那时黑暗的帷幔终于揭开,自己能看到一直无法认知的生存的目的和意义。——等到他逐渐明白他所有的努力一直受到时空限制,他的心智永远不能了解事物存在的根本原因时,他的精神灰暗到极点。这时,他的灵魂在莫名的痛苦中只能向我求救了。

"但是今天这个老傻瓜的疯疾已经治愈了。他尝到了血的滋味,心中的巨大饥渴渐渐消失。一度想攀登世界最高峰的野心在小小的维纳斯山上心满意足。以前他想探索万物的奥秘,如今他在女人的裙子底下找到了答案。比起他终生孜孜不倦地建造却始终没有筑成的空中楼阁来,现在他学会的这个本领会使他活得更加幸福。就这样;他的无法满足的渴求和希冀,在不知餍足的欲火的燃烧中,即将消退,对知识的追求也将让位于廉价的情欲。

"虽然如此,他却永远不会认清他那愚蠢游戏的性质。因为即使在一些小事上,他的目光也总凝聚在远方的景象上,看不到鼻子尖底下的细节。他夸耀自己具有自由意志,相信能够主宰自己命运。但实际上只不过是一个傀儡,由一股不知名的力量牵动着,随着牵线跳舞。

"现在他对上帝恼怒了,因为上帝玩弄了他这么多年,老是用一根绳索子牵着他。上帝没有想到,现在他又吞下另一个诱饵,被另外一个钩子钓住。其实这个诱饵是他自己设置的,鱼钩也是他自己制作的,正像他过去叼住的所有钩子一样。他的脑子里自然想不到这个。

"事实上,这个真理就摆在他眼前。我同我那位高踞上界的小兄弟,我们还不都是他的愚暗的需求创造出来的?他的头脑创造了我们,他的盲目信仰的热情把我们制造出来,把我们投进现实的国土里。

"这一牌戏反反复复地继续下去。结果令人感到厌倦,因为玩牌的永远是相同的两个角色。不论在某一局牌戏中最后摸到最大王牌的是撒旦还是上帝,结局并没有什么不同,因为总是拿人当作赌注。"

岁月在时间的花样翻新的游戏中飞逝。两个流浪者从不休息,总是不停地赶路。他们走过一个个异域,跨过五湖四海。瘦长的伙伴教会他许多奇妙的把戏。每次施展奇幻的魔术时,观众都伸长脖子,举起双手,要么就在胸前画十字,畏惧不安地远远躲开。

他充分体会到生活的酸甜苦辣。不论是学生,是农民,还是江湖艺人,他同他们相处都毫无隔阂。达官贵人的显赫威势他也视若平常。在宫廷中他很受欢迎;他一边给王公贵族表演戏法、幻术,帮他们打发时间,一边把这些大人物的金钱用魔法变到自己的钱箱里。

但是他那个瘦长的伙伴对他干的这些事却笑不出来。这个自己用魔术使他返老还童的人脑子里竟有这么多奇思怪想,像海边的沙子一样数也数不尽。

各种各样的欲求、愿望层出不穷,而且一个愿望又产生一大串别的想法。这个人的思念飘忽不定,一片杂乱,简直没有一刻安宁,没有一个停歇点。古怪的念头疯狂地来回旋转,互相追逐,一件事常常还没有彻底想法,就中途停止,转到另外一个想法上,他的感情总是起伏不定。没有目标、没有方向的永无休止的激情,在他胸中燃烧着熊熊烈火。

多年以前曾在他心里燃烧的东西,渴望探索到万物生存的根源,热切的求知欲,早已泯灭,被彻底埋葬了。只偶尔在夜深人静的时候,一个轻微的声音还提醒他曾经有过这样逝去的日子。于是过去那些渴望突然又涌上心头,他的心灵重又怀着战栗听到遥远星球在轻声运转。但每逢这样的时刻,那个清瘦的人就用魔幻的戏法,用一些华而不实的把戏,迅速把他从梦想中拉出来。他的心灵不觉顺着瘦子指给他的另一轨道走下去,一切渴望就这样痛苦地埋葬心坎深处。

岁月不停流逝,老年第二次悄然降临。头发重又变白,目光模糊,内心空空,变成一个无底深洞。

瘦长的伙伴并不像过去那样一刻不停地缠着他了。在他陷入沉思的时候,那人很少来打扰他。无比的孤寂感颤颤巍巍地把他的心抓在手里,摆在眼前的是极其荒凉的生活之路。

秋天拖着疲惫的双脚走过大地,树上的叶子无声地纷纷落下。枯叶在风中打旋。威力无边的死神扫荡着田野和森林。他的心也逐渐变成秋天,只是在心坎深处还闪着一丝火星,那是过去曾经煎熬过他,把他从故乡赶到陌生土地去的烈火的余烬。

这一天他又像多年以前那样独自坐在自己的房子里,沉闷的思想在脑子里打转。肃杀的秋风在寒冷的夜空中呼啸,鄙夷不屑地摇撼着这幢老屋。他坐在窗户前边,同很久以前的情况一模一样,眼睛疲倦地凝视着外面的暗夜。但是今天外面没有星光,也没有月光照亮笼罩大地的黑暗,天穹像一个无底深洞似的张着漆黑大口。他感觉自己像是坐在一口深井里,憧憧暗影不断从井底升起。

"这个疯狂的游戏现在已经快到尽头了,"他喃喃自语道,"那个神出鬼没的瘦高挑好像已经溜走了。今天本该是他向我说教,解答我的问题的日子,他却卑鄙地把我撂在这里!——可是再一想,今天他对我还有什么用?我已经忍受不了他待在我身边了。过去我总是独自一人,即使身边还有别的人,我也一直是孤独的。今天我更需要孤独。我不需要在最后的时刻听他那些取笑的话搅扰我的平静。"

他仿佛浸沉到和平的梦境里,心灵深处又响起了那一微弱的声音。那是不是从前他多次听到的遥远星球的宁静的节奏,永恒时间的细小的窸窣声?

一阵清风吹拂着他灼热的额头,潜伏在他内心深处的思想又迅速涌现到上面,在脑子里一点也不费力地转化成语言。每一个字都清晰透明,有如水晶。过去他从来没有把这些事物看得这么通透。他畏怯地问自己说:"这是最后的启示吗?是终局到来之前最后一次天启吗?——遮蔽在我眼球上的阴翳一下子去掉了;最后的幻景都化成了碎片。我第二次被欺骗、被出卖了!当我停留在错觉中的时候我曾经认为自己多么强大有力啊!

"牧童一生只上一次当,可我这个被人认为是伟大智者的人却两次受骗。

"第一次是那个总用牵引襻带拉着我转的上帝,第二次是撒旦,教我玩弄各种把戏。我这个傻瓜,居然没有看穿他的卑鄙游戏,却认为我已经主宰了自己的命运。其实我只是被他耍弄的一只猴子,是盲目受他操纵的工具。

"当我奋然扯断上帝拴住我的索带时,我感觉自己多么伟大,多么像个造物主!我本想探索事物的核心,本想用心智了解事物的奥秘,所以才把灵魂的幸福作为牺牲品奉献出去。只为能够在短暂的时间内通透地观察到四周的一切,我甘愿永恒承受天罚。

"撒旦向我作了许诺,而我这个傻瓜居然相信了他的谎言,像个白痴似的随着他的指挥棒转。我一点没有想到竟成了他的玩具,任他千方百计地戏耍我。

"他答应我让我了解万物,但是并没有叫我知道生命的意义,知道万物的开端和终结。他给我的是一种廉价的消遣,用女性做诱饵勾起我的欲火,麻痹了我的心智。在我还没有弄清他的卑鄙勾当以前,他已经把我的灵魂追求改头换面,剪掉我奋力高翔的翅膀。

"但现在谜底已经揭穿,我看到问题的核心了,上帝和撒旦原来同属一个家族,他俩是我们生命围绕着旋转的两极。没有上帝就没有撒旦;没有撒旦也就没有上帝。他们是同一时间出生的双生子,同一副轭架在他们脖子上,把他俩牢牢拴紧,直到时间的尽头。

"人就生活在这个圈子里。我们总是从一极驶向另一极,但永远跳不出魔法把我们套住的圈子。我们偶然清醒,蒙眬中意识到其中一个在愚弄自己,马上就去投靠另外一个,求助他搭救我们逃出困厄。于是另外那个又成了我们的救主。

"另外那个已经在等待着我们了。他给我们的是同样货色。只不过换了个花样,叫我们认不出来那仍然是旧货而已。'上帝和魔鬼'是他们共同经营的这家老店的字号。两个合股的老板谁也缺不了谁,不然买卖就做不下去了。

"只要我们的精神在这个圈子里旋转,我们就一天也不能被知识之光照亮,认知世界。因为我清清楚楚地感觉到,认知是在上帝和撒旦的圈子之外的,直到现在也没有道路通到那里。

"就我而言,时间已经太迟了。我感到我的时刻已经到了。我的疲乏的肢体渴望休息,但是我的种族不会同我一起死亡。只要地球上还有人生活,他的精神就要奋力追求真知,直到他的子孙后代为时间的洪流淹没。

"'未来'现在已经极其清晰地显现在我眼前。我的耳朵听到有如遥远处传来的管风琴声。这是未来的人类在高歌赞美诗篇。

'人必须自己解放自己!

人必须依靠自己的力量拯救自己!'

"在杳渺的东方还有一个炽燃的太阳,它的光芒还从来没有照射到我们地球上来。然而现在时间到了;最后的时刻逼近了。我已经看到荒漠的幽黑的边缘了。"

天空是灰暗的,大漠苍茫。

棕色的沙碛上匍匐着一座黝黑的大理石斯芬克司,眼睛凝视着荒寂的远方国土。

它的目光里既没有恨,也没有爱,幽深迷离,仿佛正浸沉在酣梦中。冷傲的嘴唇缄默无言,唇边浮现着一丝永恒沉默的微笑。

第一个流浪者望着斯芬克司,但永远也不能破解它的谜语。他一言不发地倒在荒漠上。

《浮士德博士》(*Doctor Faustus*) 1616年于伦敦出版时的卷首插图。本书为英国伊丽莎白时代戏剧家克里斯多弗·马娄（Christopher Marlowe, 1564—1593）所写。

第二条路

这条路是从安达卢西亚过来的;始点是塞维利亚的那些湫隘小巷。塞维利亚是座爱情和冒险的城市。

当炎炎赤日炙烤着一堵堵白色墙壁,没有一丝风给棕榈树叶吹来一点凉气,而地面上又蒸腾着热气的时候,塞维利亚只是躺在那里休息,懒洋洋地舒展着四肢。它等待着傍晚的凉风。

可是当夜幕悄然落下,大河河面上闪烁着万点繁星的时候,当棕榈树的叶子窸窸窣窣地轻轻摇荡,一座座花园飘送出芬芳甘美的香味的时候,塞维利亚就苏醒过来。这时,罪恶就迈着轻快的步子穿过古老的街巷,把全城笼罩在它的长袍底下。

从幽暗的墙角传出曼陀林和吉他的琴声,有人在歌唱表述爱情的小夜曲,忘情的陶醉扇动起情欲火焰。波浪在大河上拥抱;鲜花和熏风接吻,锹甲虫忙碌着准备参加爱情筵席。空气为热吻填满,非常郁闷。人们似乎感到大地在轻微颤抖,因为它的每个毛孔都有火热的欲望呻吟着钻出来。

形如一把金色镰刀的新月高悬在阿尔嘉萨古堡傲然雄踞的高墙上,那是这里消失已久的赫赫威严的标识。基督教上帝无力把这一往昔的象征移走;伊斯兰教勇悍的大军虽然倒下,被十字架战胜、压碎,但先知的标识却仍然从空中照射着,在西班牙的大河上映现着它的光辉。

他就是在这块炎热的土地上出生的,血液里流淌着罪恶的激情,生来就充满魔鬼的欲望。

他的骄傲的头顶上长着浓黑的鬈发,脸上带着叛逆、挑衅的表情,强悍、勇猛,不受任何法律约束,就是神圣法典也不看在眼里。

他的幽黑的眼睛里闪动着地狱的火焰和天国的幸福。但是女人一被他这副深不见底的目光迷住,可就要倒霉了。她的灵魂就会被烧灼,因为这副目光好像是燎原的烈火。于是她的血脉里就有强烈的犯罪欲念跳动着,身体为狂热的激情折磨,每一根神经都因为要满足热烈渴求而不停吼叫。

当他像一只豹子似的在黑暗的街道上不出声响地走动的时候,危险就要临头了——命运之神正在噗噗地扑动着羽翼。死神在他的剑锋上跳舞,谁要是把他惹恼,就会招来一场横祸。不论他出现在什么地方,跟随在他身后的总是谋杀的阴森暗影和狂野不羁的凶残激情。

  栖息在房檐下的雏鸽被无名的恐惧攫住,索索发抖,因为没有他爬不上去的高墙,没有他折不断的铁栅栏。门闩从插架上脱落,大墙崩塌。任何哀恳、乞求都不顶事,因为只要他决心做一件事,决不中途住手。他走到任何地方都随身带来死亡、羞辱和无法平息的痛苦与绝望。

  当他同一伙肆无忌惮的酒徒整夜开怀狂饮的时候,盛在高脚杯里的血色红酒一杯杯灌进肚子里,他像在畅饮天堂的喜悦和尘世的幸福,因为流淌在他血脉里的每滴烈酒都使他体内的邪恶力量活动起来。这时他除了听从自己的心愿外,已经把任何法律置之度外了。

  "酒里面灌注着真理的热流,"他开始思考,"但是所有真理都不过是感官的陶醉,而所有陶醉又只是一个梦。在陶醉中,谎言的枷锁被打碎,那是我们专横地用来束缚自己感官从事大胆游戏的桎梏。

  "一个受到良好教育的少年有如一条训练有素的鬈毛小狗。在他走入生活以后,会毫厘不差地分辨是非善恶。他浑身冒着规矩、礼貌、品行端正的汗珠,到了节假日,会像孔雀开屏似的展示他的一身最合礼规的服装,每说一个字,都经过深思熟虑,决不轻易表露感情,小心翼翼,决不违犯传统习俗。

  "这种人无论做什么事都能找出意义和目的,像只传染瘟疫的老鼠似的发散着正直老实和温文尔雅的气息。即使犯罪也有自己的规范,而且犯得极其适度,以免忘却自己的身份。——我一看到这样的人就想呕吐。

  "但偶尔这类废物中某个人忘记了自己扮演的角色,多喝了几杯酒,一阵晕头转向,于是每个毛孔就都冒出淫邪的汗珠来。装点得漂漂亮亮的德行一下子发生动摇,于是他就像一口猪似的去泥塘里快乐地打起滚。薄薄的一层道德礼规涂料剥落了,辛辛苦苦获得的良好教育破产了,剩下的只是一堆垃圾。

  "可是只要酒劲一过去,他就又恢复了正人君子面貌,小小的悔恨开始噬咬他的狭窄的心胸。——邪恶势力这次显然抓住了他的弱点,帮了他一把,倒好像魔鬼真有那么多闲工夫似的。

  "这个又可怜又可笑的小人物,他是没有胆量学会犯大罪恶的大本领的。他们这些人所谓的罪恶,只不过是在意志薄弱时刻动了一点儿小小淫心。这样的情欲很容易满意,转眼就被忘记。当这些笨蛋有时欲火中烧走上邪路的时候,在我看来,就像太监心有余而力不足地对女人磕磕巴巴吐露爱情。即使犯罪他们也都是些性无能者。

"一点儿不错,他们对什么叫罪恶真的懂得不多,救世主对他们也不必过于关心。像这样的肉虫子,灵魂上有多少值得上帝费心拯救的呢?

"但是那些引诱我的弥天大罪恶就不同了。它赤裸裸地、毫不掩饰地走进我的生活,蔑视地狱,嘲笑天堂的诅咒,昂首阔步,既不对上帝低头,也不把人世的法规看在眼里。要是同上面说的那些可怜虫相提并论,那实在是莫大的侮辱。"

比起酗酒的癖好,他更乐此不疲的是爱情的疯狂游戏。这是他的王国,是他大显身手的战场。他不觉得任何手段可耻,也不认为任何犯罪做得过分。他毫无顾忌地使用一切阴谋诡计,一切暴力手段,只为了获取女人的芳心,在他那色欲热焰的火攻下,任何坚强的堡垒都免不掉要失陷。

但是任何吊起他胃口的果子,一旦被他的淫欲手掌摘下来,他就毫不吝惜地抛弃在路旁。他的欲望一得到满足,芳甜的东西立刻变得淡而无味,他的心灵马上又去寻觅新欢。他感到兴趣的只是征服,而不是占有。

乞求也好,哀恳也好,大吵大闹也好,什么他都听不进耳朵去,什么都不能打动他。受到他伤害的人痛苦万分地哭喊,请求他保全自己名节,像他曾经许诺的那样跟她结婚。这样的话他给她带来的耻辱就洗清了。可是他听了这番话嘴角却露出讥嘲的表情,对那女人的伤心泪水满不在意地说:

"可爱的孩子,你是在说你的清白受到玷污,名誉受到损害了吗?你听我说,这都是不值一提的事。我的精神王国是个广阔无边的大海。世界上既然有那么多香唇没有被人吻过,那么多鲜花还无人摘采,我又怎能只叫你一个人牢牢拴住呢?对一个懂得享受短时欢乐,不惜一时纵欲狂欢的人来说,名声受损是理应付出的一点小小代价。

"我像个受婚姻束缚的人吗?婚姻是为那些市侩和商人设置的;他们生来就把结婚看作神圣大事。在他们叫自己的一点点情欲受到神圣法律制约,打上一个超越自己意志的管辖印记的时候,是会感到心满意足的。

"一想到结婚的双人床,我就不寒而栗。那是爱情的坟墓,是罪恶的坟墓!因为没有犯罪的爱情是毫无味道的淡酒。可是在老实规矩的小市民眼里,结婚却成了一座圣坛;他心安理得地在坛前焚香膜拜,从容自在地繁殖子孙后代。

"世界上会有这么多笨伯蠢货也就不足为奇了。这是因为这种污泥浊水里生出的人,脑筋沉滞,一点不灵活,血液在血管里流转也极其迟缓。如果不是一只老鹰偶然间狡猾地溜进鸡窝,把那位老好人丈夫的本职工作分担一下,那些小鸡的一点笨脑子早就当作粪肥了。

"孩子,你还没听懂我这番话的意思吗?你还在哭哭啼啼,几乎把眼睛哭瞎,梦想早一些走进坟墓去吗?——好了,这倒也可能并不是最坏的事。因为一个人如果实在活不下去,倒可以看看死是什么情景,最糟糕的是,让他背着沉重的包袱,困顿不堪地走在生活的旅途上。因此,如果谁活着的时候抽彩没有抽中,死了定能中个大奖。

"如果你过于脆弱,承受不起罪恶的情欲欢乐,那就准备好,走到另外一个世界去吧!一条清凉的小河,一根丝带,一撮毒药都会帮助你,很快就摆脱眼前的痛苦,为你铺平一条道路,脱离苦海,走向你日夜思念的光明世界。

"我们永远也不要扶持那些颠仆失足的人。要是他自己站不稳脚,那就叫他摔跤吧。谁要是能帮助他更快地摔倒,倒值得我们为之祝福。因为怜悯是人们臆想出来的各种恶行中最坏的一个。它玷污了感情,蒙蔽了心智,把人化为生活中的渣滓。怜悯是戴着假面的奸污,是描眉打鬓的德行。它像一个娼妓,在大庭广众中,装腔作势,明明是为了图私利,却将它称为博爱,暗中计算着这种貌似正直的交易能给自己带来多少好处。

"怜悯帮助不了软弱的人,它只能把他更深地推到污泥里去,但对于那些狡猾骗取金钱和权势的人却是一剂安心定神的良药,可以却除他们心惊胆战的毛病。当窃贼从偷来的一笔钱里拿出几个铜子放进一个乞丐手里,他就认为自己不难升入天堂了。"

有一次有人同他谈起一个老人的故事,说是那个老人总在探索万物生存的理由,目光热切地盯视着时光流逝,而且为追寻最终的真理把自己弄得心神交瘁。他听了以后,鄙夷不屑地哈哈大笑说:

"这个老傻瓜!生命的意义,世界万物的起源同结束,这同他有什么关系?生命本身原来就没有任何目的。是人类本身给生命臆想出意义和目的的。过去和未来都是人的幻想。前者是一个落了的果子,后者是一本没有写出来的书,直到今天甚至连书名还没有想好呢。

"过去怎样?将来又会发生什么?我何必为之操心?我们一生匆匆赶

路,一路留下来的都是一些死掉的东西,早已气息全无,被埋葬掉。前面等待着我们的还没有诞生。挖掘墓穴里的积尘没有任何好处,追逐未来财富——引诱我们的五彩肥皂泡更是毫无益处。这样奔跑只能更快地把我们引到阴暗的鬼国里去。

"消逝的光辉盛景不过是一堆无用废物,只供虫蛀蚁蚀。如果你自己也想尝尝这种美味,那你的心智就要发霉,蜘蛛就要钻进你脑子里结网,把你的思想狡黠地捕在网里。

"转瞬即逝的当今时刻才是我最好的朋友;我的王国就是今天。我的眼睛第一次看到阳光是世界历史的开始;当我的生命之火最后一点火星熄灭的时候,历史也就终结了。

"生命并不是供人评论、探讨、为之寻找意义的,生命根本没有意义,人生是满满的一樽酒,要我们大口呷饮,酩酊烂醉。一旦酒杯已空,感官的游戏也就结束。我们可千万不要像娇惯的孩子那样哭哭啼啼。把空酒杯往石头上一砸,就什么都完结了。"

"你问:我们是从什么地方来的,要往何处去。可是就在你耗损精力、折磨心灵寻找感官游戏所含意义的时候,时间已经流逝。你既没有好好利用它,也没有能了解它。因为我们是从虚无中出来的。也还要消失到广袤无际的虚无中去。所以你必须小心,不要让自己的短促生命白白溜掉。

"你的眼睛总爱追随无限空间里旋转的星球,你的嘴唇默默发问:为什么?天体运转的轻声鸣响传到你的耳朵里,你就想用枯燥无味的语言把它们转动的节拍记录下来。当这个游戏没有玩成功,你就捶胸顿足,痛苦万分。

"你这个傻瓜,你没听见血液在你体内循环流动的节拍吗?没听见情欲和罪孽在你体内的歌声吗?它们像大海的潮汐,时起时落,在你胸中激荡起一千种欲念,它们的歌声不也很美妙吗?

"当我注视着一个少女的热烈目光时,我看到的是从来没有照耀过你的灿烂群星。为了这些星星,我宁愿付给你所有天文学家的星河,因为这些星星笼罩在醉人的雾气里,正为热情炽燃而索索颤抖。

"当火热的嘴唇贴在一起,烈焰燃烧的身体畏怯地互相拥抱,当时间和空间在罪恶的地平线上消失,那时我就感觉到生存的永远不变的理由和狂热激情的狂暴启示。

"当烈酒像红宝石一样在酒杯里闪亮,美妙的琴音令人迷醉地奏响,我胸中的烈火被点燃,急忙寻找另一个少女的香唇,那时我就感觉到生活的深远意义。路边开满野花,满怀深情地轻轻诉说着心曲,而有人却期待着另外一些东西,闷头思索一些深奥的难解之谜,这也未免太愚蠢了。"

风狂雨骤的日子就这样年复一年地过去了。他走过的路闪烁着一片血红色的北极光。路上横卧着一个个行将毙命的人,口中发出的诅咒声在凄厉的寒风中回旋。不毛的荒地上一座座坟堆隆起,说明他一度在那里逗留过。

他的利剑上不断滴答着敌人的鲜血,剑锋刺碎一颗颗女性的心。有谁数得过来他的剑锋留下了多少伤口?那些被他刺中的人,肢体残缺,倒在他走过的路上,他头也不回地任其腐烂。垂死的生命痛苦哀号,声声从脑后传来,死前的呻吟好像丧钟在鸣响。有一些死者还向他伸着拳头,冰冷的嘴唇至死还痛苦地对他诅咒。

然而他从来也不回首返顾,从来不瞥一眼过去。凡是他留在身后的,都已成为过去,早已死亡,为万能的时间吞没,不会再引起他感官的欲望了。死了的就成了死物。永恒不可能使逝去的东西重新绽出花朵。

因此,那些在古墓中挖掘的人,就会被死亡的气息剥夺了行动力量,因为从颓垣断壁里只能出现一群幽灵。悔恨在墓穴里像蛇似的爬来爬去,它将悄悄钻进你的心和脑子里,像个溜进房门的小偷。谁要是染上这种瘟疫,他就再也不能享受现时的欢愉了。

让死人自己去陪伴死人吧。如果把目光凝聚到已经不复存在的事物上,他自己就也不再存在了。他就会成为一个影子,只依靠没有血肉的空虚幻景勉强活下去。他的精神将如一座陵墓,大理石下麇集着一群苍白的鬼魂。

对认知的渴求,对万物根源忐忑不安的探索,这都是从这样的古墓中冒出来的。那里住着一个妖怪,高高坐在坟墓的宝座上,像个盗尸者似的在尸骨堆里乱掘乱挖,直到自己被腐败的气息包住,再也看不到绚烂多彩的现实世界了。

他给自己选择的是另外一种生活方式。他从不尝受自己落到他怀中的果实。凡是他尝到的禁果都是他用武力取得的,是他从生活中强扭过来的。他对幸运送来的平淡无奇的享受感觉索然寡味。无论什么东西,如果毫不费力地得到手,他就一点也不珍惜。只有拼死拼活,通过战斗才赢得的,他才喜欢。他最开心的时候,是生与死千钧一发地悬在他的刀锋上,是在一条窄路上颠簸,万丈深渊正张着大口等着他落下去。

命运的电光在他头顶上闪闪烁烁,暴风雨裹卷着他全身,发出震耳轰鸣。他有意犯罪造孽,亵渎神灵,因为这给予他莫大乐趣。当他像个魔鬼似的在令人恐怖的深渊边缘徜徉,步履坚定地攀上悬崖峭壁的时候,他就感觉出自己的勇气和力量,为自己敢于向命运挑战而心花怒放。血液在他胸头狂舞,灵魂化作一股热流,像火山熔岩似的从幽暗的深处喷涌出来。

他像雄鹰一样骄傲,在高空中翱翔,大口大口地畅饮自由的甜浆。只有每天都为生命搏斗,他才觉得是自由意志的主人,才能勇敢地在自己的路途上前进。

这一天他的目光落在一位大公的女儿身上。他还从来没有见过比她更美丽的女孩子呢。她的眼睛里闪烁着清纯的光辉。身躯俊美,发散着一股贞洁、娴雅的芳香,不容别人对她产生邪念。

她很少涉足交际场合,只幽居在自己宁静的小天地里,在父亲警觉的目光监护下。她的生活圈子是不让外界影响干扰的。

这是一个值得花些力气去做的游戏。捕捉这种猎物是他最大的乐趣。女孩子已经同别人订了婚,这就更增加了这一危险游戏的兴味,倍添令他迷醉的犯罪感。吸引他的不仅是爱情的热念,还有冒险和毁灭的诱惑。冒险与死亡——这正是他需要用以煽动自己激情的两件事。

他使用种种狡猾诈骗奸计,居然潜入那一僻静的园地。女孩子正在那里徜徉,一会儿侍弄一下花草,追追小鸟;过一会儿,梦幻的目光又痴痴盯住了在花丛里飞舞的蝴蝶。

突然,她眼前站出来一个令人望而生畏的人;她的一颗年轻的心一下子凝固住了。她像脚下生了根似的站在那里,一步也无法移动,纤瘦的身子不由轻微地颤抖起来。她默默地抬起眼睛,看着这个大胆闯进自己世界里的人。她的脸气得通红,抬起一只手,像要对那人说出什么威吓的话。

就在这个时候,这个陌生人的目光射到她脸上,她的骄傲的手臂无力地垂下来了。这人的眼睛里射出来的是地狱之火和天堂的无限幸福。她觉得大地在她脚下动摇起来。她的心被一种极其可怕的预感抓住,血液在太阳穴里怦怦跳动。她仿佛在梦中似的听见从远处传来低声话语,叫年轻的她心旌摇摇,那语声说的是爱情的甜蜜幸福。

她使尽力气叫自己镇定下来。父亲的血在她血管里流着,贵族的荣誉一下子又在心中升腾起,压制住欲念的冲动——听啊,她耳朵里不是在响着父亲的谆谆嘱告吗?

这时她又感到那人可怕的目光正盯着自己,那目光像闪电似的射进她的灵魂里。接着,两片火热的嘴唇贴在她的唇上。耳边传来轻轻的一声告别,那人就像影子似的从她视线里消失了。

她像受了魔法似的在原地站了很久很久,后来觉得身上的力气一点一点消失,便呻吟着跌坐在大理石石凳上。她听见喷泉的淙淙喷溅声仿佛来自很远、很远的地方,使她心脏狂跳渐渐平静下来。

于是她又听见父亲的说话的声音。小径上传来杂沓的脚步声,有人在高声呐喊。父亲来了。不仅一人,父亲还挽着为女儿选定的那位未婚夫。她心里打了个寒噤,痛苦地呻吟了一声;她的灵魂正默默忍受着煎熬。

世界是不是神经错乱了?是非是不是颠倒了?她发誓要委身给他的这个人现在看来为什么这么陌生啊?她又一次感觉到刚才见到的火热的目光;那目光在她胸中熊熊燃烧,为她打开了一扇她纯真的心从未梦想过的奇异的门。

老人慈祥地拿起她一只柔嫩的手,半开玩笑地说:"你在做梦吗,孩子?好吧,现在正是你做梦的年纪——做一个还没有受到义务的重担压抑着的青春美梦!

"上帝让老年跟青年活在一起,这是含有深意的安排。当青年人大胆地在梦想的国土里漫游,老年人就得操心,把青年人的梦想变成现实。

"这件事我已经做了,孩子。在秋天到来以前,你就会投入你丈夫的怀抱里,你的梦境就实现了。"

父亲的话她听着像一首挽歌,她的心痛苦不堪地怦怦跳着,嘴里却不得不恭顺地说几句感谢的话。父亲满心欢喜地为这对未婚夫妻祝福。

举行婚礼的日子到了。一轮明晃晃的太阳在蔚蓝的天空上射出万道金光,钟声轰鸣,欢庆喜典。嘉宾成群结队地涌进老贵族的豪华府邸,在欢愉中同主人共度这一良辰。

礼拜堂的管风琴奏起来了,牧师庄严地宣布这一对地位高贵的年轻人已经正式结为伉俪。但是就在这位美丽的新娘一只白嫩的小手放在新郎的强壮有力的手掌上,就在新娘声音极低地从嘴里吐出那个允诺的词的时候,她又感觉到那个在她的灵魂中燃起烈火的撒旦的目光了。那目光像闪电似的在她身体四周掣动了一下,立刻就消失到深邃莫测的黑暗中去。

她的苗条的身躯因为无法明言的恐惧颤抖起来,额头冰冷,好像吹过来一股带着死亡气息的寒风。她感觉出来,命运的诅咒正落在头上,不禁惶惑不安地偷偷瞧了自己丈夫一眼,可是丈夫却浸沉在幸福陶醉里,什么也没觉察出来。

她鼓起全身力量,用傲慢不屑来摆脱那迷住她心灵的魔力,血管里流着的贵族气质帮助她抵拒已经侵入她肢体中的邪恶势力。

于是她的心灵又恢复了平静,那是墓地般的寒冷的平静,是暴风雨到来之前的令人心慌的一片寂静。

她挽着丈夫的胳臂,骄傲地走进大客厅里。她脸色苍白,但这更增加了她的美貌,所有来客的眼睛都盯视着她,惊奇无言。过了一会儿,人群才发出惊叹的欢呼声,响彻大厅,上百只酒杯高举,为新人祝贺。

她仪态万方地频频颔首,向热情祝贺的来客答谢。这时欢乐的情绪越来越高。大厅里响起轻快的音乐,高脚杯中的美酒熠熠生辉,到处是喧腾的笑语声,人人都有了醺然醉意,新郎新娘更是陶陶然浸沉在幸福的蜜水里。两人的眼睛里都闪烁着隐秘的欲望的烈火。整个世界好像获得了新生,每个人的血管里都流动着青春的血液。

时间一点钟一点钟地飞逝过去。室外,黑夜早已展开巨翼,该是新婚夫妇悄然引退到自己寝所的时候了。丈夫的热情目光紧紧盯住新娘的娇美身姿,在她耳边悄悄地说着一些情话。

她的苍白的脸颊上泛起一层红晕,眼睛躲闪着丈夫的目光。突然间,她的灵魂像是掠过一道电光,黑暗势力似乎向她发出一道指令,她身体僵直地把目光投向大厅中央。

斜倚在一根大理石圆柱上,双臂交叉在胸前,正站着那个陌生人。这个闯入她神圣禁地里的人一动不动地站在那里,有若一座石像。这人正注视着她,眼睛里闪着阴暗的欲焰,这一眼神仿佛对她施了魔法;地狱的大门在她面前打开,火舌从门内深处跳动出来。她觉得眼前滚动着红色热流,心似乎要迸裂,不觉用一只手紧紧按住心房。

她的冷傲一下子化为乌有,在那人的火热目光注视下完全融化了。她的心被这目光从心坎深处推出来。灵魂被一千只夹子紧紧拘禁住。

片刻以后,当她僵直的身体逐渐松软之后,她的感官又被她畏惧的欲念抓住。在强烈的冲动下,她很想高声大喊:"我要同他结婚的不是身边这个人!不是的,是那个把我的灵魂赤裸裸剥光的人!他才是我要的人;我的心正在迎着他跳动。"

她不想再同命运抗争了,她知道,操纵她命运的人就站在那里,他是从撒旦国土里来的邪恶的使者,正用大胆的欲念诱惑她的灵魂。她可以感觉到,体内的血液正涌向心头,呼吸已经停止,全身的气力悄然流失。快一些,只要快一些就好了。为什么他还踟蹰不前?她不能再忍受这种死亡般的煎熬了。

陌生人好像意识到她的痛苦,突然离开自己站立的地方,沉着地大步向他们这边走过来。他轻蔑地扫了她丈夫一眼,低声说了句什么,意思是要同他讲几句话。她丈夫不知所措地望着那人的脸,但最后还是鼓起勇气,跟着那个陌生人走到大厅中央。他听见的是叫他血液沸腾的话;他的心剧烈地跳动着,但是他还是强自控制着自己,只是无言地做了个手势,叫这个嚣张放肆的人赶快出去。

但是这个闯入者却无比轻蔑地看着他,又把一句讥诮的话甩在他脸上。转瞬间,两柄利剑已经在空中飞舞,钢刃互相磕碰,发出一连串叮叮当当的声音,整个大厅变得死一般寂静,好像恐惧已把每个人的心凝固住。人人都目不转睛地盯着这一场惊心动魄的生与死的搏斗。

一声痛苦的叫喊从一张疼得变形的嘴里迸出来。新郎被剑锋刺中心脏,倒在地上了。陌生人面色阴沉地看了一眼自己的情敌,那个风华正茂就命丧剑下的年轻人,然后就若无其事地穿过鸦雀无声的大厅,大步走出门外,在黑暗中消失了。

高贵的新娘,脸色苍白,一动不动地坐着像一座石雕像。她目光痴呆地望着倒在地上的死者,这人正用自己的鲜血染红了婚礼。她面前出现了一个无底深渊,已经感觉到死亡的黑暗王国,年轻的心好像结成了坚冰。

使大厅里人人呆若木鸡的恐怖过了一会儿才逐渐消失,这时,到处是惊叫、哀号,声音乱成一团。开始的时候被恐惧压在心底下的感情,现在一下子迸发出来了。

这时候,老父亲走进大厅里来了。他本来已经辞别了宾客,一个人静静坐在窗前,等着女儿离家前同他告别,他还要好好地再拥抱她一次。大厅里人们的惊叫声又把他召唤回来。他一眼就看到女儿惊恐的目光,接着就看到僵卧在地上的尸体。他茫然望着天花板,从人们不连贯的陈述中了解到刚才发生的事件。

老人匆匆跑到外面的暗夜里,去追赶那个玷辱了他家门户,残忍地毁掉家庭幸福的罪犯。人群中有几个朋友也跟着他一起跑出去。一行人穿过一条条狭窄的街道开始疯狂地追逐。

他们在一个月光朦胧照射的广场上看到那个陌生人的幽暗身影。"站住,胆小鬼!"老贵族骑士大喝一声,"把你的剑拔出来吧!你叫我的家庭受到耻辱,我要惩罚你。"

"我是胆小鬼?老头儿,你大概神经出了毛病吧?我看你还是老老实实地待着吧。你的胳臂早已没有什么力气。一个人老了还要像公鸡那样好斗,这可不是件好事。"

老人没等他把话说完,一柄利剑已经从剑鞘里飞跃出来,那个挖苦老人的人也不得不把宝剑拔出来。月光下,两柄剑铿铿锵锵地互相磕碰迸溅出蓝色火星。老人是个击剑能手,这一点谁也不能否认,只不过陌生人的剑锋上却带着死亡,他本人就是地狱的化身,任何人在他前面都要退避三舍。

一声沉闷的金属物鸣响,老人手中的剑被击落到地上。在朋友们焦急跑过去问长问短的当儿,那个强盗已经一阵风似的消失在黑夜里了。

岁月飞逝。人们现在已经很少提及那次死亡的婚礼了。塞维利亚的墓地上已树起又一座新的墓碑,碑上立着已故贵族骑士的大理石雕像。它白瘆瘆地立在那里,一手握住剑柄,双目仰望天空。月亮的惨淡光辉从高空照射下来,在一座座古墓上郯郯颤动着。骑士的雕像像幽灵似的发着光辉,嘴角上的严峻皱纹令人望而生畏,他站在那里像是复仇的象征;他是森严的幽灵之国派来的一位使者。

小径上响起轻轻的脚步声。那个陌生人从暗影中倏地闪出来,脸上带着冷酷的讥嘲,看着倒在他剑下的老贵族的石像。

"喂,老朋友,过得怎么样啊?"他傲慢地用嘲弄的口吻说,"在阴曹地府里挺闷得慌的,是不是?那个地方既没有美酒,也没有美人的香唇,宴席上更没有人弹琴助兴,是不是啊?

"我很对不起你,但那不是我的错。因为你太激动了,才逼得我不得不同你较量,但是事情既然发生了,也就无法改变了。再回过头去冥思苦想就毫无意义了。但是为了让你知道,我对你并无恶感,我明天晚上在家里准备好晚宴,请你来吃一顿饭。丰富的菜肴,名酒佳酿,还有供你接吻的娇艳的嘴唇。还有什么叫你更动心的呢?我想这足可以叫一个冷冰冰的大理石像热血沸腾吧——你来不来?接受不接受我的邀请?"

冰冷的石头身躯抖动了一下,白色的额头发出令人畏惧的闪光,接着大理石像的苍白嘴唇微微动了动,一声好像来自墓穴深处的声音传到陌生人的耳朵里:"我会去的,准备好吧!"

潜入墓地的人迷离恍惚地站在那里,使劲揉着眼睛。"这是怎么回事?有人跟我说话吗?我是不是酒喝得太多,神志不清,产生了错觉?我觉得死人好像接受了我的邀请似的——这简直是开玩笑!大理石雕像到我家来做客?——就这样吧,我准备招待招待他。"

屋子被烛光照得通亮,回响着动人的优美琴音。餐桌上已经摆好餐具,但却没有一个客人,因为这时室外正风雨交加。漆黑的天空上接连不断闪着电光,惊雷轰鸣,响彻寰宇,看来倒像整个世界正酝酿着一场大祸。空气郁闷,仿佛孕育着火种,人们觉得自己心头正燃烧着烈火。

陌生人把前额贴在不断被电光照亮的窗玻璃上,幸灾乐祸地观赏着大自然在肆虐。这场暴风雨对他来说不啻罪恶的狂饮闹宴,自然力在疯狂角逐。望着这一景象,他的心跳也加速了。

时间就这样一点钟一点钟地过去了,暴风雨的猖獗却有增无减。已经快近午夜,餐厅里仍然空无一人,看来并没有客人要来享受他的盛宴。

于是他自己在空桌上坐在一个位子里,示意仆人把他要吃的东西端上来。"白白准备了,这种天气是不会有人走进家门的。但是这倒也没有关系,今天不来,还有明天呢!祝你健康,朋友!干杯!这第一杯酒是为了祝贺自由和罪孽的!"

正当他神气活现地端起酒杯放到唇边的时候,时钟当当地敲了十二下,已是午夜时分了。这时从暴风雨的喧嚣中传来了一阵沉重的脚步声,接着大街门吱扭扭地响了一下。脚步声继续从门厅过道里恐吓地越走越近,一只手重重地敲打着他的房门。

仆人站在餐桌旁边,吓得纹丝不动,只是用惊惧的目光望着房门,主人不得不自己站起身,迎接迟到的来客,他紧握门柄,把门打开,门槛外面站着的是贵族骑士的石雕像。

"你请我来,"来客的声音好像是从坟墓里传出来的,"我说来就来了。你害怕不害怕?没有为你的虚情假意后悔吗?死人说话算数,不会爽约。"

"欢迎之至,尊贵的先生。能够在寒舍接待您,是我的莫大光荣,请坐!但是您坐的时候得小心,椅子不是为像您这种客人准备的。要不要我先给您斟一杯酒?我的酒不错,别的地方是喝不到这么好的酒的。"

"我到这里来不是为了要同你酗酒,"客人的声音仍旧像来自墓穴,"谁要是住进了阴曹地府,他对吃喝就不再有欲望了。我来是为了制止你的邪恶行为,你胆大包天,冒犯了上帝,我现在来要为他复仇。

"你看没看见大自然正在发威,电光霍霍,围着你的房子闪烁?听没听见惊雷正在头顶上轰鸣?这是造物主发怒了。你犯了那么多罪,一生凶横暴戾,恶贯满盈,他现在要同你算账了。

"每次刮起一股寒风,都带来那些受害者对你的诅咒,那些被你踩在脚下的人死前的呻吟。被骗取爱情的人对你的控告,破碎的心向上帝哀哀泣诉。你的寿命已经快到尽头,还是利用这有限的时间救救你的灵魂吧!好好反省一下,罪人,快忏悔吧!如果你真的悔悟,知道自责,死了以后还可能得到恩赦。"

"你这石头人倒是能说会道,"受指责的人厚颜无耻地说,"看起来在冥府里他们倒还讲究修辞学。可是你到这儿来表演口才却找错地方了。我对自己的所作所为并不后悔,而且我还准备好,为每一刻纵情犯罪付出全部代价。因此我对将来会不会有报应,别人是否个个对我痛骂,是一点也不在乎的。

"如果说真有一位审判官在等着我,要清算我的罪孽,那倒也不错。我将毫无畏惧地直视他的眼睛,对他至高无上的义愤嗤之以鼻。既然他是世界万物的创造者,那么罪恶也同样是他的创造物。如果我的行为他老人家看着不舒服,那就说明他的一切创造只不过是任性胡为。匠人是否真是一位大师,只能从他的作品判断。

"从前上帝用泥土捏造了人形,他对着泥人吹了口气,给予了他生命,他没有想到生命就是精神,而精神就是灵魂,掌握着自己的行为规律。上帝的话可以指挥泥人,却一点不能管制他制造出的精神。他可以用死亡的镰刀把肉体斩灭,但精神却还活着,甚至在坟墓里也还不消灭,而且还将传到他的子孙后代。

"向上帝的权威挑衅的是我的精神。他可以在盛怒之下把我踩成齑粉,但却永远无法挟制我的精神。他可以消灭我,却不能驯服我。精神创造了自己的王国,蔑视神的权威。即使走到坟墓边缘,它仍然要树起反抗的旗帜。"

"住口,你这无法无天的家伙,"幽冥来的客人打断他的话说,"我现在看清楚了,就是下地狱也改变不了你的暴戾本性。上帝可以把你像一只蛆虫似的踩死,可是你那恶毒的胆汁还会从地狱深处溅到天上去。但是光阴绝不会放过你,你的生命力迟早有一天会枯竭,精神同肉体都被无情的岁月耗尽,到那时候,你的恶毒本性就也悄然消失了。别看你的生命今天还在炽烈燃烧,有一天它会成为你行动的复仇者的。"

"离那一天还远得很呢,"另外那个人不屑地说,"在岁月把我的头发染白以前,早就会有一把利剑刺穿我的胸膛了。不会的,时间是不会磨损我的斗志的。"

"你说得不对,"肌肤惨白的来客说,"你还会活下去。不会有利剑缩短你在尘世的旅程,命运将是你护胸的坚甲。你就活下去吧,继续活下去,等着寿命到头,等着那一沉重时刻最后到来。"

怒不可遏的来客迈着沉重的步子离开了这间屋子。暴风雨仍在咆哮,很多大树被刮断,但是那个大理石像却毫不理会地穿过恐怖的暗夜。电光在他四周像鬼火似的闪闪烁烁,一直跟随着他,直到他消失在极远、极远的地方。

年复一年,时间不停地流逝。在凄凉的冬日过后来的是春季的绚烂繁华,紧跟着炎炎夏季又是金风送爽的清秋。

有如一块闪着电光的乌云,我们的浪游人在他的命运之路上无所畏忌地继续前进。他倒有一种感觉,仿佛随着年岁增长,他的意志磨炼得更加坚强,感官燃烧得更加炽烈了。他像个魔鬼似的去深渊上浮游,尽管头脑晕眩,却从来不肯止步。他怀着火热的激情满足了自己一个又一个欲念,为狂风撕裂的罪恶大旗高擎,每走一步都留下死亡与地狱的脚印。

他又挑动了一个女性的心,在寂静的夜晚走进这个情人的幽闺。花园里夜莺在歌唱,一阵阵浓郁的花香从窗外飘进来。温暖的夏夜令人陶醉,空气里好像流动着蜜吻的热流。女人的胸脯紧紧压在他的胸上,她呻吟着,如饥似渴地吞饮着他的热吻。啊,爱情之夜,充满了隐私和罪恶之夜!这样的夜是狂热的,煽动起可怕的欲念,但愿它一直延续下去,永远不要天明!

但是时间在甜蜜的陶醉中还是很快地过去了,不知不觉东方已经泛出白色曙光。这时他从柔软的枕头上爬起来,忧郁的目光紧紧盯住仍在沉睡的漂亮女人。

"好好睡吧,"他带着些揶揄说,"醒来以后,你就感到沉痛了。所以我最好现在就离开你,趁睡眠仍然蒙住你眼睛的时候。总是那首老旧的歌曲:噬咬心灵的悔恨,痛感羞辱的热泪!"

但是就在他转身向窗户望去的时候,镜子里映出他的全身影像。他心满意足地笑了笑,掀起戴在头上的扁帽。他突然全身一震,因为他发现自己漆黑的鬓发里竟出现一绺白发。

一绺头发变白了,这是衰老的信号。他心里遮上一块暗影,好像听到了时间在轻轻扑动着羽翼。但是他很快就把身子转过去,步履轻快地从阳台上安然跳到地面。

虽然如此,老年已至这一思想却一直在脑中环绕不去。它已经深深钻进他的心灵里,在他的感觉深处窥伺着。它像个幽灵似的潜伏在他脑海里,每逢记忆溜走的时候,它就轻轻地敲两下脑筋的薄壁。

他努力同这个魔鬼搏斗,却都是白费力气。"傻瓜,"他自言自语地说,"这些劳什子还深深埋在时间里,你为它们操什么心?你的王国名字叫'现时',照耀着你的命运之星是'及时享乐'!

"让你迷醉的是琴音、美酒和女人的爱情。你要享受的是春天,现在不要为秋雨连绵的日子苦恼!当前一刻千金,远比一千年贵重!要是不能把'当前'抓到手里,你就太无能了!"

但是这个记忆还总是挥之不去,当他同一群人寻欢作乐,把满满一杯酒端到唇边的时候,他会突然间想到自己的一绺银丝,头顶上的苍苍白发就在他眼前浮现,还有那老泪纵横的昏花目光。于是杯中的美酒也变成苦涩的胆汁了。

当他满怀热欲把一个女人的肉体搂在怀里,疯狂地吻着她的润湿的嘴唇时,脑子里会突然闪现出自己发已斑白的想法,于是热烈的情欲立刻就冰雪般融化了。

当耳边响起动人的琴声,召唤他参加欢快舞蹈的时候,那一记忆也会潜入他的脑子里,把欢乐的音乐变成悲哀的悼歌。"我听到的是葬礼进行曲,"他对自己说,"一个死人正被送到坟墓去。我觉得这是自己的葬礼,我跟在自己的棺木后面——

"算了吧,反正严酷的秋天已经近在眼前了。或许年纪老了,欢乐也带上苦涩味道,但是秋天绝不会叫我把傲慢不逊的头低下来。"

就这样,他继续走他的命运注定的道路。他走遍遥远的国土,漂洋过海,直到眼前浮现出最后的边界——

天空是灰暗的,大漠苍茫。

棕色的沙碛上匍匐着一座黝黑的大理石斯芬克司,眼睛凝视着荒寂的远方国土。

它的目光里既没有恨,也没有爱,幽深迷离,仿佛正浸沉在酣梦中。冷傲的嘴唇缄默无言,唇边浮现着一丝永恒沉默的微笑。

第二个流浪者望着斯芬克司的眼睛,但他无法解开它的谜语。他一言不发地倒在荒漠上。

《三部经典唐璜戏剧》(*Three Classic Don Juan Plays*)一书的封面,1971年美国内布拉斯加大学出版社出版。

第三条路

　　寒冷的北国冰雪封锁住大地。海里升腾幽灵似的浓雾，铺展到陆地上来。夜是凝滞的，怀着不祥的预兆。古城堡仿佛笼罩在层层纱幕里，那是三位掌握命运的女神围着它纺了密密纱线；古堡的高墙正隐藏着滔天的罪恶。

　　没有一丝星光穿透冰封的太空，能够在人们心中引起些许渴望、遐思和荒诞的梦境。

　　命运脚踏铁靴正在阔步行走，它冷酷、严厉，像在荒街僻巷里巡行寻找近处有无猎物的死神一样狰狞可畏。

　　恐怖蹑手蹑脚地在城堡里溜来溜去，手指轻轻地叩击一扇扇秘密门扉。它的叩击声在人们心中回荡，召唤出一队苍白的鬼魂。

　　冰冷的手抓住国王的心；他发出一阵阵痛苦呻吟，在睡梦中不断扭摆身体。但是不管怎样，他也不能摆脱站在眼前的那些可怕的幻影。他们用空洞的眼睛盯着他的脸，一点声音也不出地用手指点着他的心。

　　嘴唇苍白，因为恐惧在梦中抖动，喉咙里发出一阵咯咯声，好像感受到疯狂正热烈地吻着自己。

　　一群幽灵在黑暗的屋子里窜来窜去，从隐藏的角落里嘲弄地嬉笑，把一块块石头滚到睡眠者的心上。他打了个寒噤，四肢一挺，全身被冷汗浸透，不由得尖叫一声，从梦中惊醒。

　　睡在他身旁的女人一下子惊坐起来，惶恐的眼睛直瞪瞪地向黑暗中望去，黑暗像是一颗惊惧不安的心，不住颤动。她在想象中仿佛看到一只只惨白的手威吓着向她伸过来，想抓住她的心。她吓得头发直竖起来。

　　惊惧逐渐消退，两个人疲软无力地又倒在床上，一言不发地望着黑夜，好像在倾听纺轮的吱吱旋转声；命运之神正在纺织命数的绳索。

　　他就出生在这个城堡里。他是国王的嗣子，生而就是贵族血统。这位王子肤色苍白，前额白得几乎没有血色。但是在他的脑门里边却有极深的思想，可以说有如谜一般深不可测。他总在冥思苦想一些问题，种种奥妙的想法在脑子里静静地打着圈儿。

　　他的黑黢黢的眼睛眼神是怯懦的，但他就是用这种目光探索着、打量着人们和世界万物,倒仿佛他要窥探出生存的最深层次的意义似的。

在他得到父亲突然弃世的信息以后,立刻从远方匆匆赶回国来。他发现故国已经变了样,非常陌生、空疏,不能再给他那种宁静的幸福感了。一般来说,人们总是靠着温馨、朦胧的记忆把自己的故乡同这种幸福感连接起来。

他发现自己的母亲已经跟那个现在继承王位统治了北方王国的人结为伉俪,这件事像一道闪电击穿了他的心灵。他不能理解这一骤变,不能接受在短短几个月里就办完丧事紧接着又举行婚宴。

他痛感人生如此鄙陋、可悲。生存如有任何意义都是微不足道的,毫无价值的,都是造化小儿随心所欲的恶作剧。他看到人们的无足轻重的癖好和需求,他们用以掩饰内心虚弱的装腔作势,他对人们戴的这种漏洞百出的假面从心里感到鄙视。

在他眼中,这个世界像是每年举办一次的大型集市。集市上摆满了五颜六色、华而不实的小玩艺儿,这些东西只能骗人一时,一拿到手,就立刻感到索然寡味了。

因此他总是小心翼翼地避开通衢大道,而在少有人走的小路上彳亍独行,一边走一边咀嚼着在寂静时刻涌进脑子里的一些思想。

这些思想像是漂流在异乡的浪游者似的在他头脑里徘徊着,引诱他去探索更多的人生之谜。从幽暗的心灵深处一些想法羞怯地、战战兢兢地逐渐成形,它们怕见日光,只是在黑暗底层闪现着离奇古怪的光辉。

别的人注意到王子的性格,悄悄议论,认为他的神经多半出了毛病。一个怪人,行为乖僻,不懂得事理常规,一任自己的奇思怪想牵着鼻子走。

他的母亲在他跟前总感到压抑。当他的目光扫过来,深入她的灵魂进行探索的时候,她就感到一阵痛苦不安,有一种负疚之感。

国王却看着王子的言行非常可疑,猜疑的暗箭早已刺在他心坎里了——难道这个人已经感觉到他早就埋藏在深处的那个秘密了吗?那是他背负着的重罪,除了夜间在噩梦中出现叫他一身身冒冷汗的那群魔鬼外,是没有别人知道的。

一天夜里,当整个城堡都早已入眠之后,王子似乎受到召唤似的走上高高耸向天空的荒寂的城墙。空旷的高墙笼罩在幽深的寂静中,悄无声息。仿佛一切气息都已中止,所有生命都被扼杀了。就在这时候,王子的面前浮现出一个苍白的人影,他父亲的形象从浓雾里显身出来。

"不要害怕,儿子!"王子的耳边响起了沉闷的语声,"我是从另一个世界到你这儿来的,为了把一件最卑劣的罪行揭露给你。我不是像别人那样咽气的;我是死于一个谋杀者之手的。干这个勾当的就是我自己的兄弟,他下了毒手夺去我的生命,正像该隐①那样叫自己的亲弟兄命丧黄泉。

"不,这个人比该隐还恶,他不是因为觉得造物主看不起他,一怒之下才忘记手足之情的。这个人像一条蛇似的爬到我身边,趁我熟睡的时候卑怯地咬了我一口,把毒汁注入我的身体。这个人现在戴着我的王冠,把你母亲霸占做妻子。就是他用最卑鄙的手段在暗中把我杀害了。

"你的血管里流着你父亲的血液;你是我给予的生命。所以我把复仇的使命交到你手里。你父亲的声音召唤你去行动,为了叫他在黑暗的王国里得到安息。"

鬼影消失在浓雾里,王子却像脚下生根似的一动不动地站在原处。刚才发生的可怕的一幕他似乎完全不能了解,但是这件事确确实实发生了,令人无法怀疑。形象是父亲的形象,声音也是父亲的声音。血液在胸中沸腾,他从心底发出一声复仇的呼喊。

他仿佛清清楚楚地看到那一惨剧:父亲正摊开手脚静卧在床上,陷入沉睡里,那个凶手偷偷走过来,把毒药滴进受害人的耳朵里。为了不引起人们怀疑,他干这件事的时候极其小心。

这件事做得实在太凶狠、太恶毒了,无论如何也不能不了了之。这种丧尽天良的行为在世界上真是闻所未闻。父亲死在这个杀人犯手中,母亲又被他抱到怀里。这人犯的是弥天大罪,复仇已经成为神圣法规,必须剪除邪恶,讨还公道!

一个冷战贯穿了王子全身,他觉得自己马上就要发狂。直到现在一直把他同世人、同人类联系起的纽带好像全都断裂了。事情的真相叫他毛骨悚然,

---

① 夏娃生了该隐,又生了该隐的兄弟亚伯。后因耶和华看中亚伯的供物而不喜欢该隐和他的供物,该隐一怒之下就把兄弟亚伯杀了。见《圣经·旧约·创世记》。

因为他看到的一幕是任何人也从未见到过的。

"安息吧,苍白的魂灵,"他低声说,"不要白在世间不安地流荡了。你的儿子会帮助你得到你应该享受的平静。我将是为你复仇的刽子手,要那个杀人犯偿还血债。"

王子面色苍白,手握剑柄,但是他的胳臂却抖个不停,一点儿力气也没有,只能把拳头又颓丧地放下来。父亲刚才说的话太出乎他的意料了。这一震动简直叫他瘫痪了。——但是"推延"并不是"放弃"。今天未能办到的,只要心意不变,终有一天会做到。

再怎么努力也是徒然!每天他都看见那个杀人犯的胸膛就在自己眼前,倒好像命运把它送上门来等着自己的利剑刺穿似的。但是每次他都是在最后关头丧失了勇气。踌躇、迟疑,思前想后,就是下不了决心。尽管他说了不少隐射的话刺激那个人,却一直没有亮出冷森森的刀锋。

就这样,时间一天天过去了,他一直没采取行动。父亲的愿望沉甸甸地压在他心上,好几次他的手一下子握住剑柄,但却始终没有下决心抽出宝剑来。

他知道的这个秘密像是束缚住他的力量。别人谁都没有猜想到,他却知道了内情。但这一知识反而叫他失去行动的勇气,耗损了他的锐气,尽管他的意志不断呼喊采取行动。

父亲的血在他血管里白流了。他沉思,他不能理解自己,他斥责自己怯懦,骂自己是个不肖子孙,但所有这些自责都不能使他疲软的臂膀坚硬起来。

他不得不在理念的国土里寻找慰藉,用枯燥乏味的逻辑理论代替行动,为了叫那个催促他别再迟疑不决的内心声音平静下来,他像那些根据自身需要阐释人生的智者和哲学家一样,叫自己的精神在玄妙的未知境界中寻求、探索。当精神在幽暗的深渊中游荡的时候,身体就无暇迅速动作了。

"人生的目的是什么?"他问自己说,"我认为这个问题不难解答。人生最后一站只不过是死,因为世上万物都将像灰尘一样为时间的气息吹走;死亡就是目的的完整体现。另一方面,目的与意义永远是彼此相连的,既然人生别无其他目的可言,所以人生的意义也就涵容在这个目的里面。

"在人们眼里,生命是无价之宝,但认真研究起来,人们真还不如从未享有过这一宝物呢!我们一生中虽然经历了种种变化,但一切我们见到的、体验到的最终将在一场狂风中消失得无影无踪。正像足迹在沙漠中很快就被风刮掉似的,我们生存的痕迹也要被时间抹掉,倒仿佛我们的双足从未踏到过大地似的。

"如果是做大事,还可以说为了达到某一目的,但在一些小事上就根本谈不上可以获得什么了。纵使死亡体现了生存的目的,死亡的过程对于一个人却极不舒服。因为一件事从整体上看可以说是为达到某一目的,但如果把它分解开,就既无目的也无意义了。也就是由于这一原因,人生对于我们是空浮虚幻的,我们只不过被卷在旋涡里,像一片枯叶似的在风中打转,直到有一天被摔在地上,化作泥土。

"既然人生没有任何意义,也没有目的,它的价值也就同空空洞洞的外壳没有区别了。我认为这是无可置辩的真理,它的逻辑性是不容推翻的。再进一步说,生命对我们既无价值,所以它的反面——死亡就成了人们的最好的朋友,因为死亡可以终止一出闹剧。

"是的,如果我们能够不死,如果飞逝的时光奈何我们不得,那么我们就能见到生命的价值了。这是因为如果我们真能永生不死,那么我们也就可以为整个存在算一个总账了,不论我们用现在的名称叫它罪孽也好,叫它德行也好。

"所有的意义都存在于永恒中。在永恒中如果一个人被退潮抛在岸上,第二次涨潮他还可以被推上浪峰。任何梦想都能在永恒中实现,任何渴望都有满足的时机。价值在那里永远变化着;每一张奖券都能中奖;没有一个人受时间约束。

"但是我们现在的生活却不啻某一位上帝开的恶意玩笑。精神彻底破产,永远在寻求,渴望探索无涯无际的宇宙,但是刚刚迈出第一步就气息中断,永无休止的希望、奔求、追逐,却无一能在时间的长河中获得成果,永远达不到追求的目标。"

这时父亲的声音又开始催促他,叫这个肤色苍白的梦幻者认真行动起来。他觉得父亲的魂影就在自己身边,一对暗淡无光的眼睛正期盼地望着自己,可他就是下不了行动的决心。

每次他的耳朵一听到那召唤自己的声音,他的身体就痛苦得痉挛起来。他以严谨逻辑苦心孤诣搭起来的纸房子,像叫小孩吹了口气似的一下子就倒塌了。他想到复仇、报复、迅速行动,但是只要一摸到剑柄,他的肢体就又像以前无数次一样颤抖起来,于是他的手又胆怯地放开武器。

他为自己的怯懦生气,却毫无办法,总是不能迫使自己下决心行动。——直到最后又一次回到过去的心理状态,在沉默的思索中蹉跎时间,用推理代替行动,以便为自己的软弱进行辩护。

"一个人要是精神有了错觉,行为可就乖僻了,"他又开始在理念中打圈子,"这样的人会为自己的一点点智慧火花感到骄傲,倒像是他正在主宰着整个宇宙似的。实际上他只是一个没有根基的可怜虫,像是卷在河流中的一根稻草。他滔滔不绝地大谈人生的目的,以自己脑子里迸出的想法替换生活中铁的事实。但不管这种人如何诠释,生活依然一成不变地走自己那条专横的道路。

"这种人梦想做一番大事业,征服世界,为自己臆造出某一使命,认为他正肩负着完成这一使命的职责。他趾高气扬,不可一世,实际上却只是池塘里的一只青蛙。他呼号、奔走、经营、鼓噪,甚至怨天尤人,却没有发现,自己热心掀起的几个浪花已经消散,水面早已平静如初了。

"不论什么人看见那个执掌国家大权的沐猴而冠的人都会笑破肚皮。他嘴里迸出一连串谎言,每说一句都摆出装腔作势的架子。他高视阔步,骄傲得像只孔雀,同集市卖唱的艺人没有什么两样。他一定认为自己干的每件蠢事都是为了全国的利益。可不是吗?国王不论做什么都是伟大壮举,就是拉大便也是皇室一件盛事,对世界大势不无影响。

"如果他的肠子没有像往常那样按时蠕动的话,那就糟了——一场稳操胜券的战争就可能打败,甚至整个王国都可能土崩瓦解。真应该从帝王君主是否按时如厕这方面检查一下世界历史。这种研究可以让我们知道许多被我们的科学至今忽略未察的事物。

"不管我那位叔父大人摆出一副多么威武尊严的样子,他心里面却怕得要命,像是罪犯被绑赴刑场那样索索发抖。

"当他晚上在睡梦里听到兄长的诅咒时,他因为狼子野心而犯下的罪行就把他压得喘不过气,吓得他头发一根根竖立起来。他那披着银鼬皮皇袍的庄严高贵不过是一堆臭垃圾。

"这里我倒要对蛆虫王说几句赞美的话！比起前面谈到的那些总是丧魂落魄、惊惧不安的孬种来,蛆虫倒是更赋有统治者的风度。

"蛆虫是万王之王,因为他虽然没有大将和骏马助威,强制推行自己的命令,但却没有一个人能够逃避向他进贡的义务。蛆虫铁面无私,绝不受贿,是一个无可指摘的骑士。他行事根据自己的判断,不向外界势力低头。一句话,他是个按照自己意志治理自己国家的真正君主。

"蛆虫把所有人都吞噬到肚里,不管你是国王还是乞丐。天才同傻瓜他都一视同仁。他对老年人同幼儿并不怜悯,对不同性别、不同年纪也不加区分。蛆虫绝无虚伪的恶习。

"蛆虫是主张人人平等的伟人。在他眼中,官阶和头衔全无用处。没有哪位思想家能够吹嘘受到他的优待,虽然蛆虫自己或许从思想家那里得到过赞扬。

"人习惯于骄傲自大,自认为万物之灵,以为世界万物都是为他创造的。于是他就根据自己的想法给宇宙万物安排好位置,赋予每一件事物一定的意义和目的。他自然从来没有想到过,他自己那套逻辑、推理的技巧,或许别的生物同样也具有,并非他的专利。

"如果这是实情,那事情就很清楚了:其他生物的思想会是另一种特殊的、适合于它们生活环境(因为思维根植于生存土壤)的思想。

"归根结底,一切都决定于设置什么样的前提。因为如果不设置任何前提,就演绎不出任何道理来。如果最先的前提已经确定,人生的目的自然而然也就有了。人们首先决定什么,这是思想的核心,是引导人如何理解生活的桥梁。

"然而由头脑里产生的前提总受到条件制约。条件规定了思维形式与方法。我们姑且承认蛆虫是哲学家吧。那他的思想就应该同他的生存和他的独特环境适合。蛆虫的生活方式既然遵循着另外一种法则,他脑子里的种种想法也必然受制于他的天性推理法,这就决定了蛆虫对他们生存的目的及意义的看法。

"这真是一个奇妙的想法,真是的！这个玩笑开得太妙了,简直妙不可言。蛆虫竟然是哲学家,很深刻的思想家！具有如此超常的智慧！我眼前出现了这样一幅图画:蛆虫被他的兄弟姐妹包围在中间,一个个都屏气凝神地听他讲话,把他说出来的真理精髓一点不漏地摄进头脑里。

"'看看这世界安排得多么神奇!除非造物主有别的想法,没有一小块地皮会挪动地方。他给予万物生存的意义,他的爱心惠及每个生物。对于我们蛆虫可以说他特别恩宠;我们是他创造的万物中的精英。

"'上帝最初创造了天和地,其次是人,是植物、甲虫以及一切别的东西,直到后来他创造了自己的宠儿——蛆虫。他创造了这么多东西,如果其中没有一种是他神圣意旨精选的,是他派定来阐释他的伟大功绩,叫大家看到生存的目标和意义,永远赞美上帝的光荣,如果其中没有这样一种物件,那他全部创造的意义又在什么地方呢?

"'宇宙万物是为了蛆虫而存在的。世界上所以有各种动物和植物,是为了让人填饱肚子,到时候再送到我们嘴里,成为我们的美味。所以人们活动是为了让我们果腹。啊,生活安排得真叫明智。造物主的意旨,包含在他行动中的无限的爱,我看得像看黑夜那么清楚。'

"在蛆虫吃到美味的时候,他就这样议论一番。那些饱食终日,吃得脑满肠肥,连路也走不动的家伙,随便吃哪个,对上帝的这些宠儿来说,都是一顿佳肴,给他们揭示了生活的深刻意义。

"然而要是从地面上送来的食物非常恶劣,是个皮包骨的小裁缝,身上没有几两脂肪,枯干的瘦肉比他的棺材板还难咀嚼,这时候蛆虫就没有了好兴致。不再自鸣得意了。他们觉得世上很多事物都毫无目的,于是开始批评起造物主的神圣工作,怀疑这个世界是否造得明智。

"蛆虫的思考逻辑是从自身出发的。死的是这么一个可怜虫,留下来的只是肉皮和骨头,这种死为了什么?有什么意义?这种人应该永远活下去;叫这种人死了,连尸体也给死亡丢脸。这就叫人对生存的目的感到怀疑了。

"'难道这就是我们虔诚信奉的酬报吗?'蛆虫说,'我们满怀感恩之情,真心实意地赞美造物主,他就这么对待我们吗?他是不是忘掉了他的孩子们的饥渴?是不是不再像过去那样,叫人们吃得肥肥胖胖,好让我们这些蛆虫摆一桌丰盛的筵席?——我们是可以——请上帝原谅这一罪恶的思想,我们是可以成为无神论者,怀疑造物主创造世界的全部意义的。'

"但是在食物重新丰盛起来,人和上帝又复和好,蛆虫也就又回到上帝跟前了。蛆虫这时就又开始颂扬造物主的伟大,警告自己的孩子不要中了魔鬼的引诱,并且对永恒智慧的深刻意义大唱赞歌。"

可是听啊!那不是父亲的声音又在对他说话了吗?父亲轻声敦促他,可是每个字都深深刺进他的心里。他眼前又出现了那位受害者的身影,惨淡的目光直射进他的灵魂,示意他腰间佩带着的那柄宝剑。

这眼神、这声音叫他感到恐怖,叫他身上的血液全都凝固在心里,心乱如麻。但是他的四肢却像坠了铅块一样沉重,手根本抬不起来,更不要说做任何动作了。

他胆怯地一个人徘徊在没有人走的僻路上,因为不管他看到谁,他都觉得那个人的目光里充满对他的谴责,像死亡一样沉重。

当年他离家远行的时候,有一位贵族少女在家乡等着他;这位少女心里燃烧着对王子的爱情烈火。现在他回来了,却总是害怕同她碰面,直到最后少女再也不能压制内心的呼声了。

她寻找他的踪迹,最后发现了他每天一边散步一边沉思默想的那条偏僻小路,于是有一天出现在他面前。

她目光忧伤地望着他,心在胸膛里不安地跳动。这么一说,别人议论他的话是真的了?他的心生了病,神志混乱,思想总是围着一些阴暗的事物兜圈子。他想的那些事正是别人害怕落入邪恶势力掌心避之唯恐不及的事。

啊,要是爱情能给他带来光亮,把他从这种压迫着他的黑暗势力下解放出来就好了!他心上现在正压着重担,精神已经麻痹了。

看见面前站着这个少女,他停住了脚步。他那望着少女的目光,好像在探视她灵魂最隐秘的深处似的。之后他那惨白的嘴唇抖动了一下,说出下面一段揶揄的话:

"啊,可爱的女郎,你知道爱情在玩什么把戏吗?春天到来的时候,树中的汁液都从茎秆中升起来;人又何能例外?他的全部生命都只是围着大自然赐给他的这一点点发情的功能打转,同他那可怜巴巴的司掌情欲的感官演戏。淫欲模糊了他那双本来就视力欠佳的双目。只要他沉醉在爱情里,只要他还在上演这出华而不实的滑稽戏,他就暂时忘记自己不过是死神的奴隶而已。

"死神是个贪得无厌的食客。他在每个坟墓里张着大口,等着吞食他的猎获物。只有爱情能够暂时把他那张大嘴堵住。如果没有爱情,他早就断了气了。就连白痴也懂得,婴儿初生为之制作的摇篮,只不过是日后打造棺材的雏形。

"爱情是人类的鸦片。它是一种灵丹妙散善治百病。人一旦陶醉在情火欲焰中,他就忘记了正在欺骗自己。

"爱情叫他看到一些事实上并不存在的东西;他看到的只是开端,却永远见不到终局。男女双方春心荡漾,搂抱在一起,贪享一点儿肉欲之乐。两人纵情于美滋滋的欢乐中,相信生命永远不会消亡。

"他们快乐地互相摩擦着皮肤,不知道自己正在为死亡制造更多的饭食。他们是在为死亡服务,因为他们所谓的人生只不过是进入坟墓以前的一段间奏曲而已。

"高贵的小姐,告诉我,我说这些话叫你感觉不舒服了吗?我的鄙陋的言词是否亵渎了你贞洁的耳朵?——你一声不出,我的话叫你惊骇,你只是满怀恐惧地呆呆看着我。你这样做可不好,可爱的孩子。真理不是一个人在路旁一眼就看到的;不是只要一弯腰就能把它捡到手的。

"你是个乖巧的孩子,按照别人的调教,你把自己的角色演得很不错。——看看你那又细又嫩、光光滑滑的面颊,你那惹人爱的、自负的小鼻子,你的两片红唇天生为了叫人亲吻,洁白的牙齿像两排珍贝。你这模样叫我这样的男人看了也动心。

"然而你夸示的这一切都只是骗人的假象。你这些都是化妆,狡猾地掩盖住下面隐藏的东西。——可爱的小脑门,柔嫩的红嘴唇,真是迷人,叫人心旌摇摇。可是藏在下面的却是死亡的头骨,正在轻蔑地嘲笑我们的愚蠢。

"你的丰满的胸脯,年轻娇美的身体只不过覆盖着一具骷髅。骷髅暂时借用了一件生命的骗人外套,为的是参加一次盛大的化装舞会。

"这真是人们创作出的最荒谬的滑稽戏!但是这出戏却很能吸引人,每天都卖满座。热心的观众看得非常满意,怎么看也不厌烦。

"你现在站在太阳下面,还那么年轻,像朝露一般清新,你不会想到正在等待着你的未来。但是你能享受到的光阴却在无情飞逝,过不了多久,你的身体就将葬入坟墓。那时候即使身体还没有被岁月摧残得老态龙钟,它的娇娆艳丽也将很快就消失了。

"你不过是蛆虫的盘中餐而已。因为青春织成的一张张蓝图都是空想,只是为了掩住人生的核心问题。他们对现实视而不见,一味制造公式和体系,把在人生中永远无法体现的愿望守护起来,拼命追逐很快就要在雾中消逝的图景。

"如果一幢费尽心思建造的老房子叫他们失望,他们会马上在另外一个地方租赁一所新居。老公司改换一个牌子,但经营的货物照旧一成不变。

"人的脑子里确实藏着一个奇特东西。这里有一间魔术师的小房子,任何事物在那里头都改变了原来面貌,映现出另一种形态。人只要一开始照他的说法思考问题的时候,现实世界就面目全非了。人生就成了一出喧闹的假面舞会,把真实情景完全遮盖起来。

"好了,可爱的孩子,我想我的话你已经听够了。你的小脑瓜肯定装不下这么多东西。等到蛆虫钻进你头盖骨那一天,想查看一下里面都装着什么的时候,他们会发现,那里面实在没有什么。简直可以说空空洞洞,不值得他们费这番力气进去探索。

"祝你好运!别再来找我了。世界大得很,到处都是傻瓜,你不会永远当处女的。真的不该为这事苦恼。这里的流氓、白痴数也数不清,他们又都很看重生儿育女,繁衍子孙,以便叫自己这一种族世世代代传下去。"

少女眼神迷乱地离开了这个地方。她一直珍惜着的梦破灭了,爱情培育起的花朵枯萎了。刚刚发生的这一幕是她的脆弱灵魂无法承受的。她的倦怠不堪的心被疯魔紧紧抓住。她已经没有时间概念,只是倾听着隐秘世界中传到耳朵里的神秘声音。那声音在她身边轻轻地呼唤着,诱惑着,温柔却又叫她无法抗拒地催促着。她在脑子里仿佛看到一些手在召唤自己。——后来河水就把她抱在自己湿淋淋的胸脯上,一条路从水波上把她引向坟墓。

日子在惶惑不安中沉重、迟缓地一天天过去,好像时间正在逐渐枯竭似的。国王每夜都被同样的梦折磨着,一颗虚伪的心被惊恐畏惧揉搓得极其脆弱。他感觉为头上戴上这顶王冠所付的代价太大了,几乎比他犯下的罪行还沉重。

　　王后在沉默中忍受着痛苦煎熬,已经麻痹了。恐怖的阴影罩在苍白的额头上挥之不去。她双唇紧闭,从未浮现过笑容。不祥之兆叫她的灵魂发抖。她觉得大祸已经临头,正在无声地使生命窒息。

　　每一天都同过去的一天一模一样。说的是同样的话,动作已经成为一成不变的习惯。

　　生活好像是在昏暗的屋子里上演的木偶戏。每一幕都机械地自己演出来。正像沙粒在计时沙漏里不停滚落一样。演戏的木偶仿佛被一只无形的手操纵着,永远在一个圈子里转来转去。

　　只有面色苍白的王子看穿了这幕戏,自从那天夜里亡父的幽灵第一次显身,把隐情透露给他以后,他就把戏看穿了。

　　那一时刻的记忆深深刻印在他心上,他永远无法摆脱。死人的声音从每一块石头上传出来,进入他的耳鼓,悲切地提醒他不要忘记那桩可怕的罪行。

　　自从知道了那个秘密以后,他的思想就好像被一个符咒牢牢禁锢住;他一再努力想摆脱这种禁锢,却徒劳无益。他思索来思索去,运用自己敏锐的推理不断想象各种新的理由,用以驱走藏在自己灵魂暗角里的魔鬼。

　　一点儿用也没有!他不能欺骗自己,卑鄙可耻的犯罪是无法用言词开脱的。

　　他得知这一秘密是一件生死攸关的事,但正因为事情过于重大,反而叫他踌躇着不能迅速采取行动。尽管他非常痛苦,尽管他心如刀割,尽管死者切切叮嘱,他却无论如何也不能叫自己的意志坚定下来。他梦想的是行动,实际做的却只是思考。

　　"什么是复仇?"他带着些轻蔑地反问自己说,"复仇真的能抵偿犯下的罪过吗?如果我能把过去的事改变过来的话,那倒也是一种抵偿。但我是没有这种力量的。

　　"假定我做到这一点:抽出宝剑,把剑锋刺进谋杀犯的胸膛——我的这一行为结果又是什么?

　　"他的尸体将埋在泥土里,蛆虫会吃到一顿美餐。蛆虫对尸体生前的声名地位并不关心,他们吃一个杀人犯同吃一位绅士毫无区别。道德高尚对他们毫无意义,并不会使他们胃口变坏。

"再假定另外一种情况。我退缩了,没有使那个人的寿命提前结束,并没有为了报仇就叫他命归西天。那这首歌又怎样结尾呢?

"是的,他将拖着他那迟缓的身子多挨几年,直到最后老死,像所有的人必走的路一样。人们将为他举行隆重的葬礼,安葬尸体,还要建立一座纪念他的丰碑,这是适合像他这样的身份地位的。

"只不过地底下的那些饕餮客却不买他的账,这种闹闹哄哄的大表演并没有迷惑住他们的眼睛。蛆虫们照旧心安理得地闷头大嚼,把死尸上的肥肉啃个精光,直到尸体只剩下一堆白骨,而白骨过一个时期也都渐渐化为泥土。

"假如结果没有什么不同,早也是死,迟也是死,我复仇还有什么意义?他躺在床上断气也好,我助他一臂之力让他早日归天也好,反正他脱不了成为蛆虫的一顿大餐。

"再说,如果这人是个坏蛋,你也不应该促他早死,因为短命夭折,反而让他占了便宜,他就早日从犯罪阴影中解脱出来了。另外,复仇这种豪迈行为对我们也不相宜,我们每个人身上都不免带有无赖的气质。我仔细想了想,这个世界很需要这种无赖习气,正像它离不开面包一样。要是没有一点龌龊卑鄙,生活怎么能忍受得了?有一点卑鄙无耻,生活就轻快得多了;如果我们身上没存着一点流气,生存的重担就要把我们压垮了。

"可是我们似乎不能用道理骗过鬼魂,因为他们非常固执,很好面子,听不进什么逻辑和规章。

"我的耳边又响起了他的声音,他又再对我讲起做父亲的权利,做儿子的义务,鼓动我去做那件我天性厌恶的工作,要我去为他复仇。这件事实在太可怕了。我的精神本已分裂,受到致命的重创。要我去复仇,那就叫我的内心冲突更加剧烈了。

"所以我还是求你再帮帮我吧,逻辑推理——撒旦的孩子!让我抵拒住那些快要把我心血吸干的那些思想!

"哼,做儿子的义务!哈哈,这真是一句美丽的言辞,自古以来就为世世代代传统所神圣化了的言辞!——他是你的父亲——她是你的母亲。那又怎样呢?因为他是你父亲,所以你就要永远归他所有,你的意志要永远屈从于他的意志,你永远不能走自己的路。他是你的父亲,你的生命是他赐予的,所以你永远欠着他的债。

"那本人们从中汲取着最高智慧的宝书就这么说:

"'当孝敬父母,使你的日子在耶和华上帝所赐你的地上得以长久。'①

"这真是一本智慧的书,一条巧妙的法律!编写得挑不出一点毛病,正好把愚人的眼睛蒙蔽住,但是对一个头脑开明的人,对一个句句都要思考钻研的读者,这本书实在一点意义也没有。

"现在就让我看看这样的话有什么意义吧。——他是你父亲——她是你母亲。在一个郁热的夜晚——公鹿呦呦叫着——父亲躺在那里也感到体内的血液在蠢动,于是他在一阵欲火中烧中搂住那个女人,那个后来成为我母亲的女性。她热烈地回应了他的蜜吻。

"结果我就出生了。那天夜里他们在欲火燃烧中,哪一个想到这件事呢?那天夜里他们两人什么也顾不到了,一味地寻欢作乐。后果如何,远远不是他们激情内的事。

"有没有人问过我:我愿意不愿意到尘世来当一名过客?我这样被违反自己意志投掷到世界上,只为了承受像诅咒一样悬在头上,只到死亡才能免除的运命,我的父亲或者母亲当时知道吗?

"谁给了他们叫我诞生的权力?难道是上帝或者魔鬼喜欢折磨我才播种下生命,只是为了找乐子?

"他们既然把我制造出来,就对我负有责任。有生之年都欠着我的债。孩子的权利就是父母的义务。

"亡灵啊,不要闯进我的圈子了②!你有什么权力要我为你的死亡复仇呢?

"你的那位兄弟,那个用谋杀的手在一个凄凉夜晚把你杀害的人,一生只犯了这一桩谋杀案。可是自从你横暴地叫我有了生命以后,却把我谋杀了一千次!你叫我命中注定长期忍受痛苦折磨,这实在比谋杀者的快刃更加残忍。

"你没有权力叫我舞弄我的宝剑,你自己也没有权力总是纠缠着那个卑鄙地在暗处对你下毒手的人。他杀害了你不过是觊觎你的王位,想同你换换位置而已。

---

① 见《圣经·旧约·出埃及记》第 20 章。
② 相传"不要闯进我的圈子"是希腊数学家阿基米德(约公元前 287—前 212)在画圆周时,对闯入的罗马士兵说的话。

"这只是人生喜剧中角色的调换,有什么值得这样吵吵闹闹,这样郑重其事地演这出戏?就是没有这档子事,人生已经苦不堪言了。如果我有力量的话,早就把这出戏结束了。可惜的是,我的知识削弱了我行动的勇气,所以我还是得把这出滑稽戏演下去,等到另外一只手把帷幕放下来。"

他离开城堡,一路沉思地走遍异域他乡,漂洋过海,直到走近最后一个边境。

天空是灰暗的,大漠苍茫。

棕色的沙碛上匍匐着一座黝黑的大理石斯芬克司,眼睛凝视着荒寂的远方国土。

它的目光里既没有恨,也没有爱,幽深迷离,仿佛浸沉在酣梦中。冷傲的嘴唇缄默无言,唇边浮现着一丝永恒沉默的微笑。

第三个流浪者望着斯芬克司的眼睛,但他无法解开它的谜语。他一言不发地倒在荒漠上。

The Tragedy of Hamlet

And so by continuance, and weakenesse of the braine
Into this frensie, which now possesseth him:
And if this be not true, take this from this.
   King Thinke you t'is so?
   Cor. How? so my Lord, I would very faine know
That thing that I haue saide t'is so, positiuely,
And it hath fallen out otherwise.
Nay, if circumstances leade me on,
Ile finde it out, if it were hid
As deepe as the centre of the earth.
   King. how should wee trie this same?
   Cor. Mary my good lord thus,
The Princes walke is here in the galery,
There let *Ofelia*, walke vntill hee comes:
Your selfe and I will stand close in the study,
There shall you heare the effect of all his hart,
And if it proue any otherwise then loue,
Then let my censure faile an other time.
   King. see where hee comes poring vppon a booke.
              Enter Hamlet.
   Cor. Madame, will it please your grace
To leaue vs here?
   Que. With all my hart.   *exit.*
   Cor. And here *Ofelia*, reade you on this booke,
And walke aloofe, the King shal be vnseene.
   Ham. To be, or not to be, I there's the point,
To Die, to sleepe, is that all? I all:
No, to sleepe, to dreame, I mary there it goes,
For in that dreame of death, when wee awake,
And borne before an euerlasting Iudge,
From whence no passenger euer retur'nd,
The vndiscouered country, at whose sight
The happy smile, and the accursed damn'd.
But for this, the ioyfull hope of this,
Whol'd beare the scornes and flattery of the world,
Scorned by the right rich, the rich curssed of the poore?
                                          The

《丹麦王子哈姆雷特的悲剧史》(*The Tragicall Historie of Hamlet, Prince of Denmarke*) 中的一页, 1603 年莎士比亚首版四开本。

第四条路

太阳露着笑脸,天空蓝得耀眼。云雀欢快歌唱着。几株老橡树安逸地摇晃着树冠,发出轻微的沙沙声,像是窃窃私语,正在互相传递一些喜讯。

山谷里溪水玎玲,嘻嘻笑着跳跃过光滑的石头,湍急地奔向蓝色远方。什么也不能把它束缚在一个地方;河水害怕停滞不动的生活,永远奔流不息,奔流就是它的生命。

一股轻风拂动着四野绿涛,花草都沐浴在清晨的露水里,千万颗露珠映现出平和绮丽的童话般的奇妙画面。

蝴蝶成群结队在柔嫩的花朵上飞来飞去,安静地吮吸着甘美的仙浆。它们受到过于丰盛的款待,心醉神迷,在暂短的一生中,尽情享受芬芳花香和美酒佳酿。

蜜蜂在温暖的空气中嗡嗡飞鸣;枝头和树丛里小鸟啁啾,黄莺鸣啭;一群群蚊蚋在金色阳光中欢快飞舞。

树荫里蜥蜴在古老的石块间窜来窜去。当一道日光穿过树上的枝叶,在地面上闪耀着金光时,蜥蜴们身上便也发射出魔术般的异彩。

从近处一个村落传来清亮的铁锤敲击声,伴随着锤击声的是一个老铁匠在哼唱。老铁匠正挥动着健壮的臂膀,叫坚强的铁块唱出美妙歌曲。一缕轻烟袅袅升到空中,消失在碧蓝的空气里,倒仿佛是魔法失效,被禁锢的幽灵逃脱升空似的。

整个世界显得那么美丽,自由自在,这是一幅欢乐的图画,一幅无忧无虑的幸福场景。仿佛听到了太阳的笑声。整个空间都在欢笑,每一个树丛都顽皮地嘻嘻笑着;倒像是尘世的所有烦恼都已消除,一直被苦难拖进深渊里、无法重见到天日的人类精神终于获得新生了。

拉·曼却全村的人都穿着节日盛装报告给世人一个喜讯:他们中间的一个年轻人出发了。他要出去解放人类,把世世代代受苦受难的世人解救出来。

在他以前早有许多人长途跋涉到遥远的地方。他们冒着死亡的危险,不畏险阻去寻找那个引诱人的黄金国土——埃尔多拉多①,但一直还没有人叩击到这个国度的大门。找到埃尔多拉多,幸福即将实现;多少游吟诗人都在歌唱这一时代的到来。

在很远、很远的地方,我们伟大渴望的终极目标停留的地平线上,有一个久已失去的天堂。黄灿灿的金子环绕着它,一个生命与极乐之谷,任何心愿去那里都可以实现,任何欢乐都可以享受到。

这是不知名的海洋中一个绿岛,在一汪洋碧蓝中闪烁着奇特的诱人光辉。美丽的景色像一个温柔的梦沉落到人们备受煎熬的心上。这样一个梦催开了千万朵五色缤纷的花朵,促使英雄们走上硝烟弥漫的战斗之道。

受到远方召唤外出的人是那些佼佼者,人类中的精英。这些抱着理想的圣杯护卫者和无畏的骑士被梦境迷醉,踏上征途去寻找那个灿烂的众星之国,那个神奇的土地。

但是他们没有一个人重返家园。他们漂泊啊漂泊,直到老眼昏花,耗尽了身上最后的力气,最终死在异乡,没有人为他们哭泣。他们已经远离家乡,但他们要寻找的宝地距离同样遥远。

这些人中有的葬身沙漠,只剩下一堆白骨;有的在阴暗的大森林中丧命,尸身逐渐腐烂;也有的被死亡拖到幽深的峡谷里。不论他们走到哪里,死亡总是像影子似的同他们寸步不离。

但仍然有人追随着这些死者逐渐消失的足迹。后来人继续向永恒的命运挑战,因为他们身边仍然响着低沉的呼唤声,眼睛仍然看到那块遥远的奇妙土地。这块宝地引诱着他们,向他们招手,像海妖的歌声般不可抗拒地迷惑了他们的心智。于是这些人待不住了,无法在家里再过平安日子,他们开始启程走向远方。那一未知世界在一片碧蓝中正像美丽梦境似的召唤着他们。

现在又出了一位新英雄,同样忍受不了家乡的羁绊,决心出去闯世界。他是受压迫者的保护人,是道德和正义的维护者,在这个世界已找不到比他更高尚的人了。他要用自己强健的臂膀庇护那些无辜受难的人,要同专横和暴虐

---

① 埃尔多拉多,意为镀金人,传奇中波哥大附近一座印第安城镇的统治者。西班牙殖民者自16世纪初就听到过这一传说。后来,"埃尔多拉多"意义转为黄金国,16至17世纪有不少探险家去实地寻找。

抗衡,叫世人过上安乐的日子。

所以这一天,整个拉·曼却都披上节日的盛装,喜气洋洋,像一个准备参加婚礼的漂亮新娘,一抬眼就能看到天空上挂满了小提琴。

这条路环绕着绿茸茸的小山蜿蜒而下,傍着一条小溪通到蒙蒂尔田野,从那里人们可以毫无遮拦地望到遥远的地平线。

路上出现了两个样子有些奇特的人,骑在坐骑上,悠闲自在地向下面峡谷奔去。一个人身体枯瘦,两颊深陷,两边的面皮在嘴角几乎挨到一起。给人的印象是,仿佛他长期挨饿似的。这人的样子非常可怜,不由得引起人们同情,但同时那模样又很可笑。

一副古旧的铠甲护卫着他的骨瘦如柴的身体,枯干的四肢也都套着护甲,脑袋上却倒扣着一只圆钵,权代钢盔。这人腰上佩带着一柄宝剑,右手拿着一根长枪,像古代骑士用作武器的长矛。

这位高贵骑士的坐骑是一匹驽马,每根肋骨都从身上突出来,瘦得就剩骨头架子,走起路来骨节咯吱咯吱乱响。这倒同它的主人非常匹配。

走在驽马旁边的一头肚皮滚圆的毛驴,喂得又肥又壮,精气十足。骑在驴背上的是个肥胖小伙儿,一边走路一边十分得意地啃一只鸡骨头,而且每咬一口就吧嗒一下肥厚的嘴唇,好像世界上再没有什么比这个更好吃的东西似的。

骑士像在做梦似的望着远方天空上飘浮着的白云,深深叹了口气。因为他心中正点燃着伟大的爱情之火。他的爱情是用自己的心血培育的,因为他想叫它永不凋谢,叫它像罗马贞女之火①一样一直燃烧下去。

他为自己挑选的意中人是一位贵妇;他已经把自己的一颗忠实的心奉献给她。就是为了这位女性他才离家出走,准备在世界上做出一番侠义事业。

就在骑士眺望白云的时候,胖小伙儿却在察看手里的鸡骨头,惟恐还有一丝鸡肉留在骨头上没有啃下来。这以后他才把骨头随手丢到路边,用一只大手揩了揩肥厚的嘴唇,又打了个饱嗝,像农民一样,即使吃完一顿粗陋饭食也习惯打个饱嗝。

于是这两人骑着牲口不慌不忙地继续赶路;他们并没有什么急事要办,可

---

① 罗马神话称,由埃涅阿斯从特洛伊城带来的火种,置于罗马灶神守护的神坛上,由六个贞洁处女照料,不得熄灭。

以说随遇而安,走到哪儿算哪儿。这时候他们已经越过最后一座小山,面前是一望无际的蒙蒂尔田野,花香扑鼻,阳光灿烂。

骑士突然勒住马,左手当遮光罩放在眼睛上面,向远方岸望。展现在他眼前的是广阔田野,像铺在大地上的一块绿色地毯。

他干瘦的身躯上肌肉开始绷紧,手中紧握长矛,眼睛里射出坚毅的火光,每一根神经都做好战斗准备。

"你看见没看见那边地里头站着的巨人,孩子?"他激动地对胖小伙儿说,"我行动的机会来了。你看,他们正在摇晃大长胳臂,用拳头吓唬我!这些呆痴的家伙,居然想吓倒我这个骑士。他们一点儿也不知道,这正是我求之不得的机会,我正想做点什么事呢。当心吧,你们这些卑鄙无耻的坏蛋!一个骑士,单身一人就敢迎接你们的挑衅,要你们用自己鲜血浇灌大地!"

胖小伙儿说:"且慢,高贵的主人。我觉得您的脑子大概出了点儿毛病。您看到的不是巨人,是风磨在转动叶片。您只要仔细听听,就能听见它们吱扭吱扭的转动声了。"

"你胡说什么?"瘦长身材的人说,"你一定是被什么吓破胆,把世界上的东西都看颠倒了。够了,别再说了,我已经很久没有做什么事了,这真有失骑士的荣誉。前进吧,我的骏马,勇敢地投入战斗!啊,高贵的夫人,请看一看您的骑士多么英勇,无所畏惧,只为了不玷辱您那高傲的灵魂!"

他把长矛一横,开始用靴刺踢刺坐骑的干瘦肋骨。他的这匹老马从来没有受过这种苛待,像着了魔似的疯狂跑过田野。吱吱扭扭,风磨不停地转动。长矛一下被折成两段,坐骑和骑士双双摔倒在地上,骑士手脚都被擦伤,连老骨头也差点儿摔断了。

胖小伙儿骑着驴走过来,一边大声叫喊,一边抱怨:

"我不是告诉您了吗,我可怜的主人?您现在自己也看到了:那不是巨人,是风磨。是风把它们刮动,旋转起来。您怎么连这个也不懂?就连瞎子也能用手摸出来。您是行侠仗义心切,自己跟自己开了个玩笑。

"您可真吃了个大亏,主人!这一点您无法否认。上天保佑,但愿以后别再碰上这种事了。不然的话,咱们这次出行也就快走到尽头了。"

武士痛苦地呻吟道:"我的孩子,你看见的只是眼前你必须看到的东西,因为上帝没有让你看得更深一层。上天没有赋予每个人看到事物真正面目的才能。你对自己的遭际也应该满足,因为像你这样的人倒也能平平稳稳地过一辈子。只要上天没有给他这种禀赋,他就感觉不到自己负有解除人生痛苦和不幸的责任。

"你那简单的头脑只认识当前时刻的烦恼,一旦你那些不值一提的烦闷解除了,整个世界对你来说就成为极乐世界了。你的思想都出自肠胃,行动全听肚子是否吃饱指挥。因此星光闪烁也好,诗意感人也好,对你都没有吸引力,也改变不了你对世界、对人生的看法。"

"您说对了,亲爱的主人。每逢我的肚子咕噜噜叫唤的时候,我就没有好心情,再美丽的诗歌对我也没有用处。可是一块肥肉却比那使您陶醉、燃起您激情的星空更有分量。我当然只是个普通的农家子,可是我的胃口特别好,吃起东西来不比哪个贵族差。

"一只炸鸡对我来说就是山珍海味,烤鹅我也决不嫌弃。如果口袋里再装满钱,那我就觉得人生实在太美妙了。

"当一个人感觉肠胃逐渐填满,肚子一点点变得滚圆的时候,他就觉得这世界简直无可挑剔了。这是一个真正基督徒的感受。请您相信我的话。每逢我吃得打饱嗝,舒舒服服地摊开四肢的时候,我就真心实意地想宽恕世人一切罪过,想用爱心去拥抱全世界。

"但有些时候实在没有别的办法,我也可以把面包和盐当作美餐。另外再加一头通气的洋葱,生活也就完全过得去了。

"其实所有的人都是这种情况。就是我这匹小毛驴也能够给您讲清这个道理。请您相信我的话,牲口并不像人们想的那么愚蠢。我的这头毛驴就跟人一样有脑子,什么时候受了亏待,它知道得一清二楚。您不妨试一试,把它的草料袋挂得高高的,叫它吃不到东西,它就要使性子了。您看见真会吃惊,简直不能了解,一个哑巴畜生居然也能像人一样感觉、思想。它先是把身子一缩,接着就弓起背来,四条腿又蹬又踹,像人一样耍赖。

"它做得实在有些过火,弄得我气不打一处来。我破口大骂,什么诅咒的话都说了出来,完全顾不上这种亵渎语言是不是影响我灵魂得救了。这时候那畜生不怀好意地看着我笑起来,活像一个偷窃得手的小贼——就跟人一样。这话我已经说了几遍了。

"但是只要把它放到装满草料的马槽前边,让它鼓起腮帮子尽情吃个够,它那颗虚伪的心就会软得像蜡一样,眼睛里流露出热爱世人的最纯洁的光辉。没有一个天使像它这样圣洁。我跟您说,主人,它不是牲畜,是人,跟人一点儿区别也没有。"

"别再说了!"骑士打断他的话说,"你在胡诌乱扯些什么?你嘴里一跑起舌头来,就是最快的骑师也追不上。我说的是一件事,你却把你的驴还扯进来。你那头毛驴跟那些清清楚楚站在我眼前的妖魔有什么关系?"

"我正要问您这个问题,高贵的主人。明明是几座风磨,您却看成了巨人。接着您又跟我谈您那些星星的疯话。您那些话没有一个健康的基督教徒能够了解。您说的天上的星星跟那边的风磨有什么共同点?"

"我现在非常清楚,我的孩子,你并不了解我。你还是坚持你的错误看法,认为那些是风磨,不是巨人。"

"可是您呢,骑士先生,您仍然不相信风磨就是风磨,不是巨人。您一定是从马上摔下来把脑子摔糊涂了,否则您就不会这么胡说八道了。"

"我不是跟你说了,你不了解我吗?你好好听我说,把这件事弄清楚。你看到的田间的那些风磨……"

"好了,现在您自己也承认那是风磨了。"胖小伙急不可待地打断了骑士的话。

"你别打断我,听我把话说完。你怎么就不能先让你那舌头歇一会儿,哪怕歇一小会儿呢?——我再从头说,这回别打断我了。你看见的田间的那些风磨,现在确实是风磨,用不着怀疑。但是我可以凭着基督的圣血发誓,刚才它们实实在在是几个巨人,可是现在却摇身一变,成了风磨了。

"我最初看见他们站在地里,个个晃摇着粗笨的身子,凶神恶煞地作势要扑过来,想把我的胆子吓破。我看得清清楚楚,他们都攥着拳头,大声咆哮,听着像野兽吼叫一样。"

"高贵的主人,请您再想想您说的都是什么吧。"这时胖子忍不住又插话了,"我是跟您同时发现那些风磨的。我敢发誓,我看到的不是巨人。我也没有听见喊叫的声音,我只是听见远处传来咯吱咯吱的风车声。"

"这正是我要跟你说的,"骑士不等胖子说完就打断了他的话,"你看见的只是风磨,不是巨人,我觉得这完全合乎情理。原因是,你的眼睛被魔法蒙蔽了。我清清楚楚地看见了巨人,是因为魔法迷惑不了我的视力。

"我当时充满战斗豪情,用靴刺在战马的软肋上一催,决心同站在面前的这些恶棍决一雌雄,试一试我的臂力,没想到这时候插进来一个妖人,不知为什么他非常忌恨我,不想叫我取得胜利的荣誉,这人运用妖法一下子把巨人都变成风车了。——你现在该明白这件事的始末了吧,孩子?"

"我还是不明白,但是您说什么我当然都得相信。我只希望今后咱们别再碰见这样的妖师,不然的话,我就要倒霉一辈子了。让这些魔法变幻见鬼去吧!正常人的脑瓜是弄不明白这种戏法的。"

骑士一边呻吟着一边重又跨上坐骑,胖小伙儿帮助他踏好马镫,在鞍鞴上坐稳。就这样,这两个人又一次不急不忙地踏上行程。跟刚才一样,骑士还是探视着远方,而那个矮胖子的眼睛却总是紧盯着近处,看看能不能在路上找到点儿什么吃的解解馋。

一天的时光缓缓地过去了。等到太阳西斜,远处的云霞被落日染红的时候,矮胖小伙儿看到路旁有一家小酒店,正好供他们歇宿过夜。

一个放猪的人拼命吹响号角,召唤猪群回圈。他放的一群猪这时正在泥塘里快活地打滚。——号角声传入骑士的耳朵,叫他从幻梦中醒过来。他的目光落在面前这幢破旧的房子上,茅舍在他脑子里立刻变成一座宫堡。

"我的孩子,你听见有人吹号角了吗?"他问身边的那个肥胖的侍从,"哨兵的眼睛已经看到我们了。我想,他们该已经放下吊桥,让我们走进宫堡了。根据古老的风俗习惯和接待骑士的礼规,我想他们会欢迎我们的。"

胖小伙儿吃了一惊,瞪着眼睛前后左右看了一遍,并没有看见宫堡和吊桥。可是他的主人却言之凿凿,倒像是真有那些东西似的。

"您是说这家小酒店吗?"他有所希冀地问,"我怎么看也没看到别的什么,眼珠子都快努出来了,就是看不见。"

"那不就是一座城堡吗?谁都看得见。你看,城堡主人已经迎出来了,就要隆重地把咱们接进去呢。像咱们这种身份的人是应该享受到这种礼遇的。"

"这要真是一座城堡,"胖小伙儿捏捏自己的左耳朵说,"那倒同一家小酒店差不到哪儿去。那边的那个人我看着像个放猪的,怎么也不会是位贵族家的神父。但愿这儿没藏着一位魔法师,又像那回似的拿风磨同咱们开玩笑。"

矮胖的仆人心存警惕地下了驴,然后又搀着瘦骑士从马鞍上下来。以后两个人就走进酒店,在一张圆桌旁边舒舒服服地坐下来。

胖小伙儿马上要了点解饿的吃食,不多一会儿,已经津津有味地啃起羊排骨来,而他的主人则从容不迫地吃着奶酪。

晚上,他们是在谷仓里过的夜。我们的骑士把它看作是豪华的寝室。胖子躺下以后,摊开手脚,睡得非常惬意,没过一会儿就打起呼噜来,震得墙壁乱颤。骑士躺在柔软的干草堆上并没有立刻睡,一直想着自己头脑中创造出的那位女性,直到睡眠最后把他的眼睛阖了起来。

第二天清晨两人又走在路上了。骑士企盼着一场新的冒险,这将使他声名远扬,叫冷漠的世人从此对他肃然起敬。就这样,他们马不停蹄地在辽阔的土地上到处漫游,没有固定行程,只要哪里有行侠仗义的机会,他们就奔向哪里。

我们的骑士经历了多次严酷的战斗考验,他身上的伤疤可以为此做证。讲到他受的伤,他的肢体可以说伤痕累累,几乎没有一处完好的地方。但是他渴望行动的激情却从来没有动摇过。他的手永远放在剑柄上,在关键时刻,他一点儿也不犹豫。

一次又一次战斗,大部分他占不了上风,只给他带来痛苦、灾难,弄得他遍体鳞伤,但是他的坚强意志却从不衰退。他始终保持着勇猛直前的精神,一心盼望参加另一次战斗。

他对所有的事都有自己奇特的看法,与常人不同。他根据自己脑子里的模式创造出另外一个世界,距离他生活于其中的世界极其遥远。所以他永远陷于同现实世界的剧烈矛盾、冲突中,可是他的意志却从未屈服过。

他是一个创造者,具有创造奇迹的本领。他可以把梦幻变成现实,可以在沙漠里制造出绿洲。

他走到哪里,都受到人们的讥讽嘲笑,认为他的脑子出了问题。他的奇特行为不止一次成为别人的笑柄,而且在人们拿自己的行为同这个疯子的奇思异想进行比较以后,就更认为自己的所作所为合乎情理了。

在很多事物上,他同世人的看法截然不同。他叫人们感到不安,因为他做事总是不按常规,多少代人世代相传的老规矩他偏不遵守,却要别出心裁。

谁要是违背老习惯、旧法规,不同别人一样在祖先铺设、踏平的道路上行走,就不适宜于在不讲情面的现实世界生活。因为在这个世界上古老的齿轮早已牢牢啮合,为一切事物的行程定好了规矩。

这个世界已经不再有奇迹了,有的只是循规蹈矩的思想。人们早已忘记了意外的惊奇,在他们眼里,世界万物永远穿着一件灰不溜丢的工作服。衣服污渍斑斑也好,破破烂烂也好,被太阳晒得褪了色也好,什么也不能打扰老习惯的步伐,不会在精神中引起对未知、不解的事物产生疑问。

生活中有一些诗意的东西人们倒也并不反对,但必须在一个前提下,就是不要逾越幻想与现实的分界线。只有分清两者的界限,才不致把梦想认作现实,对事物才能做出清醒的判断。

当一个人做完一天沉重的工作,晚上心安理得地休息一会儿,这时诗意的思想就叫他感到非常舒适,对他肠胃消化也有裨益。他可以读一点给梦境的诗篇,奇妙的夜晚啊,迷人的仙女啊,侏儒和妖怪啊……他一边读一边听着炉灶上烧烤腊肠的嗞嗞声,于是梦境同现实就结为一体了。他的灵魂不会因此而失去平衡,身体也受不到伤害。

但是一旦他没有划清界限,把梦想与现实混淆起来,他就成为疯子了。他拼命寻求无法实现的奇迹,走上一条丧失理智的道路。

这些寻求奇迹的人是一些狂热的幻想家,是走上歧路的灵魂。他们鄙视老祖宗立下的礼规,把火炬投到世上俗人辛辛苦苦建立起的圣殿里,要把它烧毁。

这是一些造旧道德反的叛逆者,想把利用传统条例和反复教诲牢牢束缚人们多少世纪的神圣绳索斩断。他们蔑视一切规范,即使犯罪,也要把维系社会秩序的法典和条条框框打碎,以便让人民大众在无边无际的精神世界中浮游。

对这些人来说,梦就是生存的意义和目的。他们根据自己的愿望塑造世界,不惜死于把他们精力消耗尽的疯狂中。

我们这位高贵的骑士就是这一族人中的一员。他同大神一样,高高坐在自己奇思异想创建的梦幻王国里,这一王国在他内心世界里已经变成现实。他感觉不到自己生活于其中的世界同他的内心世界没有一刻不在斗争,也看不见把他同现实时空隔离起来的万丈深渊横在目前。

他在自己的道路行走,从无疑虑,因此总是迫不及待地采取行动。在他宝剑出鞘,大胆斫杀的时候,脑子里从没出现过谨慎从事的念头,叫他趑趄不前。他不懂得什么叫踌躇迟疑、反复思量;他的整个身心是一下子浇铸成的,所以从来没受过疑虑的痛苦折磨过。

他行动是因为受到事件本身的召唤,是因为他觉得自己必须维护正义,这是他的人生目的,而这个目的是命运为他决定的。他热情洋溢地承担了被派定扮演的角色,认定自己必须充当法权的革新者。

只可惜世人并不理解他的梦,不肯为幻想牺牲现实。幻想虽然光辉灿烂,发出五颜六色的光芒,但永远代替不了现实。因此没有人感谢他的行动热心,甚至被他"解救"的人,在他强迫这些人走上一条为理想的星光照亮的新路时,也都翻脸成仇,变成他的敌人。

有一天主仆两人正骑着牲口在路上走,忽然看见远处走过来一群人。这群人迈着沉重的步子,越走越近。人数一共十二个,个个脖子上拴着铁链,手脚戴着镣铐。这些人走成一单行,因为颈上的锁链把他们的脑袋连成一串,倒像是一串念珠上的十二颗珠子。

跟在这一行人身后的是四个押送人员,两个步行,两个骑马。他们赶着这群囚徒不紧不慢地向目的地走去。

"你看见没看见迎着咱们走过来的这些人?"骑士面色沉重地问他的胖仆人说,"我觉得又该我做一件侠义事,锻炼锻炼我的臂力了。"

"您千万千万得小心着点儿,"胖子连忙打断主人说,"您这回一定要忍耐一点儿,您那莽撞性子已经给我们带来不少麻烦了。要是我没猜错的话,这些人是根据国王的旨意,送去当橹舰的划桨工的。他们都是因为犯了罪被判刑服役的。"

"要是我没听错你的话,这些人正被强迫送到一个他们不愿意去的地方。我来得可正是时候,可以帮助这些奴隶解除他们的枷锁了。这些人都是弱者,没有力量反抗强暴,我把他们从压迫中解放出来,这不正是我的责任吗?"

他的矮胖仆人再一次拦阻他说:"您再想想。您要庇护的这些人可都是罪犯啊!他们叫信奉上帝的人抓住,现在送去服役抵罪,这是于法有据的。"

"是谁给国王这种奴役老百姓的权力?国王应该保护自己的臣民,而不是强迫他们服苦役,随意残暴地蹂躏他们。——你别再劝说我了,孩子,我知道我该怎么做才符合骑士的高贵职责。"

这时候那队戴着沉重镣铐、拖着双腿走路的陌生人已经走到他们面前。骑士把马在路中间一横,客客气气地问一个押解差役他是什么人,要把这些用铁链锁着的人带去做什么。

押解差役看着这个形容奇特的人有些吃惊,但还是友善地回答说:"尊贵的先生,您要是不嫌麻烦的话,不妨问问这些流氓本人,他们都干了些什么。他们不会对您隐瞒实情,都愿意满足您的好奇心的。"

于是骑士就从锁在铁链上的第一个人开始,询问他为什么被惩罚到橹舰上去做苦役。

这个人狡猾地眨了眨眼睛,回答说:"高贵的先生,我是因为爱才倒霉的。"

要不是贪恋热爱,我还不会戴上锁链呢。"

"从什么时候起,因为恋爱就叫人去服苦役!"骑士感到惊骇说,"我这辈子还没听说过这种事呢!"

那个流氓说:"我告诉您,大人,把我迷恋住的不是女人。他们抓我是因为我抢了一捆衣服,那些衣服实在把我迷住了。"

骑士又问第二个人:"你是怎么回事?你为什么也叫他们锁在铁链上?"

"他是个歌唱家,"另外一个人很快替他回答说,"他加入到我们这个行列,是因为他应该不出声的时候,却施展了美妙的歌喉。"

"你的意思是说,"骑士非常吃惊地问,"这个人因为歌唱爱情、歌唱英雄业绩所以被套上了锁链,是这样的吗?"

"一点儿也不错,老爷,在那些没良心的给他上指头拶子的时候,他就开始高唱英雄业绩。他把学会的曲调都唱遍了,于是就要被押送到橹舰上服苦役了。"

骑士把这一队囚犯一个个都问遍了。每个人都给他讲了一个他似懂非懂的故事。当最后一个人讲完自己的心事以后,骑士握紧手中的长矛,高声对这群奴隶说:

"听你们对我讲的,如果我没理解错的话,你们没有一个人愿意去那个指定要去的地方。但是你们命运不济,既没有人疼爱你们,也没有人怜悯你们。就连死人能够享受到的权利也没有哪个法官判给你们。所以现在必须由我让你们享有这种权利了。我要做的事是骑士的责任。"

对奴隶说完这一番话后,他又摆出威武的架势对四个差役中的差役头说:

"朋友,听见刚才我说的了?那么就赶快把这些受苦受难的人脖子上的锁链打开,让他们获得自由,各走各的路吧。只有上帝才是他们行为的法官,你们没有资格审判他们,因为你们读不懂人的内心。这些受难的人没有伤害着你们。一个人要是助纣为虐,残害自己同胞,这可是件不光彩的事。

"要是有谁头脑不清,敢于违抗我的意志,我的这柄宝剑会主持正义,帮助这些无辜受难者的。"

押解犯人的差役态度凛然地说:"您这位先生脑子大概有毛病吧。赶快走您的路,别干预我们的事。我们干什么,您那痴呆的脑子理解不了。"

"你这个婊子养的恶棍!"骑士义愤填膺地破口大骂,端着长矛就向差役冲去。差役没有防备对方会来这么一招,咕咚一声从马上摔下来。另外三个连忙跑过来救他,却碰到骑士手中挥舞的宝剑。

与此同时,囚犯们也没闲着。他们利用双方交战的有利时机,用石头砸断铁链,互相帮忙一个个都把镣铐除下来。没过多久,石头就像冰雹一样落到那几个惊骇万状的差役头上,直到这些人抱头鼠窜,狼狈逃离战场。

这时骑士把他解救的一队人召集到一起,自己骑着战马,用响亮的声音宣布:

"尊敬的先生们,我非常高兴,能在上帝的保佑下,砸断你们的锁链,让你们堂堂正正地重新做人。但是对于感情高尚的人来说,感恩是一种义务。所以我求你们拿起我用手臂取下的这些链条,背到肩上,把它们拿给托博索我崇拜的那位女主人那里。她是举世无双的一位美人。请你们给她带去我的问候,给她讲一讲,我是怎样把你们从桎梏中解救出来的,做完了这件事,你们就可以各奔前程了。"

犯人里面有一个站出来说:"骑士先生,我们感谢您的侠义行为,但是您刚才叫我们做的却不合情理。我们现在要做的是尽快逃出法网。后会有期!别再耽误我们的时间啦。这地方对我说来不像个善地。"

"你是个忘恩负义之徒,真卑鄙极了,"骑士怒火中烧地喊叫起来,"一个人要是心里没有理想,就不配享受自由。我要凭着上帝的圣血发誓,一定要你把铁链子背到背上,到我叫你去的地方走一趟。你这个卑鄙小人,魔鬼的残渣余孽。"

这时候这个流氓向同伴们递了个眼色,所有的人都向后退了几步,围成一个圈子,把他们的两位解放者围在当中。接着这些人就开始对着这两人投掷石块,正像刚才他们打那几个差役一样。

骑士自然用盾牌遮挡,可惜盾牌挡不住整个身子,最后还是被一块石头击中,翻身落马。一个流氓跑了几步赶到他前面,一把扯下他身上的绶带,转身就跑。另一个人抢跑了胖仆人身上的长褂子。临走之前,这些人还把主仆两人挖苦个够。

骑士、仆人、两匹坐骑全都瘫倒在地上,被打得遍体鳞伤,动也不能动了。过了好半天,还是胖伙计首先恢复了说话的能力。

"这是您自己惹的祸,"他说,"落个这样下场。要是您不把我的话当耳旁风的话,咱们就不会碰到这件倒霉的事了。都是您一心要干好事,把一切弄得颠三倒四,叫咱们两人才逃过雨淋,又遭了雹打。我看您简直一点儿脑子也没有了,不然怎么会总干这种不合情理的事呢?

"您现在不但受了伤,而且叫人嘲弄个够,就是您把他们脖上的锁链砸断的人伸出胳臂来把他们的救星打得遍体鳞伤。啊,主人啊,您还是太不了解人心啦!您看人总是罩上一层梦幻色彩,不愿意看严酷事实。现实可比您那个幻想中的王国强大多了。"

"孩子,我不想说你说得没道理。世界万物在你脑子里呈现另外一种形象,这也不是你的错。

"刚才我解救了的那些人伸手打我,自然是一件令人痛心的事,但这是我命中注定要遭受的劫难。

"但是即使在那些最堕落的人心里面也还埋藏着一星理想世界的火花,在阴森黑暗中闪闪发光,直到有一天自由的气息把它吹着,燃起熊熊大火。

"我让那些坏蛋重新获得自由,叫他们到我心上人所在的远方去。我是受她鼓舞才出来做一番英雄事业的。可是我解救的那些人却不了解应该怎样做才对自己灵魂有益。不过我想早晚有一天他们会明白这个道理的。"

"那可不是短期就能实现的事,"胖仆人表示不同的看法,"或许您等着等着,最后终于能把水点燃,叫它生起火苗来。到那时候上帝为您安排的时刻就会很快到来了。

"至于您那位托博索的小姐,您把她当作圣母一般崇拜,我真不明白是怎么回事。这位小姐我知道得很清楚。她是扣舒埃罗家的女儿。托博索这地方离我们那个村子不远。

"可不是,她生得非常壮实,很有把子力气,能够从地上举起一口袋粮食,就是庄稼汉也比不上。另外,她还生得伶牙俐齿,这种人真是世间少有。一点儿不错,可以说是个舌头尺码加长的妇人,一摆动起舌头来,就是最优秀的骑士也叫她说得腾云驾雾,忘乎所以,一点儿主见也没有了。说到她的嗓子,也真叫吓人,在您耳朵边儿说句悄悄话就能震破您的耳膜!

"她出身于一个正正经经人家,这一点倒不假。但是您把她当作一个贵族妇女,把您一颗骑士的心都奉献给她,这我就不懂了。"

"这是因为你的眼睛被魔法迷住了,"骑士急忙打断他的话说,"不管你看什么,总是用另外一种眼光。你跟我刚才解救的那些奴隶实际上并没什么两样。等到将来哪天魔法解除以后,你就会看清,那个把我的心征服了的美女真是有资格当全世界的女王的。"

"您跟我说的这些话我都听清楚了,可是我还是觉得越听越糊涂。这些没有弄清的玄虚事,叫我费脑筋思索,真是白费工夫。——我只想弄清楚一件事:您一次又一次地遭遇不幸,怎么还始终抱着梦想,从没有过幻灭感呢?

"到目前为止,咱们一起遇到的这些事我想绝对不是做梦吧!当然了,您总是说有什么妖精用法术蒙蔽了我,叫我看到另外一种景象。但是这个妖精也未免太实在了。在我伺候您的这段日子里,我不断挨耳光,打得鼻青脸肿,浑身酸痛。如果说这都是魔术引起的幻觉,那这种魔术弄得我伤痕累累,未免也太真实了。我看这位魔法师的心肠太狠了点儿。他的幻术同现实实在没有什么区别。"

"是这样的,我的孩子。"骑士语气严肃地说,"现实同梦想是很难区别的。因为所有的现实过去都曾经是梦想,而每个梦想又都在努力使自己成为现实。信仰的创造力制造了现实,而现实如果没有梦想伴随的话,就只是平凡的人生,终归要在沙漠里枯干、死去。它不过是一粒无法发芽的种子而已。

"你问我为什么在生活中从来没有幻灭感,为什么总是渴望新的行动吗?

这是因为在我的灵魂深处永远翻腾着一股股烈火的河流,我的眼睛永远在眺望遥远的世界,一些新地。那些地方四周激荡着狂流,从没有踏过人的足迹。

"我的耳边鸣响着低沉的乐调,我的灵魂沉醉在天国的幸福里。——看呀!那个远方世界又在召唤我去行动啦!它使我充满力量和坚毅的决心,我决不犹豫、踟蹰。

"我们这些骑士永远为内心的渴求激励着,要奔赴远方去追寻遥远的目标。要是造物主没有创造我们这一阶层,人生早就霉朽,现实世界也早就分崩离析了。田地不会再生产谷物,整个地球将成为一片沙漠,人类连仅存的一点儿希望也会失掉。

"是我们这些人,心中总是孕育着一些新种子。半熄的微弱火种也是靠着我们煽动才又熊熊燃烧起来。

"倘若有一天,产生我们这一高贵种族的幼芽被人割掉,那么时间就要走到尽头,世界会成为一片颗粒无收的荒原,而生命也就在萌芽中夭折了。"

第二天早上他们走进群山里。骑士发现一些奇异的足迹,便追踪下去。而胖仆人却捡到一个旅行提包,包里装着不少杜卡特金币。

他们就这样整整走了一天,直到暮色渐渐降下,西边的山峰被落日涂上一抹红辉。黑夜悄然降临,繁星满天,整个世界好像变成一个美丽的童话。

骑士坐在一块岩石上,陷入沉思里,眼睛追随着充满宇宙的星光。胖子也没有睡,他正躺在外套上思索主人的种种行为。

"我必须承认,我的主人真有点儿古怪。我服侍他的日子越长,越难了解他。有时候他讲的话非常深奥,像一本经书,字字有千钧之重。有时候他蠢得像头牛,净想做一些连孩子也不好意思做的事。

"有时候我听他的话很有道理,像人们去教堂祈祷必须念一声阿门一样。这时候我也就差不多可以用他的目光观看这个世界了。可是另外有些时候他说的话我觉得都是胡编乱造,倒像是魔鬼为了骗人说的鬼话。

"他答应要带我去一个什么仙岛,我只希望这个岛不像他说的许多别的东西那样,最终也只是海底捞月罢了。我常常问我自己,为什么我一直跟着他。因为他把我从我的旧世界里拽了出来,虽然我看得清清楚楚,他做的都是一些蠢事。

"但是我还是觉得,别人谁也不能给我创造出这么一个仙岛来,我自己更是没有这种本领。事实是,是他首先给我摆好饭桌我才能够饱餐一顿的。我之所以能活在世上是因为他给了我生命。要是没有他,我是很难支撑下去的。

"他是个傻瓜,这我一眼就看得出来。但是他干的傻事却在精神上养育了我,而且肯定没有叫我倒胃口。所以我要为他祈祷。愿上帝赐福给那些对我们没有坏处的傻事,愿上帝赐福给这位愁容满面的骑士吧!"

就这样他们不停地漫游,走遍天涯海角,一路遭遇无数风险,直到逐渐步入迟暮之年。这时他们走到一个处所,横亘在他们面前的是一片沙漠。

"您真的要走进这个沙漠吗?"胖仆人感到心里一阵发紧,向主人说,"唉,您干的蠢事可真是没有边儿啦。直到现在,我日日夜夜地跟着您跑,像是您的影子。现在我已经受够了。现在咱们可得分道扬镳了!

"再见啦!您要是不想改变主意,只能自己承担后果了——死神正在那边向您招手。长久以来,他一直愚弄您,在您眼睛前边展示一些魔幻的仙境,叫您丧失理智,现在您连一点儿脑子也没有了。"

骑士没有听从胖仆人的劝阻,眼睛却热切地凝视着远方。就在这个时候,他的仆人已经把毛驴掉过头来,嘚嘚嘚地慢慢朝着他的旧世界走回去了。

这个胖子还活了很多很多年;他觉得现在自己已经是自己的主人了,同时他也认为自己越活越聪明了。他用自己的精子又制造出一群后代,每个人都懂得不失时机地为自己寻求幸福,一个个吃得脑满肠肥。

但是这些人却从来没有梦想过那个星光闪烁的国土,那个在远方海洋中无比灿烂的小岛。钱包成了他们灵魂高踞的宝座,也是他们用以衡量人品高低的尺度。钱包空了,一个人也就分文不值了。这也难怪,因为上帝先创造了钱包,其次才创造人。

骑士却奋力向沙漠走去。他的坐骑这时几乎连骑士枯瘦的身体也承受不住。——时间逼近了,路程快要走完了。

天空是灰暗的,大漠苍茫。

棕色的沙碛上匍匐着一座黝黑的大理石斯芬克司,眼睛凝视着荒寂的远方国土。

它的目光里既没有恨,也没有爱,幽深迷离,仿佛浸沉在酣梦中。冷傲的嘴唇缄默无言,唇边浮现着一丝永恒沉默的微笑。

骑士紧紧盯住斯芬克司的眼睛望着。——这又是一次冒险,他那苍白无力的嘴唇喃喃说。

最后一次了,远方有人轻轻说。骑士无言地倒在荒漠的沙堆上。

《堂吉诃德》插画。为法国插画家保罗·古斯塔夫·多雷（Gustave Doré,1832—1883）所画。

第五条路

　　这座古老的修道院远离尘嚣,不受外界干扰,终日静卧在深沉的宁静里。生活在这里仿佛遵循着自己的轨道,尽管世界上时代风暴纷纷扬扬,却与它无关。

　　古旧的院墙浸沉在平静的沉思中,每一块建筑石块都散发着平和的气息;尘世喧阗无法惊扰石块的酣梦。修道院院墙后面是一个一切都已忘却的世界。很多人头脑总被痛苦炙烤,心灵默默无言地淌着血,在这座修道院里却觅得了平和的心境。

　　这里生活日复一日地重复着一个寂静的圈子。这种生活虽然需要服从一些礼规,却具有自己的活动节拍。

　　太阳已经斜落到地平线上,夜幕逐渐笼盖住田野大地。修道院的老花园进入了梦乡。寂静轻轻穿过花丛。但在一股清风拂动着树叶的时候,却响起一阵宛如从远方飘来的管风琴声,在人们的灵魂中唤起颤动的和声。

　　僧侣们默默穿过古老的过道,嘴唇翕动,正在一边走一边默念祈祷词。他们是从心坎深处祷念的,希望自己的祷告能够直达上帝的宝座。

　　从狭窄的窗外照射进黄昏时分一缕柔和的阳光,把教堂内部照亮。教堂里安置着的各种物件,一石一木,好像都藏匿着被符咒禁锢住的灵魂。如今被阳光一照,这些事物的灵魂都复活了。

　　彩色玻璃窗把五色光辉投掷到石头雕像上;石像目光严肃地注视着像被魔术催动的闪闪发光的眼前景象。冰冷的石头已经从酣睡中醒过来,似乎感到疼痛正轻轻颤抖,但是不久,痛苦就被幸福的喜悦代替了。

　　高高挂在圣坛上的救世主的圣像轻轻摇摆着,被钉在十字架上正为巨大痛苦折磨着的肉身气喘吁吁。窗外射进来的黄中带绿的阳光正好照着他的一张惨白的脸,脸上显露出灵魂忍受的剧痛。

　　暗淡无神的眼睛有所祈求地抬起来向前望着,这是他临死前最后的一瞥,好像已经寻找到对剧烈痛苦的解脱。额头布满血珠,这是荆棘冠刺入头皮从伤口中流下来的殷殷鲜血。

　　尘世的人个个心中都扎着痛苦的尖刺,他的目光就是所有世界痛苦的凝聚点。

毫无血色的身躯在死前颤抖着,默无一言地忍受着痛苦煎熬走向永恒。死亡的阴影正轻轻落在他身上。

圣坛右边立着一座圣母像。她那温柔的目光向地面俯视着。左手拿着一条棕榈枝,右手前伸,为人赐福,仿佛她对人间所有烦恼都感到怜悯似的。

一个年轻僧侣正跪在圣母像前边,脖子低垂到地面上,像是不堪压在头上的沉重的罪孽。啜泣使他的身体不停抽搐,嘴里断断续续迸出一串低沉的声音,他正在极其虔诚地进行祈祷:

"啊,玛利亚,慈悲的圣母啊!我的痛苦在灵魂深处向您呼喊,我身上所有伤口在您面前淌血。请您怜悯我这个身负重罪跪在您神圣足前的奴隶,解脱我的痛苦吧!

"自从我走进这寂静的院墙,把灵魂奉献给上帝的事业以后,我就得到了我心灵久已渴望获得的平静。我听到了竖琴在我心中奏出美妙的音响,我的灵魂在一片灿烂光辉中浮游,奔向永恒。

"啊,我获得的宁静来自天国,它像一剂止痛的香膏抚慰着我的心灵,叫我认识了上帝的光荣。

"我的精神全部投入到上帝的工作里面。他的智慧泉水从一千个源泉涌出浇灌着我。我在每一粒尘埃中都感觉到他的呼吸,田野上每一根摇摆着的草茎都使我心中充满幸福的狂喜,向我启示了造物主的伟大。他的精神从每一朵小花中跟我讲话。我在雷声轰鸣中听见了他的声音,在闪电和暴风雨中见到了他的力量。

"当夜幕降落到大地和海洋上的时候,千万颗星星高悬在天宇上的时候,我就感觉到造物主的圣体近在身边。整个世界在我眼中就是一本充满上帝创造万物的智慧大书。

"夜晚,我静静地坐在我的小屋里,我的精神开始沉思默想上帝的伟大创造,这时我就觉得内心变得明净透彻。我知道他的精神正在我的灵魂中燃烧,我的被禁锢住的舌头似乎也可以任意表达我的心思了。

"我怀着一颗最虔诚的心倾听着他的教导,发现自己好像要鼓动翅膀升腾起来。我的血液里有他的创造意志在跳动,从内心深处激越出某种东西,意欲成形,使自己表现出来。

"然而,我的世界却一下子崩溃了。每一样东西在我眼前都以两种形体出现。一股黑暗势力在我的灵魂中蠢动着,扰乱了我虔诚的信心,引导我的思想走上通往禁区之路,我的平和心境完全被破坏了。

"我心中本来充满虔诚的信念,自认为受着圣灵支配,现在却突然被另外一些影像弄得神志混乱。这些影像叫我看到通到另外一个世界的入口,这是一个我从未见过的世界。

"血红的罪恶披着猩红的袍子站在我面前,淫荡猥亵地诱惑着我的肉体。我可以感到她的充满情欲的热气。血液在我的脉络里快速流动,心在胸口里怦怦乱跳,炽烈的情焰燃烧着我的知觉官能。我的呼吸停止,眼睛冒火,灵魂因为热欲感到从来没有的饥渴。

"我的小屋空气非常郁闷、污浊,憋得我喘不过气来。我的几乎失聪的耳朵听到甜蜜蜜的声音,那么叫我迷醉,充满火辣辣的感情,有一种罪恶的美。罪恶的火焰从一千个喷火口里射出来,集成一道道火流浇灌到我心里。我的心在从未品味的欢乐里颤抖着。

"不久以后这一切又像梦境一样悄然消失了,展现在我眼前的仍然是一个清清白白的世界。只不过我的肢体却变得铅一样沉重,头脑空空荡荡,就像一夜酩酊大醉之后一样。我的思想一点点回到脑子里,但仍然像包在一层浓雾里,像一团乱麻。记忆逐渐恢复,一切困厄都已消失到幽暗深处了。

"这以后我又感到我的胸膛里有了上帝的气息,我的眼睛看见天堂重又开启,耳朵里又响起了天使们合唱的妙音。我的心一下子变得非常轻盈,像云雀般直冲霄汉,它正在欢唱上帝的荣光。

"一切事物存在的根源我似乎都已了如指掌。我的思想又重新沉溺在圣书中,从书中汲取力量抗拒引诱者对我施展的狡计。

"然而当我的精神已经达到快乐顶峰,神圣的思想使我心旷神怡,几乎步入欣喜若狂的境界的时候,我的心上又罩上一个暗影,我看到的每件事物又换上了另外一种装束。

"好像是,书中一行行文字中间都有蛇在爬动,每句话都表现出新的意义。对我说来,这是一个不祥的启示。我抵拒不住那一邪恶势力了。它是从我灵魂最隐秘的暗处闪现出来的,它用魔幻的绳索把我的心捆住了。

"在我注视悬在椅边高墙上的耶稣受难像的时候,我看见了一个鬼魂向我狞笑。他是从地狱中逃出来跑到我这里来的。

"每一幅圣像上都出现一张狞笑的鬼脸,每一个墙角都有一股阴森冷气向我扑来。群魔在我的斗室里乱舞,直到我感到一阵晕眩,失去知觉。

"景象突然间又变换了。我听见温柔的乐音向我传来,轻轻潜入我的灵魂,爱抚着我,引诱我去做一些违禁的事。我的小屋里充满玫瑰花花香,叫我的血液越来越热地在体内流动。杂乱的声音从幽暗处嘈嘈杂杂传出来,震得厚重的墙壁不停抖动。

"于是圣徒们的衣服都从身体上滑落,赤裸的身体在情欲中扭曲、跳跃。洪水泛着泡沫从地底深处涌上来,整个世界在淫欲的潮水中翻滚、痉挛。我的房间变成了维纳斯山,我的眼睛看到种种无耻淫乱的图画。

"我鼓起最后一点儿力量,向上帝呼叫,要他把我从最深的苦难中救出来。但是从我嘴里迸出来的都是可怕的诅咒。我的咒骂声响彻整个寂静的厅堂。

"图片在我眼前团团旋转,越转越快,最后我什么也分辨不清了。我在我的自我面前索索发抖;我觉得这个自我对我非常陌生,无法了解,好像与我毫不相关似的。

"我的思想乱成一团,也开始疯狂地打起转来。颠来倒去,分不清什么在上,什么朝下。最后洪水不断上涨,终于冲溃堤坝,泛滥成一片汪洋。

"善与恶搅混到一起,卷进一个大旋涡里。美德无耻地同邪恶结成配偶;我以为上帝所在的地方,却露出恶魔的笑脸。把洪水分隔的一层空间①到哪里去了?上帝的天国和魔鬼的领地该怎样分开呢?

"我没有任何东西可以攀附,只能随着旋涡打转,汹涌的激流把我推向无边无际的大海。我像是一根稻草,随着浪涛浮沉,一点儿也不知道身下面是多么深的海底——

"我脑子里杂乱的思想旋转起伏:罪恶穿着道德的纯洁的外衣,维纳斯女士大胆拥抱着救世主。上帝和魔鬼搂抱着翩翩起舞,圣徒们在旁边为他们弹奏琉特琴。

"我的心境已经迷乱,觉得身体里面好像有两个灵魂,一个拉着我飞向天国,另一个揪住我要把我拖向地狱。

"玛利亚,慈悲的圣母啊!请听听我灵魂的痛苦泣诉吧!请赐还给我我

---

① 见《圣经·旧约·创世记》第一章:"上帝说,诸水之间要有空气,将水分为上下。上帝就造出空气,将空气以下的水、空气以上的水分开了。事情就这样成了。"

的心境平和！解除腐蚀我身心的罪恶的毒汁，让我的灵魂重新升腾起来，沐浴在上帝的荣光里吧！"

玻璃窗上彩色光辉已经消失，教堂被黑暗笼罩住，只有圣母像上还有一抹微弱的光线轻轻抖动着。

年轻的僧侣在深沉的痛苦中站起身，伸出两臂热切地祈求着。他的一张年轻的脸因为悲戚几乎变了形，眼睛寻找慈悲圣母的目光，想知道自己的不幸是否已经得到她的怜悯。

这时候圣母像突然闪动着神秘的光辉，圣母仿佛已经变活，眼睛温柔地俯视着，右手轻轻垂下为他赐福。

"得救了。"他口中迸出这一欢乐的字。他的昏暗的眼睛变得清澈了，灵魂中一切僵滞的感觉开始融化了。闭塞着他的墙壁，狭小的世界消失了。他觉得自己被万丈光辉包围起来，听到了永恒的宁静呼吸声。

修道院里的生活按照常规运转着。院墙里一片宁静，渗透每个修道士的心灵。没有一丝不和谐破坏这里的平和气氛。年轻的僧侣觉得自己又已经获得新生。压迫着他、想把他拖进深渊去的符咒已经解除，使他心旌摇摇、不断诱惑他投入情欲烈火中的魔法也失效了。

他以极其虔敬的心把自己奉献给上帝的事业，比其他任何教士都更快乐。同院的修道士不仅对他非常亲切，而且怀着某种崇敬，因为他们都看得很清楚，他们这位伙伴得到了上帝的特殊恩宠。

岁月就在这种祥和平静中一年年过去了，外界的喧嚣忙乱丝毫也不影响修道院中和缓的步伐。我们这位年轻僧侣永远浸沉在上帝的教导中，根本不去注意悠悠流逝的时光。

有一天修道院院长对他说，修道院决定委派他照管院中的全部宝物。这些珍贵物品藏放在一间牢固的屋子里，是修道院引以为荣的圣物。

院长神情庄严地把他领到存放圣物的地方，一件件珍品都锁在一只古旧的大箱子里。那里有救世主被钉死在上面的十字架的碎片，有为自己信仰而英勇殉道的圣徒们的遗骨，此外还有上百件零星散乱的圣物，每一件都能够打动虔信者的心，叫他们接受信仰的奇迹。

院长把这些宝物一一指给年轻僧侣看过,给他解释了这些遗物具有何等神力,之后就把他带到一个半藏在壁龛阴影中的圣物箱前面。

"这个圣物箱里,"院长神色严肃地对他说,"装的是长生不老药,这是撒旦在地狱里亲手制造的。撒旦本来是为圣安东尼准备的,他打算用个圈套引诱这位圣徒。可是靠着圣恩庇护,圣安东尼没有受撒旦诱惑。圣徒归天以后,这瓶药水不知通过什么途径落到这座寺院里来了。

"我的儿子,这一小瓶药现在也由你保管。你要注意,不要叫任何带着邪念的人触动这只药瓶。谁的血液里一沾上这种魔鬼的饮料,他就要受制于邪恶势力,就要永远沉沦了。"

老院长默默打开锁住圣物箱的一把旧锁,从里面拿出来一个小匣子,匣子里嵌着层层衬里,中间四平八稳地放着一只小瓶。院长刚刚打开木匣,整个屋子就弥漫着一股淡淡的香气,令人的心智和感官醺然欲醉。

青年人自己也不知道为什么会这样,在院长急忙把瓶子放回木匣以前,他像中了魔似的目光始终离不开这只玻璃瓶。他偷偷地尽情吸着留在老屋中的一些余香。从前他不是也这样被陶醉过吗?他的知觉被一种香气迷乱,可那是在什么地方呢?

他悚然一惊,心中突然有一种轻微的不祥之感。这是一度弥漫在他小屋里的那种芬芳的气味,是玫瑰花在夜里散发的使他神志迷醉的香气。

院长继续说了一些什么,他像在梦中一样听着院长的低微话语声。——沉重的门在他身后关上了。使他如痴如醉的魔法消解了。他连忙伸出手拿过来院长交给他的钥匙,放在自己粗布衣的尽里面。

日子仍然照老样子一天天过去,但在夜里,当他坐在自己的小屋子里潜心阅读圣书的时候,他就又感觉到那次闻到的幽香挑逗着他的感官。是不是花园里正在盛开的玫瑰把它的花香从窗外阵阵送进屋子里来呢?

他的桌子上摊开着一本古书,油灯惨淡的光辉照在书上。他想集中精力读懂书中的字句,却一点儿也看不进去,因为一阵阵袭来的香气使他无法平静下来。他觉得自己正被一种奇怪的物质包围着,好像有无数细线把自己捆绑起来似的。

这时他看见墙上出现了一个淡淡的影子,俯身到他的书本上。他惶惑不安地环顾了一下自己的窄小房间。他听见一个声音清清楚楚地对他说:

"你还迟疑什么?钥匙就拿在你自己手里。把那个装满药酒的小瓶子喝光,你的本性就会清清楚楚显露在你的心灵前面,你的身体会产生神奇的魔力。你的精神会生出强健的羽翼,在异国他乡的高空上自由翱翔。"

他跪倒在十字架前面,从内心深处倾吐出一连串祷告,祈求上帝在他遭遇重大灾厄时庇护他。

"耶稣啊,求你对我这个可怜的罪人发发善心吧!请保护我不要叫我受这些新痛苦折磨吧!这种邪恶势力用狡计把我的灵魂捕捉住,想把我投进恐怖的地狱里去,请你保护我不要受他伤害吧!"

他战战兢兢祷告了一整夜,脑子里想象出一百种惩罚自己的酷刑,直到耗尽最后一点力气,疲惫不堪地闭上眼睛。

到了白天,夜里发生的这一切叫他觉得只是一场梦。但是第二天晚上,夜幕降临以后,同前一夜相同的一场令人毛骨悚然的戏剧又一次上演了。窗户开着,从窗外飘进屋里一股甜腻腻的香味,昨天他听到的那个声音又开始诱惑他:

"你这个傻瓜,别错过当前这个时机了!命运交到你手里的是从来没有人得到过的东西。不要叫这个机会白白溜过去。你要是把它失掉了就永远永远追不回来了。"

就这样,这个声音每天都高声引诱他。他觉得自己的抵抗力量逐渐消失。到了第七天夜里,他不再抗拒了,一头冲出屋子,气喘吁吁地跑过通道,向那个命运正在等候他的地方奔去。

他一把推开了窄门,把油灯放在古老的木匣上,便开始用两手紧紧按住胸口。他的心跳得厉害,胸口好像受了伤,一阵阵感到剧痛。这以后他像个疯子似的把匣子打开,一把握住匣子里那剥夺了他灵魂宁静的稀有宝物。

一股冰冷的寒气贯穿全身,叫他索索发抖。他觉得全身的血液都已停止流动。——他一言不发地紧紧把小药瓶攥在手里,一股甜香叫他的神经感到麻酥酥的,他浑身颤动着打开酒瓶瓶塞,看到蓝色火星从瓶颈里迸出来。接着他就把瓶口匆忙放在唇边,贪婪地大口喝着瓶内的甜甜的药水。他感到药水像火似的在自己血管里流着。

这时候远方有一个声音传进他的耳朵里:"事情结束了!你这是咎由自取!"

他急急忙忙把木匣放回圣物箱里,三步并作两步地冲出这间屋子。

这座古老的教堂伫立在一片灿烂光辉里;低沉的管风琴声响彻这一圣地。全教区的信徒这时都聚集在教堂里领受上帝的祝福。沉重的琴声在人们心中回响着,把他们从尘世苦难中解放出来,领着他们的精神升上光辉的高空。

过了一会儿,音乐声逐渐消逝,只剩下最后一点余音在空中震荡。在一片庄严肃穆的沉寂中,年轻的僧侣登上了圣坛。他的一张白白净净的面孔好像是用大理石雕刻出来的,棱角分明,有如出自艺术大师之手。只有幽深的眼睛射出一道红光,仿佛他的内心里正燃烧着烈火。

他站在圣坛上,沉默了片刻,似乎想用自己的目光把站在下面的人群镇住。他的眼神深深钻进每人心坎;所有被他盯视的人都有些畏惧地垂下眼睛;他们似乎都感到僧侣正在审视隐藏在他们头脑里的东西。

他开口讲话了,声音像洪钟似的嗡鸣着,每个字都热切地敲击着人们的耳鼓。他使用的语言非常奇特,每个字好像都暗藏着某种意义。他的话语闪动着五颜六色的光芒,一句句话连在一起,就成为一座富丽堂皇的华美大厦。

他的思想像是四处喷射的烟花火束,升起以后噼噼啪啪地分裂成千万个耀眼的火花,然后又成为一阵流星雨落在地上。每个字都有自己的生命,同别的字合并到一起团团旋转,产生出一曲辉煌的交响乐。过了一会儿,它又独自飞舞起来,在思想的火焰里闪辉发光。

教堂里弥漫着一股幽香;这香气麻醉着信徒们的感官,唤醒他们内心深处的奇异感情。

所有的信徒都像喝醉了酒似的痴痴呆呆地坐着。从年轻僧侣口中迸出的每一个字都对他们施展了魔力,叫他们身体微微颤抖着左摇右晃。

年轻僧侣同样也被自己的讲话震慑住。他惊呆了,纹丝不动地站在圣坛上。他说的话在自己耳鼓中鸣响,仿佛出自一个陌生人之口。他觉得自己像在做梦,怀疑当前的环境是否真实。

"是谁在讲话?"他在心里自己问自己,"说话的不是我,是另外一个人在我身体里讲演。我可没想到居然会发生这样的事。我这样夸夸其谈真叫我感到吃惊,也是别人在为我打腹稿。"

他把嗓门提高到最高声度,叫自己的声音在整个教堂回荡,发生一种铿铿锵锵的共鸣。他用这种声调引诱人们梦想一些他们闻所未闻的事物。最后,他从心坎深处发出一声欢乐的呼喊,又叹了一口气,声音不大却感人心弦地叹了一口气,就结束了他的演讲。一切复归平静;最后一点话音在空中消失。

信徒们如醉如痴地坐在原处,仍然目不转睛地望着圣坛,虽然这时候刚才那位僧侣早已不在那里了。

他自己也不知道发生了一件什么事。他的耳朵里仍然萦绕着那一陌生的语声。那些话语连接成一幅华美的画面,它们表达的思想散发着幽香。那是从那天夜里他把那只小瓶放在嘴唇上的时候瓶子里放出的香气。现在这股香气已经浸入他的血液里,不仅他说的每句话都带着这股香味,而且还从他的思想里射出蓝色火星。

他失去了时间概念,只是自己的独特世界的负载者。

一个信息在城市和乡村流传着:这个国家又出现了一个先知。人们从四面八方聚集到这里,想听他亲口布道。教堂实在容纳不了这么多人。

他的盛誉传遍四方,一下子他就把人们的心抓住,带领他们走向一片新土。

只有老院长没有被他打动。年轻人的火热词句他听了毫不动心。他猜想到这里发生了一件可怕的事。他祈求上帝赐给光明,叫他能够防止撒旦用诡计在这里制造的灾难。

于是有一天他把那个年轻修道士叫到跟前,面带戚容地对他说:

"我的儿子,邪恶已经把你的心抓在手里了,他要把你同上帝的精神隔离开。你在布道时讲的那些话我听着也像是奇迹,但是从你口中传出来的并不是上帝的声音。是撒旦施展诡计,才叫你巧舌如簧。黑暗的势力已经把你包围起来,引诱你栽进去的陷阱口越张越大。

"你的被诱惑者执迷不悟,我的软弱无力的语言对你无能为力。只有上帝才能挽救你,他可以宽恕你的灵魂。你的命运掌握在上帝强有力的手中,只有他能够祛除你受的诅咒,把你的心从撒旦的诡计中拯救出来。

"你的布道迷惑了一些没有判断力的人,但在这个地方却惹起祸端。它扰乱了一向笼罩着这里的平和,播下罪恶的种子。所以你不能再在这个地方待下去了。

"你只能从外面得到解救。我还没有完全失去希望。现在我要你到罗马去,办理一件秘密的任务。这是上帝的意旨要我交你去办的。

"不要错过你得到的这个机会,利用它重新找到返回上帝身边的路吧。等到忏悔把你的心灵洗净以后,你再回到修道院来,我会怀着慈父的心迎接你的。

"我的心灵一路陪伴着你。愿上帝保佑你!——快去做长途远行的准备吧,因为明天日出以前,修道院的大门就要在你后边关闭上了。"

朝阳在东方天空上抛洒出一片红光,一直包覆着万物的昏暗逐渐退去。小草上沾满新鲜露珠。每根树枝上都有鸟儿在啁啾鸣叫。野草在溪流岸边摇曳。水磨的磨轮发出咿咿呀呀的声音。这个世界真是美得出奇!

年轻的僧侣健步走在路上,如痴如醉地欣赏着展现在眼前的美景。修道院的院墙早已被他抛掷到脑后,面前是无限辽阔的新天地。在修道院的时候他像生活在狱墙后面。精神受到禁锢,健飞的翅膀被剪掉羽毛。如今修道院的猥琐卑微的生活已成为过去,他终于能像雄鹰一样展开翅膀在长空飞翔,尽情发挥个人的力量了。

他觉得自己好像已经离开修道院很多年了。过去那段生活被蒙上了一层朦胧面纱。逝去的一切都如同发生在雾中,现在就是想再回忆当时的经历也不那么容易了。

他就这样日复一日地赶路,一直走了几个星期。有一天他突然发现自己不知不觉走进一个密林里。这时候天已经很晚,但是他仍然没有走到一个落脚的地方。后来他连脚下的小径也找不到,只好信步往前走,尽力在矮树丛中开辟出一条路来。

突然,面前出现了一条深谷,挡住他的去路。这里老树一株株地紧紧挨在一起,树干高耸,枝叶繁密,仅有一点微光从上面透下来。

一道激流从高崖上倾泻到下面的峡谷,落到巉峻的岩石上溅出白色浪花,脚下地面上覆盖着一层青苔。这里那里,长着一圈圈五颜六色的蘑菇。他觉得自己好像走进一个童话世界里,心中产生出强烈愿望,像做梦似的把目光投向面前的深谷。

这时他看见一个身穿猎装的人仰面躺在峡谷旁边,手脚摊开,在昏暗的光线里酣睡,一副无忧无虑的样子。

他仔细打量了一下这个睡觉的人的面容,心中突然有一种奇怪的感觉。他觉得这个面容他从前曾经看见过。他站在那里思索着,却什么也没有想出来。过了一会儿,他脑子里突然出现了这样一个念头:

"要是我自己就是这个猎人会怎样呢?我认为我当猎人比在修道院修行更有才干。"

但是这个想法刚刚在他脑子里冒头,他的心就怦怦跳起来,某种邪恶的魔力在血液中沸腾,眼睛喷射出激情的烈火,红色的阴影一闪一闪地从心坎底下升起来。

这时不知从哪里来的一种力量抓住了他的胳臂,叫他疯狂地把酣睡的猎人一推,一下子把那个人推到下面深谷里去。一声沉闷的叫喊声令人毛骨悚然地从谷底传上来,接着是一片寂静,好像刚才发生的事只不过是一个梦境。

他心情迷乱地向谷底望了一会儿,自己也不明白做了什么事。他听见耳边嘻嘻的笑声,一个人兴高采烈地对他说:

"你这身僧侣装束对你再适合不过了。穿上这身僧袍你连魔鬼也骗得过。刚才你干得可真漂亮,高贵的先生!要是叫你的情人看到她不发疯才怪!"

年轻人半睡半醒地把目光转过去,看到眼前站着一个小伙子,样子像是个不守本分的小听差。这个人正在捧腹大笑,笑得直流眼泪,倒好像叫魔鬼附了体似的。

"一个修道士!一个年轻和尚!真像书里面说的那样!像是刚从修道院里跑出来的。这可太有趣了。你真有本领,干出这么一件漂亮的事来!——但是现在咱们得活动活动了,因为要到城堡去还有一段路要走呢。"

年轻僧侣一点儿也不懂那个人在说什么,但是他只是笑了笑,仿佛对方说的他完全了解似的。他脑子里的各种思想却颠三倒四转个不停,像是一团乱麻。他看到的完全不是现实情景。

当他跟着那个样子像仆役的人走出森林的时候,太阳已经在地平线上涂上一抹红霞了。他看见一座城堡高踞在陡峭的山峰上,俯瞰着风景如画的峡谷。

"我现在得向你告辞了,"模样像仆役的人向他眨了眨眼说,"要是叫他们看见你同我在一起,你的那身僧侣的长袍对你也就没有用处了。——再见吧!祝你走邪运!"

把僧侣送来的人转身消失到森林里去,僧侣沿着一条险峻的小路向山上走去,最后走到城堡的大门口。城堡的主人热情地把他迎进去,好像早已盼望着他到来似的。

主人同僧侣谈起自己儿子。他的儿子精神不很正常,这叫老人非常痛苦。命运对他非常苛刻,但他并没有完全失去希望。他认为这位僧侣会解除他的苦难,靠上帝恩佑,治好儿子精神上的病症。

在伯爵向僧侣倾诉自己苦恼的时候,伯爵夫人的火辣辣的眼神却一直在这个年轻人身上转来转去,弄得他激情喷涌,全身燃起了一把烈火。

当夜幕把城堡笼罩在黑暗中,所有的人都安歇以后,伯爵夫人溜进了年轻僧侣的住房,怀着炽烈的热情把他抱在怀里。他觉得那女人火辣辣的亲吻正把自己熔化,身上的血液正被那女人吸干。

撒旦就附体在这个妇人身上,无法满足的情欲叫她胡乱哼着呓语。赤裸的身体像害了寒热病似的不住抖动。她像发疯似的抓挠年轻人的身体,像个因饥渴而快要死的人那样咯咯地喘着气。

不久他就觉得自己的脑子里也烧起了一把火,血液里起了一场近乎疯狂的红色风暴。他看见那女人眼睛里射出罪恶之光,听见她嘴唇抖动着嗞嗞地说:

"最高的幸福就是犯罪。你以僧侣的身份出现在我面前更增加了我的情欲,叫我享受到高不可攀的欢乐。"

这一夜就在放纵狂欢中度过了。直到东方露出灰色曙光,为了不叫别人发现,她才头晕目眩地从他怀抱里挣脱开,离开他的卧室。

日子像在做梦一样一天天过去,每天夜里两人都疯狂寻乐。最初,年轻僧侣从这双人游戏中感受到极大乐趣,但后来他就觉得直到现在一直被拘禁着的一个自我逐渐从禁地里露出头来。当自我迎面注视着他的时候,他心中开始产生了神秘的恐怖感,浑身冰冷,胸口因为畏惧而抽缩起来。

"我是谁?"他惶惑不安地自己问自己,"是那个在这里沉溺于罪恶中的僧侣吗?是那个葬身峡谷尸体正在腐烂的猎人吗?——我的眼睛前面又跳出另一个我,占据住僧侣的躯体纵情淫乱。但是在这个'我'的身影清晰地显现在我的灵魂之前,他又改变了形象,换成另外一个人。就这样,两个形象疯狂地旋转,直到再也分辨不出到底谁是谁来了。

"我感到一阵头晕,迷迷糊糊地什么也辨别不清。僧侣一天一天地变得越来越陌生,但是他却一直拖着我的灵魂,用一千根链条把我紧紧锁住。

"这样的处境我实在无法忍受了。我必须弄清楚自己到底是什么人。只有这样,我才能把自己的痛苦同陌生者的罪恶分开。

"不要性急嘛!我好像逐渐弄清楚了。是那个女人把我的心智迷惑住,叫我干出了这个疯狂勾当。我的自我——真正的我消失在她的淫乱里,就像一块蜡销镕在炉火里似的。

"我的脑子里暗暗产生了一个想法:是这个女人把你弄得团团转,叫你逐渐失去理智的。你要是还想认清自己的真实面目,就必须打烂这条毒蛇的脑袋!"

他的眼睛前面出现了一片血色红光,血管里沸腾着杀人的狂热。现在他知道是谁迷惑住他的心窍了。

这天夜里,就在两人正沉醉在销骨熔肌的欢乐中的当儿,他用手扼住了那个女人的喉咙,直到她气息全无地瘫倒在床上。

他开始在静夜里高声大叫,让自己的喊声传遍空旷的回廊——"杀人啦!杀人啦!"整个城堡中回荡着这一可怕的叫喊。当所有的人都被震骇住没能行动的时候,杀人犯趁机溜出城门,潜入到大森林里。

他把身上的粗布僧侣长袍藏在树林里,换上一身世俗人的衣服,从此就以平民身份开始在世界各处游荡。他逐渐觉得,随着装束改换,他也换了一个新的灵魂,虽然他的新灵魂并未能叫他得到平和的心境。

那天夜里他把那个女人掐死的时候,他本以为自己已经制服了使他灵魂分裂的敌人。但结果谋杀并没有把邪恶势力驱走。他本想了解清楚自己,现在自我却变得越来越无法捉摸了。

当他远离人寰,独自躺在床上辗转反侧无法成眠的时候,他就任凭自己的精神飘游,浮想联翩。每到这个时候,他总觉得自己很快就要疯狂了。

"我的自我在什么地方?谁能帮助我探索我深处的存在?——我觉得自己脑子里的几个脑室像是一座监狱中紧密相连的若干囚房,每间囚房里住着一个发疯的鬼魂。这些魔鬼潜伏在里面酝酿着种种邪恶的想法,阴沉地、幽暗地蠢蠢欲动。

"当它们在寂静的囚房里成熟以后,就形成了色欲的概念,这时某种黑暗势力就把囚禁它们的大门打开了。它们红着眼睛,号叫着冲到过道上来。它们的呼吸把一个人的心灵烧得火热。它们一边乱跳,一边咆哮,砰砰地敲打墙壁。与此同时我听见铁锁链哗啦啦的响声,那被锁禁的疯狂在移动身子。

"我的自我究竟在哪里?谁能替我解开这个谜?——智者们对我们的天性已经谈了很多,他们留给我们的一句名言是:认识你自己!——但是他们的智慧只是丑角戴的系着小铃铛的帽子;听着叮当乱响,煞有介事,实际上只是一文不值的骗人的废话。

"哼,认识你自己!我从哪儿着手认识我自己?我刚刚觉得把自我抓到手里,它就像块玻璃似的裂成八瓣。每一瓣都围绕着我来回飞舞,残酷无情地嘲弄我,对我龇牙咧嘴,吐着舌头。

"我常常觉得我的自我是隐藏在面具下边的。但在我像发疯似的把那个鬼脸扯下来的时候,下面却又露出来另外一张面具,对着我厚颜无耻地狞笑。我用尽力气把假面一张张撕掉,扯碎,连气也喘不过来了。到了最后,当我抓住最底层的假面时,我却觉得它已经同我的皮肉连在一起了。

"即使我把我的真面目揭下来,拿到手的仍然不过是一个面具。

"在别人脸上,我也总是看到自己的面貌,看到那些从我脑子里的囚房中跳出来的身影无耻地戏弄着我的感官。

"最严密的逻辑也捕捉不到那个幽灵,因为逻辑只能抓住外部的影子,它绝不能深入到事物的本质。

"认识自己是一个人睿智的表现——这句老话我不知听了多少次了。谁要是有自知之明,他就能主宰自己的命运!——这句话说来容易,可是只是一句空话。我听见铃铛嘲弄人似的响着,看见讲坛前边站着一个小丑,装腔作势地朗诵他那些愚蠢的格言。一个人的耳朵逐渐习惯了那些声响。当人们对这些事已经习惯之后,任何胡说八道就都成为至理名言了。

"我的可怜的自我啊,你永远是个影子!你也不过是个鬼影。一个丧失理性的人。你是一团鬼火,在沼泽上飞舞、诱惑、欺骗,要把我们拖进深渊。"

有一天,他走的这条路把他带到了一个城市,对他这样一个永远找不到平和心境的人来说,这个地方不知为什么有一种奇特的吸引力。他心中隐隐约约感觉到,这个城市同他有着千丝万缕的联系,虽然那联系到底是什么,他却说不清。

他无意中闯进一位侯爵的园林。他决定在这个地方随便走走,消愁解闷。一位美丽少女的身影吸引住他的目光,唤醒他心灵深处的模糊记忆。

他仿佛又看到修道院里的小礼拜堂,见到礼拜堂里的圣女罗萨莉的肖像。在过去的日子里这幅肖像不止一次把他迷住。他总把这张肖像看成一个有血有肉的人。在郁闷的夜晚,当他的感官燃起欲火的时候,这位圣女就像维纳斯女神一样出现在他跟前,用玫瑰花的链子敲打他的身体。

现在罗萨莉以真人的形体出现了,体貌同肖像一模一样。——他的心被点燃起来,身上每一根神经都神秘地牵引着他投向这个少女。

他的企慕很快就得到对方的回应。没过多久,少女心中就也有了他的影像。爱情的锁链就这样轻巧地打制起来了。

爱情使他的灵魂升腾到天堂。痛苦消失了,所有沉重的负担都从心上解除掉。整个世界变得无比晴朗,一轮新的太阳冉冉升起,射出灿烂光芒。

时光飞逝,不久就要举办婚礼了。他早已忘记了在修道院里立下的誓言:自己将一直过着修道士的生活,决不坠入爱情之网。

他在侯爵的宫堡里同他的新娘会了面,她正迫不及待地在那里等候着他。

突然间街头传来一片喧哗声,一辆马车载着重物向宫堡辚辚驶来。一对年轻恋人好奇地走到阳台上想看个究竟。他们看到房子前面停着一辆押送囚犯的马车,车上有一个僧侣被铁链紧紧缚住。穿着红色衣服的刽子手站在囚犯前面,看情况正在押送他到刑场去。

马车上的僧侣看到了新郎,脸色马上现出一副凶相,狰狞可畏,像个魔鬼。只见他阴沉的眼睛里射出疯狂的光亮,扯直嗓子沙哑地喊道:

"来吧,小兄弟,快从阳台上跳下来吧!嘻嘻!刽子手正等着你同他较量呢。谁要是能把对方干掉,谁就能当国王,就能用金杯痛饮活人的鲜血!"

囚犯的话叫他听了毛骨悚然,好像他已下了地狱。接着他就失去理智,叫疯狂把心抓住。他看见眼前出现了一片血海,看见无数鲜血淋漓的手从海里伸出来。

他抽出匕首,猛然刺进身旁爱人的心脏,接着就从阳台上一跃而下,挤过人群,走到囚车前边。在他的冰冷的刀锋下,刽子手命丧黄泉。这以后他迅速打开拴住僧侣的锁链。他一下子跳到路上,拼命奔跑,直到跑进大森林,连影子也见不到了。

他精疲力竭地瘫倒在地上,一动不动地躺着,倒好像落在死神手里似的。

这时一个鬼影扑到他身上,在他耳边咝咝地说:

"我现在就要永远跟你在一起了。我是你的第二个自我。你永远也不能解脱我。我要过你的生活,做你的梦,而且有一天还要死你的死!"

他疲惫不堪地站起身,拖着身子一步一步地继续走他的漫长的路。他走过遥远的土地,越过海洋,直到某一天看见最后的边境向他招手——

天空是灰暗的,大漠苍茫。

棕色的沙碛上匍匐着一座黝黑的大理石斯芬克司,眼睛凝视着荒寂的远方国土。

它的目光里既没有恨,也没有爱,幽深迷离,仿佛正浸沉在酣梦中。冷傲的嘴唇缄默无言,唇边浮现着一丝永恒沉默的微笑。

第五个流浪者看着斯芬克司的眼睛,但是他无法破解它的谜语。他一言不发地倒在荒漠上。

E. T. A. 霍夫曼（E. T. A. Hoffmann，1776—1822），德国浪漫主义作家，同时还是音乐家和画家。"第五条路"中青年僧侣的原型梅达尔都斯，是从他的一篇小说《魔鬼的万灵药水》（*Die Elixiere des Teufels*，1815）而来。

第六条路

　　没有人知道他是从什么地方来的,他自己对这件事也说不清楚。他常常有一种模糊的感觉,认为自己来自一个童话中的国土。在遥远的海洋中闪烁着一抹碧蓝,那是他的灵魂暗暗想望的地方。

　　他眼前出现了一个诗人居住的世界,一个被大海环绕着的梦之岛屿,那上面隐藏着一千种蓝色奇珍,只有虔信的人才能叩开那地方的大门。

　　召唤着他的是一片心灵的国土。那里,童话坐在鲜花宝座上,织出千万条神秘的线把宇宙缠裹起来。温和的空气里飘荡着婉约的乐曲声,唤起人们如梦的渴念。于是人们的心头漾起了种种思慕之情,又制造出更多的音乐。

　　这片土地跟其他地方不同,不存在把万千事物分隔开的障碍。就连石块也有语言,小溪能够讲话,花朵同星星也会表达思想。每一样东西都有明晰的精神驻在体内,可以欢快地显露在人们前面,向人们展示万物如何和谐地并存在宇宙内。

　　玫瑰花的芬芳同天上繁星不无联系;刮风和盛开的百合花也存在一定关系。宇宙整体反映在各个部分中,每个部分又从整体中显示出来。作为个人,可以在群体中寻找到自我,而通过群体又能展现个人的力量。

　　这片土地上已经没有了死亡,只有来临和离开,只有愉快的分别和重聚。每一块石头里都有物体的精神在活动,并在每个人的心中得到回响。

　　在幽深的岩穴里水晶灿灿发光,像一片五彩缤纷的大海。水晶的光辉投射到人们灵魂里就在他们心中燃起烈火般的神秘的激情,而这种激情又奇异地反映在他们精神上,让他们觉得凡是看到的事物都清澈透明,一眼就能看穿。

　　人们的思想也同水晶一样发射出灿烂、清纯的光辉,不被一丝云翳遮挡。意念有如蝴蝶,在似锦的繁花上飞舞,它们被花香迷醉,正从花叶里啜饮幸福的甘露。

　　现实是从梦境里诞生的,现实刚刚有了生命就又制造新梦。就这样梦同现实永远并存,并且互相渗透,融会贯通。

　　但是只有诗人才能住在这片国土上,对其他尘世上的人说,这个地方不是他们所能了解的。这是因为一般人总是被生活的需求束缚着,不得不从事各种劳役,因此,他们的精神就被日常事务占据住了。

可是在诗人叩击灵魂的门扉时,现实生活的束缚就轻松地解禁了。隐秘的琴弦开始弹奏,人的心灵也随之轻声回应,于是神秘的热望默默升腾起来,从心坎深处隐约传出一曲美妙歌声——

> 他在梦中看到了这片国土。现在他的梦境已为现实代替了,因为现实总是像遥远的家乡一样召唤着游子。于是他看到了痛苦,人们在默默忍受着苦难;他看见他们郁郁寡欢地过了一生,最后背负着深沉的悲痛走进坟墓,伤残的心没有得到一线复活的光照。
>
> 因为灾难、战争和死亡正在大地上肆虐。痛苦本是我们从远祖那里继承下来的遗产,我们临终以前还要把它留给后人,叫他们戴着这副枷锁,继续在漫漫的苦难旅程上行走,从一团迷雾走进另一团迷雾。
>
> 当他看到世人的命运,看到人生只不过是灰暗的、一成不变的困厄,没有一道光线从诗人遥远的国土里照射进来,使他们对一个光明世界产生希望,渴望过一种新生活,这时诗人就非常悲戚,简直痛不欲生了。

> 诗人的体貌和心灵都堪称完美的化身。金黄的头发罩着高贵的前额,蓝色的眸子里闪现着慈爱的光辉和追寻奇迹的沉默渴望。
>
> 他的心永远想着别人,总不为自己打算。他要用爱心拥抱整个世界,减轻他人的痛苦与烦恼,因为别人有什么不幸,他同样感受到,像是自己在遭难似的。
>
> 他是一个受上帝恩宠的歌手,当歌声从他嘴里流淌出来的时候,人世间的一切忧愁、烦闷就都消失不见了。歌声像是从一个人们从未见到过的国土传来的遥远的信息。这信息在他们心中回荡,叫他们如醉如痴。
>
> 一个新的国土!诗人走到哪里,都把它藏在怀抱里。他把它当作遥远未来的一个启示,这使他的灵魂洋溢着柔情和欣慰。
>
> 他的歌声使人们听到大海呼啸,闻到百花芳香,看到灿烂星光。歌声里闪烁着蔚蓝的天空和金色阳光。听到他的歌声,人们仿佛看见了一群小精灵在月光下跳舞,仿佛听见了远处传来水仙女们的喧哗笑语。人们似乎在聆听天国中仙女在唱歌。他们也曾是那里的居民,但现在却被驱赶出来了。
>
> 他的歌声唱出了人们的热切希望,那是从远方传来的具有魔力的呼唤,要

求尘世的苦难赶快结束,叫人们期待着梦想实现的日子早些到来。

歌手就这样一边唱歌一边走遍广阔的土地。他是个诗人,所以他用语言创造了一些世界。当他的手指弹拨起琴弦,嘴里唱出优美歌曲的时候,就连顽石也在聆听。枝头小鸟突然安静下来,不再啁啾鸣叫,树木花草也都垂下头开始梦想。

不论他游荡到什么地方,那里的痛苦就销声匿迹。他把忧虑从人们心头赶走,把从人们心底涌出的哀戚洗涤干净。

这一天他来到一个很远的地方,这里的人过去从来没听到过他的歌声。所有的人都心醉神驰地听他歌唱,因为他们从来没听过这样美妙的声音。他的歌声仿佛把听众带入一个梦境,叫人们同他一起在心里燃起对某种美好事物的向往。

他在这个城市停留了很长时间。最后,当他不得不离开的时候,一个白发苍苍的老人走到他面前,声音凝重地对他说:

"你是一个诗人之王,是一个世间罕见的歌手。听了你唱的歌,我心中又一次产生一种迷茫的预感。在遥远的未来,终有一天人们不再受苦难煎熬了。

"你的歌声里寄寓着一个远方精灵,它不断叩击人们心灵之门,唤醒沉睡在人们心坎里的思念。这些思念像是闪烁在月光下的珍宝,只有在人们梦中才出现。

"你的心像是由一千种妙音组成的,它们扫除了尘世烦恼,带来万丈霞光。

"你像是一个胸膛里没有心脏却装着一把琉特琴的天使,琴弦弹奏出我们从未想望过的幸福国土。你以一个新的先知身份来到我们中间,把柔和的光辉洒到我们心里,引导我们的灵魂走向一片新的国土。你唱的歌曲预言这片国土有一天终会到来。

"但是,青年人啊,岁月飞逝,不久的将来,你的嘴就会被死神亲吻。今天它仍在高唱欢乐的曲调,到那一天它就喑哑无声了。你的歌声将永远消逝,像一声呼喊沉落到漫长的暗夜里一样。你的一切奔走努力,同你在世时种种思想一样,什么也不会留下来了。

"人类一代又一代来来去去,你的名字也逐渐被人遗忘,只留在一团迷雾和传说中,直到最后只剩下一个淡淡的影子。

"诗人来自另外一个世界,他唱的歌也来自那一宁静的土地。那是远方辽阔地平线上蓝色海洋中的一个岛屿,为一层薄雾朦朦胧胧地笼罩住,是我们渴望登临的仙境。

"一道轻柔的光辉照射在小岛上面,岛上有一股银色火焰怀着渴望把它安谧的歌曲吹送到远方去。

"火焰周围跳动着时明时暗的阴影,聆听着火焰的歌曲,那是思恋之歌,是创造者梦幻之歌。

"火焰像是在默默忍受着痛苦,抖动不息。淡淡的光辉中滴下一颗泪珠,坠入人世间苦难的峡谷,浇灌着一位诗人的灵魂。

"奇迹就这样产生了。于是人间奇异地诞生了一位歌手。他身上永远闪烁着银焰的泪水,耳旁永远缭绕着那一远方的歌声,让他思恋碧蓝海洋中已经成熟的花之梦。

"于是他的嘴唇颤抖起来,开始哼唱银焰唱的歌。他让自己的歌声落进每一个同胞兄弟心坎,叫他们知道那片新的国土的信息。

"你的歌是一位大神教给你的。你的灵魂里蕴藏着一股奇妙的力量,至今还没有得到创造意志的解放。你可以成为这一世界的解放者,把人们从被奴役的苦难中拯救出来。人们备受折磨,奴役像蛀虫般噬咬着他们的心。

"自从远古时代起,人类就走着一条艰辛的路;这条路消失在迷蒙灰暗中,似乎永无尽头。这是长长的一列人,一眼看不到头。人人额头上刻着该隐的印记。他们已经辛辛苦苦走了几千年,像是丢失了目标,已经走得精疲力竭的进香者。

"他们背负着命运的残酷诅咒,为了生活所需奋力挣扎。他们走在烈日炙烤着的荒漠上,走在冰封雪冻的孤立无援中,时代的重担全部压在他们肩上。凡是旧时代传递下来的,他们就必须背在身上。直到他们双腿不支,瘫倒在地上。但是后来人又把他们的沉重担子接过来,继续跋涉。后来又有一天,这些人同样也迈不动脚步了。

"但是他们的灵魂里却一直闪动着渴望的火花,鼓舞着他们前进,奔向远方大海中隐约闪现着的那片未知的国土。

"等到渴望的折磨达到无法忍受的时候,火星便迸发成烈火,火焰无法遏制地猛烈冲向天空。于是安排得井井有条的现有秩序开始崩溃,旧世界一下子土崩瓦解。红色的天空上闪烁起新的星光,从深远的地方响起了创造者的旨谕,从一片混乱中重新打制世界,开始建造通向蓝色国土的桥梁。

"然而火焰又逐渐暗淡下去,最后在事物变化的深谷中灭掉,只剩下一点点余烬从灰底下泛出微弱的光辉。

"生活又按照老样子艰难跋涉,每一天都跟过去的一天一样。人们心头再不抱任何希望,该隐仍然背负着千百年来诅咒的重担,只不过他感到那担子比以前更加沉重,累得他气喘吁吁。

"直到火星再一次燃成烈火。又是一场新戏开幕了。神秘的力量从深处爆发出来,该隐又去寻找他在痛苦中想望已久那一块新的国土。

"多少次,为达到这一目的,他不得不挥舞宝剑,不得不在和同胞兄弟的激烈战斗中负伤流血。红色血海淹死了生长庄稼的种子,但是通往彼岸的桥梁始终未能建成。在这片红色海洋上并没有扬帆的船只,一切生物都只被血海拖向深处。

"他又回过头来把信仰建立在富有远见的智慧上,开始思索种种能够通往新国土的制度。这些制度必须来自理性,建造在合乎逻辑的基础上。但是至今也没有任何逻辑结论能给予他帮助。而理性所能做的任何聪明安排,也同样难以使他达到那一伟大目标。在心境平和的日子里,他不断看到这一目标。仿佛近在目前,事实上却相隔万里。

"虽然如此,我却还是相信诗人说的话,诗人是先知,他看到了未来,在世人心中唤起希望,叫他们把梦想变成现实,把遥远的新事物带给我们大家。

"但你是一个来自泥土的人,根据万物变化的规律总有一天你的躯体也要复归泥土。这以后你就只剩下一股清风,一个名字,那名字或许还能流传若干年代。

"你一定会给很多人带来幸福和欢乐,但是你不仅要给人们唱歌,还应该向人类宣示如何实现他们的愿望。世界应该依靠你的爱心获得新生,人世的所有苦难和不幸也会随之消失。"

歌手凝视着老人的脸,认真听了他的寓意深长的话,他非常感动地说:

"敬爱的老者,我听您讲了这些话真是高兴。您的话我听着非常亲切,好像您把我心中想的都说出来似的。如果对您有用的话,我可以叫我的心为您流血,我不会认为这是多大的牺牲。我是个卑微的人,同人类整体获得解放比起来,我个人是微不足道的。——但是我的困难是,我看不见一条通向这个目标的明确道路。"

"路是有的，"老人严肃地说，"但肯定会是非常艰辛的。你去寻找那把制造奇迹的钥匙吧！你的伟大的爱心会给你指出路在哪里。"

"找一把钥匙？"年轻人好像在梦中似的问道，"在这茫茫人世里，我到哪儿去找啊？看样子我必须不眠不休地漂洋过海、走遍天涯海角才能寻到这件吸引我的宝贝呢！"

"听我告诉你，"老人容光焕发地说，"离这里很远很远的地方有一个峡谷，迄今为止那里还没有人类足迹。这个峡谷里有一株孤寂的蓝花，开放时射出异彩。但是这株花花苞白天并不开放，月光才是它的恋人。就是说，它只是在月光照射下才显示自己的艳丽。

"每当月亮倾泻着灿灿银辉，夜莺悲啼泣血的时候，蓝花就开始绽放，迎着星光打开自己的光彩夺目的花冠，看去像是件蓝色奇珍。这株蓝花就是我说的那把魔法钥匙，它会为你开启通向新世界之门——为你和所有那些在黑暗中彷徨的兄弟姐妹们。"

"我在哪里可以找到这朵奇异的蓝花呢？"歌手怀着渴慕焦急地问道。

"你必须自己去寻找，"老人沉思着说，"必须不停歇地走路，走遍所有地方，直到最后找到那个生长着蓝花的峡谷。长路漫漫，而且，一路上你还会遇到种种艰难险阻。但是你一定要坚持下去，切不可丧失勇气。因为你在路上遇到的所有困难中，最大的敌人就是自己灰心丧气。

"信心是一切行动之父。只要你对自己的目标抱着信心，就可以说已经走了一半路程了。不论什么人，只要他在这个世界上想干出一番大事业，心中就必须怀着热诚，不怕劳累，不怕困窘。当他觉得遵循老路无法达到目标的时候，就要安心在未知的领域中摸索一条新路。

"你必须用自己的心血开辟出一条新路。任何一个人如果想做大事，就必须耗损精力，不能对付出多少心血斤斤计较。只有扎根到整个群体中，才能认识爱的力量多么伟大，才能看到未来收获庄稼的辽阔田野。

"要是划出界线把自我封闭起来，要是在人与人之间树起一堵高墙，你的展望未来的自由视线就被阻挡住了。就像居住在乱山丛中，峦嶂遮住视线，肯定看不到一望无垠的广阔天地一样。一个人如果只坐在那里沉思默想，无休止地探索个人心灵的隐秘,结果会把世界上一切都看得一片灰暗。这样的人就会迷失走向广大群体的道路。

"游荡去吧,我的孩子,伟大的远方在召唤你呢。不要管那些想把你吓住的憧憧暗影。大海彼岸就是那片蓝色国土。你的群星正在没有涯际的穹苍上闪烁生辉!"

"我要去寻找的,"歌手平静地说,"我的眼睛早已望到那开放蓝花的峡谷了。我在安详的梦中看到它,但是我的梦清晰、逼真,简直像是经历过的一件实事。我觉得好像在我出世以前就看见过那个峡谷了。

"再见吧,我的父亲!蓝色的远方在召唤我。路很远,我必须抓紧时间。我听到一些细琐的声响,我知道那是藏着钥匙的峡谷发出的声音。再见!伟大的时刻已经到来了。"

老人把歌手紧紧抱在怀里,嘴唇哆哆嗦嗦地吻着他洁净的额头。

"安心去吧!沿着你的路大步前进,勇敢地走向黎明!永远不要回头。凡是随着时间消逝的就成了过去,而过去总是想把人们的灵魂用镣铐锁住,叫他们的精神产生陈腐的思想。"

从这时起他唱的歌比从前更加深沉了。凡是活跃在他心中的想法都以恣肆奔放的力量从他口里呼啸出来。他把自己的歌献给那朵蓝花,当歌中的词句灌进人们耳朵里的时候,所有听歌的人便也做起了梦,梦见映现在歌手心目中的那一遥远的国土。

在他用手拨动琴弦,竖琴发出迷人和弦音的时候,每个人心中都暗暗涌起一种渴望。他的歌声深深落进人们心坎,蒙着他们心灵的最后一层薄纱揭开了,每一颗心都随着歌声欢乐地跳动着。

就这样他一步不停地从一个地方走向另外一个地方。他走过城镇、村落、森林和荒野,只为了看到那个静谧的山谷。山谷极其清晰地显现在他心中,但似乎离他那么遥远,像是由声音和气息编织出来的。

在时光的河流中年复一年过去了。他的眼睛看见了很多东西,但就是没有见到那在月光下蓝色花朵开放的峡谷。它始终藏而不露,倒仿佛像埋在地下墓穴里一样。

但是他从来没有气馁过,他的目光总是那么纯净,那么炯炯有神,好像从来不为此担忧似的。

于是有一天他来到一个陌生的城市。这里生活富庶,街头熙来攘往,车马喧闐,这使我们的歌手精神也为之一振。他心情愉悦地走过一条条古老的街巷,欣赏着展现在眼前的繁华景象。

他看见一座装饰华丽的大厦,墙面上绘着许许多多国家的纹章。住在这里的是一位同世界各国都有贸易往来的富商,这个人的名字他从前也听人提起过。

这个人多半知道我一直在寻找的那个峡谷吧?他的脑子里突然闪现起这样一个念头。

他很快推开这幢房子的大门。一个仆人把他领进一间屋子,屋子里摆满了世界各地的奇珍异宝。一位有了一把年纪的人坐在桌子后边,面前摊开一本厚重的账簿。老人的眼睛正落在账簿中一行行长长的数字上。

老人抬起眼睛,探询地看了一眼歌手的脸。当老人的目光落到他手里的六弦琴上的时候,不由笑了笑。这以后他开始打听年轻人的姓名,问他到这里来有什么打算。

"我为什么到您这儿来吗?"年轻人重复了一句老人的问话,面孔微微泛红,"我自己也很难说清……我是想请教您一件事。您是个对世界各地都很熟悉的人,知道不少别人不知道的事。或许您听说过有一个开蓝花的山谷吧?"

"我没听说过这样的山谷,"老人带着嘲讽的语气说,"不过要是你准备做生意,这倒是个好地方。你是不是想做蓝花的生意?我认为这不是个赚钱的行当——"

"做生意?"歌手吃惊地说,"灵魂这一财富是不能买卖的。人们心中的眷恋和渴望难道能用升斗衡量吗?蓝色的奇迹难道可以称重量吗?最深远的东西都同做生意没有关系。我拿一些同您活动范围不相干的事情来打搅您,真是对不起了。"

"你真是个傻瓜,"老人责备他说,"谁要是一味追求蓝色奇迹,就不可能明白人世间的事理。这种人还不如不出生呢!世上所有勤奋的人都在利用上帝赐给他们的锱铢孜孜不倦地生利致富,追求虚幻事物实际上是盗窃勤劳者的宝贵时间。

"你谈论什么最深远的东西,高贵的歌手,可是对于愚人来说是不存在什么深远的。看看这本写满一行行数字的账簿吧,这里面才包含着最深的聪明智慧。世界大事无一不在借方与贷方之间运转。谁要是不跟随这个圈子打转,他就没有尽到生活在世界上的责任。

"不论蓝花在什么地方,你还是舍弃了吧。不要去寻求那些与人们生活不相适合的珍奇事物了。

"再见!我这个人不喜欢做梦。"

就这样,他默默地离开了这个房屋紧挨房屋的没有生气的城市。在金色夕阳中,沿着一条大道继续向他寻找的目标走去。他的脑子里始终萦回着老人的话。一个暗影落在他心上,像一个沉重的包袱似的压得他喘不过气来。

当太阳在西边天际上映出红光的时候,他看见迎面走过来一个陌生的流浪者。这人脸色被太阳晒得黝黑,衣服破破烂烂,他腰带上挂着一柄宝剑,右手拿着一支长矛。这是个正在返乡的雇佣兵,已经在外乡流浪多年没有回家了。

歌手面色和蔼地看了一眼这位陌生人,之后就亲切地向他伸出手去。

"你是从什么地方来的?"他非常高兴地问,"你一定已经走过许许多多地方,眼睛饱览过不少异国风光,耳朵也听过很多家乡人从来不知道的奇闻异事吧?

"请告诉我,你知道不知道在极其遥远的地方有一个人们从未到过的山谷?这地方叫蓝花山谷,因为那里开着一株蓝花,正等着远方诗人采摘,拿去当作解放人类的钥匙,叫人类永远解脱尘世苦难。你知道这个地方吗?"

雇佣兵目光冷峻地看了他一会儿,接着就对他说出下面一番话来。他的话像他身上佩带的宝剑一样锋利:

"是的,这个山谷我倒是听人说过。很多傻子都跟我谈过这件事,我可真讨厌这些人,恨不得叫他们都害上瘟疫,命归西天!——你问我的这个山谷只有月亮上才有,你痴迷的蓝花在咱们地球上早已枯萎了。

"你追求这种虚无缥缈的幻影,真是愚不可及。你不知道我们这个世界正牢牢地绑在恐惧的锁链上吗?我劝你还是赶快去找一把宝剑,砸烂你的六弦琴,去和死亡决一死战吧!

"什么时候战争把尸骨堆成山,鲜血流遍城市和乡村,那时候人们才能感到活着享有莫大乐趣。

"真正的人只能诞生在战场上。靠自己强有力的拳头为自己赢得权利。因为强权就是公理,而强权是建筑在武器上的。只有双手被鲜血染红,一个人才感到在世界上占有一个位置。你现在还年轻,等到你上了年纪以后,你的豪迈精神在体内也就逐渐沉睡了。"

歌手听了这番话,感到毛骨悚然。他的眼睛直瞪瞪地望着这位雇佣兵,直到这人的身影渐渐消失在朦胧暮色里。他有一种感觉,倒好像刚才同自己讲话的是死神。在这个陌生人越走越远的路上,他看见一个个红色脚印,在落日余光中闪闪发亮。

为了驱散这个陌生人在他心中植下的恐怖景象,他很快就又拨动起琴弦来。

他的歌声嘹亮,给人以启示和希望,就这样,他自己心头的重压也化解开了。远方的蓝花和玫瑰红色的美丽朝霞重又闪动在他眼前。

在人心为赢利的锁链系牢的地方,在刀剑为死神开路的地方,梦之花朵是不会绽放的,对未来的期望也不能变为现实。

当精神不能凌空飞翔,只是战战兢兢攀附着陈腐的躯壳,伟大的理想这时就消失不见了。诗人梦想中那一遥远国土也就不再把它美妙的音乐传送到这样一个没有生机的世界里。

他再次思索老人叫他寻找蓝花的话,似乎更加了解其深刻含义了。刀剑开辟不出通往那一奇境的路,靠着小聪明和浅薄的悟性同样也达不到目的,诗人必须发现那一未来的国土,必须唤醒人们深厚的信仰,叫他们保持着壮志凌云的创造力量。

他已经在路上漂泊了许多年了,可是梦寐以求的目标仍然杳无踪影。在上帝创造的这个星球上,他从一个地方走到另外一个地方。每到一处就既怀着希望又不无惊惧地仔细巡视,但是老人对他谈到的那个山谷却一直没有跃入他的视野。

后来有一天,他脚下的路把他带进万山丛中,这是他从未见过的一片高山峻岭。这里,每一道峡谷都为最深沉的孤寂占据着。寂静、明澈的空气中没有一丝音响;峡谷中没有任何足迹。

他一步不停地走了一整天,直到夜幕降临,一直没有找到一个过夜的地方。

虽然如此,这一天他却始终怀着希望,情绪高昂,心中好像有了一种朦胧预感。他的歌声在寂静的夜空中听来也与往日有些不同。

清澄的天宇上闪烁着千万颗明星,他似乎正处在一个极其深邃的、远非人间的神话世界里。他的灵魂中浮游着淡淡的梦影,已经感觉到从遥远国土中吹来的气息,他一直追求的伟大奇迹离他已经很近了。

这时脚下的路开始迂迂曲曲地进入一个峡谷。这是个奇异的、梦中出现的峡谷,当他孤寂独处的时候,当遥远的玄想抚慰着他的心灵、繁星在他心中照烁的时候,不知道有多少次他曾经见到过这个峡谷。

这里的每块石头非常奇妙,好像很久很久以前他就同它们非常熟悉似的。他的心突然被一种急切的渴望攫住,倒好像有了重返家园的感觉。

整个峡谷在银辉中闪烁发光,一缕缕薄雾轻轻浮荡,像一群小精灵在月光下优雅地跳舞。

就在这个时候,他耳边响起了甜美的乐曲。在不远处一簇矮树丛里,一只夜莺在万籁俱寂的山谷中发出充满渴望的鸣声。歌手被夜莺的啼叫声迷住了,一动不动地在原地站住。他听着夜莺在歌唱,那声音在温暖的暗夜里轻柔颤抖着,宛如童话中描写的富有魔力的乐曲。

歌声在灌木丛中越来越宏亮,在群山中回荡,唱到最后,突然转为一个颤音,一下子终止了。他听见树丛中有一个什么东西"噗"的一声坠在地上。那是那只夜莺,它离开了这个世界。它是被自己的歌声感动,泣血而死。

于是整个山谷都发出轻微鸣响,在他目前,在月亮的清辉中,出现了那朵他久已寻求的蓝花。——他是在做梦吗?他的视觉是否在欺骗他?整个世界好像中了魔法,样子完全变了。他几乎不敢相信自己的理智了。过了很久,他才不再怀疑,这的确是事实:他终于来到寻求已久的山谷。

面前展现的种种奇景,他的双眼几乎看不过来;最后他的目光落到朦胧月光中发射出一片蓝光的那朵花上。

"找到了!"他欢呼道,"新的国土,充满奇迹的国土就在这里!旧世界正在消亡,新时代已经到了!"

他如醉如痴地俯身到地上,用嘴唇温柔地挨了挨蓝色花萼,然后合起双手,开始祷告。仿佛微风正在拂动琴弦,峡谷里响起了轻柔的音乐。繁星在空中奇妙地闪烁着,大地和天空开始亲吻。

歌手仍然满心喜悦地默默跪在地上,幸福地望着那朵美丽的花,他的呼吸气息使花微微颤动。这以后他的六弦琴发出深沉的钟鸣般声响,他嘴里唱起一支庄严的歌曲,这是他一生中唱的一首最美妙的歌了。

这时到处都发生了奇迹:石块和花草开始倾吐秘密,大树和灌木丛窃窃私语,蓝色火花在空中飞窜。宇宙精神向诗人敞开胸怀,好像准备要把隐藏在胸中最深奥的事物揭示给他。

随后头顶上天空也撕裂了——蓝色国土在一片光辉灿烂中显露出来,那正是歌手不断追寻的仙境,正是他灵魂渴望得到的洞天福地。

他听见远处树叶发出沙沙的声音,耳边宛如响起一阵波涛碎语,这是从另一世界向他传递过来的问候。

他伸出双臂,举向天空,那姿势像是要把面前的一切华丽景象揽入自己怀抱。他感到胸中洋溢着幸福之感,感到灵魂里充满解放者的喜悦。这一欢乐的浪潮簇拥着他一步步走向那一为人世之子开启的新的国土。

他的目光又回落到蓝花上。他又看到了新的奇迹:花萼已经绽放,每一个小花瓣在月光下都像蓝宝石一样晶莹发光,那是从花瓣深处发出的光泽。衬托着花冠的一圈叶片每一片上都显现出碧空中闪烁生辉的蓝色国土的倒影。

歌手心醉神驰地站在这一奇景前面,一句话也说不出来,只是满怀虔诚地用目光盯住眼前这一奇迹。

过去他曾一度认为奇迹产生于自己心中,是他的灵魂把梦想编织进宇宙万物中。现在他自己却正置身于无所不包的伟大宇宙中,他的梦想是从宇宙中降落到灵魂里去的。

他的梦想现在已经成为现实生活。歌手正在叩击新的国土之门,他的充满创造力的歌词把门打开了。人类早已失去的乐园又被诗人找到了。该隐回到了他故乡的老屋。

他轻轻地把蓝花握在手中,把它连根从地上拔出来。于是整个山谷都照耀在蓝光里,就像沐浴在新国土的晶莹的光辉中一样。空中这时也飘荡起令人迷醉的和弦。在光辉和音乐中一个新世界诞生了,天空中的门又轻轻阖上了。

歌手小心翼翼地把摘下的那朵花包起来。把这件宝物藏在贴心的地方。——一切苦难、一切哀愁都已经结束;开启天国之门的钥匙找到了。

云雾从四周山岭上升腾起来,像一张帷幕似的无声无息地落在峡谷里。新的一天到来了,白昼露出苍白的面孔向大地问候,把世界从梦中唤醒。

开始的时候,只有山巅为红霞照亮,接着所有高岭就都笼罩在紫红色霞光中,而且霞光逐渐向峡谷中倾泻。

歌手迫不及待地抱起那六弦琴,情绪高昂地迎着新的一天走去。他的眼睛里好像闪动着蓝色光辉;那是昨天夜里天国开启时射出的蓝光在他眸子中的反映。

这时他的双足已经穿过这道寂静的峡谷,面前是一座高山的峭壁。一条狭窄小道蜿蜒通到山上。一座座险峰高耸入云,瀑布喧嚣着滚落进深谷。这里找不到一条安全的道路,他必须在乱石丛中一步一步为自己开辟出一条道路。

他必须不断爬上险峻的高坡,刚翻过高坡眼前马上就是一个万丈深的峡谷。这里的自然条件好像有意同他作对,千方百计要把他的去路阻住。有时候他只是毫无目的地在乱山中兜圈子。刚刚跨过一个深谷,立刻又出现另一个横在面前。

一次又一次他精疲力竭地瘫倒在石头上,因为他的腿脚实在无力支持自己继续前进了。虽然如此,每次他耽搁的时间都不太长,他胸中的急于行动的热切愿望不允许他宁静地休息。等待着他的伟大事业催逼着他,叫他不停前进。

他的脑子里不断出现一幅图景:同胞兄弟正在急不可待地等着他来临。他知道时间是非常宝贵的,人世间的苦难已经拖得太久了。现在该隐的伟大时刻终于到来了。

就这样,他在荒寂的乱山丛中跟跄奔走着。黑夜降临以后,他躺在地上,枕着一块石头,眺望头顶上群星闪烁。

他觉得置身于其中的广阔天地有如蓝色海洋,自己正躺在海底深层,聆听着上面的汹涌涛声。一条白色小船在碧海上漂荡着,船上坐着一名歌手拨弄琴弦。小船一点点向琴音消失的方向驶去。

黎明时分,他从睡中醒来,想起昨夜使他恍惚迷离的梦境。他把自己的一把琴拿起来,调弄出一串沉重的音响。琴声消失到远方以后,他就沿着这一方向迈步走去。最后他发现自己已经走到一条小路上。小路把他带出群山,走到山脚下开阔的平原上。

展现在他面前的是一片广袤无边的原野。空气是明澈的,但是天空却阴沉着面孔,朵朵乌云在空中往返翻滚。偶尔有零零散散的雨点飘落下来,倒像是远方人眼中洒下的几滴眼泪。

歌手不禁打了个寒战,一阵莫名的哀愁把他的心紧紧揪住。他今天看到的世界为什么显得这么异样啊?他不觉迫切想念回到人群里。他很清楚,自己的眼睛已经有很多天没有同别人的目光相对了。

这时他看见远处有几幢房子像是向他招手。一座小教堂的尖顶凌空耸立,教堂周围环绕着白墙。他心中的愿望变得更加迫切了,渴望同远方的兄弟们相聚。他的两只脚好像生了翅膀,快步如飞地向那有人群聚居的地方走去。

然而没有一个人迎着他走来,也没有一丝声响传进他的耳鼓。这个小村子一片死静,像是所有的生命都受到凶残的死神袭击,一下子全都死光了。

这时他才发现,四周的田野都已经被糟践光了,当他走进村中第一条小巷时,看到的是一幅极其恐怖的图画。没有一处不被破坏得几近废墟。房门歪歪斜斜地挂在铰链上;屋子里满是破烂什物,偶尔还看见几具被打死的尸体躺在地上,僵直的眼睛还残留着对死亡的恐怖。

生命在这里已经绝迹。凡是没有受到谋杀的人,为了逃避杀戮,都已四散,远奔他乡。

歌手被吓得心惊胆战,面对这一惨景,连步子也迈不开了。他站在那里,浑身战栗,痛苦压得他喘不过气来。

过了半天,他才鼓起全身力气,离开这个恐怖和痛苦的村落,急忙向另外一个地方奔去。

远处传来嘈杂的声响,他看见远方田野上人头攒动,人们成群结队向不同方向移动,但是却走得很有秩序。

他突然明白这里发生的事了。原来这个地方正爆发一场战争,两支人马正在拼个你死我活。

他赶忙用一只手按了按胸口,知道那朵花仍然安全地藏在衣服前襟里,接着就健步如飞地向前奔去。他的额头冒着汗珠,瘦弱的胸口不住喘气,越跑越快,双脚几乎沾不着地。

现在他看得非常清楚,两支军队正在对阵。每支军队都斗志昂扬,准备把对方打个落花流水。他的耳朵里传来一阵阵激昂的号角声和从几千名士兵口中发出的粗野的呐喊。他看见杀人的兵器在日光下闪闪生辉,旌旗在寒风中招展。

这时他突然觉得自己血管里平添了巨人般的力量,像一匹战马似的一下子冲到对垒的两军之间,想把这场流血惨祸制止住。就在这场疯狂的杀戮开始前,他向两军士兵大声吆喝,叫他们赶快住手。

行列里面响起一阵低沉的窃窃私语声,高擎的武器慢慢落下来,雇佣兵们一声不出地盯住这个陌生人,似乎被他的目光镇住了。歌手从容不迫地走进士兵的圈子,开始发表他的具有神奇力量的解放人类宣言:

"快砸断你们的刀剑吧!伟大的时刻已经到来了!统治地球的不再是人类互相厮杀。蓝色的天国之门已经打开了。活在你们内心深处的东西现在就要走到灿烂的阳光下面了。该隐已经走完了他的苦难历程。曙光在东方出现了。

"由于痛苦绝望你们才被驱赶到战场上,由于毫无生路你们才不得不拿起刀剑。恨是由爱诞生的,金色庄稼是用兄弟们的鲜血浇灌施肥的。

"一个新的国土正在等着你们所有的人。互相厮杀的淌血的源泉已经干涸,人们相互挽起手来结成一个大联盟,自由的国土就要在你们面前诞生。正义将主宰世界!

"诗人梦想过的,由于信仰,已经成为现实。你们睁开眼睛,看看改变这一世界的奇迹吧!蓝花就在我手中,是我从那个人类足迹从未到过的山谷中亲自采摘的。这朵蓝花就是开启新国土的钥匙!"

说完这番话以后,他从怀里掏出一块薄薄的手帕,怀着满腔虔诚,把手帕打开。现在他就要向世人展示这一伟大奇迹了。

但是突然间,他极其痛苦地呻吟一声,从胸中迸出一声低沉的音响——一声透露出无穷岁月积累下的全部痛苦的叫喊。

他手里拿着的花朵已经枯萎了,奇异的花冠中死亡正向他狞笑。

最后的神话消失了,幸福的一切殷切希望全都破灭了——

人们粗暴地把他从这个地方赶走,刺耳的笑骂声不断灌进他的耳朵,他的心在胸膛中有气无力地跳着。歌手的最后希望已经幻灭,他的灵魂在默默无言的苦痛中流着血。

白昼在昏暗的暮色中消失,沉沉黑夜把大地包围起来。歌手在路边的一块石头上颓然坐下,不得不休息一会儿喘口气。他的两只眼睛茫然凝视着暗夜。

他突然把六弦琴拿起来,想借着琴声消解心中哀愁,但是嘎的一声,琴上的第一根弦断裂了。

他仍然在异乡漂泊,拖着疲惫的双腿,从一个地方走到另外一个地方。他永远找不到一个休憩的场所。他琴上的琴弦一根根都断了,只余下一根还完整无损。

后来有一天他看到一片荒漠。又是咔吧一响,最后一根弦也断裂了。

天空是昏暗的,大漠苍茫。

棕色的沙碛上匍匐着一座黝黑的大理石斯芬克司,眼睛凝视着荒寂的远方国土。

它的目光里既没有恨,也没有爱,幽深迷离,仿佛正沉浸在酣梦中,冷傲的嘴唇缄默无言,唇边浮现着一丝永恒沉默的微笑。

第六个流浪者凝视着斯芬克司的眼睛,但是他解不开它的谜,他无言地倒在荒漠的沙尘里。

诺瓦利斯(Novalis,1772—1801),德国浪漫主义作家,他把十三世纪传说中的一个抒情诗人作为主人公,写了长篇小说《亨利希·封·阿夫特尔丁根》(*Heinrich von Ofterdingen*,1802),但未完成。"第六条路"中的亨利希,就是由此而来。

觉 醒

时光匆匆流逝，年复一年归入永恒的海洋。这海洋倦怠地向远方漠然延伸，无边无际，不再受愿望干扰。

但在时空之上却一直酝酿着某种事物，用它的没有生气的眼睛注视着生与死、成长与消亡永远循环反复的人世间的古老戏剧。

荒漠仍然一片苍茫，灰色天空笼罩着荒凉的大地，大地忧郁地向天边伸展出去，一幅死亡和僵滞的图画。

斯芬克司仍然匍匐在沙漠上，用它那对迷离的眼睛盯视着远方，冷傲的嘴唇上始终挂着悠悠岁月的神秘笑容。

然而在某一个死一般寂静的暗夜，令人沮丧的天空灰障一下子撕开了一个口子，一颗巨星照射下来，明亮的星光闪闪烁烁地在石像上面轻轻浮动。

星光爱抚着石像冷峻的前额，石像脸上泛出微光，它仍然怀着难解之谜凝视着远方。好像预感到自己未来的时刻是从那里来临似的。

它的瘦长的身躯发着惨淡的白光。这时从六个流浪者酣睡的地面深处，一道矇眬曙光奋力喷薄而出。

第一个流浪者的额头上被曙光照射了一下，于是他的四肢开始抽搐，涩重的眼皮慢慢睁开了。

他的眼睛看见了巨星的银光正在自己的额头上闪动。他抬起仍然睡意蒙眬的脑袋，首先看见了那被星光照射着的斯芬克司巨像，接着就把目光转向暗夜，仿佛要从中找到自己过去了很久很久的经历似的。

记忆恢复得很慢，但他终于想起了自己以前的经历，从灵魂深处升起极其模糊的感觉，仿佛月光下一个幽灵。眼前重又出现他环游世界时走过的漫漫长路。他走过许许多多陌生的国土，一直奔向一个像鬼火似的引诱着他心灵的遥远目标。

这里就是最后吞噬了他的沙漠。那已经是多年以前的事了，当他失掉一切希望走到他的旅程尽头的时候。

他的耳边还响着那一奇特的谜语。当他看到斯芬克司凝视着远方的迷离目光和挂在它冷傲唇边的沉默微笑的时候，它的谜语沉重地落进他的心里，一直钻到他的心坎深处，一下子把他腾飞的精神羽翼折断了。

他的感觉是，这个谜语是辽阔的大漠吐出来的，像一团迷雾似的在他脑子里滚动着，任何智慧之光都无法穿透。斯芬克司的这个谜语在他整个灵魂中神秘地回响着，像是远方回声的袅袅余音。

他向四周环顾了一下。多年以前当他身后的幕布最后落下来的时候，他看到的确实就是这个处所，这片荒沙。被死亡蹂躏过的一片不毛之地，一切生机在这里都早已被窒息了。

然而当时这里并没有星光，天空那时候被一层灰色幕布蒙蔽着，凄凉地俯瞰着一片死气沉沉的荒漠，倒好像在那层惨白的幕墙后面并不存在友好的星辰似的。

现在的情况都不同了。荒原的夜空上银光闪烁，使他全身浴在银辉中。而且他觉得这些光辉在轻轻抖动，一直射进他的灵魂，把他心中早已幻灭的思想重又唤醒了。

这是怎么回事？当年他不是因为渴望求知远走他乡吗？那是很多很多年以前的事了。他的灵魂如饥似渴地想探求事物存在的根本原因，但却一直未能揭开把一切谜语答案藏在后面的帷幕。

他曾经为恐惧折磨着，从一个地方奔赴另外一个地方，但到处也找不到一个能够平息内心渴望的处所，如今那种惶惑不安再一次袭上心头。他成了一个到处流浪的陌生人，走遍世界各地。他把故乡，把宁静的生活和信仰全部抛掷在脑后，只跟随本命星宿的虚伪光照吸引，到处流浪，然而到头来却丝毫也未能了却心愿。直到最后，他面前横亘着一片荒沙，斯芬克司的谜语在他头脑中鸣响，他的疲倦不堪的身体才倒在沙碛中，得到休息。

现在他觉得自己体内的烈焰仍未熄灭，胸中仍然涨满当年的欲望，往昔折磨着自己的渴求又在灵魂中升腾起来。

可是一切事物都同以前的情况不同了。一股暖流在他体内流淌，叫他全身颤抖起来。头顶上的星光重又使他充满希望。

受到热烈鼓舞，他一下子从地上跳起来。他觉得自己已经得到了新的启示，脑子里闪动着许多明亮的火花。

这时候他发现了身旁另外一个人的影子。这是星光唤醒的第二个流浪者。这个人正用探索的目光打量着他。第二个流浪者已经猜到,他同自己一样,也是多年以前受到内心热情鞭策,到世界各地浪游,最后被吞噬到荒凉沙漠中的。

第一个流浪者默默望着身旁这个人的脸,觉得那个人的目光也正在盯住自己,像是在窥探自己灵魂似的,于是他轻轻握住那人的没有血色的手,亲切地低声说:

"唐璜,你肯定是唐璜吧。我内心的声音告诉我你就是唐璜。这真是最了不起的奇迹。唐璜同浮士德居然在这个地方会面了。两个人的性格水火不相容,像地球的两极,各在一端,因为我俩的生活方式迥然不同。

"我告诉你,唐璜,我做了一场大梦。梦见了你,也梦见藏在你心中的种种不解之谜。你也是走着一条奇异的道路,追随内心热烈的欲求,走过埋葬在深处的过去,一直在寻找至今没人见到的新的国土。

"你也是在现实生活中永远得不到满足,所以探求遥远的境界。你的灵魂中同样翻滚着热切的欲望,正像我心中的令人惊惴不安的渴求一样。

"你现在像是我的亲属一样站在我面前。我们都是该隐一族人的后代,都背负着过去时代的诅咒,耗损着我的精神的烈火同样也在你心中燃烧,叫你片刻不得安宁。你同样渴求真知,永远把目光投向遥远的奇迹。

"我们两个人走的道路不同,就连我们的影子也互相逃避。如果说一个人走向午夜,另一个却朝着正午迈步。

"可是如今我们却在同一的目的地相逢了。我们像白昼和暗夜相互避让的人,永远感觉互相排斥,灵魂永远没有和谐音响的人。

"我的目光一直盯视着永恒,我诅咒生命的短暂,转瞬即逝;它似乎总是把最深的东西掩藏起来,只叫人的感知停留在表层上,因此,我们的心灵永远不能渗透到最隐秘的深处,无法找到暗藏的秘密的答案。

"在你的眼睛里,现世是最高的目标。尽管时光飞逝,但它却呈现给你生命的美丽图画。你曾经努力探索这幅图画的真谛,却并不成功。对你说来,追求肉欲已经成为命运的力量,成为宇宙万物最不可解之谜。

"我在精神中追求的东西,你却在沉睡于我们灵魂深处、躲避理性查考的肉体冲动中去追求,要知道,那在最隐秘的地方躁动着的迷蒙的力量是永远不能用语言表达出来的。那一隐秘处所也正是你追求的冲动的漫无边际的王国。正是在那个地方,肉欲的创造冲动才发生作用,它蔑视一切理性规则和由理性智慧制定的全套规则。

"是什么促使你纵酒狂饮,贪得无厌地不断刺激自己的情欲?是什么煽动你的情欲,叫你烈火烧身,一而再再而三地干出罪孽勾当?

"难道只是为了浮浅的皮肉之欢,只是为了享受一下片时的欢愉?当然了,这种欢乐留不下任何痛苦的后果,事情过后,它就像一缕轻烟,一声回响悄然消逝了。

"不是的。把你牵系住而且反复诱惑你的,是你渴望了解人生真谛的好奇心,想破解闪现在阴暗深处并用魔法的线索把你系牢的人生之谜!

"我在时空彼岸追寻的,你却在香唇热吻中寻找。情欲激烈爆发时的狂乱呻吟,肉体在性爱迷乱中迸发的烈火,肢体为了生育新的生命要求发泄的冲动——对你来说,这就是你寻求的人生之谜的答案。

"为了破解这个谜,为了把缠裹住的乱线解开,把那些神秘的冲动条理分明地重新编织起来,你曾经花费了莫大力气。在情欲高涨时的每一声呻吟,在忘情淫乱中的每一次瞥视,在每一阵震撼你身体、迷醉你感官、使你在痛苦中享受到快乐……以及所有这些狂热中,你都力求捕捉到把你引向一切生存根源的一些线索。

"你跟我一样,也是一个探求者,只不过你的目光看到的是另外一条道路。但你的道路最后还是把你引到这个沙漠上来了。斯芬克司就卧在这里冥想它那非常深奥的谜语。"

另外那个流浪者这时候容光焕发地说:"我也好像做了一场大梦。你的现身说法叫我醒悟过来。你,浮士德的天性,原来是我一直不能理解的。

"我现在看清楚了,咱们两个人是同一类人,尽管我们走的道路不同,但仍然是遵循着同一奥秘的轨迹。只不过我们对这轨迹各有各的理解罢了。

"你一直想逃避尘世现实,认为这样就可以不叫精神承受任何负担,可以进入自己的王国,透过这一世界的表象,发现事物的重大本质——万物为什么存在,又如何存在?你总是希望把这一层网膜拉开。

"于是你的路首先把你带到上帝那儿,希望叫他为你的精神开启他的天国,叫他为你在暗夜里点一把火,使你的眼睛更清晰、更透彻地望到最远和最近的所有事物。

"但是当他对你的请求不加理睬,并没有为你开启有如墓穴般封闭住宇宙奥妙之谜的门扉时,你悲观失望,就转而走进撒旦的领域里。你希望从他那里得到你渴望求得的知识,你已经为这种渴求折磨得够苦的了。

"然而撒旦也没有为你解答你的不解之谜。他叫你看到的只是你自身的存在。你上了他的当:看到的是自己的生活情景,听到的也是自己愿望的回声。

"直到最后你才看清那只是一场魔术,靠你自己生命精液培育出的一场滑稽戏。——但是时间已经太迟了,荒漠已经向你张开了大口。

"可是话又说回来,你虽然一直没能认知世界,你的奋斗却并不是一场徒劳。尽管你自己没能在包围着我们的漆黑暗夜中见到光亮,你的努力对于后来人却是一份遗产。当人们继续渴望追求的时候,从你的奋力挣扎中将会产生一个精神王国。

"我与你不同。我被系牢在现实世界里,紧紧抓住我的是片刻的欢愉,像天上飘过的一片浮云,眼睛几乎还未捕捉住,它就已经烟消云散了。

"我追求过的,都已经同我一起破灭了。没有后嗣到我墓前祭扫,因为尘世上的一切,那些暧昧不明的冲动的产物都已随着时间腐朽,化作粪土了。

"只有那寻求与宇宙万物结合、化为永恒的崇高渴求是永远不死的,它不会被飞逝的时光攫走。

"但是我心中仍然有一种预感。我觉得一个新国土已经临近。在这个国土里,理智与冲动合而为一,暂断同永恒拥抱在一起。说不定……"

"我同你一样,也有这种预感。告诉我,兄弟,你感觉到那照射着我们的星光没有?你是不是觉得这是一种启示,告诉我们:我们最痴醉的梦想快要实现了?

"我觉得蒙蔽在我眼球上的荫翳一下子除掉了,尘世上的一切事物在我看来只是无所不包的宇宙永恒的象征。只有当人们在他们的激情冲动中探索到欲求的深藏根源时,肉欲同精神的渴求才能协调合一。

"时间消逝并非空间消失,因为所有的死亡都只是为了重现,死亡中蕴藏着每一永恒的最深层次。只有当地球上最后的帷幕揭开以后,最伟大的奇迹才能诞生。那时候人们用肉眼就能看见把尘世与永恒连接起来的桥梁了。

"目光不该只投向遥远的地方。在冰封雪冻的高山峻岭上连精神也都冻僵了,因为它得不到激烈冲动放射出的热流。我们眼前就存在着一个世界。在冲动的神秘力量统治的地方,人们从未认知的事物不停旋转,在这个地方,奇迹会接二连三发生的。"

命运的路程现在可以说走完了,于是浮士德和唐璜相互伸出手来握在一起。理性精神中反映出肉欲冲动,激情的黑暗国土显现出明亮的光线。正像一滴露水能够映照出天空似的,世俗生活也反映出永恒。奇迹就要出现了——时间到了。

星光越来越亮,遥远的东方已经闪现出黎明的微光。

这时候第三个流浪者抬起头来。苍白的额头被星光辉照得闪闪烁烁,双目射出柔和的亮光,似乎想把久已埋葬到灵魂深处的一段过去经历召唤回来似的。

他向四面环顾了一下,睡意仍然没有完全从头脑里消失。这时他耳边传来一阵铁甲的敲击声,一个骑士从沙漠中挣扎着站立起来,目光炯炯地仰望穹苍。头顶上,一颗巨星烁烁地照射着沙漠。

他逐渐恢复了记忆。许多苍白的影子从他心坎里升起,这都是他过去生活中同他密切相关的一些人。他又看到了北国的浓雾,隐约听到自己父亲在远处召唤他,那声音宛如一个临终的人的最后一声叹息。

现在他又看见自己多年以前走过的那条漫漫长路,这条路一直通到沙漠的边缘。他的耳边响起轻轻的话语声,这是当年他最后听的声音——斯芬克司在问他那个无法解答的谜语。

但是那边那个骑士,他会是什么人呢?是什么把他引到这个被上帝诅咒的死气沉沉的地方来呢?第三个流浪者过去遇到过很多人,但是他从来没有见到过这个骑士。

可是这个人的形象他看着非常熟悉,倒好像就是从他自己脑子里产生出来,而且同他合为一体似的,他冥思苦想,却找不出任何线索帮助自己解开这个谜。

他的眼睛追随着这个人的炯炯目光也开始仰望空中那颗明星,他的思想豁然开朗了。

多年以前,当他卧倒在这片沙漠上的时候,他的灵魂陷入一个梦境,那是一个痛苦、沉重、令他透不过气来的噩梦。他看见面前的沙漠阒然无声、令人绝望地一直向灰色天边伸展出去。这一荒凉的绝境叫他非常沮丧，以致他的心也变成一块槁木，不由得痛苦呻吟起来。

他惊恐万状地向四面八方望去，想看一看能否找到一点点给他生存希望的绿色。但是他什么也找不到。大漠苍茫，像铅块一样压着他。

这时他发现天幕一点点向地面沉下来。他吓得胆战心惊，血在脉管里猛烈跳动，仿佛看到两只要扼杀他的手正伸向自己脖颈。

他发出类似垂死前的呻吟，四肢抽搐，心几乎要跳到嗓子眼里。

就在这个时候，他看见遥远地平线上慢慢出现了一个人形。这个人越走越近，形象也越来越清晰。那是一个形状凄惨的骑士，骑着一匹瘦马，摇摇欲坠。他的坐骑同样也精疲力尽，正在一片荒沙中颠踬着一步步往前走。

于是困扰着他心灵的魔法消失了。他有一种获得解放的感觉。他在睡梦中看见这个骑士就在自己身边，夸夸其谈地向他叙述自己的侠义行为。他心头的恐惧逐渐祛除了。

现在这个梦中人物已经活生生站在自己面前，就是他一度在梦中见过的那个骑士。只不过他那枯槁的面容现在精神焕发，好像一道新的光辉照射到他的灵魂上似的。

他抖动了一下身体，站立起来，迈着轻快的步子走到这个骑士跟前，把一只手搭在那人枯瘦的胳臂上。

陌生的骑士望了一眼他的脸，却一点也没有显得惊奇，倒好像早就知道他就在自己跟前似的。

"欢迎你，哈姆雷特，我的患难兄弟！我睡着了，做了一场大梦。你的身影屡次出现在我梦里，直到最后我已经非常熟悉你的姿态，就像你是从我心灵中产生一样。

"那颗巨星的光辉解除了多年束缚我们的锁链，我们应该祝福的时刻已经到了——两兄弟走过了遥远的道路，如今在同一个目的地会面了。"

"确实如此，高贵的堂吉诃德骑士，当我的灵魂在痛苦折磨中呻吟的时候，你出现在我的梦中。你解除了把我捆绑住的魔法，让我的灵魂在暗夜里看到了光明。

"我一生中一直在努力奋斗,想在蒙盖住我生活道路的黑暗中找到光亮。但是当一个死者叫我知道了事实真相并指示给我充满光焰的真理道路的时候,我虽然已经洞悉一切却怯懦了。我的手软弱无力,无法执行他交给我的严苛命令。

"我能够看清事实,却没有勇气挥动手臂采取行动。怀疑的小虫噬咬着我的心坎深处,损坏了我意志的坚强力量,把我变成了一个滑稽可笑的人物。

"所以认识对我来说简直是个吸血鬼;它吸尽了我的心血,腐蚀了我的热烈的生命力,最后使我成了一个苍白无力的幽灵。

"假如我能有你的一点点勇气,我的生活该会多么不同啊!你从来不问时机对你是否有利,你的臂膀从来不被怀疑麻痹。你总是遵从内心崇高的冲动,勇往直前。

"你生活过,我却只做了一辈子梦,因为在我看来没有行动的生活只是半死不活。精神的声音只有通过行动才能响亮地发出来。"

"我觉得你还没有看清楚事物的底层,"骑士打断了哈姆雷特的话说,"如果没有认识,行动又有什么益处?这种行动并不是心灵成熟的果实。倘若心智并不给行动指明道路,使之具有意义,那么行动本身只不过是没有核仁的空壳而已。

"我确实永远不怎么思考就立刻行动,但是我却没有一个去世的父亲现身给我指明情况,阐明道理。因此我的行动常常遭人耻笑,不论我走到哪儿,总受人冷嘲热讽,被看作是个傻瓜。这就使我的行动原意荡然无存了。"

"然而你是幸福的,因为你从不心存疑虑。你的身心有如一次浇铸成的整体。你从来感觉不到这个愚蠢世界对你的讥嘲,你的灵魂也从来不知道什么是卑鄙的丑行。

"可是我的内心却是四分五裂的,因为我总在思考而逃避行动,结果成了邪恶势力的一个玩物。父亲的声音虽然一直在耳边鸣响,却始终不能使我的手臂坚强起来,把思想付诸行动。它只是增加了我胸中的痛苦,叫我感到自己如何软弱。

"我没有别的办法,只好依靠毒花般的谎言来蒙蔽良心的声音。我的脑子发明了种种思想的假面,用以掩盖住意志的衰退。我在僵死的理论中寻求安慰。为了把真知伪装成舞台戏剧,我把自己打扮成一位哲学家。

"但是我的苦闷丝毫也不能减轻。后来我变得非常讨厌我自己,我也很少再听到父亲的声音了。

"我觉得认清真相就是意志的死亡。知道的东西太多,一个人就会感到无法承受生活重担。这样的人总是瞻前顾后,错过了行动的机会,让现实的国土从他身边白白溜掉。"

"也许你的担子真的太重了。因为你知道了真情,反而失去了行动的勇气。但是知识的火炬必须照亮,不然的话,未来的大业就无法实现。

"我好像听到了羽翼的轻微拍击声。宇宙万物的新的开端就在眼前了。告诉我,哈姆雷特,你心里有没有一个预感,一个新的国家就要在我们面前出现了?

"如果堂吉诃德同哈姆雷特配合到一起,混乱的社会就能够变成一个新世界了。这以后从知识中就可以使我们产生行动,而一切行动又都由智慧的力量进行指导。

"意志产生于智慧,而意志又转化为行动。从智慧和意志中诞生出创造的欲望,两者通力合作进行创造,这样我们就会有了一个新的国土。

"一个人的心灵会给他铸造一柄宝剑,用来向命运的势力挑战。——伟大的时候已经到来,东方出现了红色曙光。"

那是不是新时代的声音?难道梦境真正化为现实了?哈姆雷特是不是叫骑士的精神丰富起来,而堂吉诃德又把自己的意志借贷给了哈姆雷特?

不再怀疑犹豫了!伟大的变化就要开始了。哈姆雷特父亲的声音也传进高贵骑士的耳朵里去。骑士也了解了事实真相。而哈姆雷特王子却跨上瘦马,掉转马头向托博索驰去。

看啊!星光多么明亮!它的清辉一直照射到灵魂深处,东方天际辉耀着一片红霞。

这时沉睡的僧侣也醒过来了。他惊奇地睁开沉重的眼皮,看见一个人的面孔正俯视着自己,这人目光柔和,两只大眼睛射出的光辉叫他觉得异常亲切。像是一贴抚慰心灵的香膏。在这人的目光注视下,他的记忆一点一点醒了。

他觉得那个陌生人的手轻轻按在自己身上,叫他充满了宁静的幸福感。是的,这里就是他寻觅已久的宁静。一切对他都那么神奇又那么陌生,但他感到这里的一切都极其亲切,像回到家里一样,像是早已逝去的青年时代的一幅图画。

这时候他听见跟前那个人对他说:

"梅达尔都斯,我的弟兄,你醒过来了吗?是不是那颗星星的光亮触动了你,把你灵魂中的暗影吓跑了?你感到没感到正在发生一个伟大的奇迹——一切都在静悄悄地变化着,好像是一个新世界就要到来了?你认识不认识我,我这个在星光中游荡的人?"

"我认识你,我在梦中见过你。我觉得你好像是一个新生的我,一个从坟墓中挣扎出来,跑到阳光底下的人。

"亨利希,我做了一场大梦,梦见了你和整个永恒。这个梦非常奇怪,距离现实世界那么遥远,是我疲乏的心灵从没感受过的一些事物。

"好像正在午夜里,我一个人站在一个墓地中,四边都是坟墓,由于恐惧而颤抖着。这时候我看见一些古老的墓碑晃动起来,沉重地坍倒在地上。

"从墓穴里一个一个飘出来许多鬼影,它们都变成可怕的魔鬼,对我狞笑。每一个魔鬼的形状都不同,但是没有一个不是我心灵所熟悉的。

"我看出来了:原来每个魔鬼身上都有我的一部分。它们是我的自我的碎片,但它们又各走各的路,永远不能合成一个整体。

"后来它们就非常敏捷地拉起手来,围着我跳起舞来,弄得我头脑发晕。魔鬼一步一步向我逼近,疯狂的圈子越来越小。我觉得我的心好像要爆炸,吓得我心惊胆战,头发直竖起来。

"我的胸口压着一块千斤巨石。我想大声喊叫,却喊不出来,好像喉咙被人掐住了,什么声音也发不出来。

"正在我逐渐失去知觉的时候,突然有一个人出现在我的灵魂前面。你站在那群疯狂跳舞的魔鬼圈子外面,向我伸出双臂。我心上的重压分量减轻了,魔鬼的影子越来越淡。

"我想抓住你的手,拼命向圈子外面挣扎,但是我发现怎样也走不近你。那些魔鬼仍然把你我隔开。可是这时候我已经感觉到你的热情目光,好像一股暖流照射到我的心灵深处。

"我猜到你是从什么地方来的;我也知道迟早我俩的手会握在一起。

"请接受我的敬礼,你银色的星光!是你唤醒了我,给了我新生。我已经听到远处传来的声音,它在向我宣告一个新的国土正在诞生。"

"你也听见远方传来的歌声了吗?新国土的门很快就要打开了!

"梅达尔都斯,我早就知道你了。在沙漠还没有把我吞噬以前,你的身影就到处追随着我。

"当我发现了那神奇的蓝花,欣喜欲狂的时候,我的双眼就看到一个僧侣的影子。这影子好像预示什么不吉之兆静静地落在蓝花上,但是转眼就消失不见,正像来时一样突然。

"但你究竟是怎样一个人,我那时候还不了解。我只是觉得你的灵魂深处隐藏着什么东西,总是怀着敌意围着我的本命星光环旋转。我梦见你的时候我很害怕,我的灵魂因为非常痛苦而抽缩起来。

"现在你的本性向我显示出来了。我清清楚楚看到了你的巨大痛苦。我看到了那些纠缠你、折磨你灵魂的恶魔。

"你一直在寻找自我的根,但却始终找不到。因此你就使自己成为宇宙的中心。在你眼睛里任何别的东西都不存在了,每一件事物都成了你自己的倒影。

"你只感到自己忍受的痛苦折磨和满足个人愿望后的幸福。你在自己四周筑起一道高墙,只在影子的陪伴下居住在里面。

"我走的是另外一条路,从来不去寻找自己存在的基础。我的心永远怀抱着整个世界,眼睛里看到的是世人在受苦难。我想把他们从困厄中解救出来。

"我的同胞兄弟们在镣铐中所受的痛苦煎炙着我的灵魂。我们这一种族所受的种种苦难紧紧揪住我的心。多少世纪来他们一直痛苦呻吟,但是他们从未放弃希望,一直盼望着尘世的苦难有一天能够熬到头。

"所以我才去寻找开放蓝花的山谷,那是我在梦中一再看到的。那里有开启新的国土之门的钥匙,我不停地为我的同胞弟兄歌唱即将来临的这一崭新的境界。

"我走过的路把我带到许许多多陌生的地方。我一次又一次地陷于失望,但是我眼睛始终看定我的目标,直到最后终于找到我寻了那么久的那个山谷。

"我把钥匙拿在手里,心头洋溢着最大的幸福。人们受苦受难的日子结束了,我面前就是我久已渴望看到的千禧之年的国土。

"但是就在我把我的宝物给人们拿出来的时候,蓝花已经枯萎了。我的信仰的城堡化为一片废墟。诗人的美梦破碎了,寒冰冻结了我的心。这时候我又一次感到你的身影在我身边游荡,僧侣正在扼杀诗人。

"但是今天我什么都清楚了。救世主救赎不了世人,为自己争取到权力的是自由的精神。只有每一个人心头都燃起了渴望,创建一个新国土的渴望,把人们相互隔阂的栅栏才能拆除。

"囚禁人们的锁链不是由哪个特选的人打碎的,人应该自己当自己的救世主,应该自己打碎奴役的沉重枷锁,解放自己。必须每个人都产生行动的欲望,建造起一座通向新世界的桥梁,高举自由的旗帜。"

"但是你的工作还是有福的,你在别人身上找到了自己,你的渴望发射出亮晶晶的火星,使人们在黑暗中看到了光明。

"我却永远同别人离得远远的,在同胞弟兄中像是陌生人。我总是在自己身上寻找整个世界。在暗夜里,在恐惧中我都是一个人摸索前进,直到愤怒疯狂的复仇女神把我完全控制住。

"我从来没有想过拯救他人,因为我就连自己也救赎不了,总是不能摆脱我自己受到的痛苦。

"啊,亨利希,一个人要是只顾自己,感觉不到别人温暖的灵魂,不能在亲切的大众中寻找到自己,他的痛苦是多么可怕啊!

"这样的人有如被社会拒诸门外,背负着诅咒,在人生狭隘的小巷中踽踽地迈着步子,而且还要同他自己引来的魔鬼战斗。

"一个人只有同别人一起生活,分担同胞弟兄的欢乐与哀愁,才有幸福。只有通过'我们'全体才能获得解放。"

"梅达尔都斯,你看见黎明前的昏暗已经消失了吗?我想我们马上就有一个新的白昼了。

"我俩从两条不同的道路寻找上帝,命运却叫我们在这里会合了。现在我们知道,那一时刻已经到了——一名僧侣和一个诗人孕育出一个新人类,它会繁荣成长,创建一个新国家的。

"忘记别人是不对的,但是回避自己也是错误的。正像原子存在于整体中一样,个人也只有在大众中才能找到自己。

"那些只想到自己的人,爱心是贫乏的;但如果完全摒弃了自我,也仍然不能拯救世人。只有两相结合才能使生活幸福起来。

"共同协作是带给人类自由的红色曙光。联合起来,真正的自我才能发展。那时,正义和博爱都将发扬光大,个人意志也才能施展,每一个人的力量都会得到取之不竭的源泉。

"新的国土已经出现在我们的视野里。唤醒我们的星光开始暗淡下去,新的太阳马上就发出万丈霞光了。

"充满希望的早晨,请接受我们的敬礼吧!伟大的奇迹近在眼前,时候到了!"

东方天空呈现出一片紫红色,太阳光芒四射地冉冉升起。死寂的沙漠消失了,一片绿色土地一直延伸到天边。

清泉从巉岩上滚落,山谷中梦幻般摊开一片湖水,映照出晴朗明澈的蓝天。

现在六个人聚集在斯芬克司前面,各自伸出手来,表示坚强团结。六个人都把目光投向照耀着一个新国土的朝阳。

死气沉沉的石像战栗起来,在这里俯卧了千万年的斯芬克司四肢逐渐分裂开。它的眼睛停止向远方凝视,一道暖洋洋的光亮在它脸上显露出来,它张开冷傲的嘴唇:

"六条路把你们引到我的国土的大门。每一条路都留下你们各自的足迹,但每条路都通向同一目标。当你们各自在自己的路途上奔波的时候,谁也解答不了我的谜。可是现在你们六个人结合到一起,每一个人都感觉到他是一个整体的部分,几个部分合起来就完整了。

"我藏在胸中的古老谜语现在解开了——时候到了。新人类在创造一个新国家;公正与自由结合到一起了。"

　　古老的雕像崩裂破碎了。一株奇葩,蓝色的,娇艳的,在雕像原来占据的地方破土而出。

　　新国土的大门打开了。新人类踏上崭新的土地,欢乐的歌声从天空飘来,响彻寰宇。

托马斯·曼

1875—1955

托马斯·曼

托马斯·曼(Thomas Mann,1875—1955),德国作家,生于吕贝克。中学毕业后在一家保险公司做实习生,同时在大学里旁听历史和文学史课程。成名作长篇小说《布登勃洛克一家》是一部家族史诗巨制。1924年发表长篇小说《魔山》,引起巨大反响。1929年获诺贝尔文学奖。他的重要作品还有长篇小说《约瑟和他的兄弟们》《绿蒂在魏玛》《浮士德博士》和中篇小说《死于威尼斯》《马里奥和魔术师》等。

他的作品贯穿着人道主义精神,对灭绝人性的法西斯进行了批判和控诉。创作方法则融合了德国古典传统和现代表现手法诸如蒙太奇、内心独白、意识流等,其作品语言典雅,蕴含哲理。

名篇《特利斯坦》提出了艺术与生活的诸多问题。

特利斯坦

一

"爱因弗利德"就在这里,这就是"爱因弗利德"疗养院! 宽敞的庭院,直线条的、修长的主楼连接着一幢侧翼建筑,洁白耀眼。花园里有岩洞,有林荫小径,有树皮搭的凉亭,布置得异常精巧。在石板瓦的楼顶后面,巍然伫立着生满青松的群山,浑圆的山峰高耸入云。

多少年来,李安德尔博士一直是这所疗养院的经办人。李安德尔博士留着两个尖儿的黑胡须,卷曲粗硬,好像人们用来垫沙发靠背的马鬃,两片厚厚的眼镜片闪闪发光。多年的科学工作使他的性格变得冷酷,心肠变得坚硬,对人抱着默默的、宽容而悲观的态度。李安德尔博士就以这样的容貌,这样的性格,冷峻无情、闷声不响地紧紧管理着病人——所有病患者都得把他们的财物交给他,托庇在他的严酷的院规下,因为这些人过于软弱,根本不能为自己树立生活规章,更不要说遵守执行了。

讲到封·奥斯特洛小姐,她对管理院务可以说是忠心耿耿、孜孜不倦。我的上帝,你看她从楼上跑到楼下,从东头跑到西头,腿脚多么勤快!她要管理厨房和储藏室,她要管理换洗的衣服被单,她要指使男女用人,她还要从经济、卫生、可口和美观等角度安排每天的食谱。她以无比的勤奋经营着这所疗养院,而在她的精巧能干后面却暗暗怀着对世界上所有男人的不断非难,在这些人里,一直还没有人想到要和她结成鸳侣。在她的面颊上的两块圆圆的红晕里燃烧着那永远不能熄灭的希望,有朝一日她一定要做李安德尔博士夫人……

臭氧和非常非常平静的空气……不管对李安德尔怀着妒意的人以及他的竞争者怎么说,"爱因弗利德"疗养院确实是一处值得向肺病患者热烈推荐的地方。但是到这里来休养的人却不限于害结核病的人,这里有各式各样的病人,有男人,有女人,甚至也有儿童。李安德尔博士无论医治哪一种病症都卓有成效。这里有像市政府参议施帕茨夫人这样的胃病患者(顺便说一下,施帕茨夫人的耳朵也有毛病),有害心脏病的人,有半身不遂的病人,有风湿病患者,也有病情轻重不同的精神病患者。有一位害糖尿病的将军整天唉声叹气,正在这里吃掉他的养老金。有几个面容枯槁的先生腿脚不听使唤,走路的时候总是把腿甩得老远,前景颇堪忧虑。此外还有一个五十岁左右的老太太,曾经生育过十九个儿女的霍伦劳赫牧师夫人,脑子什么事都不会想,心情却不能宁静。一年以来不知被一种什么坐卧不宁的疯癫念头支使着,她总是由一个私人看护搀扶着,直眉瞪眼、毫无目的地在整个病院里从一处绕到另一处,令人看了不寒而栗。

在那些整天躺在病房里,既不到餐厅,又不去休息室的重病人中,自然也偶尔有人死掉,可是这却没有人知道,甚至住在死者隔壁的病友也一点不知情。在寂静的午夜里,这位蜡黄的疗养员悄悄地被抬了出去,"爱因弗利德"的一切活动都按照常规继续下去,按摩、电疗和注射也好,淋浴、盆浴也好,运动、发汗也好,深呼吸也好,一切都在装有近代化设备的各个厅室里有条不紊地进行着……

正是这样,这里总是这么活跃。疗养院呈现着一派兴盛气象。病人出院时,衣冠楚楚的李安德尔博士和封·奥斯特洛小姐也总是把出院的人送上马车。什么样的人"爱因弗利德"没有接待过啊!甚至连作家这里也有,一个性格乖僻、姓名和某种矿石或宝石同音的人①也在这里偷度时日……

除了李安德尔博士之外,这里还有另外一个专门给轻病和治疗无望的病患者看病的医生。但是这个人姓米勒,是一个不值得我们为之浪费笔墨的人。

二

一月初,大商人克罗特扬——A.C.克罗特扬公司的经理——把他的妻子送到"爱因弗利德"疗养院来了。门房敲起钟来,封·奥斯特洛小姐在楼下会客室里接待了这两位远方来的贵客。和这一整幢壮丽的楼房一样,这间会客室的家具陈设也是一式的华贵的十九世纪初法国帝国式样。没谈两句话,李

---

① 指作家史频奈尔。"史频奈尔"(Spinell)一词在德语里有尖晶石的意思。

安德尔博士也进来了,他向客人行过了礼,接着就开始了对双方说都是摸索情况的第一次谈话。

因为是冬季,花园里的花坛都盖着草席,积雪覆盖着岩洞,花亭也显得非常凄清。疗养院的两个工人正从马车里往楼里搬运客人的箱子——因为院子里没有车道,马车只能停在大门外马路上。

"慢着点,嘉勃利尔,take care①,我的天使,闭着嘴。"当克罗特扬先生搀着他的妻子从花园往里走的时候嘴里一直这样说。不论是谁,只要看一眼克罗特扬夫人,他那脆弱、悸动的心都会和克罗特扬先生发生共鸣,情不自禁也要喊一声 take care——虽然我们也不能否认,如果克罗特扬先生用德文说这个意思,效力同样也不会减弱。

把客人从车站送到疗养院的马车夫是一个粗鲁无知、不懂得什么叫温柔体贴的人,可是当他看到这位大商人怎样小心翼翼地搀扶着自己的妻子走下马车的时候,也禁不住提心吊胆地咬住了舌尖。甚至那两匹在寒风中浑身冒热气的枣红大马也斜起眼睛打量着这一令人担忧的行动,似乎是为这位娇柔、脆弱、惹人怜惜的美人儿心怀不安。

这位年轻的太太气管有毛病,克罗特扬先生在未到这里以前曾经从波罗的海海边给"爱因弗利德"的主治医生写过一封信,信中清清楚楚地说明了这一点。谢天谢地,她害的只是气管炎,不是肺病! 但是即使她真的肺部有毛病——看她现在坐在自己体格健壮的丈夫身旁,靠在白漆的直背靠椅上,倾听着别人谈话的那副娇柔无力的样子,你在这世界上也绝对想象不出还有比她更娇美、更圣洁、更远离世俗、更无肉体实质的人。

她的美丽的、苍白的双手,除了一只朴素的结婚戒指外别无饰物,静静地摆在怀中深色厚呢裙的皱褶上。她穿着一件带竖领的、紧紧裹住腰身的银灰色的上衣,衣服上满缀着天鹅绒镶成的阿拉伯式的饰条。在这一身厚重的衣装的衬托下,她那娇美而憔悴的小脸显得更加可爱、更加令人心疼,也更像并非属于尘世所有。她的浅棕色的头发在靠近后颈的地方绾着一个发髻,一丝不乱地向后梳拢着,只有在右额附近垂下了一缕松散的头发。也就是在这一额角上,在她那画得漆黑的眉毛上面,透过雪白的,几乎像是透明的皮肤映出一小缕显示出病态的青筋。这一缕淡蓝色的小脉管仿佛是惊惶不安地控制着

---

① 英语:小心。

她的整个娇嫩的鹅蛋形的小脸。不论她说话也好,微笑也好,这缕青筋都要浮现出来,这就给她的面容平添上一层紧张、焦灼的神情,使人不禁为她的身体担忧。尽管如此,她还是有说有笑。她用她那稍有些沙哑的声音亲切地、无拘无束地和人交谈着,她用她的眼睛向人微笑。她的眼睛看人时给人一种疲倦的感觉,有时候仿佛禁不住就要闭上,鼻梁两侧的眼角笼罩在一层暗影里。她也用她的美丽的小嘴微笑,她的嘴虽然没有血色,却非常莹润,这也许是她的嘴唇轮廓非常鲜明的缘故。她时不时地咳嗽几声,这时她就要用手帕去擦嘴,并且看一看手帕上有没有什么东西。

"别咳嗽,嘉勃利尔,"克罗特扬先生说,"你知道,在家里的时候,兴慈彼得大夫也特别嘱咐不许你咳嗽,darling①,还是应该小心一点好,宝贝儿。我已经说过,是气管的毛病,"他又重复了一遍,"刚一发病的时候,我还以为是肺,天知道,我真吓了一大跳。后来才知道不是肺,见他的鬼去,这种病咱们可害不得,你说是不是,嘉勃利尔?呵,呵……"

"这还用说。"李安德尔博士说,一双镜片对着客人闪闪发光。

说到这里,克罗特扬先生提出要喝一杯咖啡——咖啡和奶油小面包。谁都听得出,克罗特扬先生有他独特的发音,"咖啡"的"咖"字好像是从嗓子眼里发出来的,"奶油面包"他说成"奶要面包"。不过经他的嘴这么一说倒是把大家食欲都勾引起来了。

他得到了想吃的东西,此外还得到了一个房间,克罗特扬夫妇就在这间房子里安顿下来。

这位新来的客人由李安德尔博士亲自负责治疗,他没有让米勒医生插手这件事。

三

新来的女病人在整个疗养院引起了不平常的轰动。克罗特扬先生对他妻子的这种魔力似乎已经司空见惯,他志得意满地看着别人对她发出的种种赞叹。那个害糖尿病的将军第一次见到她的时候居然有一刹那忘记了唉声叹气。那些面容枯槁的先生走到她跟前的时候都满脸堆笑,尽了最大的力气控

---

① 英语:亲爱的。

制着自己不听使唤的腿脚。市府参议施帕茨太太马上就像老相识似的和她形影不离。是的,她风头出得十足,这位克罗特扬夫人!一个在"爱因弗利德"住了几个星期、性格乖僻、落落寡合的作家(这人的姓名和一种宝石的名字同音),和她在走廊里猝然相遇,当她从身边走过去时,这位作家面孔变得煞白,马上站住了脚,直到她早已走得没有影子,他仍然像生了根似的呆呆地站在原地。

　　两天还没有过去,整个疗养院的病患者对她的历史都已经了如指掌了。她是不来梅人,这从她说话时某几个不很准确可是非常动听的吐音也听得出来。两年以前,她在不来梅答应了大商人克罗特扬的求婚,接着就随着丈夫到了波罗的海海滨的一个城市——克罗特扬先生的故乡。大约在十个月以前,她在九死一生的情况下生了一个活泼健壮的孩子,给克罗特扬先生生了一个儿子、一个传宗接代的人。但是从那一段可怕的日子起,她的精力就从来没有恢复过来,如果说她过去曾经有过精力的话。她刚刚离开产褥,体力衰竭,元气大为亏损,忽然在咳嗽的时候咯出一点血来——并不多,只是很小的一口。但是不管怎么说,最好还是一点也没有。更令人忧虑的是,这件不愉快的小事在短短的几天后又重演了一次。当然啰,治疗咯血的办法是有的,克罗特扬家的家庭顾问医生兴慈彼得也的确采用了好几种。病人需要绝对静养,要吞吃小冰块,要吃一点吗啡止住咳嗽,要尽量使心脏不受刺激。但是病人的健康却总是迟迟不能复原。眼看着新生的婴儿,安东·克罗特扬,越来越茁壮,带着无限的精力、横冲直撞地走进生活中来,这位年轻的母亲却不断发低烧,身体逐渐衰竭下去……她的病症,我们前面已经说过,是出在气管上。气管这个字一经兴慈彼得医生说出来,每个人都出乎意料地松了口气,这个字起了一种安慰的、几乎可以说是令人鼓舞的作用。但是尽管病不在肺部,兴慈彼得医生还是认为,为了使病人早日康复,到气候温和的地方,在疗养院里小憩几日,是他所迫切希望的事。至于以后的事——克罗特扬太太怎么来到了这里,这就是"爱因弗利德"疗养院和这所疗养院的主办人的声名在发生作用了。

　　这就是事实的全部经过。对于每一个对这件事表示兴趣的人,克罗特扬先生都亲口给他讲一遍。他讲话的嗓音很大,语气随随便便,兴致很高,正像一个消化机能良好腰包充实的人那样。克罗特扬先生说话是典型的北方海边居民的样子,嘴唇动得很快,伸得很远,很多字从他嘴里连珠涌出,一个一个的音就像一连串小鞭炮一样。放完了这么一串鞭炮,克罗特扬先生就像说了个有意思的笑话似的哈哈大笑起来。

他中等身材,宽厚、坚实,两条腿比较短,一张红扑扑的团团圆圆脸,脸上两只淡蓝色的眼睛荫翳在浅黄的睫毛下。他的鼻孔很大,嘴唇总是湿润润的。克罗特扬先生蓄着英国式的络腮胡,穿着英国式的服装。疗养院里有一家英国人,父亲、母亲、三个漂亮的孩子和一个保姆。这一家人因为不知道还有什么地方可去,所以孤零零地住在这里。克罗特扬先生看到这家英国人,不禁喜出望外,每天一定要和他们一起吃英国式的早餐。讲到吃饭喝酒,克罗特扬先生的饭量、酒量都很大,而且很讲究饭食。他对于美酒佳肴非常内行,常常兴高采烈地和疗养院的人谈论他家乡的亲友宴席做得多么丰盛,不厌其详地为他们描述某些这里见不到的名菜。一谈到这些事,他就眉飞色舞,眼睛眯成一条缝,话语里的上颚音和鼻音也加重了,而且还不断地轻声咂嘴吮舌。此外,克罗特扬先生对于其他的世俗享乐在原则上也不排斥,这从下面一件事也看得出来。一天晚上,疗养院的一个病人,一个作家,看见克罗特扬先生正和一个使女在廊道里开玩笑,而且开得似乎有些过火——究其实这不过是一件无伤大雅的小事,可是上面谈的那个作家却做了一个可笑的厌恶表情。

至于克罗特扬夫人,我们看得很清楚,她的心里是只有自己的丈夫的。不论克罗特扬先生说什么,做什么,她总是面含微笑地听着看着。而且这绝不是某些有病的人对待没有病的人的那种高傲的俯就,这是脾气好的病人对健康的人的乐观自信、生气勃勃所表现的亲切的喜悦和关怀。

克罗特扬先生没有在"爱因弗利德"疗养院停留多久。他已经把自己的妻子送到了目的地;一个星期以后,当他看到她在这里确实得到很好的照顾、精心的治疗,他觉得自己没有再多待下去的必要了。他还有其他的同等重要的责任,他的健壮的儿子,他的兴旺的买卖,都在召唤他赶快回家去。他不得不离开这里,把他的妻子留在疗养院,享受最好的治疗。

四

那个已经在"爱因弗利德"住了几个星期的作家名叫史频奈尔,迭特雷夫·史频奈尔。这人的相貌生得很是奇怪。

让我们想象一个三十岁出头的黑皮肤的男子,身体魁梧,鬓角的头发已经开始斑白,一张苍白浮肿的圆脸光光净净的没有一根胡须,他并不刮脸——刮脸是很容易看出来的;他的脸柔嫩、疲软,像个大孩子,脸上只稀稀疏疏地生着几根茸毛。这就给人一种奇特的感觉。他的明亮的、浅黄色的眼睛带着温柔的表情,鼻子不高,略显肥大。除此以外,史频奈尔先生还生着罗马型的,很多细孔的噘起的嘴唇,虫蛀的大牙和一双大得出奇的脚。在那些腿脚不方便的先生之中有一个爱说俏皮话的刻薄人,曾经在背后给这个作家起了个绰号"腐烂的大婴孩"。但是这个外号过于恶毒,不合真实。——作家的衣着讲究入时,他总是穿着黑色的上衣和有花点的背心。

　　作家为人落落寡合,跟谁也不来往。偶尔他也有和蔼、殷勤、热情外露的时刻,这总是当史频奈尔先生审美感大发的时候。当一件什么美的事物,譬如说,两种非常协调的色彩啊,一个式样优美的花瓶啊,夕阳辉耀着的远山啊,使他心旷神怡的时候,他就要赞叹地说:"多么美!"说话时头往旁边一歪,肩膀一耸,叉开手臂,皱起鼻子和嘴唇。"上帝,您看啊,多么美!"在这样感情激动的时刻,不管对方是如何显耀的人物,是男是女,他都可能满不在乎地把人家的脖子搂住……

　　他住的那间屋子的桌子上,永远摆着他写的那本书,不论是谁走进去都能看到。这是一部篇幅不长的小说,画着莫名其妙的封面画,印在一种好像是为滤咖啡用的纸上,封面的每一个字母看去都像一座哥特式的教堂顶。封·奥斯特洛小姐有一次闲暇无事曾经把这本书读了一刻钟,认为这本书写得太细致。按照封·奥斯特洛小姐的习惯,这个词变相的意思就是"枯燥得不近人情"。这本书的故事发生在上流社会的沙龙里,发生在阔太太的豪华的客厅里;客厅里满摆着精美的物品,五彩的壁毯,古老的家具,贵重的瓷器,用钱买不到的织物,和各式各样的奇珍异宝。作家最看重的就是对这些物件的精心刻意的描写,读者仿佛随时都看得到史频奈尔先生皱着鼻子在一旁赞叹:"多么美!上帝,您看啊,多么美!"……除了这一本书外他还没有写出更多的作品来,这是一件令人奇怪的事,因为他对写作的热情分明是非常高的。一天二十四小时,他大部分时间都关在屋子里写个不停,他让人投寄的书信也多得出奇,每天都有一两封信寄出去——可是别人寄给他的信件却很少,这也是一件奇怪的、耐人寻味的事。

五

吃饭的时候，史频奈尔先生正好坐在克罗特扬夫人的对面。克罗特扬夫妇头一天到侧楼底层的餐厅吃饭，史频奈尔先生来得晚了一点儿，他用柔细的声音向所有在座的人打了招呼就走到自己的座位上。李安德尔博士随随便便地把他向新来的客人介绍了一下。他欠身行了个礼，就默默地吃起饭来。他的神情有些忸怩，一双从细窄的袖口伸出来的白嫩秀气的大手摆弄着刀叉，也带着几分造作。过了一会儿，他不那么拘束了，开始神色自若地轮番打量起克罗特扬先生和他的妻子来。在这一餐饭中，克罗特扬先生也曾经跟他交谈了几句，跟他打听一些关于疗养院的情况、这里的气候等的事，克罗特扬太太有时也用娇柔的语调插口问一两句，对这些问题史频奈尔先生都很客气地作了答复。他的声音柔和悦耳，但是他的话却说得磕磕巴巴，有些字说了一半又被吸溜进去，就好像他的牙齿碍着舌头一样。

吃过饭以后，大家纷纷走到休息室去，李安德尔先生特别问了问新来的客人这顿饭吃得好不好，克罗特扬夫人趁这个机会向他打听对面坐的这个人。

"这位先生姓什么？"她问。"史频奈利？这个姓可真怪。"

"史频奈尔……不是'史频奈利'，夫人。他不是意大利人。据我所知，他是伦贝格①人……"

"您说什么？他是作家？真的吗？"克罗特扬先生问。他的一双手插在舒适可体的英国式的裤子口袋里，把耳朵凑到博士的跟前。和许多人的习惯相同，听人说话时克罗特扬先生总是习惯把嘴张开。

"对了，我说不太清——他在写东西……"李安德尔博士回答说，"他大概出版过一本书，一本什么小说，我真是说不清……"

这一而再的"说不清"表示李安德尔博士不认为这位作家是什么了不起的人物，也表示他对这个人并不负什么责任。

"可是这很有趣！"克罗特扬太太说。她还从来没有面对面地见过一位作家呢。

"啊，是的，"李安德尔博士附和着说，"据说还有点小名气……"关于这位

---

① 伦贝格，即乌克兰城市利沃夫。

作家的话就谈到这里。

过了一会儿,当这两位新来的客人回到自己房里,李安德尔博士也正要离开休息室的时候,史频奈尔先生把他拦住,这次该轮到他打听另外两个人了。

"这对夫妇姓什么?"他问……"这个姓可真有点怪。"

"克罗特扬。"李安德尔博士说,转身就要走。

"姓什么?"史频奈尔先生问……

"他们姓克——罗——特——扬!"李安德尔博士说,腿已经跨了出去。——他一点也不把这位作家放在眼里。

六

我们是不是已经说到克罗特扬先生启程回故乡了?是的,他又回到波罗的海海滨去了,又回到他的商号里,回到他的孩子身边,回到那个给妈妈带来了这么多痛苦、使她的气管害了小毛病的精力充沛、横冲直撞地走进生活的小东西身边。克罗特扬先生走了,他的年轻的妻子却继续留在"爱因弗利德",市府参议施帕茨太太马上像个老相识似的和她形影不离。但是这并不妨碍克罗特扬太太和别的疗养病人交朋友,譬如说和史频奈尔先生。史频奈尔先生对于所有的人一直都是不爱理睬的,唯独对这位女病人,从一开始就表现出不同寻常的倾慕、殷勤,这未免使疗养院的人都非常惊奇。而在克罗特扬太太这一方面,在她的严格规定的作息表所允许的短短自由活动时间内,她也很乐于和史频奈尔先生随便闲谈几句。

史频奈尔先生小心谨慎、毕恭毕敬地向她这边走过来,跟她说话的时候有意把嗓门压得很低。施帕茨参议夫人耳朵本来就有毛病,所以史频奈尔先生说了些什么,她常常一句也听不清楚。他踮着一双大脚向着面含微笑的克罗特扬太太仰靠着的靠背椅走过来。离着还有两三步远的地方,身子向前倾着,一条腿拖在后面,仿佛随时准备好,只要克罗特扬太太的脸上露出一丝疲乏或者厌倦的神情,就立刻转身走开。他开始咕咕哝哝、半吐半咽地说起来。他说话的声音很轻,却能打动人。他并没有使克罗特扬太太感到厌倦,她请他坐在参议夫人和自己身边,常常随便提个什么问题,引逗他说下去。她好奇地倾听着,脸上浮现着笑容,因为他常常说一些她从来没有听过的、奇怪而有趣的话。

"您为什么到'爱因弗利德'疗养院来?"她问,"您需要做什么治疗,史频奈尔先生？"

"治疗？……我要做一点儿电疗。不,这件事不值一提。我要告诉您,尊贵的夫人,为什么我到这儿来——我是为了这里的建筑风格。"

"噢!"克罗特扬太太惊喊起来,用手托着下颌,脸上流露出带着些夸张的热心,就像有时小孩要说一件什么事,大人故意装出来的那种表情。

"是的,尊贵的夫人。'爱因弗利德'是纯粹的法国帝国式样。有人告诉我,从前这里是一座宫殿,是避暑的行宫。这座侧楼是后来加盖的,但是主楼很古老,保存了原来的式样。有的时候我觉得好像离开这种帝国风格就无法生活下去,为了使心灵获得些微的宁静,这对我成了不可缺少的东西。自然了,一个人在柔软舒适得令人心荡神驰的家具中和在这些直线条的桌椅帷幔中,感觉是完全不同的。这种光泽和硬度,这种冷峻、质朴的谨严,给了我一种尊严和支持,使我内心纯净,精神振奋,毫无疑问,它使我成为一个道德高尚的人……"

"您的想法真怪,"她说,"不过,如果我好好动脑筋想想,大概我也能了解。"

史频奈尔说,为这件事费脑筋是不值得的,于是他们彼此哈哈大笑起来。连施帕茨参议太太也笑起来,她也觉得史频奈尔先生的想法很怪;不过她没有说她能了解。

休息室宽大华美。通到旁边台球室的两扇高大的白色屏门敞开着,台球室里,那几位腿脚不灵便的先生和另外一些人正在打台球。屋子的另外一扇玻璃门,透过玻璃门可以看到外面的露台和花园。玻璃门旁边摆着一架钢琴。此外,屋子里边有一张绿绒牌桌,害糖尿病的将军和另外几位先生在玩惠斯特牌。太太们有的看书,有的缝织什么东西。一个铁炉子把屋子烧得暖烘烘的。可是最舒适的聊天的地方还是在壁炉前边。这只壁炉式样精巧,炉子里还摆着几块用赤红色纸条包起来的假煤。

"您起得真早,史频奈尔先生,"克罗特扬先生的妻子说,"我在无意中有两三次看到您七点半钟就到外面去了。"

"起得早吗?啊,起得早这件事可大有区别,夫人。拿我来说,我所以起得早,是因为我是个爱睡懒觉的人。"

"您这句话是什么意思,可得解释一下,史频奈尔先生!"——连施帕茨参议太太也要求他解释一下。

"是这样……如果说一个人有早起的习惯,那就是说,据我想,他本来用不着起得这么早。可是良心,您要知道,夫人……良心是个非常讨厌的东西!像我这样的人,一辈子都得跟良心搏斗,整天盘算着怎么样才能哄骗哄骗它,怎样才能想个花招给它一点小小的安慰。像我们这样的人在世界上一点用处也没有,除了偶然有非常短暂的好时光以外,我们总是为自己的无用而感到内疚。我们仇视所谓的'有用',我们知道这是卑鄙丑陋的,而且就像维护某些不可或缺的真理那样维护这一真理。尽管如此,我们还是受着忐忑不安的良心啮咬,咬得我们浑身没有一块完整的地方。此外,我们的全部精神生活,我们的世界观,我们的工作方式……对我们还产生着一种非常不健康的损耗身体、刺激精神的作用,这就把事情弄得更糟。幸好还有一些能够稍微缓和的方法,要不然的话,我们简直无法忍受下去。譬如说,遵守一定的谨饬的起居生活制度和严格的卫生习惯,对我们中很多人是非常必要的。早起,一大清早就起床,洗冷水浴,到雪地里去兜个圈子……这都使我们得到或许个把钟头的心绪宁静。如果随着我自己的性子,我就要一直睡到下午也不起床,我说的这是实话。所以说,我的早起是一种弄虚作假。"

"不,您为什么这么说,史频奈尔先生,我说这是自我克制……您说对吗,施帕茨太太?"——施帕茨参议太太果然也认为这是自我克制。

"叫弄虚作假也罢,叫自我克制也罢,夫人,这只是看一个人更喜欢哪个词罢了。我的心情可总是那么郁闷,以至于……"

"倒也是,您未免过于郁闷了。"

"是的,夫人,我过于愁闷了。"

——天气一直很好,很久很久也没有变天。雪地洁白,干净,坚硬而晶莹。没有一丝儿风。整个这一片地区,山峦也好,房屋和庭园也好,都静立在耀眼的光辉和淡蓝的阴影里。笼罩着这一切的是一个没有一块瑕点的蓝汪汪的天空,空气里仿佛有无数的小亮星,无数闪烁发光的玻璃星在漫天飞舞。克罗特扬先生的妻子在这一段时期身体稍微有些起色。她没有发烧,差不多完全不再咳嗽了,也不像过去那样一看见饭菜就感到厌腻。她常常遵照医生的嘱咐连着几个钟头坐在露台上的冷空气里。有时她也用毯子和皮衣服把身体裹得严严地坐在雪地里,怀着满腔希望呼吸干净的冷空气,锻炼自己的气管。当克罗特扬太太这样坐着的时候,有时也看见史频奈尔先生在花园里散步。史频奈尔先生同样穿得暖暖和和。两只大毡鞋使他的脚更加大得出奇。他用试探的脚步在雪地里走着,上身也保持着小心翼翼的姿势,虽然有些僵直,却仍然不失优美的风度。他向露台这边走过来,恭恭敬敬向克罗特扬太太打了个招呼,走上几磴台阶,准备跟她谈几句话。

"今天早晨出去散步的时候我看见一个非常漂亮的女人……天啊,真是美啊!"他说,头向一边歪着,叉开两只手臂。

"真的吗,史频奈尔先生,请您给我描写一下吧!"

"不行,我不会描写。不然我就会给您一幅不真实的图画。我从她身边走过去,只是匆匆地看了一眼,也可以说我根本没有看见她生得什么样子。可只是她那模糊的身影就足以使我的幻想力活跃起来,给我留下一幅很美的图画……天哪,真是美!"

她笑了,"这就是您观察漂亮女人的方法吗,史频奈尔先生?"

"是的,夫人。比起过于贪恋现实、径直望到一个人脸上而带走真实情况的满是缺陷的印象来,我这个方法要更好一些。"

"过于贪恋现实……这真是个奇怪的说法!这是作家的语言,史频奈尔先生!可是我对您说,这句话给我的印象很深。这里面包含着很多意思,我也能了解一点点,它包含着某种独立自主和自由想法,它藐视现实,尽管现实是最令人尊重的事物,是尊重这一概念的具体化……另外我还了解到,除了可以触摸到的事物以外也还有一些别的,一些更微妙的东西……"

"只有一张脸,"他突然说道,声音里满含着喜悦和激动,紧握住的拳头向肩膀举起来,脸上现出由心坎里发出的笑容,笑得他嘴里的龋齿都显露了出来,"只有一张脸,如果想用自己的幻想力去修改它那高贵的容颜就是犯罪,这张脸我可以端详、注视,不是几分钟、几个钟头,而是整整的一生,一看到它我就完全沉溺进去,就把一切尘世上的东西忘在脑后……"

"好了,好了,史频奈尔先生,封·奥斯特洛小姐的耳朵可没有堵着东西。"

他不再往下说了,深深地鞠了一躬。当他重新把头抬起来的时候,他的目光满含着困窘和痛苦落在她的晶莹得仿佛透明的额角上那一小缕病态的、浅蓝色的脉络上。

七

怪人,真是个奇怪的人!克罗特扬先生的妻子有时想起了他,因为她想事情的时间是非常多的。也许是新的环境、气候不再在她身上起作用了,也许是另有什么直接的、有害的事物对她起了影响,不管怎么说,她的健康又坏了。她的气管情况很不妙,她感到自己虚弱、疲倦、没有食欲,她常常发烧。李安德尔博士嘱咐她要绝对静养,一点儿不能受刺激,要小心谨慎。这样,当她不在床上躺着的时候,就和施帕茨参议太太坐在一起,静静地待着,怀里放着一件针线活,但是她并没有做,而是任凭脑子在东想西想。

是的,这位古怪的史频奈尔先生使她想到很多很多事,而且,奇怪的是,她固然有时思索他,但更多的是思索自己。不知为什么,他引起了她的一种好奇心,引起她从来没有过的一种对本身的兴趣。有一天他在谈话的时候说:"不,女人真是令人捉摸不透……尽管这件事已经毫不新奇,可是人们还是免不了站在她们面前,惊诧莫名。女人是奇妙的生物,是空气的精灵,是幻影,是童话般的梦境。您想想,她会做出什么事来?她投到一个在市场上耍把戏的,或者是一个卖肉的小徒弟的怀抱里。她让他搂抱着,甚至也许把头枕在他的肩膀上,向四周的人媚笑,好像在说:你们要是觉得这件事奇怪,就去绞脑汁吧!而我们果然绞尽了脑汁。"

克罗特扬先生的妻子不止一次咀嚼他这一番话的意思。

又有一天作家和她谈了下面这样一段话,使得施帕茨参议太太非常吃惊。

"我可以不可以问一下,夫人?也许我提出这个问题太不知分寸了。您姓什么,您本来的姓是什么?"

"我姓克罗特扬啊,史频奈尔先生!"

"噢——这我知道。或者说,这个姓我不承认。我问的自然是您原来的姓,您做姑娘时的姓。您一定也会承认,夫人,谁要是称呼您'克罗特扬太太',谁就该挨鞭子。"

这句话把她逗笑了,她笑得那么厉害,以致额上的青筋又使人担惊地显露出来,给她那张娇美的面庞添上一层令人忧惧的紧张焦烦的神情。

"不,请不要这样说,史频奈尔先生!挨鞭子!难道'克罗特扬'这个姓对您这么可怕吗?"

"是的,夫人,从我第一次听见这个姓起,我就从心眼里讨厌它,它不但滑稽,而且丑得要命。如果人们也根据一般的习惯,让您姓您丈夫的姓,那才叫野蛮、卑鄙呢!"

"那您觉得'艾克豪夫'这个姓怎么样?是不是好听一点儿?这是我父亲

的姓。"

"啊,您看!'艾克豪夫'当然就大不相同了!连一个大戏剧家也姓的是'艾克豪夫'。'艾克豪夫'确实不错。——您只提您的父亲,您的母亲是不是……"

"是的,我还很小的时候,母亲就去世了。"

"啊。——您可以不可以告诉我一点关于您自己的事?如果您觉得累,就不必了。那您就休息,让我再跟您谈谈巴黎,像上次那样。可是您说话的时候不妨把嗓音压低,是的,您越是悄没声儿地说,一切就显得越美……您是生在不来梅么?"这个问题他几乎是哑着嗓子提出来的,带着无限的崇敬,仿佛在说一件无比重要的事,仿佛不来梅是一座举世无双的城市,充满了无法描绘的惊险奇遇和潜藏不露的美丽,仿佛在不来梅出生是一件既神秘而又高贵不凡的事。

"是的,您想一想吧!"她不由自主地说,"我是不来梅人。"

"我也到不来梅去过。"他沉思地说。

"天哪,您也到那里去过,那么从图尼斯到施庇茨贝根这一带,我想您一定都看见了,史频奈尔先生!"

"不错,我曾经去过一次,"他又重复了一遍,"不过是短短的一个晚上。我还记得一条古老狭窄的街道,三角山墙上面斜挂着一轮月亮,气氛很奇特。以后我到了一间地下室,里面散发着酒气和霉味。这个印象一直深深地留在我脑子里……"

"真的吗?这是什么地方呢?——是的,我就是生在这样一座带有灰色三角山墙的房屋里,一座古老的商人的住宅,屋子里有隆隆作响的楼板,有白漆的走廊……"

"这么一说,您父亲是一位商人吧?"他有一些犹豫地问。

"是的,他是商人,但是他也是,而且首先应该说他是一个艺术家。"

"啊!啊!是什么样的艺术家?"

"他拉提琴……不,这句话并不能说明问题。他拉得怎么样,史频奈尔先生,那才是最重要的事。有几个调子我只要一听眼睛里就禁不住涌出热泪,在别的事情上我从来没有过这样的感觉。您也许不会相信……"

"我相信!我怎么会不相信……请您告诉我,夫人,您的家庭是不是一个古老的家族?是不是已经有很多代人在这座灰色的三角山墙的房屋里生活过,工作过,最后又溘然长逝?"

"是的。——为什么您问这个?"

"因为一支讲求实际、朴实无华的市民的家族常常在最后的几代会突然在艺术上放出异彩,这种事屡见不鲜。"

"有这样的事吗?——可不是,讲到我父亲,他确实比某些自称为艺术家并且享有盛誉的人更配得上这个称号。我稍微会弹一点钢琴。现在他们已经不许我弹了,可是那时候在家里,我是常常弹的。我和父亲一起演奏……是的,这几年的记忆对我是非常珍贵的。我特别怀念我们的花园,屋子后面的一个花园。那里很荒芜,长满野草,周围是一道破落的、生满绿苔的围墙。但是正是这种荒凉破落才给它增添了很多魅力。花园中间有一个喷泉,四周密密重重地围着一圈鸢尾花。夏天的时候,我和女友们在花园里一待就是几个钟头。我们都围着喷泉坐在折椅上……"

"多么美!"史频奈尔先生耸着肩膀说,"你们坐在那里唱歌吗?"

"不是,我们大半在编织东西。"

"那也一样……"

"是的,我们织东西,聊天,我和我的六个女友……"

"多么美!天哪,您听听,多么美!"史频奈尔先生喊着说,他的眉眼几乎皱在一起了。

"这有什么美的,史频奈尔先生?"

"噢,是这个,除了您以外还有六个人,您不包括在内,您坐在这圈人里像个女王似的……在您的六个女友里您是那样超凡绝俗。一顶小小的无形的金冠好像在您的头顶上闪闪发光……"

"不,您这是瞎说,哪里有什么金冠……"

"是有的,一顶无形的金冠耀人眼目。如果当时我偷偷地站在树丛里,我就会看到,我会清清楚楚地在您的头发上看到……"

"天知道您会看到什么。可是您并没有站在那里,有一天倒是有一个人跟我父亲一起从树丛里走出来,但那是我现在的丈夫。那时候我跟女朋友胡扯的话,我怕他们都偷听去了……"

"这么一说,您和您的丈夫初次认识就是在那个花园里吗,夫人?"

"是的,我就是在那里认识了他!"她大声地、高兴地说。她一笑起来,额上的青筋就又奇怪地、令人焦虑地显出来,"他是为了买卖上的事来找我父亲的,您知道。第二天,我们请他来吃饭,又过了三天,他就向我求婚了。"

"真的是这样吗?这一切竟发生得这么快吗?"

"可不是……可是,这以后事情的进展就不能那么快了。因为我父亲对这件事并不赞成,您应该知道,他只是答应说我们需要慢慢地考虑。第一,他不愿意我离开他;第二,他还有别的顾虑。可是……"

"可是?"

"可是我却很愿意这门婚事。"她笑着说,那个浅蓝色的小脉管又一次给她娇美的面孔添上一层忧急、病弱的神态。

"啊,您倒愿意?"

"是的,我愿意。我表示了相当坚决的意志,您也看到了……"

"我看到了,是的。"

"……这样,我父亲最后也不得不同意了。"

"于是您就离开了他和他的提琴,离开了那所老房子、荒芜的花园、喷泉和您的六个女友,您就跟着克罗特扬先生扬长而去……"

"扬长而去……这又是您的独特的表达方法,史频奈尔先生!——好像是《圣经》上的语句!——确实是这样,我离开了这一切,因为这是事态的自然发展。"

"是的,这是事态的自然发展。"

"而且这也关系着我终身的幸福。"

"自然啦。幸福就来了……"

"最幸福的时刻,史频奈尔先生,是人们第一次把小安东抱给我,我们的小安东,他是那么健壮有力,他哭的声音那么洪亮,他的小胸膛一定是非常健康的……"

"这已经不是我第一次听您谈起小安东的健康了。他一定是个健康得出奇的孩子。"

"是这样。他和我的丈夫长得一模一样,看起来简直有些可笑!"

"啊!事情就这样了。现在您不再姓艾克豪夫了,您姓了别的姓,有了健康的小安东,气管害了点小毛病。"

"是的。——您是一个非常神秘的人物,史频奈尔先生,我确实是这样想。"

"可不是,上帝做证,您确实是的!"施帕茨参议太太说,她这时恰好也在场。

这次谈的话克罗特扬先生的妻子以后也不止一次反复思索。尽管这只是一些生活上的琐事,那里面却隐含着不少东西,足供她在探索自己的时候仔细咀嚼回味。这是不是影响了她身体的那有害的事物呢?她的身体越来越虚弱,常常发烧,常常有一股静静的热流向她袭来。每逢这个时候,她就有一种不很剧烈的仿佛是升腾起来的感觉,她沉思地、做作地,既感到满足又有些委屈地听任这种感情支配着自己。当她没有躺在床上,史频奈尔先生踮着一双大脚小心翼翼地向她走过来,离着她两三步远站定,一条腿拖在身后,身子向前倾着,毕恭毕敬地压低了嗓子跟她谈起话来的时候,他那带些羞怯的虔诚仿佛轻轻地把她高举起来,一直举到云端,那里,她既听不到刺耳的噪音,也接触不到世俗的事物……她又回想起克罗特扬先生对她说话的那种样子:"小心啊,嘉勃利尔,take care,我的天使,闭上嘴!"每次克罗特扬先生对她说这样的话,她总是觉得他好像猛地在她肩膀上拍了一掌。但是她很快地就把这个记忆弄丢了,她软绵绵地高卧在史频奈尔先生为她铺设的云堆上。

有一天她突然又提起那场谈到她的出身和少女时代的对话。

"史频奈尔先生,"她问,"您真的会看到那顶王冠吗?"

虽然那场谈话已经是两个星期以前的事了,他却立刻就知道她指的是什么。他用激动的言词对她说,当初她在喷泉边和六个女友坐在一起的时候,他一定会看到她头上的小王冠,一定会看到一顶无形的王冠在闪烁发光。

几天以后,一个在疗养院休养的人为了表示客气向她问起小安东在家里身体怎么样。她匆忙地向正在身边的史频奈尔先生扫了一眼,带着些厌倦的神情说:"谢谢,那孩子能怎样呢?——孩子和我丈夫都不错。"

八

二月底的一个寒冷的日子,比过去的一段日子更洁净、更明亮耀眼,"爱因弗利德"的人个个意兴飞扬。几个心脏有毛病的先生面红耳赤地议论着,害糖尿病的将军像个年轻小伙子似的哼唱起来,那几位腿脚不灵的先生更是喜欢得手舞足蹈。是怎么回事呢?说起来是一件大事,原来疗养院要举行一次远游,要组织一个马拉雪橇队到山里面去,要听听那清脆的铃声和噼啪的鞭响。这是李安德尔博士为了使疗养院的病人散心解闷而做的安排。

病情严重的人自然要留在家里。真是可怜啊！人们会心地交换了一个眼色,决定瞒着他们这件事。能够对人表示一点怜悯心、体恤体恤别人,这使大家心头很舒服。但是也有一些人本来可以参加这次远足,也并没有去。封·奥斯特洛小姐不去大家是都能体谅的。像她这样事务繁忙的人当然不可能考虑乘雪橇远游。家里面的事一分钟也离不了她。一句话,她留在疗养院里了。可是克罗特扬先生的妻子也表示要留在家里,这就使大家心情都不很愉快。李安德尔博士虽然劝她说,乘雪橇远游对她的身体有好处,可是她并不听。她说自己没有这样的心绪,她头痛,没有力气,大家也无法勉强她了。前文谈到过的那位爱说刻薄话的先生评论这件事说:"大家等着看吧,咱们那个腐烂的大婴儿这回也不会去了。"

这件事果然被他料中了,史频奈尔先生表示,今天下午他工作——他很喜欢把自己那种莫名其妙的活动称为工作。他不参加郊游,大家倒没有感到遗憾。同样地,人们对施帕茨参议太太留在家里也没有什么意见。施帕茨太太一则要陪伴她的年轻的女友,二则一向有晕车的毛病,也放弃了这次郊游的权利。

这一天不到十二点就开了午饭,午饭刚刚吃过,几辆马拉雪橇已经停在"爱因弗利德"大门前。疗养院的客人们三三两两、兴高采烈地从花园里向外走去。每个人都穿戴得严严实实,怀着莫大的兴趣和好奇心。克罗特扬先生的妻子和施帕茨参议太太站在通向露台的玻璃门后边,史频奈尔先生则站在自己屋子的窗前,目送大家上车。他们看着客人们怎样开着玩笑,嘻嘻哈哈地争夺好座位,看着封·奥斯特洛小姐围着毛皮围脖在几辆雪橇间前前后后地奔跑着,把一个一个的食筐推到座位下边。他们也看见李安德尔博士皮帽遮着前额,用他那副闪闪发光的眼镜前后又打量了一遍,然后坐在自己的座位上,发出了动身的命令……马车上的铃铛丁丁零零地响起来,短柄马鞭噼噼啪啪地抽起来,长长的鞭鞘拖在橇板后面的雪地上。封·奥斯特洛小姐还站在栅栏门前,挥舞着手帕,直到雪橇转过了公路的拐弯,嘈杂的欢笑声也随着消失以后,她才转身穿过花园回来,忙她的日常事务。这时两位太太离开了玻璃门,几乎在同时,史频奈尔先生也离开自己观望的地方。

"爱因弗利德"为一片安静笼罩着。旅行的人在天黑以前是不会回来的。害重病的人正躺在自己的屋子受罪。克罗特扬先生的妻子和她的老朋友散了一会儿步也各自回到房间里去。史频奈尔先生这时也关在自己屋子里,做他一贯要做的事。四点钟左右有人给两位太太分别送来半升牛奶,史频奈尔先生喝的则是一杯清茶。过了没一会儿,克罗特扬先生的妻子敲着和施帕茨参议太太房间隔开的墙壁说:"咱们到下边休息室去待一会儿好不好,参议太太?我在房间里真闷得要死。"

"马上就来,亲爱的!"参议太太回答说,"请您等我穿上鞋,我在床上躺着呢,您知道。"

正像她们预料到的那样,休息室里空空的一个人也没有。两位太太在壁炉前边坐下。施帕茨参议太太带着一块十字网纱,挑起花来,克罗特扬先生的妻子也拿出针线活做了两针,可是马上她就把针线活放在怀里,靠着椅子背,痴痴地向半空凝望着。最后她说了一句什么,一句本来不值得为它张嘴的话。可是由于施帕茨太太问了一句:"您说什么?"她只好耐着性子把这句话又重复了一遍。可是施帕茨太太又问了一句:"什么?"正在这个时候,门外响起了脚步声,门被推开了,史频奈尔先生走了进来。

"不打搅吧?"他站在门槛边柔声细气地问。他的上半身轻盈飘闪着向前探着,眼睛只望着克罗特扬先生的妻子一个人。年轻的太太回答:"您干吗这么问?首先,这间屋子是个自由港,谁都有权进来;其次,您怎么会打搅我们呢?正相反,我倒确实感觉到,我在使施帕茨太太生厌了呢!"

他没有话可以回答,只是搭讪地笑着,笑得把龋牙也露了出来。在两位太太的注视下,拘拘束束地走到玻璃门前,向门外看着,颇有些不合礼貌地把脊背对着女客。过了一会儿,他把身子略微转过来一点,视线仍然没有离开花园,开口说:"太阳不见了。咱们谁都没有注意,天空就已经被云彩遮住。天已经开始黑了。"

"可不是,什么都罩上了一层黑影。"克罗特扬先生的妻子说,"我们的旅行家们说不定还许遇上风雪呢。昨天这个时候天还很亮,今天却已经是一片昏暗了。"

"哎,"他说,"几个星期以来,天空总是明亮耀眼。现在这种昏暗倒使眼睛舒服一些。不论是美丽的也好,庸俗的也好,太阳总是用它那刺目的光辉照得真真切切,如今它到底把光辉收敛了一些,我很感谢它。"

"您不喜欢太阳吗,史频奈尔先生?"

"我又不是画家……没有太阳,一个人的思想就更内向。——天上的云层很厚,是灰白色的。也许这预示着明天是化雪的天气。顺便说一句,我劝您坐在昏暗的地方别老是望着针线活,夫人。"

"啊,请您放心,反正我也没有做。可是总得找点事做啊?"

这时他已经坐在钢琴前面的转椅上,一只胳臂倚着琴盖。

"音乐……"他说,"要是能听到一点音乐该多么好啊!英国人的两个孩子有时唱两首黑人歌曲,这就是我们所听到的全部音乐了。"

"昨天下午封·奥斯特洛小姐倒是匆匆忙忙地弹了一遍《寺院钟声》。"克罗特扬先生的妻子说。

"您不是会弹琴吗,夫人?"他站起来恳求说,"您从前天天和您的父亲一起弹奏。"

"是的,史频奈尔先生,可这是从前的事了。是坐在喷泉旁边的时候,您知道……"

"今天您再弹弹吧!"他请求说,"只是这一次,随便弹几个音符!您知道,我是多么如饥似渴……"

"我们家的顾问医生和李安德尔博士都严厉禁止我弹琴,史频奈尔先生。"

"他们都不在这里,两个人谁也不在。我们很自由……没有人管您,夫人!只弹两小节……"

"不成,史频奈尔先生,我弹不出什么好听的东西。谁知道,您能期待我弹奏什么样美妙的曲调呢!再说,我早已都忘了,这是真的,不看乐谱我几乎什么也不会弹。"

"噢,那您就弹弹这'什么也不会'也是好的。乐谱这里有的是,就在这里,钢琴上面。不,这个不好。这里是肖邦……"

"肖邦?"

"是肖邦,肖邦的夜曲,现在只要把蜡烛点上,就什么都齐全了。"

"您别指望我弹琴了,史频奈尔先生!我不敢弹。我怕这对我身体不好。"

他不言语了。他站在那里,耷拉着两只胳臂,闪烁的烛光照射着他的灰色的头发,他的略有些臃肿的、没有胡须的面孔,照射着他的黑色的长上衣和一双大脚。

"那么我就不求您了,"最后他轻声说,"如果您怕伤害身体,夫人,那您就让您的手指能够创造出的美丽音响哑掉吧,让它死去吧。您过去不是这样理智的,至少在那个与今天恰恰相反的问题上,在您丢弃了美丽的时候,您不是这么理智的。那时您没有这么关心自己的身体,您没有怎么考虑,您甚至相当坚决地离开了您的喷泉,摘下您的金色的王冠……您听我说,"沉默了片刻,他又接着说,声音比刚才更低了,"如果现在您坐在这里,再弹奏一曲音乐,像从前您父亲还站在身旁,用提琴拉出使您落泪的曲调那样……很可能,人们又看到您的头发上闪闪发光,一顶金色的小王冠……"

"真的吗?"她笑着问……不知为什么,说这几个字的时候她突然失去了力气,只是喑哑无声地把这几个字吐出口来。她咳嗽了两声,接着说:"您拿的那本真是肖邦的夜曲吗?"

"一点不错。我已经把它掀开了,一切都准备好了。"

"好吧,那么说我只好弹一个了,"她说,"可是我就弹一支曲子,您听见了? 您可不要太不知足。"

说着她站起身来,把针线活放在一边,走到钢琴前面。她在那张放着几本装订起来的乐谱的转椅上坐下,把蜡烛摆好,就翻起乐谱来。史频奈尔先生把一把椅子搬到她身边,像个音乐教师似的坐在她身旁。

她弹的是肖邦的作品第九号,《降 E 大调第二号夜曲》。尽管她的指法确实荒疏了不少,还是可以听出来,过去她弹奏的技巧是非常精湛的。她在这架普普通通的钢琴上只弹了几个音,凭着她的准确的音乐感,已经知道了该怎样驾驭它。对于不同的音色她非常敏感,极喜欢节拍的灵活性,几乎是带着幻想去演奏。她敲击键盘既有力又柔和。在她的手指底下,乐曲唱出了最甜美的声音。演奏的时候,她衣服上的饰条轻缓而优美地随着她的身体摆动着。

她穿的仍是初来时的那件衣服:一件镶配着天鹅绒饰条的深色的厚重的短上衣。这件衣服把她的头部和双手衬托得更深了。当她弹完的时候,她把手放在怀里,眼睛仍然盯着面前的乐谱。史频奈尔先生默默地不动地坐着。

她又弹了一首夜曲,又弹了第二首、第三首。然后,她从座位上站起来,但是只是为了从琴盖上寻找新的乐谱。

史频奈尔先生忽然想到该去翻寻一下放在转椅上的那几本黑色厚纸面的谱子。突然,他发出了一个别人无法听懂的声音,一双白嫩的大手紧紧抓住一本抛在那里的乐谱。

"这不可能! ……不会是真的! ……"他说,"可是我不会弄错的……您知道,这是什么? ……这是什么书? ……您知道,我手里拿的是什么?"

"是什么?"她问。

他一声不出地让她看那乐谱的标题①。他的脸变得苍白,让书从手上掉下来,嘴唇颤抖着看着她。

"真的?它怎么会到这里来的?您给我。"她再没有说多余的话,把谱子放在谱架上,坐下,沉静了片刻就开始从第一页弹起来。

他坐在她身边,探着身子,两手搭在膝头上,低着头。开始的一段她弹得出奇地慢,慢得令人不耐,每一个停顿她都故意拖得很长,给人一种不安的感觉。一个满含着痛苦的思恋的主题,仿佛是暗夜中一个寂寞、彷徨的声音,迟疑胆怯地悄悄发问。接着是寂静和等待。以后,人们听到了回答,仍是那同样怯懦、孤寂的音响,只不过更清晰些、更温柔些。又是一次新的沉寂。爱情的主题这时以奇妙的、低沉的突强音出现了,仿佛是感情的迸发和泛滥,它升腾起来,带着一片狂喜扶摇直上,直到令人神荡的形销骨化的境地,然后又落下来,消融掉;接着出现了仿佛是大提琴的低沉的声音,继续倾诉那令人痛苦的幸福的感情……

演奏者在这架破旧的钢琴上成功地弹奏出乐队的效果。激昂高扬的提琴声响听来那么清晰、明朗。她怀着几乎是有些矫饰的虔诚演奏着,不厌其烦地描绘每一个形象,突出每一个细节,仿佛是一个祭司把至高无上的圣物高捧在头上。人们听到的是什么呢?是两种力量,两个狂欢的生命在痛苦和幸福中互相追逐,拥抱到一起,疯狂地、不顾一切地奔向那永恒和绝对……前奏曲突然燃烧起来,之后接近了尾声,逐渐沉寂下去。正在幕布揭开的时候,乐声终止了。她默无一言地久久注视着乐谱。

与此同时,施帕茨参议太太的不耐烦已经达到了如此程度:脸扭曲得变了形,眼珠突出,面容有如死灰,使人看去简直都觉得可怕。除此以外,这种音乐使她的胃神经也大受刺激,使她的消化器官翻腾起来,她真害怕自己会呕吐出来。

"我得回屋子去一趟,"她有气无力地说,"再会,我马上回来……"

说罢,她就离开了休息室。天空这时更加昏黑了。透过玻璃门,可以看到雪片无声无息地一阵紧似一阵落在露台上。室内,烛光摇曳,光线非常朦胧。

---

① 史频奈尔发现的是德国19世纪作曲家理查·瓦格纳根据欧洲中世纪传奇《特利斯坦和伊佐尔德》所写的同名歌剧的钢琴曲谱。

"第二乐章。"他低声说。她翻过一页来,开始弹第二乐章。

号角消失在远方。是号角声吗?也许是窸窣作响的树叶吧?是琤琮的泉水吧?黑夜已经用寂静遮盖住一切丛林、屋宇,无论是乞求也好,叮嘱也好,都不能再阻止那如饥似渴的思恋之情了。伟大、神圣的秘密逐渐成形了。光熄灭了,死亡的主题带着奇怪的喑哑的声色倏然降落,思恋焦急不耐地向着她的爱人招展着自己白色的面纱。她的爱人正伸出两臂在黑暗里一步一步向她走来。

啊,在事物的永恒的彼岸聚会,那是何等巨大的、无法餍足的欢乐!摆脱掉折磨人的错误,逃开空间和时间的枷锁,让你和我,你的和我的永远融合成幸福、崇高的一体!白昼的幻化的恶作剧可以使他们分开,但是对于习惯于在黑夜里视物的人,对于那些饮了魔水、目光变得圣洁的人,它却不能再施展任何骗诈。有谁曾经看过死亡的暗夜,知道了它的令人心醉的秘密,在白昼的幻影中,他只能有一个期望:他怀念着神圣的黑夜,渴望着那永恒的、真实的、使他和爱情融合为一的黑夜……

噢,垂落下来吧,你爱情的夜,落下来,把他们切盼的遗忘带给他们,用你的幸福把他们包裹起来,把他们从欺骗和分隔的世界里解救出来!看哪,最后的一片光亮熄灭了!思虑和幻想都湮没在神秘的昏黑里,就是幻境的痛苦也为解救世界的一片漆黑遮掩起来。在这一时刻,当迷人的白昼暗淡下去,当我的视线因为喜悦而朦胧起来,白昼用它的幻境遮蔽着不使我看到的,使我为无法满足的期望折磨着而得不到的,瞬息都出现在我面前,就是在这一时刻,噢,美妙的实现啊,就是在这一时刻,我和世界化成了一体。——在布兰干南①的神秘的警告之歌后,提琴声又昂扬起来,高高地压倒了一切理智的声音。

"我并不能懂,史频奈尔先生,有很多地方我只是模模糊糊地意识到。这究竟是什么意思:'就是在这一时刻,我和世界化成了一体'?"

他用简短的话低声解释给她听。

"啊,原来是这样。——您既然这么了解,为什么您不会演奏呢?"

不知为什么,克罗特扬先生的妻子随便提出的这个问题竟使他感到很难堪。他的脸变得通红,绞着手,身子萎缩了下去。

"这两件事很少是一致的,"最后他困窘地说,"不,我不会演奏乐

---

① 布兰干南是《特利斯坦和伊佐尔德》中伊佐尔德的女仆。

器。——您还是接着往下弹吧。"

她果然接着弹奏下面一幕神秘剧的令人迷醉的音乐。爱情会死亡吗？特利斯坦的爱情？你的和我的伊佐尔德的爱情？啊，死亡是伤害不了这永恒的东西的！除了那妨碍我们的，除了那欺骗我们的、阻止我们团聚的事物外，爱情的哪些东西会死掉呢？爱情用甜蜜的连接把他们两人联系在一起……除非让一个人活，因而让另一个人死，死亡还有别的什么方法拆散他们呢？为爱情而双双死去，在夜的奇妙领域中将永不分离，他们怀着难以言状的希望，用对唱彼此紧紧结合在一起。令人心醉的暗夜！永恒的爱情的暗夜！无所不包的幸福的国土！有谁在朦胧中看到过你，能够毫无忧惧地醒过来，再回到凄凉的白昼？请你把恐惧赶走吧，可爱的死神！不要让那些思恋渴慕的人再醒转过来吧！啊，狂风暴雨般的音律啊！啊，认识了神秘后的昂扬飞腾的喜悦啊！远离了在日光下的分隔之苦的幸福是如何使他们神魂颠倒！不再含有欺骗和恐惧的相思的柔情，毫无痛苦的崇高的解体，怀着满腔喜悦投身到永恒的黑暗中去！你是伊佐尔德，我是特利斯坦，但是你已经不是你，我也不再是我……

忽然，这时发生了一件可怕的事情。弹钢琴的人一下子停住，用手遮住眼睛向黑暗处望去，史频奈尔先生在座位上也倏地把身体转过去。通向走廊的房门打开了，一个阴森森的身影，由另一个人搀扶着走了进来。这是"爱因弗利德"的一个不能参加雪橇旅行的病人，正利用傍晚这段时间听任本能的支配在疗养院里凄清地巡行。进来的不是别人，正是那个生了十九个孩子、脑子不再会思想的霍伦劳赫牧师的太太，搀着她的是她的私人看护。她连头也不抬就迈着彷徨踯躅的步子从休息室后半边走过去，从对面的一个屋门消失不见了。她一言不发，两眼僵直，像是一个徜徉游移的幽灵。——屋子笼罩在一片死静里。

"是霍伦劳赫牧师太太。"他说。

"对了。是可怜的霍伦劳赫太太。"她说。接着她翻过一页，继续弹奏全部乐曲的结尾，弹奏伊佐尔德的爱之死。

她的嘴唇看上去多么苍白，轮廓多么清晰，她的眼圈上的暗影变得多么深！她的眉梢上边，透明的前额上的那缕使人惊悸不安的青筋越来越清晰地露出来！在她的倏起倏落的手指下，音乐升到从来未有的高度，接着又忽然地、不顾一切地转到极弱音，仿佛是地面在脚下忽然陷落，仿佛是堕入欲望的无底深渊里。巨大的、丰沛洋溢的解决和实现出现了，不断地重复着，无限的满足令人耳聋目眩地奔腾澎湃着,不知餍足地一次又一次冲击过来,似乎要流走,要消逝,但是又一次涌涨起来,用和谐的音律把思恋的主题包织进去……最后它终于喘出最后一口气,静止,消逝,飘浮得无踪无迹。一片深邃的寂静。

两个人都倾听着,头歪在一边倾听着。

"铃声响了。"她说。

"雪橇回来了,"他说,"我走了。"

他站起身来,向屋外走去。快走到房门口的时候,他又站住,转过身来,两脚不安地交换捯动了一刻。接着,他在离她十五步到二十步远的地方跪下来,一句话不说地双膝跪下。他的黑色上衣的长长的下摆在地上摊开。他交搭着两手,举到嘴前边,肩膀一耸一耸地抽搐着。

她双手搁在怀里,身体向前探着,背对着钢琴坐在那里,望着他。她的脸上浮现出一丝犹豫不安的苦笑,她用眼睛吃力地、好像有所期待似的向朦胧昏暗的地方望去,眼皮仿佛随时就要合起来。

从远方传来的铃声和鞭子响越来越近了,隐隐约约地听到了人们的喧笑声。

九

人们久久还在谈论不休的雪橇旅行是在二月二十六日举行的。二十七日是化雪的天气,到处都变得松软、泥泞、水淋淋、湿漉漉的。这一天克罗特扬先生的妻子精神特别好。但是第二天,二月二十八日,她忽然吐了一点血……啊,只是不多的一点,但那毕竟是血。与此同时她感到身体软绵无力,她从来没有这样衰弱过,她倒在床上了。

李安德尔博士替她检查了一遍身体,脸色变得煞白。他根据医学上的要求为她开了处方:小冰块,吗啡,绝对静养。第二天,李安德尔博士因为事务太忙把她交付米勒医生继续诊治。米勒医生根据自己的职责,根据疗养院雇用他的合同顺从地把这个病人接了过来。米勒医生是一个沉默忧郁、面色苍白、地位卑微的人,他在这里只是默默无闻地替那些差不多已经恢复了健康或是根本没有希望的病人看病。

米勒医生提出的第一个意见是,克罗特扬夫妇分别的日子已经太长了。如果克罗特扬先生的兴隆的事业脱得开身的话,最好是再到"爱因弗利德"疗养院来看看。不妨给克罗特扬先生写一封信,或者给他拍一封简短的电报,如果他能把小安东也带来,一定能使年轻的母亲获得极大的安慰,有助于健康的恢复,更不必说这里的医生也怀着莫大的兴趣,希望能认识一下这个结实的小安东。

克罗特扬先生果然来了。他接到了米勒医生的电报,从遥远的波罗的海海滨匆匆赶来。他下了马车,要了咖啡和奶油小面包,精神有些迷惘。

"大夫,"他说,"是怎么回事?为什么要把我叫来?"

"因为最好是这样,"米勒医生回答,"最好您现在能待在夫人身边。"

"最好……最好……可是有这必要吗?我不能不考虑我的经济情况。大夫,年景不好,火车票很贵,难道我这次非来不可吗?如果是肺部的毛病,我倒也没有话说。可这不过是气管的事……"

"克罗特扬先生,"米勒医生语气委婉地说,"首先,气管也是重要的器官……""首先"这个词米勒医生没有用对,因为他并没有说出"其次"的理由来。

这次跟克罗特扬先生一起到"爱因弗利德"来的,还有一个穿着金红两色苏格兰花格呢的肥胖女人。就是在这个人的胳臂上抱着安东·克罗特扬,健壮的小安东。一点也不假,谁看了也不能不说,这孩子长得出奇地结实。小脸白里透红,胖墩墩、香喷喷,打扮得干净又整齐,抱在那个穿得花花绿绿的女用人的赤裸裸的、通红的胳臂上。他每天要吃很多牛奶和碎肉,哭喊的声音洪亮有力,事事都非常任性。

作家史频奈尔从自己房间的窗户里看着小安东来到了疗养院,看着人们把他从马车上抱进屋子里。史频奈尔先生面部的精神很奇怪,目光既模糊又锐利,他久久站在原地不动,脸上一直带着这一奇特的神情。

从这时候起他尽力避免着不和小安东·克罗特扬遇上。

十

史频奈尔先生坐在他的屋子里"工作"。

跟"爱因弗利德"的所有的房间一样,他住的这一间陈设、式样也很古朴、雅致。一张沉重的抽屉柜装饰着金属铸造的狮子头,壁上的穿衣镜不是整块平滑的玻璃,而是由很多块用铅框镶嵌的方形小镜子拼凑成的。浅蓝漆的地板上并没有铺地毯,直线形的家具腿映在上面好像加长了一截。一张硕大无朋的写字台靠着窗户摆着。

在昏黄的光线里,他俯身在书案上正在写着什么。他写的是每星期都要寄出去的无数信件之一。(令人奇怪的是,他寄出的信大部分都得不到回信。)一张又厚又大的信纸平铺在他面前,信纸的左上端印着一幅风格奇特的风景画,画下面用最现代的字形印着他本人的名字——迭特雷夫·史频奈尔。信纸上写满了纤秀、整齐,仿佛是精心描绘成的字迹。

信纸上写着的是:"先生,我不得不给您写这几行字,因为我要跟您说的话充塞在我心头,折磨着我,使我阵阵发抖,因为如果我不借这封信把这些话倾吐出去,我就会被它们窒息。提起笔来,我的话像泉水一样涌溢而出……"

说实话,"涌溢而出"这个词并不符合真情,上帝知道,史频奈尔先生出于什么虚荣心竟选择了这样一个词。他的语句绝不是涌溢出来的,尽管他是一个作家,他写得却非常慢,慢得让人着急。谁看见过史频奈尔先生写东西,都会得出这样的结论:所谓作家,就是比任何人写东西都费力的人。

他用两个指头捏着面颊上的一根软毛捻了足有一刻钟,眼睛凝视着半空,一行也没有写下去。过了好半天,他描花似的写了几个字,但是立刻又卡在那里。虽然如此,在另一方面我们也不能不承认,最后落在纸上的,确实给人一种生动流畅的感觉,尽管这些词句的内容都很奇怪,令人费解,有的地方简直不能理解。

信的下文是:"我感到有迫切的需要把我所看到的,把几个星期来一直浮现在眼前的、无法排除的景象,使您也能看到。我要让您通过我的眼睛,通过我内心的慧眼阅读到的那种语言,也看到这些东西。每逢我内心产生一种冲动,想把我的所见所闻用无法使人遗忘的、能烛照人心的确切的言词告诉给全世界的人的时候,我总是习惯于向这种冲动让步。那么好吧,您就听我说吧!

"我所要说的只是一件事的过去和现在,我要说的只是一个故事,一个很短很短的、令人无比气愤的小故事,我不想加什么注解,我既不想有所指责,也不想妄加评论,我只是用自己的话说出来。这是一个名叫嘉勃利尔·艾克豪夫的女人的故事,先生,是您称她为自己妻子的这个女人的故事……您听着,这件事是您的亲身经历,可是却要借助我的话才能使您认识到它的真实性质。

"您还记得那个花园吗,先生?那个在灰色老屋后面的荒芜、破落的花园?把荒凉的梦境圈绕起的颓败的围墙的砖石缝上长满了绿苔。您还记得花园中间的那个喷泉吗？淡紫色的百合花在喷泉的半坍的围栏上摇曳,一股明亮的泉水在碎石上神秘地絮语。夏日眼看就要过去了。

"七个少女围坐在喷泉四周,在第七个少女的,或者说在第一个,在仅有的一位少女的发上,落日的余晖秘密地编织了一顶金冠。她的眼睛好像是惊惧不安的幻梦,但是在她的莹润的嘴唇上却浮现着笑容……

"她们在唱歌。她们消瘦的面庞仰望着喷泉,仰望着泉水喷涌上去又慵倦地下降,在半空中构成一条浑圆的弧线。她们的轻柔、圆润的歌声在婆娑起舞的喷泉四周飘荡。唱歌的时候,她们的柔嫩的双手也许是交搭在膝头上……

"您还记得这幅画面吗,先生？您看到它了吗？您并没有看到。您的眼睛是看不到这些的,您的耳朵也听不到那圣洁、甜美的旋律。您看到了吗？——您本应该连呼吸都屏息住,连心脏都停止跳动。您本应该走开,本应该走回您自己的生活里去,把这次看到的当作一件不能侵犯、不能损伤的圣物终生保存在您的灵魂里。可是您做的是什么呢？

"这幅图画是终结,先生。难道您非闯进来把它破坏,非用您的平凡庸俗、丑恶的痛苦把它接续下去不可吗？这是一个令人神往的平和、庄严的升华,沐浴在没落、衰亡、解体的日暮的余晖里。一个精力衰竭、精神典雅的古老的家族,不能也不屑于行动、生存下去,已经临近自己的末日,它只能借助艺术的声音表现出自己最后的一点活力,借助几声提琴的音响,由于意识到死亡的成熟而充满了悲哀……您看到被这种声音感动得滴下泪水来的眼睛了吗？也许那六个女伴的灵魂却是属于死亡的美丽的。

"您看见了,您看见这种死亡之美了。您看着看着就起了觊觎之心。这幅感人的圣洁的画面并没有在您的心头引起敬畏,并没有使您自惭形秽。您只观看还觉得不足,您要占有它,要侵夺它,要亵渎它……我不能不佩服您这个抉择真是有眼力。您是一个饕餮家,是一个庸俗的、贪图口腹之欲的人,是一个讲究吃喝的庸夫俗子。

"我要跟您说清楚,我毫无侮辱您的意思。我说的并不是骂人的话,我只是在下定义,从心理学的角度给您这个简单的、从文学上着眼索然寡味的性格下一个简单的定义。我说这一番话是因为我想使您多少能认清一些您的行动和您的本质,因为我生在这世界,就负有义不容辞的使命,我必须说出事实真相,必须让事实发言,必须启迪蒙昧。世界上到处充斥着我称为'愚昧的人物'，我不能忍受这种人，不能忍受所有这些愚昧的类型！这些昏聩、懵懂、无知无识的行为和生活令我生厌，包围着我的无处不是令人坐卧不安的天真愚昧！我为一种抑制不住的冲动折磨着，我要尽一切力量把这些事一一地解释一番，我要把它们说清楚，让它们觉醒过来。我这样做后来也许能对事物有所推动，也许反而产生阻力，也许能带来安慰和松快，也许只能徒增痛苦，但是这些都不在我的计较之内。

"我在前面已经说过，先生，您是一个庸俗的贪图口腹之欲的人，是一个讲究大吃大喝的庸夫俗子。您的气质非常粗鲁，智力停留在最低级的发展阶段上。您的阔绰的生活和整日坐着不动的起居方式使您的神经系统受到了突然的、野蛮的、历史上少见的败坏，您感觉到要一些较文雅的色欲方面的享受。当您决定把嘉勃利尔·艾克豪夫据为己有的时候，那情况也许和您看到一盘佳肴美味一样，您的食指又大动起来……

"事实上，您是把她的充满梦想的意志引入歧途，您把她从荒芜的花园里领到生活里，领到丑恶中。您给了她一个平凡的名字，娶了她，把她变成一个家庭主妇，一个母亲。您把那慵倦的、怯懦的，只能在脱离开现实的崇高境界中生辉的死亡之美作践了，您让它为低贱的日常生活服务，为愚蠢、粗鲁、令人蔑视的偶像，人们称之为天性的东西服务，在您那庸夫俗子的心灵里丝毫也没有意识到您在做一件多么卑鄙可耻的事。

"我还要说一遍：发生了什么事呢？那生着一双宛如不安的梦境的眼睛的女人给您生了一个孩子；为了使一支低劣的家族能够繁殖延续，她付出了自己的血肉和生命，她走向死亡。她快要死了，先生。不能让她在平凡庸俗中离开人世，应该让她最后能从最深的屈辱中站起来，让她在骄傲地、满怀幸福地接受死神的蜜吻时，焕发着美丽的光彩，这一直是我念念不忘的事。但是在这期间您所关心的是什么呢？我想大概是在没有人的走廊里挑逗使女们打发时光吧！

"你们的儿子，嘉勃利尔·艾克豪夫生的那个孩子不但活着，而且长得那么茁壮，精力那么充沛。也许他能延续他父亲的生命，成为一个做买卖、替国家完税、讲究吃喝的公民；也许会成为一个军人或者官吏，成为国家的一个愚昧无知的能干的栋梁。不论他从事什么职业，他总会长成为一个没有艺术才能的普普通通的人，无所忌惮、乐观自信、坚强，却很愚蠢。

"请容许我向您坦白地说，先生，我讨厌您，讨厌您和您的孩子，正像我讨厌生活,讨厌您所代表的那庸俗、可笑,却高唱凯歌的生活一样。它是美的永恒的对立面,是美的死敌。我不敢说我瞧不起您。我不能这样说。我是一个诚实的人。您比我更有力量。我跟您斗争的时候只有一个对付的办法,这是弱者的得力的复仇的武器:我用语言和精神。今天我就在使用这一武器。因为这一封信——在这一点上我说的也是老实话——就是我的复仇的行动。如果这封信里能够有一个字说得尖锐、漂亮、出色,能够刺中您,使您感到一股对您陌生的、沉重的力量,使您那迟钝的心境平衡能有片时的不安,那实在是我莫大的愉快。

迭特雷夫·史频奈尔"

史频奈尔先生把这封信封上,贴上邮票,又用纤秀的字体写上收信人的姓名住址,就把它投递出来。

十一

克罗特扬先生敲了敲史频奈尔先生的房门。他手里拿着一张抄写得非常干净的很大的信纸,摆出一副下定决心大干一场的脸色。这封信从"爱因弗利德"寄出,经过一番奇异的旅行,又回到"爱因弗利德"来,准确无误地落到收信人的手里。这是下午四点钟的事。

克罗特扬先生跨进屋门的时候,史频奈尔先生正坐在沙发上读他自己写的那本封面装帧非常奇特的小说。他站起身来,有些吃惊又有些奇怪地望着来客,脸唰的一下变得通红。

"日安,"克罗特扬先生说,"对不起,打搅您了。我想问您一声,这个是不是您写的?"他左手举起那张字迹清晰的大信纸,用右手手背在上面拍了拍,拍得信纸唰唰直响。这以后他把右手插进宽大、舒适的裤子口袋里,头歪在一边,张着嘴,有些人在听别人说话时总是习惯张着嘴的。

出人意料,史频奈尔先生竟笑了起来。他的笑容有些像讨好,有些像抱歉,也有些不好意思。他用手扶着头,仿佛在思索,嘴里说:"啊,对了……可不是……我太冒昧了……"

问题是,他今天又没有克制住自己的本性,一直睡到中午。因此他的良心感到内疚,头脑发昏,他非常焦躁,毫无战斗能力。除此以外,到处弥漫着春天的气息也弄得他软绵无力,心灰意冷。只有把这些情况说清楚,才能解释,为什么在整个这幕戏中他表现得那么蠢笨。

"原来如此！啊哈！实在不错！"克罗特扬先生说，他把下巴抵在胸脯上，扬了扬眉毛，伸了伸胳臂，以及诸如此类的一系列准备动作，表示开场白已经过去，下面就要厉厉害害地和史频奈尔先生谈谈正经的了。但是由于克罗特扬先生过于迷恋自己扮演的这个角色，准备动作做得有些过火，因此，下面的一幕戏和他这一套冗长的恫吓的手势比起来，反而显得有些虎头蛇尾。尽管如此，史频奈尔先生的脸却已经变得苍白了。

"实在太好了！"克罗特扬先生又说了一遍，"那么，就让我口头回答您吧，亲爱的，因为按照我的看法，如果一个人在一天二十四小时随时都可以和对方交谈，却偏偏要写几页长的信，这是愚蠢……"

"啊，愚蠢……"史频奈尔先生笑着说，语气含着歉意，甚至有些过分谦恭。

"愚蠢！"克罗特扬先生又重复了一遍，用力摇了摇头，表示对这次交涉他已经稳操胜券，"您写的这张纸本来不值得回答，坦白地说，我认为用它包奶油面包都不配。如果不是它帮助我弄清楚几件我一直不了解的事，弄清楚事情的变化……但是这跟您没有关系，也牵连不上咱们所要谈的那些'无法描述的景象……'"

"我写的是'无法排除的景象'。"史频奈尔先生挺了挺身子。这是整个这幕戏中他唯一表现出一点骨气的举动。

"无法排除的……无法描述的……！您的书法实在太糟了，亲爱的，我可不能雇佣您做办事员。第一眼看去仿佛写得挺干净，可是仔细一看，歪七扭八，到处是豁口。可是这是您的事，跟我没有相干。我到这里来是要告诉您，首先，您是个小丑，这一点大概您自己也有认识。除此以外，您还是个胆小鬼，这一点我想也用不着我向您仔细证明。我的妻子有一次曾经写信告诉我，您在路上遇见女人，总不敢正眼相看。为了制造一个美丽的幻景，您害怕现实，因此您总是斜着眼睛瞟女人。可惜我的女人以后在信里不再提您了，不然您的事情我会知道得更多一点。反正您就是这么一种人。您说不了三句话就得有个'美'字，但是实际上这不过表现了您的怯懦、伪善和嫉妒。您不知羞耻地提什么'没有人看见的走廊'也是出于同一的动机，您以为用这个就可以把我刺个大穿膛吗？可是这只不过让我觉得滑稽可笑，让我很开心。您现在弄清楚了吗？我是不是……是不是使您'认清楚一些'您的'行动和本质'了？

虽然这并不是我的'责无旁贷的使命',哈,哈!"

"我写的是'义不容辞的使命'。"史频奈尔先生说;但是他并没有继续争辩这件事。他垂头丧气、愁眉苦脸地站在那里,尽管个子不高、头发已经苍白,却活像一个受了训斥的小学生。

"义不容辞也好,责无旁贷也好,反正您是个卑鄙无耻的胆小鬼,我告诉您。您每天在饭桌上都见到我。您向我打招呼的时候对我赔笑脸。递给我盘子的时候对我赔笑脸。您向我说'祝您胃口好',愚蠢地对我大肆诽谤。哈,写起东西来您倒是真有勇气!如果只是这封让人笑掉大牙的信倒也没有什么,您倒捣我的鬼,在我的背后捣我的鬼,我什么都知道得清清楚楚……您千万别迷住心窍,妄想从中占什么便宜!如果您认为已经往我的妻子的脑子里灌了些什么奇怪的想法,那您可是痴心妄想。我的妻子是个聪明人,她是不会上您的圈套的!如果您希望我来的时候,我的妻子对我的态度,对我和孩子的态度有所改变,那您更是荒谬绝伦!她没有吻我们的孩子,是出于小心,因为最近有一种臆测,认为出毛病的不是气管,是肺部,如果是这种情况,就不知道……虽然这还需要好好地诊断才能最后判明。您却居然说'她要死了,先生',您真是一只蠢驴!"

说到这里,克罗特扬先生停住喘了几口气。他越说越冒火,不断用右手的食指在空中刺着,左手把那封信揉得一团稀烂。他的围着一圈英国式淡黄色的连鬓胡子的面孔变得通红,脑门上青筋迸暴,仿佛浓云密布的天空中雷电闪闪。

"您讨厌我,"他接着说,"而且如果我不是强者的话,您还要蔑视我……不错,我是强者,见鬼去,我的心眼没有长歪,您的心可是吓得掉在裤腿里了。您这个狡猾的白痴,如果这不是犯法的话,我要把您连同您的'语言和精神'打得骨断筋折。但是您不要认为我白白被您辱骂一顿就算了,我要是把您写的'普普通通的名字'这一段交给我家乡的律师,我怕您会连魂也吓掉的。告诉您,先生,我的名字叫得很响,而且这是我自己闯出来的。至于您的名字是不是能用它借一分钱,您自己心里一定有数。您这个来历不明的流浪汉!像您这路货一定要用法律对付!您在社会上是危险分子!您逼得别人精神失常!……可是您不要认为这回您能占了便宜,您这个阴险的人。我不会在您这种人面前栽跟头的。我的心没有长歪……"

克罗特扬先生这时已经暴跳如雷。他扯直了喉咙大喊,一再声明他的心没有长歪。

"'她们在唱歌',算了吧。她们根本没有唱歌！她们在编织。她们还在谈天,而且我当时没有听错,她们是在谈怎样做马铃薯煎饼。我要是把您写的那段'没落''解体'的话给我的岳父看,他同样也会要求跟您在法律上解决,这一点您用不着疑惑。'您看到这幅图画了吗？您看见了吗？'我当然看见了,但是我不了解,为什么我因此就要屏住呼吸,赶快走开。我遇见女人的时候不是斜着眼睛瞟,我总是仔细端详,如果我看她称心,她也觉得我合意,我就把她娶过来。我的心没有长歪……"

响起了敲门的声音。屋门连续地敲了十来下。这一连串急促的、令人心惊的砰砰的声音把克罗特扬先生的谈话打断了。接着是一个惊慌、气喘吁吁的声音："克罗特扬先生,啊,克罗特扬先生在这里吗？"

"在外边等一会儿,"克罗特扬先生吼道,"什么事？我这里有事。"

"克罗特扬先生,"那喘吁吁的声音说,"您快来……大夫都去了……太惨了……"

他一步跨到门口打开了大门。站在门外边的是施帕茨参议太太。她用一块手帕捂着嘴,大颗泪珠一对一对接连不断落在手帕上。

"克罗特扬先生,"她抽抽噎噎地说,"……太惨了……她吐了很多血,吐了那么一大摊血……她本来安安静静地坐在床上哼着一段音乐,忽然间就吐起血来,哎呀,我的上帝,吐了那么多……"

"她死了吗?!"克罗特扬先生喊道……他攥住了参议太太的胳臂,在门槛上把她摇来晃去,"还没咽气,是吗？咽气,她还看得到我……她又吐了一点血吗？从肺里,是吗？我想,大概是从肺里……嘉勃利尔！"他突然喊了一声她的名字,眼睛里充满了泪水,看得出来,他流露出来的是真实、善良、热辣辣的感情。"好,我来。"说着他就迈开大步把参议太太从屋子里拖出来,顺着走廊走掉了,直到走出很远很远,还隐隐约约地听到他在念叨："还没有咽气,是吗？……从肺里面,是吗？……"

十二

克罗特扬先生这次的拜访就这样突然被打断了。可是史频奈尔先生却一直站在克罗特扬先生跟他谈话时自己站的那个地方,望着打开的房门。很久很久他才向前走了两步,听了听远处是否有什么动静。但是他什么声音也没听见,于是他关上门,又回到屋子里。

他照了一会儿镜子,然后走到书桌前面,从抽屉里拿出一个小瓶子和一只小酒杯,喝了一杯白兰地酒——谁能责备他不该喝呢?然后他直挺挺地躺在沙发上,闭上眼睛。

上边的窗户没有关,"爱因弗利德"花园里小鸟的啁啾声一阵阵传进屋子里,这种细碎的、又温柔又活泼的声音美妙地、动人心弦地唱出了全部春天的柔情。史频奈尔先生突然念叨了一句:"义不容辞的使命啊……"接着就摇了摇头,像是害了剧烈的神经疼痛似的从牙齿缝里吸了一口气。

他的心境无论如何也平静不下来。刚才突然发生的这件事任何人遇上也经受不起!——他的思想纷至沓来——这一过程如果我们仔细分析未免离题太远——史频奈尔先生最后打定主意,站起来活动活动,到外面去走一走。于是他拿起帽子,离开了屋子。

当他走到院子里,置身到温和、芬馥的空气里以后,他抬起头来,眼睛顺着楼房慢慢抬上去,最后落到一扇遮着帷帘的窗户上。他目光模糊地凝神盯视了这扇窗户一会儿,然后背起手来,顺着石子路走下去。他沉思地踱着步子。

花坛上仍旧盖着草席,树木和灌木丛仍然是光秃秃的,但是积雪已经融化了,只是路上这里那里还留着一片片潮湿的痕迹。宽敞的花园连同它的地穴、林荫路和小凉亭都沐浴在色彩鲜明的灿烂的夕晖里。这里是浓郁的黑影,那里是一片辉煌的金黄。树木的黑魆魆的枝丫在明亮的天空映衬下显得又清晰又纤秀。

太阳到了这个时候已经逐渐可以望得清楚了,它从分不出形体的一片闪耀的光辉变成一个可以用肉眼分辨出的倾落下去的圆盘,它那变得柔和、饱满的光线也不再是那么炯炯刺目了。但是史频奈尔先生并没有看太阳,他走的一条路正好把太阳遮在脑后。他低着头向前踱去,嘴里哼着一段音乐,一个短调,一个惊惧、悲吟着升起的乐句——思恋的主题……突然他身体掣动了一下,痉挛地猛吸了一口气,木然站在那里。他皱着眉毛,眼睛瞪得大大地向前凝视着,仿佛是万分恐怖地想抵拒什么似的……

他走的一段路这时转了个弯,使他正好面对着落日。在西边天空上斜挂着一个硕大无朋的圆盘,两缕狭长的镶着金边的云彩横穿在上面。它那倾侧的光线从树梢上斜射下来,把整个花园染成一片金红。就在这一片耀眼的金光里,顶着这一巨大的金轮,一个穿着金红两色苏格兰呢的胖大女人昂然站在路当中。她右手搭在凸出的胯骨上,左手轻轻地来回推动一辆式样精巧的小孩车。就是在这辆小车里坐着那个孩子,坐着小安东·克罗特扬,嘉勃利尔·艾克豪夫的胖儿子!

他坐在靠垫中间,穿着一件白绒上衣,戴着一顶大白帽子,鼓鼓的面颊,看上去又精神又体面,他的眼睛快活地、直勾勾地盯着史频奈尔先生的脸。这位小说家本想把精神振作起来,他是个男子汉,他本来有胆气从这个突然出现在眼前的、阳光照射着幻景旁边走过去,继续他的散步。但是突然一件可怕的事发生了:安东·克罗特扬开始大笑起来,不知是什么快活事使他心花怒放,笑得史频奈尔先生毛骨悚然。

天知道,小安东是被什么引逗起来,也许是他对面走来的这位穿黑衣服的人使他撒野,也许是他忽然本能地迸发了一阵欢乐情绪。他一只手拿着一个小孩出牙时玩的骨环,另一只手拿着一个洋铁的拨浪鼓。他嘻嘻地笑着把这两件东西迎着太阳光举起来,又敲又打,好像想用它把什么人吓走似的。他的眼睛乐得眯成一条缝,小嘴大咧着,连紫红的牙床都露了出来。他一边兴高采烈地叫唤着,一边摇晃着小脑袋。

史频奈尔先生一转身就从这里走开了。在小克罗特扬的不断的欢笑声中,他沿着石子路一步步地走远了。他的双臂小心翼翼地伸着,虽然有些僵直,却仍然保持着优美的风度。他的脚步故意踟蹰不前,但这正是一个有意掩饰自己精神上仓皇逃遁的人所惯有的姿态。

德罗斯特-许尔斯霍夫

1797—1848

德罗斯特-许尔斯霍夫

德罗斯特-许尔斯霍夫(Annette von Droste-Hülshoff,1797—1848),德国女诗人兼小说家。出身天主教贵族家庭,自幼受到良好的教育和文学熏陶;但长期生活在故乡威斯特伐利亚保守的宗法制环境里,厌恶技术进步和资本主义文明。创作中有意识避开一切重大的社会问题和政治事件,作品多为歌咏故乡美好大自然的风景抒情诗。在这些诗中表现了敏锐的观察力,笔法也特具女性作家的优美、细腻、准确、生动。从世界观讲,她逃避现实,向往自然,与当时已走向衰落的浪漫派作家没有什么两样;但是,她的创作方法基本上已经是现实主义的,因此作为一个过渡人物,在德国的文学史上占有重要地位。还在生前,她创作抒情诗的"巨大天才"即已受到恩格斯的赞赏。

《犹太人的山毛榉》(1842)是德语文学中的一篇名著,同作者的抒情诗一样,被视为现实主义文学在德国的一个突破。因为它第一次从社会环境及其影响的细腻描写中,揭示了形成主人公的性格、心理及其所遭受命运的深刻原因,真实可信,耐人思索。在自然风物的描绘方面,这篇小说具有作者的抒情诗的种种优点,的的确确称得起是一幅"风俗画"。其后半部分掺杂的神秘、宿命和迷信因素,乃是这幅画中的阴影和暗色;有,不足为怪,抹去,也许反倒失真。从题材和某些手法看,这可称是一篇 Kriminalnovelle(犯罪小说),但绝不仅此而已。

犹太人的山毛榉

——威斯特伐利亚山区的风俗画

哪儿是那只温柔的手,毫无失误地
它梳理开一个人紊乱的神经?
那只坚定的手,它用石块投掷
可怜的残废身躯,毫不抖动?
谁敢衡量一个人的狂妄和虚荣?
敢掂算言词的力量,一朝出口
就在年轻的胸膛牢固地扎根
用偏见腐蚀着他纯洁的心灵?
呵,你幸福儿啊,你在光明屋宇中出生
虔诚的手把你抚育,使你长大成人,
丢开那计量的天平吧——切莫去触动!
也不要拿起石块——它只能把你自己打中!

弗利德里希·梅格尔生于一七三八年,是 B 村一位半自耕农,也可以说小土地所有者的独生子。B 村的建筑格局虽然不成体统而且终日乌烟瘴气,但由于地处一座名山的翠绿峡谷中,景色异常优美,任何一位旅客只要看到这里的风光眼睛都会被它吸引住。在这个故事发生时,这块地方还是地球上一个极为闭塞的角落,既没有工厂、商号,也没有通衢大道;一张陌生的面孔就会引起全村轰动,只要走过百八十里旅程名气就会超过了尤利西斯①。总之一句话,这地方也正如同德国当时无数地区一样,既有许多缺点,也有不少美德,既有其独特的一面,也存在着不少局限性,这一切都是在

---

① 尤利西斯是奥德修斯(Odysesus)的拉丁文名字。荷马史诗《奥德赛》写的就是他受神的播弄而四海漂流的故事。

当地的特殊条件中发展起来的。由于这里的法律非常简陋、极不完善,当地居民对于是非概念似乎并不很清楚,也可以说,在正式颁布的法律之外这里还存在着另一套不成文的法规,一套民意法,习惯法,或者说由于政令松弛而形成的一套陋规。这里的地主同时也是最低一级的司法官吏,或赏或罚常常只是根据自己的直觉和良心。另一方面,凡是不过于违背自己良心就可以奉行的法令老百姓们倒也乐于遵守,只有那些败诉的人才偶尔想到查阅一下积满尘灰的古老法典。——如今再去评论当时的事很少有人能够不偏不倚了;这个时代已经过去,有些身历其境的人会因为过多的亲切回忆而蒙蔽了眼睛,有些出生较晚的人对当时又不能理解,因此必然有人抱残守缺,对它赞扬备至,也必然有人鄙视不屑,加以诋毁。但有一点我们倒是可以肯定:这个时代尽管外表松弛,核心却是坚实的,尽管触犯法令的事很多,但违背良心的事却比较少。这是因为只要秉诸信念办事,虽然会出现这样那样的缺点,但总不至于使道德沦丧,而如果亦步亦趋地跟着法令条款,置良知良能于不顾,却恰恰能够窒息一个人的灵魂。

这个小地方的人性格与邻近的居民不同,他们喜动不喜静,爱好冒险;因此这里发生的事与在同样环境中也可能发生的事相比,就有很多更令人触目惊心。盗伐树木和偷事狩猎是他们每天的日程,在经常发生的聚众殴打中有的人被打得头破血流,已经司空见惯,谁也不用别人去关心抚慰。由于大面积的森林是这里的主要生财之道,因此森林看管得很严,但又不是按照法律规程;不论看守森林的或是盗伐树木的人都竟以暴力和狡猾做武器,不断翻新花样以求击败对方。

在整个这个封建小国中,B村的居民可算得上最桀骜、最狡诈、最不顾死活的了。很可能由于这个村子深处于一片茂密的大森林的偏远角落,自古就铸造了当地人固执的性格。附近有一条流入大海的河流,可供用苫布遮盖起的船只行驶。这条河水面宽阔,装载造船木材的船只能够平安、顺利地远远驶出内陆,这就使盗木者更加猖獗。另外,尽管这一带布满了守林人,但反而使盗伐森林的勾当更富于刺激性,因为在经常发生的械斗中,占便宜的多半是盗木的农民。每当月光明亮的夜晚,常常有三四十辆马车从森林里出来,守卫马车的人数目还要多一倍。这些人年纪有大有小,从半大的小伙子到七十出头的乡长里正。年纪大的人像走在羊群前面的头羊,带领着浩浩荡荡的队伍,那种神气活现的样子不亚于在村镇中登堂审案。留在后边的人坦然自若地听着大车的轮子在空荡的路上轧轧地回响着,逐渐消失到远方,然后往地上一倒就入了梦乡。有时从树林里也会传来一声枪响或者一声微弱的呼喊,把一个年轻的媳妇或者新娘从梦中惊醒,但任何别的人对这种声音都毫不理会。天刚蒙蒙亮,大队人马已经悄无声息回到家里,一个个面孔涨得通红,也有个别人脑袋包扎起来,但事后谁也不把受伤当回事。再过几个钟头邻近一带就会传遍了某个或某几个守林人遭到毒手的消息。受害的人从森林里抬出来,或者被打伤,或者叫人用鼻烟揉在眼睛里,这些人很长时间上不了班。

弗利德里希·梅格尔就是出生在这样的环境里。他出生的房子有两个特点:一是由于房子多了一个神气活现的烟囱,玻璃窗也不像别的建筑物那样窄小,显示出建筑师当年的雄心壮志;一是房子破破烂烂,说明目前的房主处境非常悲惨。过去环绕着庭院和花园的栏杆已经让位于东倒西歪的破篱笆,房顶漏雨,邻居家的牛跑进来吃草,庭院附近的田地里长起了别人的庄稼,花园里除了还有当年好时光留下的两株木本玫瑰以外,遍地都是野草。这一片没落景象固然是由于一个时期以来发生的一些不幸事件,但是房屋主人生活漫无秩序、不善经营管理也不能辞其咎。弗利德里希的父亲老赫尔曼·梅格尔在没有结婚的日子里喝酒还有个节制,也就是说,这个人只有在星期日同节日才醉倒在阴沟里,平常的日子却还能同别人一样体体面面。因此,在他向一个长得相当漂亮,家境也很富裕的姑娘求婚时,并没有遇到什么困难。婚礼办得相当热闹。梅格尔并没有喝得酩酊大醉,新娘的父母晚上很满意地回到家里。但是下一个星期日人们却看到年轻的新娘血流满面、哭哭啼啼地穿过村子跑回自己的娘家去,连她的新衣服和全套家具都扔下不要了。这件事当然叫梅格尔丢了大丑,也弄得他愁苦不堪,只好再一次借酒浇愁。到了这天下午他家里的窗玻璃已经没有一块完整的了,直到天黑,还有人看见他躺在门口,拿着个瓶颈已经摔破的酒瓶,时不时地往嘴里灌一口,脸和手都割了许多血道子。新媳妇留在娘家一直没回来,不久就含愁饮恨地死掉了。梅格尔也许是感到悔恨,也许是感到羞愧,不论真相如何,反正他越来越离不开能给他慰藉的杯中物,没有过多久,就潦倒堕落,不可救药了。

家业逐渐零落,家里雇用了外地的女仆使他的名声狼藉;日子就这样年复一年地过去了。梅格尔一直是个老光棍,开始人们对他倒还有些困惑不安,后来对他的悲惨境地却视以为常了。但就是这样一个老光棍,突然有一天又当了新郎。如果说这件事本身就很出乎人们意料,在人们知道新娘是何许人以后,就更加惊奇了。原来这位新娘姓西姆勒,名叫玛格莉特,为人品格端正,现在虽已四十岁出头,年轻时却是村子里有名的美人。另外,她又非常聪明,善于理家,家境也还富裕。没有一个人理解,她为什么要走这样一步。我们认为,这件事只能从她的个性上去寻求解答。原来玛格莉特过于自信自己是个完美无缺的人,在她结婚前夜有人听她说过这样的话:"女人要是受丈夫虐待,只能怪她自己愚蠢,没有能耐。我将来如果倒了霉,也只能怪我自己不好。"遗憾的是,她过高地估计了自己的力量。开始一段日子,她确实把自己丈夫管得服服帖帖的。梅格尔吓得不敢回家,有时候酒喝多了就干脆到谷仓里去过夜。但这个枷锁实在太沉重了,日子一长,他就受不了了。不久以后,人们就常常看到他脚步踉跄地从街头走回家去,接着就听见他在房子里大吵大叫,而玛格莉特则急忙忙地马上把门窗关上。又有这么一天——并不是星期日——傍晚的时候人们看见玛格莉特没有戴帽子和围巾,披头散发从房子里跑出来。她一跑进花园,就一头跌在菜畦旁边,两手拼命地挖土,过了好半天才怵怵怯怯地向四边看了看,赶快薅了几棵青菜,故作镇静地慢慢往回走去。她并没有进屋子,而是走进了谷仓。人们都说,这一天梅格尔第一次对她施加了暴力,但这可不是玛格莉特自己向别人承认的。

在这场不幸的婚姻的第二年,他们有了一个男孩子。并不能说这件事给家庭增加了喜悦,因为据说在别人把孩子交到玛格莉特手里时,她哭得非常伤心。但尽管弗利德里希是在愁闷悲伤的娘胎里孕育起来的,却长得结实、漂亮,在乡间清新的空气里越来越健壮。父亲非常爱他,每次回家,少不得都带给他一些像面包圈之类的食物。街坊邻居甚至说,从孩子降生以后这个醉鬼也规矩起来了,起码这一家人的争吵声比以前少多了。

这一年弗利德里希已经九岁了。时间在一月六日三王节前后,一个风雪肆虐的寒冷的冬夜。赫尔曼到别人家参加婚礼去了。因为这家人住的地方有两三里地远,所以他去得比较早。虽然他说晚上还要回家来,可是梅格尔太太并没有把他的话当真,因为从太阳落山起就狂风大作,下起漫天大雪来了。快到十点钟的时候,她把炉子里的灰捅了捅,准备上床睡觉。弗利德里希衣服已经脱了一半,站在妈妈身边,听着外面风声呼啸,吹得阁楼上的窗户噼啪乱响。

"妈妈,爸爸今天回不回来啦?"他问。"不回来啦。明天回来。""为什么不回来,妈妈?他说过要回来的。""哼,上帝,要是他说的话都算数就好了!快点吧,快脱衣服上床。"

两人刚刚躺下,外面就又刮起一阵大风,好像要把整个房子卷走似的。床板在身体下面颤动,烟囱像着了魔似的哐哐乱响。"妈妈,有人敲门!""安静些,小弗利茨,那是风在刮窗板;阁楼上有块窗板活动了。""不是,是有人敲门!""门没有关严,钉锔儿坏了。看在上帝面上,你快睡吧。我就是夜里睡这么一小会儿觉,还叫你吵得不得安宁。""要真是父亲在敲门呢?"母亲赌气在床上翻了个身。"他让魔鬼抓住了,回不来啦!""魔鬼在什么地方,妈妈?""等着看吧,你这个捣蛋鬼,要是你不老实着点儿,魔鬼就在门外边等着抓你呢。"

弗利德里希不再言语了,他又侧着耳朵听了一会儿就睡着了。不知过了几个钟头他又醒来。风向这时已经变了,像条毒蛇似的从窗户缝里对着他耳朵咝咝地叫。他的肩膀几乎冻僵了。他又往被窝里面缩了缩,因为害怕一动也不敢动。过了一会儿他才发现母亲并没躺在自己身边。他听见她正在哭泣,而且时不时叨念道:"啊,圣母玛利亚!保护我们这些可怜的罪人吧!"念珠的珠子在他的脸旁一颗颗滑落,他不由得叹了一口气。"弗利德里希,你醒着吗?""我没睡,妈妈。""孩子,你也祈祷吧——你不是会背天主经了吗?——天主保佑我们免遭水火之险……"

弗利德里希还在想着魔鬼,魔鬼到底是什么样子?他觉得房里房外各种各样的声音非常奇怪。他想,屋子里一定藏着一个什么活东西,屋外也埋伏着。"你听,妈妈,这回一定有人来了,他们在敲门。""不是的,孩子。可这回不是阁楼上那块板子了,不是那种噼噼啪啪的声音。""听啊,你听见没有?在叫人呢,听!"

母亲站起身来。正好这时风声暂时停息了一会儿,外边清清楚楚地传来敲打窗户的声音和不止一个人在叫喊:"玛格莉特!玛格莉特太太,喂,开开门!"玛格莉特生气地吼叫道:"你们把那只死猪弄回家来了。"

玫瑰念珠啪的一声掉在木凳上,衣服三把两把地抓了过来。玛格莉特跳到炉子前边,过了一会儿弗利德里希就听见他母亲在夯得坚实的泥地上噔噔地走了出去。玛格莉特一直没有再回屋子,但是厨房里却人声嘈杂,有许多口音都是陌生的。有两次走进一个生人来,好像惴惴不安地在寻找什么东西。突然间,有人擎进一盏灯来,接着两个人把母亲搀扶进来,母亲的脸色像一张白纸,紧紧闭着眼睛。弗利德里希以为她死了,不禁惨叫一声,但马上就有人在他脸上掴了一掌。弗利德里希不再出声,慢慢地他从身边的谈话声中听明白了:父亲是弗朗茨·西姆勒舅舅和徐尔斯麦耶两个人在树林里发现的,这时正躺在厨房里。

玛格莉特刚刚苏醒过来，马上就把屋子里的生人打发掉了，只剩下她的娘家哥哥留下没走。弗利德里希被逼着躺在床上不许起来，整夜他一直听着厨房里炉火的噼啪声和窸窸窣窣的翻动洗刷什么物件的声音。谁也不怎么说话，即使有人说话声音也很轻。偶尔有人发出一声悲惨的叹息，尽管弗利德里希年纪很小，也被那声音弄得毛骨悚然。只有一次西姆勒舅舅说话他听得很清楚："玛格莉特，不要太难过了。咱们每个人都给他做三次弥撒，等复活节来了，咱们一块儿到韦尔圣母院去朝圣。"

第三天，在尸体被抬走以后，玛格莉特用裙子遮着脸坐在炉子前边。她默默地坐了几分钟，当四周变得非常寂静之后，开始自言自语说："十年啦，十个十字架，过去一直是两人扛的，现在要放在我一个人肩上了！"这以后她大声喊："弗利茨，过来！"——弗利德里希怵怵怯怯地走过来；母亲戴着黑箍，面色凄苦，不知为什么，叫他看着有些害怕。"弗利茨，"她说，"从今以后，你愿意不愿意老实听话，叫我高兴，还是淘气、撒谎、喝酒、偷东西？""妈妈，徐尔斯麦耶就偷东西。""徐尔斯麦耶？你怎么胡说八道，要我抽你的脊梁骨么？是谁教给你说这些坏话的？""那天他还打了阿龙一顿，拿了阿龙六个铜子儿。""他要是拿了阿龙的钱，那也是这个犹太混蛋过去骗过他钱。徐尔斯麦耶是个规规矩矩的老实人，犹太人都是流氓。""可是勃兰戴斯也这么说，妈妈，徐尔斯麦耶不只偷树，还偷猎森林里的小鹿。""勃兰戴斯是守林员，孩子。""守林人就说瞎话吗，妈妈？"

玛格莉特半晌没言语，过了一会儿才说："听我告诉你，弗利茨，树林到处都有，这是上帝赐给世人的；野兽今天在这块地方，明天就跑到另一块地方，谁也不能说它们是属于哪个人的，可是这些道理你现在还不明白。别说了，你到棚子里去给我拿点柴火来吧。"

父亲的尸体停在稻草堆上的样子被弗利德里希看到了，正像人们说的那样，皮肤青肿，样子吓人。可是他从来没对别人谈起过这件事，甚至自己也不愿意回想当时的情景。每逢他回忆起父亲时，心头总是涌起一股夹杂着恐怖感的眷恋之情；一个对一切冷漠无情的人居然对他显示了爱抚与关怀，这是他无论如何也忘记不了的。随着弗利德里希年纪增长，受到世人无数冷落和白眼，他对父亲的这种感情也日益加深了。在他小时候，最敏感的莫过于别人用不敬的口吻议论他死去的父亲，但是邻居们却偏偏不能体贴孩子的心理，经常给他这种痛苦。这里的人有一种流传的说法,认为横死的人在地下是不会得到安宁的,因此老梅格尔死后已经变成了布莱德尔林区中的一个游魂。据说他的灵魂化成的鬼火有一次差一点把一个喝醉酒的人引到水塘里去,另外放牧牛羊的孩子有时在林中过夜,点起一堆篝火,在猫头鹰的呼叫声中也清清楚楚地听到过梅格尔鬼魂断断续续的悲叫声:"你在哪儿呢?李塞克?"另外还有一次一个偷树的人跑到这块地方,在一棵大橡树下睡着了,醒来的时候已经是深夜,猛一抬头,正看见梅格尔的一张青肿的脸在树枝缝里盯着看呢。这些传说弗利德里希一定从小伙伴嘴里听说过很多次。他每次都要大叫大吵,挥舞拳头,有一次甚至挥动起一把小刀来,结果被别人狠狠揍了一通。从此以后,再去给母亲放牛,他总是一个人躲得远远的,把牛赶到峡谷的另一端。人们经常看到他躺在草地上,几个钟头不换地方,一边无聊地用手薅着地上的百里香。

这一年他已经十二岁了,母亲的娘家弟弟突然来他家做客。弗利德里希的这个舅舅就住在布莱德尔村,自从姐姐结了这门愚蠢的亲事以后他从没有登过她家的门。这位舅舅——西蒙·西姆勒生得身材瘦小,一对努努着的金鱼眼睛,活像一条梭鱼。他的性格也很特别,一会儿少言寡语,装作莫测高深,一会儿又故意表现得没有什么心眼儿,单纯朴实。尽管他愿意别人把他看成是个开明的人,实际上谁都知道他是个唯利是图的阴险家伙。随着这人年龄增长,人们也就更不愿意沾染他,因为一些头脑糊涂的人总是这样:年龄越大,对别人越来越没有用处,自己反而越加趾高气扬,拼命摆架子。虽然如此,可怜的玛格莉特看见自己的亲兄弟亲自登门还是高兴得不得了,她娘家几乎没有人了。

"西蒙,是你吗?"她喊道,全身索索发抖,不得不紧紧扶着椅子,"是来我家看看我同我那小脏孩子日子过得怎么样吗?"西蒙神情严肃地打量着她,把手伸过来:"你老了,玛格莉特!"玛格莉特叹了口气:"倒霉的事都让我遇上了,日子可真不好过啊。""是的,妹妹,这就叫嫁人嫁得晚,懊恼来得多。你现在年纪大了,可孩子还小。不管什么东西都是货卖当时。可是话又说回来,老房子要是着起火来,扑也扑不灭;老姑娘动了心可不比年轻人。"玛格莉特虽然满面愁容,却涨得通红,好像血都跑到脸上来了。

"可是我听说,你的孩子很机伶,鬼得很。"西蒙接着说。"是啊,还算聪明,可也挺老实。""哼,有一回有一个人偷了别人的牛,据说这人也很老实。

你这孩子喜静不喜动,爱一个人闷头想事,对不对?不爱跟别的孩子在一起混?""他的性子有点孤僻,"玛格莉特好像自言自语似的说,"这不太好。"西蒙嘻嘻地笑起来:"你的孩子太胆怯了,因为挨过别人几回打。早晚他会报这个仇的。徐尔斯麦耶最近到我那儿去了,他对我说,你这孩子就像一头小鹿似的。"

哪个母亲听别人夸奖自己孩子不高兴得心花怒放呢?可怜的玛格莉特还从来没有像今天这么得意过,因为所有的人都说她的孩子心术不端、性格阴郁。热泪涌上她的眼眶:"是啊,感谢上帝,他的胳臂腿儿倒是挺灵活的。""他长得什么样儿啊?"西蒙接着问。"有很多地方像你,西蒙,很多地方。"

西蒙笑了起来,"哎呀,这可是个稀罕的孩子,我这个人也是越长越漂亮。他不应该去上学,在那地方,会学坏的。你是叫他去放牛吗?不错。村长告诉我的话还是对的。他在什么地方放牛?在台尔根洼地?在罗德尔霍尔茨?还是在陶托布格林子里?夜里和大清早也去?""整夜整夜的,你干吗问这个?"

西蒙只顾伸着脖子往门外看,好像没有听见这句问话,"哎呀,这小家伙回来了!长得真像父亲!跟你过去的丈夫一样,也那样甩胳臂。看啊,你的话一点儿不假,头发跟我的一样,也是金黄的!"

母亲的脸上隐隐露出骄傲的笑容;她的孩子生着金黄色的鬈发,可是西蒙头上长的是红色的马棕!她没有回答西蒙的话,而是走到户外一段篱笆上折了一根枝条,迎着自己的儿子走去。看样子她像是要去驱赶一头懒牛,实际上是想趁儿子进屋以前好好嘱咐他几句话。她知道自己的儿子脾气很犟,而西蒙今天的样子又有些气势逼人。但是结果却出乎人们意料,弗利德里希表现得既不倔强又不冒失,相反地,他倒有些呆头呆脑,使劲对他的舅舅讨好。就这样,在商谈了大约半小时以后,西蒙提出个建议,要把弗利德里希以养子的身份收养过去。尽管他不能叫孩子完全脱离开自己的母亲,但却有权力支配弗利德里希的大部分时间,将来在他百年之后,他的财产就由这个孩子继承了。(当然啰,即使没有这个规定,他的产业早晚也会到弗利德里希手里。)玛格莉特耐心地听着西蒙给她分析,这样做好处多么大,而且她也不会感到什么不方便。玛格莉特心里明白,像她这样病病恹恹的寡妇,如果身边没有十二岁的男孩子,生活会多么不方便。她身边没有女儿,弗利德里希在她身边一直顶替女儿的缺,这事她早已经习惯了。但是这些事玛格莉特都没有说,西蒙提出的条件她都答应了,她只求自己的兄弟一件事,对孩子应该严格,但不要太苛刻。

"这孩子不错,"她说,"但我是个孤苦的女人,他不像那些父亲管教出来的孩子。"西蒙像什么都懂似的点了点头,"你就别操心了,我们俩会合得来的。你猜怎么着?你把这孩子马上就交给我。我要到磨坊去取两袋粮食。小的口袋他背着正合适,他可以学着给我干一点活。来吧,弗利茨,快穿上你的木板鞋。"没过一会儿,玛格莉特就看着这甥舅两人走远了,西蒙急匆匆地走在前面,一张脸迎着风,红色的外衣后摆飘飘荡荡,好像火焰在摇曳。他的样子多少有些像一个偷了人家的口袋的火暴脾气的人。弗利德里希跟在他后面,从年纪看生得柔弱瘦削,五官纤细,甚至可以说过于文雅,长长的金黄鬈发梳理得非常整齐,同他的衣着简直不相协调。他的衣服破破烂烂,皮肤被太阳晒得黧黑,神情带着些粗犷和忧郁,看得出是个孤苦伶仃的孩子。尽管如此,这两个人身上还有一些无法忽视的共同点,一眼就可以看出他们之间的血缘关系。弗利德里希慢腾腾地跟在自己舅舅后面,目不转睛地盯着这个外貌奇特、吸引着他注意力的人,看到弗利德里希这种心情激动而又全神贯注的样子,人们会想他是在注视着魔镜中自己的未来。

这时两人已经走进了陶托布格大林区,这里面有一片叫布莱德尔的山林,沿着山坡倾斜下去,密匝匝地布满幽暗的谷地。一路上甥舅两人几乎没有交谈。西蒙好像在沉思什么,弗利德里希则有些心不在焉;两个人在口袋的重压下都有些呼吁气喘。突然,西蒙开口问道:"你喜欢不喜欢喝烧酒?"孩子没有吭声。"我问你呢,你喜欢不喜欢喝烧酒?你母亲有时候给你酒喝吗?""母亲自己也没有酒喝。"弗利德里希说。"啊,是这样。那就更好啦。——你知道前面这片树林吗?""知道。布莱德尔树林。""你知道这片林子里出过什么事?"弗利德里希没有回答。说话间两人离着那块幽暗的峡谷越来越近了。"你母亲还像从前那样老是祷告吗?"西蒙又问道。"还是那样。每天晚上都念两遍玫瑰经。""是吗?你也跟着念吗?"孩子有些困窘地笑了起来,眼睛滴溜溜地往旁边看了看。"天刚一亮,还没吃早饭她就念一遍玫瑰经,平常日子我这时候在外面放牛还没回来。睡觉前她又念一遍,我早就睡着了。""啊,是这样,伙计。"这时候两人已经走到一棵大山毛榉树下面,这株树茂密的枝叶像雨伞似的撑开,覆盖住前面峡谷的入口。一走进峡谷,就一点光线也没有了。天空虽然挂着一牙新月,但朦胧的光线偶尔从枝叶的空隙处投射进来,反而使它照到的东西显得非常离奇。弗利德里希一步不离地紧跟在舅舅后面,呼吸急促,如果这时谁能看清他的脸相,就会发现他的神情紧张得要命,但这种紧张与其说是出于恐惧,不如说是出于脑子里种种荒诞的幻景。两个人就这样不停步地走着,西蒙像是一个惯于长途跋涉的旅客,步伐坚定,弗利德里希却像在梦中似的东摇西晃。他觉得眼前的一切东西都在摇摆,一株株的树木在迷蒙的月光下一时聚在一起,一时又分隔开。树根和积水的路面弄得他脚步踉跄,几次险些滑倒。过了一会儿,前面显得明亮了一些,他们走到一块开阔的地方。在月光照射下,他们看到不久以前这里曾受到过一次斧钺之灾。地上到处耸立着半长的树根,有的长达数尺,说明当时砍树人只图方便,一心想尽快地把树伐倒。这次伐盗林木多半是中途被打断的,因为一棵枝叶茂密的榉树横卧在小径上,枝子高高地支棱着,鲜绿的树叶被夜风吹得索索抖动。西蒙停住脚,注意地打量了一会儿这株被砍倒的大树。在开阔的林地中伫立着一棵老橡树,又短又粗,从树枝间漏下的月光照出它已经中空的树干。可能正是因为这个才幸免于难。西蒙这时忽然拉住孩子的胳臂说:

"弗利德里希,你知道这棵树吗?这就是那棵短粗的橡树。"弗利德里希打了个哆嗦,两只冰冷的手紧紧攥住了舅父。"你知道,"西蒙说,"弗朗茨舅舅和徐尔斯麦耶就是在这棵树前头发现你父亲的,他喝得人事不省,既没来得及忏悔也没有涂圣油就去见魔鬼去了。""舅舅,舅舅!"弗利德里希气喘吁吁地说。"你是怎么回事?这有什么可害怕的?你这个小鬼头,别这么掐我的胳臂。松手,快松开我!"西蒙竭力想把孩子的手甩开。"说老实话,你父亲人并不坏,上帝是不会跟他过不去的。我挺喜欢他,就像喜欢我的亲兄弟一样。"弗利德里希松开了攥着舅父胳臂的手,两个人默无一言地继续走路。走出这片树林,前面就是布莱德尔村。村子里一片泥土房屋,间或也有一两所用砖瓦盖的整齐住房。西蒙舅父住的就是一所砖房子。

第二天傍晚玛格莉特披着外衣坐在门前等着自己的孩子,她已经在外边坐了一个钟头了。这是第一天夜晚弗利德里希不在自己身边,她听不到孩子的呼吸气息。但是她左等右等也不见弗利德里希回来。她有些生气,也有些着急,虽然她知道气恼和着急都是毫无缘由的。钟楼上的钟敲了七下,放牧的牲口已经回来了。弗利德里希还不见回来,她只好起来自己去照看一下。等她又回来走进厨房以后,弗利德里希却正站在火炉前边,弓着身子,在火上烤手。火光在他脸上闪闪烁烁,使他的脸相非常难看,不只非常憔悴而且仿佛肌肉都在抽搐着。玛格莉特在门口一下子愣住了,孩子变得简直叫她认不出来。

"弗利德里希,你舅舅好吗?"孩子嘟嘟囔囔说了句什么,玛格莉特并没有听清楚,接着就又把身子向火边靠过去。"弗利德里希,你不会说话了是怎么的?你倒是吭气呀。我的右耳朵有点背,你是知道的。"孩子把声音提高了一些,但结果却结巴得更厉害,玛格莉特反而更加听不懂了。"你说什么?西姆勒师父叫你给我问好?又走了?上哪儿去了?牛已经回家了。你这个小混蛋,我什么也不明白。等我看看,你到底还有没有舌头!"她急急往前迈了两步,小孩像一条刚学会看门的半大小狗崽一样可怜巴巴地看着她,怕得要命,一面顿着脚,一面拼命往火墙上退。

玛格莉特怔怔地站住了,眼睛里流露出惊惧的神色。孩子好像抽缩了,衣服也不是他穿出去的一套。不,这不是她的孩子,可为什么又那么像呢?"弗利德里希!弗利德里希!"她大声喊道。

卧室里柜门砰地响了一声,她呼叫的人从屋子里走出来,一只手托着一把人们叫木板提琴的乐器,——那是用一只旧木板鞋绷上三四根琴弦制成的玩艺儿——另一只手里拿着一支和这把琴非常般配的琴弓。他一直走到他的扭曲变形的影子身边。尽管这两个孩子相貌出奇地像,但从卧室里走出的这一个却举止大方,一点儿也没有那种畏畏葸葸的样子,玛格莉特一下子就认出来这才是自己的孩子。

"给你,姚汉尼斯!"他一边说一边带着施恩的神情把手里的乐器递过去,"这就是我答应给你的那把提琴。我已经没有时间玩了。现在我得挣钱了。"姚汉尼斯又怯生生地瞟了玛格莉特一眼,这才慢慢地伸出手去。他把递给他的东西一把抓住,像怕别人抢走似的塞在破烂的衣襟底下。

玛格莉特一动不动地站在一边,看着这两个孩子。她正在思索另外一件事,一件非常严重的事,她的眼睛惶惑不安地从一个孩子转到另外一个孩子身上。那个陌生的孩子又把身子俯在火上,在这一瞬间他显得心满意足,甚至有一些傻乎乎的样子,而弗利德里希脸上的神情则与其说是怜悯同情,不如说是自鸣得意。他的眼光晶莹明亮,第一次清楚地显示出极大的虚荣心和喜欢摆阔气的毛病;弗利德里希后来的所作所为很多都是出于这种动机。母亲又喊了一声他的名字,把他从刚才说的那种新奇而惬意的心绪里唤醒过来。这时玛格莉特已经又坐在纺车旁边。"弗利德里希,"她说话有些吞吞吐吐,"你告诉我——"话没说完她就又停住了。弗利德里希抬头看了她一眼,因为没有听见她说下去,就又凑到自己带来的人身边。"你听我说——"玛格莉特把声音降低了,"这个孩子是什么人?叫什么名字?"弗利德里希同样低声回答说:

"他是给西蒙舅舅放猪的,西蒙舅舅叫他给徐尔斯麦耶捎个信儿去。舅舅给了我两双鞋和一件厚背心,他帮我拿了一路,所以我才答应把提琴给他。他挺可怜,名字叫姚汉尼斯。""还有呢?"玛格莉特问。"还有什么,妈妈?""他姓什么?""没有姓。人家就叫他尼曼①——姚汉尼斯·尼曼。他没有爸爸。"他又轻声找补了一句。

  玛格莉特站起来,走进卧室。过了一会儿,她又面色阴沉地走了出来。"好了,弗利德里希,"她说,"叫这孩子走吧,让他干他的事儿去吧。——孩子,你干吗老在炉灰堆那儿磨蹭?家里没有活儿要你干吗?"这个小孩儿好像挨说已经挨惯了,听见这话噌的一下就站起来,手脚都不知道该往哪儿搁,弄得提琴也差一点儿掉进火炉里。"等一等,姚汉尼斯,"弗利德里希面有得色地说,"我把我的奶油面包分半个给你。我的太多,吃不了。母亲总是给我切一大块。""算了吧,"玛格莉特说,"他要回家去了。""他是要回去,可是这时候家里已经没吃的了,西蒙舅舅七点钟就吃晚饭。"玛格莉特转身问那个孩子:"没人给你留吃的吗?告诉我,谁管你?""没人管。"孩子结结巴巴地说。"没人管你?"玛格莉特重新问了一遍,"那你就拿着吧,拿着!"她又接着说,"你没名没姓,也没人管你。这可真遭罪。现在快走吧。弗利德里希,你别跟他走了,听见没有?你别跟他在一块儿从村子里走。""我是到棚子里去拿木头。"弗利德里希说。当两个孩子都离开屋子以后,玛格莉特一屁股坐在椅子上,痛苦不堪地拍打着双手,脸白得像张纸。"发的是假誓!发的是假誓②!"她呻吟着,"西蒙啊西蒙,看你怎么有脸见上帝!"

  玛格莉特紧咬住嘴唇,好像丢了魂似的坐了好半晌。弗利德里希站在她旁边跟她说了两次话,她都没听见。"你说什么?你要干吗?"她猛地一惊,说道。"我给你带钱来了。"弗利德里希又说了一遍,母亲奇怪的举止使他感到很惊奇,而不是害怕。"钱?在哪儿呢?"她的身子一动,几枚钱币当啷当啷地掉在地上。弗利德里希捡起来说:"西蒙舅舅给的,因为我帮他干活了。我现在能够自己赚钱了。""西蒙给你的钱?把钱扔掉,扔掉!——不,给穷人吧。不,还是留着吧,"她嘀嘀咕咕地说,声音轻得几乎无法听清,"我们自己就是穷人,说不定有一天会讨饭的。""星期一我还要到舅舅那儿,帮他播种。""还

---

① 尼曼(Niemand),在德文中是"无人"或"无名之辈"的意思。
② 指西蒙曾在法院里宣誓说他不是这孩子的父亲。

要去?别去了,永远也别去了!"她一下子把他搂在怀里。"去吧,"过了一会儿她又说,两行眼泪突然从凹陷的面颊上流下来,"还是去吧,他是我唯一的兄弟呢。唉!要听人家说多少闲言闲语啊。你心中可要永远记着上帝,每天都不要忘记祈祷!"

玛格莉特把脸往墙上一靠,大声哭起来。她这一生肩负了多少沉重的担子啊!丈夫活的时候整天受虐待,可就是这样一个丈夫也离开了她,叫她成了个寡妇。当她不得不把最后一块地典押出去,叫自家的农具闲搁起来的时候,心里多么难过啊!可是今天的这种心情却是她从来没有过的。但事已如此,在她哭了一晚上,又思索了一整夜以后,她还是认定她的兄弟西蒙不会堕落到这个地步;那个孩子肯定不是他私生的,相貌不足为凭。玛格莉特年轻时有一个小妹妹,四十年前就死了,长得跟一个卖羊毛梳子的小贩一模一样。当一个人的亲族丧失殆尽,如果还胡乱猜疑,就会连最后一个亲人都要失去的时候,还有什么他不肯相信呢?

从这时候起弗利德里希就很少待在家里了。西蒙对他很好,似乎把自己的全部感情都倾注在他身上,有时他因为要干些家务事一连几天待在母亲身边,西蒙总是很想念他,少不得要派人给他捎好几次信儿去。弗利德里希的性格从这时候起好像也改变了;过去那种梦幻气质没有了,人变得踏实、沉着起来。另外他还开始注意起自己的外表来,没过多久,他就以能干、英俊在乡里间闻名了。西蒙舅舅常常制订一些计划,有时还承揽一些规模不小的土木工程,像修路架桥什么的。在干这些活儿的时候弗利德里希不只是最好的工人,而且简直成了他的得力助手。他的力气虽然顶不上壮年工人,但很有耐力,别人都比不上。过去玛格莉特只是疼爱他,现在则不仅为他感到骄傲,甚至还不无某种敬佩的感情。她觉得自己的孩子不靠她扶掖居然独立成人,甚至不需要她出点儿主意(像大多数人一样,她也认为老年人总能给年轻人一些金玉良言),实在太了不起了。她对弗利德里希这种好强上进的本性不知该怎样夸奖才好。

十八岁的时候,弗利德里希和人打赌,扛着一头打死的野猪,一口气走了两英里路。这次胜利使他在全村年轻人中间更加名声大振。儿子出了名,玛格莉特自然也沾了光,可惜除了这一点虚名外,做母亲的并没有得到什么实利。弗利德里希越来越注意修饰打扮,有时因为口袋里不富裕叫别人比下去,就会大为恼火。另外,因为他的精力全部都用在到外面赚钱,在家里就越来越不爱干那些费事费时的活儿（这与他具有耐力的名气是大相径庭的）。他宁愿干一件费些力气、三两下就能做完的事，以便早些抽身，重新拾起放牛的老行当来。他这个年岁干这件事已经不大合适，有时甚至还遭到别人嘲笑，但他只要挥动几下拳头就叫对方不再吭声了。就这样有时他衣冠齐楚、兴致勃勃，以人们公认的乡村花花公子的身份站在一帮年轻人前头，有时又恢复了牧童身份，破衣烂衫，像在幻梦中一样只身跟在牛群后面，或者往林中一块空地上一躺，神思不属地抠着树皮上的青苔。人们对他的这种奇怪的行径逐渐习惯了。

就在这一时期前后，这里长年酣睡的法律由于出现了另一股盗林犯而苏醒过来。这一帮外号叫蓝衣党的匪徒心狠手辣、狡诈多端，远远超过了以往任何盗林犯，就连最宽宏大量的人也觉得无法再容忍了。按一般常规，在羊群里面，哪头羊最壮硕总是能够指出来，可是这群盗林犯的情形却不一样，尽管大家眼睛盯得紧紧的，但至今也没能发觉哪怕是其中的一名普通成员。这群人所以称作蓝衣党是因为所有成员一律穿着蓝色衣服，即使守林员偶尔发现个别人落在后面，钻进矮林里，也无法辨认他是张三李四。这些匪徒就像毛虫一样残害着森林，一整片树林在一夜之间就被砍光，而且当时就被运走，第二天早上只留下一地木屑和横七竖八的树冠。还有一个情况也值得注意：马车的轮迹都是来往于树林和一道河流之间，从来没有通向某处村庄，这就说明这些盗林事件不仅得到一些船主的保护，而且很可能是在他们包庇下进行的。另外，这群盗林犯一定还雇用了能干的探子，因为守林人常常巡防几个星期也见不到一个人影，但在他们劳累过度不得不从林中撤退的第一个夜晚，不管是刮风下雨还是月色皎洁，马上就会发生破坏事件。住在附近一带的乡民同护林员一样对盗林案一无所知，同样也心情紧张，这还是历史上从来没有过的事。有几个村子是绝对可以排除于蓝衣党之外的，但另外一方面，当嫌疑最重的B村由于一次偶然事件也证明与此事无关后，人们索性连猜疑的对象也失去了。所谓的偶然事件是这么一回事：某天夜晚村中一家人举行婚礼，根据习俗，村中的居民无一例外地都参加了，但就在这天晚上，蓝衣党进行了一次规模最大的夜袭。

由于森林受到的损失越来越大，对森林的防范也采取了从来没有的严密措施；森林中不分昼夜有人巡逻，长工、仆役都武装起来，听凭守林人调遣。虽然如此，却根本不见成效。常常是护卫森林的人刚刚从树林一端出来，蓝衣党就从另一端进去。这种情况持续了一年多,守林人同蓝衣党在捉迷藏,好像太阳和月亮轮流占据着天空、永远也碰不了头一样。

一七五六年七月的一天,凌晨三点钟左右,月亮仍然当空高悬,光线却已逐渐暗淡起来。东方天际已经出现了一条窄窄的黄道,给地平线镶了一条金边,像金带子似的封锁住峡谷的入口。弗利德里希像往常一样斜卧在草地上,正用刀子削一条柳木棍,想把粗大的一头刻成一只怪兽。看上去他非常疲倦,不断地打着哈欠,有时索性把头往背后一棵枝节横生的树干上一靠,暗淡的目光比远处地平线还要朦胧。偶尔他的目光扫视一眼被灌木和幼树密封住的峡谷的入口,他的眼睛也闪烁一下,恢复了通常那种晶莹明澈,但马上就又半闭起来,连连地打哈欠,伸懒腰,像所有放牧人那样懒懒散散。他带来的一条狗卧在离他不远的几条牛旁边,不时朝空中清新的空气喷一下鼻子。几条牛正不顾护林法,争先恐后地啃啮着幼苗和野草。森林里传来一声声沉闷的断裂声,延续几秒钟,在四合的山谷里引起一阵嗡嗡的共鸣。这种响声大约每五分钟到七八分钟就重复一次。弗利德里希并不在意,只是当这种响声特别大或者持续的时间较长的时候,他才抬起头,朝着从林间通向峡谷的几条小路不慌不忙地瞥一眼。

天已经接近破晓,小鸟开始叽叽喳喳地叫起来,露水更加浓重了。弗利德里希斜倚着树干的身躯缩了下来,几乎平卧在地面上。他双手环抱,支在脑后,凝视着远处渐渐出现的晨曦。突然他觉得眼前好像打了个闪电,吓得他噌的一下坐了起来。他像是一只猎犬在空气里嗅得了什么猎物似的俯着身子倾听了一会儿。他把两根手指放在嘴里,打了个长长的呼哨。"菲德尔,你这个可恶的畜生!"一块石头正打在狗身上。菲德尔从睡梦中被打醒了,开始胡乱咬了几下,接着就嚎叫着用三条腿蹦着,舐起被打痛的地方来。就在这时候,近处一丛矮树的树枝一点儿声音也没有地被分开,一个人影从树后走出来。这个人身穿绿色猎装,胳臂上佩戴着一个银色的盾形纹章牌,手里拿着扳起枪机的火枪。他先很快地朝峡谷望了一眼,然后就用逼人的目光紧紧盯着弗利德里希。他向前走了几步,向矮林后边打了个招呼,又有七八个人接连走出来。这些人都穿着一式服装,腰里挂着砍刀,手里擎着枪机扳起的大火枪。

"弗利德里希,怎么回事?"第一个露面的人问道。"我要把这个可恶的畜生打死。它不好好地看牛,叫一头牛啃了我一口,差一点儿把我耳朵咬掉。""那些坏蛋发现我们了。"另一人说。——"明天我就在你脖子上拴一块石头,把你送上西天。"弗利德里希一边骂一边要去打狗。"弗利德里希,你别装傻充愣。你认识我是谁,你也知道我是干什么的。"说着,这人狠狠瞪了弗利德里希一眼。他的凶狠的目光发生了效力。"勃兰戴斯先生,你别跟我过不去,可怜可怜我母亲吧。""我是想着她呢。你没听见树林里有什么响动?""树林里?"少年飞快地望了一眼守林官的脸色,"不是你们在伐木吗?我没有听见别的什么。""我们在伐木?!"

　　守林官的脸色本来就是阴沉的,这时忽地变成了绛紫色。"他们有多少人,是在什么地方折腾呢?""你派他们到哪儿去,他们就在哪儿。我什么都不知道。"勃兰戴斯转过来对他的伙伴说:"你们先头里走,我一会儿就来。"

　　当这一伙人一个接着一个消失在矮树林里以后,勃兰戴斯走到少年的跟前。"弗利德里希,"他压抑着满腔怒火说,"我的耐心是有限度的。我要把你当作一条狗似的狠狠抽打,你也就是一条狗。你们这一家穷鬼,头顶上连块瓦片也没有。老天有眼,你们快要讨饭了。你母亲,这个老巫婆,要是讨到我门口来,我连一块发霉的面包也不会给的。我要先把你们母子俩关到狗窝里。"

　　弗利德里希死力拉住身旁一根树枝,面如死灰,眼睛像两个玻璃珠子一样努努出来。但这种情况只延续了一小会儿,转眼间他又恢复了平静,接近于疲沓无力的平静。"先生,"他坚定而又温顺地说,"刚才您问的话是您自己也不能回答的。我可以把您想要知道的告诉您。如果那些伐木头的人不是您自己派去的,那准是那群蓝衣党了,因为村子里并没有马车赶来。大车路就在前面不远的地方,我知道是四辆大车。虽然我没有看见,可是我听见马车的轮子声了。"弗利德里希停了一会儿,又接着说:"您什么时候看见我在您的林区里砍过树?什么时候,除了别人雇我干活,您看见我在别的任何地方砍过树吗?您不妨想一想,我干过这种事没有。"

　　守林官没有回答,只是有些尴尬地咕噜了一声。像大多数性格粗鲁的人一样,他发了一顿脾气以后又有些后悔了。他气呼呼地把身一转,朝着灌木林走去。"不是那条路,"弗利德里希在他背后喊,"您要是去追赶您的同伴,他们是朝着大山毛榉那边走的。""朝着山毛榉树?"勃兰戴斯有些不相信地问,"不会吧,那条路是通向玛斯特峡谷的。""我告诉您,他们朝着那棵山毛榉树走了,没错儿。长子亨利希的火枪皮带还叫树枝刮了一下,我看见了。"

　　守林官按照弗利德里希指点的路走去了。在两人刚才说话这一段时间,弗利德里希一直没有改变自己的姿势。现在他目不转睛地望着守林人走远,仍然像刚才那样在地上半躺半坐,一只胳臂拢着一个干树枝。他看着守林官登上一块长满灌木的高地,步子虽然迈得很大,却又非常小心,一点声音也不出——这是他长期从事的职业训练出来的——就像一只狐狸悄无声息地爬上鸡窝一样。只见东一根树枝、西一根树枝在他身后弹跳着,他的身影越来越远;最后,透着枝叶又闪烁了一下——那是他猎装的铜扣子的反光——他就完全消失在茂林里了。随着守林人越走越远,弗利德里希脸上冷漠的表情也不见了,他的脸色逐渐变得激动不安起来。他是不是有些后悔,忘记请求守林官不要泄露他提供过消息?他站起来向前走了几步,又站住了。"太迟了。"他自言自语地说。他回过身来捡起自己的帽子。前面离他二三十步远,灌木丛里传来了一阵轻轻的磕碰声,那是守林人在磨打火石。弗利德里希又侧着耳朵听了一会儿。"算了吧。"他狠了一下心说,接着就收拾起零碎东西,赶着牛群匆匆地离开了峡谷。

中午时分,玛格莉特妈妈坐在炉子前边煮茶。——弗利德里希已经回家来了,他说自己很不舒服,头疼得厉害。母亲非常担心,一再问他是怎么回事,弗利德里希这才说出了守林官惹他生气的事。简短地说,除了他觉得最好还是保留不谈的几处细节以外,他把上文叙述过的全部经过都告诉玛格莉特了。母亲面带愁容一言不发地望着煮沸的水。她已经习惯了,时不时地要听儿子发一通牢骚,但是今天她觉得儿子比过去哪一次都更烦躁。难道他真的要生病了?她深深地叹了一口气,把刚刚拿起的一个木块又扔在地上。

"妈妈!"弗利德里希从里屋喊了一声。"什么事?""刚才是枪响吗?""我不知道你指的是什么。""我的脑袋老是砰砰地响。"儿子回答说。

一个女邻居走来告诉她一件无关紧要的事,玛格莉特一点也不感兴趣地听着。后来这位邻居走了。"妈妈!"弗利德里希又喊了一声。玛格莉特走进里屋儿子身边。"徐尔斯麦耶家的女人来说什么?""没说什么,闲扯嘴皮子。"弗利德里希坐了起来。"她跟我说了一阵格利特辛·西默尔斯的事。你知道那都是陈谷子烂芝麻了,而且都是别人造的谣。"弗利德里希又躺下了。"我试试看,能不能睡个觉。"他说。

玛格莉特重又坐在火炉前;她一边纺线一边沉思,脑子里尽是些不愉快的事。村子里的钟响了,已经十一点半了。门呱嗒的一声推开了,法院书记官卡普走进屋来。"你好,梅格尔太太,能不能给我一口奶喝?我刚从M回来。"梅格尔太太把他要的东西拿来以后,他问道:"弗利德里希在哪儿呢?"她正在取盘子,没有听见他的问话。卡普一小口一小口地喝着奶。"您听说没有,"他又开口说,"蓝衣党昨天夜里在玛斯特森林又砍了一大片林子,砍得一棵树不剩,比我的手掌还干净。""哎呀,慈悲的上帝啊!"玛格莉特并不怎么关心地随口答应了一句。"这些强盗,"书记官继续说,"真会糟蹋东西。哪怕把小树留下来也好啊!连我胳膊这么粗的小橡树也砍了。这些小树就是做船桨都不够材料。看来这些人不单单想发财,还想方设法糟蹋别人财物。""太可惜了。"玛格莉特说。

  法院书记官这时已把牛奶喝光,可是还坐着不走。他心里好像还有什么事。"您没听说勃兰戴斯的事吗?"他突然开口问。"没听说。他从来不到我们家来。""这么说,您还不知道他出的事?""什么事?"玛格莉特神色紧张地问。"他死了!""死了!"她失声喊起来,"什么,死了?哎呀上帝啊!今天早上他还欢蹦乱跳地从我们家前边走过去呢?还背着一支枪。""勃兰戴斯死了,"书记官又重复了一句,直勾勾地盯住她,"叫蓝衣党打死了。一刻钟以前尸首刚刚运回村子来。"

  玛格莉特把双手一拍,"哎呀上帝,怜悯怜悯他吧。他也不知道自己干的是什么。""怜悯谁?"法院书记官喊道,"你是说上帝应该怜悯杀人的刽子手?"从里屋传来一声痛苦的呻吟,玛格莉特急忙跑进去,书记官也跟在后面。弗利德里希直挺挺地坐在床上,双手捂着脸,像快要死了似的不停地呻吟着。"弗利德里希,你怎么啦?"母亲问他说。"你怎么啦?"书记官也跟着问。"噢,我的肚子啊,我的头啊!"弗利德里希唉声叹气地说。"他是怎么回事?""咳,天知道,"玛格莉特说,"他因为身体不舒服,清早四点钟就把牛赶回来了。""弗利德里希,弗利德里希,要不要我去找医生来。你倒是说话啊。""不用,"他呻吟着,"我就是肚子疼,过一会儿就好了。"

  他又躺下了,脸因为疼痛而抽搐着。但过了一会儿,脸上又有了一点儿血色。"你们走吧,"他有气无力地说,"我得睡一会儿。睡一觉就好了。""梅格尔太太,"法院书记官神情严肃地说,"弗利德里希肯定是四点钟回的家,以后就再也没出去过?"玛格莉特愣愣地盯着他看了一会儿。"你随便问问街上哪个孩子都成。他还出去过?我倒希望他能出去呢!""他没跟你说过勃兰戴斯的什么事?""上帝做证,他倒是跟我说过。勃兰戴斯在林子里骂了他一通,骂我们是穷鬼。这个坏蛋!可是如今他既然死了,就让上帝宽恕他吧。你快走吧。"她没有好气地说,"你来我们家,就是为了来欺负老实人吗?快走吧!"她把脸朝着儿子这一面转了过来;书记官悄没声儿地走了出去。"弗利德里希,你是怎么回事?"母亲又一次问道,"你听见没有?真是可怕,太可怕了!没有忏悔,也没有行赦罪礼就离开人世了!""妈妈,妈妈,看在上帝面上,让我睡会儿觉吧。我真受不了啦。"

就在这时候姚汉尼斯·尼曼走进屋子来。他生得又瘦又长,像根麻秸秆,可是衣服破破烂烂,样子畏畏缩缩,同五年前我们看到他时并没有什么不同,他的脸色比平日显得更加苍白。"弗利德里希,"他结结巴巴地说,"叫你马上到舅舅那儿去。他有活儿要你去做。马上就去。"弗利德里希把脸转了过去,面对着墙。"我不去,"他怒气冲冲地说,"我病了。""你非去不可,"姚汉尼斯喘着气说,"他说了,我一定要把你找去。"弗利德里希冷笑着说:"我倒要看看你能不能把我拉走。"玛格莉特叹了口气,走进来说:"让他好好歇会儿吧,他起不了床。你自己也看见了,他病得多厉害。"说完,她就走到室外去。她在外面待了几分钟,在她又走回来以后,发现弗利德里希已经穿好衣服了。"你想干什么?"她喊道,"你不能去,不应该去!""不得不做的事就应该做。"他一句话没说完已经跟姚汉尼斯走出门外了。"哎呀上帝,"母亲叹着气说,"孩子小的时候只在怀里踹蹬,长大了以后每一脚都踢在你心上!"

法院开始调查这一谋杀案;案情本身了如指掌,但谁是杀人凶手却没有人能提供见证,因此,尽管一切事实都说明蓝衣党嫌疑最为重大,但因并无法律根据,只能被看作一种推测。只有一条线索似乎能够解决这一疑案,可惜由于某些原因人们对它不能过分指望。当时负责司法审判的庄园主正好外出,案件调查不得不由法院书记官担承下来。开庭的一天书记官坐在审判桌后面,屋子里挤满了人,有的是出于好奇跑来看热闹,也有的是法院传唤出庭做证的。因为找不到真正的证人,法庭不得不把附近的一些放牧者和农民找来,希望从他们嘴里得到某些线索。这些在案件发生的当天夜里正好在附近放牧或者种地的人一个个挺直着身躯站着,双手插在口袋里,虽然没有说话,但他们的神情姿势却好像明白宣称,绝不想介入此事,自找麻烦。八名护林员也被传唤来,他们的供词完全一致:勃兰戴斯召集他们在十号晚上到树林里去巡逻,看来勃兰戴斯事先已得到蓝衣党准备盗伐树木的情报,但他并没有把这件事明白告诉他们。这几个人夜里两点钟出发,路上看到不少森林被破坏的痕迹。护林官勃兰戴斯非常生气,但他们并没有遇到违法乱纪的人。四点钟左右勃兰戴斯对他们说:"我们上当了,还是回家去吧。"当这些人绕过布莱德尔山、转到下风地以后,玛斯特森林里的伐树声就清晰可辨了。从那急促的斧头声判断,蓝衣党人正在大肆活动。他们商议了一会儿,自己人单势孤,向那帮亡命徒进攻是否划得来。由于意见不一致,他们并没有作出任何决定,但仍然循着声音继续往前走。也就是这个时候他们遇见了弗利德里希。勃兰戴斯叫他们先走,但并没有明确说明朝着哪个方向,他们又往前走了一会儿。后来他们发现远处的伐木声已经停了,就也站住了,等着护林官赶上来。他们等了大约十分钟,勃兰戴斯一直没露面,所有的人都有些生气。他们又往前走,不久就来到了被破坏的地区。偷树的人早已不见踪影,四周一片寂静,砍倒的二十棵大树还有八株留在现场,其他的都已运走了。他们不能理解的是,地面上并没有车迹,这些人是怎么把树运走的。另外,由于当时处于旱季,地面又铺了一层松针,虽然稍远的一些地方地面好像有人踏实,但在伐倒的树木周围却没能发现任何足迹。考虑到这时再等护林官来也没什么用了,他们就加快步伐向森林的另一端走去,抱着万一还能瞥到一眼逃跑的盗林贼的希望。快要走出森林的时候,他们中间有一个人的水壶带子被一丛悬挂子钩住了。他停下来解带子的时候,偶然向旁边一望,发现了灌木丛里一件什么东西在闪亮。那是守林官勃兰戴斯皮带上的铜扣,勃兰戴斯本人就手脚摊开地躺在这丛灌木后边,右手拿着火枪,左手握着拳头,一把斧子正好把前额劈裂。

这是几个守林员的供词,接着法庭又一个个传唤农民。这些人都没有提供出任何线索来。有人说四点钟的时候正在家里睡觉,有人说在做什么事,谁也没有注意到什么。书记官对这些农民毫无办法;他们都是安分守己的老实人,如果他们提供不出线索,也只能相信他们说的都是实情了。

弗利德里希被叫出来。他走上法庭的神情同平时一模一样,既不紧张,也不倨傲。法庭讯问他的时间相当长,有些问题提得很巧妙,但是弗利德里希的回答却很直率,并没有模棱两可的地方。他叙述的同护林官相遇的过程同事实也没有什么出入,只除了分手前几句对话,这几句话他觉得还是以不说为妙。谋杀案发生时他并不在场,这一点是很容易核实的。护林官的尸体是在玛斯特森林入口处发现的,距离他在四点钟同弗利德里希谈话的峡谷步行需要三刻钟。弗利德里希四点过十分离开峡谷,把牲口赶回村子,很多人都看见了。法庭里的农民争着证明这件事;他同这个人点头打过招呼,同那个人谈过话。

法院书记官闷闷不乐地坐在那里,看上去不知该怎么办好。突然,他把手伸到背后,把一件亮晶晶的物件在弗利德里希面前一晃。"这是谁的?"弗利德里希跟跄退了两步。"耶稣基督!我还以为您要劈我脑袋呢。"他的眼睛飞快地把这件凶器扫了一眼,有那么一刹那,好像被斧柄上一处裂口吸住了,但他马上就语气坚定地说:"我不知道是谁的。""这就是人们发现嵌在护林官头盖骨上的那把斧子。再仔细看看。"书记官命令说。弗利德里希把斧子拿过来,上上下下仔细察看了一会儿,甚至还翻过来瞧了瞧背面。"这把斧子没有什么特别的地方。"他最后说,不动声色地把它放在桌子上。看得出来,他的脸上出现了一块红晕,他好像有些发抖,但他又斩钉截铁地重复了一遍:"我不认识这把斧子。"法院书记官长叹了一口气;他刚才想出其不意地吓吓对方,看看能否取得效果,现在他再也没有别的办法了。这样,这场审讯只能就此结束。

对于那些急于想知道故事结局的人,我只能说这个案子一直没有水落石出,尽管这以后法院还做了不少努力,而且又进行了好几次调查。但是另一方面,由于这一杀人案引起的轰动以及这以后护林措施更加严厉,蓝衣党徒们都失去了勇气,从此就销声匿迹没再作案了。后来诚然还捕获过一些盗林犯,但却没有理由认为是蓝衣党的同伙。二十年以后,这把斧头仍然作为凶器封存在法院档案柜里,说不定今天也还存放在那里,当日的斑斑血迹怕早已成为锈点了。如果这是一篇虚构的故事,叫读者这样永远为一桩无头公案悬心,可能不太公平,但既然这里讲的是一个真实故事,作者除了请求读者鉴谅外,也实在别无他法了。

下一个星期日弗利德里希很早就起床了,他要到教堂去忏悔。这一天是圣母升天节,神父们从天刚一亮起就坐在告解室里了。他在黑灯影里摸索着穿好衣服。蹑手蹑脚地走出他在西蒙家居住的一间窄小的木板房。他的祈祷书多半放在厨房的檐板上;他希望借助朦胧的月光把书找到。祈祷书并没有在哪个地方。他的眼睛四处搜寻着,突然间,他吓得差一点儿跳起来。西蒙赤条精光地站在内室的门前。他形容枯槁,披头散发,月光照着一张惨白的脸,不仅样子阴森可怕,而且好像整个换了一个人。他是不是个梦游病患者?弗利德里希想。他吓得一动也不敢动。"弗利德里希到哪儿去?"老人低声说。"舅舅,是你啊。我要去忏悔。""我猜也是这样。上帝做证,你就去吧,但是你要像个虔诚的基督徒那样忏悔。""我会的。"弗利德里希说。"要好好记住十诫,不要做证反对你的亲人。""不要做假证!""不对,根本不要做证。你对教义学得不够好。谁在忏悔的时候揭露别人的隐私,谁就不配领圣餐。"

两个人都沉默了一会儿。"舅舅,你怎么能这么说?"弗利德里希说,"你心里有鬼。你对我撒谎了。""我?你怎么这么说?""你的斧子到哪儿去了?""我的斧子?在地上扔着呢。""你是不是安了一个新斧柄?旧的在哪儿呢?""天亮以后你会在劈柴棚里找到的。你快走吧!"他又骂骂咧咧地说:"我本来还以为你是个大丈夫,没想到你这么婆婆妈妈的。锅子一冒烟,你就疑心房子着火了。"接着他又说:"我要是再听你讲什么斧子柄和门柱的事,就升不了天堂了。我连家门也没出。"临了他又加添了一句。弗利德里希充满了焦虑和怀疑站在那里。他非常希望能看到他舅舅这时脸上的表情。但是就在他俩低声谈话的当儿,月亮正好被一块乌云遮住了。

"我也有很大的不是,"弗利德里希叹了一口气说,"我指给他的路是不对——虽然——可不是吗,我当时绝没想到会有这样的结局,根本没有想到。舅舅,我良心有愧全是你的缘故。""那你快去吧,快忏悔去!"西蒙声音颤抖地说,"你就快去告密,去找个暗探探听穷人有什么隐私。暗探就是不讲话,也会把穷人嘴里的面包抢走。你这样干准保会亵渎圣礼的。快点走啊!"弗利德里希犹豫不决地站在那里。他听见一阵轻微的响声。乌云飘过去,月光重新照在屋门上。屋门已经关了起来。弗利德里希这天早晨并没有去教堂忏悔。

可惜的是,这件事对弗利德里希的影响没过多久就烟消云散了。西蒙用尽一切办法把自己的养子领上他自己走的路,这一点是没有人怀疑的。另外,弗利德里希自身的一些品质也助了西蒙一臂之力。弗利德里希性格轻浮,易于激动,特别是他少年气盛,总想高人一头。正因为这样,他有时也就刻意修饰外表,而且越是怕别人耻笑,越要想方设法把弄到手的东西据为己有。应该说,他的天性还是善良的,只不过他已经习惯,宁愿暗中含垢忍辱,也不愿失掉面子。一句话,他逐渐养成习惯,总是炫耀夸张,而他的母亲却忍饥受冻,挨着苦日子。

弗利德里希性格的这种不幸的转变并不是突然发生的,人们发现,几年以来玛格莉特在她儿子面前越来越沉默寡言,自己越来越消沉沮丧,这是过去从来不会有的事。她变得畏缩、拖沓,甚至有些邋里邋遢;有些人认为她的神经出了毛病。相反地,弗利德里希却越来越出风头。年市也好,婚礼也好,他一次也不错过。因为他自尊心很强,生性又极敏感,别人对他略有非议,即使没有公开表示,也逃不过他的眼睛,所以他好像总是武装戒备着,不只有意同一般人的看法唱反调,而且还要按照自己所好左右别人的意见。表面上他总是讲求礼规,斯文恬静,看起来非常老实,但实际上却很奸猾,自我吹嘘,有时候还很粗鲁,任何人对他都无好感,他自己的母亲尤其不喜欢他。但另一方面,因为人们都害怕他胆大妄为,害怕他阴险狡诈,他在村子里又享有很高的威信,而且越是因为人们拿不准他的性格,不知道他将来会堕落到什么地步,他的威信反而越益增高。全村只有一个小伙子,威尔姆·徐尔斯麦耶,依靠自己身强力壮,亲朋又大都有钱有势,敢于同弗利德里希较量一下高低。比起弗利德里希来,威尔姆伶牙俐齿,就是有时吃了对方抢白,他也能说一句笑话,解脱困境。威尔姆是弗利德里希唯一不愿意碰面的人。

又过了四年。一七六〇年的秋天风和日丽,到了十月,家家户户仓满廪实,地窖里储满了葡萄酒,就是这个偏远的角落也是一片富裕景象。村子里的醉鬼忽然增多了,打架斗殴和嬉笑胡闹的事也超过了历来纪录。人人都要过一个蓝色的星期一①,谁手里积攒下几个铜子儿,就会有一位老婆给他出主意,该怎样"今朝有酒今朝醉"。正好村子里有一家人要举行一次盛大婚礼,客人们都知道这次不比寻常,除了走调的提琴、几杯烧酒和他们为了凑热闹自己带去的礼品外还会有不少的东西。这一天从清晨起,人人就都忙碌起来,家家门口都晒起节日的衣服,弄得 B 村一整天都像是估衣店。既然参加婚礼的还有一些外村人,大家谁都不想叫 B 村丢脸。

晚上七点钟婚礼正举行得热火朝天。到处是一片嬉笑喧闹声,楼下几间房子挤满了客人,穿红着绿,倒像是圈了太多牲口的畜栏。有不少人正在夯得坚实的泥土地上跳舞;所谓跳舞,只不过是谁抢先占据了两尺的空间便在那里打转转,身体活动不开,便用尖声吆喝代替。乐队倒非常出色;第一把小提琴手是个人们公认的女艺术家,在整个演奏中起了主要作用。拉第二小提琴和一把三根弦大号低音中提琴的是两位业余音乐家,演奏时难免有些随意发挥。烧酒和咖啡源源不绝。客人们个个满头大汗。一句话,这场婚事办得确实非常火炽。弗利德里希在人群里高视阔步,像一只骄傲的大公鸡。这一天他穿了一件崭新的天蓝色外装,谁的衣服也不及他的华美,自然要到处显示一番。后来当庄园主一家人也光临的时候,他就坐到低音提琴后面,拼命拉着那根最

---

① 指把星期日的休息延长到星期一。

低的琴弦,表示对尊贵客人致敬。

"姚汉尼斯!"他发号施令说。一向受他保护的这个小伙计本来也在舞场上甩动着两条僵直的腿,不时尖声呼叫,听到弗利德里希一声呼喊,慌不迭地跑了过来。弗利德里希把手中的琴弓往他手里一塞,傲气凌人地摆了一下头,示意他该做什么,自己马上又挤到跳舞的人群里。"加点油哇,音乐家们,"他喊道,"让咱们听听'伊斯特鲁的帕频'①怎么样?"于是乐队奏起了这支人们熟悉的舞曲,弗利德里希也开始随着节拍在庄园主一家人眼前拼命蹦跳,吓得牛棚里的几只牛都缩着犄角哞哞地叫起来,索链也丁丁零零地乱响。弗利德里希每次往上一蹦,一头黄发都跳到离人头顶一尺高的地方。他就这样一上一下地跳个不停,活像不断从水里蹦起来的梭鱼。姑娘们从四面八方吆喊助威,弗利德里希也越跳越起劲,不断甩动亚麻色头发,向她们点头答谢。

"我就跳到这里吧!"最后他说了一句,就汗流满面地走到酒台前面,"让我敬祝高贵的来宾、敬祝各位王子和公主们身体健康!可是大家要注意啦,谁不跟着我喝酒,我可要打他耳光,叫他去听天使唱歌!"人群里发出一阵欢呼声,回答弗利德里希漂亮的祝酒辞。弗利德里希鞠了一躬,又说:"请不要见怪,高贵的来宾,我们都是粗鲁无知的乡巴佬。"就在这时候,屋子的一个角落忽然发生一阵骚乱:有人叫喊,有人责骂,也有人哈哈大笑,各种声音混成一团。"抓贼啊,有人偷奶酪啦!"几个小孩儿大声喊叫。姚汉尼斯·尼曼挤了过来,或者毋宁说被推搡过来,只见他脑袋缩在肩膀里,拼死拼活地往门外挤。"怎么回事?你们干吗欺侮我们的姚汉尼斯?"弗利德里希气势汹汹地说。

"你们早就该想到的。"一个系着围裙、拿着抹布的老太婆喘着气说。真是丢人现眼,原来,忍饥挨饿的可怜虫姚汉尼斯为了准备以后的艰苦的日子,偷了半斤奶酪。他把奶酪干干净净地用手绢包好,放在口袋里,若无其事地站到厨房窗户旁边。没有想到,奶酪不久就开始熔化,不仅衣服脏了一片,而且还顺着衣襟滴落下来。屋子里简直乱了营;姑娘们害怕弄脏自己衣服,或者吓得往后退,或者把这个小罪犯往前推。人们给他让了一条路,有的是怕把衣服弄脏,也有的出于同情。但是弗利德里希却挺身走到前面。"你这不要脸的小叫花子!"他一边骂一边打了他的小伙计几个嘴巴,最后又把他推到门外边,在他屁股上狠狠地踢了一脚。

---

① 民间舞曲名。

弗利德里希垂头丧气地转身回来；他丢了脸，人们的笑声好像刀子一样刺在他身上。虽然他立刻又呼哨一声，想重新打起精神来，但却怎样也恢复不了原来的兴致了。他准备再回到低音提琴后面躲躲风，但在此之前他还要露一手给大家瞧瞧。他从衣袋里掏出一块银表来，这在当时是一种稀罕物，也很值钱。"快要十点钟了，"他说，"该跳新娘小步舞了。让我来拉琴吧。"

"这块表真够意思！"一个放猪的年轻人把头探过来说。他非常好奇，同时也万分敬佩。"这块表值多少钱？"弗利德里希的死对头威尔姆·徐尔斯麦耶喊道。"你肯付钱吗？"弗利德里希问。"你自己付过钱了吗？"威尔姆反唇相讥说。弗利德里希看了他一眼，没有说话就神气十足地拿起提琴弓子来。"算了吧，"徐尔斯麦耶说，"这种事也不是第一遭。你也知道，弗朗茨·埃贝尔过去也有过一块挺漂亮的表，可是后来又叫那个犹太人阿龙拿回去了。"弗利德里希没有回答他，只是傲慢地向第一提琴手打了招呼，于是那个女演奏家就精力充沛地拉起琴来。

这时候庄园主一家人已经走进内室，几位女邻居正给新娘子化妆打扮，在她额头上系一条白飘带，标志着她即将改变的地位和身份。新娘子哭得很伤心，不仅因为这是地方上的习俗，也因为她心里真的非常难过。从今以后她不只要在一个性格乖戾的老头子的监视下管理起杂乱的家务事，而且还要把感情给这个陌生人。这人现在就站在她身旁，一点也不像雅歌中唱的"像朝晖一样进入闺房"的新郎。"你哭够了吧？"那人没有好气儿地说，"你好好想一想，并不是你给我带来了幸福，而是我要叫你幸福！"新娘卑顺地看了他一眼，似乎觉得他的话也不无道理。该做的事都做完了：新娘已经向新郎敬了酒，爱起哄的年轻人也已穿过一只三脚的壶支架仔细打量过新娘的头带，确实系得非常端正。于是人们又蜂拥到外面的屋子，继续喧笑吵闹。但是弗利德里希这时却不见了。原来刚才发生了一件叫他丢尽颜面的事：犹太人阿龙，邻近一座小镇上有时兼卖旧货的屠夫突然跑到这里，开头他同弗利德里希悄声嘀咕了一阵，后来因为要求没有得到满足，就大声吵嚷起来。弗利德里希从复活节起就从他手里拿去一块表，现在他要弗利德里希立即交出十泰勒来。弗利德里希丧魂落魄地跑了出去，犹太人在后面紧追不舍，一边走一边喊："我真倒霉！当初有不少人劝过我，我都没听。他们对我说了一百遍：你的那点儿钱都花在衣着打扮上，柜子里连一块钱也没有！"人群发出一阵哄笑，有不少人还追到院子里。"抓住这个犹太佬！称称他，是不是比肥猪还重！"有些人乱开玩笑；但也有些人变得严肃起来。"弗利德里希的小脸都成了白纸了。"一个老太婆说。后来当地主家的马车驶进院子的时候，客人们都分列两旁。

S地的庄园主在回家的路上心绪不太好；为了博得人们爱戴，每次他都要出席这种婚丧典礼，但事情过后他又总是不很舒服。他坐在马车上，一言不发，望着窗外。"那两个黑影是什么？"他指着马车前面两个像鸵鸟一样奔跑的影子问。马车这时已经驶进他的庄园了。"是我们圈里的猪跑出去了吧？"他叹了口气说。到家以后，他发现全家的仆人差不多都聚在前厅里，围着两个小厮。两个小厮面色苍白、气喘吁吁地坐在楼梯口。他俩刚才经过布莱德尔森林回家的时候，老梅格尔的鬼魂追他们来着。开始的时候鬼魂在空中窥伺着他们，咝咝作响，后来就发出噼噼啪啪的声音，仿佛在敲击着两根木棍。突然间，他们听到一声尖锐的呼喊，那个鬼魂清清楚楚地悲叹着："痛苦啊，我的可怜的灵魂！"有一个小厮还说他看到树枝后边有一对发光的眼睛。这两个人吓得丢了魂似的没命地往家里跑。

"蠢货！"地主气恼地骂了一句就回到内室换衣服去了。第二天早上，花园里的喷泉不喷水了。经过查看，原来有人挪动了一根水管。这人显然是为了寻找几年前埋在地下的一匹死马骨骼的马头，据说这是一件辟邪物，可以震慑住邪神恶鬼。"哼，"地主说，"凡是恶棍偷不去的也叫傻瓜糟蹋掉了。"

三天以后发生了一场狂风暴雨。虽然已经是午夜，庄园的人却都没上床。庄园的主人站在窗前，忧心忡忡地望着外面暗夜笼罩住的田地。树枝不断地敲在窗玻璃上，偶尔一块屋瓦被风刮下来，砰的一声摔碎在院中石板路上。"这种天气太可怕了。"S地的领主说。他的妻子也吓得要命。"火封好了吗？"她说，"格莉特辛，你再去看看，干脆把火浇灭了吧！来，咱们大家念一段《约翰福音》祈祷祈祷吧。"所有的人都跪下来，于是庄园主的夫人开口读道："太初有道，道与上帝同在，道就是上帝……"就在这时候，突然响了一声霹雳，大家都打了个哆嗦。外边传来一声悲凄的叫喊，噔噔的脚步声向着台阶跑过来。"上帝啊，是不是着火了？"主妇惊叫道，头无力地伏在椅子上。门从外边打开了，犹太人阿龙的妻子跌跌撞撞地走进来。她的脸色惨白，披散着头发，头发上还不断滴答着水珠。"你们要给死者报仇啊，"她喊叫着，"要给死者报仇啊！我丈夫叫人杀害了！"犹太女人话没说完就晕倒了。

经过调查，事实果然如此。犹太人阿龙的太阳穴被一个什么钝器——可能是一根木棒打了一下，只一下就送了命。全身只有左太阳穴上这一块青紫色的伤痕,再也没有别的创伤。据阿龙的妻子同她家的仆人塞缪尔供述:阿龙三天前下午外出买牛,走前说他当天可能回不了家,因为 B 和 S 两地都有人欠了他的账不还,他要去讨账。他多半要在 B 村卖肉的所罗门家过夜。第二天他还没有回来,妻子悬了一天心。第三天下午三点钟她在仆人所罗门陪伴下,还带了一只狗出来寻找。他们先到犹太人所罗门住的地方;这一家人并不知道阿龙的行踪,他根本没去过。他们又到另外几个阿龙可能去买牛的农民家一一问过。只有两家人见到过阿龙,都是在他从家里出来的当天。这时候天已经很晚了。阿龙的妻子非常害怕,想要回家去;她还抱着万一的希望,也许丈夫已经在家里等着她了。在他们穿过布莱德尔森林时,暴风雨把他们截住了,不得不在山坡上一棵大山毛榉树下面避雨。他们带来的那只狗这时变得烦躁不安,东闻西嗅,拼命用爪子挠地。他们怎么揪也揪不住,最后还是叫它跑到树林里去了。这时打了一个闪电,阿龙的妻子一眼看到身旁沼泽地上有一件白东西——她丈夫的手杖。与此同时那只狗也从灌木林里跑回来,嘴里叼着她丈夫的一只鞋。没过多久,他们就在填满干树叶的一个坑里找到了阿龙的尸体。上面的一段话都是那个仆人说的,阿龙的妻子只是有时应和几句,证明那人说的都是实情。这时阿龙妻子的昂奋劲儿已经过去,但头脑好像不太清楚,甚至可以说有些呆痴。"以眼还眼,以牙还牙!"这是她时不时迸出的唯一话语。

当天夜里就派出武装人员去拘捕弗利德里希。由于婚礼中发生的那个场面——S 地的领主亲眼见到的——弗利德里希的嫌疑非常重大,更何况还出现了一系列神秘现象:小厮们的鬼故事,布莱德尔森林中木棍敲击的声音,以及鬼魂在空中哀叹等。这一天正好法院书记官不在家,因此 S 村的这位领主亲自出马,行动比以往任何一次都更迅速。虽然如此,在武装人员悄悄地包围住可怜的梅格尔太太的住房时,天已经蒙蒙亮了。S 地的领主亲自敲响了房门,不到一分钟门就打开,玛格莉特穿戴整齐地走了出来,领主反而吓了一跳。玛格莉特脸色惨白,神情呆痴,他几乎认不出来了。"弗利德里希在哪儿呢?"他有些犹疑地问。"你们进来搜查吧。"她往椅子上一坐说。领主又犹豫了一会儿,然后厉声吆喝道:"进去,快进去!你们还等什么?"这些人首先走进弗利德里希的卧室,他人并不在,可是被盖还有些暖气儿。接着他们又到阁楼上,到地窖里,踢了踢地上的稻草,在酒桶后面,甚至连烤炉的炉膛里也都搜寻了一遍,仍没有找到。有几个人走到花园里,在篱笆后面和苹果树上面寻找,到处也不见弗利德里希的影子。"让他跑掉了。"庄园主感情非常复杂地说;这个老妇人满脸愁容叫他心里感到非常难过,"把那只箱子的钥匙给我。"玛格莉特好像没听见似的什么也不回答。"把钥匙给我。"他又说了一遍。后来他仔细一看,才发现钥匙就插在锁孔里。箱子里的东西全部展示在眼前,既有逃亡犯的节日服装,又有母亲的破烂衣服,此外还有两件镶着黑带子的寿衣,一件是给男人准备的,另一件是为女人穿的。S地的领主感到非常震惊。箱子最下面放着一块银表和几张字迹清晰可读的信件,其中一封信的签名人是个与盗林事件有关的严重嫌疑犯。S地的领主把这些信件拿出来带走了,准备仔细审查一下。就这样一伙人离开了房子。在整个搜查过程中,玛格莉特一直一动不动地坐着;如果她没有紧咬着嘴唇,有时眨动一下眼睛的话,简直像是一个死人。

回到庄园以后,S地的领主发现法院书记官正在等着他。书记官是头一天夜里回家的,据他说,因为没有派人去喊他,所以睡过头了。"你总是来晚了一步,"S地的领主气恼地说,"难道村子里就没有哪个老太婆嚼舌根,把这件事传到你们家使女耳朵里?为什么就没有人叫醒你?""大人,"卡普回答说,"我的安-玛丽也不过比我早知道一个小时,但是她知道大人已经亲自过问这件事了,另外,"他又愁眉苦脸地加添说,"我也实在是累得动弹不了了。""咱们这些警察也太无能,"庄园主咕哝说,"本应该保密的事,可是村子里的每一个老婆子知道得比谁都清楚。"他又气冲冲地说:"居然叫他溜掉了,这个家伙本领也真够大的!"

两个人都沉默了一会儿,法院书记官又开口说:"我的车夫夜里迷路了;我们在树林里待了一个钟头。天气太坏了,我真以为大风要把我们的马车吹翻了。后来雨小了一点儿,我们又继续往前走。当时伸手不见五指,我们就摸着黑一直走上了泽勒尔高地。后来马车夫说:'咱们是不是快走到采石场了。'我自己也害起怕来,我就叫他把车停住,打了个火,想吸一袋烟提提精神。突然间我们听见敲钟的声音,离我们非常近,就在我们脚下。大人可以想象得出来,我简直吓出了一身冷汗。我一下子跳下车来,我想还是我自己的腿比马腿更可靠一些。我就这样让大雨淋着,站在泥地上,一动也不敢动。谢天谢地,过了不久天总算亮了。您猜我们的马车停在哪儿啦?就在希尔塞悬崖边上,希尔塞镇的教堂就在我们脚底下。我们的马车要是没有停下来,只要再往前走二十步,我们的小命就都完了。""这可不是开玩笑的。"庄园主说,他的气已经逐渐平了。

这时候他已经把带回来的几张纸翻了一遍,都是一些催还欠债的信,大部分是放高利贷人写的。"真没想到,"他喃喃地说,"梅格尔母子俩会欠人家这么多钱。""可不是,"卡普应声说,"而且现在叫外人都知道了,梅格尔太太一定气得要命。""哎呀上帝,她如今可没有心情想这个。"说完这句话,庄园主就站起身离开这间屋子。他要同卡普先生研究一下验尸的事。——案件调查没有花很多时间:死者遭人暗害丧命是确凿的事实,假定中的凶手在逃,尽管查清的事实都指明谁是杀人犯,但因为没有供状还是无法定案。这人的逃走只能加重他的杀人嫌疑。就这样这件谋杀案暂时只能搁置起来。

附近一带的犹太人对这件事都非常关心,阿龙的寡妇家里来人不断,有的来吊唁,也有的来出谋划策。

有史以来,L一地从来没有看见过这么多犹太人。

阿龙被人谋害把他的教友们都激怒了,只要能追捕到凶手,这些人出多大力气、花多少钱都不在乎。据说他们当中有一个外号叫高利贷约尔的曾和一个借了他几百泰勒、他认为特别精明的人讲好,如果这人能帮助捕获弗利德里希·梅格尔,他就不要他还欠账了。这些犹太人一致认为,凶手之所以能逃脱是因为有人暗中帮忙,因此多半还躲藏在附近一带什么地方。但后来他们发现一切办法都无济于事,而且有一天法院又公开宣布不再继续审理这一案件了,他们就选出几个头面人物,第二天来到领主的庄园,提出要购买一件东西的事。他们要买的就是那棵大山毛榉;阿龙的手杖是在这棵树下发现的,人也多半是在树下被谋害的。"你们是想把它伐掉吗?这棵树长得正茂盛呢!"庄园主问道。"不是的,大人,我们要它冬夏常青,只要还有一根枝条,就永远留在那里。""可是,如果有一天我们要把整片树林伐掉,不砍倒这棵树对于新栽的幼苗是不利的。""我们出的价钱不比寻常。"他们愿意出两百泰勒。这笔生意就这样成交了;所有的护林员都接到命令,严禁损伤这棵山毛榉。

不久以后,人们在一天傍晚看到将近六十个犹太人,由一名犹太祭司率领,走进了布莱德尔树林。这些人都一句话不说,个个垂着眼皮。

他们在林子里待了大约一小时,又带着同样庄严肃穆的神情走出来,穿过B村,一直走到泽勒尔高地才分散开,各自走回家去。第二天人们发现那棵山毛榉树树干上用斧头刻了一行字:

אם תעבור במקום הזה יפגע בך כאשר אתה עשית לי

299

弗利德里希究竟到哪儿去了？不用说,他一定已经远走高飞,逃到一处当地的力量薄弱的警察胳膊伸不到的地方。没有多久,就没有人再提起他；他已经被人们遗忘了,甚至连西蒙舅舅也很少谈论他,即使偶尔谈起,也总是说他的坏话。那位犹太女人最后也不再伤心了,她又嫁了一个丈夫。只有可怜的玛格莉特孤苦凄凉,终日面无笑容。

大约半年以后,庄园主有一天阅读几封刚刚收到的信,法院书记官正好也在场。"奇怪,真是奇怪,"他说,"你想想,卡普,那件凶杀案可能不是弗利德里希·海格尔干的。P城的法院院长刚给我写来一封信。'貌似可信的事不一定永远是真实的。'①这一点我干这一行早就有体会了,现在倒又有了一个例证。你知道,你那位可爱的老乡弗利德里希·梅格尔可能没有谋杀那个犹太人,正像你和我一样清白无辜。可惜证据并不充足,但可能性还是很大的。史雷明一伙强盗中(这里顺便说一下,这群盗匪大部分都已锒铛入狱了)有一个成员,外号叫花子摩塞斯,在最后一次审讯中说,他生平最后悔的是谋害了一个同教教友阿龙。他在树林里把这人杀死了,可结果在死者身上只找到了六个铜子儿。

可惜的是审讯没有完就因为午饭时间已到被打断了。就在法院人员吃饭的当儿,这个罪犯被另一个犹太人用袜带勒死了。你对这件事是怎么看的？叫阿龙的人固然很多,可是……你对这件事有什么看法？"庄园主又重复了一遍,"还有,弗利德里希那头蠢驴为什么要逃跑呢？"

法院书记官想了一会儿说："没准是因为盗伐森林的事；我们当时正在调查偷林案件呢。俗话说:做了坏事的人看见自己的影子也害怕。就是没有这个污点弗利德里希·梅格尔的良心也够肮脏的了。"

两个人都觉得这件事用不着再深谈了。弗利德里希已经不见了,销声匿迹了。但同他一起失踪的还有一个人——姚汉尼斯·尼曼。那个谁也不关心的可怜虫姚汉尼斯在同一天也失踪了。

漫长的岁月过去了,又过了二十八年,已经是一个人半生的时间了。庄园主已经成了白发苍苍的老人,他的那位善良的助手卡普也早已去世了。人也好,动植物也好,一代代地出生,长大,又复消失,但那座灰色城堡B却仍然傲

---

① 原文为法语。

然耸立,俯瞰着下面一片破烂不堪的低矮房屋。这些房屋好像是病恹恹的老人,随时都可能倒塌下来,但却仍然支撑着站在那里。这一天是圣诞节前夜,一七八八年十二月二十四日的晚上。峡谷里积雪将近十二英尺深,虽然家家户户都生起旺盛的炉火,但是窗玻璃还是由于寒冷结起冰凌。时间已将近午夜,大雪覆盖的山坡上这里那里仍然灯火闪烁。每一户人家人们都跪着祈祷,等候着圣诞节降临;这是天主教居民区的地方习俗,至少当年人们都是这样做的。这时从布莱德尔高地上摇摇晃晃走过来一个人。看样子他身体非常虚弱,或许患着重病;他步履艰难地慢慢向着村子走去,一边走一边呻吟。

走到山坡中间他停住了脚步,倚在手中一根弯曲的手杖上,目不转睛望着村中的灯光。四周一片寂静,寒气砭骨,令人想到墓地上闪闪的鬼火。这时钟楼上传来了十二声钟响,最后一声在空中回荡了很久才逐渐消失。紧接着附近一所房子里有人轻声唱起圣歌来;歌声从一家传到另一家,最后家家户户、整个村子都唱了起来:

> 一个圣洁童婴
> 今在人世诞生
> 他是圣母之子
> 普天之下同庆
> 圣婴若不降临
> 世人迷误不醒
> 万民今已获救
> 全赖耶稣显灵
> 他来人间受难
> 我从地狱超生

站在山坡上的人屈膝跪下,也想跟着唱,但他只是沉重地呜咽了一声,热泪就一滴滴滚落在雪地上。圣歌的第二节开始了,他也随着低声祈祷起来,接着是第三节和第四节。圣歌唱完了,屋里的灯光开始移动起来。这个人吃力地站起身来,步履艰辛地继续向山下村落走去。他气喘吁吁地走过好几户人家,最后在一家门前站住,轻轻敲起门来。

"外面是什么声音?"室内一个女人的声音说,"门在响,不刮风了呀?"他又用力敲了几下。"看在上帝分上,让一个快要冻死的人进去吧。他在土耳其给人当奴隶,刚刚逃回来。"厨房里有人嘀嘀咕咕地说了几句话。"到客店去吧,"另外一个声音说,"再往前走,第五个门。""看在上帝面上,可怜可怜我,叫我进去吧,我身上没有钱。"屋里的人又犹豫了一会儿,最后还是把门打开了。一个男人拿着灯向室外照了照,说:"进来吧,你大概不会把我们的脖子切断吧。"

厨房里除了那个男人外,还有一个中年妇女,一个老妈妈和五个孩子。所有的人都簇拥到这个陌生人周围,好奇而又胆怯地打量着他。这人样子非常凄惨,弯腰驼背,歪着脖子,委顿憔悴,身子已经完全垮了。雪白的长发披散着,成年累月的折磨使他的脸扭曲变形,简直不成人样了。这家的女主人默默地走到炉子前边又添了一把柴火。"我们没有富裕床,"她说,"可是我可以给你好好铺一床稻草,你将就着点儿吧。""您会有善报的,"陌生人说,"比这更坏的我也习惯了。"人们认出来,还乡的人就是姚汉尼斯·尼曼,他自己也承认他就是同弗利德里希·梅格尔一起逃走的姚汉尼斯。

第二天村子里就传说开这个长期失踪的人的冒险史。谁都想看看这个从土耳其逃回来的人。看见他同别的人并没有什么两样,人们未免有些惊异。年轻人对这个人虽然并无印象,但老一辈人却还认得出他的面容,尽管悲惨的遭遇已经使他的面目变得那么愁苦不堪了。

"姚汉尼斯,姚汉尼斯,你的头发这么白了,"一个老太婆说,"你的脖子为什么歪了?""当奴隶的时候挑柴担水压的。"他回答说。"弗利德里希·海格尔怎样了?你们不是一块儿走的吗?""是一块走的,可是我不知道他到哪儿去了。我们后来就分手了。你要是还记得他,就替他祷告吧,"他又加添说,"他倒需要别人替他祈祷呢。"

人们问他,既然那个犹太人不是弗利德里希杀的,为什么他要逃跑。"不是他杀的?"姚汉尼斯反问道。当人们向他转述庄园主为了去掉弗利德里希名誉上的污点有意散播的那个故事时,他神情紧张地听着。"这么一说他根本不用逃跑啊,"他沉思地说,"白白吃了那么多苦。"他深深地叹了一口气,接着又主动打听许多人的消息。西蒙早已死了,可是去世以前就因为打官司和被逼着还债已一贫如洗。不管狠心的债主如何难为他,他也不敢同这些人到法院去说理,因为据说他同这些人之间也有不少肮脏的勾当。后来他只好乞讨度日,临了是死在别人棚子里稻草堆上的。玛格莉特比他还多活了几年,最后变得完全呆痴了。开始的时候还有人截长补短地给她些吃的,可是因为她把这些东西都糟蹋掉,不久村子里的人就都不管她了。最需要帮助的人往往得不到帮助,这是人世的常情;这些人需要别人源源不断地接济,最后谁也无能为力,只好撒手不管。虽然如此,玛格莉特却也不是冻馁而死的,因为庄园主一家人对她关怀备至,每天总是派人给她送吃的;后来当她的身体越来越坏,已经衰弱不堪的时候,甚至还请了医生给她看过病。读者可还记得,在发生不幸事件的那天晚上,有个放猪的对弗利德里希的一块表羡慕不已,现在住在玛格莉特房子里的就是这个放猪人的儿子。"一切都过去了,所有的人都死了。"姚汉尼斯长叹了一口气说。

这天晚上天黑之后,有人看见他在月光照耀下一瘸一拐地踟蹰在墓地的积雪里。他并没有在哪个坟墓前祈祷,甚至没有走近哪个墓葬,但他的眼睛却从远处痴痴地盯视着几个死者的坟头。庄园主派守林员勃兰戴斯——那个被杀害的老守林员的儿子——来找他的时候,正是在墓场上发现他的。

走进庄园主的客厅时,他惴惴不安地环顾了一下,室内明亮的灯光好像晃得他睁不开眼睛。过了一会儿他的目光才落在庄园主身上;庄园主老态龙钟地坐在一张靠背椅上,但一双炯炯有神的眼睛仍然不减当年,头上戴着一顶红色小帽,也同二十八年前一模一样。他的妻子坐在他身旁,也已老得不能再老了。

"来吧,姚汉尼斯,"庄园主说,"好好给我讲讲你在外国的冒险史。可是,"他从眼镜后面打量了姚汉尼斯一会儿,"你跟着跑到土耳其去,其实是一场无妄之灾。"姚汉尼斯开始讲述他的一段遭遇:二十八年前的一天晚上他正在放牧,弗利德里希找到了他,叫他跟自己一同逃跑。"这个傻瓜为什么要逃跑呢?你大概也知道他并没有杀人吧?"姚汉尼斯的目光垂了下来。"我不怎么清楚。"他说,"我猜他是因为盗林的事才不得不走的。西蒙什么事都干。他们什么都瞒着我,但是我知道他们干的事有不少是不该做的。""弗利德里希是怎么跟你讲的?""他什么也没讲,只是说我们得逃走,有人要追捕我们。就这样我们一直跑到希尔泽,当时天还没有亮,我们就藏在一个墓地的大十字架后面,等着天亮,因为我们害怕掉在泽勒尔高地的采石坑里面。我们在墓地里刚歇了一会儿,就听见高地上人喊马嘶,希尔泽教堂顶上面火光烛天。我们跳起来就跑,没头没脑地顺着一条直路跑。天亮以后才发现,我们误打误碰地居然走上了通向 P 城的正路。"

在回忆当年的这段遭遇时,姚汉尼斯似乎还心有余悸。另一方面庄园主也想起了已经去世的卡普在希尔泽悬崖边上的冒险。"真是巧极了,"他笑着说,"你们两方差一点儿碰了头!但你还是继续说下去吧。"姚汉尼斯接着讲,他们如何顺利地穿过P城,走出国界线。从此以后他们就以流浪手工艺人的身份,或者做工,或者乞讨,一直走到布列斯高的弗莱堡。"我带着一个装面包的袋子,"他说,"弗利德里希也有一个小口袋,所以人们对我们的身份深信不疑。"他们在弗莱堡参加了奥地利的军队。开始的时候那些人不愿意要姚汉尼斯,可是弗利德里希坚持要同他在一起,最后他们还是让他入伍了。"那年冬天我们一直待在弗莱堡,"他接着说,"军营里的生活还过得去,我也没受什么罪,因为弗利德里希总是惦记着我,有时候我干的事不对,他就来帮助我。开春以后,我们的队伍开到了匈牙利,秋天就同土耳其人打起仗来了。关于这次战争我没有什么好讲的,因为打头一场仗我就被俘了,从那以后我在土耳其当了二十六年的奴隶。""上帝啊,这太可怕了!"庄园主的夫人说。"是够悲惨的,土耳其人把基督徒看得连狗都不如,更惨的是,在沉重的劳役下,我的体力也不成了。我年纪越来越大,可是活儿一点儿也不能少干。"

他沉默了一会儿,又接着说:"可不是,我的体力和耐性都到了尽头,我再也忍受不了了。后来我逃到一只荷兰人的商船上。""你是怎么到那艘船上去的?"庄园主问。"他们从博斯普鲁斯海峡里把我打捞上来。"姚汉尼斯回答。庄园主惊疑地看了他一会儿,伸起一根手指,表示对他自寻短见大大不以为然。但是姚汉尼斯却没有理会,只顾说下去。在海上的一段经历也非常不幸。"船员大多数害了坏血病,只要不是走不动爬不动的人,就得不顾死活地干。缆绳抽打在身上的滋味一点儿也不比土耳其人的鞭子好受。最后,"他结束自己的故事说,"船驶到了荷兰,在阿姆斯特丹靠岸以后,他们就把我打发走了,因为我对他们一点儿用也没有了。这艘船的船主,一个荷兰商人,倒很同情我;他想收留我,叫我去给他看门。可是"——他摇了摇头——"我宁愿要着饭回到这里来。""你这人真是死心眼儿。"庄园主说。姚汉尼斯深深地叹了口气:"大人您想想,我这大半辈子都是在土耳其人、在一些异教徒中厮混过去的,死了以后还不能埋在一块天主教徒的墓地里吗?"这时候庄园主把钱包拿了出来,"给你这个,姚汉尼斯。去吧,以后再来看我。你要把你经历的事详详细细地讲给我听。今天你讲得有点儿乱,是不是太累了?""太累了,"姚汉尼斯回答,"而且,"他指了指他的脑袋,"我的想法有时候非常怪,我自己也说不上怎么回事。""这我了解,"庄园主说,"这是你的老毛病了。你可以走了。今天晚上你还可以在徐尔斯麦耶家过夜,明天你再来这里。"

S地的领主对这个可怜的流浪汉非常同情,第二天姚汉尼斯去庄园以前,他已经考虑好今后该把他安置在什么地方。每天他都可以到庄园来吃饭,另外也解决了他衣服的问题。"大人,"姚汉尼斯说,"我还能做点儿事。我可以削木头勺。另外,我还可以替您跑跑腿,送送信。"S地的领主同情地摇了摇头,"这不大好吧。""可以的,大人。只要我的腿脚活动开了——我走不快,但是总还能把您的信送到的。再说您要是让我做点事儿,别人也就不会觉得我阴沉古怪了。""好吧,"庄园主仍然有些怀疑地说,"那你就试试吧。这里正好有一封送到P城的信。但是不用着急。"

第二天姚汉尼斯就搬到村中一个寡妇家的小屋子里。他在家里削木勺,到庄园去吃饭,偶尔也给庄园里的老爷送两封信。整个说来,他日子过得还算可以;庄园主一家人心地慈善,庄园主本人有时听他讲他在土耳其、在奥地利军营和在海上的经历,一讲就讲大半天。"姚汉尼斯要不是头脑过于简单的话,"有一天他对自己的妻子说,"他能讲的事可多着呢。""我看他的脑子不是太简单了,他的思想很深,"女主人回答说,"我老是害怕,有一天他会神经失常。""你可别这么说,"庄园主说,"他从小呆头呆脑的;头脑简单的人是不会发疯的。"

又过了一段时间,姚汉尼斯有一次到外面去送信,过了预定的时间很久还不见回来。好心肠的女主人非常担心,正当她准备派人出去寻找的时候,台阶上响起了姚汉尼斯的一瘸一拐的脚步声。"你在外面怎么待了这么久?"她问,"我生怕你在布莱德尔森林里迷路了。""我是从弗轮峡谷去的。""那你就绕道了。为什么不穿过布莱德尔森林啊?"姚汉尼斯愁苦地望了她一眼说:"他们告诉我,那片树林都伐光了,到处都是弯弯曲曲的小路,我怕走进去走不出来。我年纪大了,脑子也糊涂了。"他又慢吞吞地加了一句。事后庄园的女主人对她丈夫说:"你刚才看见了?他的眼睛迷迷瞪瞪的,眼神也不正。我跟你说过,恩斯特,他这个人怕要出什么事。"

说话期间已经是九月天气了。田里的庄稼已经收割完毕,树叶开始飘落下来,不少羸弱多病的人都感觉到自己的生命之线正被一把利剪铰断。姚汉尼斯同样也感到秋分将至,身体分外不舒适。听那些经常见到他的人说,最近一段时间他的样子特别烦躁不安,而且一刻不停地自己同自己唠叨着。过去他虽然有时也自言自语,但从来不像现在这样一分钟也不停歇。最后,有一天晚上他没有回家来。人们还以为又是庄园主派他干什么事去了。第二天他还没有回来。第三天他的女房东害起怕来。她走到地主的庄园打听是怎么回事。"上帝保佑，"庄园主说，"我没有派他出去啊！快一点儿，快叫狩猎人和守林人威尔海姆都来！但愿这个可怜的瘸腿儿，"他又激动地加添说，"只是掉在一个旱坑里爬不出来。说不定又把一条腿摔断了。别忘了把狗也带上。"他在出发寻找的猎人后面喊，"先在那些石坑里找一找。那些采石坑要一个个地都搜寻一遍。"他大声喊道。

几个钟头以后猎人都回来了，任何踪迹也没发现。S地的领主焦急不安。"真让人连想都不敢想，他这会儿多半像块石头似的躺在坑里，连翻个身都不成。可是倒也不会死；一个人就是不吃饭也能活三天。"他决定自己亲自出去寻找。每一户人家都打听到了，到处响起了号角声音，几只狗也都撒出去——但一切都无济于事。有一个小女孩儿说看到过他；他那时正坐在布莱德尔森林边上刻木勺。"他把木勺刻断了。"小女孩儿说。这还是两天以前的事。下午又发现一条线索：另一个孩子在树林的另一端看见过他，他坐在灌木丛里，头埋在双膝中间，好像在睡觉。这是头一天的事。看样子，他一直围着布莱德尔森林转来转去。

"这些可恶的矮树要是不这么密就好了，连钻也钻不进去。"庄园主抱怨说。人们把狗赶进矮树丛里，有人吹号角，也有人大声吆喝，直到他们相信几条狗已经把这块地搜寻遍了，才垂头丧气地走回去。"再好好找找，再好好找找，"庄园女主人说，"宁可多费点儿事，也别把哪块地方漏掉了。"庄园主同他妻子一样焦急，甚至又到姚汉尼斯的住处查看了一遍，虽然他也知道，绝不可能在那里找到他。他叫人把姚汉尼斯住房的门打开。姚汉尼斯的床铺还像他离开时一样没有整理过。庄园主的妻子叫人用她丈夫的旧猎服给他改的外衣——他的一件最好的服装仍挂在床头上；桌子上放着一个盘子、六把新做的木勺和一个盒子。庄园主把盒子打开，里面有五个铜币，用一块纸整整齐齐地包着，还有四枚背心上的银纽扣。庄园主仔细地看了看，低声说："这都是弗利德里希的纪念品啊。"他觉得在这间又湿又闷的小屋子里简直透不过气来，于是转身往外走。这以后人们又继续搜寻了一段时间，直到最后大家都认为姚汉尼斯绝对不可能在这附近一带，或者至少不可能还活着的时候，才歇了手。姚汉尼斯就这样第二次又失踪了。还可能找到他吗？也许若干年后在某个石坑里会发现他的枯骨吧！他第一次失踪,时隔二十八年,又回到家来,这已经是一次奇迹了,这次是绝无希望再看到他活着回来了。

两个星期以后,小勃兰戴斯一天早晨从他管辖的布莱德尔林区巡查回来。从季节看,这一天简直热得出奇。空气好像在日光中震颤着,乌鸦栖在枝头上仿佛透不过气来似的张着嘴巴。除了这些乌鸦偶尔呀呀地叫几声以外,树林里什么鸟雀的声音也听不到。勃兰戴斯在树林里走着,累得要命,他一会儿把太阳晒得滚烫的帽子摘下来,一会儿又把它戴上。一切都使他难以忍受,在比膝盖高不了多少的幼林里走路简直是活受罪。这一带除了那棵犹太人的山毛榉树以外一棵大树也没有。他用尽力气向那棵山毛榉树走去,刚走到树荫下面,就像死了一样躺在地面的青苔上。他感到一阵沁凉浸透全身,非常惬意,不由得闭上了眼睛。"这些毒蘑菇太可恶了。"他半睡半醒地骂了一句。原来这里遍地生着一种多汁的蘑菇,寿命很短,只长几天就萎缩起来,放出一股非常难闻的臭味。勃兰戴斯以为他闻到的是这种臭味,他翻过几回身,但是怎么也不愿意起来。这时候他的狗到处跳动,接着就拼命地挠着那棵山毛榉树,仰着脑袋狂叫起来。"你怎么了,贝娄?树上有猫吗?"勃兰戴斯嘟嘟囔囔地说。他又眯缝着眼睛看了看;山毛榉树上的一行犹太文正好映进他的眼帘来,尽管那些字迹已经随着树干变大,却仍然清晰可辨。他又把眼睛闭上,但那只狗却叫个不停,最后竟把冰凉的嘴巴贴在主人的脸上。"别来碰我!你怎么啦?"这时候勃兰戴斯看见了,他仰面躺着正好看到半空。他一下子跳了起来,没命地往矮树林里跑。回到庄园的时候,他的一张脸变得煞白;山毛榉树上吊着一个人,两条腿正悬在他的头顶上。"你没有割断绳子把他放下来,蠢货?""大人,"勃兰戴斯上气不接下气地说,"您自己到了那儿就知道了,那人早就死了。开始我还以为是臭蘑菇呢!"虽然如此,庄园主还是一分钟也没耽搁,马上把手下人召集起来,亲自率领奔赴现场。

一行人走到山毛榉树下面。"我什么也看不到啊。"他说。"您得走过来一点儿,到这个地方来!"果不其然,他什么都看见了;庄园主一下子就认出来那是他自己穿过的一双旧鞋。"上帝啊,这不是姚汉尼斯吗?快把梯子竖起来!——我的老天,都生了蛆虫了!快把索套解开,还有那领带。"一块很宽的伤疤露了出来,庄园主吓得倒退了两步。"我的上帝!"他惊叫了一声,又俯下身去,查看那具尸体,特别是那块伤疤他仔细看了很久。他好像受了很大震动,沉默了半晌才转身对守林员说:"这不对头啊!怎么能叫一个无辜的人替犯罪的人还债呢？让所有的人都知道吧，这个人，"他指着死者说，"是弗利德里希·梅格尔呀！"①——尸体被草草埋在一个掩埋牲畜的土岗上。

我上面写的就是一七八九年九月发生的这件事的主要情况。至于山毛榉树上刻的那一行希伯来文，大意是这样：

"当你走近这株树时，你曾施与我的亦必降临在你身上。"

---

① 梅格尔和尼曼实为表兄弟，外貌酷肖，老年还乡的姚汉尼斯·尼曼系梅格尔假冒。

格奥尔格·毕希纳

1813—1837

格奥尔格·毕希纳

格奥尔格·毕希纳(Georg Büchner,1813—1837),和海涅同时代的德国革命民主主义作家,著名的现实主义戏剧家。出身于达尔姆施塔特的一个医生家庭。一八三五年逃亡斯特拉斯堡,一八三六年到苏黎世,后在苏黎世大学做讲师,直到一八三七年逝世。他在短短二十四岁的一生中,主要从事革命活动,还认真研究过自然科学,文艺创作不过是余事而已。他写作的时间不长,留下了剧本《丹东之死》《沃伊采克》《雷昂采与雷娜》和中篇小说《棱茨》,还翻译了雨果的两部戏剧。

《丹东之死》创作于流亡期间,是他生前得以发表的唯一作品。本剧取材于法国大革命,以罗伯斯庇尔和丹东的冲突为中心,表达了作者对于一些重大的革命问题的基本观点。

丹东之死

剧中人物

乔治·丹东 ⎫
雷让德尔 ⎪
嘉米叶·德墨林 ⎪
亥劳-塞舍尔 ⎪
拉克罗阿 ⎬ 国民公会代表
菲利波 ⎪
法布尔·德格朗亭 ⎪
梅赛尔 ⎪
托玛斯·裴恩 ⎭

罗伯斯庇尔 ⎫
圣·鞠斯特 ⎪
巴瑞尔 ⎬ 公安委员会委员
扣罗·戴尔布阿 ⎪
毕劳-瓦伦 ⎭

萧美特——市议会检察官
狄龙——将军
弗基耶-坦维耶——检察长
亥尔曼 ⎫
杜马 ⎬ 革命法庭庭长
帕黎——丹东的朋友
西蒙——发酒疯的市民
拉弗罗特
朱丽——丹东的妻子
露西尔——嘉米叶的妻子
罗莎丽 ⎫
阿戴莱德 ⎬ 妓女
玛丽昂 ⎭
其他出场人物有市民男女、妓女、代表、刽子手等。

第一幕

〔亥劳-塞舍尔和几个女人(围着一张牌桌)。丹东,朱丽(离上述人稍远一些,丹东坐在朱丽脚下的一只矮凳上)。

丹　东　你瞧这位漂亮的太太,纸牌在她手里多么听话!一点也不错,她干这种事很内行。人们都说,她总是把红心给自己的丈夫,把红方块①给别人。——你们在爱情上很会弄玄虚。

朱　丽　你相信我吗?

丹　东　这我怎么知道?我们彼此了解得太少了。我们的皮肤生得太厚,每人都把手伸向对方,可是这只是白费力气,各人摸到的不过是对方粗厚的表皮而已。——我们真是无比的孤独。

朱　丽　你是了解我的,丹东。

丹　东　是的,如果按照人们一般所谓的了解。你有一对黑眼睛,有卷曲的头发,你的肉皮细嫩,而且动不动就叫我:亲爱的乔治!但是(他指了指她的脑门和眼睛)这里,这里面装的是什么呢?算了吧,我们的感觉是迟钝的。想要互相了解吗?那除非是揭开对方的头盖把脑神经里的思想抽出来。

一个玩牌的女人　(对亥劳)您把手指头这样挑着是什么意思?

亥　劳　没有什么!

玩牌的女人　您不要把大拇指这样弯着,多不雅观!

亥　劳　您看,我这个手指有自己独特的风姿。

丹　东　不是的,朱丽,我爱你就像爱坟墓一样。

朱　丽　(身体一扭)噢!

丹　东　不,你听我说!人们都说,在坟墓里可以得到安宁,坟墓和安宁是一件事。如果真的是这样,我躺在你怀里就像躺在地底下一样。你就是一座恬适的坟墓,你的嘴唇是丧钟,你的声音是我的挽歌,你的胸脯是我的坟丘,而你的心就是我的棺木。

玩牌的女人　输了!

---

① 红心和红方块皆是纸牌花色。红方块此处指女人的下部,含有猥亵的意思。

亥　劳　这是一场爱情的冒险，像所有的冒险事一样，它也得破费点钱。

玩牌的女人　如果是爱情冒险，那您一定是像聋哑人那样，用手指头表示爱情的。

亥　劳　为什么不能用手指呢？我们甚至可以说，手势最容易为人了解。我用纸牌里的皇后布下了爱情的罗网，我的手指是被魔法幻化成蜘蛛的王子，而您，太太，就是仙女。可惜事情不太妙，皇后总是坐月子，动不动就要生小太子①。我可不叫我的女儿玩这种游戏，国王和王后紧紧贴在一起，太不成体统，随后就出来一个小太子。

〔嘉米叶·德墨林和菲利波上。

亥　劳　菲利波，瞧你那双眼睛，为什么那么忧郁？你把革命的红帽子撕破了个洞吗？圣·雅各伯②脸上有了怒容吗？执行绞刑的时候下雨来着？还是你没有弄到好座位，什么也没看见？

嘉米叶　你又在篡改苏格拉底的话了。你也知道，有一天这位伟大的哲学家看见阿基比亚德③哭丧着脸，便这样问过他："你把盾牌丢在战场上了吗？你在竞赛或击剑中被人打败了吗？有人唱歌、弹琴把你比下去了吗？"共和党人多么讲究古典主义！还是用我们断头台的浪漫精神把它冲淡一些吧！

菲利波　今天又有二十个人成了牺牲品。我们过去还是想错了，他们把艾贝尔派④弄到绞首架上去，不只是因为这些人没有能首尾一贯，也许还因为十人委员会⑤认为，只要有什么人比他们更让人害怕，不出一个星期他们就要垮台。

亥　劳　他们想把咱们都变成洪荒时代没有开化的人。圣·鞠斯特如果能看到咱们再手脚并用地在地上爬，不见得会不高兴！这样，那位阿拉的大律

---

① 德文纸牌中的"杰克"和"小孩"是一个词。
② 暗指雅各宾俱乐部领袖罗伯斯庇尔。
③ 阿基比亚德（前450—前403），雅典政治家和大将，哲学家苏格拉底的得意门徒。
④ 法国革命中代表城市贫民利益的左翼派别。领袖艾贝尔（1759—1794），最初属于雅各宾派，以后组成了自己的集团。曾推动雅各宾派政府抗击外国干涉者，镇压反革命等，但提出某些"左"的口号，如废除基督教和反对小商人等。一七九四年三月企图掀起反对罗伯斯庇尔政权的暴动，失败后被镇压。
⑤ 一七九三年法国成立公安委员会，为国家最高政权机构。公安委员会最初由二十五名委员组成，以后十六名委员从中分化出来，另行组织治安委员会，公安委员会则增加一名委员，所以也称"十人委员会"。罗伯斯庇尔、圣·鞠斯特是这个委员会的领导核心。

师①就能模仿日内瓦钟表匠②的机械,给咱们发明出护头小帽、课桌课椅和一个亲爱的上帝来。

菲利波 为了这个目的,他们在马拉计算出来的数字③后面再加上几个圈圈儿也在所不惜。咱们简直像初生的婴儿,浑身血污,把棺材做摇篮,拿人头当玩具,这种情况要继续多久啊?我们一定得向前走一步:特赦委员会一定得成立,被黜免的代表④一定得复职!

亥　劳 革命已经到了该重整旗鼓的时候了。

　　是该让革命停步,让共和国开始的时候了。在我们国家的基本法典上,权利必须代替义务,安居乐业必须代替德行,自卫必须代替惩罚。每个人都必须有做人的尊严,都必须能发挥自己的个性。一个人明智也好,愚痴也好;有教养也好,没有教养也好;善也好,恶也好,这都不干国家的事。我们大家都是蠢货,谁也没有权利把自己的愚蠢强加在别人头上。

　　每个人都应该能按照自己所喜欢的方式享受生活,但是他既不许靠着损害别人以求得自己的享受,也不许让别人妨碍自己的享受。

嘉米叶 政权形式应该像一件透明的衣裳,熨帖可体地穿在人民身上。血管的一起一落,肌肉的一张一弛,筋脉的起伏涌缩都应该从衣服上显现出来。肢体可以是美的,也可以是丑的,它有权利保持自己的原样;我们却无权利任凭自己的好恶给它剪裁一件袍子。如果有人想把修女的道袍披在法兰西这位最惹人爱的荡妇的光肩膀上,我们就要敲他的手指头。

　　我们要的是赤裸着身体的天神,是酒神巴克斯的女伴们,是奥林匹克的游戏和歌唱优美曲调的嘴唇。啊,那使人销骨溶肌的罪恶的爱情啊!

　　罗马人如果愿意蹲在墙角煮萝卜吃,这是他们的事,我们不想干涉,只是他们不要再让我们看野蛮的斗兽把戏就好了。

　　我们共和国的守门人应该是快乐欢畅的伊壁鸠鲁⑤和臀部丰满的维

---

① 指罗伯斯庇尔。他出生于法国北部阿尔托瓦省的阿拉城,并在该城当过律师,故名。
② 指卢梭,他的父亲是日内瓦钟表匠。罗伯斯庇尔对卢梭的教育和政治学说非常推崇。
③ 马拉(1744—1793),法国大革命卓越的领导人之一,在革命中为贵族和大资产阶级谋害。马拉生前曾说:"如果我主张让五百个保皇党的人头落地,这只是为了使五十万个无辜的人能保住自己的头颅。"
④ 指一七九三年二月国民公会中被逮捕的吉伦特派代表,其中一部分已被处死。
⑤ 伊壁鸠鲁(前341—前270),希腊哲学家。曾被认为主张享乐放荡。

纳斯,而不是道貌岸然的马拉和沙里叶①。

丹东,你应该在国民公会上发动一次进攻!

丹　东　我应该,你应该,他也应该。要是我们还能活到那一天啊!像老太婆常说的那样。每过一小时,就少了六十分钟。不是这样吗,孩子们?

嘉米叶　你说这话是什么意思?这不是自然而然的事吗?

丹　东　噢,什么事都是自然的。只不过这些漂亮的事该谁动手去做呢?

菲利波　我们,以及一切正直的人们。

丹　东　这中间的"以及"可是一个长字,它把我们分隔得实在不近。这段路太远了,我们还来不及会师,正直就要断气了。就算我们能会师吧!——人家也可以借钱给这些正直的人,可以跟他们攀亲戚,可以把女儿嫁给他们,这就是全部事实!

嘉米叶　如果你知道这些事,当初为什么还进行这场斗争呢?

丹　东　我讨厌这些人。我一看到这些装腔作势的卡托②的信徒,就恨不得踹他们一脚。我的性格就是这样。(站起身来)

朱　丽　你要走吗?

丹　东　(转对朱丽)我得走了。他们谈论的这套政治更把我的精神耗尽了。(边向外走边说)我临别时向你们预言一下:自由神的铜像还没有铸造好,炉火烧得正旺,我们谁都可能把手指头烫焦的。(下)

嘉米叶　让他去吧!你们相信,真正到了行动的时候,他会袖手旁观吗?

亥　劳　不错,他说这些话不过是为了消磨时间,跟下棋没有什么两样。

一条小巷

〔西蒙,西蒙的老婆。

西　蒙　(殴打自己的老婆)你这个拉皮条的老婆,这个老鸨子,你这个引诱人犯罪的烂苹果!

老　婆　哎哟,救命啊,救命啊!

几个过路人　(跑过来)快把他们拉开,快把他们拉开!

西　蒙　别拦我,公民们!我非把她的老骨头拆散不可!你这个假充正经的

---

① 沙里叶,法国大革命中马拉的拥护者,里昂市议会会员。一七九三年为反动派杀害。
② 马尔库斯·波尔齐乌斯·卡托(前234—前149),罗马帝国政治家,曾任风纪监督官。史称"老卡托"。这里暗指罗伯斯庇尔。

臭修女！

老　婆　我是修女？这我倒要看看，我……

西　蒙　我要把你的衣服剥光，
把你光着身子扔到大街上去。
你这个老婊子，你身上的每条皱纹都不干不净。（人们把他们拉开）

市民甲　怎么回事？

西　蒙　咱们那个闺女到哪去了？快说！不，这个名字她不配！咱们的姑娘！不，这也不成！咱们的那个丫头，那个婆娘！不，连这个称呼她都不配。只还有一个名字。哎，我真要憋死了，这个字我实在叫不出口来！

市民乙　这倒也好，你就是叫出来也带着烧酒味儿！

西　蒙　啊，老维尔基恩尼乌斯①，快把你的秃脑袋遮起来吧！乌鸦要落在你的头上啄你的眼睛！给我拿把刀来，公民们！（腿一软，坐在地上）

老　婆　哎！要说他这个人啊，心眼倒是不错，就是禁不住两口酒。只要几杯烧酒落肚，他就好像生了三条腿似的。

市民乙　他就用三条腿走路了。

老　婆　不，他就站不稳了。

市民乙　不错，他先是用三条腿走，以后就全仗着第三条走，直到这条也吃不住劲的时候。

西　蒙　你是个吸人血的老妖婆，把我心头的热血都喝干了。

老　婆　别管他了，他这个时候总是这么撒酒疯的，一会儿也就过去了。

市民甲　究竟是怎么回事？

老　婆　你们知道，我正坐在石头上晒太阳，你们知道——我们家里没有柴火，你们知道——

市民乙　那你就拿你丈夫的红鼻头取暖好了。

老　婆　我们家的姑娘正转过墙角往下边走——她可是个好姑娘，我们两个可都靠她养老啊。

西　蒙　嗬，她招认了。

老　婆　你这个没有良心的东西！要是那些阔少爷不在她那儿脱下裤子来，你就捞得着裤子穿了，啊？你这个酒桶！要是她这个小泉源不流水，渴也

---

① 据古罗马传说，维尔基恩尼乌斯为了挽救女儿免遭阿庇乌斯·克劳迪乌斯奸污，曾将女儿刺死。

把你渴死了！我们干活的时候身体四肢什么不得用,为什么就不许用那个？她老娘就是从那里把她养下来的,还很痛过一阵呢！难道她就不许用那个养活她老娘了,啊？再说,这又痛到她哪里去了,啊？你这个老混蛋！

西　蒙　哈,路克瑞蒂亚①！拿刀来,快给我一把刀,公民们！哈,阿庇乌斯·克劳迪乌斯！

市民甲　对了,拿把刀来。可是这不是为了要干掉这个可怜的卖淫妇！她犯了什么错了？她什么坏事也没干！是饥饿逼着她卖淫,逼着她讨饭的。刀子是为那些出钱买咱们妻女贞操的人预备的。那些作践咱们老百姓闺女的坏蛋,让他们倒倒霉吧！你们的肚子饿得咕咕叫,他们吃得闹胃病;你们的衣服尽是破洞,他们穿着暖和的大衣;你们的手掌上都是老茧,他们的手软和得像天鹅绒。ergo②,你们整天干活,他们肩不动膀不摇;ergo,你们流血流汗挣来的,他们明抢暗偷地夺了去;ergo,你们想从被他们盗窃去的钱财里再弄回几个铜板,就不得不卖淫,不得不要饭;ergo,他们是一群流氓,咱们非把他们打死不可！

市民丙　他们自己的血管里没有血,都是从我们身上吸去的。他们从前对我们说:把贵族老爷打死,这些人是豺狼！我们听他们的话,就把贵族们吊在灯柱上了。他们说:否决权③让你们吃不上面包,我们又按照他们的话把否决权打死了。他们又说:吉伦特党④让我们挨饿,我们就又把吉伦特党送上了断头台。可是死人的衣服都让他们剥下去了,我们还是跟从前一样,光着屁股受冻。我们要把他们大腿上的皮剥下来做裤子,要把他们身上的肥油榨出来,加在汤里提提味。走！谁衣服上没有洞,就打死谁！

市民甲　谁能念书认字,就打死谁！

市民乙　谁想溜走⑤,就打死谁！

---

① 古罗马著名节妇。据传被王子塞克斯图·塔克尼乌斯强奸后自尽。又译"鲁克丽丝"。莎士比亚著有长诗《鲁克丽丝受辱记》。
② 拉丁文:可见,所以。
③ 指法国国王路易十六对国民议会决议所享有的否决权,这里用来指路易十六。
④ 吉伦特党,法国大革命中代表大工商业资产阶级利益的政治集团。革命初期主张废除君主制,建立共和国。一七九二年八月执掌政权后,竭力维护资产阶级利益,反对革命深入发展。一七九三年五月三十一日到六月二日,为雅各宾派所推翻。
⑤ 指叛逃国外的法国贵族。

全体在场的人 （大喊）打死他,打死他!

〔几个人把一个青年人拖过来。

几个声音同时说 他有擤鼻涕的手帕!一个贵族!吊死他!吊死他!

市民乙 什么?他不用手指头擤鼻涕!把他吊到灯柱上!（人们把一根灯柱上的路灯落下来）

青年人 啊,先生们!

市民乙 这里没有先生!吊在灯柱上!

几个人 （唱）

　　　　长埋地下的人,

　　　　终究要喂蛆虫,

　　　　与其葬身粪土,

　　　　何如悬在空中。

青年人 饶了我吧!

市民丙 只不过用麻绳往脖上套一套罢了!最多也就是一分钟的事。我们比你们仁慈多了。我们受的是终身苦役;六十年一直拴在吊索上,手脚拼命挣扎。可是我们会割断绳子解救自己的。

　　　　快把他吊在灯柱上吧!

青年人 请便吧!可是你们的日子不会因为这个就变得晴朗些!

围观的人 他说得有理!他说得有理!

几个声音 放了他吧!（青年人逃走）

〔罗伯斯庇尔上,由几个妇女和无套裤党①人陪随。

罗伯斯庇尔 这里出什么事了,公民们?

市民丙 你应该问将要出什么事。八、九两个月②流的几滴血没有把人民的脸蛋染红。断头台工作得太慢了。我们需要一阵暴雨!

市民甲 我们的老婆孩子都在伸手要面包,我们想用贵族老爷的肉喂他们。咳,谁衣服上没有洞就打死谁!

所有在场的人 打死他!打死他!

---

① 又译作"长裤汉"。法国大革命期间一般群众都穿粗布长裤,以别于穿短套裤的贵族和资产者,故名。

② 一七九二年八月十日,巴黎人民攻打推勒里宫,逮捕国王。九月初革命群众把一批监禁的贵族和教士处死。

罗伯斯庇尔　你们要遵守法律！

市民甲　法律是什么？

罗伯斯庇尔　法律就是人民的意志。

市民甲　我们就是人民，我们不要什么法律；ergo，我们的这种意志就是法律，ergo，尊重法律就是不再有任何法律，ergo，我们就要把他打死。

几个人的声音　听听阿利斯蒂底斯①怎么说！听听廉洁的罗伯斯庇尔的话！

一个妇女　对了，听听救世主的话，他是派来主宰、裁决我们的。所有的坏人都要在他的宝剑的利刃下丧命。他的眼睛明辨是非，他的手执掌着生杀予夺之权！

罗伯斯庇尔　可怜的、德行正直的人民！你们已经尽了自己的责任，你们已经把你们的敌人交出来。人民，你们是伟大的。你们在雷鸣电闪之下大显身手。但是，人民啊，你们攻击的锋芒万不可伤害了自己的身体；愤激狂怒会把你们自己销毁。只有借助你们自己的力量才能使你们跌倒，这一点你们的敌人知道得很清楚。你们的立法者一直在警觉着，他们会指挥你们的双手的。没有什么能骗得过他们的眼睛，也没有什么能逃得过你们的手掌！来吧，跟我们一起去找雅各宾党人②去！你们的这些兄弟将伸出双臂欢迎你们，我们将严正地审判敌人，一个也不让他们漏网！

很多人的声音　到雅各宾党人那里去！罗伯斯庇尔万岁！（众人同下）

西　蒙　哎呀，难过死了，把我一个人撂在这儿了！（挣扎着想站起来）

西蒙的老婆　来！（过去搀扶西蒙）

西　蒙　哎哟，我的包齐斯③！你对我这样好，真让我羞死了！

老　婆　站起来吧！

西　蒙　你不理我了吗？啊，你能够饶恕我这一回吗，波尔齐亚④？我把你打痛了吗？那不是我的两只手，不是我的胳臂，那是我错乱的神经干的事。

　　　　神经错乱是哈姆莱特的敌人。

　　　　哈姆莱特没有干，哈姆莱特不承认。

---

① 阿利斯蒂底斯（约前540—前468），雅典政治家，以正直著称。这里人们用来称呼罗伯斯庇尔。
② 雅各宾党是法国大革命期间最大的政治组织，领袖有罗伯斯庇尔等。一七九三年九月，推翻吉伦特派的统治，建立雅各宾派专政。
③ 据希腊神话，菲利蒙和包齐斯是一对恩爱、虔诚的夫妻，大神宙斯许其白头偕老。
④ 古罗马卡托·乌梯森西斯之女，刺杀恺撒的布鲁图斯之妻，公元前四三年自杀。

咱们的闺女哪去了？我的小萨恩呢？

老　婆　她就在拐角那边呢。

西　蒙　快去找她吧！来，我的好老婆子。（两人下）

雅各宾俱乐部

一个里昂人　里昂的弟兄派我们来，为了向你们倾诉一下我们的愤慨不平。我们不敢说把罗逊将军载到断头台上去的刑车就是装运"自由"的柩车，但是我们知道，从那一天起，谋害沙里叶的凶手就又趾高气扬起来，仿佛这世界上再没有给他们做坟场的地方了。莫非你们已经忘记，里昂是法国国土上一块必须用卖国贼的尸骨遮盖起来的地方吗？莫非你们已经忘记，皇帝的娼妇身上的癞疮一定得用罗纳河的河水才洗得净吗？莫非你们已经忘记，革命的激流必须使庇特①在地中海的舰队搁浅在贵族的尸骸上面吗？你们的宽宏大量正在扼杀革命。贵族老爷的呼吸就是革命临死前的喘息。只有懦夫才为共和国而死，雅各宾党人要为她杀人。你们应该知道：如果我们在你们诸位身上找不到八月十日、九月和五月三十一日②的奋发的精力，那我们只有像爱国者盖亚德③那样，去拿卡托④的匕首了。（掌声和嘈杂的喊声）

一个雅各宾党人　我们会跟你们一起喝干苏格拉底的鸩杯⑤的！

雷让德尔　（摇摆着身躯走上讲台）我们用不着把目光投向里昂。那些穿绫罗绸缎的人，那些坐大马车的人，那些坐在戏院包厢里模仿科学院大辞典装腔作势地讲话的人，这些天来脑袋在肩膀上又长结实了。他们居然说什么俏皮话，应该让马拉和沙里叶再当一次革命烈士，要让他们的胸像再上一次断头台。（与会的人大哗）

几个声音　说这些话的人都是行尸走肉。他们的舌头已经把他们绞死了。

---

① 指小威廉·庇特（1759—1806），从一七八三年任英国首相。法国大革命期间曾命令英国舰队封锁法国港口，企图扼杀法国大革命。

② 一七九三年五月三十一日，山岳党人（革命中的左派）在国民公会中向日趋反动的吉伦特党发起攻击，把革命推向高潮。

③ 盖亚德，演员，艾贝尔派，自杀而死。

④ 此处指小卡托（前95—前46），系老卡托之孙，波尔齐亚之父，在恺撒攻克乌梯卡城后以匕首自杀而死。

⑤ 苏格拉底服毒而死。

雷让德尔　让烈士们的鲜血把这些人淹死吧！我要问一问公安委员会今天在场的委员们，从什么时候起你们的耳朵变得什么也听不见了……

扣罗·戴尔布阿　（打断雷让德尔的发言）我也要问一问你，雷让德尔，是什么人的声音给这些思想吹了一口活气，让它们有了生命，大肆叫嚣起来？现在该是把面具扯下来的时候了。你们听听！动机居然在控诉效果，叫喊在控诉回声，原因在控诉结果！公安委员会是更懂得逻辑关系的，雷让德尔。你还是少操心的好！烈士们的胸像没有人敢触动，它们将像美杜萨①的脑袋一样把卖国贼变成顽石的！

罗伯斯庇尔　我要求发言。

雅各宾党人　听着，廉洁的罗伯斯庇尔有话要说！

罗伯斯庇尔　这正是我们所等待的。我们一直在等待着从四面八方响起来的愤愤不平的喊声，这时我们就要发言了。我们的眼睛一直在睁着，我们看到了敌人在武装自己，在蠢蠢欲动，但是我们并没有发出报警的信号。我们要让人民自己警觉起来。人民并没有酣睡，人民伸手拿起了武器。我们要让敌人从埋伏里爬出来，让敌人凑近我们跟前。现在敌人已经赤裸裸地站在光天化日之下，只要我们一伸手，就能击中他们的要害；只要我们的目光把敌人盯住，他们就成为瓮中之鳖！

　　我曾经跟你们说过一次：咱们共和国国内的敌人分为两部，分成两支队伍。尽管他们打的旗帜颜色不同，尽管他们走的途径彼此相殊，他们奔逐的却是共同的目标。这两伙匪徒中的一支已经不复存在了。这一伙人在一阵癫狂发作中错把久经考验的爱国者看作软弱无能的孬种，他们妄图把爱国者消灭，用以斩断共和国一只强有力的臂膀。这些人向上帝和私有财产宣战②，想分散我们的力量为国王打侧应。他们有意用过分的行动暴露革命的缺点，篡改革命这部崇高的戏剧。如果艾贝尔派获胜，共和国就会变得一团混乱，专制暴政就会踌躇满志。如今，法律的宝剑已经刺中了这一个卖国贼。但是，如果外国人在我们国内为着达到同一的目标还留下另一股内奸，这又有什么两样？只要还有一股敌人没有消灭，我们做了千百件事，也将一事无成。

---

① 希腊神话中三个蛇发人面的魔女之一。传说凡是看见她的人都将变成化石。
② 指艾贝尔派，他们曾提出废除基督教、反对小商人等主张。

这一伙人和上述的一伙正相反。他们求助于我们的软心肠,他们的战斗口号是:仁慈仁慈吧!他们想夺去人民的武器和挥动武器的力量,然后把人民赤手空拳、瘫软无力地交到国王手里。

　　共和国的武器是恐怖,共和国的力量是德行——德行,因为没有它恐怖就会带来毁灭;恐怖,因为没有它德行是软弱无力的。恐怖是德行的表现,它不是别的,而是迅速、严正、坚毅不屈的正义行动。他们说,恐怖是专制暴政的武器,因此我们的政权也同专制没有什么两样。他们说得对!但是其中也有一点区别:这就像拿争取自由的战士手中的宝剑和暴君的护卫佩带的佩刀相比较一样。暴君用恐怖手段统治他手下驯服的臣民,作为暴君他有理由这样做;你们用恐怖手段粉碎自由的仇敌,作为共和国的奠基人你们做得一点也不比他们理亏。革命政府就是自由对暴政的专政。

　　可怜可怜那些保皇党吧!有人这样喊。要可怜那些坏蛋吗?不!需要怜悯的是无辜的人,要怜悯弱者,怜悯不幸的人,怜悯人民!只有和平的公民才有权受到社会的保护。

　　在一个共和国里只有共和党人才是公民,保皇党人和外国人都是敌人。惩罚那些压迫人民的人,这是仁慈;宽恕他们,是野蛮。所有虚假的感情的表现,在我看来都是向英国、向奥地利遥递秋波。

　　但是仅只是解除人民武装这些人还不满足,他们还想用道德败坏来毒害产生人民力量的最神圣的源泉。这是对自由最奸巧、最危险,也是最卑鄙龌龊的进攻。道德败坏是贵族阶级生而具有的罪恶。在一个共和国里它不仅是道德上的犯罪,也是政治上的犯罪;道德败坏的人是自由的政治性敌人,这样的人对自由所做的贡献表面上越大,他们对自由的危险也越严重。一个人如果宁愿戴坏一打红帽子,而不肯做一件好事,这才是我们国家最危险的公民呢。

　　有些人过去一直住在窄小的顶楼里,如今却坐上华丽的马车,跟从前的侯爵夫人、公爵夫人干着荒淫勾当,只要想想这些人,我的话你们就不难理解。当我们看到这些人民的立法者在荒淫无耻、奢侈浮华上跟过去的王公大臣争奇斗胜,当我们看到这些革命的新贵族跟阔太太结婚,大摆筵席,狂欢无度,养奴蓄仆,一身绫罗绸缎,我们有权利问一问:是人民遭了抢劫呢,还是国王的贪婪的手掌真的被扼制住了?我们听到这些人居然也模仿过去上流社会的习气,满口幽默俏皮,真不禁大吃一惊。不久以前还有人恬不知耻地歪改塔西图斯①的文句,我原本也可以用萨鲁斯特②的话回答一下,把卡蒂林的故事歪改几句,可是我认为我不需要再详细描画了,这些人的肖像已经很完整了。

对那些一心盘算着如何掠夺人民、妄想不受惩处地把掠夺进行到底的人,对那些把共和国当作一场投机,把革命事业当作一笔生意的人,我们决不妥协,决不休战!他们被这一时期发生的种种事件的洪流吓倒了,想暗暗地使正义冷却下来。他们以为,每个人都这样对自己说:"我们的德行不够,不能施行这样的恐怖。明哲的立法者大人们,请原谅我们的弱点吧!我不敢向你承认,我是罪恶的;所以我更愿意向你说,别那么残忍吧!"

请你们放心吧,德行正直的人民,请你们放心吧,爱国的公民们!请告诉你们里昂的兄弟们:法律的宝剑在你们信托的人手中并未生锈!——我们要为共和国树立起伟大的榜样!(全体鼓掌)

很多声音 共和国万岁!罗伯斯庇尔万岁!

主　　席 现在会议闭幕。

一 条 街

〔拉克罗阿,雷让德尔。

拉克罗阿 你干的是什么事,雷让德尔?你是否知道,你用胸像把谁的脑袋砍下来了?

雷让德尔 最多也不过是几个花花公子和漂亮太太而已。

拉克罗阿 你是个自寻死路的人,是个影子,影子把它的原身谋害,自己也跟着完蛋了。

雷让德尔 我不懂你的话。

拉克罗阿 我想,扣罗已经把话说得很清楚了。

雷让德尔 听他胡说八道做什么?他又喝醉酒了。

拉克罗阿 傻子,儿童和——啊?——醉鬼是最说实话的人。你想罗伯斯庇尔说的卡蒂林指的是谁?

---

① 塔西图斯(约55—118),罗马历史学家。嘉米叶曾在《老弗兰齐斯卡人》杂志上发表文章,引用塔西图斯的话攻击罗伯斯庇尔的恐怖统治。

② 萨鲁斯特(约前86—前34),罗马历史学家,曾描写罗马共和国末期卡蒂林阴谋夺取政权事。

雷让德尔　他是什么意思?

拉克罗阿　事情再简单不过了。无神论者和革命的极端分子已经被送上了断头台,可是人民仍然没有得救。人民仍然光着脚走路,仍然想用贵族的人皮做鞋穿。断头台的温度计不能够下降;再下降几度,公安委员会就要在革命广场①上找床铺了。

雷让德尔　这跟我说的半身胸像有什么关系啊?

拉克罗阿　你当真还没有看清楚么?你公开宣布了反革命的活动,你给十人委员会煽了一把火,你把他们的手引动了。人民是一个米诺陶洛斯②,如果十人委员会自己不想让它吃掉,就得每天喂它死尸吃。

雷让德尔　丹东到哪去了?

拉克罗阿　我哪知道?他正在罗亚宫③的那些姑娘身上一块块地搜集美迪契的维纳斯女神像呢!他正在镶嵌马赛克④艺术品,像他自己说的那样。天知道,他正在拼凑身体的哪一部分。遗憾的是,大自然把美丽分割成这么许多部分,一块一块地塞到每个人身体上,就像美狄亚⑤把她兄弟的尸身切碎了似的。——咱们到罗亚宫去找他吧!(两人下)

一间屋子

〔丹东,玛丽昂。

玛丽昂　不,你别缠我!我就这样坐在你脚下。我想跟你说点什么。

丹　东　你的嘴唇有更好的用项。

玛丽昂　不,你还是让我这样吧!我的母亲是个聪明的女人。她总是对我讲,贞节是女人的美德。每逢人们到我们家里来,闲扯起各种事的时候,她总是让我到外边去。有时候我问她这些人想做什么,她就对我说,我问这话好不害羞。要是她给我一本书念,差不多总有几页我得跳过去。但是《圣经》我却可以由着兴读,这里面写的都是神圣的东西。虽然里面写的也有很多地方我当时并不懂。我也不想跟别的什么人打听,所以我总是

---

① 革命广场是法国大革命期间处决犯人的地方。
② 希腊神话中的牛头人身怪物,据说雅典进贡的少年男女都喂给它吃掉。
③ 巴黎的一个妓院区。
④ 用各种砖头、木块或金属块镶嵌图案的艺术。
⑤ 希腊神话中的科尔喀斯的公主,通妖术,曾帮助伊阿宋取得金羊毛,后又把自己兄弟的尸体砍碎,扔在海水里,阻止科尔喀斯国王的追击。

一个人闷在心里。春天来了,我身边前前后后都有些事发生,但是都没有我的份儿。我被一种奇怪的气氛包围着,我被它窒息得几乎喘不过气来。我仔细端详我的身体,有时候我好像觉得自己化成了两个人,过一会儿又融合成一个。这时候有一个年轻人常到我们家来。他很漂亮,常常说一些疯话。我不知道他说这些话是什么意思,但我总是禁不住笑起来。我母亲请他有时间就到我们家来,我们两个人都巴不得能这样。最后我们俩都认为,既然我们可以并排坐在两张椅子上,为什么就不能并排躺在两张被单中间呢?而且,我发现这远比我们只是坐着谈话有意思。我看不出,为什么人们允许我享受较小的乐趣,却不给我更大的乐趣。我们瞒着人干那件事。这样过了一段时候。可是我的欲壑却变得像一个大海,把什么都吞吸进来,自己反而越陷越深。对我说来,只有一个矛盾:所有的男人在我看来都是一个肉体。我的天性既然是这样,谁又能扭得过它呢?最后他也发现了这一点。一天早晨他来到我这里,发狂地吻了我一阵,好像要把我闷死似的。他用胳膊紧紧搂着我的脖子,我害怕得要死。以后他放开我,笑着说:他差一点干了一件蠢事,我还是应该留着身上的衣服,早晚有一天它自己会穿坏的。他不想过早地把我的乐趣破坏,归根结底这是我所有的唯一的财产。以后他走了。这一次我还是不了解他是什么意思。晚上,我坐在窗户旁边,我非常烦躁,我只有一种感觉,把我和周围的事物联系在一起。我沉湎在晚霞的波光里。这时从街那头走来一群人,孩子们跑在前面,妇女们从窗户里向外探望。我向外一看,他们用一只大筐子抬着他,月光照在他苍白的前额上,他的鬘发湿淋淋的,他已经投水死了。我大哭了一场。这是我整个身心中的唯一裂痕。别的人都有礼拜天和工作日,他们天天工作,第七天祷告,他们每年到了自己生日这一天都有所感触,到了新年都要回顾一下一年的往事。这些都与我无缘;我的生活既无间歇,又无变化。我是一个永恒不变之体,是永无休止的渴念和攫取,是一团烈火,一股激流。我的母亲为我伤心而死;别人都指画我的脊背。他们真蠢透了。人们爱从哪儿寻求快乐就从哪儿寻找,这又有什么高低雅俗的分别呢?肉体也好,圣像也好,鲜花也好,玩具也好,感觉都是一样的。谁享乐最多,谁祷告也最多。

丹　东　为什么我不能把你的美丽一股脑儿吞吸进来,一股脑儿融消进来呢?
玛丽昂　丹东,你的嘴唇上也长着眼睛。

丹　　东　　我愿意成为以太的一部分,好把你沐浴在我的洪流之中,使我自己撞碎在你的娇美的身躯上。

〔拉克罗阿,阿戴莱德,罗莎丽进来。

拉克罗阿　（站在门边）我真忍不住要笑,真忍不住要笑。

丹　　东　（不高兴地）怎么回事？

拉克罗阿　我想起那条小巷来。

丹　　东　小巷又怎样？

拉克罗阿　小巷里有好几条狗,一条哈巴狗和一条保隆亚小母狗在彼此上体刑。

丹　　东　这有什么？

拉克罗阿　我刚才又想起这件事,怎么也忍不住笑。这个景象大有启迪意义。姑娘们都从窗户里往外看。应该小心点,别让她们坐在露天底下;不然蚊子就把那玩意儿叮进她们的手臂里,她们的脑子就闲不住了。

雷让德尔和我把所有的禅室都串遍了,那些想用肉体得到启示的修女拼命拉住我们的衣服后襟,请求祝福。雷让德尔给她们中的一个上了一课戒律,可是这就害得他一个月开不了荤。这里我把两个女传教士的肉身①给带来了。

玛丽昂　你好,阿戴莱德小姐！你好,罗莎丽小姐！

罗莎丽　我们很久没有见面了。

玛丽昂　真是非常遗憾。

阿戴莱德　哎呀,上帝啊,我们白天晚上忙得不可开交。

丹　　东　（对罗莎丽）喂,小宝贝,你的腰肢比以前更柔软啦！

罗莎丽　可不是,一个人总要一天比一天更完美呀！

拉克罗阿　古典的阿多尼斯和现代的阿多尼斯②有什么区别？

丹　　东　阿戴莱德变得端庄变得可爱了,这个变化可真有趣。她的脸蛋看去像一片无花果树叶③,她用这片叶子遮住自己整个身体。这样一棵无花果树长在这样一条通衢大道边,那阴凉才使人神清气爽呢！

阿戴莱德　我只不过是条牲口走的土路,如果先生……

---

① 指妓女。
② 希腊传说中的美少年,狩猎时被野猪咬伤而死。
③ 古代雕像常用无花果树叶遮住下体。

丹　　东　　我懂。你千万不要生气,我的小姐!

拉克罗阿　你们听啊!现代的阿多尼斯不是被一条公猪,是被一群母猪撕烂的。他的伤口不在腿上面,而在大腿根;从他的血里进绽出来的不是玫瑰花,而是汞汁①。

丹　　东　　罗莎丽小姐是一个重新补修好的古代雕像,只有腰肢和双脚还是原封的东西。她是一个磁针:凡是被她头部这一极所排斥的,另一极——她的双脚却能吸引过去。她的腰身中部是赤道,所有第一遭通过这条赤道线的,都必须受一次汞汁的洗礼。

拉克罗阿　两位善心的修女;每人都在一所医院里服务,就是说,在各自的身躯里。

罗莎丽　　你们不害臊吗?把我们的耳朵都羞红了。

阿戴莱德　你们应该放庄重些!

〔阿戴莱德和罗莎丽下。

丹　　东　　晚安,两位漂亮小姐!

拉克罗阿　晚安,两座汞矿!

丹　　东　　我很可怜她们。她们是为了寻夜食才出来的。

拉克罗阿　我跟你说,丹东,我刚从雅各宾党人那边来。

丹　　东　　就是这点事吗?

拉克罗阿　里昂人宣读了一篇声明。他们认为,现在除了用古罗马人的长袍把自己裹起来②以外,别无出路了。每个人都把面孔绷得紧紧的,好像对邻座说:派图斯,一点也不痛③!雷让德尔喊了一通,说什么有人要把沙里叶和马拉的胸像打碎。我想,他这是故意想把自己的面孔染红;他已经完全从恐怖里逃出来了,街上的孩子连他的衣服后襟也敢拽了。

丹　　东　　罗伯斯庇尔说什么?

拉克罗阿　用手指敲打着桌子说:德行需要通过恐怖来统治。这句话听着让我脖子痛。

丹　　东　　这句话是在为断头台刨木板。

---

① 当时认为汞能够治性病。文中几次提到"汞汁""汞矿"都影射性病。
② 恺撒看到布鲁图斯要谋刺自己时,用长袍把头裹起来,表示甘心受死。
③ 罗马人派图斯夫妇因失宠于国王克劳迪乌斯,双双自尽。派图斯的妻子阿林纳先用匕首自刺,然后把武器递给自己的丈夫,对他说了这句话。

拉克罗阿　还有扣罗像疯人似的狂喊大叫：一定得把面具撕下来。

丹　　东　随着面具连脸皮也得扯掉。

〔帕黎走进来。

拉克罗阿　法布里修斯，有什么消息？

帕　　黎　我从雅各宾俱乐部到罗伯斯庇尔那里去了一趟，我要求他把问题澄清。他那副面孔就像把自己亲生儿子奉献出来的布鲁图斯①一样。他笼统地谈了一通责任和义务，大言不惭地说：为了自由他一切在所不惜，一切都肯牺牲，他自己，他的亲兄弟，他的朋友。

丹　　东　很清楚，只要把梯子一翻，他就站到底下而把他的朋友送上断头台去了。我们应该感谢雷让德尔，多亏他使这些人开了口。

拉克罗阿　艾贝尔派还没有死净，人民在物质上非常穷困，这是一个很可怕的杠杆。盛人血的盆子不应该捡起来，如果举得太高，就会成为吊死治安委员会的街灯。他们需要一个重东西坠着，需要一颗有分量的人头。

丹　　东　我很了解——革命和萨特恩②一样，专吃自己的孩子。（沉思了片刻）可是，我谅他们是不敢的。

拉克罗阿　丹东，你是个死了的圣徒；但是革命对历史遗物是不买账的。革命早已把所有帝王的骸骨都撒在街头，把所有柱形雕像都扔出了教堂。你想，他们会单单把你当纪念碑保存下来么？

丹　　东　我的名字会的！人民会的！

拉克罗阿　你的名字，哼！你是一个温和派，我也是，嘉米叶，菲利波，亥劳也都是。在人民眼里，软弱和温和是一件事。落伍者是要被他们打死的。如果他们认为九月的革命英雄是个温和派，那么红帽区③的裁缝匠就要用他们的缝衣针来缝制共和国的全部历史了。

丹　　东　一点不错，此外还有——人民就跟孩子一样，什么东西他们都要打碎，看看里面藏着的是什么。

拉克罗阿　还有一点，丹东，我们都是满身罪恶，像罗伯斯庇尔说的那样，就是说，我们在享乐。人民是道德的，就是说，他们没有享乐。他们不享乐，因

---

① 指古罗马第一任执政官卢齐乌斯·裘尼乌斯·布鲁图斯（公元前500年左右），传说他的两个儿子阴谋帮助塔尔昆国王恢复王位，被他判处死刑。
② 罗马的农神，需要用活人献祭。
③ 大革命中巴黎的一个区。

为劳动把他们的感受器官变得迟钝了;他们不喝酒,因为他们没有钱;他们不上妓院,因为从他们的嗓子里散发着干酪和青鱼的腥臭,姑娘们一闻见就恶心。

丹　　东　　他们嫉恨享乐的人,就像太监嫉恨健全的人一样。

拉克罗阿　　有人管我们叫荒唐鬼,这个(附在丹东耳朵上),咱们说一句私房话,倒也有一部分道理。罗伯斯庇尔和人民要做道德正直的人,圣·鞠斯特要写长篇小说①,巴瑞尔要缝卡尔曼纽拉革命服②,要给国民大会身上披一件血袍——我什么都看得很清楚。

丹　　东　　你别说梦话了。没有我他们从来不会有这样的勇气,他们也不会有勇气来反对我。革命还没有完成,他们可能还需要我,他们会把我保存在军械博物馆里的。

拉克罗阿　　我们必须行动了。

丹　　东　　总有这么一天。

拉克罗阿　　总有这么一天,等我们完蛋以后。

玛丽昂　　(对丹东)你的嘴唇变冷了,你的话把你的吻窒息了。

丹　　东　　(对玛丽昂)浪费掉这么多时间,真不值得!(对拉克罗阿)明天我去找罗伯斯庇尔,我要把他惹恼,要逼得他开口。就这样办吧!明天再见!晚安,我的朋友们,晚安!谢谢你们!

拉克罗阿　　咱们滚蛋吧,好朋友们,快点滚蛋吧!晚安,丹东!这位姑娘的大腿要做你的绞架,小肚子要做你的刑场。(和帕黎同下)

一间屋子

〔罗伯斯庇尔,丹东,帕黎。

罗伯斯庇尔　　我告诉你,当我拔宝剑的时候,谁拉住我的手,谁就是我的敌人——至于他的动机如何,这与问题并无关系。凡是妨碍我进行自卫的人,也正同向我发动攻击一样,同样会致我于死命。

丹　　东　　自卫超过了一定的限度,就是谋杀;我看不出有什么理由,还要我们继续这场屠杀。

---

① 圣·鞠斯特曾模仿伏尔泰的风格写过长篇叙事诗。
② 法国革命时雅各宾党人的装束。《卡尔曼纽拉》也是当时流行的一首革命歌曲。

罗伯斯庇尔　社会革命还没有完成；革命如果半途而废，就等于自掘坟墓。贵族还没有死亡，这一个荒淫无耻的阶级必须由健康的人民的力量取而代之。罪恶必须受到惩罚，道德必须通过恐怖进行统治。

丹　东　我不懂"惩罚"这个字的意思。

你是一个道德高尚的人，罗伯斯庇尔！你不贪钱，你不枉法，你不跟女人睡觉，你总是穿着整齐体面的外衣；你也从来不酗酒。罗伯斯庇尔，你正经得让人看着就生气。如果是我，三十年的时间时时刻刻都摆着这么一副道貌岸然的面孔，只不过为了一点可怜兮兮的快乐——为了发现别人都不如自己，羞也要把我羞死了。

你心里难道从来没有一个什么声音，有时也悄悄地对你说：你这是虚伪，你这是作假！

罗伯斯庇尔　我的良心是清白的。

丹　东　良心是一面镜子，只有猴子对着它才折磨自己。每个人都尽情装扮自己，都按照各人的喜好出去寻欢作乐。要是为了这个而扭着头发厮打，那才值得呢！如果别人想破坏自己作乐，谁都要起来自卫。难道只因为你自己永远爱把衣服刷得干干净净，你就有权力拿断头台为别人的脏衣服做洗衣桶，你就有权力砍掉他们脑袋给他们的脏衣服做胰子球？不错，要是有人往你的衣服上吐唾沫，在你的衣服上撕洞，你自然可以起来自卫；但是如果别人不搅扰你，别人的所作所为又与你何干呢？人家穿的衣服脏，如果自己没有什么不好意思，你有什么权力一定要把他们埋在坟坑里？难道你是上帝派来的宪兵？我看，你如果不能像亲爱的上帝那样袖手旁观，你尽可以用手帕把眼睛蒙起来。

罗伯斯庇尔　你否认道德吗？

丹　东　岂止道德，我也不承认罪恶。世界上只有伊壁鸠鲁，粗俗的伊壁鸠鲁和文雅的伊壁鸠鲁，耶稣基督是最文雅的。这是我在人与人之间所能找到的唯一区别。什么人都是按照他的禀性行事，也就是说，做他愿意做的事。

廉洁的罗伯斯庇尔，我这样把你的鞋后跟都踩掉了，你是不是觉得有些残忍呢？

罗伯斯庇尔　丹东，道德败坏有时候会是叛国行为。

丹　东　你可不能这样轻易地判它死刑，看在上帝面上，不要这样做，你未免太忘恩负义了。你有负于它的地方太多了,就是说,你应该好好地感谢感谢这种对比。

再说,根据你的看法,我们的打击必须对共和国有利,因此我们不应该在打击犯罪者的时候,把无辜的人也连累上。

罗伯斯庇尔　谁对你说,无辜的人也遭到打击了?

丹　东　你听见了么,法布里修斯?无辜的人一个也没有死!(向外走,对帕黎说)咱们一分钟也不能耽搁了,咱们必须出头露面了!(丹东及帕黎下)

罗伯斯庇尔　(独自一人)走就走吧!他想让革命的骏马停到妓院门前,就像车夫随时可以挽住他的驾车的马那样。革命的骏马力气是够大的,会把他拖到革命广场上去。

把我的鞋后跟踩掉!为了坚持你的观念!——等一等!等一等!真是这么一回事吗?——人们也许会说,他巨大的躯干投下的影子把我完全遮住了,我是为了这个才把他从阳光下赶走的。

要是他们说得对呢?

真需要走这一步吗?必须这样!必须这样!为了共和国!一定不能留着他。

真可笑,我的思想竟会这样互相监视着。——一定不能留着他。如果群众向前奔驰,里面却有人裹足不前,他所起的抗阻作用也就无异于迎面拦阻;结果他会被踩得稀烂。

我们不能让革命的航船搁浅在这些人的浅薄盘算的烂泥滩上。我们必须把那些胆敢牵扯这条航船的手臂砍掉,他们即使是用牙咬住也不抵事!

那些剥掉死去的贵族的衣服因而把贵族的烂疮也继承下来的人,一定要铲除掉。

不要道德!道德只不过是我的鞋后跟!根据我的观念!

为什么我的脑子里老是萦绕着这几句话。

为什么我摆脱不掉这个思想?它总是用血淋淋的手指指着那个地方,那个地方!不管我用布条裹上多少层,那血总是不停地淫淫沁出。——(沉吟片刻)我不知道,我的思想到底哪个欺骗了哪个。

〔走到窗前。

黑夜正在大地上打鼾,在噩梦中辗转反侧。思想啊,希望啊,那些零乱破碎几乎自己也没有意识到的,那些在白昼里羞怯地隐伏起来的,现在都体现成形,都纷纷潜入梦境的安静的房宇中来了。它们打开门,从窗户里探出头来,它们一半已经变成了血肉之躯;肢体在睡梦中挺伸,嘴唇喃喃呓语。——我们清醒着,难道不也是一个梦,一个更清晰的梦?我们不也都是梦游病患者?我们的行动不也跟在睡梦中相似,只不过更清楚些,更确定些,更一贯些吗?有谁将因此而责备我们?在一小时内我们的精神所进行的思想活动比我们的懒惰的肉体在几年中所能追随做出的还要多。罪恶存在于思想中。思想能否成为事实,身体能否把它体现出,这完全是偶然。

〔圣·鞠斯特走进来。

罗伯斯庇尔 喂,是谁在那边黑影里?喂,拿灯来,拿灯来!

圣·鞠斯特 你听不出我的声音来吗?

罗伯斯庇尔 啊,是你,圣·鞠斯特!

〔女仆拿进灯来。

圣·鞠斯特 只有你一个人吗?

罗伯斯庇尔 丹东刚刚离开这里。

圣·鞠斯特 我在半路上遇见他了,在罗亚宫前边。他又摆出一副慷慨激昂的面孔,满口名言警句。他和无套裤党称兄道弟。娘儿们围着他的腿肚子转。很多人停住脚,交头接耳地把他说过的话传来传去。

我们会失去进攻的优势的。你还要这么拖延下去吗?没有你参加,我们也要行动了。我们已经决定了。

罗伯斯庇尔 你们要做什么?

圣·鞠斯特 我们要召集立法委员会、治安委员会、公安委员会合开一个隆重大会。

罗伯斯庇尔 手续不太繁复些吗?

圣·鞠斯特 我们埋葬这些伟大人物的尸体,一定要有相当的仪式。我们要像祭司,不能让人看作谋杀犯。我们不应该把他们的尸体切碎,要把他们的五体四肢一股脑儿埋进土里。

罗伯斯庇尔 你把话说清楚些!

圣·鞠斯特 我们必须把他武装齐全地安葬入土。他的战马和奴仆都得在他的墓前杀掉。拉克罗阿——

罗伯斯庇尔 一个彻头彻尾的荒唐鬼,过去律师事务所的小录事,今天法兰西的陆军中将。说下去!

圣·鞠斯特 亥劳-塞舍尔。

罗伯斯庇尔 一颗漂亮的头颅!

圣·鞠斯特 他是宪法条例上用花体写的第一个字母①。我们已经用不着这种华丽的装饰了,应该把他涂掉。——菲利波。——嘉米叶。

罗伯斯庇尔 他也在内吗?

圣·鞠斯特 (递过来一张纸)我是这样想。你念念!

罗伯斯庇尔 啊哈!"老弗兰齐斯卡人"②!就是这个吗?他是个孩子,他嘲笑过你们。

圣·鞠斯特 你念念这一段,这里!(指给罗伯斯庇尔一个地方)

罗伯斯庇尔 (念)"罗伯斯庇尔是卡尔发利山③上鲜血淋漓的救世主,左右两个强盗——库冬和扣罗。他只把别人送上祭坛,从不奉献自己。那些皈依了断头台的修女好像玛丽亚和玛格达琳娜一样虔诚地站在他脚下。圣·鞠斯特是圣约翰,躺在他怀里向国民大会传布主人的启示;他的头好像盛圣饼的祭器。"

圣·鞠斯特 我要让他的头像圣·丹尼斯④的一样。

罗伯斯庇尔 (继续念)"莫非我们已经认定,救世主的干净的罩袍就是法兰西的寿衣?他在讲台上挥来舞去的细手指就是断头台上的铡刀?

"而你,巴瑞尔,你居然说什么革命广场会铸造出钱币!但是——我不想掏这个老口袋了。他是个嫁了一打汉子又把他们个个送终的寡妇。对这个人谁能有什么办法?这是他的一份才能:早在一个人寿终半年以前他就能看出那人的死相来。有谁愿意跟死人坐在一起闻他的臭味呢?"

---

① 亥劳是雅各宾新宪法的起草人。
② 法国大革命期间,马拉、艾贝尔等革命家在巴黎科尔得利修道院成立组织,称科尔得利派(德文称弗兰齐斯卡派)。丹东、嘉米叶等最初也属于科尔得利派俱乐部,后来不满意艾贝尔等人的激烈主张,转为他们的反对派。一七九三年十二月嘉米叶等创办《老弗兰齐斯卡人》杂志(亦称《老科尔得利人》),宣传自己的主张,次年一月停刊。
③ 据基督教《圣经》,耶稣和两个强盗被钉死在耶路撒冷附近的卡尔发利山上。
④ 公元三世纪法国殉道者。

    这么一说你也算一个吗,嘉米叶?

    快把他们打发走吧!赶快!只要别让这些死人再回来就好了。你把公诉状拟好了吗?

圣·鞠斯特 这不费事。你在雅各宾俱乐部的发言已经露出话风来了。

罗伯斯庇尔 我只不过想吓吓他们罢了。

圣·鞠斯特 我要的却是行动。造伪的人给他们鸡蛋,外国人给他们苹果①。——他们要死在这场筵席上的,我向你保证。

罗伯斯庇尔 那么就快点吧,明天就动手!不要把死前挣扎这段时间拖得太长!这些天我的心肠特别软。就是得快着点!(圣·鞠斯特下)

罗伯斯庇尔 (独白)好吧,鲜血淋漓的救世主,只知道把别人送上祭坛,不知道牺牲自己。——他用自己的血解救世人,我却要他们自己流血解救自己。他让他们犯了罪,我却把犯罪自己肩承下来。他从痛苦中尝受欢乐,我要尝受的是刽子手的痛苦。

    我和他比起来,谁自我牺牲的精神更大呢?——

    可是为什么我总觉得这种想法有些愚痴?——

    为什么在我脑子里萦绕不去总是那一个思想?真的,人子耶稣要在我们每个人身上上一次十字架,我们所有的人却在客西马尼花园②里厮打得头破血出,可是谁也不能用自己的创伤解救别人。——我的嘉米叶啊!——他们都离我而去了——到处是荒凉、空虚——只剩下我孤身一人。

---

① 沙保、德劳内、法布尔等人当时以伪造法属印度公司文书意图贪污罪被捕。参与此诈骗案的还有奥地利、西班牙等外国人。所谓鸡蛋、苹果,指古代罗马人的生活习俗;罗马人进餐时先吃鸡蛋,最后吃苹果,故云。

② 客西马尼亚花园在耶路撒冷,系耶稣被囚禁的地方。

第 二 幕

一间屋子

〔丹东,拉克罗阿,菲利波,帕黎,嘉米叶·德墨林。

嘉米叶 快点吧,丹东,我们再不能虚掷光阴了。

丹　东 （一边穿衣服）可是光阴却把我们掷在后面。

真是厌烦透了,总是要先穿衬衫,再往上面穿裤子,夜里上床,早晨再从床上爬出来,先迈一只脚再迈第二只;什么时候这一切才能换换样子,简直一点希望也没有。真是惨啊,在我们之前,亿万人就在做这些事,在我们之后,亿万人还得做同样的事,此外我们的身体还偏偏要分成左右两半,两边都得各做一遍,结果又加了一倍麻烦——真是让人伤心极了。

嘉米叶 你说话的口气太像小孩子啦。

丹　东 将死的人常常会像小孩子的。

拉克罗阿 你的犹豫因循将把你带向毁灭,而且还要把你的朋友都拖进去。快通知那些懦夫说,现在该是聚拢在你周围的时候了!那些蹲踞在山岳上的也好,蜷缩在平原上的①也好,都应该立刻召集起来!快大声疾呼地宣布一下十人委员会的专制暴政,谈一谈谋杀用的匕首,呼喊出一个布鲁图斯来,这样你就会使讲坛震动,把那些被认为是艾贝尔派的党羽而受到威胁的人也集拢在自己身边!你一定要大发一阵雷霆。至少别让我们像那些不光彩的艾贝尔派那样,手无寸铁、委委屈屈地让人处死。

丹　东 你的记忆力真差,你不是叫过我死圣徒吗?你这句话说得比你自己想象到的更有道理。过去我在下边分区里,他们对我满怀敬畏,可是他们是像报丧的人那样哭丧着脸。现在我已经成了纪念品了,纪念品是注定要被抛到街头去的。你过去那番话说得对。

拉克罗阿 为什么你竟使自己落到这个地步呢?

丹　东 落到这个地步吗?也许是因为我最近对什么都厌倦了。永远穿着同样一件上衣,永远要拉平同一条皱褶!真是太让人伤心了!做这样一件

---

① 指国民公会中的山岳派(革命中的左翼)和平原派(一称沼泽派,革命中的右翼)。

可怜巴巴的乐器,只有一根琴弦,弹出来的永远是一个调子!——这是令人无法忍受的事。我想要活得更舒服一些。我已经做到了这一点;革命使我的精神得到平静,但是这和我过去所想的平静并不相同。

再说,我们有谁可以依靠呢?我们的那些卖淫妇也许还能和皈依了断头台的娘儿们比一比,此外我再不知道有什么人了。可以掐起指头算一算:雅各宾派宣布要把德行提上议事日程;科尔得利派把我看作艾贝尔的刽子手;市议会正在做忏悔;国民公会①——国民公会倒还不失为一个途径!可是这里面还需要一个五月三十一号,他们是不会老老实实地让步的。罗伯斯庇尔是革命的信条,他是不该涂抹掉的。再说这件事也办不到。不是我们制造的革命,而是革命制造的我们。

即使能做到吧!——我宁可让人绞死,也不愿意绞死人。这种事我已经干腻了,我们人类自相残杀,究竟是为了什么呢?最好还是和和睦睦地并排坐在一起吧!我们被创造出来的时候,就带着一点缺陷。我们缺少一种我也叫不出名字来的东西。可是既然这东西在五脏六腑里根本找不出来,为什么我们还要彼此把肚子划破呢?去吧,我们不过是可怜的炼金术士罢了!

嘉米叶　把话说得更凄惨一些,也就是:人类为了永远不能解除的饥饿正在噬嚼自己的身体,或者说,我们像沉船遇难的人在小舟上靠彼此吮吸血管解渴。也可以说,我们这些代数学家为了解算那个永远无法算出来的未知数 X,正在用碎骨头在肉体上画计算公式。这种惨状究竟要继续多久呢?

丹　东　你真是一个很强的回声。

嘉米叶　不对吗?手枪也会发出雷鸣的声音。这对你不是更好吗?你应该永远把我带在身边。

菲利波　把法兰西永远留在刽子手的手里吗?

丹　东　这有什么关系?人们觉得这样很舒服。他们很不幸;为了使自己的感情激动起来,为了感到自己崇高、有德行、机智,总而言之,为了不再厌烦无聊,除了这个还能要求什么呢?

死在断头台也好,死于热病或者老朽也好,这又有什么分别?人们更喜欢的是,肢体灵活地退到幕后面,临下台的时候还能做一个优美的姿

---

① 法国大革命中最高立法机构。

势,博得观众一阵掌声。这非常体面,对我们也非常适合;我们一直是站在舞台上,即便最后真正被刺身死也不例外。

生命能够稍微减短一些,该多么好啊。衣服本就太长了一些,我们的身体无法把它支撑起来。如果生命是一句格言、警句,这还可以,谁有这么大的精神、这么长的底气朗读一部五六十节的史诗呢?该是从一只小酒盅,而不是用一只大木桶来喝这一点醇酒的时候了!这样,至少我们还能满饮一口,不然的话,就是几滴也盛不起来。

还有——让我大声疾呼么？这对我来说太麻烦了,生活本身是不值得费这么多事去维持的。

帕　黎　那你就逃走吧,丹东!

丹　东　把祖国系在鞋后跟上吗?

最后还有一点——这是最主要的一点;他们不敢做那件事的。(对嘉米叶)走吧,年轻人!我对你说,他们不敢的。再见!再见!

〔丹东和嘉米叶下。

菲利波　他走了。

拉克罗阿　他说的那些话,自己也一句不相信。没有别的,只能归之于懒惰！他宁愿被绞死,也懒得发表一篇演说。

帕　黎　怎么办呢?

拉克罗阿　回家去,像路克瑞蒂亚那样,好好地研究一下怎样才死得体面。

一条林荫路

〔散步的人们。

一个市民　我的亲爱的贾克林,我刚才要说,柯……我要说,柯……

西　蒙　柯尔内莉亚,公民,柯尔内莉亚。

市　民　我的好柯尔内莉亚给我生了个儿子。

西　蒙　给共和国生了一个公民。

市　民　共和国,这个词太一般化了。最好是说……

西　蒙　正应该这么说。个体必须和一般……

市　民　啊,你说得对,我的老婆也这么说。

卖唱的求乞者　(唱)

说什么快乐欢欣,

世人们妄自追寻……

市　民　哎,该给孩子起个什么名字,真是件头痛的事。

西　蒙　叫他皮克,马拉吧!

卖唱的求乞者　(唱)

只不过纷扰劳碌,

从清晨又到黄昏。

终日里不得安宁。

市　民　我更喜欢用三个名字——"三"是个吉祥的数字。另外名字还得有意义,正经;我现在想到的是:普夫鲁格,罗伯斯庇尔。

还有第三个呢?

西　蒙　皮克。

市　民　谢谢您,邻居;皮克,普夫鲁格,罗伯斯庇尔,这是几个漂亮的名字。很不错。

西　蒙　我对你说,你的柯尔内莉亚的乳房将会像罗马母狼的一样——不,这个譬喻不恰当。

罗慕路斯①是个暴君,这不成。(走过去)

一个乞丐　(唱)

一把泥土,

一撮青苔……

善心的老爷太太!

过路人甲　你这个家伙,还是干活去吧!看样子你吃得很不错呢!

过路人乙　拿去!(给乞丐钱)他的手跟天鹅绒的一样。真不要脸。

乞　丐　老爷,您的外衣是哪里来的?

过路人乙　工作,这是工作得来的!你也能弄到同样的东西;我可以给你一点活做,你来找我,我住在……

乞　丐　老爷,您为什么要干活?

过路人乙　傻瓜,为了挣钱买衣服呗。

乞　丐　您自己给自己找罪受,只为了这点享受。这样一件外衣我看就是享受,不穿外衣,穿一件烂褂子也完全可以。

---

①　罗慕路斯,相传是罗马的建立者,幼时由母狼哺育大。

过路人乙　当然,反正不能光着膀子。

乞　　丐　说我是傻瓜就是傻瓜吧!这就把咱们区分开了。太阳照在墙角里暖洋洋的,这么着多逍遥自在。(唱)
　　　　　一把泥土,
　　　　　一撮青苔……

罗莎丽　(对阿戴莱德)快着点,那边来了几个大兵!从昨天起咱们肚子里就没吃着热乎东西了。

乞　　丐　造化就这样把我安排!
　　　　　善心的老爷太太!

士　　兵　站住!你们到哪去,小妞?(对罗莎丽)你几岁了?

罗莎丽　我跟我的小拇指一般大。

士　　兵　你的嘴真尖。

罗莎丽　你真钝。

士　　兵　那我就在你身上磨磨尖吧。(唱)
　　　　　小克莉斯婷,亲爱的小克莉斯婷,
　　　　　你怕不怕痛,快对我说一声,
　　　　　快对我说一声,你怕不怕痛?

罗莎丽　(唱)
　　　　　啊,一点也不,士兵先生,
　　　　　我不怕痛,我很高兴,
　　　　　我很高兴,我不怕痛!
　　　　〔丹东和嘉米叶上。

丹　　东　这里很热闹,是不是?
　　　　　我好像嗅到空气里有点什么,阳光仿佛正在孵育着淫乱。
　　　　　这里的人是不是都想跳到马路当中,扯下裤子,像野狗似的在露天底下交尾?(走过去)

一个年轻绅士　啊,太太,晚钟的鸣声,树梢上的夕霞,闪烁的星光……

太　　太　芬馥的花香!大自然的这些妙趣和纯洁的享受!(转身对自己的女儿)你看,欧也妮,只有道德高尚的人才能看到这一切。

欧也妮　(吻母亲的手)啊,妈妈,我只看到您一个人。

太　　太　你是个好孩子!

年轻绅士 （在欧也妮耳边低声说）那边有一位漂亮的太太跟一位老先生,看见了么?

欧也妮 我认识她。

年轻绅士 有人说,她的理发师给她理出个孩子来。

欧也妮 （笑）你的嘴真损!

年轻绅士 老先生形影不离地跟着她。他看见这朵花骨朵鼓起来了,就带着她出来散步。他还以为,自己是给这朵花恩施雨露的人呢!

欧也妮 您的话多么不堪入耳!我都想要脸红了。

年轻绅士 我倒要为这个脸色发白呢!（一行人下）

丹　东 （对嘉米叶）千万不要向我提出什么严肃的问题来!我不了解,为什么人们不在街头站定,面对面地大笑一场。我还以为,他们也许会对着窗户笑,对着坟墓笑,上天一定会笑破了肚皮,大地一定会笑得打滚呢。

（两人下）

行人甲 我向您保证,这是个伟大的发现!一切技术都将因此而面目一新。人类将大踏步地奔向自己崇高的目标。

行人乙 您看到那出新戏了吗?简直是座巴比伦的高塔。一大片连檐接壁的楼阁、阶梯、廊道,一下子就毫不费力地爆炸到半天空里。每走一步都让人头晕目眩。

多么异想天开的头脑!（困惑地站住）

路人甲 您怎么了?

路人乙 啊,没什么!请您扶我一把,先生!水坑——好了!谢谢您。差一点摔进去,真危险!

路人甲 您吓着了吗?

路人乙 可不是,地球是这样一个薄壳,我总是提心吊胆,说不定什么时候就会失足,从这样一个洞里掉进去。——走路的时候千万得小心,不要把它踩穿了。可是我劝您,那出戏您非去看看不可!

一间屋子

〔丹东,嘉米叶,露西尔。

嘉米叶 我对你们讲,如果他们不把戏院、音乐会、艺术展览会散发的节目单看懂的话,他们简直就跟瞎子聋子没有两样。一个人刻了个木偶,看得出是用线拴起来的。一扯动线,木偶的骨节每走一步就按照抑扬格的韵脚咯咯吱吱地响——啊,这是多么伟大的角色!多么首尾一贯的情节!另一个人抓住一点破碎的感情,一句警句,一个概念,给它穿上衣裤,安上手脚,涂上脂粉,在三幕戏里把这个物件折磨个够,临了或是让它结婚或是让它用枪把自己打死——啊,这是多么理想的戏剧!再由一个人用提琴不入调地胡乱拉个歌剧,说是在刻画人们激荡起伏的感情,但是打个譬喻说,那简直是用小孩玩的水哨模仿夜莺的啼叫——啊,这就是艺术!

还是把人们从戏院里搬到街头来,让他们看看可怜的现实生活吧!

这些拙劣的抄袭家把他们的眼睛蒙住了,让他们把上帝忘在脑后了。在他们的周围,在他们的内心中,每一分钟都有新的事物在诞生,这一热火朝天的、光辉灿烂的创造他们却视而不见,听而不闻。他们上戏院,读诗,读小说,只知效颦戏文和书本中的人物,对上帝的创造物却说:啊,多么平凡!

希腊人曾经说,皮格马利翁①的雕像固然栩栩如生,但是却不能生孩子,这实在是至理名言!

丹　东　九月里,画家达维德②曾经临摹过从弗尔斯监狱扔到街头的被屠杀的尸体。达维德看着这些死尸不但无动于衷,而且对人说:我把这些坏蛋临死前的抽搐给画下来了。我看,这些艺术家对待自然都是达维德的态度。(丹东被叫出去)

嘉米叶　你是怎么看的,露西尔?

露西尔　没有什么,我看你那么喜欢说话。

嘉米叶　你听见我说的了吗?

露西尔　当然听见了。

嘉米叶　我说得对吗?你懂得我的意思吗?

露西尔　不懂,我真不懂。

〔丹东进来。

嘉米叶　什么事?

丹　东　公安委员会已经决定要逮捕我。刚才有人来给我报信,给我安置了

---

① 希腊神话中塞浦路斯国王,热恋自己所雕的少女像。爱神赋予了雕像生命,使二人结合。
② 雅克-路易·达维德(1748—1825),法国著名画家,拥护革命。又译雅克-路易·大卫。

一个避难的地方。

他们无非是想要我这颗头罢了。我对这出打打闹闹的滑稽戏已经烦透了。他们愿意拿就拿去吧！有什么关系？我会勇敢地死去的，这比活着要容易多了。

嘉米叶　丹东，时间还来得及！

丹　东　不可能了——可我倒没有想到……

嘉米叶　这都怪你的懒惰！

丹　东　并不是懒惰，我只是太疲倦了。我要到外边走一趟。

嘉米叶　到哪儿去？

丹　东　我自己也不知道！

嘉米叶　说真的，你要到哪儿去？

丹　东　随便走走，年轻人，出去散散步。（下）

露西尔　啊，嘉米叶！

嘉米叶　放心吧，亲爱的！

露西尔　我一想到，他们要把这颗头！我的嘉米叶，是他们疯狂了？还是我自己神经错乱了？

嘉米叶　你放心好了，我跟丹东不一样。

露西尔　地球这么广阔，地球上有这许许多多东西——为什么他们单单要这个？是谁要把它从我手里夺走？未免欺人太甚了！他们要这个干什么呢？

嘉米叶　我再跟你说一遍：你不要心慌。昨天我还跟罗伯斯庇尔谈话来着。他很和气，我们都有一些紧张，这是真的；只是看法不同罢了。

露西尔　你再去找找他吧！

嘉米叶　我们曾经在一张课桌上听过课。他总是那么阴郁，孤单。只有我一个人常常跟他在一起，有时还把他逗笑了。他对我的情谊总是那么深挚。我走了。

露西尔　这就走吗，我的朋友？去吧！不，你来！我还要这个，这个！（接连吻他）去吧！去吧！（嘉米叶下）

多么残酷的时代啊！这是时代的风尚啊，谁能逃避得了？我一定得克制自己。（唱）

啊，别离啊，别离，

是谁个首先想起？

为什么我偏偏唱这个？我总是不由自主地往那地方想,这真不是好兆头。

当他走出去的时候,我觉得好像他再也不回来了,好像离我越来越远,越来越远。

这屋子空得多么怕人;窗户开着,仿佛屋里停着一具死尸。我待在这儿真受不了了。(下)

旷　野

丹　东　我不往前走了。我不愿意让我窸窣的脚步、让我吁吁的喘息在这一片寂静里制造出声响。

(坐下,停顿片刻)

有人跟我说过一种病症,可以使人失去记忆力。死亡就具有这种作用。有时候我甚至希望死亡的力量能够更强一些,能让人把一切都失去。果真能这样倒也不错！

那么我过去简直成了一个基督徒了——我一直在为拯救我的仇敌,就是说,为拯救我的记忆力而奔走。那地方据说是安全的,可那是对我的记忆而言,并不是对我自己。对我自己,坟墓是更安全的地方,坟墓至少能给我"遗忘"。坟墓能杀死我的记忆。那个地方却要把我杀死,让我的记忆活下去。该让谁活下去:我还是我的记忆？这是很容易回答的。(站起来,转身往回走)

我在和死亡调情。离着这么远,从望远镜里向它送媚眼,这倒是一件惬意的事。

说实在的,对于整个这件事我真应该大笑一场。我心里有一种惰性的感觉,暗暗地对我说:明天还会跟今天一样,后天,大后天,往后的日子也仍然是老样子。这都是庸人自扰,他们只不过想吓吓我罢了,他们是不敢下手的！(下)

室　内

〔夜间。

丹　东　(倚窗而立)难道这一切永远不休止吗？难道光永远也不熄灭,声音永远也不沉寂吗?难道永远不能出现寂静和黑暗,好使我们彼此不再看到,不再听到对方的卑鄙的罪行?——九月①啊!——

朱　丽　(从里面喊)丹东!丹东!

丹　东　啊?

朱　丽　你在喊什么?

丹　东　我喊了吗?

朱　丽　你刚才自言自语地说卑鄙的罪行,以后又呻吟什么"九月"!

丹　东　我么?我说话来着么?没有,我没有说话。我甚至没有思想,这不过是我的最隐秘、最幽深的念头而已。

朱　丽　丹东,你在发抖!

丹　东　我能不发抖吗?当四面的墙壁都这样叽叽喳喳地说起话来的时候,当我的身体粉碎成一千个破片,我的思想都这样飘摇恍惚地借助石壁的唇舌自我呼喊起来的时候。真是奇怪啊!

朱　丽　乔治!我的乔治!

丹　东　一点不错,朱丽,真是太怪了。如果它们都这样自己诉说出来,我真不愿意再思想了。一个人的思想,朱丽,有些是不应该让外人知道的。这不是件好事:它们一出生就像婴儿似的哇哇地哭喊,这很不好。

朱　丽　上帝保佑你,你别是神经错乱了吧!——乔治,乔治,你还认得我吗?

丹　东　怎么不认得?你是一个人,其次是一个女人,再次,还是我的妻子。地球有五大洲:欧罗巴,亚细亚,阿非利加,亚美利加,澳大利亚。二乘二等于四。我的神经很正常,你看。——不是有个声音在喊九月吗?你不是也这样说吗?

朱　丽　是的,丹东,我在屋子的那一头都听见了。

丹　东　当我走到窗户前边的时候——(向外看)城市一片寂静,灯火都熄灭了。

朱　丽　附近什么地方有一个小孩在哭。

丹　东　当我走到窗户前边的时候——大街小巷都在呼喊:九月,九月!

朱　丽　你是做梦了,丹东。你要镇静一些。

---

① 一七九二年九月初,巴黎革命群众在马拉等人鼓动下杀了一批贵族和教士,当时丹东任司法部长,采取了纵容态度。

丹　东　做梦吗？是的，我刚才做了一个梦。但是我梦见的是另外一件事，我这就说给你听——我的头非常乱——我这就说给你听！啊，我想起来了：地球在我脚下呼呼地旋转。我把它当作一匹惊马似的紧紧攥住，我的巨大的手臂揪住了马鬃，抱住它的两肋，垂着头，头发飘拂在万丈深渊上。我就这样被它拖着奔驰下去。我在万分惊惧中叫喊起来，从梦中惊醒了。我走到窗前——这时我听见了那声音，朱丽。

　　这个字是什么意思？为什么偏偏要喊这个字？这和我有什么关系？为什么那些鲜血淋漓的手要向我伸过来？我又没有动手杀人。

　　噢，救救我吧，朱丽，我的脑子麻木了。那件事是发生在九月吗，朱丽？

朱　丽　几个外国的国王离巴黎只有四十小时的路程……

丹　东　城堡一个个地陷落，贵族们麇集在城里……

朱　丽　共和国眼看就没有救了。

丹　东　一点不错，眼看就没有救了。我们不能让敌人从背后攻击我们，如果那样，我们就太愚蠢了。一对仇人站在一座独木桥上，不是我生，就是你死，强者一定要把弱者推下去——这不是公平合理的事吗？

朱　丽　一点不错，一点不错。

丹　东　我们把他们打倒了——这不是谋杀，这是发生在内部的一次战争。

朱　丽　你拯救了祖国。

丹　东　是的，我拯救了它；这是正当的防卫，我们不得不如此。

　　被钉在十字架上的人自己倒也有了归宿，但是这罪行算是犯下了。借助谁的手演出了这场罪行，谁就该倒霉了！

　　然而这又是大势所趋。有谁会咒骂那只被"大势所趋"的诅咒所选中的手呢？这句"大势所趋"是谁说出口的？是谁？通过我们身体进行淫乱、欺诈、盗窃、谋杀的又是什么东西？

　　我们只不过是傀儡而已，是被一个不可知的力量用线牵动的一具具木偶。我们自己什么也不是，什么也不算！我们是神鬼精灵争战中使用的刀剑——就像在童话中一样；那挥舞刀剑的手臂是看不到的。

　　现在我平静了。

朱　丽　完全平静了吗，亲爱的？

丹　东　是的，朱丽；来，上床睡觉吧！

丹东住所前面的一条街

〔西蒙,民兵们。

西　蒙　夜已经很深了吗?

民兵甲　夜已经怎么啦?

西　蒙　已经到了夜里什么时刻了?

民兵甲　到了太阳落下去还没有升起来的时刻了。

西　蒙　混蛋,几点钟了?

民兵甲　看看表盘就知道了。到了被窝底下的时针都竖起来的时候了。

西　蒙　我们该进去了!来,公民们!我们要拼着脑袋去干,要把生死置之度外。他是个强悍有力的人。我在前面走,公民们。为自由开辟一条道路!照顾着点我的老婆,我要给她留下一个橡树叶的花冠。

民兵甲　为什么要橡树叶花冠?每天落到她怀里的橡树子已经够多的了。

西　蒙　前进,公民们,到了为祖国立功的时候了!

民兵乙　我倒希望祖国为我们立点功。我们在别人身上戳了那么多洞,自己裤子上的破洞却一个也没补上。

民兵甲　怎么,你想把你的裤子开口缝起来吗?哈,哈哈!

其他民兵　哈哈哈!

西　蒙　走,走!(拥进丹东的住所)

国民公会

〔一群代表。

雷让德尔　难道对代表的屠杀还不停止吗?
　　　　　如果丹东倒下来,我们真要人人自危了。

代表甲　有什么办法?

代表乙　应该让他到国民公会来讲讲话。——这样做一定有效果,他们谁能抵挡得了他的声音?

代表丙　不可能,有一条法令在从中作梗。

雷让德尔　如果我们不能使这条法令撤销,至少要破一次例。——我将提出一个动议,我希望你们能支持我。

主　席　现在宣布开会。

雷让德尔　（登上讲台）我们国民公会又有四位代表在昨天夜里横遭逮捕了。我知道,丹东是被捕的四人之一,其他三个人是谁,我还不知道。且不管这几个人是谁,我要求允许他们到大会来,给他们一个发言的机会。

　　公民们,我向你们郑重宣布:我认为丹东跟我一样是清白无辜的,我不相信,有谁能把任何罪名加在我身上。我并不想攻击公安委员会或是治安委员会的任何成员,但是某些充分的证据却使我担心:私人的恩怨、个人的好恶正在使一些为自由做出最伟大贡献的人失去自由。一七九二年以他全副精力拯救了法兰西的这位伟人有权得到发言的机会;如果他被控犯了叛国罪,应该允许他为自己辩白。（会场内激烈骚动）

几个声音　我们支持雷让德尔的提议。

一个代表　我们在这里是代表人民的;如果选民不同意,谁也不能把我们从席位上抓走。

另一个代表　你们的话发散着死尸的臭气;这是你们从吉伦特派人嘴里抄来的。你们要求享有特权吗？法律的巨斧在砍人头颅时是不分尊卑贵贱的。

另一个代表　我们不允许委员会把立法者从法律的庇护下送到断头台上去。

另一个代表　罪犯不能享有庇护。只有过去头戴王冠的罪犯在宝座上得到过庇护。

另一个代表　只有国家的蟊贼要求庇护权。

另一个代表　只有刽子手才不承认庇护权。

罗伯斯庇尔　很久以来在我们议会上没有出现过这种混乱了。这说明了我们面临着非常重大的问题。今天我们要作出决定的是,是否允许几个人傲临在祖国的头上。——昨天你们拒绝给沙保、德劳内和法布尔的,今天却想批准给另外几个人,你们怎么能这样远离了你们的原则呢？这几个人有什么特殊的地方,值得受这样的优待？他们自己对自己的称颂,对自己朋友的赞扬难道能左右我们的看法吗？我们已经有了丰富的经验,知道该怎样对待这种自我吹嘘。我们不问一个人做过没做过这种或那种爱国行动,我们要看的是他的整个政治生涯。

　　雷让德尔好像还不知道这几个被捕者的名字,可是全体代表都知道。雷让德尔的朋友拉克罗阿就是其中之一。为什么雷让德尔装作不知道呢？因为他知道,只有厚颜无耻才保护得了拉克罗阿。他只提出丹东一

个人的名字,因为他以为这个名字可能享受到特权。不,我们不要特权,我们不要偶像!(掌声)

丹东有什么优于拉法耶特、杜穆哀、布里索①、法布尔、沙保和艾贝尔这些人的地方?凡是我们可以用来评论这些人的话,有什么不能用来评论丹东?这些人难道也受到你们的宽宥了吗?和他的这些同胞比起来,丹东有什么优异的地方值得更受优待呢?

是不是因为有几个受了欺骗的人和另外几个为了跟随着他能够争权夺利而自甘堕落的人和他结成了一伙呢?——他把那些信任他的爱国者欺骗得越深,他就越应该尝受一下自由的卫护者的执法的严峻。

权力本是掌握在你们自己的手里,有人却喊叫什么有人滥施权力,用来恫吓你们。他们叫喊说委员会专横暴虐,倒好像人们托付给你们、你们又转托给这几个委员会的信任已经不成为你们爱国精神的可靠保证了。他们装作一副心惊胆战的样子。可是我要对你们说,谁在这个时候发抖,谁就是犯了罪;清白无罪的人在公众的警觉性面前是从来不发抖的。(全体鼓掌)

他们也想恫吓我;有人向我暗示说,丹东遇到的危险可能也罩临在我头上。

有人写信给我说,丹东的朋友也在紧紧地包围着我,他们希望我能够顾念过去的交情,或者对丹东的虚伪的美德仍然能盲目信任,因而减轻一些我对自由的向往和热忱。

现在我向大家表示,没有什么东西能阻止住我,即使丹东的危险成为我的危险也不能使我逡巡退缩。我们都需要一些勇气和豪迈的精神。只有罪犯和卑鄙的小人才害怕看到自己的同犯在身边倒下。因为这些人如果没有一伙同谋遮掩住,就要暴露在真理的阳光下。但是如果说,在我们的会场里也还有这样卑鄙的灵魂的话,那么会场里就更不缺乏英勇豪迈的灵魂。坏蛋究竟只是一小撮。我们只要打中几颗头,祖国就得救了。(掌声)

我要求否决雷让德尔的提案。(代表们全体起立表示赞成)

---

① 拉法耶特(1757—1834),法国资产阶级革命活动家,革命初期曾任国民军司令,后转为反对派,逃往国外。杜穆哀、布里索都是吉伦特派。

圣·鞠斯特　在我们的会场里好像有几只耳朵特别敏感,听不得"流血"这个字眼。我只要举几个极为普通的现象,就会使你们相信我们一点也不比自然界、一点也不比历史残忍。大自然冷静而不可抗拒地体现着自己的规律;人类如果和它发生冲突,就要被消灭。空气中的成分发生变化,地下火焰喷射,江河湖海失去平衡,瘟疫流行,火山爆发,洪水泛滥,任何这样一次自然变异埋葬的人都要以千万计。可是结果如何呢?在自然界所引起的变化是微乎其微的,对于整体说来几乎是无法觉察的。如果不是路旁倒毙的几具尸体,大自然几乎不留任何痕迹地就翻过了这一页。

我现在想问诸位一句:在革命中我们的精神界难道应该比自然界表现出更多的审慎顾虑吗?精神概念难道不应该和物质规律一样,把抗拒阻挡它的事物消灭掉吗?任何一件改变整个道德界,也就是说改变人类的创举有不流一滴血而能实现的吗?宇宙精神在精神领域里要借助我们的手臂,正像它在自然领域里利用火山和洪水一样。他们或者葬身于瘟疫,或者在革命中死亡,这又有什么不同呢?

人类前进的步伐是缓慢的,也许要经过几个世纪才数得出来。每走一步就要留下老少几代人的坟丘。要实现最简单的发明,体现最简单的原则,也要牺牲千百万人作为代价。当历史的进程稍微加速一些的时候,如果要牺牲更多人的性命,这不也是很简单的事吗?

我们已经简单明确地下过结论:一切人都是在同等的条件下创造的,除了天赋的差异外,一切人都是平等的。因此每个人都可以有自己的优点,但是谁也不能享有特权,不论是个人或者是由或多或少的个人组成的阶级。这几句话应用到实际中,每一个字都付出了无数条生命作为代价。七月十四①,八月十日,五月三十一,只不过是这几个句子的标点。为了把这几句话变成有血有肉的现实,足足用了四年的时间;而在通常的情况下,也许需要一整个世纪,需要几代人做它的标点。从这一点看来,如果革命的激流每到一个阶段,每有一次转折,要冲出几具尸体,有什么值得大惊小怪的呢?

我们还要在这几个句子之外添加几句结论:难道几百具尸体就能阻止住我们不把它实现吗?

---

① 一七八九年七月十四日,巴黎人民攻下巴士底狱,以后这一天成为法国国庆节。

摩西在创建新的国家前,首先领着他的臣民渡过红海,穿过沙漠,一直到老朽的一代都在奔波劳碌中死尽。诸位立法者们!我们既没有红海也没有沙漠,但是我们有战争,有断头台。

革命好像是珀利阿斯①的女儿,把人类的身体肢解,只是为了使他返老还童。人类再从血锅里站起来的时候,将像大地从泛滥的洪水里涌现出来一样,生长出强健有力的肢体。我们会像第一次被创造出来一样充满无限旺盛的精力。(长久不息的掌声,一部分代表激动地站起来)

一切还没有公开露面的暴政的敌人,一切在欧洲、在世界每一个角落,怀中暗藏着布鲁图斯的匕首的人,我们号召你们站出来,跟我们一起分享这一伟大崇高的时刻!(旁听的人和代表高唱《马赛曲》)

---

① 希腊神话中爱俄尔卡斯的国王,因听信女巫美狄亚的妖言,命女儿将他自己的肢体割碎,以便返老还童。

第 三 幕

卢森堡宫①内一间囚禁犯人的大厅

〔萧美特,裴恩,梅赛尔,亥劳-德·塞舍尔和其他犯人。

萧美特 （扯了一下裴恩的袖子）您听我说,裴恩,可以这样做,我以前也有过这种情况;今天我又头痛起来了,用您的推理来给我治治病吧,我的心绪烦闷极了。

裴 恩 那你就来吧,哲学家阿那克萨戈拉②,我就来给你上一堂教理问答课。——上帝是没有的,因为:要么是上帝创造了世界,要么是上帝没有创造。如果上帝没有创造世界,世界的根源就必然存在于自身之中,这样,上帝就是没有的,因为上帝之所以成为上帝,他身上必须包含着宇宙万物的根源。——但是上帝也不可能创造了世界;因为创造物或者同上帝一样,是永恒的,或者有一个开端。如果是后一种情况,上帝必须是在某一个时点上把世界创造出来,上帝必须是在休息了永恒的时间之后忽然变得活动起来,必须是身心发生了时间概念加给他的某种变化,而这两种假设都是与上帝的本质相违背的。因此,上帝不可能创造了世界。但是因为我们都知道得很清楚,世界,或者至少我们自我,是存在的,而且根据上面的推论,世界还必须有存在于自身中或存在于上帝之外的其他某种事物中的根源,因此上帝是不存在的。Quod erat demonstrandum。③

萧美特 真是的,你使我的头脑清爽起来了,谢谢你,谢谢!

梅赛尔 慢着,裴恩! 如果创造物也是永恒的呢?

裴 恩 那它就不成其为创造物了,它同上帝就成了一体或者像斯宾诺莎说的,仅仅是上帝的一个附加物。这样,上帝就存在于一切事物之中,也在您的身上,可尊敬的先生,在哲学家阿那克萨戈拉身上,也在我身上。这倒也无可非议,只不过:如果亲爱的上帝跟我们一起闹牙痛,害淋病,被活

---

① 原为法国皇家宫殿,大革命中作为国家监狱。
② 阿那克萨戈拉(约前500—前428),古希腊哲学家,主张理性,不信神。因萧美特也主张用理性代替宗教,所以人们用这个名字称呼他。
③ 拉丁文:如此就得到所需要的证明。

埋,或者至少总是提心吊胆地想象着被活埋的滋味,这未免有失他老人家的尊严了。这一点我看你也不能否认。

梅赛尔 但是根源总该有的。

裴　恩 谁否认这一点呢?但是是谁告诉您,这个根源是一个我们设想为叫作"上帝",也就是说,设想为一个完美无缺的东西呢?您认为这个世界很完美吗?

梅赛尔 不。

裴　恩 那么,您怎么会从一个不完美的结果推断出一个完美无缺的根源呢?
　　伏尔泰①因为不敢和上帝把关系搞坏,正像他不敢和国王闹翻脸一样,所以才作出这样的结论。尽管一个人脑子里充满聪明、理智,但是如果不会或者不敢彻底运用,他仍然是一个混蛋。

梅赛尔 我要从反面问一句:完美的根源就能有完美的结果吗?换句话说,完美就能产生完美么?既然创造物本身从来不能包含着自己的,如您所说的,本质属于完美的根源,这不是不可能的吗?

萧美特 您别插嘴!您别插嘴!

裴　恩 别着急,哲学家!——您问得很对,但是如果上帝要创造,却只能创造出不完美的东西,我想他一定会放聪明些,索性撒手不做的。我们认定上帝喜欢创造,只不过是根据人们的习性去臆测罢了。这是因为我们自己的手脚不停地活动着,忙碌着,才能对自己说:看,我们存在着呢!难道我们必须把人类的这种可怜的需求也添加在上帝身上吗?——如果我们的精神能够和谐宁静地享受永恒的幸福,难道我们还必须假定,他们还要在饭桌上捏弄小面人吗?是不是因为情欲过于旺盛了,像我们悄悄地在耳朵根底下说的那样?难道只为了要表现出我们是上帝的子孙,我们就必须做这些事吗?我倒宁愿要一位地位卑贱些的父亲;至少,如果我父亲不怕辱没身份,让我在猪窝里或者苦工船上受教育,我对他是不会有怨言的。

　　把不完善的消除掉,只有这样你们才能证明上帝的存在;斯宾诺莎曾经这样试过。尽管我们可以不承认人世的邪恶,我们却无法否认痛苦。只有理智能证明上帝的存在,感情却不断提出抗议。你注意到没有,阿那

---

① 伏尔泰(1694—1778),法国著名作家、哲学家。

克萨戈拉,为什么我在受痛苦?这就是我的无神论的砥柱。痛苦的一次最轻微的抽搐,哪怕仅仅牵扯到一根毫发,也会把创造物这个概念从头到尾撕破一个大裂口。

梅赛尔 那么道德呢?

裴　恩 你们先用道德来论证上帝,以后又用上帝论证道德!——你们想用道德做些什么呢?我不知道,事物本身是否有绝对的善和恶,因此,我不认为有必要改变我的行为。我按照我的本性行动;凡是适合我本性的,对我就是善,我就去做,与我本性相违的,对我就是恶,我就不做,如果它妨碍了我,我就要反对它,保卫自己。你们可以,按照人们通常所说,做道德高尚的人,不受所谓邪恶的腐蚀,但却不必因此而鄙视自己的仇敌。鄙视别人是一种非常可悲的感情。

萧美特 对啊,对极了!

亥　劳 噢,哲学家阿那克萨戈拉,人们也可以这样说,上帝既然是一切,也就必然是自己的反面。就是说,既是完美,又是不完美;既是善,又是恶;既是幸福,又是痛苦。这样,结果自然还等于零,因为相反的两面互相抵消了,我们还是什么结论也没得到。

　　高兴起来吧,你会转危为安的,你尽管把摩穆罗夫人①当作大自然的杰作拜倒在她脚下吧,至少她已经把花圈留在你的大腿根上了。

萧美特 我衷心地感谢你们,亲爱的先生们!(下)

裴　恩 他还是不相信,到了最后他还是要接受膏油仪式,就是让人砍头的时候也得把双足朝着麦加,好不至于使灵魂迷途!

　　〔丹东,拉克罗阿,嘉米叶,菲利波被押送进来。

亥　劳 (跑到丹东面前拥抱他)早晨好!不,我应该说晚上好。我不能问,你睡得怎么样——我要问,你会睡得很好吗?

丹　东 好啦,总得含着笑上床的。

梅赛尔 (对裴恩)这条生着鸽子翅膀的獒犬!他是革命的凶神,他要对自己的母亲强加非礼,可是她还是比他强。

裴　恩 他的生和他的死同样是一件大不幸。

---

① 摩穆罗夫人曾在萧美特主持的理性节上扮演女神,所以亥劳取笑萧美特和她有特殊关系。摩穆罗的丈夫是艾贝尔派,被处死。

拉克罗阿　（对丹东）我没想到,他们会这么快就下手。

丹　　东　我事前就知道了,有人警告过我。

拉克罗阿　你什么话也没有说吗?

丹　　东　为什么要说?中风是最好的死法。你愿意先缠绵病褥吗?再说——我没有料到,他们竟敢下手。

　　　　　（对亥劳）躺在地下比在地上跑出满脚的鸡眼要好得多。我更喜欢把地球当枕头,不喜欢把它当小板凳。

亥　　劳　至少我们可以不用长满老茧的手去抚摩"腐尸"这个美人的脸蛋了。

嘉米叶　（对丹东）你就不用白费力气了!即使你把舌头伸到脖子上也舐不去额角上临死出的冷汗。——噢,露西尔!真是悲惨啊!

〔囚犯们凑到新押进来的人身边。

丹　　东　（对裴恩）您为您的国家所做的,我也试过想替我的国家做。我更不走运,他们要送我上绞架去,不管怎么说,我不会打磕绊的。

梅赛尔　（对丹东）你是被二十二个人①的鲜血给淹死的。

犯人甲　（对亥劳）人民的力量和理性的力量是一件事。

犯人乙　（对嘉米叶）你这个路灯总管②,你修理了半天路灯并没有使法国更光亮一些。

犯人丙　别找他的麻烦了!这就是喊过"宽恕"两个字的嘴唇!（拥抱嘉米叶,另外很多犯人也学他的样子）

菲利波　我们是为快死的人做忏悔的教士;我们也受了感染,死在这场瘟疫上了。

几个声音　你们受到的打击,会把我们一齐打死的。

嘉米叶　诸位先生,我感到非常遗憾,我们的努力完全徒劳了。我之所以要走上断头台,是因为我的眼睛曾经为几个不幸的人湿润过。

一间屋子

〔弗基耶-坦维耶,亥尔曼。

弗基耶　都准备好了吗?

---

① 指一七九三年十月被处死的吉伦特党人。
② 嘉米叶在一篇文章中曾自嘲为"路灯总检察官"。当时路灯常常用作吊人的杆子。

亥尔曼 怕进行不好；如果这里面没有丹东,事情会好办多了。

弗基耶 让他先出来跳跳舞吧。

亥尔曼 他会把陪审团吓破胆的。他是革命的稻草人。

弗基耶 陪审团必须同意这样做。

亥尔曼 我倒有个法子,但是这又与法律手续不合。

弗基耶 你说说看!

亥尔曼 我们不用表决的办法,我们挑几个稳妥可靠的人来。

弗基耶 一定得这样。——这样就能射出一排冷枪来。他们一共是十九个。就是故意挑选也凑不出这样一群货色。四个伪造过文书的人,几个银行家和外国人。真是个离奇古怪的开庭审判。人民需要这样的。——好,就找可靠的人吧!譬如说,我们找……

亥尔曼 雷罗阿。他是聋子,不管被告说什么他都听不见；丹东就是把嗓子喊哑也无济于事。

弗基耶 很好。往下说!

亥尔曼 维拉特和卢米耶尔。前一个整天坐在酒馆里,后一个老是打瞌睡；两个人只要张嘴,就是为了说"有罪"。

吉拉德有自己的宗旨,凡是站在被告席上的人就不能让他逃出法网。勒脑迪恩……

弗基耶 他也算一个吗？他曾经为几个神父开脱过。

亥尔曼 你放心好了!几天以前他来找过我,对我说,应该把所有判处死刑的人在执行以前放放血,让他们老实一点。这些人的傲慢不逊,惹他生气。

弗基耶 啊,很好。那我就不管了。

亥尔曼 你都交给我去办吧。

死囚牢

一条走廊

〔拉克罗阿,丹东,梅赛尔和另外几个犯人踱来踱去。

拉克罗阿 （对一个犯人）怎么,这么多不幸的人,这么凄惨的处境!

一个囚犯 往断头台运犯人的马车还没有让您看清楚,巴黎已经成了屠宰场了吗？

梅赛尔 拉克罗阿,你现在该看到了吧!平等正在一切人头颅上挥舞镰刀,革命的熔岩在奔流,断头台在使国家共和化!顶层楼座上的观众为这个鼓掌喝彩,罗马市民在摩拳擦掌。但是他们没有听见,这些话句句都是牺牲者临死前的喘气。跟随着你们的激昂的词句去看看它们是怎样变成血淋淋的现实吧!

向四周环顾一下,一切都是你们自己说过的,一切都是你们的语句的模仿和翻译。刽子手、断头台和种种惨绝人寰的景象都是你们的慷慨激昂的演讲词。你们建筑起你们的制度,就像巴扎泽特①修建他的金字塔一样,用的是死人的头骨!

丹　东　你说得对。

今天人们无论做什么都是用人的骨肉。这就是我们这一时代所受的诅咒,现在我的身体也要用进去了。

从我创立革命法庭那一天起,到现在才整整一年。我要请求上帝和人民宽恕我这一举动。当时我本想用来防止新的九月屠杀,想用来拯救无辜的人,但是这种带着一整套程序的慢性谋杀实际上更为残酷,而且也同样无法逃脱。诸位先生,我希望你们将来都能离开这个地方。

梅赛尔　噢,我们会出去的。

丹　东　我现在跟你们在一起;天知道,将来的结局会怎样。

革命法庭

亥尔曼　(对丹东)您的名字,公民。

丹　东　革命就是我的名字。我的躯壳不久可能化为乌有,我的名字却要在历史的神殿中长存。

亥尔曼　丹东,国民公会控告您跟米拉波②,跟杜穆哀,跟奥尔良③,跟吉伦特党人、外国人以及路易十七保皇党阴谋叛变革命。

丹　东　我的声音曾经多少次为了人民的事业响亮地呼喊过,它会毫不费力地把这种诬蔑驳斥回去。我要求那些控告我的无耻之徒站出来,我要使他们羞愧得无地自容。我要求委员会的成员出席法庭,我只能在他们面前回答问题。我需要他们作为原告和证人。

---

① 可能指统治过巴尔干半岛的土耳其苏丹巴扎西德一世(在位期1389—1402)。
② 米拉波(1749—1791),革命初期为制宪会议代表,后来接受王室贿赂,叛变革命。
③ 奥尔良公爵(1747—1793),曾参加革命,后以复辟罪处死。

他们一定得站出来。

顺便说一句,你们这些人,你们的判处对我又有什么?我已经说过,空虚不久将成为我托身之所;——生命对我是一个负担,谁要夺去,尽管让他夺去好了,我自己早就希望把它甩脱掉了。

亥尔曼 丹东,豪强是罪犯的本性,清白无辜的人永远是心平气静的。

丹　东 个人的豪强无疑应该谴责,但是我在争取自由的斗争中常常表现的是一个民族的豪强,这却是最高的一种美德。——这就是我的豪强,我在这里要用它来保卫共和国的利益,反对一小撮诬告我的无耻之徒。在我受到这种卑鄙的诽谤的时候,难道还能心平气和吗?——我是一个革命家,谁也不能希望我在自卫的时候还保持温文尔雅的风度。像我这类气质的人在革命中起着不可估计的作用,自由之神翱翔在我们的额角上。

(旁听的人表示赞成)

你们居然控告我跟米拉波、跟杜穆哀、跟奥尔良阴谋叛乱,控告我匍匐在可怜的暴君脚下,要我在严正无私的法庭前面回答这种控诉。

这种无耻的中伤,你这个倒霉的圣·鞠斯特要对我们的后代负责的。

亥尔曼 我要求你说话时语气平和一些,你要拿马拉做榜样,他在法官面前表现得多么端庄稳重。

丹　东 他们已经把拳头加在我头上,我自然要挺起身躯回击;我的雷霆万钧的气势一定能把他们埋葬。

我并不以此自豪。我们的手臂都是听凭命运在摆布,但是只有强硕有力的人才是命运选中的工具。

是我在马尔斯广场①上向王权宣了战,是我在八月十日把它打倒,是我在一月二十一日②把它斩首,我把一个国王的头颅掷到其他国王脚下向他们挑战。(不断的掌声。——丹东拿起控诉书)我的目光只要触到这份无耻的文书,就禁不住全身震颤。让我在那可纪念的日子,在八月十日出头露面的是哪些人?是哪些享有特权的人物让我从他们身上汲取了力量?——让控诉我的人站出来吧!我现在提出这个要求,我的神志非常清楚。我要把这些卑鄙无耻之徒揭露出来,我要把他们掷回到子虚乌

---

① 一七九一年七月巴黎人民在马尔斯广场上聚会,要求废黜法王路易十六。
② 一七九二年八月十日巴黎革命人民起义,逮捕国王;次年一月二十一日,把国王处死。

有中去,让他们再也不能从里面爬出来。

亥尔曼 （振铃）你没有听见铃声吗?

丹　东 一个保卫自己的荣誉和生命的人,他的声音是你的铃声掩盖不住的。

我在九月里曾经切碎贵族、阔佬的尸体哺育过革命的幼雏。我的声音曾经用贵族的金子为人民铸造了武器。我的声音是暴风骤雨,掀起刺刀的巨浪,埋葬专制暴君的所有走狗爪牙。(响亮的掌声)

亥尔曼 丹东,你的嗓子已经喊哑了,你太激动了。下一次你再继续为自己辩护吧,你现在应该休息一下。

审判暂停。

丹　东 你们现在认识丹东了——再过几个小时,他就要在光荣的怀抱里安然入睡了。

卢森堡宫

一间狱室

〔狄龙,拉弗罗特,狱吏。

狄　龙 你这家伙,别把你的红鼻头这么凑近我的脸。哈,哈,哈!

拉弗罗特 闭嘴吧,你的秃脑袋好像带着一轮晕光。哈,哈,哈!

狱　吏 哈,哈,哈!你们想借它的亮光念念这个吗,先生们?(让他们看手里拿的一张纸条)

狄　龙 拿来!

狱　吏 先生,我的月牙儿落潮了。

拉弗罗特 我看,你的裤子倒好像发了洪水了。

狱　吏 不,我的裤子是吸水的。(对狄龙)在你们的太阳面前,我的月牙是不敢露面的。你们想要让它再亮起来,借它的亮光读东西,就得给我点什么。

狄　龙 拿去!滚开吧!(给狱吏钱。狱吏下。狄龙读纸条)丹东使法庭震骇,陪审团动摇,听众愤怒不平。听审的人异常拥挤,包围整个正义宫①,一直拥到桥边。最后如能加一把钱,伸一只胳臂——哼!哼!(在室内踱来踱去,不时从瓶子里斟一杯酒)如果我能到街上去的话!我不能等

---

① 正义宫建筑在巴黎塞纳河的一个小岛上,当时革命法庭即设在这里。

着人屠杀。正是这样,只要我能把脚迈到街上去!

拉弗罗特　把脚迈到驶向断头台的马车上也是一样。

狄　　龙　你这样想吗?这中间恐怕还有几步路呢!虽然不算很长,可是也得用十人委员会的尸体来衡量。——正直的人到底也有了抬头之日了。

拉弗罗特　(旁白)这不更好么?让人砍头更方便了。你就灌吧,老头子;再有几杯下肚,我就要自由了。

狄　　龙　这些流氓,蠢货,到头来他们要把自己的头切断的。(迅急地在屋里来回走)

拉弗罗特　(旁白)如果生命是自己给自己的,一个人也许像疼自己孩子似的真正爱上了它。但是这种乱伦的事,自己当自己的爸爸,毕竟是不多的。又是父亲,又是儿子,一身而二任。这倒是个不讨厌的俄狄浦斯①角色!

狄　　龙　不能只用死尸给人民吃,就让丹东和嘉米叶的老婆给他们散发些钞票②吧,这总比人头好多了。

拉弗罗特　可是我倒不想干了那事以后再把自己的眼睛挖瞎。我的眼睛可能还有用,我还要用它哭一场这位好将军呢!

狄　　龙　居然要对丹东下毒手!谁还会感到安全呢?恐惧会使他们团结起来的。

拉弗罗特　反正他也没有救了。我只不过踏着一具死尸爬出坟坑而已,这又有什么?

狄　　龙　只要把脚迈到街头就好了!我一定能聚集起足够的人,老兵,吉伦特党人,旧贵族;我们要把监狱攻破,我们必须和囚犯打通声气。

拉弗罗特　当然啰,闻起来这件事可能有点下作。可是这有什么?我倒也有兴趣做做这个。直到现在为止我这人太片面了。如果能尝尝"良心负疚"是什么滋味,倒也换个花样。闻闻自己的臭味,并不是什么不愉快的事。

　　一天到晚等着上断头台未免太乏味了;已经让人等得心烦了!我在脑子里已经试演过二十来回。这已经成了平凡透顶的事,再也没有什么新鲜刺激的感觉了。

---

① 俄狄浦斯,希腊神话中的人物。因犯杀父娶母罪自己刺瞎双目,流浪而死。
② 指法国革命时期革命政府用没收王族财产、土地作为担保所发行的一种纸币。

狄　　龙　　一定得送给丹东的妻子一张条子。

拉弗罗特　再说——我并不怕死,可是我怕痛。那桩事可能很痛,谁能替我担保？固然也有人说,只是一眨眼的工夫;可是疼痛的时间尺度是非常精密的,它能把一秒的六十分之一还分成更小的单位。不成,疼痛是唯一的罪过,受苦是唯一的邪恶,我可要做个有德行的人。

狄　　龙　　告诉我,拉弗罗特,那个家伙到哪去了？我有钱,事情一定办得到。我们打铁要趁热。我什么都计划好了。

拉弗罗特　我马上去找他,马上就去。我认识狱卒。我可以跟他谈谈。你就把这件事交给我好了,将军,我们会从这个鬼洞里爬出去的——(一边向外走一边自语道)只不过是爬到另外一个洞里,我到那个顶宽的——广大的世界,他到那个顶窄的——到坟墓里去。

公安委员会

〔圣·鞠斯特,巴瑞尔,扣罗·戴尔布阿,毕劳-瓦伦。

巴瑞尔　弗基耶在写什么？

圣·鞠斯特　第二审已经结束了。犯人要求国民公会、公安委员会有更多的成员出席审讯。他们向人民呼吁说,我们拒绝邀请证人出庭。现在一般人的思想非常混乱。丹东模仿大神朱庇特①发威,像一头雄狮似的抖动鬃毛。

扣　　罗　　这样萨姆逊②抓他的脖子不就更容易了吗？

巴瑞尔　我们不应该出头露面,那些收买破烂的人和打鱼婆子可能发现我们没有他们想象中的那么有威风。

毕　　劳　　人民生来就有受人践踏的本性,他们喜欢看人发威。丹东这些人的蛮横脸色很合他们心意。这种面孔比贵族的纹章还可恶,那上面刻画着贵族阶级的轻蔑傲慢的优雅风度。凡是看不惯这种面孔的人,都应该为打碎它出一把力。

巴瑞尔　他好像是长了硬鳞的西格夫里特③,身上涂上了九月事件的鲜血,变得刀枪不入了。

---

① 朱庇特为罗马神话中最高的神,相当于希腊神话中的宙斯。
② 亨利·萨姆逊(1767—1840),在革命时期任职业刽子手。
③ 德国传说中的英雄,因为身上涂染了毒龙的血而变得刀枪不入。

罗伯斯庇尔说什么?

圣·鞠斯特　看他的样子,好像有些意见要发表。

　　　　　陪审官必须宣布已经充分听取了被告意见,把审讯结束。

巴瑞尔　不可能,这办不到。

圣·鞠斯特　不论出什么代价也要把他们处置掉,哪怕空着两只手也要把他们扼死!勇敢地干吧!丹东说的这个字应该教会了咱们点什么。① 革命不会因为踏着他们的尸体而绊倒的。但是如果让丹东活着,他就要揪住革命的衣襟。从形体上看,他不见得没有奸污自由女神的可能。

　　　　　(圣·鞠斯特被人叫出去)

　　　　　〔一个狱吏上场。

狱　吏　圣·裴拉日耶②有几个囚犯快要病死了,他们要求一位医生。

毕　劳　不必要。让他们给刽子手省点麻烦吧。

狱　吏　其中有怀孕的妇女。

毕　劳　那更好了,这就不用给她们生的孩子钉小棺材了。

巴瑞尔　一个贵族生了肺痨就能给革命法庭减少一次审讯。所有的药品都是反革命的。

扣　罗　(拿起一张纸来)一份申请书,一个女人的名字!

巴瑞尔　已经有很多女人不得不甘心选择一下,是跪在断头台的木板上呢,还是躺在雅各宾党人的床板上。我看这又是一个吧!这些人跟路克瑞蒂亚一样,都是死在名节丧失以后。只是她们比起这个罗马女人来,死得还要晚一些;生孩子,害癌症,要不然就是老得走不动才死掉。——从童贞女的圣洁的国土上赶走一个塔尔昆尼乌斯,不应该是什么不愉快的事吧。

扣　罗　这个人太老了。这位太太要求死,她在申请书里说:监狱像棺材板一样压在她身上。她生产后才刚过四个星期。批示很容易(一边念一边写):"女公民,你要求死的时间还不够长。"(狱吏下)

巴瑞尔　批得好!但是扣罗,让断头台笑起来也不太好,人民对它会失去恐惧的。我们不应该太随便了。

　　　　　〔圣·鞠斯特回来。

---

① 丹东曾发表过"为了战胜敌人,必须勇敢、勇敢、再勇敢"的演说,激励革命群众。
② 原为巴黎一座女修道院,革命时期改作监狱。

圣·鞠斯特　我刚才收到一封告密信。监狱里有人在密谋起事。一个名叫拉弗罗特的年轻人发现了这件事。他跟狄龙关在一间牢房里。狄龙喝醉了酒,把秘密泄露出来。

巴瑞尔　他用酒瓶把咽喉割破了。这种事过去发生过好几起了。

圣·鞠斯特　据报告,丹东和嘉米叶的妻子要在人民中间散发钱,狄龙计划越狱,然后劫夺犯人,攻打国民公会。

巴瑞尔　这简直是神话。

圣·鞠斯特　我们就要用这些神话故事把他们哄睡。告密书已经在我手里,再加上被告的粗野无礼,人民的愤激不平,陪审团的惊慌失措——我要拟一份报告书。

巴瑞尔　对,去吧,圣·鞠斯特,好好地造你的句子,要使每个逗点都成为一把刺刀,每个句点都是一个砍掉的人头。

圣·鞠斯特　国民公会应该通过一项命令,保证革命法庭的审讯能够不间歇地进行;被告如果胆敢触犯法官应有的尊严或者有其他扰乱秩序的行为,就要被剥夺申诉权。

巴瑞尔　你真是天生的革命家。这些话听起来很温和,却能起重大的作用。他们不会沉默的,丹东一定要吼叫。

圣·鞠斯特　我等待着你们的支持。在国民公会里也有别的人害了跟丹东同样的病,害怕同样的疗法。他们也许要大着胆子喊什么违反法律程序啦,等等……

巴瑞尔　(打断圣·鞠斯特的话)我会对这些人说:在罗马,发现了卡蒂林的阴谋并立即把这个罪犯处死的执政官也被人控诉过违犯法程。但是控诉他的是些什么人呢?

扣罗　(故意用慷慨激昂的词句)去吧,圣·鞠斯特!革命的熔岩正在奔流!企图往自由女神的强硕的躯干里授精的懦夫将被她的拥抱窒息而死。像朱庇特的雷电劈死塞梅利①一样,人民的威严也将使他们化成灰烬。去吧,圣·鞠斯特,我们会帮助你把雷斧投掷到懦夫们的头上去的。

(圣·鞠斯特下)

巴瑞尔　你听见他在说什么"治疗"吗?他们还想用断头台做一种医治性传

---

① 希腊神话中凯德穆斯国王的女儿,曾要求一见朱庇特的威严,结果为朱庇特的雷电击毙。

染病的特效药呢。他们不是在同温和派做斗争,他们是想消灭荒淫这种罪恶。

毕　劳　直到现在我们走的是一条道路。

巴瑞尔　罗伯斯庇尔想把革命变成宣讲道德的大厅,把断头台变成礼拜堂。

毕　劳　或者说变成祈祷用的矮凳。

扣　罗　可是迟早他得躺在上面,而不是站在上面。

巴瑞尔　这不是什么难事。如果所谓的道德堕落的人都要被所谓的正人君子吊死的话,世界一定是头朝下站着呢!

扣　罗　(对巴瑞尔)你什么时候再到克利琪别墅①去?

巴瑞尔　等医生不到我家来以后。

扣　罗　那地方有一颗灼人的彗星,它的光焰将要把你的脊髓完全烤干,是不是?

毕　劳　以后那个迷人的德玛莉②就要用她的纤指把巴瑞尔的脊髓抽出来,编成辫子披在背上了。

巴瑞尔　(耸了耸肩膀)嘘!这些话可不能让那个道德高尚的人听见。

毕　劳　他是个害了阳痿症的共济会会员。

〔毕劳和扣罗下。

巴瑞尔　(独白)这些魔鬼!——"你要求死的时间还不够长!"说这句话的人舌头怎么不烂掉!

可是我呢?

当九月暴动的人冲进监狱的时候,有一个囚犯拿起一把刀子混进这群杀人暴徒之中。他把刀子捅进一个神父的胸膛里,结果他得救了!谁能反对这种做法呢?我现在是混进杀人犯中间还是坐在公安委员会里,我该拿断头台的铡刀还是一把小刀?这都是一回事,只不过环境更为复杂一些罢了;基本情况并没有什么两样。

如果他敢杀死一个人,他就敢杀第二个、第三个,也许还可以更多。要到什么时候为止?这就像大麦粒一样,到底多少才算一堆,是两颗,三颗,四颗,还是更多颗?来吧,我的良心,来吧,我的小鸡,来,咕咕咕,这里

---

① 巴黎郊区的豪华别墅,当时混入革命队伍中的一些堕落分子享乐的地方。
② 巴瑞尔的情妇。

有吃的东西喂你。

但是——我不也是囚犯吗？我也是受猜疑的人,结果怎么都一样,终归是免不了一死的。(下)

死 囚 牢

〔拉克罗阿,丹东,菲利波,嘉米叶。

拉克罗阿　你吼叫得真成功,丹东;假如你肯早一点这样为你的生命操心,现在的情况就不同了。不是这样吗？当死亡已经这样恬不知耻地凑近你的身边,这样从腔子里发出阵阵恶臭,这样越来越逼到你头上来的时候。

嘉米叶　如果死亡猛地扑到一个人身上,经过一场激烈厮杀,把它的战利品一下子从这个人热血奔腾的肢体中劫夺走的话,倒也无话可说。可是如今却是这么多繁文缛节,好像跟一个老太婆举行婚礼,又要订婚约,又要请证婚人,又要让人祝福,这以后才能掀起被窝,让她那冰冷的身体慢腾腾地钻进去。

丹　东　哪怕是一场撕掳成一团的扭打呢！可是我的感觉却像掉在一个磨盘里,我的四肢这样按部就班地被冰冷的物质力量一点一点地磨碎,这样机械地被杀掉！

嘉米叶　以后还要独自一个冰冷、僵硬地躺在腐烂发霉的湿雾里——也许,死亡只是一点一滴地把你的生命从组织里压榨出去,也许是神志清醒地腐烂下去！

菲利波　安静下来吧,朋友们！我们也许都是秋水仙,过了冬天才结种子。我们和被移植的花比起来,差别只在于:我们被挪了地方以后发点臭味而已。有什么值得唉声叹气的呢？

丹　东　这倒是一种甚堪告慰的展望！从一个粪堆搬到另外一个粪堆去！这是一种美妙的降级制度,不是吗？从三年级降到二年级,从二年级降到一年级！我坐课桌已经坐够了,好像一只猴子,屁股上都磨出茧子来啦！

菲利波　那你想要什么呢？

丹　东　宁静。

菲利波　这只有上帝身上才有。

丹　东　虚无中有宁静,除了遁身于一片空虚之外,你还能在什么地方找到更大的宁静呢？如果说上帝是最高的宁静,上帝不就是虚无么？可我是个无神论者。物质永不消灭,这真是个该死的定理!我也是物质,真是太悲惨了!

创造物要占据一定的空间,因之没有地方是空虚的,到处都是熙攘嘈杂。

虚无已经把自己杀死了,创造物就是它的致命伤,我们是从它的伤口流出的血滴,世界是坟墓,让它在里面腐烂。

这些话听起来有些疯癫,可是里面也未尝没有真理。

嘉米叶　世界是万劫流浪的犹太人,虚无是死亡,可是死亡是不可能的。"噢,不能死啊,不能死!"正像歌里唱的那样。

丹　东　我们都是被活埋的人,好像国王们埋葬在三四重棺椁里一样,在天空底下,在我们的屋宇里,在我们的外衣里,又在衬衫下面。——我们在棺材盖上抓了五十年之久。不错,谁能相信消灭,谁就得救了。

死一点也不能给人以希望,生活是更复杂、更有组织的腐烂,死只不过是较简单的腐烂,这是二者唯一的区别。

但是我却偏偏习惯了前一种腐烂的方式。魔鬼知道,我怎么才能适应另外一种!

噢,朱丽!我怎么能一个人走开!怎么能让她把我孤孤单单地丢弃!

如果我能完全分裂、完全解体——我愿意化成一捧纤尘,我的每一个微细的颗粒会在她身边找到宁静。

我不能死,啊,我不能死。我们必须呼喊,一定要让他们一滴一滴地把我的生命从身体里压榨出去。

一间屋子

〔弗基耶,阿玛尔,乌兰。

弗基耶　我不知道该怎样答复,他们要求一个委员会。

阿玛尔　这些流氓都在我们手掌里——你要的东西在这里。(递给弗基耶一张纸)

乌　兰　这会使他们满足的。

弗基耶　真的,我们需要的正是这个。

阿玛尔　现在让我快点把这个担子卸下来吧,从自己脖子上,也从他们的脖子上!

革命法庭

丹　东　共和国正处在危险中,它并没有接受教训！我们向人民发出呼吁;我的嗓音还相当洪亮,足够在埋葬十人委员会的墓前发表一篇悼词。——我再重复说一次,我们要求一个委员会。我们要揭露一些重大的案情。我愿意撤回到理智的城堡里,我要用真理的大炮轰击、粉碎我的敌人。
（掌声）

〔弗基耶,阿玛尔和乌兰上。

弗基耶　我以共和国的名义要求大家安静,要求大家遵守法庭秩序！我宣读国民公会的一项决议案:

鉴于狱中曾发生骚动事件,鉴于丹东和嘉米叶的妻子在民众中散发金钱,狄龙将军曾图谋不轨,组织暴动,袭击监狱,劫夺被告等一干人犯,鉴于被告不遵守法庭秩序,公然污蔑革命法庭,兹特授于法庭全权从速审理本案,不得间断。任何被告如敢藐视法庭应有之尊严,应予剥夺申诉权。

丹　东　请问在座的人,我们是否有过不尊重法庭、人民和国民公会的言行？

很多声音　没有！没有！

嘉米叶　这些无耻小人！他们要谋杀我的露西尔呢！

丹　东　总有一天人们会知道事情的真情实况。我看到巨大的灾祸正降临到法兰西头上。这就是独裁。它已经撕开自己的遮面罩,它趾高气扬,在我们的尸体上傲视阔步。（指着阿玛尔和乌兰）你们看,这就是卑鄙怯懦的杀人犯,这就是公安委员会的乌鸦！

我控诉罗伯斯庇尔、圣·鞠斯特和他们这一伙叛卖国家的刽子手。

他们想把共和国窒息在血泊里。往断头台运犯人的马车碾平了一条大道,外国人就要长驱直入地从这条大道侵入我们祖国的心脏。

他们使自由的每一个足印都变成一座坟墓,这种情况要继续到什么时候？——你们要面包,他们却掷给你们人头！你们口干欲裂,他们却让你们去舐断头台上流下的鲜血！（听众情绪激动,发出赞同的呼喊）

很多声音　丹东万岁！打倒十人委员会！（囚犯们被强行拖出法庭）

正义宫前广场上

〔人群。

几个声音 打倒十人委员会!丹东万岁!

市民甲 一点不错,这话说得有道理。人头代替面包,鲜血代替了酒!

几个妇女 断头台是蹩脚的磨坊,萨姆逊是手艺拙劣的面包师;我们要面包,面包!

市民乙 你们的面包全让丹东吃了。割断他的头,你们就有面包吃了。他过去是正确的。

市民甲 八月十号丹东跟我们在一起,九月里他也跟我们在一起。现在控告他的人当时都在什么地方呢?

市民乙 攻打凡尔赛宫的时候,拉法耶特也跟你们在一起过,可是后来却成了卖国贼。

市民甲 谁说丹东是卖国贼?

市民乙 罗伯斯庇尔。

市民甲 罗伯斯庇尔才是卖国贼。

市民乙 谁这样说?

市民甲 丹东。

市民乙 丹东有华丽的衣服,丹东有漂亮的住宅,丹东还有漂亮的老婆,他用勃尔贡德的葡萄酒洗澡,用银盘子吃野味,喝得酩酊大醉以后,跟你们的老婆女儿睡觉。

丹东过去同你们一样穷,这一切他是从哪儿弄来的?

否决权①替他买了这些东西,为了让他替国王把王冠保住。

奥尔良公爵送给他这些东西,为了让他把王冠偷过来。

外国人给了他这些东西,为了让他把你们出卖。——罗伯斯庇尔有什么?清廉无私的罗伯斯庇尔,你们是了解他的。

众人 (异口同声)罗伯斯庇尔万岁!打倒丹东!打倒卖国贼!

---

① 指法国国王路易十六对国民议会决议所享有的否决权。

第 四 幕

一间屋子

〔朱丽,一个男孩子。

朱 丽　完了,他们在他面前发抖了。出于恐惧他们也要把他杀死的。去吧!我上次见他是最后一面了。告诉他,我不能再这样见他。(给男孩一绺头发)

拿着,把这个给他,对他说,他不会一个人走的。——他会懂得我的意思。以后赶快回来,我要从你的眼睛里看到他的目光。

一 条 街

〔杜马,市民一人。

市　民　怎么能只通过这样一次审讯,便把这么多无辜的人都判处死刑呢?

杜　马　这次的情况确实有些特殊。但是搞革命的人有一种常人所没有的感官,这种感官是从来不欺骗他们的。

市　民　这是老虎的感官。——你是有老婆的。

杜　马　不久就该说:我曾经有过老婆了。

市　民　这么说,那件事是真的了?

杜　马　革命法庭将要判决我们离婚;断头台要把我们从桌子上、从床上分开。

市　民　你这人真是个怪物!

杜　马　你是个窝囊废!你佩服布鲁图斯吗?

市　民　我从心眼里佩服他。

杜　马　为了把自己的最亲爱的人献给祖国,难道非要当罗马执政官,非要用罗马人的袍子把头蒙上不可吗?我要用我的红色外套的袖子擦眼睛,这是二者唯一不同之处。

市　民　太可怕了!

杜　马　走吧,你是不了解我的!(同下)

死 囚 牢

〔拉克罗阿和亥劳同卧一张床,丹东和嘉米叶在另一张床上。

拉克罗阿 头发和指甲长得这么快,看着真叫人恶心。

亥 劳 请您当心一点,您打喷嚏正打了我一脸沙子!

拉克罗阿 我也请您不要这样踩我的脚,亲爱的,您不知道我脚上有鸡眼吗?

亥 劳 您身上还有虱子呢!

拉克罗阿 咳,我自己也巴不得把这些小虫子弄干净!

亥 劳 好了,好好睡吧!不管怎么样,我们两个人也得对付着躺下,地方太小啊。

您睡着了可别用指甲抓我!——就这样!——您别使劲往上揪这块遮尸布,脚底下太冷了——

丹 东 是啊,嘉米叶,明天我们就变成穿破了的靴子,让人家扔到大地这个老乞婆的怀里了。

嘉米叶 就是按照柏拉图的说法,天使用来做拖鞋,穿着在地球上到处游荡的小牛皮,临了也还是得扔到那里去。——我的露西尔呀!

丹 东 安静些吧,我的孩子!

嘉米叶 怎么能呢?你想我能吗,丹东?他们不能伤害她!从她那娇美的身躯上发出的美丽的光辉是永远熄灭不了的。你看吧,泥土是不敢撒落在她身上的。泥土会像圆穹一样在她身上支撑开,墓穴里的湿雾会像露珠一样闪烁在她的睫毛上,结晶体在她身边开出莹洁的花朵,清澈的泉水将喃喃地催她入睡。

丹 东 睡吧,孩子,睡吧!

嘉米叶 你听我说,丹东,这是我跟你说一句私房话。死真是一件惨事。死对什么都没有好处。我愿意从生的美丽的眼睛里偷取最后的一瞥,我要把眼睛睁着。

丹 东 你的眼睛反正也不会闭上的,萨姆逊是不会把死囚的眼睛合上的。睡眠倒是更慈悲一些。睡吧,我的孩子,睡吧!

嘉米叶 露西尔,我幻想着你在我的嘴唇上亲吻;每一个吻都将是一个甜梦,我要把眼皮低垂下,把梦境紧紧锁住。

丹 东 钟啊,难道你不能停息一刻吗?你每嘀嗒地响一声,四壁就向我逼近一寸,直到合成为一副棺木。

　　小时候我曾经读过这样一个故事,我的头发都直竖起来。

　　是的,我那时还是个孩子! 让我吃饱、穿暖,把我抚养这么大。这番操劳为的是什么啊? 只是为了把我做成一个棺材瓢子罢了!

　　我好像觉得我已经在发臭味了。我的身体啊,我要把鼻子堵起来,幻想你是一个女郎,你是因为跳舞太多才有了汗臭,我要对你说一些殷勤话。过去我俩已经一起消磨过不少辰光。

　　明天你将是一把弓弦折断的提琴,那上面的曲调业已奏完。明天你将是一个空酒瓶,里面的美酒已经喝干,但是我还没有沉醉,我神志清醒地走上床铺。——能够喝得酩酊大醉的人倒还是幸福的。明天你将成为一条穿破的裤子,叫人家随手扔进衣柜里去,任凭虫蚀鼠咬。你尽可以随心所欲地去发散臭味了!

　　唉,说这些话完全无济于事! 是的,违背自己的意愿而死的确是件惨事。死在装腔作势地模仿生,死的时候我们和初生婴儿一样全身赤裸,任人摆布。

　　当然,我们有一块裹尸布做襁褓。可是这又有什么用? 我们在坟墓里也可以放声痛哭,就像在摇篮里一样。

　　嘉米叶! 他睡着了。(俯身探视嘉米叶)从他睫毛的动作我看得出他正在做梦。我不想把那睡梦的金色露珠从他的眼睛上抹去。

　　(直起身来走到窗前)我不会一个人去的,谢谢你,朱丽! 但是我是多么希望有另外一种死法啊! 从容自在,像一颗星从天上陨落,像一个声音自然地消逝,用自己嘴唇的热吻把自己窒息,像一道闪光隐没在清澈的潮水里。——

　　看,满天繁星闪烁,仿佛是无数颗晶莹的泪珠;把这些眼泪洒下的眼睛该是孕育着多么深的痛苦啊!

嘉米叶　噢!(从床上欠起身子,摸天花板)

丹　东　你怎么了,嘉米叶?

嘉米叶　噢,噢!

丹　东　(摇撼他)你想把天花板抓下来么?

嘉米叶　哎呀,你,你——扶着我! 说话呀,你!

丹　东　你浑身打战,脑门上冒出汗珠。

嘉米叶　原来是你,我是在——是这样啊!这是我的手!啊,现在我记起来了。噢,丹东,太可怕了!

丹　东　怎么回事?

嘉米叶　我正在半睡不醒地躺着,忽然天花板不见了,月亮沉落下来,这样近,就在我的头顶,我一伸手就抓住它。星斗满布的天幕也落下来,我的手也碰到它,我抚摸那些星星;我像沉没在冰封河冻的水面下一样摇摆浮沉。太可怕了,丹东!

丹　东　灯光投射在天花板上一个圆影,你刚才看到的就是这个影子。

嘉米叶　我可知道了,要让人失去他的一点点可怜的理智,真不是什么难事。疯狂已经连我的头发都抓住了。(站起来)我不想再睡觉了,我不想变成个疯子。(取过一本书来)

丹　东　你拿的是什么书?

嘉米叶　《夜思录》①。

丹　东　你想提前就死吗?我看的是"普赛尔"②,我要像走下一个普施雨露的女郎的床铺那样,而不是离开忏悔椅子那样跟生命告别。生命是一个妓女,她跟世界上什么人都胡乱调情。

死囚牢前的广场

〔狱吏,两个车夫驾着马车,妇女。

狱　吏　谁叫你们赶车来的?

车夫甲　我的名字不叫"赶车来",多么奇怪的名字。

狱　吏　笨蛋,谁给你下的命令?

车夫甲　我拉一个人挣十个铜板,不管下命令。

车夫乙　这个混蛋要让我吃不上面包的。

车夫甲　你管什么叫面包?(指着监狱的窗户)这分明是蛆虫嘴里的美食。

车夫乙　我的几个孩子也是蛆虫,他们也要吃一份。哎,咱们这个买卖真挣不了钱,尽管咱们是最有本领的马车夫。

车夫甲　这话怎讲?

---

① 英国诗人爱德华·扬(1681—1765)的一本诗集。
② 指法国启蒙运动者伏尔泰(1694—1778)的讽刺诗《奥尔良的处女》,法文"处女"为"普赛尔"(la pucelle)。

车夫乙　你说什么样的车夫才算有本领？

车夫甲　把车赶得又快又远。

车夫乙　好，你听我说，蠢货。讲到赶得远，哪个地方比赶出这个世界更远？说到赶得快，有谁比咱们在这一刻钟里赶得快？从这里到革命广场不多不少正好用一刻钟。

狱　　吏　快点，你们这两个混蛋！离大门近一点。站到一边去，你们这些娘儿们！

车夫甲　还是站到前边来吧！碰见娘儿们人们不是绕着走，而是一股劲冲进去。

车夫乙　对，这话我相信。你是能连马带车都赶进去的，你找得着车辙；可是出来的时候，你就得到检疫所去了。（把车赶到监狱门前对妇女们）你们瞧什么热闹？

一个妇女　我们在等老主顾。

车夫乙　怎么，你们拿我的马车当妓院了？告诉你们，我的马车可体面着呢，国王和巴黎所有的贵族老爷最后一次登台都是它拉去的。

露西尔　（上场。坐在监狱窗前一块石头上）嘉米叶，嘉米叶！（嘉米叶的脸在铁槛后出现）嘉米叶，瞧你这副样子。你这件老长的石头袍子和这个铁栏杆做的面具可真要把我笑死。你弯不下腰来了吧？你的胳臂在哪儿？——我要把你哄进来，可爱的小鸟。（唱）

　　天空悬着两颗小星，
　　两颗小星比月儿还亮，
　　一颗照在我爱人窗前，
　　一颗照在小屋的门上。

　　来吧，来吧，我的朋友！轻轻地上楼来，他们都睡着了。月亮已经帮助我等了你半天了。可是你走不进大门来，你这件衣服太讨厌了。这个玩笑开得也够了，别再胡闹了！你站在那儿纹丝不动，为什么你不说话？你叫我害怕了。你听，人们都说，你非得死不可，他们的脸色都那么沉重。

　　死！他们的脸色真叫我好笑。死！这个字是什么意思？告诉我，嘉米叶。死！我要好好想一想。啊，原来它在这里。我要去追它。来吧，亲爱的朋友，帮我捉住它，来，快来！（跑下）

嘉米叶　（喊）露西尔！露西尔！

死 囚 牢

〔丹东立在一扇开向邻屋的窗户前面。嘉米叶,菲利波,拉克罗阿,亥劳。

丹　东　你现在安静下来了,法布尔。

从邻屋传来的声音　我快要死了。

丹　东　你知道,我们现在要做什么吗?

声　音　什么?

丹　东　你做了一辈子的是——des Vers。①

嘉米叶　(自语)疯癫使他们的眼神凝滞了。已经有很多人发疯了,如今的世道就是这样。我们能有什么办法呢?把自己的手洗干净了吧! ——也只能这样了。

丹　东　我留下的是一团可怕的混乱。没有人知道该怎样管理。要是我把我的那些妓女留给罗伯斯庇尔,把我的小腿肚子留给库冬②,事情或许还好办一些。

拉克罗阿　我们倒是应该把自由变成个妓女!

丹　东　那又怎样?自由和妓女是世界上最无情义的东西。她现在会倒在阿拉律师床上,很体面地跟他干自己的卖淫勾当。可是我想,她会跟他耍一手克吕泰涅斯特拉③的伎俩的。我给他定了个期限,不出六个月,我就要把他拉过来。

嘉米叶　(自语)愿上帝保佑她,给她一个舒适的固定观念吧!通常所谓健全理智的那些固定观念实在令人腻得要死。最幸福的人是那些能幻想自己是圣父、圣子和圣灵的人。

拉克罗阿　当我们走过的时候,那些蠢驴一定要高呼"共和国万岁"的。

丹　东　这有什么关系?革命的洪流爱把我们的尸体冲到哪里就冲到哪里;我们的骨骸变成化石以后,人们还会用它来敲碎暴君的脑壳的。

亥　劳　可不是,如果有个参孙④拿到我们颚骨的话。

---

① 法文:双关语,"诗"或"虫子"。法布尔·德格朗蒂娜原是诗人,后卷入伪造文书案被捕。
② 盖欧格-奥古斯特·库冬(1755—1794),公农委员会成员,因体弱以车代步。
③ 希腊神话阿伽门农王的妻子。阿伽门农王不在特罗城时,克吕泰涅斯特拉与别人私通,后谋杀阿伽门农。
④ 据《旧约·士师记》,大力士参孙持驴颚骨击杀腓力斯人。此处同时暗指当时的刽子手萨姆逊。

丹　　东　　他们是该隐弟兄①。

拉克罗阿　　嘉米叶被逮捕的前两天，罗伯斯庇尔对他表现了从来没有过的亲切。再没有什么事比这件更能说明罗伯斯庇尔是一个十足的暴君的了。是不是这样，嘉米叶？

嘉米叶　　哼，这跟我有什么关系？

　　她把疯癫变成了多么迷人的东西！为什么我现在必须离开她？我们本应跟疯癫一起笑，一起打滚，一起亲吻的。

丹　　东　　如果有一天历史打开了自己的墓穴，我们尸体的腐臭也还能使暴君窒息而死的。

亥　　劳　　我们活着臭味已经够厉害的了。

　　这些都是唱给后代人听的高调，不是吗，丹东？其实这些事对我们自己一点也不发生影响。

嘉米叶　　他摆出那么一副庄严的面孔，倒好像想变成石雕像准备为后代发掘似的。

　　鼓起嘴巴，面孔涨得通红，用抑扬顿挫的声调讲话，值得费这么大的力气吗？有一天，我们非把这副面具撕掉不可。那时我们就会像在一间四壁悬着镜子的屋子里一样，到处都看到那千古不变的无数一模一样的蠢材。分别一点也不大，我们都既是坏蛋，又是天使，既是笨伯，又是天才，一身兼而有之。这四桩物件在我们一个躯壳里有足够的地方容纳，它们并不像人们想象的那么占地方。

　　睡觉，吃饭，养孩子——谁干的都是这几件事。其余的事只不过是这同一主题的音调不同的变奏而已。这有什么值得趾高气扬、板起面孔的！有什么值得相互忸怩作态的！我们都是在同一张饭桌吃得生了病，吃得肚腹胀痛，你们为什么要用餐巾把脸遮起来呢？哭也罢，笑也罢，你们愿意做什么就纵情去做吧！

　　只是千万不要摆出道貌岸然的面孔，不要露出什么聪明相，不要做出慷慨激昂的姿态，也不要自负为旷世奇才，我们彼此都很了解，还是免了这些麻烦吧！

亥　　劳　　不错，嘉米叶，咱们肩并肩地坐下来大哭一场吧！当一个人感到疼痛

---

① 据《旧约·创世记》，该隐是亚当的长子，杀害其弟阿培尔。

的时候,再没有什么比咬紧嘴唇更愚蠢的了。

　　希腊人和大神都懂得哭,只有罗马人和禁欲主义者才做出慷慨激昂的姿态。

丹　东　前一类人和后一类人都是道道地地的伊壁鸠鲁。他们都是为了能使自己心安理得。披上罗马人的长袍,环顾一下自己是否有一个长大的影子,这也不是什么坏事。为什么我们要互相厮打呢?我们是用月桂树叶、玫瑰花或者葡萄枝把我们的私处遮盖起来,还是把那丑陋的东西露出来给狗舐,这又有什么分别?

菲利波　朋友们,我们只要稍稍比地面站得高一些,就可以不再看到所有这些杂乱无章的摇摆、闪烁,映入我们眼帘的就会是伟大而奇妙的线条。有一只耳朵,在它听来,那些震破我们耳鼓的嘈杂的哭喊号叫却是一片和谐的乐曲。

丹　东　但是我们都是可怜的乐师,我们的身体是乐器。难道从我们身体上弹拨出来这些刺耳的声调,只是为了让它升腾到高空,像淫猥的气息一样最后轻轻消逝在天神的耳朵里吗?

亥　劳　难道我们都是小猪崽子,为了让老爷们吃得更合口味些,甘心让人拿棍棒活活打死吗?

丹　东　难道我们都是些孩子,甘心在这个世界里受摩罗①火神的熊熊烈火烧烤,甘心受闪闪电火的刺射,来博取大神们几声哄笑,为他们寻取开心吗?

嘉米叶　难道生着金眼睛的太空是摆在快乐的天神桌上的一盘金鲤鱼?难道快乐的天神要永恒地欢笑,鲤鱼要永世沉沦,天神要永远欣赏这五彩缤纷的垂死挣扎吗?

丹　东　世界是一团混乱。虚无是即将分娩的世界之神。

〔狱吏上。

狱　吏　先生们,你们可以走了,马车已经停在大门外边了。

菲利波　晚安,朋友们!让咱们从从容容地把这张大被盖在身上。让咱们所有的心都在被底下停止跳动,所有的眼睛都轻轻合上吧!(人们互相拥抱)

亥　劳　(拉住嘉米叶的胳臂)高兴起来吧,嘉米叶,今晚的夜色多好!寂静的夜空上飘着几朵白云,仿佛是光线朦胧的奥林庇亚山上的逐渐淡漠、逐

---

① 古腓尼基人所奉的火神,以活人为祭品。

渐消逝的大神们的身影。(众人下)

一间屋子

朱　丽　刚才人们在街上来回奔跑,现在一切都平静下来了。

我一分钟也不能让他多等。(取出一只长颈瓶)

来吧,敬爱的祭司,你快说一声"阿门",送我们入睡。(走到窗前)

分别是这么美,我只要再把身后的门关上就成了。(饮药)

我多么愿意永远这么站着啊!

太阳落下去了;大地的轮廓在落日的余晖里这么清晰鲜明,可是现在她的容颜却变得沉静、严肃了,仿佛和垂死的人一样。——晚霞多么娇艳地在她的额角、面颊上嬉戏!

她越来越苍白,越来越苍白,像一具浮尸,在太空中轻轻下沉。难道没有一只手臂愿意揪住她的金发,把她从流水中拉出来埋葬?

我要轻轻地走。我不吻她,不让一丝呼吸、一声轻叹把她从睡梦中惊醒。

睡吧,睡吧!(死去)

革命广场

〔马车驶过来,停在断头台前。男女老少一边唱卡尔曼纽斯革命歌一边跳舞。死囚开始唱《马赛曲》。

一个带孩子的妇女　让开点!让开点!我的孩子都饿哭了。我得让他们看看热闹,让他们少哭一会儿。让开点!

妇女甲　咳,丹东,你现在可以和蛆虫们一起去胡搞了。

妇女乙　亥劳,我要用你漂亮的头发做一副假发。

亥　劳　我的林苗可不够栽种你那为人频频采伐的阴阜啊。

嘉米叶　该死的巫婆!你们以后还喊"你们这些大山,倒在我们身上"吗?

妇女丙　大山把你们压倒了,要么就是你们从山上滚下来了。

丹　东　(对嘉米叶)安静点,青年人!你把嗓子都喊哑了。

嘉米叶　(给马车夫钱)拿去,老沙龙①,你的马车是一个很好的托盘!

---

① 希腊神话中在冥河把死人鬼魂渡往冥府的神。

先生们,让我把自己当第一道菜献上去吧!这是按照古典方式摆的酒筵;我们各自躺在自己的位置上,把鲜血洒出做祭酒。再会吧,丹东!

(走上断头台,其他犯人排成一行跟在后面。丹东最后上去)

拉克罗阿 (对群众)你们在失去理智的这一天把我们杀死;在你们恢复理智的那一天,你们将要杀死他们。

人群中的声音 这话早有人说过了!我们都听腻了!

拉克罗阿 暴君将要被我们的坟丘绊倒,把脖颈折断。

亥　劳 (对丹东)他还把自己的臭尸体当作培植自由的施了大粪的温床呢!

菲利波 (在断头台上)我宽恕你们,我希望你们死的时刻不像我们这么痛苦。

亥　劳 我早就猜到了!临死他还要撕开自己的胸襟,让人们看看他里面穿的干净衬衣。

法布尔 再见吧,丹东!我死了两回①。

丹　东 再见,我的朋友!断头台是最好的医生。

亥　劳 (想拥抱丹东)哎,丹东,我居然连一句笑话也想不出了。到时候了。

(一个刽子手把他推回去)

丹　东 (对刽子手)你想做得比死更残忍吗?你能阻拦我们的头颅在筐子里互相接吻吗?

一　条　街

露西尔 这里面有些蹊跷。我要好好地想一想。我现在好像有点明白了。死!——死!——

什么都有权利活,一切东西,小蚊虫,鸟儿……为什么他没有呢?只要这一滴血流了出来,生命的洪流就要停滞。这一击连地球都要受到伤害。

一切都在活动着,钟表在运转,大钟在敲击,人们在奔跑,水在流,什么都转动不停,向着那一处,往那里去——不成!不能让那件事发生,不成!我要坐在地上大声哭叫,把一切都吓住,让一切都站住,一切都停止,不再转动。(坐下,捂住眼睛,喊了一声。过了一会儿又站起来)

---

① 法布尔在狱中因患病已奄奄一息,故有此语。

这也无济于事，一切都跟刚才一样：房屋，街道，风在刮，云在飘动。——我们必须忍受住。

〔几个妇女从街上走过来。

妇女甲 这个亥劳真生得仪表堂堂！

妇女乙 庆祝宪法节那天，他往凯旋门底下一站，当时我就想，他要是站在断头台上一定也很有风度。当时我就想过。这真可以说是预感。

妇女丙 可不是，一个人必须放在各种场合里让人看。现在这样把人公开处死倒是个好办法。（几人走过去）

露西尔 我的嘉米叶！我现在该到哪里去找你啊？

革命广场

〔两个刽子手忙着收拾断头台。

刽子手甲 （站在断头台上唱）

我忙着往家走，

月亮照当头……

刽子手乙 喂，喂！干完了吗？

刽子手甲 这就完，这就完。（唱）

月光照进老爷爷的窗，

小伙子，你成天哪里去游荡？

好了！把外衣递给我。（一边唱一边退场）

我忙着往家走，

月亮照当头……

露西尔 （上场，在断头台的阶梯上坐下）让我坐在你的怀里吧，你这沉静的死的天使。（唱）

有个收割人，名字叫死神，

万能的上帝，给了他权柄。

你这个可爱的摇篮，你把我的嘉米叶哄睡了，你用鲜红的玫瑰花把他闷死了。

你这个丧钟，你用你的甜蜜的声音把他引到坟墓里去了。（唱）

千千万万人，数也数不清，

在他镰刀下，个个丧了命。

〔一支巡逻队上。

市民甲 喂,谁在那里?

露西尔 (沉思了一会儿,仿佛下了决心似的,忽然大喊)国王陛下万岁!

市　民 以共和国的名义!

〔巡逻兵把她包围起来,带走。

"中国翻译家译丛"书目
(以作者出生年先后排序)

第 一 辑

书 名	作 者
罗念生译《古希腊戏剧》	[古希腊]埃斯库罗斯 等
朱光潜译《柏拉图文艺对话集》《歌德谈话录》	[古希腊]柏拉图　[德国]爱克曼
纳训译《一千零一夜》	
丰子恺译《源氏物语》	[日本]紫式部
田德望译《神曲》	[意大利]但丁
杨绛译《堂吉诃德》	[西班牙]塞万提斯
朱生豪译《莎士比亚戏剧》	[英国]莎士比亚
罗大冈译《波斯人信札》	[法国]孟德斯鸠
查良铮译《唐璜》	[英国]拜伦
冯至译《德国,一个冬天的童话》	[德国]海涅 等
傅雷译《幻灭》	[法国]巴尔扎克
叶君健译《安徒生童话》	[丹麦]安徒生
杨必译《名利场》	[英国]萨克雷
耿济之译《卡拉马佐夫兄弟》	[俄国]陀思妥耶夫斯基
潘家洵译《易卜生戏剧》	[挪威]易卜生
张友松译《汤姆·索亚历险记》《哈克贝利·费恩历险记》	[美国]马克·吐温
汝龙译《契诃夫短篇小说》	[俄国]契诃夫
冰心译《吉檀迦利》《先知》	[印度]泰戈尔　[黎巴嫩]纪伯伦
王永年译《欧·亨利短篇小说》	[美国]欧·亨利
梅益译《钢铁是怎样炼成的》	[苏联]尼·奥斯特洛夫斯基

第 二 辑

书 名	作 者
钱春绮译《尼贝龙根之歌》	
方重译《坎特伯雷故事》	［英国］乔叟
鲍文蔚译《巨人传》	［法国］拉伯雷
绿原译《浮士德》	［德国］歌德
郑永慧译《九三年》	［法国］雨果
满涛译《狄康卡近乡夜话》	［俄国］果戈理
巴金译《父与子》《处女地》	［俄国］屠格涅夫
李健吾译《包法利夫人》	［法国］福楼拜
张谷若译《德伯家的苔丝》	［英国］哈代
金人译《静静的顿河》	［苏联］肖洛霍夫

第 三 辑

书 名	作 者
季羡林译《五卷书》	
金克木译天竺诗文	［印度］迦梨陀娑 等
魏荒弩译《伊戈尔远征记》《涅克拉索夫诗选》	［俄国］佚名　涅克拉索夫
孙用译《卡勒瓦拉》	
朱维之译《失乐园》	［英国］约翰·弥尔顿
赵少侯译《莫里哀戏剧》《莫泊桑短篇小说》	［法国］莫里哀　莫泊桑
钱稻孙译《曾根崎鸳鸯殉情》《日本致富宝鉴》	［日本］近松门左卫门　井原西鹤
王佐良译《爱情与自由》	［英国］彭斯 等
盛澄华译《一生》《伪币制造者》	［法国］莫泊桑　纪德
曹靖华译《城与年》	［苏联］费定

第 四 辑

书 名	作 者
吴兴华译《亨利四世》	[英国]莎士比亚
屠岸译《济慈诗选》	[英国]约翰·济慈
施康强译《都兰趣话》	[法国]巴尔扎克
戈宝权译《假如生活欺骗了你》《海燕》	[俄国]普希金　[苏联]高尔基
傅惟慈译《丹东之死》	[德国]格奥尔格·毕希纳 等
夏济安译哲人随笔	[美国]亨利·戴维·梭罗 等
赵萝蕤译《荒原》《我自己的歌》	[美国]T.S.艾略特　惠特曼
黄雨石译《虹》	[英国]D.H.劳伦斯
叶水夫译《青年近卫军》	[苏联]法捷耶夫
草婴译《新垦地》	[苏联]肖洛霍夫